VICENTE GARRIDO es profesor titular de la Universidad de Valencia. Ha dado a conocer su importante obra científica a través de ensayos de divulgación, entre los que destacan *El psicópata*, *Perfiles criminales* y *Asesinos múltiples*. Sus estudios sobre la personalidad delictiva y sus programas de tratamiento con criminales han hecho de él un profundo conocedor de la mente violenta. Garrido fue el primer criminólogo español que colaboró en la captura de un asesino en serie a través de la realización del perfil criminológico del sospechoso Ha impartido numerosos seminarios especializados dirigidos a los cuerpos y fuerzas de seguridad en España y América, así como a jueces y fiscales. El Ministerio de Justicia le concedió la Cruz de San Raimundo de Peñafort.

NIEVES ABARCA estudió Historia del Arte en la Universidad de Santiago de Compostela y obtuvo un máster en Periodismo por la UOC. Ha realizado estudios de anatomía patológica y medicina legal, y es especialista en perfiles criminales. Junto a Vicente Garrido ha publicado *El beso de Tosca* (Ediciones B, 2018), así como las novelas protagonizadas por la inspectora Valentina Negro: *Crímenes Exquisitos*, *Martyrium*, *El hombre de la máscara de espejos* (Ediciones B, 2014) y *Los muertos viajan deprisa* (Ediciones B, 2016) que han obtenido excelentes críticas y gran éxito entre los lectores.

Papel certificado por el Forest Stewardship Council®

MIXTO
Papel
FSC® C117695

Penguin
Random House
Grupo Editorial

Primera edición con esta encuadernación: febrero de 2024
Primera reimpresión: marzo de 2026

© 2014, Vicente Garrido y Nieves Abarca
© 2015, Penguin Random House Grupo Editorial, S. A. U.
Travessera de Gràcia, 47-49. 08021 Barcelona
Diseño de la cubierta: Penguin Random House Grupo Editorial
Fotografía de la cubierta: © Thinkstock

Printed in Spain – Impreso en España

ISBN: 978-84-1314-965-3
Depósito legal: B-3.004-2024

Impreso en Arcángel Maggio Europa, S. L.

BB 4 9 6 5 3

El hombre de la máscara de espejos

VICENTE GARRIDO Y NIEVES ABARCA

A mi ahijada Violeta Ramírez Mitjans.
Y a la Villa de Jávea.

VICENTE GARRIDO

Agradecimientos
de Vicente Garrido

Al amigo y comisario jubilado de la Policía Nacional Rafael Luque, por sus consejos y ayuda en esta novela y, más importante, por todo lo que aprendí de él durante muchos años de charlas, trabajo y amistad.

A Juan de Dios y Fran Cantero, criminólogos y grandes lectores.

A Virgilio Latorre, por sus comentarios sobre los personajes malévolos.

A Begoña Filgueira, In Memoriam.
Los dioses no tienen piedad
con los que brillan.

Y a todos los que leen
en estos tiempos de penumbra.

NIEVES ABARCA

Agradecimientos
de Nieves Abarca

A María Teresa Cadenas, insustituible consejera forense y gran conocedora de armamentos varios. A María José Fernández, por su asesoramiento literario. A Cristina-Rajiva, enorme correctora multifunción y choferesa en el Pasatiempo de Betanzos. A Carlos, Álvaro y Fátima, «funcionarios asesinos» de Estrella Galicia. A Mercedes Molist, librera, por su dedicación constante a «colocar» nuestras novelas en cualquier ocasión. A Con Ramos, librera, defensora ancestral de la decencia y de la rectitud literaria. A Mery Conchado, bibliotecaria de pro en esta ciudad coruñesa de cristal. A Vicente Garrido por su eterna paciencia con los guiones. A María Vázquez, Marcos Díez por ser lectores O absoluto. A la Librería Arenas, a Casa Saqués, El Faba y sus clientes literarios, Cervería La Marina y a los foreros que nos reseñan, con más o menos cariño.

Agradecimientos
de los dos autores

Tenemos una deuda con María Elvira Luna Escudero-Alie por su texto «Reflexiones sobre los límites del lenguaje en *El espejo y la máscara*, de Jorge Luis Borges».

A Jack Mircala, ARTISTA GENIAL, por su maravilloso poema, reflejo fiel de la trama de *El hombre de la máscara de espejos*.

A los criminólogos y amigos de la criminología siguientes, grandes fans de Valentina Negro: María José Darza, Lola Gómez, Manuel Baulo, Miguel Herraiz y Fernando Parrondo.

Y, por último, a Carmen Romero, nuestra editora, por haber confiado en nosotros desde el principio, gracias de corazón.

Estamos en deuda con la web www.talleprediciones.com por la información obtenida para la historia del corazón de Espoz y Mina.

Dramatis personae

Policías

En la comisaría de Lonzas, A Coruña:

Inspectora Valentina Negro: adscrita a la Policía judicial en el CNP. Adquirió notoriedad por cazar al asesino en serie apodado el Artista.

Inspector jefe Iturriaga: jefe de la Policía judicial.

Subinspector Manuel Velasco: subordinado de Valentina Negro y amigo.

Subinspector Fernández Bodelón: subordinado de Valentina Negro y amigo.

Inspector jefe Antón Louro: jefe de los GOES.

Oficial Germán Romero: técnico informático perteneciente a la Brigada de Investigación Tecnológica.

Comisario principal Enrique Montiel: jefe superior de Policía de Galicia.

En la comisaría de Ponferrada:

Subinspectora Alana Ovejero: adscrita a la Policía judicial. Pasó varios años destinada en Madrid.

Oficial Antonio Regueiro: subordinado de Ovejero.

En la Jefatura Superior de Policía de Madrid:

Oficial Diego Aracil: adscrito a la Brigada de Patrimonio Histórico.

En Edimburgo:

Inspector Hugh Macfarlain: policía adscrito a la Brigada de Desaparecidos.

En la Jefatura Superior de Policía de Valencia:

Rafael Luque: jefe de la Brigada de Homicidios, amigo de Sanjuán.

Civiles

En Valencia:

Javier Sanjuán: criminólogo y profesor universitario valenciano. Colaborador asiduo con la Policía para ayudar en la resolución de crímenes.

Félix Panticosa: periodista e investigador del misterio. Amigo de Javier Sanjuán.

Verónica Carsí: novia de Panticosa.

Adolfo Sastre: conocido exportador de muebles, amigo de Félix Panticosa.

En A Coruña:

Lúa Castro: periodista en la *Gaceta de Galicia*.

Jordi *el Gafapasta*: periodista deportivo, pareja de Lúa Castro.

Manolo Castro: padre de Lúa Castro y policía jubilado.

Alejandro Villalobos: teniente de alcalde y concejal de Seguridad Ciudadana en el Ayuntamiento de A Coruña.

Clementius van Berden: ex ladrón de arte, pintor y falsificador, ahora retirado. Ventrílocuo. Vive con su loro.

Mateo Caravaca: psicólogo. Ex policía.

Xosé García: patólogo en el Complejo Hospitalario Universitario A Coruña.

Marcos Albelo: violador serial de adolescentes, apodado *el Peluquero.*

Eusebio Brandáriz: abogado de Marcos Albelo.

Richie Domingo: director de una agencia de modelos y regente de un local de intercambios llamado Te amo y te comparto.

Milagros La Puente: madre de Richie Domingo.

Victoria Álvarez: aspirante a modelo y actriz, y estudiante universitaria.

Francisco Álvarez: padre de Victoria.

Belén Egea: mujer desaparecida en extrañas circunstancias años atrás.

Enrique Negro: padre de Valentina Negro.

Freddy Negro: hermano de Valentina Negro.

Tonecho: dueño del restaurante Casa Saqués y amigo de Valentina y Sanjuán.

Anabel Díaz: abogada de Valentina Negro.

En Madrid:

Gerardo Trashorras: director de la revista *Planeta Misterio.*

Borrell: ladrón de guante blanco.

Martino: hijo de un amigo de Clementius van Berden.

Juan Antonio Espinosa: antiguo ladrón de bancos.

Encina Yebra: estudiante universitaria desaparecida en Ponferrada.

En Edimburgo:

Patty Jones: amiga de Hugh Macfarlain. Madre de...

Catriona Stevenson: una joven desaparecida en extrañas circunstancias.

Andy Roster: dueño del *pub* Conan Doyle y amigo del inspector Macfarlain.

Gerald Mortimer: empresario escocés. Sospechoso de proxenetismo.

En el Palacio de la Oscuridad:

El hombre de la máscara de espejos.

Cancerbero: sicario y asesino profesional.

Eugenio Valverde: banquero madrileño, coleccionista de arte.

Matthias Schreder: industrial alemán.

Lukas Almaraz: millonario suizo.

En Italia:

Guido Barone: *vicecapo* de la Policía de Roma.

Rosalia d'Agostino: agente de la Interpol.

En Jávea, Alicante:

Juan Planelles: dueño del restaurante y bodega La Trastienda.

José Martínez Espasa y Eva Gadea: policías locales y amigos de Sanjuán y Valentina.

PRÓLOGO

Te estaré mirando

Un hombre en la calle
vigila tus pasos,
respira tu aliento
y palpa el temblor
desnudo del agua
y el miedo en tus ojos.

JAVIER MAYORAL SÁNCHEZ,
Si por azar

PRIMERA PARTE

Las trompetas del ángel

Viernes, 22 de marzo de 2013
A Coruña, colegio de las Madres Franciscanas,
en la zona de A Zapateira

Andrea salió de su escondrijo detrás del enorme hórreo de piedra, caminó hasta la verja y movió con cuidado la puerta. Apenas miró hacia atrás, temerosa de que alguna profesora o incluso la portera del colegio estuviese mirando en aquel justo momento. Con rapidez, casi con pánico a que su huida fuese descubierta y sin atreverse a cerrar la verja, corrió unos metros camino abajo, apretando los libros contra su abrigo azul marino. Jadeando, se dio la vuelta con excitación y constató que nadie la había visto, así que se subió la falda de tablas hasta dejar a la vista los calcetines largos y reanudó su camino hacia el Campus de Elviña. Había quedado con dos amigas, mayores que ella, que le iban a presentar a un chico que estudiaba primero de Derecho. Era víspera de Semana Santa y prefería tomarse unas cervezas y fumarse unos porros con ellas y otros chicos antes que tener que tragarse todas las misas y celebraciones tediosas que rodeaban siempre las vísperas de la crucifixión de Jesús. Andrea creía en Dios, sí, pero estaba segura de que a Él no le importaría que se saltase un par de obras de teatro insufribles y luego la misa de todos los años, con la asistencia de los padres de las más pequeñas, y la pelea por los canapés y los vinos baratos de después en el pabellón de deportes.

Siguió caminando un buen rato por la calle Castro de Elviña hasta divisar el Campus. El sol le picaba cuando salía entre las nubes y le hacía entrecerrar los ojos. Se revolvió, incómoda, dentro del abrigo de lana con cuello de terciopelo. Al fondo, el cielo perlado de nubes blancas como sábanas recién tendidas enmarcaba una hermosa vista de toda la ciudad de A Coruña, que contrastaba con el azul marino, muy oscuro, del océano en calma. Miró el reloj: llegaba tarde, sus amigas debían de estar ya en la cafetería. ¿Sería mejor esperar el autobús? La parada no estaba lejos, así que sacó el móvil y consultó los horarios de paso. No tardaría más de diez minutos... Sopesó lo que podía tardar andando y se decidió a esperar sentada en la marquesina. Andrea, sofocada por el calor, se quitó el abrigo del uniforme y lo dejó a un lado del asiento, doblado sobre los libros.

El sol del mediodía acariciaba el cabello castaño claro de aquella adolescente solitaria, de piernas cruzadas y calcetines azules, que esperaba en la parada del bus. Miraba su móvil con plena atención, y cada rato levantaba la cabeza aguardando su destino con impaciencia, movía el pie calzado con zapatos castellanos de color granate.

El primer aviso siempre es en el sacro, en la base del sacro. Una punzada dolorosa y suave que se concentra como una quemadura de cigarrillo. Luego sube, se expande a través de los nervios, hasta nublar durante un segundo la vista. Un segundo solamente, y todo su ser entiende que ha llegado el momento, su pequeño y feo monstruo abrirá sus fauces y él no podrá ni querrá detenerlo.

Las manos enguantadas tiemblan en el volante, se aferran, ansiedad que dura unos instantes mientras aparca su BMW todoterreno blanco, muy cerca de la parada, a la salida de una curva. Abre la guantera y saca con cuidado una bolsa de plástico que contiene dentro un papel y un pañuelo. Mira su propio rostro en el espejo del coche, y el espejo le devuelve una sonrisa de dientes perfectos y unos ojos honestos detrás de las gafas de pasta azul. Detrás, en el maletero, dispone de todo lo necesario.

Domingo, 24 de marzo de 2013
Zona de San Pedro de Visma

—No voy a tirarme a ninguna, joder, tío, no seas mosca cojonera... Estoy muy enamorado de Maite —dijo Luis.

La voz arrastrada de alcohol sonrió con picardía.

—Es la tradición. Te casas mañana, macho. Tienes que follar por última vez... —Raúl soltó una carcajada mientras le golpeaba el hombro cariñosamente.

Luis movió la cabeza, un poco harto ya de la insistencia de sus colegas, especialmente el pesado de Raúl, que encendía un Camel mientras lo miraba de reojo con burla.

—Pienso hartarme de follar con mi mujer, entérate de una vez. Y si la tuya no quiere follar contigo no es mi pro...

Los demás asistentes a la despedida de soltero empezaron a silbar y a soplar los silbatos y matasuegras para cortar la discusión. Estaban bastante achispados, la muñeca hinchable pasaba de mano en mano provocando gran jolgorio mientras se acercaban en fila al prostíbulo Glamour, un enorme chalet perdido en la carretera, todos pendientes de que ningún coche los atropellase.

Raúl, que había tomado el mando del grupo, sacó del bolsillo una petaca y bebió un largo trago de whisky. Luego se detuvo, justo en el aparcamiento del chalet y levantó los brazos.

—Hemos llegado, amigos. Ahí dentro nos esperan las huríes dueñas del placer más refinado... Os guiaré como Orfeo en los infiernos a través del reino de Hades... —Avanzó unos metros con gestos teatrales.

El grupo volvió a alborotarse y a lanzar al aire la muñeca hinchable. Uno de los asistentes protestó:

—Habla normal, tío. ¿Qué hostia son las huríes? Se nota que tienes estudios, Raúl.

Raúl no contestó. Estaba mirando un bulto un poco más adelante de los dos solitarios coches que había en el párking del prostíbulo.

—¿Qué cojo...? —Se acercó despacio. El bulto, al aproximarse, se convirtió poco a poco en una forma humana que permanecía totalmente inmóvil, encogida. Raúl intentó despejar las brumas del alcohol y descifrar lo que estaba viendo, iluminado apenas por la farola solitaria que alumbraba el aparcamiento.

Una mujer. Vestida con una minifalda de plástico rojo muy escueta, medias negras de rejilla y un corsé también de plástico que ceñía su cuerpo de forma torpe. El pelo trasquilado le daba un aspecto extraño. Los zapatos de tacón se le habían desprendido de los pies. Una señal de alarma palpitó en la mente de Raúl, que soltó la petaca y corrió hacia el cuerpo. Le dio la vuelta por completo, poniéndola boca arriba y se dio cuenta de que parecía una niña maquillada como una prostituta barata. Y también de que parecía muerta.

—¡Joder! ¡Llamad a una ambulancia, daos prisa...! —Acercó la cabeza al pecho pero no pudo escuchar nada. Luego buscó el pulso en la carótida y notó el leve golpeteo de un corazón muy débil.

»¡Venga, joder, una ambulancia! ¿Es que estáis sordos?

Lunes, 25 de marzo de 2013
A Coruña, Hospital Materno Infantil
04:30

La inspectora de la Policía Nacional, Valentina Negro, miró con angustia el pecho de Andrea Mella, que subía y bajaba pausadamente al compás del respirador. De pronto, la joven sufrió una serie de convulsiones que sacudieron su cuerpo, que permanecía sujeto a la camilla. Las mejillas de Valentina se encendieron hasta casi quemarse. Apretó con fuerza los puños y clavó las uñas en las palmas de las manos, para que el dolor mitigase la ira que amenazaba con poseerla entera, y su mirada adquirió un tono severo que oscureció sus facciones delicadas. Los padres de Andrea sollozaban cerca, abrazados en la puerta de la UCI infantil, los hombros sacudidos por momentáneas ráfagas de dolor, mientras la doctora intentaba calmarlos de alguna forma.

«Solo tiene quince años, pedazo de cabrón», dijo para sí la inspectora.

Era la tercera víctima del «Peluquero» en tan solo dos meses, todas ellas adolescentes que estudiaban en colegios privados. Los policías le llamaban el Peluquero porque les cortaba la melena hasta dejarlas trasquiladas por completo. Las secuestraba en pleno día y las mantenía ocultas en algún lugar, donde las violaba y golpeaba repetidas veces. Luego, al cabo de cuarenta y ocho horas, las liberaba en las cercanías de alguna casa de citas aislada, vestidas y pintadas como si fuesen prostitutas. Permanecían todo el tiempo drogadas a base de alcaloides para lograr su completa sumisión, y al recuperar la consciencia, no recordaban casi nada de lo ocurrido. Pero las secuelas físicas eran graves, y las cerebrales aún estaban por determinar. Los especialistas temían que las sobredosis de alcaloides mezclados con otras sustancias pudieran dejar daños permanentes en aquellas niñas.

Valentina le hizo una seña a la doctora y las dos se retiraron a un aparte para no ser oídas por los padres de Andrea.

—¿Cómo está? Las otras dos chicas no estuvieron tanto tiempo en coma...

La doctora Iglesias hizo un gesto indefinido mientras negaba con la cabeza.

—Muy drogada, en pleno síndrome anticolinérgico. Estamos esperando los resultados definitivos del laboratorio, en principio parece que le administraron las mismas substancias que encontramos en las otras dos chicas en muy pequeñas dosis, pero esta vez quizás utilizó una dosis algo mayor. Ha sufrido una intoxicación muy grave... Está deshidratada, tiene contusiones y mordeduras por todo el cuerpo... —La doctora hizo una breve pausa y miró hacia la figura inerte de Andrea—. Sin embargo, creo que el pronóstico será bueno, como en los otros casos. Por lo general con la medicación los síntomas suelen ir remitiendo poco a poco. Habrá que esperar unas horas más. En cuanto tengamos los resultados de la analítica la llamaré. Sé que es difícil, pero necesitamos tiempo, la escopolamina se excreta por la orina muy fácilmente y es complicada de detectar. Las otras substancias permanecen más tiempo en el organismo. Un poco de paciencia...

Pero Valentina Negro, en aquella etapa de su vida, no tenía paciencia. Miró de nuevo hacia la niña, sintió como suyo el dolor de los padres, como un martillo viejo en su pecho, y salió de la UCI a grandes zancadas, presa de una impotencia que amenazaba con ahogarla. Conocía de primera mano los efectos de aquel tipo de substancias y eso la espoleaba todavía más: el hombre que era capaz de secuestrar y violar a aquellas niñas podía acabar matando a alguna adolescente con una sobredosis. Y lo que era peor, descubrir que matar le gustaba más que dejarlas vivas.

Valentina se obligó a centrar sus prioridades. Los de toxicología estaban en camino. Ya le habían informado de que la primera de las niñas secuestradas, Teresa, poco a poco empezaba a recordar retazos, imágenes brumosas del secuestro, pero los psicólogos desaconsejaban el interrogatorio policial. Miró su reloj: eran casi las cinco de la madrugada. No pensaba dormir ni una hora. Solo el tiempo de darse una ducha, tomar un café solo y buscar la manera de poder hablar con aquella chica. El tiempo apremiaba. Hizo un gesto al subinspector Bodelón, que apretaba en su mano un vaso de plástico con restos de café, y ambos se perdieron en los laberínticos pasillos del hospital infantil, buscando un ascensor.

—Imposible. No, inspectora. La cría está aún en estado de *shock*. Ni debería preguntármelo siquiera.

Valentina Negro clavó sus ojos grises en el pequeño logo de marca que adornaba la chaqueta de diseño italiano de la psicóloga, y luego reprimió un suspiro de hastío. La voz de profesionalidad impostada de aquella mujer la crispaba. «La cría.» Acercó la fotografía de colegio de Andrea Mella a través de la mesa de cristal. Luego acercó otra fotografía de Andrea, tirada en el párking del prostíbulo. Las puso delante de las facciones frías, inmóviles de la especialista.

—Quince años. Tiene quince años. Ha sido violada durante dos días, convertida en la esclava de un hijo de puta que la ha drogado, violado, golpeado, le ha cortado el pelo y ha estado a punto de matarla de una sobredosis. No sabemos todo lo que les hace en realidad. —La inspectora hizo un silencio calculado y prosiguió—: Ya son tres las niñas secuestradas. Y no me cabe la menor duda de que pronto serán más. Necesitamos saber, cualquier tipo de información puede ser crucial para coger a ese tipo.

—Y usted también debe saber que Teresa es una víctima. Y como tal mi deber es protegerla de todo lo que la pueda dañar en este momento.

—Hablaré con los padres —la retó.

—Los padres están de acuerdo conmigo. Teresa empieza ahora a recordar alguna cosa, es cierto, pero si usted tiene algún conocimiento sobre los efectos de ese tipo de alcaloides en la mente, ha de saber que cualquier información que nos proporcione puede ser fruto de un «viaje», de las alucinaciones que sufrió mientras permanecía bajo los efectos de la droga, que contiene escopolamina. Y también hemos encontrado restos de Rohipnol. El cóctel de la violación y el robo. Comprenderá que...

Valentina la interrumpió. Conocía muy bien los efectos de la escopolamina.

—Se sabe de algunas personas que han recordado parte de la experiencia real algún tiempo después. Mire... —la inspectora aspiró hondo y buscó de alguna forma sonar conciliadora—, entiendo a la perfección que es una niña, que ha pasado por una experiencia muy traumática. Pero en este momento lo importante es cazar al desalmado que está haciendo esta monstruosidad. Y la única información de primera mano es la que podamos sacar de las víctimas.

La psicóloga la miró con cierta compasión. O comprensión quizá. Valentina se sintió humillada en cierto modo, como policía y como persona.

—Inspectora, la respuesta es un contundente «no». Lo importante es proteger a la niña. Lo desaconsejo por ahora. Quizá más adelante los padres accedan, no digo que no.

Los ojos grises de Valentina adquirieron un tono plomizo durante un leve momento.

—Quizá más adelante ya no importe. Quizá dentro de un par de semanas, o un mes, tenga a otra niña más a la que proteger de mí, en vez de protegerla de ese cabrón. —La voz seca de la inspectora cortó la conversación de cuajo. Se levantó y salió del despacho lleno de diplomas dando un portazo, sin importarle la mirada de reproche de una mujer mayor con bata blanca que avanzaba por el pasillo con un archivador apretado entre los brazos.

Martes, 26 de marzo de 2013
Comisaría de Lonzas
Laboratorio de la Policía científica

—Aislar la escopolamina es muy complicado si no se tienen los instrumentos adecuados. No hace falta un gran laboratorio, pero sí un buen instrumental... —Víctor Álamo, el joven químico de la Científica se apartó de la mesa blanca y señaló un aparato de vidrio—: Un extractor Soxhlet. Y conocimientos de química, eso téngalo por seguro. Éter para macerar la planta..., filtrarlo en un kitasato...; bien, no le voy a aburrir con el proceso de extracción, inspectora.

Valentina negó con la cabeza y le hizo una seña para que prosiguiera.

—No, no me aburres. Me interesa.

Álamo era un hombre extraño, aún joven, pero con las gafas pasadas de moda y el pelo prematuramente canoso aparentaba diez años más de los treinta y pocos que en realidad tenía. Siguió, halagado por captar el interés de la inspectora.

—Luego habría que purificarla; la planta «trompeta del ángel», como la llaman en Estados Unidos por la forma acampanada de sus flores, contiene más alcaloides, como la atropina, y para extraer la escopolamina y dejar el resto nuestro amigo tiene que realizar aún otro proceso distinto. Ahí sí que hace falta cierta sofisticación para conseguir un buen trabajo, así que no me extrañaría que el Peluquero tenga acceso a algún laboratorio químico, o bien él mismo tiene conocimientos y material para obtenerla. De todos modos, esa cantidad tiene que haber afectado mucho a esas niñas, especialmente después de haber mezclado la droga con Rohipnol y éxtasis durante dos días. ¿Cómo están?

—No me han permitido verlas. Dicen que se están recuperando de forma satisfactoria... —Cambió de tema con rapidez—. ¿Tú qué crees entonces? ¿El Peluquero puede ser un químico...?

Álamo asintió.

—Un farmacéutico, un químico, sí, como el profesor de *Breaking Bad*. —Sonrió su propia broma—. O las dos cosas. Incluso un médico... no sé. Un médico podría sedarlas con cualquier otra droga; el Rohipnol y el éxtasis que aparecen en las analíticas tampoco son difíciles de conseguir... —suspiró con cierta resignación—. Hoy en día todo está en Internet. No sería extraño que estuviese también traficando.

—Imagino que la preparación de la droga forma parte de su ritual, se excita pensando lo hábil que es en muchos aspectos, en cómo se acercará a su víctima, en cómo la abordará...

—Valentina comenzó a analizar de forma casi inconsciente la información que le estaba ofreciendo su compañero.

Álamo interrumpió las elucubraciones de la inspectora.

—La trompeta del ángel es una planta muy común y muy bella, adorna muchos jardines en A Coruña, incluso la puede encontrar en lugares públicos, como los Jardines de Méndez Núñez. La gente no sabe que son muy tóxicas, utilizadas por los chamanes para lograr cierto tipo de alucinaciones muy concretas. No tiene que esperar para recolectar..., simplemente, con ir de noche a algún jardín privado o público se puede hacer con un buen cargamento.

Valentina asintió.

—¿Qué piensas? ¿Las roba en los parques? ¿Se podría dar el caso de que estuviese cultivando él mismo la planta en su casa?

—Si tiene conocimientos, puede elaborarla él mismo. Son plantas muy agradecidas, fáciles de cultivar. Y despiden un aroma fascinante, sobre todo al caer la noche. —La enigmática sonrisa del policía incomodó a Valentina de una forma extraña—. De ella se extrae lo que se conoce como «droga del amor», la droga que deja a las personas a total merced y sometimiento del que la administra.

SEGUNDA PARTE

La tormenta

Lunes, 1 de abril de 2013

Los ojos de las adolescentes, las tres ciertamente parecidas y de largo cabello castaño, liso, y uniformes colegiales, perseguían a Valentina a través de la sala desde las fotos que estaban colgadas en el corcho, como si se tratase de tres Giocondas que la acusaban, o eso sentía ella, de no estar haciendo lo suficiente para capturar a su torturador. Se paró un instante para sostener aquellas miradas limpias, hasta que la entrada del subinspector Manuel Velasco, con una carpeta azul y vasos térmicos que intentaba equilibrar en la mano, interrumpió sus cábalas.

—He traído café, inspectora. Cortado sin azúcar para usted.

—Nos va a hacer mucha falta la cafeína, gracias, Velasco. —Lo miró agradecida—. Tu colega Bodelón ha elaborado una lista bastante extensa de todos los lugares donde pudo haber comprado el Peluquero la ropa y los zapatos que les pone a las chicas. Hay mucho que filtrar, aunque quizá sea una tarea inútil. Es ropa barata, de los chinos, zapatos de plástico... Puede haberla conseguido por Internet o en cualquier almacén al por mayor. —Los subinspectores Velasco y Bodelón eran sus más fieles colaboradores, y solo con ellos se permitía Valentina mostrarse vulnerable o derrotada.

—No nos vamos a rendir, jefa. —La llamaban así, y a ella le gustaba—. No hasta que ese cabrón esté en la cárcel.

Valentina agradeció el apoyo con una sonrisa, pero se sentía agobiada. Tres meses de investigación y no habían conseguido avanzar demasiado. Y hacía casi uno que el Peluquero no daba señales de vida. Era la calma que presagiaba la tormenta, sin duda. Su progresión indicaba que pronto iba a actuar de nuevo, y debían estar preparados. Pero los recortes estaban haciendo estragos en la plantilla de Lonzas, muchos efectivos se jubilaban, otros más jóvenes pasaban a segunda actividad, y no había suficientes agentes para cubrir todos los colegios de una forma aceptable. Pero no se lo iban a poner fácil. Por lo menos ella no se lo iba a poner fácil.

Velasco dejó los cafés en la mesa y abrió la carpeta. Sonrió de forma casi imperceptible.

—Tengo nombres. Gente y empresas que han comprado materiales y productos que podrían ser utilizados en la fabricación de escopolamina. No le extrañe que de paso pillemos a algún cabronazo que haya montado un laboratorio clandestino.

—Bien. Dentro de dos horas tendremos una reunión con el inspector jefe Iturriaga. Por lo menos hemos conseguido algo: al fin se han decidido a conminar a todos los colegios de la ciudad para que avisen a las alumnas de que tienen que ser extremadamente cautelosas. No ir solas por la calle, no dejar que nadie se les acerque con un cigarrillo, un papel, una bebida... El gran problema de esta droga es que mucha gente no la toma en serio. Pero, bueno, el dispositivo especial a la salida de las clases es muy visible, puede lograr que se eche para atrás al ver tanta policía, que se ponga nervioso... —dijo, más esperanzada que convencida.

Valentina se detuvo un momento y miró el grueso fajo de papeles que había traído Velasco. Necesitaban más efectivos en el caso. Se avecinaba una montaña de información que iba a ser compleja de procesar con tan poca gente. Se pasó la mano por la cara para despejarse un momento y bebió un sorbo de café templado. Javier Sanjuán le había enviado la noche anterior un perfil del Peluquero. Con un poco de suerte, en la reunión del operativo el jefe sería lo suficientemente inteligente como para tener en cuenta la labor del criminólogo, como habían hecho otras veces.

Vueltas y más vueltas a la salida. En los colegios religiosos su BMW blanco pasa desapercibido, un padre más que va a buscar a sus hijos en su cuatro por cuatro. Coches de la Policía Nacional y de la Policía local que patrullan alrededor. Algunos lo miran, aunque no desconfían. El ser humano de forma inconsciente relaciona juventud, barba, gafas de *hipster* con la personalidad de un intelectual inofensivo. Lo normal es que busquen a un hombre mayor, a una especie de baboso gordo que observe a las nínfulas con descaro de viejo verde. Y él es joven, de estudiado aspecto amable.

Vuelve a hacer otra pasada por el colegio de las Esclavas. Todas las niñas van en pareja o en grupo. Ríen, las carpetas apretadas contra el pecho, la falda recién subida al abandonar el colegio, todas compitiendo por ver cuál es la más zorra de ellas. Sin embargo, ninguna es lo suficientemente putilla como para llamar su atención; el Pequeño Monstruo bosteza al verlas pasar con sus pretensiones de adultas, ya casi hembras. Los coches se detienen en las inmediaciones formando un atasco monumental; las adolescentes suben al bus, o se pierden dentro de los vehículos familiares.

Mira su reloj. Aún tiene tiempo para dar otra vuelta más. Necesita encontrar a su siguiente muñequita. La urgencia de su «pequeño monstruo» aún no es acuciante, pero en cualquier momento podría comenzar a hacerse insoportable. Él no sabe cuándo empezará. Solo sabe que la punzada en la columna le duele hasta hacerle sangrar la médula.

«Aún queda tiempo para echar un vistazo en la Compañía de María», piensa. Quizás allí encuentre alguna Lolita dispuesta a complacerle como él se merece, un lugar donde la Policía no esté tan pendiente de las niñas... Gira el volante y se dirige con las ventanillas bajadas hacia la avenida de Calvo Sotelo.

Pronto el sudor empapa su camisa blanca y recién planchada de Ralph Lauren. La humedad adhiere la tela al asiento de cuero y le produce una agradable sensación pegajosa.

«Ella» está en la puerta del colegio. Hablando con un hombre mayor que, quizá, sea su entrenador. Es alta, estilizada. Tiene un largo y sedoso pelo castaño que brilla al sol del mediodía, en las manos, un balón de baloncesto que aprieta y bota con destreza mientras sonríe. Las tablas grises de la falda, recogida hasta casi la parte superior de los muslos, se mueven de forma acampanada, mostrando quizá, o eso le parece, un trozo de tela blanca en la ingle.

Aminora la velocidad del BMW hasta quedarse en doble fila delante del portalón. Su respiración, de inmediato, se torna pesada. Luego levanta su móvil de forma disimulada y saca una ráfaga de fotos de la joven. Le calcula unos quince años, aunque aparenta casi dieciocho.

Ella termina la conversación con el hombre, recoge la mochila del suelo y empieza a caminar hacia la avenida de La Habana.

«Eres ya una verdadera putilla. Necesitas que alguien te dé muy pronto una lección. Si deseas atraer la atención de un macho, lo has conseguido... Aunque no del modo que esperarías hacerlo.»

—«Las tres chicas son de complexión similar, pelo castaño lacio, ojos castaños, altas, delgadas y bastante desarrolladas para su edad...»—Valentina leía el perfil realizado por Javier Sanjuán mientras los demás policías escuchaban con atención plena. Cuando terminó, se hizo el silencio. Luego, el inspector jefe Iturriaga se mesó la barba rala.

—Así que tenemos que seguir buscando a alguien con antecedentes, o que por lo menos haya sido sospechoso de acosar anteriormente a otras niñas.

Valentina asintió, y luego tomó el mando. Se había ganado el respeto que todos le tenían desde que terminara con la carrera criminal de Giovanni Nero, alias *el Artista*, que dos años antes había asolado a la ciudad. Este caso fue muy notable en su carrera. Le apodaron el Artista porque mataba mujeres reproduciendo las imágenes de diferentes obras de arte muy conocidas. Con motivo de la investigación de este asesino en serie conoció a Javier Sanjuán, un profesor de Criminología valenciano que se hallaba en A Coruña en esas fechas. Ambos iniciaron una relación compleja y en muchos sentidos atormentada, y las circunstancias traumáticas que rodearon la captura y muerte del Artista no contribuyeron a mejorar las cosas entre ellos.

—Según Sanjuán —siguió Valentina—, el nivel de sofisticación de los ataques indica que nuestro amigo puede ser reincidente, como pensamos nosotros también en un principio. Quizás empezó acosando a niñas sin pasar a mayores. Fotos, vídeos, flores a la salida del colegio, noviazgos con crías a espaldas de sus padres... Puede estar en alguna base de datos de cualquier otro cuerpo de seguridad de este país. Quiero a alguien desde ahora mismo buscando antecedentes que puedan cuadrar con un hombre joven, quizás en el paro, que viva solo, con conocimientos químicos, de botánica o farmacéuticos. Los antecedentes no solo en Galicia, también fuera.

—En el paro... ¿por los horarios? —Bodelón afirmó a la vez que preguntaba. Se inclinó hacia delante, mientras tomaba notas.

—Efectivamente. En el paro o con un tipo de trabajo que le permita tener tiempo libre suficiente para poder acechar a las niñas. Los ataques se produjeron a diferentes horas y en días de la semana distintos. El hijo de puta tiene tiempo para observar, acechar, quizá durante días y para actuar. Debe tener ahorros o alguna fuente de ingresos. El operativo que vigila todos los colegios puede disuadirle, pero no podemos poner un policía a cada niña que ande sola por la calle, así que tenemos que ser eficaces. Según Javier Sanjuán, no tardará en volver a actuar, dado su alto nivel de ira y agresividad.

»¿Qué opináis del perfil geográfico? —preguntó Valentina a su equipo, mientras se dirigía hacia el mapa de la ciudad que contenía diversas anotaciones y marcas. Y luego continuó ella misma con sus hipótesis—: La primera víctima, Emma García, desapareció tras salir de los Escolapios a las dos y media de la tarde de un miércoles, de camino hacia su casa en la ronda de Outeiro. Solía ir andando a clase, así que la pudo interceptar mientras bajaba la cuesta de Os Fortes. La segunda, Teresa de la Fuente, desapareció del colegio de las Esclavas, en Riazor, sobre las cinco y media de la tarde de un lunes. Y la tercera, Andrea Mella, fue vista por última vez en el colegio de las Franciscanas, en A Zapateira, alrededor del mediodía de un viernes..., bien. Sanjuán dice que el punto de anclaje se sitúa claramente en el centro de la ciudad. Y yo he estado meditando sobre ello. En Ciudad Jardín hay muchos chalets unifamiliares en donde se podría perfectamente mantener a alguien secuestrado sin llamar la atención. Y un punto más a favor de esa zona serían los múltiples jardines. Víctor Álamo me ha informado de que son lugares en donde abunda la *Brugmansia cándida* o trompeta del ángel. Quién sabe si..., en suma, si vive por esa zona puede que nos encontremos con alguien con un cierto poder adquisitivo. Hay que pensar que sus «viveros» son, por ahora, los colegios de pago con niñas uniformadas. Así que ha de merodear de manera forzosa por las zonas donde esas niñas sean vulnerables: entrada o salida del colegio, alguna que haga novillos... Si consiguiéramos hablar con alguna de las chicas, podríamos quizás encontrar una pista que nos abriese un camino. Los de informática están buscando en los chats, en Facebook, Twitter o Tuenti, pero no encuentran nada extraño en la actividad de ninguna de las tres. Así que es muy probable que las encuentre por el viejo método de la vigilancia. Según el perfil, se mueve en su propio coche, que probablemente sea amplio, un todoterreno, o similar, para introducir fácilmente a las víctimas en su interior.

El inspector jefe Iturriaga se revolvió en su asiento, se levantó y se quitó las gafas. Miró con los pequeños ojos del color del coñac a todos los presentes antes de dar por terminada la reunión. Sabía que interrogar a las niñas era necesario, pero el estado mental en el que habían quedado las tres víctimas hacía que los psicólogos desaconsejaran cualquier acercamiento.

—Es cierto, inspectora Negro. Tiene razón. Necesitamos hablar con alguna de esas niñas. Haré lo que pueda, pero está complicado. Ya me han amenazado con enviar a los de Madrid si no conseguimos nada. Así que aplíquense: sé que no es tarea fácil. Pero en peores plazas hemos toreado.

Colegio Compañía de María
20:30

Vanessa se secó el pelo con la toalla y se la enroscó en la cabeza. Luego sacó de la bolsa de deporte la crema hidratante y deslizó sus manos por todo el cuerpo, relajándose tras el duro entrenamiento. La mayoría de sus compañeras de equipo ya habían terminado de ducharse y arreglarse, solo faltaban ella y otra chica nueva, Ana, de un curso superior, a la que no conocía demasiado. Vanessa se demoraba siempre: le gustaba estar unos minutos en soledad dentro del vestuario, hidratando la piel y secándose el pelo con calma. Mandó un mensaje a su madre por Whatsapp: llegaría muy pronto, estaba hambrienta. Antes de secarse el pelo colocó en el asiento del vestuario la sudadera azul marino y la falda gris del uniforme.

Cuando salió del colegio ya había anochecido. Llovía a cántaros. Un relámpago iluminó durante unos segundos el cielo negro como el chapapote y el suelo retumbó pocos segundos después con el estampido tremendo de un trueno. Se puso la capucha de la sudadera sobre la cabeza y echó a correr, la mochila al hombro, lamentando no haberle dicho a su madre que fuese a buscarla. Cruzó la calle desierta casi sin mirar si venían coches. En muy poco tiempo estaba empapada, así que decidió guarecerse dentro de un viejo portal.

Un hombre corría por la avenida de Calvo Sotelo, buscando también algún lugar para protegerse de la tormenta. Cruzó hasta la calle Alfredo Vicenti, y no se paró hasta que los saledizos del antiguo edificio lo ampararon de la fuerza del chaparrón, que pasados los minutos se había convertido en una intensa granizada.

Vanessa se estremeció de frío. El hombre jadeaba, totalmente empapado. Sonrió y se puso a su lado en el portal. Era joven y atractivo, y a pesar de la mojadura, se podía ver que la ropa era elegante. Una gabardina beige, pantalones de pinzas. Se quitó las gafas de pasta y se las secó con un pañuelo. A ella le pareció algo miope, encantador.

—Qué horror, cómo llueve. Me dan un miedo horrible las tormentas. ¿A ti no? Ya desde pequeño. Mi madre solía decir que era un gallina —se encogió de hombros—, pero yo no soy capaz de evitarlo. Fui a buscar tabaco y me pilló justo dentro del estanco.

—A mí tampoco me gustan mucho... —dijo Vanessa—, la verdad es que odio mojarme. Y encima está granizando. —No pudo evitar coquetear un poco. Sonrió a su vez y lo miró abiertamente. Se quitó la capucha de la sudadera, el pelo empapado pegado a la cara y las gotas cayendo por la frente y las mejillas—. Lo peor es que le acabo de decir a mi madre que iba directa a casa y aquí estoy. Se va a preocupar.

—Tengo un paraguas en el coche. Si esperas un momento, te lo traigo y te lo presto. Ya me lo devolverás...

Ella negó con las manos, sintiéndose a la vez halagada y avergonzada. El hombre insistió.

—Que sí, mujer, tardo medio minuto... Espérame aquí. —Rebuscó en el bolsillo de la gabardina—. Mi coche está cerca... ¿Quieres un cigarrillo, mientras?

Vanessa asintió. Fumaba a escondidas, pero el tabaco era muy caro, y con su asignación semanal no podía permitirse el lujo de comprarlo habitualmente.

Ana esperaba dentro de la puerta del colegio a que cesase la tormenta. Cuando el granizo pareció menguar en su ímpetu furioso, bajó las escaleras y se dirigió a la cervecería Victoria, justo enfrente, donde había quedado con sus amigas. Llegaba tarde. Cruzó la calle a buen paso mojándose el cabello, la ropa, la bolsa de deportes. Le gustaba notar la lluvia en la piel, así que paró al llegar a la acera y miró al cielo, blanqueado de repente por otro relámpago que estalló en la lejanía del mar. La luz iluminó también dos rostros refugiados en un portal, el de Vanessa, su compañera de equipo, sonriente, y el de un hombre de mediana edad, con gafas, de aspecto agradable, que la estaba abrazando. Ana la saludó con un gesto, y ella siguió mirándola con expresión bobalicona, sin apenas reaccionar.

—Vanessa... ¿estás bien? —Ana parpadeó para quitarse las gotas de las pestañas y poder observar mejor a la pareja. Creía haber escuchado a su compañera decir que se iba a casa. ¿Qué hacía allí con un tío mucho mayor que ella?

El hombre hizo una mueca, agarró a su acompañante, y sin más preámbulos, la sacó del portal casi a rastras, apartando a Ana con un gesto seco, mientras dirigía a Vanessa hacia un BMW todoterreno que estaba aparcado muy cerca, en doble fila. Ana vio con asombro que ella no se resistía; al contrario, parecía encantada de estar con él. Mientras el coche arrancaba a toda velocidad, en un gesto intuitivo, corrió para intentar ver la matrícula. Buscó una libreta en su bolsa, a tientas casi, y un bolígrafo. Quería apuntarla para no olvidarse. El BMW hizo un giro prohibido que provocó bocinazos airados y se perdió en un instante.

Pero Ana había sido más rápida. Como un fogonazo en su cerebro, recordó la circular que les habían enviado a casa desde la dirección del colegio, a la que ninguna había hecho demasiado caso: no aceptar nada de ningún desconocido, no trabar conversación con alguien que te aborde en la calle, desconfiar de cualquier hombre que les preguntase una dirección o quisiera acercarse demasiado... Sus dedos empezaron a temblar, y las gotas de la lluvia casi borraron la tinta de la matrícula al caerse la libreta al suelo empapado, en su afán por encontrar el teléfono móvil para llamar a la Policía.

Valentina hablaba por teléfono mientras conducía casi sin ver a causa de la lluvia. A ratos, los relámpagos iluminaban el mar embravecido de Riazor, compitiendo con la intermitente luz de la Torre de Hércules, que intentaba sin demasiada fortuna poner luz en la tenebrosa noche. La sorpresa, la consternación y la furia se atropellaban en su cerebro: el Peluquero nunca actuaba de noche... hasta ahora. Sin duda, los operativos de vigilancia en los colegios lo habían disuadido, pero no lo suficiente.

—¿Dónde estáis? ¡No veo nada, joder! —Apretó el claxon con fuerza para apresurar al vehículo que iba delante de ella—. Ya, ya llego... —Notó su voz temblorosa por la ansiedad—. ¿Está la chica con vosotros? Bien. Estoy aparcando.

Valentina dejó el coche con las luces de emergencia y se precipitó al lugar donde estaban ya los subinspectores Velasco y Bodelón acompañados de varias patrullas, y una nerviosa Ana que basculaba el peso del cuerpo de una pierna a otra y miraba hacia los policías con recelo.

—Tenemos un nombre y una dirección, inspectora. Esta joven ha logrado coger la matrícula del coche que supuestamente se llevó a Vanessa Serrano. El propietario del vehículo se llama Marcos Albelo, es un BMW X5. El vehículo está domiciliado en un bajo de la avenida San Roque de Afuera, muy cerca de aquí; por lo que parece, es de una empresa de cata de vinos.

Valentina sopesó la información.

—¿Te fijaste bien en la matrícula? ¿Estás segura? —La joven asintió con expresión acobardada—. Bien. Cuéntame todo lo que has visto. Todo. De la forma más exacta que puedas recordar.

Tras escuchar las palabras entrecortadas de una nerviosísima Ana, sintió que la invadía la angustia.

—¿Te ha visto cogerle la matrícula?

—No lo sé. Llovía mucho. Salió rápido hacia el paseo de Ronda, y estaba oscuro, había otros coches, no lo creo, pero no estoy segura.

Bodelón intervino:

—Tenemos a los de la sala de pantallas del 092 buscando el coche con las cámaras fijas y a varias patrullas dando vueltas por la zona, pero por ahora nada.

—Diles que busquen especialmente por la zona de Ciudad Jardín. Si ha subido por el paseo de Ronda...

Un rayo enorme descargó en las cercanías. Sacudió el suelo y los hizo encogerse de la impresión. Al momento, el trueno retumbó como un gigante despertándose a lo largo de toda la playa de Riazor. La tormenta estaba prácticamente sobre ellos. Las sirenas de los coches saltaron y la zona quedó totalmente a oscuras.

—Lo que nos faltaba... —Velasco miró su radio con desesperación. Solo se podía oír la estática de forma muy débil—. ¡Se acaba de ir la luz!

—¡Joder, te he dicho que te agaches, puta! —Empujó la cabeza de la niña hacia abajo para esconderla; la expresión aletargada de Vanessa lo sacaba de quicio. Tardaba en obedecer más que las otras. Y encima aquel atasco infernal. Lo único bueno de la tormenta era que toda la calle se había quedado a oscuras. La amiga estúpida que los había visto... ¿había tomado nota de la matrícula del coche? Juraría que buscaba algo en su bolsa... Se pasó la mano por la cara, preocupado. ¿Había actuado de forma impetuosa, había cometido un error? Daba igual, ahora ya solo quedaba seguir hacia delante con el plan de la forma más discreta posible.

Llegó hasta el garaje de la casa y apretó el mando para abrir la puerta: no se abrió.

La luz. No había luz en la casa.

Vio una sirena a lo lejos, un vehículo de la Policía local que pretendía hacerse paso por la calle Virrey Osorio, y decidió moverse de allí al momento. Con celeridad, avanzó unos quinientos metros y metió el coche dentro del antiguo párking del Sanatorio del Socorro, hasta que la sirena se perdió en la lejanía.

Decidió improvisar. El sanatorio psiquiátrico estaba abandonado. Era un lugar tétrico, pero allí no entraba nadie desde hacía ya mucho tiempo. Fuera, en el patio, un arbusto de trompeta del ángel, del que él alguna que otra vez había cogido flores, era el único testigo bajo la persistente lluvia de su presencia. Dentro, nadie les molestaría.

Rebuscó en el maletero y sacó una cizalla para cortar la cadena que sellaba la puerta.

—Despacio. Es ahí, en ese bajo... —Miró a través de la amplia cristalera, pero no pudo ver ningún movimiento—. A primera vista parece vacío.

La inspectora Negro se apartó el pelo empapado del rostro mientras se acercaba a la puerta del almacén de vinos e intentaba abrirla, enfocando después con la linterna hacia el interior del negocio. Les hizo una seña a Velasco y Bodelón, que se pusieron a los lados de la entrada, y sacó una ganzúa de su pantalón. Segundos después, los tres policías entraban con sigilo, las armas apuntando por debajo del haz de luz de las linternas.

—Despejado...

Valentina avanzó hacia el interior, flanqueada por los subinspectores. Se deslizaron hacia la parte de atrás del bajo, que parecía decorado con detalle minimalista, un par de muebles, cuadros abstractos, fotos de viñedos, poco más. «Todo muy impersonal», pensó la inspectora, mientras enfocaba las paredes y el techo.

Velasco se adentró en los baños. Luego salió y revisó el cuarto de los aperos de limpieza.

—Inspectora, mire...

Valentina entró y dirigió el haz de luz blanca hacia una pequeña puerta que había al fondo del cuartucho, que apestaba a trapos mal secados y a humedad de sótano. La abrió e iluminó una estancia que parecía, a primera vista, un pequeño laboratorio lleno de matraces, crisoles, tubos de ensayo, balanzas... La luz de la linterna se paró en el extractor Soxhlet del que le había hablado el técnico de la Científica. Se acercó al fregadero, constató que había algunas probetas y tubos que aún estaban humedecidos.

—No hace mucho que ha estado por aquí.

A continuación el foco iluminó un ordenador portátil que había en una esquina al lado de varias cajas de madera. Valentina abrió la primera. La mano de la inspectora acarició un material suave, conocido. Al momento la retiró, como si hubiese recibido una descarga eléctrica.

Era cabello.

«El pelo de las niñas. Lo guarda aquí.»

—Inspectora...

Valentina se volvió casi sin tiempo para pensar. Bodelón, que estaba explorando otra de las cajas, sujetaba un fajo de fotografías que relucían ante la potente luz del foco. El subinspector la miró con semblante demudado. Imágenes de las tres niñas desnudas, con las piernas abiertas, mostrando el sexo, en posturas degradantes, o atadas y amordazadas en gesto forzado y doloroso aparecieron ante sus ojos, que querían cerrarse con fuerza para no seguir contemplando la más absoluta miseria que podía alcanzar el ser humano.

La inspectora de la Policía local María José Rodríguez se bajó del coche y decidió hacer una inspección a pie. Durante su recorrido había visto luces dentro del viejo Sanatorio del Socorro. Estaba abandonado desde hacía mucho tiempo, y por Ciudad Jardín corría el rumor de que estaba lleno de fantasmas. Algunas noches se escuchaban ruidos y algunas ventanas se abrían y cerraban aparentemente sin ninguna razón. El lugar era bastante siniestro, el típico hospital antiguo, blanco, de ventanas de medio punto con rejas y un pequeño jardín desvencijado en los laterales. A lo mejor algún sin techo se había refugiado allí de la tormenta imparable, pero por echar un vistazo no iba a perder nada.

La lluvia repiqueteaba con insistencia en los cristales y el pórtico del sanatorio. La puerta del hospital estaba entreabierta, y la cadena y el candado estaban a un lado, arrinconados. Un relámpago cruzó el cielo y la agente pudo ver perfectamente el todoterreno que estaba aparcado en la parte posterior del edificio. Caminó con cuidado hasta ponerse a la altura y enfocó la matrícula.

Unos segundos después, avisó a la sala del 092.

La abofeteó con saña. La cabeza de Vanessa se golpeó contra la pared por la fuerza del impacto. Cayó al suelo, conmocionada.

—Puta. Por tu culpa tenemos que estar aquí y no cómodamente instalados en casa. —Se agachó junto a la adolescente y le arrancó la sudadera y los empapados pantalones del chándal de forma brutal. Ella gimió de dolor. Luego le subió el sujetador blanco y empezó a bajarle las bragas blancas.

»¿Estas son las bragas que vas enseñando por ahí a los tíos, eh, zorrita? Te voy a enseñar yo a ir provocando con tu minifalda.

Vanessa volvió a gemir de dolor al notar cómo le arrancaba la ropa. Pero su estado de estupefacción le impidió revolverse. Su mente era como un pesado manto de piel caliente, los brazos no le obedecían, las piernas eran como columnas de mármol ancladas en el frío suelo de baldosa del viejo hospital.

Luego el hombre le metió las bragas rotas en la boca y le ató los brazos a la espalda con trozos de su propio pantalón rasgado, provocándole un intenso dolor. Totalmente desnuda e inerme, su captor se abalanzó sobre ella con lascivia incontenible. Una pequeña luz en el centro de su cerebro avisaba a Vanessa de que se estaba empezando a asfixiar. Pero no podía hacer nada por evitarlo. Simplemente, era incapaz de luchar: su cuerpo no obedecía.

La inspectora Negro apretó los dientes y empuñó su pistola USP con sumo cuidado, moviéndose con sigilo. Hizo señas a los dos subinspectores y a la mujer de la Policía local, que también había desenfundado su arma.

—Vamos a dividirnos. Mucha cautela —dijo en voz baja y pausada.

Después de peinar la planta baja, Valentina subió casi a tientas por la escalera principal hacia el segundo piso, mientras los demás se distribuían por las interminables habitaciones, llenas de camas de metal desvencijadas, historiales médicos escritos aún a mano, hojas rotas que escondían las miserias del pasado de muchos coruñeses que habían muerto o sobrevivido entre aquellos muros.

Avanzó hacia lo que parecía la zona de quirófanos, la linterna alumbrando viejos carteles de «No escupa en el suelo», «No fume», o cuadros con imágenes de la Virgen del Socorro. Pudo escuchar una voz, sonidos que provenían del interior de una de las salas. Se paró. Gemidos, algún golpe sordo. Jadeos. Llegó al dintel de la puerta de metal, abierta por completo, y lo que vio a la tenue luz de un relámpago la paralizó por completo primero, pero luego sintió que un haz de lava ardiente le subía por el estómago hasta llenarle la boca de hiel.

El Peluquero estaba totalmente desnudo, masturbándose sobre una figura que se adivinaba una mujer, muy joven, que tenía la cara hinchada a golpes y emitía sonidos agónicos a través de la boca obturada. El hombre, al verla, al principio permaneció quieto, pero luego se movió como un rayo y se lanzó sobre Valentina, que dudó en disparar para no correr el riesgo de darle a la chica.

El impacto fue brutal: ambos cayeron al suelo. Valentina, sin resuello por culpa del golpe, la pistola y la linterna alejándose, rodando a la vez. Ella, tumbada sobre las baldosas, inerme, pudo constatar la enorme fuerza del hombre que intentó asir su cuello con intensidad. Todavía conmocionada, por puro instinto, sus manos agarraron las muñecas gruesas del Peluquero para evitar que los dedos de garfio se le incrustaran en el cuello. La inspectora intentó gritar pidiendo ayuda, pero solo logró emitir un sonido ininteligible, y él clavó más las manos, haciendo que su respiración cesara, el jadeo de aquella boca penetrando entre sus labios, el cuerpo desnudo oprimiendo el suyo como el de un íncubo en la noche.

Valentina se estaba quedando sin fuerzas; los pulmones, sin aire, le empezaban a quemar. Su agresor tenía mucha más fuerza, y contaba con la ventaja de la posición de dominio que tenía sobre ella. Pensó que iba a morir. Y en ese momento, su pensamiento o su alma, extrañamente, pusieron fin a su agonía; sintió una atmósfera de irrealidad, como si fuera capaz de estar asistiendo desde fuera a lo que estaba sucediendo: su propia muerte. Recordó a su padre, muchos años atrás, reñirle delante de su madre, pero, sin embargo, con un aire de orgullo contenido, cuando en el instituto se había peleado con chicos más grandes que ella para defender a una alumna impotente y asustada. Lo estaba oyendo ahora mismo: «No puedes salvar sola a todo el mundo... Un día te harán daño de verdad.»

Luego la invadió la tristeza, al recordar a su padre, tiempo después, envejecido, llorando en silla de ruedas, desconsolado en el entierro de su madre, por culpa de un loco borracho y cargado de coca que quebró sus vidas en un accidente de tráfico. Y la voz de su madre, que un día le dijo, mientras su padre se oponía a que fuera policía: «Hija, estoy segura de que has nacido para proteger a los demás; cumple tu anhelo, no te rindas.»

«No te rindas», esa voz penetró desde su mente turbada, aislada de la realidad por la falta de oxígeno, hasta sus músculos y nervios. Valentina Negro se relajó, dejó de asir las muñecas del Peluquero y en un movimiento felino clavó las uñas en sus ojos, con un último aliento, sin piedad.

—¡Arghhh! —exclamó transido de dolor su agresor, soltando a su presa y llevándose las manos a la cara, de rodillas—. ¡¿Qué has hecho, puta?! ¡No veo nada!

Era su turno: Valentina hizo rodar su cuerpo unos metros y, en un instante propiciado por la furia, llenando con ansia sus pulmones, se levantó y lanzó el pie derecho contra la cabeza del Peluquero. Él acusó el golpe, emitiendo una imprecación ahogada, cayendo hacia atrás. La inspectora aprovechó para aferrar la linterna que estaba a dos pasos y, asiéndola como un mazo, la dejó caer sobre la cara de su atacante, impactando con la fuerza de la rabia y la angustia, una y otra vez, una y otra vez. Valentina escuchó los huesos de la nariz, los dientes rompiéndose con un crujido que animó su odio feroz. Segundos después, la fuerza nervuda y desesperada que la había llevado en volandas cedía poco a poco hasta casi parar, así que recogió la pistola y corrió hacia Vanessa para quitarle las bragas de la boca antes de que muriera asfixiada.

El Peluquero se arrastró hacia la puerta, sangrando por la boca y la nariz, aprovechando el descuido de la inspectora. Consiguió levantarse e intentó traspasar la puerta. Ella lo vio.

—¡Ni se te ocurra, cabrón!

Una patada de las botas técnicas impactó de lleno en los testículos del Peluquero, que cayó de nuevo al suelo, gritando de dolor. Valentina no pudo detenerse: al ver a Vanessa violada, golpeada y casi muerta, una ira feroz, indomable, la poseyó de arriba abajo. Sus botas patearon el estómago, el cuello, las costillas de aquel hombre ya indefenso, hasta que solo la fuerza de Bodelón, apretándola contra su pecho, consiguió sujetar toda la rabia que la había estado atenazando durante muchos meses. Las lágrimas rodaron por sus mejillas, su cuerpo se sacudía en sollozos sordos que solo cesaron cuando los médicos afirmaron que la chica estaba viva y aparentemente fuera de peligro.

Valentina contempló cómo se llevaban a Vanessa en la ambulancia. Luego alguien le puso una manta por encima y la acompañaron al hospital. Había dejado de llover. Días después recordó cómo, al salir del sanatorio, el aire le llevaba el fragante aroma de la trompeta del ángel en la noche de nuevo estrellada y cálida después de la tormenta.

PARTE I
EN UN ABRIR Y CERRAR DE OJOS

(In ictu oculi)

1

El arrepentido

Sentí entonces como si esos ojos terroríficos, insertos en la mirada pavorosa, estuvieran controlando mi más profundo ser y me poseyeran por completo.

E.T.A. HOFFMAN, *El magnetizador*

Martes, 2 de abril de 2013, 21:10
AVE Madrid-Valencia

Adolfo Sastre se removió presa de los nervios. Se incorporó ligeramente y miró hacia atrás. La gente iba ocupando sus asientos con tranquilidad en el tren. Una pareja mayor colocaba el equipaje ayudada por una mujer más joven que parecía su hija; un ejecutivo joven y muy bien trajeado, como él, leía el periódico mientras desde su sitio podía escuchar la música muy alta a través de los auriculares incrustados en los oídos. Volvió a sentarse y sacó su *tablet* del maletín. Trató de relajarse.

Nada más regresar a Valencia, recogería sus cosas y volaría hacia Nueva Zelanda con otra identidad para empezar una nueva vida, muy lejos. Había cometido un error muy grave y en realidad no sabía cómo enmendarlo. En un arrebato, envió un vídeo de uso personal a un periodista de investigación valenciano, antiguo amigo suyo. Quizás él sabría qué hacer con aquellas imágenes que lo atormentaban. No se había atrevido a hablar con la Policía, lo primero que harían sería meterlo a él para dentro. Y con razón. Su vida en la cárcel tendría los días contados.

Convencido por un conocido de los negocios, un empresario alemán, había probado el placer más prohibido, el deleite de lo innombrable. Al principio con morbo y despreocupación, luego no pudo parar. Durante mucho tiempo jugó a la ruleta de la abyección, atrapado, dejando que el goce más insano, por cruel, corroyera su espíritu. Ellos lo sabían, sabían que estaba colgado por completo de aquello y lo habían marcado a fuego. Pero no contaron con que al fin su conciencia se rebelaría, y que, de algún modo, volviera a tener sentimientos humanos. De pronto, como si se tratara de un Dorian Gray que al fin descubriera el horror de su alma en el retrato infernal que lo reflejaba, había comprendido que aquello le estaba destruyendo del todo. Y, ahora, al interiorizar el carnaval de aberraciones al que había contribuido con su dinero, solo quería que todo aquello desapareciera y huir, marcharse de allí sin dejar rastro, antes de que ellos se dieran cuenta de su desaparición. En su trabajo de exportador de muebles había conseguido hacer dinero suficiente para desaparecer una buena temporada en los antípodas. No tenía mujer ni hijos. ¿Quién iba a pensar que podía esconderse en el otro lado del mundo?

El tren se puso en marcha, primero suavemente, luego alcanzó gran velocidad. Sastre volvió a incorporarse pero no observó nada extraño. Intentó a duras penas fingir una rutina de trabajo durante el viaje, como si nada pasara. Luego cerró los ojos y respiró profundamente, dispuesto a tranquilizar su ánimo.

Cancerbero, un hombre alto, fuerte, pétreo, con un envidiable cabello oscuro tintado con alguna cana, cortado con elegancia, y llamativos ojos de un extraño azul casi transparente, miró su cronómetro y luego a Adolfo Sastre, que entraba en un taxi a toda prisa. No se precipitó. Sabía adónde se dirigía su objetivo. Con calma fue hacia el aparcamiento a buscar su coche. Luego se encaminó hacia la Ciudad de las Artes y las Ciencias como un visitante más de la ciudad del Turia. Cuando consiguió aparcar, se dirigió a grandes pasos hacia la avenida del Profesor López Piñeiro, hacia el alto edificio donde vivía Sastre. Subió sus ojos transparentes al cuarto piso. Si alguien hubiese podido verlos de cerca, se habría fijado en la pequeña marca de color marrón que tintaba las pupilas perfectamente heladas. Había luz en el piso que miraba. Su mano derecha apretó con fuerza la pequeña maleta de piel que solía utilizar para ciertos asuntos importantes.

Se acercó a la puerta del garaje. Al poco, salió un utilitario, y Cancerbero aprovechó la ocasión para introducirse en el edificio. A pesar de su elevada estatura y su mirada albina, había logrado perfeccionar la cualidad de convertirse a los ojos de los otros en un ser anónimo, una persona inofensiva, normal. Un habitante más de aquel edificio de lujo.

Subió hasta el cuarto piso y esperó, escondido en la oscuridad del rellano. Dentro del apartamento de Adolfo Sastre se escuchaba algo de ruido, a intervalos. Luego el propietario abrió la puerta y sacó una gran bolsa de plástico con basura. Caminó hacia el ascensor, unos segundos que Cancerbero no desaprovechó, felicitándose por su buena suerte. Adolfo Sastre se encontró de cara con una figura alta que levantó un brazo y descargó sobre su cabeza un golpe seco y duro con una pequeña porra.

Perdió el sentido antes de poder articular una palabra.

Cuando despertó por culpa de un olor intenso bajo las aletas de su nariz, Adolfo Sastre, tras unos segundos de estupefacción y dolor en la sien, sintió que estaba perdido, acabado. Se encontraba delante de la bañera llena de agua, sujeto a una silla de la cocina, las manos a la espalda atravesadas por el metal de unas esposas muy estrechas. Su boca estaba tapada, apenas era capaz de inhalar algo de aire y sus pulmones abrasaban de angustia su pecho, que se agitaba convulsivamente a pesar de las ataduras. En su despacho, alguien parecía teclear un ordenador.

Desesperado, comenzó a mover la silla hacia un lado y otro, hasta caer al suelo. Las esposas no se aflojaron, pero su captor acudió al baño al escuchar el ruido. Lo levantó como si se tratase de una pluma.

—Adolfo Sastre, ¿verdad? —El hombre cogió una pequeña banqueta y se sentó enfrente de él; no esperó respuesta—. Ya sabes por qué estoy aquí. Se te avisó de lo que podía llegar a ocurrir si te portabas mal. ¿Te lo tomaste a broma? Gran error. —Sastre movió la cabeza con desesperación, negando lo innegable. Cancerbero continuó su discurso—: Nos has traicionado y has puesto en peligro a la organización. Has desobedecido tu juramento de silencio. No hay muchas exigencias, lo sabes. Pagar y guardar silencio, pagar y guardar silencio. Para que mucha gente disfrute es necesario guardar silencio, Sastre. —Parpadeó e hizo una mueca, como si no le estuviese gustando nada aquella situación—. Y tú has filtrado algo que puede poner en peligro todo lo realizado hasta ahora.

Sastre temblaba, mientras las gotas de un sudor helado caían por la frente hasta su pantalón de chándal. ¿Cómo sabían que había filtrado el vídeo? La voz de aquel hombre le resultaba hipnótica, le hablaba y le regañaba mientras colocaba el maletín delante de la silla.

Cancerbero suspiró e hizo un chasquido con la lengua, dando a entender que él preferiría no hacerlo, pero que no tenía más remedio que llevarlo a cabo.

—Yo no soy un psicópata. Yo cumplo órdenes, Sastre, y mis órdenes son proteger a la organización de los traidores. Mira, tu promesa está aquí —sacó un papel del maletín y se lo plantificó delante de la cara, alzando la voz, dando dignidad a su discurso—, aquí está tu firma. ¿Creías que nos íbamos a quedar con los brazos cruzados? Pagar y guardar silencio. —Calló a continuación Cancerbero, negando levemente con la cabeza, indicando así a su mudo interlocutor que no se podía obrar de modo más estúpido, y que por eso ahora las cosas iban a ser desagradables para él.

Súbitamente, la mano de hierro aferró la nuca de Sastre y catapultó la cabeza dentro del agua del baño, transparente como sus ojos. Durante casi un minuto interminable, Sastre boqueó, ahogándose, sintiendo huir su hálito vital segundo a segundo. Al fin, la mano lo agarró por el cabello y lo sacó.

Un tirón inclemente arrancó la cinta de la boca. El condenado aspiró con toda la fuerza de sus pulmones, ávido de vida. Un cuchillo brilló delante de sus ojos.

—Quiero saber a quién le mandaste el vídeo, Adolfo. Es necesario. Compréndelo. Cuanto antes me lo digas, antes acabará todo este sufrimiento.

El cuchillo se hundió de repente en la yema del pulgar, cortándola de cuajo. Antes de llegar a sentir el profundo dolor en su totalidad, su cabeza volvió a hundirse en el agua helada, que ahogó su grito, y fue entonces cuando Sastre se enfrentó al abismo, y comprendió que nada de lo que pudiese hacer o decir lo libraría de la angustia más absoluta que precedía a la cruel muerte que merecía, sin duda, la debilidad del arrepentido.

2

Félix Panticosa

Jueves, 11 de abril de 2013, 19:00
El Bierzo, Ponferrada
Hotel del Temple

Félix Panticosa dejó a un lado el trozo de emparedado que se estaba llevando a la boca y clavó la mirada en el titular del periódico con un escalofrío. Leyó a toda velocidad, el corazón encogido en el pecho.

Encuentran a un hombre descuartizado dentro de su propio congelador

Valencia. Agencias

El cuerpo de Adolfo Sastre González fue encontrado ayer tarde por un familiar que acudió al domicilio preocupado por la falta de noticias. Sastre, un importante exportador de muebles, había anunciado que se iba de viaje de negocios al extranjero, pero la ausencia de comunicación hizo que cundiese la alarma entre sus allegados.

El levantamiento del cadáver del hombre se prolongó por más de seis horas. Fuentes policiales afirman que puede tratarse de un episodio de ajuste de cuentas, aunque todos coinciden en que Sastre llevaba una vida muy tranquila y sin episodios de violencia...

Su estómago se encogió. Adolfo y él habían estado muy unidos hacía unos años. Sastre pertenecía a una acaudalada familia de exportadores en Valencia, pero su amor por el misterio lo había llevado a embarcarse en expediciones (y subvencionarlas) en las que Panticosa ejercía como periodista e investigador: ovnis, lugares de poder, casas encantadas y otros temas misteriosos, tiempos muy productivos para ambos. Sin embargo, hacía tiempo que no se veían: Panticosa se había ido a vivir a Madrid. Había sentado al fin la cabeza con una chica, Verónica Carsí, y colaboraba de forma habitual con revistas y programas de televisión. Sastre desapareció de repente de su vida y de la vida de los demás, como si se lo hubiese tragado la tierra.

Cuando Panticosa, unos días antes, recibió de forma anónima en su abandonado correo electrónico, uno que ya apenas utilizaba, un extraño vídeo y un todavía más extraño aviso, se devanó los sesos para averiguar quién le podría haber mandado aquello. Él y su novia se encontraban pasando una temporada en el «edificio maldito» de Valencia, en la calle Tres Forques del barrio de Patraix, la famosa finca donde habían muerto siete personas de forma violenta. Estaba investigando posibles fenómenos paranormales, psicofonías, movimiento de objetos de forma inexplicable... para luego mostrar los resultados en *Cuarto Milenio*, el programa de misterio de Iker Jiménez. Verónica, agnóstica convencida, se pasaba el día afirmando que aquel lugar traía mala suerte, y la verdad, desde que estaban viviendo allí no se sentía demasiado tranquilo. Escuchaban ruidos extraños, el gato siempre parecía estar alterado, aunque las grabaciones se sucedían sin que pareciese haber nada anormal. Estar en Valencia le había vuelto, sin embargo, a poner en contacto con Javier Sanjuán, amigo de la infancia y colega de universidad. Los dos habían estudiado Criminología, antes de que Panticosa hubiese decidido dedicarse al periodismo de investigación. Ambos iban a hablar de la casa maldita muy pronto en el programa de televisión, cada uno en su campo, y estaban permanentemente en contacto, compartiendo los diferentes hallazgos.

El asesinato de Adolfo Sastre... No podía ser una casualidad. Recordó que ambos utilizaban aquel correo electrónico hacía tiempo, cuando estaban en contacto durante sus viajes e investigaciones. ¿Y si había sido él el misterioso emisario?

Panticosa había analizado el vídeo que le habían mandado con cierta prevención. ¿Era real? ¿Era falso? ¿Por qué se lo habían mandado a él y no a la Policía? La verdad es que parecía una película de serie B, trozos de un *snuff* falso pero muy bien realizado, ideal para los morbosos aficionados a las películas de terror. Y, sin embargo, había algo muy real en algunas de aquellas imágenes, en las expresiones de las chicas, en las torturas...

Lo último que adjuntó su anónimo informador era una especie de animación macabra en blanco y negro, un esqueleto vestido con sombrero de copa y una capa española que los incitaba entre carcajadas a acudir a su cita con «el ojo del Diablo» una y otra vez. «Ven al castillo de San Blas. El día 11 de abril a la medianoche. Recuerda la consigna: pagar y guardar silencio.» La animación se bloqueó nada más abrirla. Panticosa apenas pudo apuntar el lugar y el día antes de que desapareciera de su ordenador. No pudo volver a recuperarla.

¿Y si todo era una broma de mal gusto? El periodista había buscado en Google «castillo de San Blas», y, ciertamente, en todo el país había unos pocos, casi todos en poder de la administración. Pero era curioso: tras mucho investigar en la red, había encontrado una especie de viejo palacete en Ponferrada, llamado el castillo Valdés, en sus tiempos llamado castillete de San Blas y ahora en plena restauración por un particular. ¿Y si era aquel el sitio de la supuesta cita? Félix había decidido que no perdía nada por acercarse al lugar, aunque no tuviese la seguridad de que fuese a ocurrir algo, así que poco tardó en hacer su mochila y ponerse en marcha hacia la comarca del Bierzo, en la provincia de León. Pero ahora que leía aquel suceso horrible se sintió de repente muy angustiado. Todo eran preguntas sin respuesta, todo se movía entre la burla macabra o una realidad demasiado cruda para ser verosímil. Hasta ese momento no había pensado que aquello podía ser peligroso.

Ir a la Policía podía ser una opción. Pero ¿con qué motivo? ¿Con un vídeo que podía ser falso? Nadie creería a un investigador de fenómenos paranormales, ya tenía sobrada experiencia. De todos modos ya estaba en Ponferrada, y era el día de la cita en el castillo de San Blas. Si era una broma pesada, casi lo agradecería. Panticosa cogió el teléfono y llamó a Sanjuán. «Ya tenía que haber consultado esto con él desde el principio», se lamentó al ver que el teléfono de Javier Sanjuán no estaba operativo. «Estará dando clase.» Panticosa suspiró profundamente. ¿No estaría sacando las cosas de quicio?

Volvió a clavar la vista en el periódico y decidió pedir un café. Después de aquella noticia ya no le cabía nada sólido en el estómago.

Valencia, calle de Tres Forques, n.º 1
20:00

Verónica intentó abrir la puerta del edificio con la llave mientras sujetaba la compra. Puso una de las bolsas haciendo de tope y metió trabajosamente las otras dos en el portal, intentando no dañarse el brazo en cabestrillo. La puerta se cerró haciendo caso omiso del peso de la bolsa. «La casa maldita», pensó. Le angustiaba aquel lugar. «Las ideas brillantes de Félix. Solo él puede alquilar un piso aquí para investigar si es verdad que hay presencias extrañas y fenómenos paranormales.»

Verónica Carsí no creía en aquellas cosas. Ni fantasmas, ni maldiciones extrañas, ni lugares embrujados. Pero era bien cierto que desde que vivían en aquel inmueble, señalado por el destino como la finca en la que más fallecimientos trágicos se habían producido en el último medio siglo de toda Valencia, ella se sentía muy angustiada. Por no hablar del brazo roto al caer por las escaleras. Aquel lugar tenía algo siniestro, pero achacable por completo a su propia sugestión, pensaba, enojada consigo misma. Félix trabajaba como periodista *freelance* del «misterio», y en el programa de televisión donde colaboraba lo habían retado a vivir unos meses en la «casa maldita». Como buen valenciano, accedió sin titubear. Tenía horas de grabaciones y colocaba vídeos en las escaleras del edificio y el cuarto de contadores. Ella no había querido saber nada del asunto. Le bastaba con tener que estar allí.

«Con lo bien que estábamos en nuestro piso de Madrid, con ascensor, con calefacción, moderno y céntrico.» Verónica subió las escaleras hasta el segundo piso, resoplando. Además, echaba de menos a Félix. Por culpa del brazo roto no había podido ir con él. Suspiró, resignada. Llevaba varios años de relación con aquel aventurero y estaba enamorada hasta los huesos de él, hasta tal punto que lo solía ayudar en sus investigaciones y estaban escribiendo un libro juntos, pero había veces que sus excentricidades lograban superarla incluso a ella, que no era precisamente una mujer remilgada. Confiaba en que la salida del próximo libro de Panticosa fuese lo suficientemente bien como para vivir de una manera algo más desahogada. Ella era filóloga y realizaba artículos, traducciones y estudios para revistas y libros, pero el dinero se iba con demasiada facilidad.

Llamó al gato cuando entró en la casa. Desde que vivían allí, el animal pasaba casi todo el tiempo escondido debajo de la cama, o huyendo como una sombra atemorizada. A ella a veces le hubiese gustado hacer lo mismo.

—*Nano. Nano... ¿Dónde estás? Ven, Nano...*

El gato le respondió desde una de las habitaciones del fondo con un maullido quedo y desconsolado.

«Dentro de un mes habrá terminado todo y podremos volver a Madrid», se consoló mientras dejaba la compra sobre la encimera y encendía la radio. Pensó en Félix. De repente había programado un viaje a Ponferrada, de un día para otro. A menudo hacía cosas así: una información, un soplo, y allá iba con su sempiterna mochila y su aspecto de aventurero de película.

Cuando escuchó el sonido del móvil y vio que era Félix emitió un leve suspiro de alivio. Odiaba estar allí sola al anochecer, aquel lugar le producía escalofríos, la voz de su novio era un bálsamo.

La voz de Félix sonó jovial y entrecortada a través del teléfono.

—Mi niña. ¿Cómo estás? ¿Cómo va ese brazo?

—Bien, bien. —Se hizo un silencio. Verónica se forzó a seguir, a pesar de que estaba algo deprimida, no quería preocuparlo mientras estaba fuera—. Acabo de subir la compra. Estoy buscando a *Nano*. Estará escondido debajo de la cama... ¿Y tú? ¿Qué tal tu viaje al Bierzo?

Félix permaneció unos segundos callado. Luego fingió despreocupación.

—Por ahora sin novedad. Luego iré a visitar unas ruinas. Dicen que hay fenómenos extraños, pero ya sabes. La gente es muy vendehumos. Sacaré unas fotos y muy pronto estaré de vuelta.

El suspiro de Verónica traspasó el auricular.

—Ten cuidado, mi amor.

—Tengo mucho cuidado, tenlo por seguro. En especial desde que te tengo a ti... Te echo mucho de menos. Ya lo sabes. —Decidió cambiar de tema y no ponerse demasiado tierno—. Por cierto, acabo de intentar contactar con Javier, pero no me hago con él. Quiero que vea cuanto antes unas cosas que he descubierto. Están en el portátil de mi despacho en la Malvarrosa, sobre la mesa. Si llama a casa, se lo comentas. Le van a interesar mucho.

La estática sustituyó la voz del periodista y el sonido se desvaneció, dejando a Verónica con el móvil en la mano. El gato siamés se restregaba alrededor de sus vaqueros ajustados y decidió ir a la cocina a abrirle una lata mientras empezaba a preparar la comida. Por alguna razón, sintió una profunda opresión en el pecho, pero hizo un esfuerzo por sobreponerse. Ya volvería a llamar cuando tuviese mejor cobertura, se convenció a sí misma.

«Estar enamorada de un periodista de investigación es más duro de lo que creía.» Intentó sonreír, pero solo consiguió ponerse más triste.

Ponferrada, pedanía de Campos, finca Valdés 23:30

Hacía un frío que entumecía las piernas, y mucho más al lado del río. Panticosa caminó en la oscuridad por un sendero abrupto entre los árboles. El castillo Valdés, también llamado de San Blas, un coqueto palacete de finales del siglo IX, no estaba lejos de Ponferrada. Por lo visto, estaba abandonado desde hacía ya medio siglo, aunque se rumoreaba que no hacía mucho tiempo lo habían comprado para su restauración. El rumor de las aguas plácidas y contaminadas del río Boeza lo acompañaba en su caminata solitaria. Estaba muy cerca de la ciudad, y, sin embargo, era como si el espeso y húmedo bosque que rodeaba el palacete engullera todo el bullicio de tráfico de la carretera de Molinaseca, y el ruido de la gente que vivía en una urbanización cercana.

Una valla de obra cercaba la finca. A pesar de la oscuridad, Panticosa se dio cuenta al tacto de que era de construcción reciente. Rodeó con calma la estructura de madera y metal; desde luego no parecía frágil, como si se hubiesen esmerado en hacer una valla férrea e inexpugnable. Lo suficientemente alta y fuerte como para ahuyentar a gamberros o senderistas curiosos.

Miró su cronógrafo. Eran casi las doce de la noche.

«Esperaré un rato más. Luego volveré al hotel. Esto no tiene demasiado sentido. Es un lugar abandonado en obras..., me he equivocado de sitio, sin duda. O el correo fue falso, un engaño.»

Un helado Panticosa iba ya a dar la vuelta hacia Ponferrada cuando unos faros lo deslumbraron entre los arbustos, acercándose hacia el lugar. Escuchó el inconfundible sonido de un vehículo durante unos segundos. Luego, el silencio. Se apuró casi a tientas, trepando por una elevación del terreno, tropezando con las raíces de los castaños y nogales, telas de araña dispuestas a atraparlo; desde ahí, frustrado, llegó a ver cómo terminaba de cerrarse con lentitud una puerta de metal.

Pero poco después apareció otro vehículo en una curva, el tiempo suficiente para que pudiera agacharse justo antes de que los faros lo iluminasen. Esta vez estaba preparado. La puerta se volvió a abrir, y Panticosa se situó detrás de la furgoneta en el mismo instante en el que el portón iniciaba su maniobra de cierre. Dio un salto y se ocultó detrás de un matorral espeso, ya dentro de la finca. Su corazón latía con fuerza en el pecho, se sentía vivo, la sangre corría cálida por sus venas a pesar del frío. Panticosa había nacido para disfrutar del riesgo, y de una forma inédita, se dio cuenta de que hacía mucho tiempo que no lo había experimentado. Él era un periodista del misterio, y vivía para momentos como aquel.

La furgoneta avanzó con lentitud por un camino cubierto de hierbajos, bamboleándose por culpa de los desniveles de un camino de tierra sin asfaltar. El periodista la siguió de lejos, procurando no ser visto. Muy pronto llegaron a la estructura del viejo castillo en ruinas. Los esbeltos torreones se alzaron sobre los árboles ante su vista. Al momento, del vehículo se bajaron sombras que actuaron con rapidez en la oscuridad y Panticosa solo atinó a escuchar unos leves gemidos y pasos apresurados mientras se acercaba a trompicones, esquivando troncos, piedras, hierbajos y ramas que impedían su avance.

Ante sus ojos acostumbrados a la oscuridad, aparecieron

dos coches aparcados: un Peugeot Crossover negro, que brillaba como un cuchillo de obsidiana, y la furgoneta. Ni rastro del conductor o de los ocupantes; habían desaparecido dentro de los restos del edificio. Cogió su móvil y sacó fotos del lugar y luego de los dos vehículos. Las fotos, algo borrosas porque no se atrevió a conectar el *flash*, se subieron de forma automática a su archivo de Dropbox.

Con cautela, rodeó el palacete abandonado. No se veía ni una luz. Los tres torreones sobresalían de un bulto de tierra, árboles, raíces y hiedra, como si con el paso de los años la naturaleza hubiese sepultado la verdadera estructura. Siguió hasta que encontró un portón de madera cerrado a cal y canto, y pensó que quizás habían entrado por allí. El río discurría justo por debajo: Panticosa bajó un talud hasta hundir sus botas en el agua gélida y caminó unos metros. Allí había, cubierto de ramas y una verja oxidada, un túnel de desagüe. Agarró la verja y tiró de ella hasta desprenderla de sus enmohecidos anclajes, y se metió en el interior.

El túnel de cemento era angosto, olía a humedad y a moho. Un hilo de agua sucia discurría con calma hasta el río Boeza. Encendió su pequeña linterna y avanzó unos metros hasta encontrar una trampilla en el techo de una pequeña cueva y unas escaleras herrumbrosas. La abrió con cautela, asomando la cabeza. Daba a lo que parecía haber sido una cocina. Aún se conservaban las alacenas, grifos de cobre, una vieja chimenea llena de telarañas. Las raíces de los árboles habían comenzado a colonizar toda la estancia, llenando de grietas las paredes de ladrillo. Panticosa cruzó la habitación y caminó por un pasillo hasta encontrar unas escaleras de caracol que se perdían en la negrura de un pozo.

Bajó durante unos minutos sumido en la más completa oscuridad, no se atrevía a encender la linterna, algunos escalones se tambaleaban bajo sus pies. Al fin escuchó ruido, voces apagadas. Una luz en el fondo, al final de la escalera.

Sus manos temblaban, se sintió ridículo. Nunca se había caracterizado por ser un cobarde, así que siguió caminando con pasos cortos, temerosos pero seguros, hasta llegar a la puerta que comunicaba las escaleras.

Al ver la escena que se desarrollaba allí dentro, abrió la boca, los ojos, y su sentido de la realidad se puso a prueba.

En medio de la estancia, iluminado por focos potentes, brillaba como un diamante en la penumbra un tanque de cristal lleno de agua. A Panticosa le recordó los que usaban los magos para sus trucos de escapismo. Un hombre fornido con un pasamontañas se encontraba de pie, justo delante. Tenía asida una cadena que se perdía en el techo, parecía sujetarla con fuerza. Otro hombre, también vestido de negro y con el rostro tapado por una extraña máscara que parecía reflejar la luz, filmaba la escena desde distintos ángulos. El hombre comenzó a soltar la cadena muy lentamente, y de repente, en los focos de luz, apareció una mujer de cabello largo y negro que descendía, colgada de la cadena, hacia el tanque. Estaba desnuda. Atada. Amordazada. Los ojos enfangados del terror más brutal.

El hombre soltó la cadena y la joven se hundió en el agua. Durante unos instantes, solo se pudo ver la espuma que produjo la caída; luego, el cuerpo sujeto, que se retorcía intentando alcanzar la superficie del tanque. La expresión de pavor, de angustia, de ahogo, era filmada en sus detalles más íntimos. Después de unos instantes eternos, cuando la mujer estaba ya a punto de ahogarse, el hombre la subió con rapidez y manejó una especie de polea para acercarla. La dejó colgando, a su merced, y le quitó la mordaza. La mujer tosió entre grandes arcadas. El pecho, desgarrado, aspiró el aire buscando la vida, y el hombre pareció muy satisfecho. La cogió por la barbilla y la hizo fijar sus ojos en los suyos.

—Ahora vas a ser complaciente conmigo, Encina, o volverás al tanque... —La voz sonó aguda, en falsete.

Panticosa, envuelto en las sombras, permaneció en silencio, estupefacto, fascinado por el espectáculo morboso que se desarrollaba ante él, pero al mismo tiempo colapsado por el horror.

Mientras el otro seguía filmando, el hombre grueso comenzó a lamer y a acariciar el cuerpo mojado, que se estremeció e intentó zafarse de aquellas manos que vejaban, de aquella boca que mordía, de los gemidos del hombre que se había excitado ante la cercanía de la muerte.

—Encina, no estás siendo buena..., no estás siendo complaciente, Encina..., por eso estás hoy aquí. —La volvió a amordazar mientras se carcajeaba y la subió de nuevo al tanque.

Panticosa asistía entre horrorizado y extático a aquel proceso de tortura enrevesado. Aquello era muy real, y el sujeto que filmaba no cesaba en su proceso de aprisionar todas las expresiones de terror y de agonía de la joven dentro del tanque. La cadena volvió a sacarla del agua, y de nuevo el hombre inició su proceso de violación, esta vez mucho más atrevido. Se bajó los pantalones e introdujo por la fuerza su pene en la boca, forzándola sin miramientos, impidiéndole respirar, la mano aferrada a la melena empapada. El cámara no perdía detalle, agachado al mismo nivel que la mujer, que se debatía inútilmente con las manos atadas a la cadena.

De pronto, escuchó un ruido tras él. Félix se dio la vuelta a tiempo para evitar que una manaza lo aferrara por el cuello. Un cuchillo pasó rozando hasta morderle el hombro. El dolor despertó a su cerebro, que hasta ese momento estaba anestesiado: el reportero empujó a su atacante y empezó a subir las escaleras de caracol con toda la energía que le daban las piernas. Detrás se oían los pasos apresurados de su perseguidor, que cada vez parecían más y más cercanos.

Panticosa atravesó la puerta de la cocina y corrió sin saber muy bien hacia dónde se dirigía. Buscó la trampilla por donde había entrado, pero no la encontró. Estaba cubierta por un viejo baúl. Ese momento de duda fue suficiente: su perseguidor cayó sobre él como una exhalación. Panticosa solo pudo sentir durante unos instantes un extraño fuego clavándose en su carne, en su cabeza, en el pecho, en su cuello, que se abrió como una fruta madura. Notó cómo la vida se le escapaba, y al final, antes del oscuro pozo sin fondo de la muerte, intentó recordar el rostro de Verónica el día en el que la había conocido, su sonrisa frente al mar Mediterráneo, el pelo mecido por la brisa. Y, luego, una intensa luz brillante ocupó su lugar.

3

Caso abierto

Viernes, 12 de abril, 06:05
El Bierzo, Ponferrada
Rampa sobre el Sil, al lado del castillo templario

Los ojos estupefactos de Isabel no podían dejar de mirar, pero a la vez lo único que querían era cerrarse con fuerza y que todo aquel infierno desapareciera de su mente.

—Está... ¿Está sin ojos? ¡Dios! ¡Dios! ¡Qué... horror!

Sintió unas fuertes arcadas; las piernas no le sostenían, así que se sentó sobre la rampa con la cara entre las manos. Ella y su amiga Susana se habían levantado muy temprano para ir a caminar antes de ir al trabajo en una tienda de ropa del centro de Ponferrada. Ese día eligieron el parque que había justo debajo del castillo templario, lleno de senderos que bordeaban el Sil, un lugar hermoso de madrugada, pintado de neblina y de los tonos ocres del sol al amanecer reflejándose en las aguas, el imponente castillo guardando la ciudad desde su atalaya.

Iban caminando deprisa y desde lejos vieron con curiosidad un bulto que colgaba de la rampa metálica que unía ambas orillas del río. Cuando se acercaron lo suficiente, se dieron cuenta de que lo que pendía de una de las barras metálicas era un cuerpo humano.

Susana intentó en su mente aislarse de ese espectáculo

grotesco, cogió el móvil con los dedos temblorosos y acertó a llamar al 091. Quería cerrar los ojos, pero a la vez no podía tampoco evitar clavarlos en el rostro desfigurado y ensangrentado que se balanceaba boca abajo, al compás del ligero aire de la mañana, que prometía ser cálida y primaveral.

Viernes, 12 de abril, 08:45
A Coruña, comisaría de Lonzas

Iturriaga salió enfurecido del despacho del jefe superior de Policía. Quizás era cierto. Quizá Valentina se había propasado con el Peluquero de los cojones. Aquel cabrón había estado a punto de matarla, las marcas de las manos en su cuello aún se podían ver. A ella y a una niña. ¿Quién sabe lo que hubiese hecho él mismo en aquella situación? Quizá lo habría matado a tiros. Pero Valentina Negro era una mujer, y el mundo machista que atufaba la Policía estaba alborotado. Gente como ella hacía falta en la Policía, no podía prescindir de sus servicios, y menos ahora que se estaban jubilando todos los buenos.

Los de Asuntos Internos le habían abierto un expediente, y todo aquello tenía muy mala pinta, sobre todo porque el abogado del Peluquero, el mediático Eusebio Brandáriz, había olido la sangre y estaba cargando con todo lo que tenía. Brandáriz, un tipo sin escrúpulos, defendía a cualquiera que pudiera pagarle bien por sus servicios, y en este caso sabía, además, que iba a lograr mucha notoriedad destapando la «brutalidad policial» en Lonzas. Había dejado muy claro al jefe superior de Policía que, si se obstinaban en defender a la Negro, les pondría a todos a los pies de los caballos. Y, a su vez, el jefe superior se lo había dejado muy claro a Iturriaga: si no suspendía de empleo y sueldo a Valentina Negro mientras se resolvía el expediente, él se hacía directamente responsable de cualquier incidente que pudiera surgir con ella. Estaba avisado.

Una voz le llamó e interrumpió sus pensamientos. Era Alejandro Villalobos, el concejal de Seguridad Ciudadana, que avanzaba a grandes zancadas por el pasillo de la comisaría, seguido a poca distancia por el jefe de la Policía local. Villalobos, un hombre ya maduro, alto, delgado, con el pelo y los ojos casi tan oscuros como su piel, llevaba casi dos años al frente de la concejalía y se había ganado el respeto de los policías cuando ocurrió la tragedia del Orzán, en la que tres agentes habían muerto por intentar rescatar del mar enloquecido a un joven estudiante insensato. Iturriaga, que aborrecía a los políticos, sin embargo apreciaba a aquel hombre, siempre preocupado por la labor policial y la seguridad de A Coruña.

Villalobos le estrechó la mano efusivamente.

—Vengo a hablar con el jefe superior. En el ayuntamiento estamos muy contentos con la labor que han realizado. La ciudad estaba aterrada..., el alcalde, los padres de las niñas..., todos estamos muy agradecidos por lo que han hecho, y en particular estamos en deuda con la inspectora Negro, aunque sé que está pasando por un momento difícil. Ha estado de baja, ¿verdad? ¿Cuándo vuelve?

Iturriaga asintió, con gesto grave.

—Gracias, señor concejal. Sí, la inspectora Negro ha sido denunciada por el abogado del violador por brutalidad policial, y Asuntos Internos le ha abierto un expediente. Pero regresa hoy al trabajo.

—Comprendo, inspector —dijo Villalobos, con semblante de consternación—. Una de sus mejores policías ha estado a punto de morir y encima la denostan. Es increíble. Yo de usted la apartaba de la circulación durante un tiempo hasta que se calmen las aguas, la gente olvida pronto. Por cierto... —el concejal sacó una tarjeta de su cartera— venía a hablar con el jefe superior del caso de Belén Egea. Ayer por la tarde estuve con su madre. El mes que viene hará tres años de su desaparición. Me ha dicho que es posible que haya nuevos indicios. Solo quiere que aparezca, como sea, entiéndalo... para poder descansar. ¿No le podrían dar un empujón al caso?

Iturriaga cogió la tarjeta y asintió. Aquel caso se les había atragantado durante tres años ya. Resopló. Lo que le faltaba. Más trabajo. Como si no estuviesen ya totalmente colapsados... Sin embargo, pocos segundos después de despedirse de Villalobos, se detuvo en seco: había tenido una idea.

Valentina dio una vuelta más con la moto para evitar a los periodistas que se agolpaban en las cercanías de la comisaría en busca de una foto de la inspectora que había atrapado a Marcos Albelo, el violador de adolescentes, y decidió aparcar en la parte de atrás del edificio. Se bajó de la Triumph Bonenville y respiró profundamente. Se quitó el casco. Había recogido su espesa melena negra en una trenza, y llevaba una cazadora del mismo color con el cuello subido, abrochada hasta taparle medio rostro, pero al fin y al cabo era difícil que Valentina Negro pudiese pasar desapercibida. Sin ser demasiado alta, sus ojos grises azulados, brillantes, su piel blanca y su cuerpo rotundo destacaban a su pesar, incluso cuando iba de uniforme.

No había conseguido dormir en toda la noche. Después de unos días de baja, se incorporaba con una reunión en el despacho del inspector jefe Iturriaga. Intuía que para nada bueno: en su fuero interno sabía que con aquel degenerado había perdido el control por primera vez en su vida.

Desde aquella noche, su mente no descansaba: se debatía entre la rabia de haber sobrepasado el límite y el placer incontestable que había obtenido de la paliza. El sonido de los huesos al romperse, los gritos de dolor del Peluquero, todo había sido una sinfonía a sus oídos, aunque con posterioridad el arrepentimiento la ahogaba sin dar tregua. Se sentía horrible, su acción era imperdonable, pero lo peor era darse cuenta de que había disfrutado rompiéndole la cara a aquel cabrón. Como policía, aquello no era lo que se esperaba de ella: mantener siempre el control. Una y otra vez volvía a revivir aquellos instantes, pensando en cómo podía haber actuado de una forma adecuada. Ella, siempre tan comedida y recta... Sacudió la cabeza y se armó de valor. «Que sea lo que Dios quiera», musitó mientras se bajaba la cremallera de la negra cazadora de piel.

Cuando entró en la comisaría de Lonzas, se hizo el silencio. Luego, uno a uno, con semblante serio, varios de sus compañeros se acercaron a ella y le estrecharon la mano. Ella permaneció allí de pie, demudada y pálida, el pecho lleno de aprensión, y subió por las escaleras con lentitud hasta el despacho de Iturriaga. Antes de entrar, tragó saliva y golpeó la puerta.

—Adelante. Pase, inspectora, y haga el favor de sentarse.

Iturriaga la miró por encima de las gafas con expresión indefinida. Tenía sobre la mesa un fajo de papeles que miraba y remiraba mientras Valentina tomaba asiento enfrente de su jefe directo.

—Bien, inspectora... —suspiró. Su rostro reflejaba una mezcla de emociones que trataba de contener a duras penas. Pero el encuentro con Villalobos le había proporcionado una salida. Había llamado por teléfono al jefe superior, nada más llegar a su despacho, y le había expuesto su plan. Y lo había aceptado.

»Imagino que ya sabe por qué estamos aquí. Tenemos un problema grave. El abogado de Marcos Albelo, el inefable Eusebio Brandáriz, la ha denunciado por brutalidad policial. Amenaza, si no la expulsamos del cuerpo, con implicar a toda la jefatura. La verdad, inspectora Negro... que no salga de aquí, pero algo de razón no le falta al abogado. El parte médico es muy expresivo: huesos rotos de la nariz, la mandíbula, cuatro costillas... casi lo deja usted sin ojos, por cierto. Menos mal que ve perfectamente. No por él, claro, por usted.

La blanca piel del rostro de Valentina enrojeció hasta la raíz del pelo. Ella inició un balbuceo que pretendía ser una explicación, pero Iturriaga levantó su mano en un gesto para que le dejara continuar.

—Puedo entender lo que le pasó, Valentina. No soy de hierro. Llevo muchos años en el cuerpo, hay momentos en los que la adrenalina puede con uno. Y más si hay niñas de por medio. Los violadores de niños son repugnantes, es cierto, pero... —y su voz adquirió un tono más severo— un buen policía nunca debe perder el control, y usted lo sabe. No es propio de usted haberle proporcionado semejante paliza. Tiene nervios muy templados. ¿Qué le pasó por la mente?

Valentina se encogió de hombros. Eso mismo se llevaba preguntando ella desde hacía varios días.

—No lo sé, jefe. No lo sé. Fue ver a aquella cría desnuda y medio asfixiada. Inerme. Drogada. No quería que él tuviese la oportunidad de... Lo quería tener controlado. Me atacó, estuvo a punto de matarme —se detuvo y tragó saliva—. La situación era muy tensa, peligrosa en extremo. Estaba oscuro. Muy oscuro. Sin luz él podría sacar un arma, intentar algo contra aquella chica. Escapar. No podía dejar que escapara. No sé, quizá me dejé llevar por mi deseo de atraparlo y me excedí, pero soy sincera cuando creo que cumplí con mi deber. —A continuación suspiró y, agachando levemente la mirada, añadió—: No lo sé, a veces intento llegar a una conclusión lógica, pero en realidad no lo sé, jefe.

Iturriaga miró fijamente a su subordinada. Sabía que Valentina había pasado una temporada terrible. Ella no había contado nada, pero hasta sus oídos habían llegado los sucesos del pasado invierno en Roma. Era de naturaleza introvertida y modesta, pero la gente hablaba de lo que había ocurrido con «el Artista». Sabía que aquella mujer estaba hecha de una pasta especial, y por eso mismo era necesario protegerla, quizá de ella misma.

—Sé que usted estaba cumpliendo con su deber, como siempre, inspectora. Y salvando su vida y la de la chica. De todos modos, mientras solucionamos este tema bastante espinoso, quiero sacarla de la circulación. ¿Ve los periodistas que están ahí fuera? —Se volvió y señaló al exterior de la ventana que llegaba casi hasta el suelo—. Este tipo de situaciones pone a todos muy nerviosos. Hay gente arriba que quiere que la aparten del servicio, dicen que no está usted en condiciones, pero yo no lo creo.

Iturriaga era un hombre en los cincuenta, corpulento, pero había adelgazado durante el último mes. Gran *gourmet*, mantenía una eterna lucha con su peso: amante de la buena comida y los buenos vinos, su mujer, Sofía, lo mantenía a raya a duras penas con la comida y el tabaco. Vivía en Mera, en un chalet al borde de una cala, y tenía una hija que ya estaba estudiando en la Universidad de Santiago de Compostela. Ser policía era su sueño desde niño, y su vida se había encaminado siempre a ocupar un puesto en el Cuerpo Nacional.

Iturriaga se levantó, miró hacia la calle y dijo:

—He pensado que lo mejor es un término medio.

—¿Término medio? —La cara de Valentina intentaba no traslucir ningún tipo de emoción. Trató de que no le temblaran las manos.

—Les he dicho que se va a poner en tratamiento psicológico. —Valentina abrió los ojos de asombro, pero él siguió inmutable—. Sí, es necesario. Si quiere conservar la placa en estos momentos y no estar en el dique seco, ese es el arreglo al que he llegado con los de arriba. Y si sale bien de la investigación, tendrá que pasar un comité de evaluación que dictamine que está apta para reincorporarse a sus deberes habituales.

Valentina se dispuso a decir algo, pero él decidió que no iba a prolongarse esa escena mucho más. Ella necesitaba ayuda, quisiera admitirlo o no.

—Escuche bien, porque no creo que tengamos que hablar de esto, pero sé lo que pasó en Roma, así que ahórreme sus protestas. Mientras, como no la quiero ociosa, la conozco, le voy a dar un caso antiguo que hace tiempo que nos trae de cabeza.

Valentina no pudo evitar un pinchazo en lo más hondo cuando escuchó la palabra «Roma». Comprendió que tendría que aceptar la oferta, al fin y al cabo no la iba a enviar a casa. Decidió resignarse.

—¿Un caso antiguo? ¿Qué caso? —Abrió mucho los ojos, llena de curiosidad. Iturriaga se había sentado de nuevo, aliviado de que el asunto pareciese ya encarrilado.

—Quiero que se ponga al día con el caso de Belén Egea. La chica que desapareció hace tres años. Hace poco hemos recibido algunos indicios que pueden reactivar la investigación. La familia está presionando mucho. Me gustaría que se encargara usted del asunto, por lo menos hasta que las aguas vuelvan a su cauce. Y tenga cuidado con Brandáriz, es un hueso muy duro de roer. Ha ganado casos complicados, y con usted seguro que querrá lucirse.

La inspectora asintió y se levantó. Permaneció en silencio. Cuando abrió la puerta, escuchó la voz de Iturriaga detrás de ella:

—Cuídese, Valentina. No me puedo permitir tener a alguien como usted buceando en los archivos. Quiero tenerla cerca, en primera línea.

4

Las tribulaciones de Valentina Negro
y Javier Sanjuán

Viernes, 12 de abril
Comisaría de Lonzas

Valentina se puso los guantes azules de látex. Las gavetas llenas de los folios del expediente de Belén Egea estaban cubiertas de polvo, y tener que trasladarlas desde el archivo hasta su nuevo despacho la obligaba a protegerse las manos de la suciedad. Hizo varios viajes hasta conseguir transportarlo por completo. No había pedido ayuda, quería evitar a sus compañeros. No estaba de humor para hablar con nadie. Ni siquiera con los subinspectores Bodelón y Velasco. Cogió un trapo y comenzó a limpiar todas las cajas de plástico antes de abrirlas y extraer los papeles. Después empezó a sacar todo por orden cronológico y a colocarlo sobre la mesa para más adelante colgar en el corcho fotos y datos importantes que le llamaran la atención. El rostro alegre, sonriente, de Belén Egea, una mujer de mirada limpia, ojos verdes, pelo largo liso castaño, pendientes de perlas y rasgos bien parecidos, parecía clamar ayuda desde la fotografía de estudio.

Belén había desaparecido un sábado de mayo hacía ya tres años, cuando ella aún no había llegado a Lonzas. La última vez que la habían visto fue en su tienda de artículos de boda, inaugurada hacía pocos meses en Sada. Salió a comer. Había quedado con su nueva pareja en A Coruña, en la cervecería La Marina, pero el hombre afirmaba que jamás apareció. La coartada se sostenía, y la del primer marido, que fue investigado a fondo como primer sospechoso, también: estaba con la hija de ambos en casa de los abuelos. Valentina conocía el caso por las conversaciones de sus compañeros, siempre con un tono de fracaso, y las dificultades que tuvieron los policías para encontrar un camino que pudiera llevarles a algún hallazgo relevante. Incluso había intervenido la brigada central encargada de desapariciones desde Madrid, pero sin resultado alguno. Meses después, el vehículo de Belén, un Honda Civic de color rojo, apareció por sorpresa en San Andrés de Teixido, cerca del santuario. Estaba abierto. Las únicas huellas que se habían encontrado eran las de ella. Eso llevó a pensar que algo extraño le había sucedido, pero como no se pudo seguir ninguna pista sólida, la conclusión provisional fue que había sido una desaparición voluntaria, así que la investigación se enfrió. El ex afirmaba que jamás hubiese dejado a su hija Noa, que era imposible la huida, o la fuga. No había ninguna razón.

Valentina clavó su mirada en los ojos de Belén. La familia había insistido una y otra vez para que reabrieran el caso, y el reciente testimonio de uno de sus profesores del conservatorio, que había recordado un detalle, había ayudado a reactivar de nuevo la búsqueda. La inspectora sabía que tres años después era muy difícil encontrar alguna pista. Si había desaparecido de forma voluntaria sin dar señales de vida, quizá nunca las volviera a dar. Y si había sido secuestrada..., ¿dónde diablos estaba? Y lo que era peor, ¿estaría viva a estas alturas? Improbable.

Respiró profundamente e intentó eliminar los sentimientos de frustración y temor que la atenazaban. Por la tarde tendría que ir a la primera sesión del psicólogo que le habían asignado. Se preguntó de nuevo si aquello serviría para algo. Si un psicólogo conseguiría acallar sus demonios interiores, los demonios que habían surgido de aquella noche terrible, de la que ella no recordaba más que brumas, retazos, sombras. La noche de la que ni Iturriaga ni sus compañeros sabían más que rumores, porque esas horas de angustia solo las compartieron ella y Sanjuán.

—Inspectora. Buenos días.

Valentina, inmersa en sus cavilaciones, se sobresaltó al ver al subinspector Velasco ofrecerle un café en un vaso térmico. Se quitó los guantes y los tiró a la papelera. No quería reconocerlo, pero la presencia amigable y siempre bien perfumada de Manuel Velasco la reconfortó.

Velasco tenía treinta y cuatro años, una buena mata de pelo castaño, el cuerpo fibroso, trabajado a base de horas de gimnasio, y el aspecto aseado y agradable que mostraba su faceta más sensible. Era psicólogo, un tipo culto y muy perspicaz, y uno de los pocos homosexuales que habían salido del armario abiertamente en la comisaría de Lonzas. Estaba a punto de casarse con su novio de toda la vida, y eso se reflejaba en sus ojos penetrantes con un brillo de felicidad que no pasaba desapercibido a nadie. Se había ganado el respeto de sus compañeros a pulso. Si bien al principio no se libró de chanzas y algún comentario humillante por su condición sexual, poco a poco todo el mundo acabó considerando normal que un gay fuese un policía sobresaliente. Valentina Negro lo adoraba: él y su compañero, el subinspector Bodelón, les habían salvado la vida a Sanjuán y a ella, y jamás lo olvidaba.

—Tengo buenas noticias. Nuestro Peluquero está metido hasta las cejas: le hemos descubierto otro laboratorio en un bajo de la calle Marconi. Además de la escopolamina, hay coca y metanfetamina. Pero eso no es todo. Los informáticos han encontrado ingentes cantidades de porno con adolescentes. Lo intercambiaba con mucha gente. Una joyita. No descartan que haya grabado las violaciones a las chicas.

—Valiente hijo de puta —le subió de nuevo la hiel por el esófago—. Con la tapadera de la enología y la buena familia...

—Valentina reflexionó unos instantes, debía conservar la calma, o su visita al psicólogo iba a salir fatal, y ella estaba decidida a regresar cuanto antes a su puesto. En el fondo pensaba que ese caso se lo había dado Iturriaga para que estuviera entretenida, mientras las noticias de su paliza al Peluquero se enfriaban.

—Nunca sabemos debajo de qué rostro habita la fiera, ¿verdad? —preguntó, en realidad sin esperar una respuesta, haciéndose eco de un comentario que le hizo Sanjuán en una ocasión.

Pero Velasco no entró en profundidades filosóficas.

—Inspectora, todos pensamos que lo mínimo que se merecía ese cabrón era la mandíbula rota —dijo, con un tono que denotaba su lealtad a Valentina.

Valentina sonrió con amargura.

—Quizá... —suspiró—. Pero en fin, no estamos aquí para hacer justicia, Velasco. Gracias por el café.

—Debería haber pedido ayuda para transportar las gavetas...

Velasco se dio cuenta de que Valentina quería estar sola. Sacó del bolsillo dos sobres de azúcar y una cucharilla de plástico.

—Luego mandaré a Bodelón para que venga a verla, por si necesita ayuda. Aquí estamos, para todo lo que necesite.

—Gracias, Velasco. —Y le obsequió con una medio sonrisa sincera.

La inspectora reprimió sus emociones a duras penas. Quizá sí, quizá necesitaba ayuda. Estaba demasiado alterada, a su pesar, como si le costara encontrar el enfoque correcto para hacer su trabajo, y pensó que tendría que atreverse a confiar en alguien el peso de sus tribulaciones. Ni siquiera su íntima amiga Helena había logrado sonsacarle nada. Sanjuán la llamaba una y otra vez, pero desde el incidente del Peluquero no había querido cogerle el teléfono. Esperaba sentirse con fuerzas para hablar con él. Solo que ese momento tardaba en llegar, lo que también la atormentaba.

No podía seguir así, esquivando las verdades que atenazaban su alma. Tenía razón el inspector jefe. En aquel momento de su vida no se podía permitir caer en una depresión. Tendría que luchar a fondo para salir de aquello. Sería fuerte, como siempre lo había sido hasta ahora.

Valencia. Facultad de Criminología
09:00
Despacho de Javier Sanjuán

Javier Sanjuán se puso las gafas de pasta estilo retro y fijó la vista en la noticia de la *Gaceta de Galicia online* en la que aparecía una foto de Valentina Negro, con cazadora de cuero negro y gafas de sol, entrando en la comisaría de Lonzas, rodeada de periodistas. Movió la cabeza con pesadumbre: la prensa agarraba a una presa y no la soltaba hasta conseguir deshacerla. Valentina era muy hermosa, bien lo sabía él, y eso añadía morbo a todo el asunto.

[...] la brillante inspectora del CNP, que años atrás capturó al violador en serie apodado el Charlatán y ayudó a acabar con la carrera del asesino en serie conocido como el Artista, ha sido acusada de brutalidad policial por el conocido abogado coruñés Eusebio Brandáriz...

Sanjuán cerró la página y se echó hacia atrás en la silla. No quería leer más. Valentina no le cogía el teléfono desde el día de la captura de aquel peligroso pederasta. Estaba muy preocupado por ella: desde lo ocurrido la noche de difuntos del año anterior su relación se había enfriado de una manera extraña. Ninguno de los dos era capaz de abordar el tema con naturalidad: ella no recordaba nada de lo ocurrido, o eso decía, y para él era un episodio tan doloroso que intentaba una y otra vez eliminarlo de su cabeza. Aquello había caído sobre ellos como una losa tan pesada que a Sanjuán le parecía imposible de solucionar, por muchas vueltas que le daba, una y otra vez. Y, sin embargo, se daba cuenta de que sus sentimientos hacia Valentina Negro no habían cambiado, al revés. Se habían transformado en algo más denso, más profundo, algo a lo que él no estaba acostumbrado ni sabía cómo manejar exactamente.

Eligió al azar uno de los trabajos de criminología de sus alumnos e intentó enfrascarse en la lectura. Sus ojos vagaron por las páginas sin ver nada. Sumido en sus pensamientos, solo escuchó el sonido del móvil después de varias llamadas.

«Valentina», pensó antes de cogerlo. Miró la pantalla: era el número de la casa de Félix Panticosa.

«Olvidé devolverle ayer noche la llamada a Félix...»

La voz angustiada, casi al borde de las lágrimas, de Verónica Carsí, le puso en guardia.

Cuando colgó, minutos más tarde, una honda preocupación se incrustó en su ánimo. Aunque durante la conversación había intentado tranquilizarla, intuyó que la joven estaba en lo cierto. No era normal que Panticosa no hubiese dado señales de vida desde ayer por la noche. Y que no hubiese dormido en el hotel, ni aparecido por allí, era todavía más serio. ¿Y si había sufrido un accidente? De inmediato cogió el teléfono y lo llamó, sin resultado alguno.

La preocupación acompañó a Sanjuán durante toda la mañana. Salió a la calle para dirigirse al aula. Encendió un cigarrillo con su languidez habitual. Era un hombre con un aspecto común: nada lo diferenciaba de los demás, y sin embargo, entraba en un sitio y captaba la atención sin querer. De estatura media, delgado, pelo castaño claro con alguna cana ya en las sienes, lo que más destacaba de su físico eran su frente amplia, que denotaba gran inteligencia, y sus ojos, grandes, castaños y profundamente empáticos. Llevaba muchos años solo, tras su divorcio, y su vida, ya en los cuarenta, tenía tanto momentos que le apasionaban como momentos en los que le invadía una melancolía profunda. Era profesor en la Universidad de Valencia, y un especialista muy conocido por sus estudios sobre el crimen.

Por fortuna, la rutina le hizo olvidar por un rato la angustia. Explicar al asesino en serie de más de treinta mujeres, Ted Bundy, la lección de ese día, y su perverso mundo interior siempre le exigía un esfuerzo añadido, porque analizar la psicología de ese monstruo no era algo fácil. Cuando terminase llamaría otra vez a Verónica por si había alguna novedad, se dijo, antes de encender el proyector y comenzar a decir: «Si Jack *el Destripador* es el icono del asesino terrorífico que nos asalta en el callejón oscuro, Ted Bundy es el asesino en serie atractivo que nos saluda por la mañana en espera de llevarnos al infierno de sus fantasías por la noche...»

5

No despiertes a la serpiente

No despiertes a la serpiente, no sea que
ignore cuál es el camino a seguir;
¡deja que se deslice la que aún duerme
sumida en la honda hierba de los prados!
Ni una abeja la oirá arrastrarse,
ni abrirá los ojos una efímera
soliviantada en la cuna de su flor,
ni la luz de las estrellas mientras resbala
entre la hierba con silencioso impulso.

P. B. SHELLEY

Viernes, 12 de abril, 11:00
A Coruña
Agencia de modelos y productora Richie Domingo en
la calle de la Barrera

Richie Domingo esponjó el pelo de la rubia que apenas aparentaba los diecisiete años delante del espejo, e hizo un gesto afectado con las manos.

—¿Cómo te ves? —Era una pregunta retórica. Richie disfrutaba hablando, y no pensaba que la opinión de sus «adquisiciones» o subordinados tuviera el más mínimo valor—. Estás preciosa. El pelo te ha quedado perfecto —siguió—. Ahora llamo a la de maquillaje. Necesitas un poco más de *kohl*, más dramatismo en esos ojazos verdes. Recuerda que vas a vender bolsos de Loewe, no a patrocinar un yogur dietético. Quiero *glamour*. Estilo. Tienes que moverte por el plató como una gata en celo. ¿OK? Bien. Entras en diez minutos. Cuando termine la maquilladora contigo, pasas a la sala de espera y ya te vienen a buscar.

El teléfono de Domingo sonó en su bolsillo. Salió corriendo hacia su despacho, su cuerpo escuálido vestido de arriba abajo de riguroso negro de marcas exclusivas. Una vez allí, cerró la puerta.

—Dime, bonita... ¿Qué me cuentas...? ¿Qué me dices? No me jodas, Cristina. En cuanto termine quedamos para comer. —Su tono ahora era comprensivo y paciente—. El cabrón de tu marido no puede hacerte eso otra vez. ¿Has pensado en llamar a la Policía? Si quieres esta noche te quedas a dormir en mi casa. Ya. No te preocupes, yo te cuidaré, como siempre. Escúchame. No puedes estar siempre así, dependiendo de él para...

Alguien tocó en la puerta y entró una de las ayudantes de Richie Domingo.

—Richie, perdona. Está la madre de la chica del anuncio. Quiere estar presente en todo. Es muy pesada, no he podido detenerla. Ha entrado hasta la cocina, como quien dice.

Richie Domingo se encogió de hombros e hizo un gesto de resignación muy teatral.

—Igual la buena señora piensa que le vamos a violar a la niña. Si es un insecto palo... ¿Cómo tengo el pelo, Laurita? ¿Te gusta el nuevo corte casi al cero?

—Estás perfecto como siempre, Richie. Y ese jersey de rombos de Dolce Gabanna te sienta como un guante... —Y puso una cara que a Richie le hizo feliz, porque para él la vanidad no era un pecado, sino una condición de los hombres de éxito.

Sanjuán aparcó en la calle Cuenca su Audi deportivo de llamativo color rojo y subió la cuesta hasta llegar a la puerta del inmueble donde su amigo Panticosa había tenido la peculiar idea de pasar una temporada. Miró hacia arriba: la extraña disposición arquitectónica del edificio pasaba desapercibida a menos que uno se fijase a propósito, y para verlo sin obstáculos era necesario cruzar hasta el medio de la encrucijada de las tres calles. Nada era demasiado especial en la fachada de «la casa maldita», y sin duda nada especial había dentro, salvo una fatal concurrencia de casualidades que hacían de aquel lugar un sitio de extrañas coincidencias fatales.

«Siete muertes violentas en cuarenta años son muchas muertes», pensó Sanjuán mientras llamaba al timbre. En el fondo Sanjuán, como buen criminólogo, no creía en las casualidades excesivas, y ese edificio tenía demasiadas. Era normal que Panticosa se fascinase por aquel sitio: era valenciano, como él, y se había criado cerca de la calle Tres Forques, en la conocida como Finca Roja. Los dos habían congeniado en la facultad al saberse casi vecinos de infancia, y los dos coincidían en el interés que suscitaba aquel edificio en donde las desgracias se encadenaban cada cierto tiempo.

Pero otro asunto más urgente ensombrecía su ánimo: la preocupación de Verónica por su amigo lo había llenado de congoja, así que decidió acercarse después de comer hasta su casa. Ella estaba sola en Valencia, no conocía a nadie, y a él no le costaba nada acercarse a darle un poco de apoyo en aquellos momentos tan angustiosos.

—¿Quieres un café, una Coca-Cola?

Verónica, a pesar de su juventud, tenía un aspecto avejentado, producto del miedo y la falta de sueño. Los ojos oscuros estaban rodeados de un círculo gris, y su cuerpo delgado y menudo parecía retorcerse presa de los nervios de la espera. Sanjuán asintió.

—Una cola estaría bien, gracias.

Mientras Verónica iba a la cocina, Sanjuán echó un vistazo a la sala de estar. Los muebles eran viejos, pero bien conservados. Un televisor de pantalla plana y un juego de altavoces bastante caros parecían el único lujo que se habían permitido traer de Madrid. Cogió un par de marcos con fotografías de la pareja, una en la cima de un monte que no supo reconocer, otra delante de la iglesia de la Vera Cruz, en Segovia. Los dos sonreían, vestidos con ropa deportiva y botas de montaña. Un gato siamés se dejó ver durante unos instantes levantando el rabo y maullando, pero desapareció detrás de la dueña con el sigilo de un felino africano.

Al poco, Verónica apareció con una lata y un vaso y los dejó sobre una mesa de cristal que parecía recién salida de un rastrillo. Miró a Sanjuán con desolación.

—Estoy aterrada, Javier. No sé nada de Félix desde ayer por la tarde. Tengo un presentimiento muy intenso: le ha pasado algo, estoy segura. No ha dormido en el hotel, lo he comprobado. El teléfono está apagado o fuera de cobertura. No es propio de él. Siempre estamos en contacto.

Sanjuán le cogió una mano y la apretó con cariño. Ella tenía razón... ¿Cómo darle ánimos cuando él también estaba igual de preocupado? Sabía que Félix, aunque aventurero, era un hombre cabal y muy cuidadoso, y siempre tomaba todas las precauciones cuando emprendía una misión en busca de fenómenos misteriosos. Aun así, decidió que no tenía sentido añadir más pesar al que ya soportaba Verónica.

—No es tanto tiempo, Verónica. Puede haberse quedado sin batería..., cualquier cosa.

—No sé, Javier, tengo muy mal cuerpo. —Lo interrumpió, hablando de forma casi atropellada—. ¡No era suficiente para él con la investigación que estaba haciendo en esta maldita casa para encima tener que ir a Ponferrada! —protestó con ira, pero al momento bajó la voz.

»Desde que entramos por esa puerta todo me sale mal... —Señaló el brazo roto—. La verdad es que quiero volver a Madrid. No me siento cómoda aquí.

—Vamos, Verónica, no vas a creer en ese tipo de cosas...
—El criminólogo abrió la lata de Coca-Cola y le dio un sorbo—. Lo que ha ocurrido en este edificio es curioso, pero de ahí a pensar en oscuras maldiciones y demás... Aquí vive mucha gente sin mayores problemas, nacen niños, son felices...
—Sanjuán se dio cuenta de que lo decía más por seguir el sentido común que porque estuviera plenamente seguro de eso. Su experiencia le había enseñado que el mal a veces toma caminos inexplicables.

—Ya. Pero hay que dejar dormir a la bestia, Sanjuán
—contestó Verónica, más entera ahora—. Soy agnóstica, una persona razonable, y sin embargo intuyo que hay cosas que no se pueden ni se deben tocar. Lo decía Shelley, Javier: «No despiertes a la serpiente.» Y Félix está basando su vida en despertar a la serpiente. Una y otra vez... ¿Entiendes? Si no se metiera en este tipo de investigaciones nuestra vida sería mucho más tranquila. Yo sé que me he enamorado de un investigador de lo oculto, del misterio, y forma parte de su vida desde siempre. Pero insisto, hay temas que... —Y su mirada se perdió en el vacío.

Sanjuán, asintió: ella había puesto voz a sus propios pensamientos.

—No puedes pretender ponerle puertas al campo. Félix es así desde que yo lo conozco. Un hombre que ama su trabajo, un espíritu inquieto y arrojado. No es posible atarlo a una oficina ni a una redacción, necesita desafíos, algo que le estimule y que satisfaga su inquietud natural por descubrir cosas.

Entonces Verónica recordó lo que le había indicado Félix.

—La última vez que hablé con él por teléfono me explicó que tenía archivos en un ordenador portátil para que los examinaras, está en su despacho, en la casa de la Malvarrosa. —Y a continuación añadió, descorazonada—: No me quiso decir nada más.

De pronto, sonó el teléfono. Verónica se levantó como impulsada por un muelle y fue hacia la cocina con rapidez, había dejado allí el aparato. Poco después Sanjuán escuchó un grito desgarrador y el ruido del móvil al caer al suelo.

Durante unos segundos permaneció de pie, inmóvil. Luego corrió hacia ella. Verónica miraba hacia la puerta de la cocina con los ojos llenos de lágrimas, los brazos cruzados sobre el pecho, sin poder articular palabra. La abrazó. Sanjuán la sintió como un pájaro herido, temblando de dolor entre sus brazos. Entonces le inundó el alma un escalofrío, al constatar de nuevo lo fácil que era pasar de la estabilidad a la desgracia más terrible, capaz de destrozar la vida de una mujer tan enamorada.

Conservatorio de A Coruña
19:00

Valentina tomaba nota en su libreta mientras asentía, incitando a seguir hablando al profesor de canto de Belén Egea. Antón Ruiz era un hombre alto y corpulento, con un pañuelo en el cuello, de voz grave y encantado de conocerse, y lo que era peor aún, de escucharse todo el tiempo, pensó Valentina, mientras lo miraba con expresión seria.

—Sí. Una gran voz. Yo la descubrí, se podría decir. En la coral Canticorum. La convencí de que entrase en el conservatorio, hubiese podido llegar muy lejos, una soprano de las de antes. Ella no tenía demasiada confianza en sus posibilidades, ya sabe. No es fácil saber si se canta bien o mal. Y ella tenía una voz... —Durante unos segundos pareció que la volvía a escuchar, cantando delante de él, tras lo cual siguió impertérrito—. En suma, sí. Estuvo aquí unos cuatro años y la progresión fue envidiable. Y bueno... es verdad que ahora, al salir en la prensa el asunto otra vez, he recordado algo. Por eso les llamé. No sé si tendrá mucha importancia...

—Dígame. Lo que me está contando es muy interesante. —Valentina le animó a continuar.

—Belén me dijo que había conseguido una audición. Para hacer un papel en una obra de teatro en la que también iba a cantar. La verdad, no sé... se me olvidó por completo. No le di importancia. Igual la tiene, ¿no cree?

Valentina asintió de nuevo.

—Puede ser... ¿Recuerda algo más? ¿Dónde era? ¿Para quién? ¿Había más cantantes?

Antón se mordió el labio, miró hacia arriba e intentó recordar. Habían pasado tres años.

—Hace mucho tiempo ya. Recuerdo que desapareció pocos días después de contármelo. Si me acuerdo de algo más la avisaré. —Se levantó de la mesa—. Ahora tengo clase... por cierto. Tiene usted una voz muy peculiar. ¿Nunca ha pensado dedicarse al canto?

Cuando salió del conservatorio, había empezado a lloviznar. Valentina se puso la capucha de su chubasquero mientras pensaba en lo complicado de aquella investigación. Sabía por experiencia que las desapariciones, una vez pasado cierto tiempo, se enfriaban y se volvían un entramado inextricable, un ovillo muy difícil de seguir. Sus compañeros habían filtrado con cedazo toda la información una y otra vez, pero quizás aquella cita era un camino nuevo que seguir. Ahora... ¿con quién había quedado Belén Egea? Tocaba repasar todas las llamadas telefónicas. Preguntar de nuevo a sus allegados. Buscar en su agenda. Algo tenía que haber, algún rastro por tenue que fuese. Muchas veces una pequeña casualidad, un detalle nimio que se pasaba por alto muy fácilmente, era la clave para resolver el enigma. Si había ido a una audición, lo normal es que se publicitara antes en Internet y en los periódicos...

Valentina cogió su moto, tras cerciorarse de que no había ningún periodista por la zona, y se dirigió a la consulta del psicólogo, en el barrio de Matogrande. Estaba inquieta. Le daba aprensión abrirse a alguien desconocido, y mucho más por obligación. Al llegar al portal y llamar al timbre, se preguntó si en realidad aquello serviría para algo. Pero no tenía más remedio: su carrera estaba en el filo.

Lúa Castro miraba con asombro la pantalla que tenía situada justo delante de su mesa, en plena redacción de la *Gaceta de Galicia*. La noticia de la aparición del cuerpo mutilado del conocido periodista Félix Panticosa colgando de un céntrico puente en Ponferrada la estaba dejando de piedra. Carrasco, su jefe, la llamó al verla tan fascinada con las imágenes.

—Lúa. Anda. Sé buena. Espabila un poco y busca una entrevista con tu amiga la inspectora. Sé de buena tinta que de un tiempo a esta parte te llevas muy bien con ella.

Lúa lo taladró con la mirada.

—Esa inspectora no me coge el teléfono, Carrasco. Y hace muy bien. No debe de ser un buen momento. Y, además, conozco a la Negro. No me iba a decir nada que te sirviese para vender más periódicos.

—Lúa, Lúa. Ahora me vienes con remilgos de primero de carrera. No hay idealismo que valga en esta profesión, y tú das buena fe de ello, boba. ¿O es que vives de otra cosa? —dijo Carrasco, que tenía especial predilección por Lúa, y por eso la marcaba de firme.

La redactora se encogió de hombros y puso cara de póquer.

—Búscate a otro que la acose. Conmigo no cuentes, paso de ese tema.

Lúa volvió a mirar las imágenes: los de la Científica con sus trajes blancos y maletines, una inspectora de Policía morena, de pelo corto, dando indicaciones. Hizo un ademán a su jefe de silencio, para poder seguir escuchando las últimas noticias en la voz grave de un locutor:

La compañera de Félix Panticosa había alertado de su desaparición... El juez ha decretado secreto de sumario, aunque fuentes solventes afirman que el fallecimiento se pudo producir la noche anterior...

Lúa se preguntó si ya lo sabría Javier Sanjuán.

Las gafas de sol tapaban las lágrimas que no cesaban de caer sobre las mejillas de Verónica mientras Sanjuán la llevaba a la estación de Joaquín Sorolla a coger el AVE para desplazarse hasta Madrid, y de allí en tren hasta Ponferrada. La joven permanecía en silencio: solo a ratos un sollozo contenido hacía que el criminólogo sintiese todavía más el dolor por la muerte de su amigo.

Cuando llegaron a la estación, Sanjuán se encargó de ir a coger el billete y realizar los trámites. Antes de entrar en el AVE ella lo miró con desolación. Rebuscó en el bolso y le dio las llaves del piso.

—Te llamaré cuando sepa algo. ¡Ah...! Casi se me olvidaba. Coge ese portátil del que te hablé antes. La llave de la casa está en el salón, dentro de una pequeña vasija verde. Supongo que quería tu opinión sobre alguna cosa... Es como un último deseo, ¿no? Pero... ¡Qué más dará ahora!

Verónica no pudo seguir hablando. Le faltaba el aire. Se metió dentro del tren y buscó su asiento. Luego, se despidió del criminólogo pegando la palma de la mano en la ventana.

Sanjuán sintió, por vez primera en muchos meses, que las lágrimas intentaban acudir a sus ojos. A duras penas, se las tragó. No quería sumar su pena a la aflicción de la joven. Caminó hacia el estacionamiento del AVE, y se dirigió en su coche a la «casa maldita» de Tres Forques.

6

Hipnosis

Viernes, 12 de abril, 20:00
A Coruña, despacho del psicólogo Mateo Caravaca
en el barrio de Matogrande

Valentina hizo un gesto instintivo de rechazo.

—¿Está de broma, no? ¿Hipnosis? ¿Desde cuándo se usa la hipnosis como tratamiento psicológico? —Cruzó la pierna y se la agarró, en instintiva postura de defensa. Se sentía algo incómoda con los altos tacones de aguja y el traje de chaqueta y pantalón negro que se había puesto para dar una imagen de seriedad y eficiencia ante el psicólogo. La cercanía de la que hacía gala el hombre y su voz que emanaba tranquilidad la estaban sorprendiendo, pero la mención a la hipnosis, que ella consideraba un mero truco televisivo, la había sorprendido todavía más.

Él torció la cabeza y sonrió, esperando ya aquella reacción desde el principio.

—Valentina, usted tiene un bloqueo importante fruto de una experiencia traumática. Su bloqueo proviene no solo del hecho de que esa experiencia fuese inducida artificialmente por las drogas, sino también de que usted misma no desea recordar absolutamente nada de lo ocurrido. Se siente culpable por varias razones, todas ellas resultan lógicas y comprensibles. Pero ese bloqueo hace que su mente no esté en paz, ni equilibrada.

El psicólogo, Mateo Caravaca, la miraba con la seguridad de que acabaría convenciéndola. Ayudaba su aspecto plácido, la barba blanca a lo Freud y una mirada franca que utilizaba para desarmar a sus pacientes.

—Recuerde que todo lo que aquí se diga no trascenderá jamás. Quedará entre estas cuatro paredes —añadió, mientras señalaba con su pluma el despacho decorado con gusto japonés.

—He intentado recordar muchas veces... pero durante la vigilia no soy capaz... —La voz de Valentina cambió casi de forma imperceptible—. En sueños, me vienen escenas a la cabeza, envueltas en una extraña neblina, colores, sonidos, su voz... como si estuviese bajo el agua en un estanque de agua verde y hojas estancadas. Entonces, pasa algo extraño y se oyen gritos desgarradores, y es cuando me despierto.

Mateo asentía, mientras tomaba notas. Intentaba que su profesionalidad, bregada en años de experiencia, no dejase traslucir la admiración por la belleza turbadora de aquella policía que escondía un secreto tan extraño que a todas luces pedía ser descubierto.

—Piénselo, Valentina. La hipnosis es una terapia relativamente rápida, inocua y, en su caso, sin duda la más adecuada. No es como usted se imagina; aquí no hacemos espectáculos de teatro de variedades. Básicamente se trata de inducirle un estado de sugestión, el cual utilizaré para ayudarla a recordar y, sobre todo, a que pueda encontrarse mejor. Ya he tratado a otra paciente con un trauma muy similar, con unos resultados muy esperanzadores. Hace poco, además.

—¿Se refiere a alguna de las niñas, las víctimas del Peluquero?

El psicólogo hizo un gesto enigmático. Por una parte no quería que acabase la sesión, pero llevaban ya más de una hora. Hacía tiempo que no tenía en la consulta un caso tan fascinante. Y no quería reconocerlo, a una mujer tan hermosa. Admiró con rapidez sus ojos rasgados de color gris azulado, que contrastaban con el cabello negro, sus pómulos de tártara, la nariz recta y fuerte. Casi no llevaba maquillaje, apenas un poco de rímel y brillo de labios, pero sus facciones no necesitaban más para resultar muy atrayentes a los ojos de cualquier hombre. Por no hablar de lo que se adivinaba debajo del traje oscuro... Intentó no pensar en ello y verla como una paciente más.

—Secreto profesional —dijo, sonriendo—. Por hoy está bien, Valentina. La espero dentro de unos días... —Miró un calendario que había sobre la mesa—. El martes 16. —Volvió a enfocar los ojos hacia los de ella, sonriendo ahora más ampliamente, y con algo de ironía tras mirar sus tacones y el traje de chaqueta ajustado—. Traiga ropa cómoda. Estamos en confianza.

Cuando Valentina salió había dejado de llover, la humedad de la noche emitía un olor a fragante primavera que inundaba las calles. Miró su móvil: tres llamadas perdidas de Javier Sanjuán y una de su padre. Respiró hondo y se puso el casco. No devolvió las llamadas. Lo único que le apetecía en aquel momento era perderse en un garito y tomar una copa.

A Coruña, 23:00

Richie Domingo sintió que debía ser firme y poner un poco de orden.

—Venga. No bebas más. Estás ya muy borracha, Cris. —Le apartó el vaso lleno de vodka con suavidad, alejándolo del alcance de su amiga, que ya balbuceaba por culpa de la intoxicación etílica.

—Eres un gran amigo, Richie. El mejor amigo. Siempre estás cuando te necesito. Y ahora te necesito. Antonio es un cabrón. Se ha ido de casa...

—Estuvo a punto de clavarte un cuchillo, querida. Déjalo ir. Me parece una opción muy sensata.

—Pero... —cabeceó, vacilante— yo no puedo estar sin él, Richie. Llevamos diez años juntos... —sollozó como en una mala película de sesión de tarde, o eso le pareció a él—, yo lo amo, Richie. La culpa fue mía...

Richie aguantó de nuevo las ganas de darle un par de gritos y una buena bofetada para espabilarla. Estaba demasiado intoxicada para entender, y ya le había repetido dos veces más la misma historia, estaba ya un poco cansado del tema, así que endureció un poco su voz para que reaccionara y dejara de tenerse lástima.

—Ni tampoco puedes andar poniéndole los cuernos con cualquiera que aparezca y pretender que no se enfade, guapa. Venga, necesitas descansar y dormir. Vamos, acuéstate o te meto en la ducha. —La aupó con fuerza y la llevó al dormitorio—. Tómate un ibuprofeno y procura dormir. Me tengo que ir. Es tarde. Mañana yo también madrugo, Cris.

Coger su Peugeot descapotable, sacarlo del párking y volver a su chalet en la avenida del Pasaje no le llevó demasiado tiempo. Miró su reloj: ya eran las dos de la madrugada. Confiaba en que su madre estuviese durmiendo ya. No la había llamado durante todo el día. Vivía con él desde la muerte de su padre. Era una mujer que se conservaba muy bien para su edad, estilosa y elegante como el hijo, pero acostumbrada a mandar y ser obedecida desde niña; no era de fácil convivencia. Sin embargo, Richie la adoraba con pasión. Su madre era lo más importante de su vida. Soportaba sus berrinches con la paciencia que da el amor más incondicional.

Al llegar, desconectó la alarma y entró en la casa sin hacer ruido. Fue a la cocina a prepararse un gin-tonic. La luz estaba encendida.

—¿Eres tú, hijo mío? Ya era hora de que vinieras... —El tono de reproche de Milagros era dulce, pero firme. Richie se sintió de repente como si tuviese de nuevo doce años y hubiese tardado al llegar de la escuela. No podía evitarlo y lo odiaba, sentirse así, vulnerable. Tenía más de treinta años y su madre seguía siéndolo todo para él. La cuidaba de su ansiedad, la atendía con dedicación, la mimaba como solo un hijo devoto podía hacerlo, pero para ella todo era poco. Así que todos los días temía el habitual encontronazo que, los «días de luna», como los llamaba él, se producía sin remedio. Sin embargo, su madre aquella noche no parecía enfadada. Al contrario, parecía poseída por una cierta languidez que para él fue más alarmante que un enfado.

—¿Te pasa algo? ¿Estás enferma? —Lo dijo muerto de miedo, aunque la mujer, vestida con un camisón largo de raso y una bata de color rosa pálido, parecía la viva imagen de la salud.

Ella sacudió su cabello de un blanco azulado, en media melena con flequillo siempre perfectamente peinado y lacado. Hizo un gesto indefinible, y suspiró como si la vida se le escapase del pecho ya marchito. Richie se preocupó todavía más.

—¿Quieres ir a urgencias? ¿Llamo al médico?

—No seas necio. Siempre tan tremendista. Me ha sentado mal la cena, eso es todo... Hoy me ha llamado mi amiga Maruski para decirme que se ha muerto su hermana de un cáncer fulminante. ¿Cómo quieres que esté? En un mes... ¿Te imaginas? Y tú todo el día sin llamarme, sin saber nada de mí...

Se sentó al lado de su madre y la abrazó. Luego la cogió de la barbilla.

—Madre... ya sabes que estos días estoy muy ocupado. Tengo un montón de anuncios pendientes, un pase de ropa, entrevistas, nuevas modelos, diseñar una colección... No he podido. Y siempre puedes llamarme tú. Ya lo sabes, tú nunca molestas.

Milagros se levantó, desasiéndose del abrazo de su hijo de una manera brusca. De pronto, se volvió hacia él y con ojos encendidos de reproche le dijo:

—Ya. Yo nunca molesto. A saber con quién has estado hasta estas horas. Con alguna de esas putillas, de esas que te enseñan los pechos en ese trabajo que te has buscado... Como si lo estuviera viendo. —Y le volvió a dar la espalda, dirigiéndose hacia la tabaquera junto al televisor para sacar un cigarrillo mentolado.

Richie acusó el golpe, se puso tenso, ansioso por escuchar de nuevo a su madre desaprobar su conducta. ¿Es que todo lo que hacía estaba mal? ¿Qué sabía ella lo que era su trabajo y, por extensión, lo que era el mundo actual? Se levantó y se puso a su lado.

—Ese trabajo me da mucho dinero y fama, mamá. Salgo en el periódico, y bien contenta que te pones... Si se lo dices a todas tus amigas, venga. Vamos a la cama. Mañana viene la chica a limpiar a primera hora... —intentó contemporizar. Era muy tarde y sabía que si le entraba al trapo y respondía a las invectivas, su madre podía estar criticándolo y culpándole de todo hasta altas horas de la madrugada. Y no tenía ganas de otra escena más.

Milagros perdió de pronto el interés sobre la moralidad del trabajo de su hijo y pasó un dedo junto a la tabaquera, recogiendo una fina película de polvo.

—Habría que despedirla y coger a la señora que limpia en casa de Yola. ¿No te parece...? Esta no limpia demasiado bien. No me gusta que sea dominicana. Y tiene la nevera hecha un asco.

—Hablaremos mañana sobre despedir a la doncella, mamá. Venga... si estás muerta de sueño. Mañana tendrás ojeras... y no olvides que tienes partida de mus con tus amigas.

Richie agarró a su madre por el hombro y la condujo suavemente hacia la habitación. Luego, muerto de sueño, subió a la suya en el piso superior, muy amplio, donde también tenía su despacho, y se deslizó entre las sábanas negras de su enorme cama de diseño. Pronto iba a tener que ausentarse días enteros y su madre se iba a poner hecha un basilisco. Dio una vuelta en la cama y colocó la almohada. Qué más daba su madre. Si por ella fuese, tendría que estar todo el día metido en casa adorándola.

Valencia, 22:30

Sanjuán miró las llaves que estaban dentro de la vasija. Una era grande, de hierro, antigua. La otra, más moderna y pequeña. En el llavero había una anotación: «Malvarrosa.» Recordó que Félix siempre contaba que sus padres en herencia le habían dejado una casa junto a la playa de la Malvarrosa, pero que el estado en el que estaba le obligaba a gastar mucho dinero para restaurarla, así que no la había tocado desde que sus padres fallecieron. ¿La casa estaba en la calle Isabel de Villena? Sí. Recordaba perfectamente el lugar, un viejo caserón con jardín, palmeras y una estatua griega muy deteriorada.

De pronto escuchó un ruido en la vivienda. Se levantó sobresaltado. Nada. Miró hacia el fondo del pasillo, sumido en la oscuridad. El silencio. De repente, algo cayó en una de las habitaciones.

Sanjuán no pudo evitar sentir un extraño miedo infantil al buscar el interruptor de la luz tanteando con prisa. Caminó con cuidado por el pasillo hacia la estancia de donde procedía el ruido, hasta asomarse a la puerta y mirar dentro.

Respiró con alivio al ver a *Nano* subido encima de una cómoda, y una caja de costura en el suelo, con el contenido desparramado por la habitación.

«Esta casa es capaz de asustar al más templado», se dijo, notando una cierta vergüenza por haber tenido miedo de un gatito. Recordó que Verónica había avisado a un vecino para que lo atendiese, pero igualmente decidió ponerle algo de agua y comida antes de marcharse.

Cuando fue a coger el coche, la sensación de estar siendo vigilado, que le acompañaba desde que había llegado al apartamento de Tres Forques, se acrecentó. Miró hacia lo alto del edificio rojo en forma de V. Las ventanas parecían conformar una imagen maligna, mirándolo desde la noche con burla e indiferencia. Apuró el paso hacia la calle Cuenca: quería perder de vista ese lugar y llegar a la Malvarrosa antes de que se hiciese demasiado tarde.

Cuando su Audi enfiló la cuesta de la calle Cuenca, otro coche se deslizó detrás, siguiéndolo a una prudente distancia.

7

Snuff

Sesión de noche

Hay películas que solo se pueden ver de noche.
Aquellas que nos dicen lo que siempre seremos,
las que cuentan historias que pudieron ser nuestras
y al final nos confunden con malos desenlaces.
Hay películas tristes, en blanco y negro, viejas,
que la noche repite en cansadas sesiones
mientras vamos al cine invitados por nadie.
Y la muerte se sienta junto a nuestra butaca
y la vida es un Oscar que nunca ganaremos.

MANUEL SÁNCHEZ CHAMORRO

Sábado, 13 de abril, 00:10
Valencia, la Malvarrosa

La enorme llave encajó en la cerradura de la casa de la Malvarrosa y, sorprendentemente, a pesar de su aspecto oxidado, giró sin esfuerzo alguno. Sanjuán dejó la verja entreabierta y sorteó un cubo y una manguera enrollada de cualquier manera que entorpecían el paso. Las plantas habían colonizado parte de una fuente que aún conservaba algo de agua verdosa y estancada. Avanzó por los baldosines resquebrajados hasta la puerta de entrada del edificio de dos plantas.

Cuando entró, el olor a casa antigua le recordó a Sanjuán las visitas a sus abuelos maternos. Dentro, el lugar estaba mucho mejor conservado de lo que aparentaba el exterior. Muebles rústicos, sillas de playa, sombrillas que se caían a trozos... Todo eso vio en la gran estancia de la planta baja mientras buscaba al azar un despacho o lo que quisiera que su amigo guardaba en aquel caserón.

Subió al primer piso por unas escaleras de madera que crujieron a su paso. Pronto se dio cuenta de que había encontrado lo que Félix Panticosa guardaba en la finca. La primera habitación había sido transformada en una especie de museo: máscaras africanas, instrumentos musicales que Sanjuán identificó como procedentes de Sudamérica, minerales, varias colecciones de insectos de gran tamaño, animales disecados... Al fondo, una mesa de caoba hacía de despacho, y sobre ella, un portafolio y un ordenador portátil que parecía nuevo. El portafolio tenía información sobre apariciones en la casa de Patraix y un mapa antiguo de la zona.

Abrió el ordenador. Lo encendió. Al momento pudo acceder a la sesión de Panticosa. Buscó en los documentos. Encontró ordenadas en diferentes carpetas las distintas temáticas de investigación del periodista.

Fenómenos paranormales
Satanismo
Fenómeno OVNI
Vídeos

Llevado por la curiosidad, Sanjuán fue mirando una por una hasta que llegó a la que ponía vídeos. Siguió hasta abrir una a la que su amigo había denominado «Vídeo *snuff*».

Sanjuán abrió la carpeta y vio un archivo de vídeo. Hizo doble clic con el ratón: ante sus ojos apareció la imagen inconfundible de la carta del Diablo, el arcano número XV del tarot. Luego, sonó una lóbrega música de órgano, como de película muda, que dio paso a una rápida sucesión de escenas en blanco y negro. Al darse cuenta de cuál era el contenido, Sanjuán, muy alarmado, cogió un papel y las comenzó a enumerar:

1. Una mujer rubia, desnuda, era obligada por un hombre con las facciones pixeladas, a hacer una felación a otro que llevaba puesta una cabeza del dios Jano, amenazada por una daga a la altura de los ojos en un lugar que parecía una capilla.

2. Otra mujer, tendida dentro de un ataúd, cubierta de flores, estaba desnuda y rodeada por cinco hombres con caretas de cerdo que se masturbaban sobre ella. Cuando terminaron, un hombre alto, vestido con una túnica y armado con una catana, se acercó a la mujer, que se debatía en vano en sus ataduras, y le cortó la cabeza dentro de la caja, haciendo caso omiso de sus gritos desgarrados y sus peticiones de clemencia.

Luego, el criminólogo sufrió un impactante primer plano de la cabeza cortada de la mujer, acompañada de velas negras, un grimorio y sangre que goteaba.

Sanjuán parpadeó, impresionado, activó la pausa y dejó de mirar por un momento. ¿Era aquello real? Con los modernos programas de ordenador, capaces de engañar a los ojos más entrenados, era imposible decirlo. Pero le pareció evidente que esas imágenes estaban muy bien editadas. No era la típica grabación casera de un aficionado que emplea su cámara. El que hubiera hecho esa sabía lo que se hacía. Sanjuán respiró hondo, activó de nuevo el *play* y siguió tomando notas.

3. A diferencia de las otras grabaciones, apareció una chica de pelo largo y castaño con su rostro parcialmente tapado por un antifaz estrecho. Está encadenada en una mazmorra, desnuda, de pie. Aparece un primer plano de su rostro gritando; otro de las manos que forcejean frenéticas entre las cade-

nas. Se escucha música de ópera, un aria de soprano que no supo identificar. De pronto, irrumpe una figura cubierta hasta la cabeza por una especie de manto, con la capucha puesta, en la mano un cuchillo que se acerca a su corazón hasta posarse en la piel y hacer brotar una gota de sangre. Otra persona, igualmente con la cabeza tapada, le pone una ligadura en el cuello y empieza a asfixiarla. Ella abre los ojos y la boca en una mueca grotesca, en un primer plano, presa de un pánico inenarrable.

Pulsó otra vez la pausa impresionado. Sanjuán sintió que aquello era muy real, pero podía ser que fuera ese el efecto que pretendía el pervertido que hubiera hecho aquello. Estaba asqueado, pero se obligó a ver el resto. Durante sus años de criminólogo había tenido que ver muchas escenas desagradables, pero aquello se llevaba la palma. Pronto entendió que el vídeo era una sucesión de tráileres: quizá fuese un reclamo para vender los vídeos completos de cada una de esas aberraciones. La duración total era de dos minutos. Sanjuán soportó cuatro clips más y, al terminar, se preguntó por qué en ninguna de ellos volvía a aparecer cubierto el rostro de las chicas. Siete clips inmundos y solo uno mostró a la víctima de esas sevicias tras un antifaz.

No había sido demasiado difícil seguir al intruso desde la casa de Patraix hasta la Malvarrosa con aquel Audi rojo tan llamativo. Cancerbero esperó con paciencia hasta que vio luces en la parte superior del caserón. Luego entró sigilosamente al jardín delantero. Palpó uno de sus cuchillos, su favorito, el de nudillera de trinchera. «Las armas blancas no hacen ruido, no dejan rastro, y son hermosas cuando la sangre las tiñe. Además, son expertas en hacer hablar a la gente», se dijo como recitando un mantra.

Abrió sin dificultad la puerta de entrada. No era de seguridad.

Miró hacia arriba. Las escaleras estaban iluminadas por la

luz del despacho del piso superior. Puso un pie en la escalera, y el crujido le hizo desistir: si subía con semejante ruido el hombre se iba a dar cuenta y podía dar la voz de alarma. Cancerbero se apostó en el hueco de la escalera. Paciencia. Su presa más tarde o más temprano tendría que bajar.

A Coruña, pub *Drowsy Duck*

Valentina Negro pidió otro bourbon y miró fascinada hacia la enorme pantalla de televisión. El rostro bronceado de Félix Panticosa la miraba con sus ojos pequeños y brillantes desde una esquina, a la vez que se emitían imágenes del coche que transportaba el cuerpo. Le pidió al camarero de la coleta que subiese el volumen para escuchar mejor:

... el cuerpo desfigurado del periodista del misterio Félix Panticosa, de 55 años, quien se encontraba realizando labores de investigación en el Bierzo, según había declarado su novia...

Miró su reloj: era la una de la madrugada. Ya era muy tarde. Al día siguiente tenía que llamar sin falta a Javier Sanjuán. Le constaba que eran muy amigos Panticosa y él.

«Pobre Javier», pensó. Se dio cuenta de que era una estúpida al no haberle cogido el teléfono.

El final del vídeo resultaba sorprendente por lo abrupto. Un hombre con la cara cubierta por un velo oscuro y la voz distorsionada daba una serie de instrucciones que se cortaron de improviso. Sanjuán se pasó la mano por la cara y recapituló sus pensamientos. Aquello parecía una pantomima más de la red, y sin embargo... había algo insano, algo distinto a lo que muchas veces le habían mostrado como supuestos vídeos *snuff*, por lo general mucho más fuertes, con muchas vísceras y ojos arrancados. Y, desde luego, mucho peor realizados. El diseño del vídeo, el estilo, era elegante, refinado, pero muy real, mucho más impactante, a pesar de aquella estética extraña y rebuscada en blanco y negro, que los típicos vídeos que se podían encontrar en ciertas webs de pago si se sabía bucear con conocimiento de causa. Se preguntó por qué el uso del blanco y negro: si el propósito era diseminar con algún propósito esas sevicias, ¿no hubieran sido más llamativas filmadas a todo color?

En un impulso, Sanjuán decidió llevarse el ordenador. Si Panticosa había muerto, quizá fuese por culpa de aquel vídeo...

Cancerbero sacó el cuchillo al escuchar los pasos que bajaban por la escalera. Apostado en el hueco, puso todos sus músculos en tensión. Su cerebro empezó a recibir la agradable descarga de adrenalina que anticipaba una buena sesión de tortura.

Sanjuán interrumpió el descenso y volvió a subir al piso. Quizás había olvidado algo. «Apagar la luz. Qué considerado con un muerto», se dijo el sicario al escuchar los pasos alejándose.

Al cabo de pocos segundos, los pasos volvieron a acercarse cada vez más. El cuchillo brilló unos instantes en la mano diestra.

Un ruido en el jardín lo sobresaltó. De repente, la puerta principal se abrió de par en par, y él, de forma instintiva, se refugió de nuevo en el hueco, maldiciendo en silencio.

A Sanjuán le dio un vuelco el corazón cuando vio abrirse la puerta. Un hombre mayor apareció bajo el dintel, llevaba una pala en la mano y la blandía en alto.

—¿Quién cojones es usted? ¿Qué está haciendo aquí? ¿Robar? Me cag...

Sanjuán lo interrumpió, enseñándole las llaves:

—No se alarme. Soy Javier Sanjuán, amigo de Félix Panticosa. Tengo las llaves, me las ha dado él.

El anciano lo miró unos instantes mientras intentaba recordar, y luego bajó la pala.

—Es verdad. Usted es el que sale en la tele. El de los asesinos... Ahora lo reconozco. Soy el vecino. Félix me dejó una llave a mí también, para que echara un vistazo de vez en cuando. Y como he visto la verja abierta, entré a ver qué pasaba. Hoy me he enterado... —bajó los ojos en una sincera muestra de pesar—, supongo que usted también. —Miró a Sanjuán, quien asintió—. Una desgracia. ¿Se sabe algo?

El criminólogo se acercó a él y le dio la mano sentidamente, mientras respondía a su pregunta.

—Por ahora no. Hoy ha viajado hasta allá Verónica, su novia, para ver qué ha ocurrido...

—Pobre chica. Es un encanto. Lo quería mucho. El verano pasado vinieron por aquí varias veces, a tomar el sol.

Los dos salieron de la casa, cabizbajos, sin decir palabra. Sanjuán cerró la puerta con doble vuelta de llave.

Dentro, Cancerbero apretaba el mango del cuchillo de nudillera de trinchera con la fuerza de la frustración mientras oía a los hombres alejarse por el jardín.

«Sanjuán, eres un tipo con suerte», rumió Cancerbero. Sin embargo, pronto recuperó su extraña paz interior, porque sabía que al final nadie se le escapaba.

8

La mano de Gloria

Esta mano de Gloria es la mano de un ahorcado, que hemos de preparar de la siguiente manera: se envuelve en un trozo de sábana mortuoria, prensándola fuertemente para que pueda salir el resto de sangre aún contenida en sus venas; luego se deposita en un jarrón de terracota, con sal, sal de piedra (nitrato de potasio), pimienta en grano y... todo bien pulverizado. Se deja reposar durante quince días; después, se expondrá al sol en época de canícula, hasta que quede bien disecada; si el sol no bastara, se puede poner en un horno encendido con esparraguera y verbena. Luego se compondrá una especie de vela, con la grasa del ahorcado, cera virgen y sésamo de Laponia; se sirve uno de la mano de Gloria como de un candelabro para tener esa maravillosa vela encendida. En todos los sitios donde se irá con ese diabólico instrumento, aquellos que moran en ellos permanecerán inmóviles, sin poder moverse como si estuvieran muertos.

COLLIN DE PLANCY, *Diccionario infernal*

Valentina Negro negó con la cabeza: no había, o ella no lo encontraba, ningún anuncio en la red antes de la fecha de la desaparición de Belén. Ninguna audición, ningún espectáculo, ninguna ópera. Nada. A ver si la idea no era tan buena... Claro que después de tanto tiempo, los *links* podían haber desaparecido.

Cogió su móvil y marcó un número. Tardaron en responder.

—Lúa... Buenos días. Soy Valentina. ¿Trabajas hoy?

La voz de Valentina, seria y grave, como siempre, sorprendió a Lúa remoloneando en la cama. A su lado, Jordi, su novio, seguía durmiendo como un bendito. Se levantó para no despertarlo y bebió un sorbo de agua para aclarar la garganta.

—Inspectora. Es sábado. Son las ocho de la mañana. Ayer trabajé hasta las dos... y luego salí.

—Lo siento, no me he dado cuenta de que era sábado. Tienes razón, perdona. Pero necesito tu ayuda. Es urgente.

Las sutiles antenas de reportera de Lúa se pusieron a funcionar al momento, a pesar de la somnolencia. Respondió, esperanzada.

—Es algo sobre el Peluquero, ¿verdad?

Valentina emitió un largo silbido y luego permaneció callada unos segundos.

—Lo siento, Lúa, no. No te puedo dar carnaza fresca sobre ese tema y lo sabes. Es algo más mundano... una incursión en la hemeroteca de tu periódico. Necesito algunos ejemplares del año 2010, en papel. Desde marzo hasta mayo. No en la versión digital, esa no me sirve. Tiene que ser en papel. Para ahora mismo si puede ser... —intentó no sonar demasiado exigente, al fin y al cabo estaba pidiendo un favor—. Estoy en Lonzas, anda, vente hasta aquí y te invito a desayunar en la Casa de Andalucía.

La amistad de Lúa con Valentina era algo extraña. La periodista de la *Gaceta de Galicia* lo había pensado más de una vez. Comenzaron muy mal, pero luego sus experiencias compartidas frente a una entidad maligna como el Artista había forjado algo muy profundo entre ellas, una relación que no se basaba en salir a tomar copas o en compartir confidencias; de hecho, podían pasar meses sin que se vieran o hablaran, pero en cuanto se ponían en contacto era como si un vínculo eléctrico, antes oculto, se activara de inmediato.

—OK, inspectora. Voy hasta el periódico a ver qué puedo encontrar.

Cuando colgó el teléfono, tras la promesa de Valentina de que le contaría de qué iba el asunto, Lúa suspiró con resignación contenida y fue a la habitación a despertar a Jordi.

Cuando Valentina tuvo sobre la mesa de su despacho los fajos de periódicos, miró a sus dos acompañantes con una sonrisa irónica.

—Lúa... Podéis sacar en el periódico la noticia de la reactivación del caso de Belén Egea siempre y cuando me ayudéis a buscar un anuncio que puede estar entre estas páginas. A mí sola me podría llevar mucho tiempo, pero entre los tres acabaremos pronto. Si no sacamos nada, luego quedaría mirar en la red los otros periódicos, pero de eso ya me encargaría yo.

Lúa protestó sin mucha convicción.

—¿Y sus ayudantes? También ellos podrían colaborar, digo yo...

—Están muy metidos en la investigación del Peluquero, y con los recortes de plantilla todos los efectivos están en la calle. Así que manos a la obra... —Repartió varios ejemplares—. Necesito la noticia o el anuncio de una audición teatral, de cualquier tipo de obra, incluso ópera o zarzuela. Eso da igual, lo importante es que sea una audición. Parece que Belén acudió a una prueba varios días antes de desaparecer. El profesor de canto olvidó hasta ahora el «pequeño» detalle de comentárnoslo, pero al ver el otro día en los medios una manifestación de los familiares protestando por su desaparición, se acordó de repente. Es lo único que tenemos por ahora. Si esto no nos lleva a ningún sitio, el caso volverá a enterrarse.

Sanjuán se hizo un café y bajó al despacho. No había dormido demasiado, dándole vueltas a la muerte de su amigo y a aquel extraño vídeo. Era sábado, no tenía que ir a la universidad y había decidido pasar el día estudiando todo el contenido del portátil de Félix Panticosa.

Lo encendió y entró de nuevo en los archivos. A su lado, un cuaderno para tomar notas. El arcano número XVI del tarot apareció de nuevo. Congeló la imagen y se fijó bien en la carta: pertenecía al tarot Rider-Wite, pero con alguna modificación, así que fue a cerciorarse de las posibles diferencias con la carta original. En efecto, la carta del vídeo era distinta: la mano del diablo de la imagen tenía un ojo en el medio de la palma y las puntas de los dedos ardiendo. «El diablo, la serpiente, la llave de la puerta, el umbral.» Aquella carta era el umbral de las imágenes que se sucederían a continuación. El Diablo era la carta de los bajos instintos, de las perversiones sexuales, la carta «del que habita en el umbral» mistérico tras probar la fruta prohibida. Una carta controvertida en su significado, que para unos era el origen del mal, y para otros la energía sexual domeñada.

El ojo que todo lo ve, y la luz de los dedos, que todo lo alumbra. Sanjuán había estudiado más de una vez los símbolos del satanismo, pero aquella mano ardiente también activaba en su mente otras imágenes. Consultó en Internet. «Mano de Gloria, Mandagrore, Mandrágora. Vuelve invisible a quien la tiene, y ciega y paraliza a los que miran su luz.»

«Vuelve invisible a quien la tiene, y ciega y paraliza a los que miran su luz.»

Sanjuán meditó esa frase. Si el autor de los vídeos tenía la mano de Gloria como símbolo, ¿era por su invisibilidad ante los demás? ¿Era eso lo que quería decir el ojo en la mano del diablo? Pensó que Panticosa había sido «cegado» por la luz del diablo, por acercarse demasiado a Luzbel..., castigado sin duda por su osadía.

—¡Inspectora! —Jordi señaló un pequeño anuncio por palabras en el ejemplar del martes 3 de marzo; habían tenido suerte, era de los primeros que examinaban—. Aquí hay un anuncio, creo que puede valer:

Se buscan actores-cantantes para musical. De edad comprendida entre los 18 y los 30 años. Buena presencia. Se valorarán estudios de canto. Ambos sexos. Interesados contactar con formulario en página web «Encontros» o llamar al teléfono tal y preguntar por Mary.

—¿«Encontros»? No me suena... Ese anuncio es importante, porque la chica desaparecida cantaba, no sería raro que la audición fuese precisamente... —dijo Valentina, oliendo que ese anuncio podría ser el bueno—. Bien hecho, Jordi.

El iPhone de Lúa empezó a sonar.

—Perdón, es del trabajo —se disculpó antes de cogerlo y salir del despacho. Al cabo de unos minutos volvió a entrar, con cara de consternación.

»Me tengo que ir a cubrir una noticia. Es absurdo lo que voy a decir, pero la verdad, parece el episodio de una película de terror. Esta noche han robado el corazón de Espoz y Mina del nicho de Juana de Vega en el cementerio de San Amaro. Parece ser que el corazón embalsamado del general estaba metido en una urna de plata y ébano... y no estoy de broma, al lado del ataúd de su mujer. Uno de los operarios se dio cuenta a primera hora de la mañana al ver el nicho reventado. ¿No es muy raro?

—Algún tarado, fetichista de lo morboso. Hay muchos

por ahí. Yo he conocido unos cuantos... —Valentina adoptó un tono irónico para asegurar algo que ella conocía demasiado bien; sin embargo, Lúa hizo un gesto con el dedo de negación.

—¿Pero morboso hasta tal punto de saltar la verja del cementerio y robar un corazón embalsamado...? No sé... —Lúa se puso la cazadora y cogió su bolso—. Con vuestro permiso, me voy a San Amaro. Ahí tengo una buena historia, seguro. Luego vuelvo, si hace falta... —Los ojos verdes, enormes, expresivos de Lúa Castro se disculparon, dando a entender que no la esperasen por allí en toda la mañana.

Valentina hizo un gesto ligero con la cabeza a Jordi para que fuese con ella.

—Ya me las arreglo yo con los periódicos que faltan, luego hablamos. Lúa, ya me contarás cómo van las pesquisas sobre el corazón desaparecido... —le dijo, mientras la despedía con una sonrisa.

A Coruña, calle Orillamar

Valentina se bajó de la moto y miró hacia arriba: en efecto, en el primer piso había un cartel que anunciaba la empresa «Encontros» en grandes caracteres de colores vivos. El teléfono que figuraba en el anuncio, como ya preveía, no estaba operativo. Llamó al timbre y esperó hasta que le abriesen. «Por fortuna abren los sábados», pensó. Tres años después, quizá no hubiese ya ningún registro de la obra de teatro, pero nada se perdía por ir hasta la calle Orillamar. Luego podía comer por allí, en la Parra, por ejemplo.

En la humilde recepción había una mujer de mediana edad, pelo teñido de rubio y facciones que no disimulaban un buen repaso de botox. Al ver la placa policial, su gesto algo agrio se transmutó en amabilidad suprema, y corrió a buscar los datos que Valentina le pedía.

—En efecto, esta audición la llevamos nosotros. Sin embargo, el grupo de teatro que organizaba el musical ya se disolvió hace mucho, la crisis, ya sabe... —Valentina intentó no poner cara de frustración, ya se esperaba algo parecido—, pero le puedo dar el teléfono de una de las chicas que acudió a la prueba: Sheila. Se presenta a todas, es una máquina. Igual tiene usted suerte y se acuerda de algo. Tiene buena memoria, se lo aseguro. Lleva un registro de todas las pruebas a las que va. Es muy buena actriz, y como cantante no tiene precio.

La voz de Verónica sonaba desgarrada, entre lágrimas inconsolables.

—Sanjuán... ha sido horrible, me quiero morir. El cuerpo de Félix... apareció colgado cabeza abajo de un puente en Ponferrada. Le habían quitado los ojos y cortado una mano... no puede ser. Es... —Los sollozos rompían el corazón del criminólogo—. Murió de varias cuchilladas, me han asegurado que no sufrió, que fue instantáneo...

—Calma, Verónica... —Sanjuán no sabía qué decir ante semejante tragedia—. Es un horror, es cierto, pero no te desmorones, por favor. Félix siempre supo que eras una mujer valiente, por eso confiaba tanto en ti. ¿Dónde estás?

—En Ponferrada, en un hotel.

—¿Quieres que llame a tus padres para que vayan a recogerte? No vas a ir tú sola hasta Madrid, no en estas circunstancias.

—Ya vienen para acá..., no te preocupes, Javier. No te preocupes por mí. Tienes que averiguar qué pasó en realidad. Tienes que hacerlo. —De pronto, su voz cobró un tono sereno, firme—. Es lo que querría él. Prométeme que te vas a ocupar personalmente y a seguir la investigación.

—Cuando llegues a Madrid llámame. Quiero asegurarme de que estás bien. Hazme ese favor. Ahora no podemos hacer nada, pero te prometo que llegaré hasta donde pueda.

Sanjuán se sentó en el jardín de su casa, meditabundo, y encendió otro Winston blue.

«El vídeo *snuff* y la muerte de Félix tienen que estar relacionados. Félix se acercó demasiado a algo cuando estuvo en Ponferrada. Pero... ¿a qué?»

Recordó de nuevo la frase: «Vuelve invisible a quien la tiene, y ciega y paraliza a los que miran su luz.» A Panticosa le habían cortado una mano y le habían quitado los ojos. En su memoria estaba muy nítida la carta del vídeo donde una palma de dedos ardientes mostraba un ojo. El ojo del diablo.

¿Las manos de Gloria no se hacían con manos de ahorcado? El ahorcado era otra de las cartas del tarot... Aquello parecía una pesadilla extraña e irreal, pero empezaba a ver muy claro que la firma de aquel crimen estaba indisolublemente ligada al autor o autores del vídeo *snuff* de Panticosa. Angustiado, lo único que sintió como real en aquellos momentos era la certeza de que su amigo había sido asesinado, y su cuerpo, expuesto y profanado, y que antes de morir, quizá presintiendo el peligro, le había dejado el testigo de continuar con sus averiguaciones. Y lo sintió tanto como una obligación de la amistad como una carga del destino.

9

Corazón robado

Sábado 13 de abril, mediodía
A Coruña, cementerio de San Amaro

Lúa miró el hueco en el nicho de la familia de Juana de Vega. Habían quitado la lápida de mármol y roto la pared de cemento durante la noche. Un oficial de policía joven charlaba con los funcionarios mientras tomaba notas sin demasiado entusiasmo. Se acercó a él. Era moreno, de pelo ligeramente ensortijado, facciones correctas, unos hermosos ojos azules que destacaban desde lejos. No lo conocía, así que se atusó el flequillo con coquetería y aleteó las pestañas, truco que siempre daba resultado con los policías de cualquier edad. Era joven y muy resultona, con la voz dulce y unos ojos verdes inmensos y acuosos que le servían para manipular y sacar información.

—Soy Lúa Castro, de la *Gaceta de Galicia*... ¿Me podría contestar a algunas preguntas?

—Diego Aracil, de Patrimonio Histórico. —El oficial la miró de arriba abajo sin disimulo, y ella aprovechó el momento sin dudar.

—Qué cosa más rara, ¿no? ¿Seguro que han robado el corazón de Espoz y Mina? ¿Y si no estaba dentro ya? Por ahí dicen que se lo habían llevado a Navarra hace tiempo... —Le dio la mano al oficial, mientras le dedicaba la mejor de sus sonrisas.

Diego Aracil asintió, señalando al agujero en el nicho.

—Estaba, estaba. No hace mucho que vinieron los familiares y cambiaron la lápida, echaron un vistazo en el interior, y allí estaba la urna de plata.

—¿Qué valor puede tener algo así? Me refiero monetario... No es una obra de arte. No tiene ningún sentido.

—Para un coleccionista privado quizá tenga mucho valor —dijo Aracil, que en su larga trayectoria profesional había aprendido que la gente era capaz de robar cualquier cosa, por insólita que esta fuera—. No sé, un fetichista de las reliquias históricas, hay mucha gente muy extravagante por el mundo, Lúa —pasó a tutearla, siguiendo un impulso, invitándola a que hiciera lo mismo—. Pero, bueno, será difícil de encontrar: vinieron los de huellas y no hay nada. No va a salir a la venta, sería imposible...; así que acabará en una colección privada, y a menos que se den una serie de casualidades que preveo imposibles, esa urna jamás aparecerá.

A Coruña, supermercado Alcampo
16:30

—Sí, me acuerdo perfectamente de esa obra de teatro. Bueno, era una mezcla entre musical y obra de teatro, la verdad. —Sheila, de veinticinco años, morena y muy espabilada, no dejaba de colocar tarros de tomate en las estanterías de Alcampo mientras hablaba con Valentina—. Nos pagaron bien, una pasada. Mucho mejor que ahora... —Miró a su alrededor, buscando a su jefe. No lo vio—. Con la crisis ya no hay casi audiciones, los grupos de teatro son *amateurs*, y los musicales, salvo los más «selectos» no van de gira...Y aquí me ves, ganándome los garbanzos.

La inspectora sacó del bolso de cuero la foto de Belén Egea y se la enseñó.

—¿Recuerdas a esta mujer?

Sheila enarcó las cejas.

—¿Si la recuerdo? ¡Claro! Es la chica que desapareció, ¿no? Cantaba de vicio. Nunca entendimos por qué no le dieron el papel principal, la pusieron de suplente. En el grupo se decía que la había matado su marido porque tenía un amante. Un sicario, todas esas cosas...

—Ya. Siempre se sospecha de los más cercanos, es cierto...

—Valentina sabía que se había investigado a todos sus familiares sin resultado alguno, así que decidió seguir su camino inicial.

»¿Recuerdas cómo fue la audición? ¿Fue en el local de Encontros?

—No, esa vez no. Nos trasladaron en un bus. Nos llevaron a una nave en el polígono de Sabón, todo muy americano, muy *Fama*. Nos hicieron cantar y un par de tipos nos grababan. Era en la avenida del Embalse, me acuerdo perfectamente porque de niña iba allí a coger ranas, yo soy de Villarodís, vamos. Allí al lado.

Valentina dio gracias a Dios por la buena memoria de aquella chica.

—¿Cómo se llamaban? ¿Recuerdas el nombre de alguno de los que andaban por allí? ¿Eran los mismos que grababan?

Ella movió la cabeza y resopló, intentando rememorar los pequeños detalles que con el tiempo se olvidan sin remisión.

—Eran dos. Uno alto, fuerte y rapado, vestido de oscuro, se encargaba de la dirección. Ese casi no decía nada. Luego estaba el otro, algo así como el jefe, el que decidía quién pasaba y quién no. Un tipo muy borde, muy delgado, amanerado. Bufanda en verano e invierno, ese tipo de personaje que controla todo, y que adivinas por su semblante que no le gusta que le lleven la contraria. Si algo no salía como él quería, daba unas broncas tremendas. Un auténtico capullo.

—Entiendo... —Valentina notó su teléfono sonar con el modo vibración—. Perdona un segundo. —Lo sacó, vio que era Sanjuán y lo silenció—. Así que el jefe era un capullo —la animó a seguir.

—No pasaba una, un cabrón. A más de una chica le hizo llorar. De todos modos a mí no me parecía nada gay. Sin ir más lejos, me miraba siempre como si me quisiera violar detrás, en bambalinas. Como esos viejos verdes a los que descubres devorándote en la playa... —dijo Sheila, poniendo un rictus de asco.

Valentina asintió.

—¿Sabes cómo se llamaba?

Ella negó con decisión.

—Le llamaban el jefe, simplemente, lo siento.

—No te preocupes, bastante estás haciendo ya. ¿Cuánto tiempo duró la obra de teatro?

—Creo que estuvimos casi cuatro semanas entre ensayos y demás. Fue todo muy extraño. De repente, se cancelaron todas las actuaciones, nos pagaron un montón de dinero y poco más puedo decir.

— ¿Cuántos erais?

—Unos... siete, creo. Sí. Era un proyecto que pretendía ser novedoso dentro de lo clásico, una especie de obra basada en mitos de terror y amor: *El fantasma de la ópera*, *La Bella y la Bestia*, *Drácula*, leyendas de Bécquer creo recordar, Poe... Era un batiburrillo muy interesante, la verdad. Se titulaba *Lóbrego romance*.

—Si por casualidad guardases el texto de la obra... —No estaba segura de que aquello fuese a servir para algo, pero no se perdía nada.

Sheila hizo un gesto de contrariedad evidente.

—Es una pena, pero no. Me mudé de casa y lo tiré todo. Y he perdido contacto con los demás... No pensé que alguna vez fuese a ser importante... y ahora lo siento, pero tengo que trabajar. Está ahí el jefe supremo. Si me ve hablando demasiado tiempo con alguien, me pondrá en la tabla de los tiburones. La cosa está fatal.

—Bien. Me has sido de mucha ayuda. —Valentina le sonrió—. Toma mi tarjeta, ahí está mi correo, y si recuerdas algo más no dudes en llamarme, te lo agradecería.

A Coruña, un ático en el barrio de los Rosales

Valentina encendió el equipo de música y metió uno de sus viejos cedés de ópera. Se sentía agotada: todo el día buscando algo nuevo en el caso de Belén Egea, y lo único que tenía era el título de una obra de teatro. Había ido a la nave del polígono industrial que le había indicado Sheila pero estaba totalmente vacía, casi abandonada. Ahora le tocaba investigar quiénes habían alquilado el local durante aquella obra...

Cuando Plácido Domingo comenzó a atronar la sala con el aria de *Adriana Lecouvreur* «L'anima ho stanca», se estiró y se masajeó la nuca. Había quedado con su padre para cenar, pero no le apetecía nada salir de casa. Se metió en el baño y abrió el agua de la ducha. Cuando se quitó la ropa, el espejo le devolvió su propia mirada triste, apagada. Valentina afrontó su imagen reflejada en el azogue: ya tenía treinta y cuatro años. ¿Qué vida le esperaba? Su carrera policial pendía de un hilo desde el día en que pateó a aquel degenerado. No tenía ni novio, ni hijos..., nunca había pensado en fundar una familia, su trabajo estaba siempre antes y lo seguía estando. Sabía que era una mujer hermosa, así se lo habían dicho muchas veces. Pero ella, en aquel momento, no se veía así, solo veía una mujer sola y amargada. Miró sus moteados ojos grises, los pechos llenos, su vientre plano, sus piernas largas y musculadas a base de deporte y ejercicio. ¿Para qué le servía ser hermosa? Muchas amigas eran mucho menos agraciadas y tenían una vida mucho más feliz...

Pensó en Sanjuán. Estaba enamorada de Sanjuán como una imbécil, pero después de lo ocurrido en noviembre pasado no podía..., en realidad, no podía estar con ningún hombre. El psicólogo tenía razón, estaba traumatizada. No recordaba demasiado lo que pasó, pero en el fondo sabía que su comportamiento había dañado gravemente la relación. Pero no había sido culpa suya, y Sanjuán nunca le reprochó nada, aunque de algún modo había visto en sus ojos que lo sucedido también le había dejado secuelas emocionales. El Artista era el causante de todo aquel desastre, de su agonía de casi tres años. Al final, su trabajo, que tanto adoraba, había sido la fuente de su desgracia.

Kiri Te Kanawa atacó «Io sono l'umille ancella» y Valentina despertó de su trance. Se metió en la ducha, agradeciendo el agua caliente que acarició su cuerpo rotundo de piel marmórea. De repente recordó que no le había devuelto aún las llamadas a Javier Sanjuán... y se reprochó su poca consideración. Félix Panticosa era un gran amigo suyo, y estaba segura de que su pérdida le habría apenado mucho. «Está bien», pensó sin demasiada convicción, «no tardaré en hacerlo», y cerró los ojos para sentir su piel abrirse ante el calor del agua.

—Escucha, no me digas que no es fascinante... —Lúa palmoteó al encontrar al fin en una página web la historia del corazón robado de Espoz y Mina:

[...] lo que más intriga del extraordinario personaje son dos particularidades con las que convivieron sin sobresalto todos sus contemporáneos. Hoy nos parecen macabras. Que Juana de Vega guardara en el oratorio de su casa-santuario coruñesa el cadáver embalsamado de su esposo, el general Espoz y Mina, la primera; que hiciera un aparte con su corazón, guardándolo de por vida en una urna de ébano, la segunda. Llegada la hora de su fallecimiento, los testamentarios cumplieron fielmente estos dos mandatos de la difunta: el cuerpo de Espoz y Mina se fue al monumento alzado en su honor en la catedral de Pamplona; el cuerpo de Juana y el corazón de aquel, al viejo cementerio coruñés de San Amaro. Allí, desde 1872, perdida la tumba entre la multitud, despojada del título condal con grandeza de España que disfrutara en vida, puede leerse la inscripción que ella misma redactara: «Aquí yacen don Juan Antonio de la Vega, doña María Josefa Martínez y su hija, doña Juana María de Vega y

Martínez, viuda del general Espoz y Mina, cuyo corazón se halla aquí.

»¿Qué te parece? Es brutal. Lo que no entiendo es cómo nadie se ha fijado en esta historia antes de ahora. Es puro amor, romanticismo..., una historia protagonizada por una coruñesa ilustre, además.

Los ojos de Lúa relucían de entusiasmo periodístico. Buscó en ademán de complicidad la mano de su novio a tientas entre las sábanas. En ese momento, Jordi hizo un gesto de triunfo y se incorporó de repente en la cama. Estaba con los auriculares puestos y la televisión sin sonido.

—¡Gooool! ¡Gol de Di María! ¡Qué bueno... el pelotudo! Gol psicológico, se van a creer los del Málaga... ¡Los cojones! —Golpeó el muslo con el puño con fuerza, emitiendo sonidos diversos guturales, sin enterarse de que la mirada de Lúa, irredenta culé, no auguraba nada bueno a partir del final del partido.

«Eso me pasa por salir con un periodista deportivo —pensó—, me lo tengo bien merecido.» Lúa se encogió de hombros, se levantó y fue a la cocina a hacerse una infusión mientras continuaba preparando el artículo sobre el robo en su cabeza.

«¿Quién puede haber robado semejante cosa? ¿Un fetichista de lo morboso? ¿Un romántico incurable? ¿Un coleccionista de objetos históricos?»

Mientras hervía el agua decidió que no sería mala idea investigar si se habían producido robos similares en la ciudad o incluso fuera. Si fuese así, le podía salir un reportaje muy rompedor.

—Huele de maravilla, papá. ¿Qué es?

Nada más entrar en la casa, Valentina husmeó el suculento aroma a carne asada y especias orientales.

—Creo que es cordero a la hindú. Lo está haciendo tu hermano, es una receta que sacó de Internet.

El padre de Valentina, Enrique Negro, estaba confinado en una silla de ruedas desde el fatídico accidente que acabó con la vida de su esposa. Sin embargo, se las arreglaba muy bien. Jamás había perdido ni su buen humor ni las ganas de vivir, aunque Freddy, su hijo pequeño, le había proporcionado en la adolescencia más de un quebradero de cabeza. Ahora, Freddy parecía mucho más maduro, y la convivencia con su novia rusa, Irina, en la casa familiar en el paseo de los Puentes, no había sino acelerado su cambio de rebelde sin causa a la madurez. La influencia de Irina en aquella casa había sido proverbial: los dos jóvenes estudiaban restauración y le daban a Enrique un motivo más para la tranquilidad. Ahora su principal problema era Valentina. Nunca había aprobado que una mujer con su inteligencia se hiciera policía nacional, nadie de su familia tenía relación con las fuerzas del orden. Podía haber ejercido como abogada, o estudiar cualquier otra oposición. Sin embargo, la tozudez de su hija era una de las características que había heredado de él y no podía reprocharle que siguiera su camino. Era una policía demasiado entregada, y a veces Enrique Negro se encontraba temiendo con angustia por la vida de la niña de sus ojos, la viva imagen de su madre muerta.

Sabía que a su hija le había ocurrido algo terrible el año anterior, pero ella no quiso contar absolutamente nada. De natural ya bastante introvertido, Valentina había cambiado para peor: ahora parecía siempre invadida por una tristeza soterrada que a él no le hacía ninguna gracia. Que fuese al psicólogo le había parecido una idea excelente. «Al fin parece que toma la cosa un rumbo más lógico», pensó, cuando su hija protestó por la obligación de ir a un especialista. Sin duda necesitaba confiarse a alguien, y encontrar algo de estabilidad.

—Hermanita... ¿A que mola el olor del cordero, eh? Es un aroma digno de los dioses de la India.

Freddy emergió de los fogones con el rostro enrojecido del calor del horno. Era alto, delgado y había heredado los ojos grises y el cabello oscuro de su madre y su hermana. Valentina sonrió. Le emocionaba ver el cambio que se había producido en el carácter de su hermano, para bien. Durante un tiempo pensó que su empeño en hacerlos infelices a todos iba a durar toda la vida, pero al fin la edad y la influencia decisiva de su novia lo habían terminado por asentar. Ver a su hermano y a su padre felices era un consuelo después de todo lo que había pasado.

—Ese olor me está perforando el estómago, Freddy. Pero no disimules, seguro que la mano de Irina tiene bastante que ver en el asunto... Anda, haz algo: mete en la nevera el cava. Mejor tomarlo frío para acompañar tu fantástica receta.

Sanjuán se quitó las gafas y se frotó los ojos con fuerza. Estaba agotado. Eran casi las doce de la noche y llevaba todo el día delante de la pantalla leyendo los apuntes de Félix Panticosa. En ninguno de los archivos encontró referencia alguna al vídeo. Ni cuándo lo había recibido, ni de dónde lo había sacado. Había llamado a Valentina otra vez, pero nada. No cogía el teléfono. Quería consultar con ella el contenido de aquel vídeo. Dudó en mandarle un whatsapp, pero ya era muy tarde. Intuía que no lo estaba pasando nada bien, que aquel suceso con el Peluquero la había perturbado profundamente. Y la conocía mucho: cuando estaba herida, huía al bosque como los lobos, en vez de pedir ayuda, que sería el impulso más normal.

En su mente surgían ideas con fuerza imparable: razonó que aquel vídeo era la causa de la muerte de Panticosa. ¿Quién se lo mandó? ¿Por qué no le dijo nada a nadie? ¿Por qué no avisó a la Policía? En las imágenes salían siete mujeres distintas. ¿Quiénes eran? ¿Españolas, extranjeras? A pesar de la carta del tarot, el Diablo, a Sanjuán no le parecía que aquello tuviese demasiado que ver con Satanás en su acepción cristiana. Era más bien una apropiación simbólica de aquella carta, incluso estética. Era su significado lo importante, no el diablo en sí. Nada en el vídeo apuntaba a ritos satánicos, más bien a vídeos *snuff* comercializables. Si lo que allí se podía ver eran anuncios, en algún lugar y de alguna manera se tenían que poner a la venta... ¿Cuánto se podría llegar a pagar por aquellos vídeos enteros? Y lo peor... ¿Cuántas mujeres podían haber sido víctimas de aquella barbarie? En España se denunciaban cada año miles de desapariciones, y muchas de ellas eran voluntarias. Pero otras no lo eran. Si aquel vídeo era una especie de anuncio con escenas escogidas para «publicitarse», a saber en qué ámbitos, podía haber muchas más víctimas... Porque su instinto le decía una y otra vez que aquel vídeo era real.

Sonó el teléfono.

Era Valentina.

«Al fin», pensó, y suspiró largamente.

10

Conexión

Domingo, 14 de abril, 00:20

—¿Cómo estás, Val? Estoy muy preocupado por ti. No me coges el teléfono... —La alegría y el alivio por poder contactar con Valentina por fin dieron paso a un leve reproche por culpa de la angustia.

—Bien, estoy bien. Mejor. Ya sabes lo que pasó con ese degenerado violador de niñas, ¿no? Creo que he salido en las noticias de todo el país...

Habló con rapidez. Su voz traslucía cierta pena mezclada con una indiferencia forzada. Valentina notó que las lágrimas asomaban a sus ojos al escuchar la voz ansiosa de Sanjuán y quiso cortar cuanto antes la conversación sobre su estado. Pero no pudo evitar una nueva pregunta del criminólogo.

—¿Te ha pasado factura lo que hiciste...? Quiero decir... en el trabajo.

Valentina no le dejó que siguiese explicando algo que era obvio, y que ella temía, siempre un poco insegura ante la alta exigencia que ella misma se había impuesto como policía.

—Bueno, puedes decirlo así, pero en realidad se han limitado a ponerme un tiempo en la nevera, nada grave. —Seguía decidida, sin embargo, a no entrar en aquel asunto, y mucho menos por teléfono, al menos, así que quiso terminar ese punto con más rapidez que sutileza—. Ahora estoy ocupándome de un caso antiguo, hay una nueva pista, y el jefe ha pensado que estaría bien reabrir la investigación para ver dónde nos lleva. —Sin detenerse, continuó—: Pero en serio, estoy bien. Descansando. He pasado unos días duros, no te cogí el teléfono, discúlpame. A nadie. Y siento mucho lo de Félix..., lo he visto en las noticias. Qué horror. Por eso te llamo.

Sanjuán emitió otro suspiro prolongado y cogió aire.

—Te lo agradezco mucho, Valentina. —Dejó pasar unos segundos, y continuó—: Pero tengo que hablar contigo de eso precisamente. A Félix lo asesinaron en el Bierzo, pero creo saber el motivo de su muerte: un vídeo *snuff*.

Valentina interiorizó la información a duras penas.

—¿Qué dices? ¿Un vídeo *snuff*?

—A Félix lo mataron de cinco puñaladas. Aún no he conseguido demasiados datos de cómo apareció el cadáver, pero por lo visto fue terriblemente mutilado. Todavía no he hablado con los investigadores que llevan el caso. Solo he podido saber por ahora lo que me ha contado Verónica, su novia, y lo que salió en las noticias. Otra cosa: tengo su portátil...

Valentina emitió una exclamación en sordina.

—¿Cómo que tienes su portátil?

—Panticosa y yo estábamos haciendo un estudio sobre una casa considerada maldita, aquí en Valencia, porque ha muerto mucha gente ahí de forma violenta, para documentar una pieza para el programa de Iker. El día en el que murió me llamó por teléfono, pero yo estaba en medio de una clase. Pensé que era por algo del programa... Luego Verónica se puso en contacto conmigo para decirme que Félix había desaparecido y que le había dejado el recado de que viese unos archivos en un portátil que tenía en su casa de la Malvarrosa. Me lo tomé como su última voluntad. Así que... me puse a buscar en el ordenador, y encontré el vídeo.

—El vídeo estaba en el portátil, entonces. ¿Se sabe su procedencia?

—Valentina... —la voz de Sanjuán sonó grave, apremiante—, quiero que lo veas ahora mismo. Te aviso... es muy fuerte. Enfermizo. No sé de dónde lo sacó Félix. No he encontrado en sus notas nada al respecto. —Se detuvo unos segundos, pensando en lo que decir, y continuó—: Solo sé que no parece real, pero por desgracia creo que sí lo es. No sé cómo explicarlo. Cuando lo veas, lo sabrás.

—Joder... —Valentina sintió de repente una gran ansiedad, como si su instinto policial dormido le susurrara al oído una letanía—. ¿Uno de verdad, estás seguro? Está bien. Ponlo en la carpeta de Dropbox. Lo veré en cuanto se cargue. Te llamo en cuanto lo tenga.

Poco después los ojos primero sorprendidos y luego aterrorizados de Valentina vieron la carta del tarot cada vez más grande y amenazadora. Luego, se deslizaron todas las sevicias en blanco y negro, la cabeza cortada, ensangrentada, violaciones en grupo... Todo parecía a la vez muy real y muy extraño. Gótico. No sabía cómo denominarlo en realidad.

Hasta llegar a la chica de largo y lacio cabello castaño y el antifaz. Observó el primer plano donde ella gritaba de terror. Congeló la imagen.

Los dedos de Valentina temblaban cuando llamó de nuevo a Javier Sanjuán.

—Javier..., la chica del antifaz... a la que estrangulan... ¿La recuerdas? No lo puedo asegurar, pero creo que es Belén Egea. Mi «caso abierto».

Jordi miró asombrado a una Lúa vestida, maquillada y dispuesta para salir.

Se incorporó en la cama y le quitó voz al plasma.

—¿Pero... dónde vas? ¿Estás enfadada?

Lúa lo miró fijamente. Jordi conocía esa mirada, era la de «tengo que ir de caza».

—No. No estoy enfadada. Me voy a ver a mi padre. Me acabo de acordar de una cosa. Él conoce a un tipo que se dedicaba a robar retablos y figuras en las iglesias, y de ahí pasó a mayores... Luego lo detuvieron y no sé qué pasó, no recuerdo bien, pero le debe algunos favores. ¿Quién sabe? A lo mejor por ahí encuentro una pista.

Lúa salió a la calle. Hacía frío, eran más de las doce de la noche y amenazaba lluvia de nuevo.

«Qué ganas tengo de que llegue el verano, por favor.»

Luego cogió el Fiat 500 y se perdió en la noche hacia el barrio de Labañou. Su padre, policía retirado, todos los sábados por la noche, acudía a su cita con el canto y el buen vino en El Faba, una vieja taberna que conservaba intacto el sabor de antaño, el suelo ennegrecido de piedra, los toneles y frascas de vino, y las paredes llenas de camisetas firmadas junto a fotografías amarillentas del «Superdepor».

Valentina no podía dormir. Dio una vuelta en la cama. Una de tantas. Quería descansar, que su cerebro funcionase al día siguiente de forma adecuada. Planeaba ir a comisaría a primera hora para que los de informática analizaran el vídeo. Si la chica de las imágenes era Belén Egea, el curso de los acontecimientos iba a dar un vuelco muy importante, y el caso abierto y frío se convertiría en una patata caliente de forma inmediata. Sanjuán estaba a la espera de los resultados de informática y en caso de resultar positivo cogería el primer avión a mano para acudir a la ciudad.

Imposible conciliar el sueño.

Se levantó y se preparó un café. Luego cogió el teléfono.

Germán Romero, subinspector de Delitos Tecnológicos, gruñó al escuchar el sonido del móvil del trabajo.

«No puede ser, cojones. No he librado en dos putas semanas, no puede ser verdad.» Tanteó con la mano la mesilla buscando el aparato, mientras su novia se tapaba con el edredón para seguir durmiendo.

—Germán, soy yo. Valentina Negro. Estabas durmiendo, lo siento, pero es muy urgente..., tanto como para pedirte un favor: te necesito en Lonzas en una hora.

—Joder, inspectora. Llevo casi dos semanas trabajando a destajo, y encima con lo del Peluquero ya ni le cuento. ¿No puede esperar hasta mañana?

—Lo siento, pero no. De verdad, Germán. Es muy importante. Tan importante que si tengo razón, cuando lo veas te vas a caer de culo.

Taberna El Faba, en el barrio de Labañou

Manolo Castro dejó la guitarra en el suelo al ver a su hija en la puerta de la taberna haciéndole señas. Los otros dos amigos pararon de cantar y tocar al instante.

—Perdón, está ahí mi hija. Seguid sin mí...

Lúa besó a su padre con fuerza; su madre había muerto de cáncer cuando era pequeña. Ahora que vivía con Jordi lo veía mucho menos. Además, desde que recibiera un disparo hacía dos años, se había jubilado, y se había echado una novia de su edad, una señora «bien» con la que pasaba los días con alegría y mucha fiesta.

—¿Y tú por aquí? ¿Dónde has dejado a Jordi?

—En casa. Te hubiese llamado por teléfono, pero...

—Así mejor, nos vemos, que hace tiempo que no vienes por casa. Tómate algo. Un vinito, venga, mi niña. Que ese novio tuyo te tiene totalmente acaparada...

Mientras bebían un ribeira Sacra bastante exclusivo que Pilar, la dueña de El Faba, sacó a un gesto de Castro, Lúa comenzó a sonsacar a su padre. Era cierto, en la ciudad había un antiguo ladrón de reliquias y obras de arte, también habilidoso falsificador, un hombre ya mayor que tras haber sido perseguido por la Interpol durante muchos años y ganado mucho dinero, se había «reconvertido» en artista de variedades

tras arruinarse varias veces. En suma, el buen hombre se acabó ganando la vida como ventrílocuo.

—¿Ventrílocuo? Pero... eso es una rareza. ¿Cómo es que
no lo conozco? ¿Tienes su teléfono? —Lúa sacó su Moleskine
para tomar notas. Su intuición de periodista no le había enga-
ñado: allí había tema para varios días en las páginas interiores
de la *Gaceta*.

—Lúa, si te lo he contado cien veces. Lo que pasa es que
estabas tan liada con tus libros del Artista que no hacías
caso a nadie... —Manuel Castro acarició la cara de su hija con
ternura. Lástima que la madre hubiese muerto tan joven, y
no hubiese llegado a ver lo espabilada que su hija había llegado a ser.

Comisaría de Lonzas

—Joder. No me vas a hacer creer que este vídeo es real,
Valentina. No me jodas. Es una mierda pinchada en un palo.
Esto parece sacado de una página de frikis enfermos, pajille-
ros que se creen todo lo que sale en la red. —El tono de Germán era sarcástico a propósito, y Valentina se dio cuenta. No
le dio importancia, era muy tarde y estaba cansado. Ella clavó
su mano en el hombro casi sin darse cuenta, apretando con
fuerza los dedos hasta casi hacerle daño y lo instó a seguir.
Durante unos segundos se dio cuenta de que parecía una histérica intentando hacer pasar por real una historia delirante,
pero era lo único que tenía. Y, además, confiaba en Sanjuán.

—Espera a llegar a la chica del antifaz. Hazme caso, por
favor.

Germán esperó. Al principio se mantuvo callado, serio,
no demasiado receptivo. Pero, poco a poco, su cuerpo se puso duro como un ladrillo, la mano de Valentina en el hombro
notó la transición sin querer. Al fin, cuando apareció la escena en la que la joven atada empezaba a ser estrangulada y un

cuchillo se acercaba a su piel, ya no estaba tan seguro de nada. Valentina se dio cuenta de que los ojos del técnico alcanzaban un gesto febril, seco, pero mezclado con la ansiedad de un policía haciendo su trabajo, los dientes apretados para aguantar hasta el final.

Germán permaneció en silencio durante un rato. Al fin asintió con un gesto y la miró con ojos de angustia.

—Vamos a hacer un reconocimiento facial, pero creo que puedes tener razón. ¿Eso que hay debajo de la boca es un lunar?

—Creo que sí —dijo Valentina.

—¡Joder, inspectora! ¿De dónde has sacado esta mierda?

11

Clementius van Berden

Domingo, 14 de abril, 10:00
Valencia, aeropuerto de Manises

Sanjuán salió del taxi y se dirigió hacia la terminal del aeropuerto de Manises. Había conseguido un vuelo casi de milagro. En el momento en el que Valentina lo llamó para comentarle sus sospechas de que la chica del antifaz podía ser Belén Egea, decidió que lo más sensato era ir primero a A Coruña con el ordenador de Panticosa y después quizá desplazarse hasta Ponferrada. Tenía la convicción de que la muerte de su amigo estaba relacionada con aquel vídeo y con las investigaciones que había realizado sobre los posibles autores. Comprendía que era prioritario averiguar si otras mujeres dadas por desaparecidas también habían sido las fatales actrices de ese vídeo de muerte.

Sanjuán reflexionaba sobre el asunto mientras facturaba la maleta. Muy cerca, un hombre apoyado en la pared lo miraba de soslayo fingiendo leer una revista del corazón.

Cuando Javier Sanjuán entró en la zona de embarque, Cancerbero lo siguió con la mirada transparente hasta que se perdió en las entrañas del aeropuerto. Luego, se dirigió a la salida con el mismo sigilo con el que había entrado.

Lúa llamó al timbre con fuerza, pero nadie contestó. Volvió a insistir. Pegó la oreja a la puerta y escuchó el sonido de una televisión y pasos a lo lejos. Era un viejo piso de la calle Juan Flórez, de los de techo alto y pasillo largo, así que decidió esperar. Darle tiempo.

Al otro lado de la puerta, escuchó una voz masculina y unas toses. El humo del tabaco aromático reptó hasta la nariz fruncida de la periodista.

—¿Quién es?

—Soy Lúa, la hija de Manolo Castro, el policía. Soy periodista...

El hombre abrió la puerta con gran sonido de anclajes, pero aún continuó protegido por una cadena. Cuando vio que Lúa Castro era una mujer joven y bien parecida, la cadena se soltó de su agarre y se abrió la puerta.

—Bien, bien, bien... —El acento belga no lo había abandonado a pesar de los muchos años pasados en España. Era un hombre mayor, no muy alto, grueso, con unos profundos ojos marrones bajo unas cejas blancas y pobladas, todavía dueño de un cabello gris abundante, rebelde y crespo, vestido con un batín de color granate y unas zapatillas de cuero—. Así que eres Lúa, la hija de Manolo... Te pareces a él, la verdad. Tu padre era un valiente cabrón, pero lo aprecio, siempre fue legal conmigo, y eso que más de una vez estuve en la cárcel por su culpa, qué tiempos... —La hizo pasar al salón a través de un pasillo totalmente cubierto de lienzos—. ¿Café o té? Tengo un té moruno importado de Marruecos muy bueno...

—Té, gracias...

Lúa admiró el salón, decorado con un gusto exquisito al estilo oriental. En un rincón había una pipa de agua encendida, que expulsaba su aroma a frutas impulsada por el pequeño carbón ardiente. En el otro, un muñeco de ventriloquia, un niño moreno y mofletudo, pecoso, vestido con un traje negro que a Lúa le pareció muy siniestro. En las paredes reinaba el *horror vacui*: cuadros, retablos, cabezas de alces, grabados, máscaras, lanzas..., era como estar en el estudio de un pintor decimonónico. Se sentó en un sillón mientras escuchaba en la cocina como Clementius van Berden preparaba el té. De repente, se sobresaltó al escuchar una voz detrás de ella gritando: «¡Hola!» Lúa se dio la vuelta y vio un enorme loro gris que se balanceaba en una jaula intentando llamar su atención. El loro silbó como si fuese un obrero que ve pasar a una joven guapa y volvió a reclamar la atención de Lúa.

—Es *Adolfo*. No hace nada, puedes acercarte. Le gustan mucho las chicas jóvenes... —Clementius rio su propia broma y dejó la bandeja sobre la mesa de bronce, sentándose a su lado, como si quisiera estar muy cerca de una mujer bella en ese lugar solitario—. ¿Quieres fumar un poco? El tabaco de cachimba está delicioso...

Lúa negó con la cabeza y sorbió el té, dulce y especiado.

—Dime, Lúa. ¿Qué quieres de este pobre hombre? —Expulsó una nube de humo blanco y el carbón crepitó de nuevo sobre el papel de plata.

—Bueno, lo cierto es que estoy haciendo un artículo sobre el robo del corazón de Espoz y Mina del cementerio de San Amaro.

—Sí, curioso, ¿verdad? Un robo muy limpio. Lo he leído en la prensa. Un fetiche, sin duda, no creo que la urna de ébano y plata tuviese demasiado valor, pero... ¡ah...! Para un fetichista o un coleccionista es algo que no tiene precio.

Lúa lo miró con cierta ironía.

—Mi padre me ha dicho que usted sabe mucho del tema. O que, por lo menos, sigue en contacto con mucha de la gente que colecciona objetos, cómo decirlo... «extraños».

—Niña —sonrió con orgullo—, hace mucho tiempo que me retiré... —Van Berden se atusó el cabello y entró en un momento de ensoñación. Levantó su mano derecha, los dedos deformados en extraño giro—. Mira mi mano: me la rompieron en la cárcel los cabrones de los carceleros franquistas para que no pudiese robar en las iglesias ni volver a pintar. Era un gran falsificador... —Soltó una carcajada—. Así que cuando salí, me dediqué al teatro de variedades en Barcelona. Me hice ventrílocuo... —Señaló con la cabeza el muñeco—. Llevé a *Alex* por toda España. Soy muy bueno. Luego te haré una demostración.

Lúa asintió sin demasiadas ganas, pero para sacarle algo estaba visto que tendría que pasar por el aro. Odiaba los payasos y los ventrílocuos con toda su alma, casi más que a las arañas.

—Haremos un trato, señor Clementius. Me comprometo a escribir un gran artículo sobre usted, que saldrá en el periódico, visto que su vida promete ser fascinante. Y usted me cuenta todo lo que sepa sobre robos, fetichistas, coleccionistas y sobre quién piensa que robó ese corazón...

12

Victoria Álvarez

Domingo, 14 de abril, 11:00
Apartamento de Victoria Álvarez en el barrio de
las Flores

Victoria notó el sabor pastoso en la boca. Un rayo de sol entraba con timidez por la fina rendija de la persiana y atacaba su pupila sin remisión. Se dio la vuelta en la cama, arrastrando las sábanas de color satén e intentó seguir durmiendo, pero, de repente, los acontecimientos de la noche anterior le golpearon el cerebro como las rayas de coca que su novio Alberto le había obligado a esnifar a escondidas en el baño del Playa Club.

Se incorporó y buscó el vaso de agua. Buscó en el cajón de la mesilla un ibuprofeno y lo tragó con un sorbo de líquido. El agua ya estaba caliente y un poco asquerosa, pero la jaqueca lo invadía todo de una forma que no podía pensar en otra cosa que en mitigar el dolor.

Su amiga Soledad la había advertido muchas veces. «Deja a Alberto, es un prepotente. Eres un bollito, puedes liarte con quien quieras. ¿Qué coño haces con ese chulo engominado? Llegará el día en el que te arrepentirás de estar con canallas, y ahí ya vas a estar tan quemada que no serás feliz nunca con un tipo normal. Te irá tanto la marcha que acabarás como tantas maltratadas que no pueden dejar a sus parejas.»

Cuando Soledad se ponía a pontificar, ella se enfadaba y se marchaba, pero era inevitable pensar que algo de razón tenía. Los tíos se daban la vuelta para verla pasar, las mujeres la fulminaban con ojos de envidia y odio. Se sabía «técnicamente perfecta», ojos negros, pelo largo, oscuro y rizo... y la ayuda del bisturí también había sido muy acertada con su nariz y sus senos.

Victoria siempre había querido ser actriz. Todo el mundo le decía una y otra vez que se dedicase a modelar ropa, que viviría muy bien. Sin embargo, usaba sus estudios de filología clásica para no descuidar su verdadera vocación: actuar en el teatro. Quería irse a vivir a Madrid para comenzar su carrera dramática. Pero ese sueño, por ahora, estaba en suspenso, y era algo que le producía mucha desazón. La causa era su novio: desde que salía con Alberto Prado, había dejado el grupo donde ensayaba. Había dejado los estudios. Lo había dejado casi todo menos lo que él le permitía hacer.

Todas las semanas pensaba en dejar a Alberto. Pero... ¿cómo hacerlo? Ningún tío la ponía tan caliente como él. Ninguno. Victoria era consciente de que sufría una dependencia absoluta de él, que no era sano, que lo que él la obligaba a hacer poco a poco era cada vez más repugnante, pero algo la mantenía atada a aquella relación. ¿Sería, como le decía Soledad, que le gustaba redimir a un canalla, probar que ella podría cambiarle donde ninguna otra habría tenido éxito?

Rememoró lo de la noche anterior mientras remoloneaba en la cama: Alberto estaba en la barra del Playa, pidiendo dos copas. Se le acercó una zorra rubia, parecía muy borracha. No tenía mal gusto la pava: Alberto medía un metro noventa, era moreno, de rasgos duros, siempre vestido con marcas caras, siempre al cien por cien, como el protagonista de un anuncio de perfumes. La fantasía de muchas chicas, pero era su novio. Él comenzó a comerle la oreja. Ella se acercó mucho, demasiado. Así que Victoria tuvo que acudir al quite para apartar a aquella imbécil. Recordó la cara de disgusto de él, su voz fría y su mirada gélida: «Estás borracha, Victoria. No me montes una escena aquí. Estoy hablando con mi amiga, espera en tu sitio a que vaya con las copas.»

Victoria le tiró lo poco que le quedaba del ron con Coca-Cola encima, y él la agarró y la sacó a rastras de la discoteca. Luego, fuera, su mano le cogió el pelo largo y castaño y tiró fuerte mientras su otra mano la agarraba por la mandíbula:

—Eres una puta y vas a aprender a respetarme —le dijo entre dientes.

Luego la arrastró hacia la playa. Allí, contra el muro, le subió la falda, luego la blusa de seda para mostrar sus pechos y la folló por detrás brutalmente, sin importarle que los borrachos que aún hacían botellón jalearan el polvo desde lejos. Al fin, la dejó tirada en la arena y volvió a entrar en la discoteca.

Victoria entró un rato después, los tacones llenos de arena, las medias negras rotas, para ver cómo Alberto morreaba a la zorra rubia. No quiso ver más y buscó un taxi para volver a casa.

Al recordar todo, a Victoria se le puso un nudo en la garganta. Aguantó las ganas de llorar. Bebió otro sorbo de agua, el corazón enloquecido en el pecho por la coca de la noche anterior y los nervios. Encendió el móvil. Pronto llegó el aviso de varias llamadas perdidas y, más tarde, un whatsapp.

«Ponte guapa para esta noche, Victoria. Te voy a llevar a un sitio que te servirá para aprender a comportarte. Te recogeré a las nueve en tu casa.»

Las lágrimas se asomaron a sus mejillas, no sabía si era de placer o de miedo. Quizá de las dos cosas a la vez. Luego fue al baño. De pasada se vio en el espejo ojerosa y demasiado pálida. Decidió ir a la nevera a por agua fría y volver a la cama con un tranquilizante. Debería dormir algo y así estar presentable para la cita.

Se preguntó qué le habría preparado esta vez. Al principio las «sorpresas» de Alberto eran excitantes, sexis, pero poco a poco estaba entrando en una espiral de perversión, drogas y alcohol que a ella le daba miedo. La última de sus ocurrencias había sido que fueran juntos a un lugar de intercambio en donde ella tenía que hacérselo con el hombre que él eligiese sin rechistar. Se lo había contado a alguna amiga que se moría de envidia. «Mi novio no sabe ni cambiar de posturas en la cama», le dijo, y añadió suspirando: «¡Qué más quisiera yo que me llevase a un local de intercambio!»

Todo muy moderno y muy *cool*. Pero a veces ella no sabía lo que estaba haciendo, y se preguntaba si no estaba tomando un camino equivocado. Una cosa eran los libros tan de moda entre sus amigas, y otra tener que vivir en sus propias carnes los caprichos de su novio.

13

De nuevo, juntos

Domingo, 14 de abril, 11:30
Aeropuerto de Alvedro

Valentina vio salir a Javier Sanjuán de la terminal, con su sempiterno aspecto de despiste, y el consabido nudo en la garganta se instauró de nuevo como una bala de plomo. La sonrisa franca del criminólogo siempre conseguía desarmarla. Se acercó a ella, dejó la maleta de mano en el suelo y la abrazó con fuerza. Valentina intentó dominar sus emociones a flor de piel y mantener la compostura.

Sanjuán la miró con ternura con sus grandes ojos castaños. La intentó besar en los labios, pero ella puso la mejilla de forma algo forzada.

—¿Cómo estás? He estado muy preocupado. Mucho. No tienes ni idea de...

—Bien, venga, hablaremos después —lo interrumpió y lo instó a caminar. No quería volver a sentirse culpable de nuevo, aun sabiendo que Sanjuán tenía toda la razón con sus reproches—. Además, te tengo que poner al día de las novedades. Acabo de hablar con la subinspectora responsable de la investigación en Ponferrada del asesinato de Panticosa. Una tal Alana, no recuerdo el apellido, una mujer que parece muy competente. —Valentina sabía que lo que le iba a exponer le iba a doler, pero pensó que lo mejor era soltarlo rápido—. Te resumo: por lo visto, Félix murió de cinco puñaladas por la espalda y en el cuello, como bien sabes. Cuando lo encontraron llevaba unas seis horas muerto. Lo más llamativo del caso fue cómo apareció su cadáver. Colgado delante del castillo templario, sobre el río, como Roberto Calvi en Londres... ¿Te acuerdas de Roberto Calvi? Pero cabeza abajo, sin ojos ni lengua. Y le faltaba una mano. Piensan que es un ajuste de cuentas, por ver algo o hablar lo que no debía.

Los dos se dirigieron hacia el aparcamiento del aeropuerto caminando despacio.

—Ya. Me dijo Verónica que estaba terriblemente desfigurado. —Sanjuán sintió un nudo en la garganta.

—Me van a mandar las fotos de la escena del crimen. Pobre hombre. Lo siento mucho, Javier —le dijo, mirándolo, en un gesto de simpatía.

Sanjuán movió la cabeza, angustiado ante la perspectiva de ver el rostro de su amigo sometido a aquellos ultrajes.

—La cuestión es qué hacía Félix en Ponferrada y por qué lo mataron.

—Esta tarde he quedado con el informático para que analice el rostro de la chica del antifaz y vea si se corresponde con el de Belén Egea —dijo Valentina—. Hemos estado buscando una buena foto para hacer la comparación, y creo que la hemos encontrado. También podrá empezar con el análisis del portátil de Panticosa... —Valentina esbozó una media sonrisa triste—. Iturriaga está fuera hasta mañana. Verás la gracia que le hace saber que la desaparición de Belén Egea parece solo el preludio de algo más grave todavía.

—¿Aún no lo sabe?

—Está de escalada, perdido en el Pirineo. Cuando se va de escalada, un par de veces al año, no contesta al teléfono. —Valentina abrió el maletero del viejo Citroën azul turquesa—. Espero que no me quite el caso, ahora que estás tú aquí...

—¿Por qué iba a hacerlo? —preguntó Sanjuán, extrañado, mientras entraba en el coche.

—Verás... Me dio la desaparición de Belén Egea para mantenerme con un perfil bajo, fuera de la circulación. Pero si se confirma que ella está en ese vídeo *snuff*, el asunto va a ser muy gordo. Y entonces quizá los de arriba no quieran que esté yo ahí para investigar... No sé; mejor no pensar en eso ahora.

14

Match

Me fue ofrecida la llave, y entonces, por primera vez, abrí anonadada y temblando en secreto la puerta largo tiempo cerrada.

ANÓNIMO. *The night watches of Bonaventura*

Domingo, 14 de abril, 16:00
A Coruña, apartamento de Victoria Álvarez

—Victoria, hija. ¿Estás bien? No tienes buena cara.

Francisco Álvarez miró con preocupación el semblante pálido de su hija, que se había puesto el albornoz mientras preparaba café. Francisco vivía con su mujer en Betanzos, donde tenía una empresa de fontanería, pero a menudo visitaba a su hija, que estaba estudiando en la Universidad de A Coruña.

Ella intentó mostrar un poco de ánimo.

—Sí, papá. Estoy perfectamente. No te preocupes. Es solo que tengo un poco de jaqueca.

El padre miró a su alrededor: el apartamento de su hija estaba limpio y ordenado, como siempre solía. Dejó sobre la encimera dos bolsas con comida que había preparado su madre y la abrazó.

—Ya sé que piensas que me preocupo demasiado, pero estás muy delgada, Victoria, tienes que comer. Si quieres ser actriz, tienes que cuidar tu aspecto, sin comer no se puede hacer nada en esta vida. Y los estudios son lo primero. Si no comes vas a perder el tipo... —Intentó que su tono fuera impositivo, pero no lo consiguió. Le resultaba muy difícil enojarse con su hija.

Victoria sacó la leche desnatada del microondas y le acercó a su padre el café. En su rostro había una mueca que mezclaba la ironía de escuchar siempre el sermón con el cariño hacia las atenciones de su padre.

—Papá, ya soy mayorcita y me cuido sola. Gracias a mis trabajos de modelo y a los conciertos me puedo pagar los estudios. Y sí —le sonrió—, por supuesto que me alimento bien. Eso no lo dudes.

Francisco analizaba las palabras de su hija buscando cualquier pista que le indicara que ella le decía la verdad para su consuelo, aunque como padre, la intuición no hacía más que avisarle de que algo no iba bien. Dio un sorbo al café, estaba hirviendo.

—No necesitas trabajar por ahora, tenemos dinero suficiente.

—Ya. Pero si quiero hacerme un nombre en este mundillo, no me queda otro remedio que trabajar duro. Ya tengo veinte años, no puedo descuidarme. A esta edad muchas actrices ya llevan mucho bagaje encima...

—Hablaremos de eso cuando termines los estudios en la universidad —dijo Francisco—. Necesitas tener un trabajo antes de lanzarte a la locura esa del cine o el teatro, eso no es futuro para nadie... y menos en este momento de crisis. Y la verdad, no te veo tan motivada como cuando empezaste la carrera.

—Estudio, papá. No es una carrera demasiado difícil. Te prometo que sacaré el curso sin problema.

Lo último que quería Victoria era ponerse a discutir con su padre en aquel momento, así que terminó por darle la razón. En el fondo sabía que no lo estaba haciendo bien. Alberto se estaba comiendo hasta el último resquicio de su vida, y por nada del mundo quería que su padre se acabara enterando.

Comisaría de Lonzas, 18:00

Valentina daba vueltas a su coletero con los dedos, los nervios a flor de piel, que se traslucían en el movimiento rápido de su pierna. El informático tecleaba y a ratos emitía suspiros, mientras bebía sorbos de café. Sanjuán permanecía de pie, a su lado, apoyado en la silla de Valentina, sin perder detalle del trabajo que estaba llevando a cabo Germán Romero con las facciones escondidas bajo el antifaz negro que llevaba la joven del vídeo.

—Si queréis que os diga una cosa... el vídeo es acojonante. Vamos, que parece de verdad... He visto algún supuesto *snuff* y aun teniendo mucha más «mandanga gore» que este, no parecía tan real. —Romero quitó el antifaz de la chica con maestría y añadió los rasgos faciales de Belén Egea en el hueco. Luego siguió trabajando con el ratón hasta completar el proceso.

Valentina comprobó, angustiada, cómo el parecido de la imagen que surgía del trabajo del técnico con las facciones de Belén Egea era más que evidente, pero quizá no definitivo a los ojos de sus superiores. Miró a Germán, que parecía satisfecho.

—La reconstrucción se parece mucho, la verdad... Vamos a pasarle el programa biométrico de reconocimiento —dijo Valentina.

Germán tecleó de nuevo con rapidez. Las facciones de la chica de la imagen y de una foto reciente de Belén aparecieron en pantalla, llenándose de vectores y puntos. En unos segundos, las dos facciones se iluminaron y la pantalla parpadeó con un *match* de color verde. Germán hizo un gesto de triunfo con el puño cerrado.

—El programa dice que son la misma persona, inspectora. Hay un uno por ciento de posibilidades de que exista un error, pero... a menos de que tenga un doble o una gemela, mucho me temo que aquí tenemos a su chica.

—Vamos a asegurarnos por completo... —El corazón de Valentina golpeaba con fuerza el pecho, agobiándola. Quería estar totalmente convencida de que aquello era real—. Vamos a ver si lo que vimos el otro día es un lunar debajo de la comisura del labio.

Germán inició el proceso hasta ampliar los labios de la fotografía que había proporcionado la familia. Allí estaba el lunar, justo bajo la comisura. Luego hizo lo mismo con una de las imágenes del vídeo, que mostraba el gesto aterrorizado y los labios entreabiertos en una mueca horrible.

En unos segundos el mismo lunar apareció ante sus ojos.

Sanjuán sintió una especie de aprensión profunda mezclada con el alivio de saber que todo aquello comenzaba a tener algún sentido. Notó la mano de Valentina clavada en su brazo, presa de los nervios. Era comprensible, pues el razonamiento que seguía de forma lógica al análisis biométrico era no poco siniestro. Al fin se decidió a poner voz a sus cuitas.

—Si esta chica ha sido víctima de un secuestro para filmar uno de esos vídeos, no podemos descartar que otras jóvenes hayan sufrido el mismo destino. Cada vez estoy más convencido de que, de alguna manera que aún no sabemos, Panticosa se acercó demasiado a los creadores de este vídeo.

Un local swinger *muy cerca de A Coruña*
22:00

—Para ser domingo por la noche, no está mal... —La camarera hizo un aparte con Richie, que observó con agrado el número de asistentes: cinco parejas, que se habían distribuido por los diferentes lugares en grupos. Sonaba música cubana a toda voz. Algunos de los asistentes ya tomaban sus primeras copas e interaccionaban con sonrisas y tímidos coqueteos. Otros deambulaban, buscando algún sitio en donde ponerse cómodos. Domingo comprobó que las tres camareras estaban en sus puestos y les hizo un pequeño gesto.

—Procurad que estén siempre bebiendo. Es importante que se desinhiban. Los de hoy parecen bastante parados... —Hizo uno de sus estudiados gestos, mitad elegantes, mitad amanerados, pero siempre controlados. Como era habitual, iba vestido de oscuro, pero esta vez más informal, vaqueros muy ceñidos y un jersey de Ralph Lauren de color gris—. Bien, chicas, me voy al despacho un rato. Si necesitáis algo, estaré arriba hasta las doce.

El despacho era pequeño, pero un prodigio de diseño clásico, con un escritorio de madera noble, la silla de cuero y un Mac de pantalla enorme y teclado blanco y minúsculo. Richie encendió el ordenador y las cámaras que le servían para controlar el local desde allí. Luego fue al mueble bar y se sirvió un gin-tonic de Brockmans con frutas del bosque. Como dueño del garito, disfrutaba viendo a los asistentes realizar extrañas danzas de cortejo antes de perderse en la oscuridad de los pasillos, habitaciones o en las mazmorras *soft* que habían instalado aquí y allá, con cadenas y arneses para que los asistentes «realizaran sus más atrevidas fantasías», como rezaba el anuncio en la red para captar parejas liberales.

Mientras paladeaba su copa, vio entrar a una pareja que le llamó la atención, especialmente ella: alta, elegante, de pelo negro y rizado, parecía una diosa egipcia. Caminaba como una modelo, casi cayéndose sobre sus zapatos de tacón, y vestía un largo abrigo negro. Debajo se adivinaba ropa ajustada de cuero. Él parecía más vulgar, aunque apuesto: un tipo algo más pijo que ella, de pelo rizo también, vestido con marcas enormes en cualquier parte de su ropa. Ambos se acercaron a la barra a pedir una copa y luego caminaron hacia el interior del laberinto en donde una joven bailaba sobre una tarima, contoneándose sensualmente usando una barra como motivo para sus fantasías eróticas.

Richie Domingo bebió otro sorbo del amargo gin-tonic y se levantó. Aquella chica había logrado activar un resorte dentro de él.

Alberto agarró con fuerza de la cintura a Victoria hasta casi hacerle daño y acercó su boca al cuello de su novia. Susurró:

—Quiero que se la chupes a aquel gordo que está sentado en la butaca de la esquina. Vamos a acercarnos... —La arrastró con disimulo. Victoria vio más de cerca al hombre y abrió los ojos con asombro: estaba casi obeso, no era joven precisamente, y la poblada barba le daba un aspecto de oso desaliñado. Reculó, pero la mano de su novio la sujetaba con fuerza.

—¿Estás loco? ¡Es un tipo asqueroso! ¡No me gusta! No pretenderás... —protestó con vehemencia.

—Por eso mismo. Si de verdad me quieres, tendrás que hacer eso por mí, ¿o es que todo es palabrería? —le dijo, desafiante.

La voz de Alberto sonaba burlona al oído de una Victoria que empezaba a sentirse muy agobiada. Cuando estuvieron a la altura de la pareja, el desagrado se hizo mayor. Ella era muy joven, rubia teñida con las raíces oscuras pugnando por vencer el tinte, ojos negros y labios pintados de rosa furioso. Ambos llevaban alianza. El aspecto de chica de polígono con dinero, uñas de gel, mallas demasiado ajustadas y top que marcaba los pezones gruesos de una forma exagerada, horrorizó a Victoria casi tanto como su acompañante masculino. Alberto se sentó al lado de la joven luciendo la mejor de sus sonrisas, pero Victoria seguía de pie, de brazos cruzados, el labio fruncido en una mueca de desprecio indisimulada. Los perfumes combinados de la pareja parecían la variación barata de un pachulí de tienda de todo a un euro. Le dio una arcada que disimuló como pudo.

Alberto dio unos golpecitos en la butaca para invitar a Victoria a sentarse. El hombre de la barba la miraba con ojos oleosos, brillantes, rebosaba deseo y repugnancia lasciva. Ella se sentó, bajando todo lo posible la minifalda escasa de cuero negro, pero apenas pudo tapar el nacimiento de su sexo y las ligas también negras de encaje. La mano de Alberto no tardó en acariciar sus muslos mientras hablaba con la pareja, subiendo poco a poco hasta rozar la escueta tanga roja de hilo dental. Ella se revolvió durante unos segundos, pero la mirada de su novio la dejó paralizada al momento. La música trance atronaba sus oídos, pero de una forma extraña; ella solo podía escuchar la voz de Alberto acariciando a aquella pareja de degenerados. Bebió un gran sorbo de su vodka con naranja, buscando la embriaguez que la transportara a otro mundo.

—Mi novia es una chica muy caliente —apretó su mano contra la tanga con fuerza—, y está deseando conocer a otras personas que le sigan el juego. —Señaló con la barbilla al hombre de la barba—: le has gustado mucho, eres su tipo, se pierde por los hombretones... —la media sonrisa revoloteó en sus facciones bien parecidas—, y, además, otra cosa, tiene ganas de iniciarse en los tríos. ¿Qué me dices?

La mirada de la chica rubia se clavó en el cuerpo delgado y elegante de Victoria. La punta de la lengua asomó durante un segundo, recorriendo con cierta gula los labios pintados. Sus ojos revelaron que estaba imaginando a aquella figura tan apetecible vestida de cuero desnuda y muy, muy cerca de ella y su marido, hasta tal punto que parecía congestionada de la emoción.

Miró a su pareja, que asentía con los ojos clavados en Victoria y luego en Alberto.

—Yo estoy de acuerdo... y Eduardo también —arrastró la rubia de bote las palabras; parecía intoxicada, quizá por marihuana—, siempre que tú también participes, guapo. Nosotros necesitamos mucha acción. Ya me entiendes —miró a su pareja con complicidad y guiñó un ojo en un vano intento de parecer pícara—, pero estamos deseándolo. ¿Qué os parece si vamos hacia allá? Por cierto, me llamo Yvanna.

«¡Una puta!»

Victoria tragó saliva cuando vio cómo su novio asentía, se levantaba con presteza cubata en mano y la agarraba del brazo, arrastrándola hacia el fondo del garito. La música atronadora silenció sus protestas casi en sordina, protestas que acalló en cuanto la manaza del hombre de barba se apoyó en su nuca, acariciándola de camino hacia las habitaciones de intercambio. Ella comenzó a temblar sobre sus zapatos negros de tacón, y de pronto su esbelta figura pareció haberse encogido.

Restaurante Casa Saqués, 22:00

—Déjame que ponga algo de orden en mi cabeza, Javier. Me hará falta para mañana por la mañana cuando llegue el jefe. Dios quiera que no me aparte de este caso también, no por él, sino por las presiones que pueda recibir. —Valentina bebió un sorbo del delicioso vino tinto y miró sin ganas la apetitosa empanada que les había servido Tonecho, el dueño de la famosa taberna centenaria Saqués, empanada que Sanjuán comenzó a devorar sin demasiados miramientos junto con el plato de jamón ibérico recién cortado que lucía espléndido. Tonecho hizo un gesto de reprobación al ver el poco apetito de su amiga.

—No quiero que quede nada en el plato. ¡Es jamón ibérico de bellota, Valentina! Y el vino, Sanjuán, espero que te guste, es una sorpresa, viene de tu tierra, un utiel-requena. Se llama Pelio: solo lo tengo yo en toda Galicia. Es una edición de mil botellas numeradas. Cada copa es única, como tú, Valentina. —Ella le agradeció el cumplido con sus profundos ojos grises—. Creedme. —Su mirada era de complicidad—. Dejad a un lado las penas y disfrutadlo; es elegante y armonioso, sabor mediterráneo. —Sanjuán sonrió, era todo un detalle, y le dio las gracias efusivamente.

—Valentina, Tonecho tiene razón, tienes que cenar algo. Esto es un manjar de dioses, venga, ánimo. No te preocupes por Iturriaga, aguantará el tirón. Tú has encontrado una pista importante sobre el paradero de esa chica. Y, además, cogiste al Peluquero con las manos en la masa. Probablemente, salvaste la vida de Vanessa, no lo olvides —dijo, mientras la miraba con ternura y admiración, a partes iguales.

—Y le pateé la cabeza, eso tampoco lo olvido. —Dibujó una mueca en su boca perfecta, que mostraba un sarcasmo dolorido—. Qué quieres que te diga, Javier. El asunto me atormenta a todas horas, la verdad... Tengo la imagen clavada en la cabeza, sueño con ese momento. Si pudiera volver atrás... No sé, pienso que me podría haber contenido; pero otras veces —vaciló ahora— me digo que si no hubiésemos llegado a tiempo, ese hijo de puta podía haberla asesinado. ¡Era una cría, joder! Hubiese matado a ese cabrón allí mismo. Era como si algo oscuro me hubiese poseído, una furia atroz, imposible de dominar... Nunca me había pasado algo así, Javier. Nunca. —Suspiró de forma desgarrada y se llevó la copa del vino rojo oscuro a la boca, como si pudiera eliminar de un trago toda esa angustia.

Sanjuán la miró de nuevo fijamente, pero esta vez ganó la ternura: Valentina era una mujer de apariencia extremadamente fuerte pero de fondo vulnerable. Él la conocía bien, de hecho los sentimientos que afloraban cada vez que la tenía delante eran muy intensos. Sintió una extraña necesidad de consolarla, de protegerla. Pero sabía que ella en aquel instante no se lo iba a permitir. Desde lo que había ocurrido en su encuentro final con el Artista, Valentina había interpuesto un muro entre ella y el mundo y especialmente entre los dos. Aunque ella no recordaba la mayor parte del horrible momento que habían vivido, sin duda se sentía responsable de alguna forma. Sanjuán intentaba pasar página para superar lo que habían sufrido los dos, pero era un trabajo muy arduo y doloroso. Y ella había sido la víctima, la más perjudicada... ¿Qué podía hacer para ayudar a una persona que ahora mismo no se lo permitía?

—Val, no queda otra que mirar hacia delante y encarar

todo lo que ha sucedido con entereza. —Se dio cuenta de que sus palabras las habría escuchado muchas veces Valentina, pero no se le ocurría otra forma de afrontar aquella situación—. Lo mejor es que procures torturarte lo menos posible y te centres en el caso. Mañana vas a tener un día muy duro, tienes que reponer fuerzas, comer bien y descansar. Y dándole vueltas a lo del Peluquero no vas a llegar a ningún sitio.

Sanjuán, no obstante, sabía que la inactividad podría llevarla a un callejón sin salida para su espíritu, algo que no soportaría mientras durara toda la investigación interna del asunto. Iturriaga lo había entendido muy bien, dándole ese «caso frío». Pensó por vez primera que los acontecimientos sorprendentes en torno a Belén Egea habían sido un feliz asidero donde podría agarrarse Valentina. Y por ello mismo, se congratuló de estar allí con ella, para ayudarla en esos momentos difíciles, aunque una punzada en su interior le recordó que fue la muerte brutal de su amigo Félix quien lo había puesto sobre ese camino.

Valentina sonrió durante un momento fugaz.

—Ya... si eso fuera fácil... De todos modos podemos aprovechar esta noche para poner en claro todo lo que sabemos. La aparición de esas imágenes, la muerte de Panticosa... Tienes razón: quién sabe cuántas mujeres pueden haber desaparecido para formar parte de uno de esos vídeos. —Inspiró con fuerza, pensando en el trabajo que se avecinaba—. Hay que cotejar las fotos de chicas desaparecidas en España para ver si alguna está ahí. Ahora, cuando vayamos a casa podemos empezar a trabajar. Poner en claro lo que tenemos, que por ahora es bien poco. ¿Sabes? —Buscó la mano del criminólogo y apretó los dedos con suavidad—. Confío en que el portátil de Panticosa nos ofrezca más información. Germán ha prometido ponerse toda la noche a tope, es un *crack*.

Sanjuán asintió, miró su copa de vino y alternativamente a Valentina, mientras un río de emociones recorría todo su cuerpo a partir de esa mano de Valentina que apretaba la suya.

—¿Seguro que no quieres que busque un hotel?

—¿Estás de broma? —Valentina arqueó una ceja de forma

casi inconsciente—. Vivo sola. Tengo dos habitaciones, no vas a dormir en el sofá. A saber el tiempo que te tienes que quedar por aquí. Ten por seguro que la administración no va a pagar ni un duro.

Sanjuán se lo agradeció con una sonrisa. Estaría cerca de ella en todo momento, aunque confiaba en que todo aquello no se alargara demasiado. Un compañero había accedido a sustituirlo en la universidad, pero no le gustaría sobrecargarlo de trabajo durante mucho tiempo.

El local swinger

Victoria se intentó zafar sin mucha fuerza de la presión de Eduardo, pero la tenía bien sujeta por detrás mientras la mujer rubia le quitaba la ropa y le acariciaba los senos por encima del sujetador de encaje negro. A un lado de la habitación roja y sumida en la oscuridad, había un *jacuzzi* iluminado que borboteaba, y al otro, un arnés de cuero y cadenas colgado del techo que semejaba puro atrezo teatral. Alberto se había quitado la ropa y los esperaba dentro del agua humeante y llena de burbujas.

—Venga, Victoria. Desnúdate con más gracia. Vamos a darnos un baño para entrar en calor. No te hagas ahora la repelente...

Sus manos temblaron al bajarse la falda de cuero. Otras veces las perversidades de su novio la excitaban, pero aquella vez le estaba resultando todo muy violento, casi repulsivo. No entendía por qué la castigaba de aquella manera, sin ni siquiera preguntarle si quería hacérselo con aquellos dos.

En unos segundos, todos estaban desnudos y dentro del *jacuzzi*. Las manos de Eduardo comenzaron a acariciar los muslos de Victoria de forma diestra, y Alberto acercó su lengua a los labios gruesos, reventones de Yvanna, que lo miró con sensualidad fiera y se abalanzó a besarlo. Los dedos de Eduardo alcanzaron pronto el clítoris y la entrada de su vagina, mientras que con la otra mano agarraba un pezón con suavidad. Yvanna, entretanto, acercó la suya a las nalgas duras de la joven y las magreó sin mayor miramiento. A continuación, Eduardo cogió la muñeca de Victoria y la llevó hacia su miembro en erección, obligándola a masturbarle. Estaba claro que, para su desgracia, Victoria era el objeto más deseado en aquella fiesta particular.

Ella comenzó a sentirse mal, mareada, las arcadas doblaron su pecho, dejando en su garganta un sabor amargo. Intentó salir del *jacuzzi*, pero Alberto, al darse cuenta, la agarró por el cuello y la obligó a sentarse de nuevo. Sin soltarla, la inclinó hacia el agua.

—Tú vas a hacer lo que yo te diga, Victoria... —La voz se convirtió en un susurro violento—. Y quiero ver cómo le haces una mamada a nuestro nuevo amigo... Reza para chupársela muy bien y consigue que se corra antes de ahogarte...

La sumergió bajo el agua sin más, ante la mirada burlona de los otros dos participantes. Esperó medio minuto y la sacó, los ojos aterrados de Victoria: la nariz supurando agua y mocos no consiguieron ablandarlo ni por un instante, al revés. De repente, se sintió poderoso y excitado de una forma inaudita.

—Le vas a hacer una mamada a este hombre porque te lo mando yo, y eso te basta... —Sus ojos brillaban por la fuerza orgiástica de tener el control.

La cabeza de Victoria volvió a sumergirse bajo el agua, pero las manos empezaron a golpear con violencia, luchando por emerger con todas sus fuerzas. Alberto intentó sujetarla, y aunque las uñas de su novia se clavaron con fuerza rasgando su piel y carne, no logró que él flojease en su empeño. Se enfureció todavía más, la sacó otra vez y la abofeteó con saña.

—¡Hija de puta, o me obedeces o te...!

Alberto dejó en suspenso su mano abierta, que iba a golpear otra vez. Richie Domingo entró en la habitación acompañado de un guardia de seguridad de aspecto temible, y casi cien kilos de peso. Los miró con severidad, señalando a Alberto con un gesto de acusación:

—Si no les importa, váyanse de aquí ahora mismo o llamo a la Policía. En este local ni se permite la prostitución ni ningún tipo de violencia. Los tres. ¡Fuera ahora mismo! —Lo dijo sin gritar, pero no lo necesitaba nunca; su voz era puro poder destilado en sílabas.

Victoria boqueaba con gestos agónicos. Mientras el matrimonio y Alberto cogían sus ropas a toda prisa, atemorizados por la tonfa y la actitud agresiva del guardia y el gesto autoritario de Richie, se dejó caer en el *jacuzzi* poseída por una sensación de alivio liberadora. Cuando vio salir a su novio sin mirar hacia atrás, comenzó a llorar como si no hubiese un final.

—No se preocupe, señorita. Ahora le daré una toalla, un albornoz y subiremos a mi despacho para que se tome algo caliente. Luego la llevaremos a su casa. Estoy consternado por completo. Siento muchísimo lo ocurrido... No toleramos ese tipo de comportamientos, créame.

—Muchas gracias por su ayuda... Yo... yo me quedo aquí. Y gracias por traerme. —Victoria miró a Richie Domingo con unos ojos tristes pero agradecidos, que al hombre le parecieron los de una cervatilla perdida en el bosque. Abrió la puerta del coche para bajarse delante del portal de su casa.

Domingo le hizo un gesto de despedida, pero antes la miró con sus ojos hipnóticos y le dijo:

—De nada servirá si vuelves a salir con ese tipo. Haz caso a todo lo que te he dicho, Victoria. Sigue con tus estudios y con tu vocación de actriz. Ese tal Alberto es un maltratador de libro, un chulo de putas de la peor calaña. Tienes que cuidarte, una chica como tú puede llegar muy lejos. Toma mi tarjeta. En mi agencia de modelos siempre puedes encontrar trabajo. Tienes mi teléfono. Llámame para ver si estás bien, quiero asegurarme.

Victoria cogió la tarjeta, sonrió, y entró en el portal a todo correr.

Richie volvió al local conduciendo con rapidez su descapotable. Se sentó de nuevo en su despacho. Abrió con llave la caja fuerte que estaba escondida detrás del mueble bar y sacó un móvil. Hizo una llamada.

—Tengo a la candidata perfecta. —Y, al decir esas palabras, se estremeció.

15

Lóbrego romance

[...] más seguro me sentía de que, para esconder la carta, el ministro había acudido al más amplio y sagaz de los expedientes: el no ocultarla.

EDGAR ALLAN POE,
La carta robada

Lunes, 15 de abril, 16:00
A Coruña, un apartamento en Cuatro Caminos

La madre de Belén Egea, Mari Cruz, se enjugó una lágrima furtiva con un pañuelo de papel mientras los recibía en la puerta de la casa de su hija. Como en tantos otros casos de hijos desaparecidos, la casa se conservaba congelada en el tiempo, como si esa condición fuera a facilitar que, la persona a la que se deseaba volver a ver con todas las fuerzas, entrara de nuevo por el umbral, sana y salva. No obstante, ese tiempo se cobra su precio, y cada alma que espera en ese hogar se ve expuesta al brutal desgaste de la fatiga, del dolor, y la desesperación. «Sobre todo si la que espera es una madre», pensó Valentina, sin atreverse a desvelar las nuevas pistas a la buena mujer, una señora baja y algo subida de peso, pero bien conservada para su edad y para la desgracia que tenía que soportar a diario. Valentina leyó en sus ojos, iguales a los de su hija, una cierta insania colmada de esperanza, la esperanza de la madre que no se resigna a perder lo que más ama en la vida.

—Les traeré un café, siéntense por favor. Siempre tengo sus galletas favoritas... por si vuelve, ¿saben? —Al decir esto, no pudo evitar que se quebrara la voz—. Echen un vistazo si quieren, están en su casa.

Valentina y Sanjuán aguardaron en la sala de estar, un lugar pequeño y coqueto, decorado de forma algo anárquica y no muy lujosa, pero con cierto gusto. Un televisor, viejos cedés, libros, muchos libros. Vinilos. Un equipo de música bastante antiguo y bastante caro en su momento, con dos altavoces enormes. Una alfombra algo cursi, de color rosa, que a la inspectora le pareció un peluche aplastado. Figuras de Sargadelos. Una enorme maceta con el tronco mustio de lo que en sus tiempos sin duda fue una planta bien cuidada. «Belén adoraba la música», pensó Valentina, admirando la pequeña colección de discos de piedra para gramófonos.

Mari Cruz entró con una bandeja con dos cafés solubles y humeantes adornados con un poco de leche que dejó sobre la mesa, junto a las galletas predilectas de su hija desaparecida.

—La Policía estuvo aquí muchas veces. Incluso vinieron de Madrid, lo han mirado todo de cabo a rabo... —Valentina curioseó entre los discos. Mucha ópera, musicales, jazz, pop—. Como ven, a Belén le gusta mucho la música. Todo tipo de música, en realidad. Canta muy bien, cuando... —hizo una pausa—... iba al conservatorio, su profesor decía que su futuro en la ópera podía estar resuelto, era cuestión de tiempo... —Su voz se quebró otra vez, presa de pena y remordimientos—. La Policía analizó su ordenador, sus correos. Nada. Nada... —Se retorció las manos presa del dolor—. Si ustedes pudieran encontrar algo, cualquier cosa... aunque esté... aunque esté muerta, ¿entienden? —De pronto, su voz adoptó un tono de firmeza—: podré soportarlo. Solo quiero saber.

Valentina sintió su dolor como una punzada, avanzó hacia ella y la intentó consolar de alguna forma.

—Haremos todo lo posible. Para eso estamos aquí. Y ahora nos tiene que ayudar usted a nosotros... —La cogió por los hombros y la llevó amablemente hacia el sillón para que hiciese algo más productivo que castigarse, mientras que ella y Sanjuán se sentaron en el sofá.

»Estaba en el conservatorio y estudiaba canto... ¿Su hija hacía muchos cástings? ¿Le gustaba la idea de ser también actriz en papeles donde pudiera cantar? Me refiero a si a menudo acudía a ese tipo de eventos...

—No lo sé. No hablábamos mucho sobre ese tema. Mi marido y yo la ayudamos a montar la tienda de artículos de boda, queríamos que se ganase la vida con algo que pudiera darle dinero. Veíamos venir el divorcio, se casó muy joven... Lo del teatro y el canto... ya se sabe. Pan para hoy y hambre para mañana... Pregúntenle a Álvaro, su exmarido. Lo intentaron acusar de la desaparición, pero él no pudo ser, esa tarde estaba conmigo y con la niña. Además, la adora, sigue enamorado de ella aún ahora...

Valentina asintió. Habían investigado concienzudamente todo el entorno familiar sin resultado, y ahora sabía por qué. Pero siguió sin atreverse a decir nada de lo que empezaban a sospechar.

—Una cosa. ¿Puedo ver la habitación?

—Por supuesto. Aunque la aviso de que ya la han rebuscado una y otra vez los agentes... No creo que puedan encontrar nada nuevo.

Valentina le hizo un gesto a Sanjuán para que se quedara haciendo compañía a la mujer, mientras ella se dirigía a la habitación de Belén.

La habitación de Belén era muy diferente del estilo de las demás partes de la casa. La cama era grande, cubierta por un edredón de color verde agua, adornado con flores enormes y rojas, a juego con las gruesas cortinas. Destacaba nada más entrar un enorme cuadro abstracto de colores vivos. La pared estaba cubierta de papel pintado de un suavísimo verde pálido y pequeñas flores blancas, y en el techo vio reflejado su rostro en un gran espejo. En una esquina, el gramófono, una pieza de colección muy hermosa, y una mesilla con fotos de la niña pequeña y del que había sido su esposo. Se llevaban bien...Valentina corrió los cortinones levantando una nube de polvo que relumbró al sol en pequeñas miríadas brillantes. Luego se puso unos guantes, en un gesto mecánico.

Abrió los cajones de la mesilla de nogal, uno por uno. Estaban casi vacíos, pastillas para dormir, aspirinas, pañuelos de papel. Condones. Valentina sonrió con tristeza. Siempre resultaba muy duro entrar en aquellas habitaciones convertidas en mausoleos por los familiares que no podían ni querían deshacerse de la esperanza de la vuelta a la normalidad.

Luego se ocupó del armario, corriendo las perchas de abrigos y faldas, blusas de lazo, jerséis gruesos, tops ya pasados de moda. No encontró nada fuera de lo corriente.

Intentó no precipitarse. Ahora que tenían más información, era crucial que se fijara en todo de una forma precisa, si quería ver lo que los anteriores investigadores no habían visto por desconocimiento. Se dirigió hacia la cama. Primero apartó la colcha y las sábanas. Se fijó en que debajo del colchón había una tarima de madera con cuatro cajones amplios. Los abrió. Nada. Valentina se sentó en el borde de la cama, cerró los ojos y respiró profundamente. Luego dirigió su mirada hacia una estantería alta que contenía dos máscaras, una sonriente y otra triste. Allí pudo ver varios libros y una carpeta con hojas en el interior.

«El símbolo del teatro, la comedia y la tragedia», pensó. Se puso de puntillas y cogió la carpeta de cartón y gomas. La abrió.

Poco después, Sanjuán escuchó cómo Valentina lo llamaba desde la habitación con voz pausada. Se disculpó con Mari Cruz y caminó reprimiendo su impaciencia. En la puerta lo esperaba con un libreto en la mano. Se lo enseñó con un rictus de triunfo.

En la portada, había un diablo con la mano alzada y ardiente, un ojo en medio de la palma. Era un libro, una obra de teatro. El título, escrito en caracteres góticos, de color rojo sangre era *Lóbrego romance*.

16

Sueño profundo

Lunes 15 de abril, 15:00
A Coruña, biblioteca del Fórum Metropolitano

Lúa repasaba en la biblioteca del Fórum Metropolitano ejemplares antiguos de la revista *Planeta Misterio*. En su larga entrevista con Clementius van Berden, había descubierto que además de una eminencia en cuanto a los pequeños y grandes robos de arte por todo el mundo, el abuelo tenía una memoria prodigiosa para los detalles más nimios. Y recordaba haber leído hacía no demasiado tiempo un artículo sobre diversos objetos de culto macabro que salía en aquella revista de misterio. En aquel reportaje, entre otras cosas, nombraban el corazón de Espoz y Mina y la antigua controversia que había sobre su verdadera ubicación: en San Amaro, A Coruña, como había dispuesto su esposa, o en la tumba familiar en Idocín, Navarra.

«Ahora esa controversia no tiene mucho sentido», pensó Lúa, pues estaba claro que el corazón siempre había estado en San Amaro hasta el día del robo. Lo que había recordado Clementius era de lo poco que Lúa podía investigar sobre aquel robo tan extraño. Lo más complejo era empezar, encontrar el hilo que llevase hacia algún sitio con sustancia. Hasta ese momento, todo serían palos de ciego.

Miró por el rabillo del ojo a un anciano que leía el *ABC*

justo a su lado, y olía a tabaco rancio. Aún le quedaba un rato antes de que cerraran, pero tenía que darse prisa mirando los índices de todas las revistas entre enero del año anterior y abril del año en curso. Se apuró. Había quedado con Jordi para cenar en menos de una hora y empezaba a notar el estómago vacío.

Al fin encontró el reportaje, en junio de 2012. Lúa comenzó a leerlo con avidez, buscando el trozo en el que se nombraba la historia de Espoz y Mina, pero algo la hizo detenerse y buscar al autor.

—¡Joder! —La periodista se quedó de piedra al ver el nombre en la parte de arriba, al lado de una foto en la que se veía a un hombre con un sombrero del estilo de Indiana Jones, chaleco marrón y una gran sonrisa, delante de una pirámide egipcia.

Era Félix Panticosa.

Lunes, 15 de abril, 19:00
Complejo Hospitalario Universitario de A Coruña
Despacho de Xosé García, forense

—¿Ven esta pequeña herida inciso-contusa en el parietal? Fíjese, inspectora. Y esta serie de hematomas característicos... —Señaló la parte superior de la espalda del cadáver en las enormes fotografías que tenía sobre la mesa del despacho—. Y el tipo de ojales. Un cuchillo de hoja plana y bicortante. He hablado con la forense de Ponferrada y estamos los dos bastante de acuerdo. Aunque detectar el tipo de arma blanca es complicado, aquí tenemos unas características especiales que acotan la búsqueda. En mi opinión, la misma arma ha producido todas las lesiones. Fue apuñalado, primero por la espalda para reducirlo, luego degollado cuando ya estaba en el suelo; no hay heridas de defensa en las manos o los brazos..., una muerte muy rápida. Muy profesional.

Valentina asintió. Le habían enviado desde Ponferrada el informe y las fotografías de la autopsia de Félix Panticosa, pero quería consultarlo directamente con el forense de su confianza, Xosé García. Sanjuán permanecía en un segundo plano, con cara de circunstancias, para ocultar el hecho de que estaba más afectado de lo que estaba dispuesto a admitir.

—El informe del forense señala que muy probablemente se utilizara un cuchillo de combate —dijo Valentina.

—Espere un momento. Verá lo que quiero decir. —Xosé García buscó en su ordenador hasta encontrar una carpeta. Clicó en una serie de fotografías que luego mostró a Valentina.

»Observe ese cuchillo. Es un «nudillera de trinchera», el arma favorita de los paracaidistas americanos en la Segunda Guerra Mundial. Yo afirmaría que es el tipo de arma que utilizó el homicida, muy poco común. La empuñadura en forma de puño americano es la que causó los hematomas en la espalda. La pequeña pero destructiva herida del parietal está causada por una tuerca de plomo que hay en la parte inferior. Encontraron residuos metálicos en la herida. Y el doble filo de la hoja bien usado resulta letal. Vamos, una pequeña máquina de matar —concluyó, con aire profesoral.

Valentina siguió con el análisis.

—En suma, nuestro asesino es un sentimental de las armas. Ya veo —había ironía en su tono—. Si el ataque fue por la espalda y fue tan brutal, lo más probable es que Panticosa estuviese huyendo de su agresor. Luego... —siguió leyendo el informe del forense— «le quitaron los ojos, le cortaron la lengua y una mano. Todo ello post mórtem». Y lo colgaron del puente. —Suspiró—. Se tomaron mucho trabajo con el cuerpo. Corrieron riesgos innecesarios. —Miró a Sanjuán, buscando su opinión.

El criminólogo asintió.

—Por ver lo que no debía. Un castigo por meterse donde nadie le llamaba. Sin duda la exposición del cadáver es un aviso a navegantes. —Sanjuán intervino con el tono más neutral posible, a pesar de que la conversación le estaba afectando más de lo deseable—. Panticosa se acercó demasiado y su castigo se ha hecho público. Esto nos dice que otras personas están implicadas en las actividades que descubrió Panticosa, sea cuales fueran; gente que puede irse de la lengua y que entiende el código que implica la profanación del cuerpo de Félix. Porque su muerte siguió un ritual, a modo de escarmiento inequívoco para que todo el mundo permanezca en silencio.

El iPhone de Valentina sonó de pronto, sobresaltándolos.

—Es de Lonzas. Perdonad un segundo.

Sanjuán escuchó retazos de conversación. Muy pronto, Valentina le hizo un gesto apurado mientras guardaba el móvil en el bolso.

—Nos vamos a comisaría. El informático ha conseguido entrar en el Dropbox de Panticosa. Ha encontrado fotografías. Dice Iturriaga que tenemos que ir ahora mismo para allá.

Victoria se secó las lágrimas mientras leía los whatsapp de su novio. Llevaba todo el día llamándola por teléfono. Miró por la ventana con disimulo y empezó a temblar: allí estaba, aparcado delante de su casa, el coche negro; intuyó a un Alberto amenazante, arriba y abajo, arriba y abajo, caminando con aspecto sombrío.

Pensó en llamar a la Policía. No. Mejor no. Era inofensivo, solo estaba cabreado... Esperaría un rato. Pero de pronto tuvo una idea mejor: llamaría a Richie. Le infundió mucha confianza la noche en la que decidió dejar para siempre a Alberto. Era una persona cálida, emitía confianza. Digna de su amistad.

Cuando vio desaparecer el coche de Alberto en la oscuridad de la noche, cogió el teléfono con mano temblorosa y llamó a Domingo, presa de cierta inseguridad. No quería molestarlo. Pero él respondió al momento y se ofreció a llevarle un termo con sopa de pollo recién hecha por su madre. ¿Quién podía resistirse a semejante ofrecimiento? La voz encantadora y dulce de Richie la confortó después del día tan terrible que había pasado. Ordenó la sala de forma precipitada, cogió del suelo una camiseta y vació el cenicero que desprendía un olor fuerte a tabaco rancio. Se quitó el pijama y la bata y se dio una ducha rápida antes de que llegara Domingo. Quería estar, como mínimo, presentable.

Richie Domingo colgó el teléfono. Aspiró aire entre los dientes. Fue a la habitación de su madre, que dormía con placidez gracias al cóctel de fármacos que le había proporcionado subrepticiamente, y se dirigió a apagar el televisor que había dejado encendido. Su mano se detuvo cuando vio en las noticias el dispositivo policial de Ponferrada y la foto de Panticosa en el lado superior de la pantalla. Durante unos segundos el brillo del televisor iluminó su cara en la oscuridad. No parpadeó. Apagó y se dirigió a la cocina. Cogió el termo y lo llenó de la misma sopa que su madre había comido. Había que reconocer que tenía un olor y un aspecto estupendos. En el botiquín del baño cogió una caja, de la que sacó un blíster.

Bajó al garaje y condujo su descapotable hasta el local de intercambio. Cuando llegó, subió a su despacho, abrió la caja fuerte y sacó el teléfono. Lo dejó sobre la mesa. Se agachó hasta un compartimento secreto que había mandado construir en la parte de abajo de la casi inexpugnable caja; al menos eso le habían afirmado los que la instalaron en su día. De allí extrajo con cuidado un pequeño cofre de terciopelo. Lo abrió y sacó un colgante plateado que brilló durante un segundo en el aire.

Pronto, la cajita con la extraña mano de Gloria estuvo a buen recaudo en el bolsillo de su chaqueta.

El inspector jefe Iturriaga escrutó los ojos grises de la inspectora Negro, cuyo semblante adusto nacido de la detención del Peluquero parecía mucho menos sombrío, más relajado. Le había dejado un caso frío para tenerla ocupada, y en unos pocos días aquel caso se había convertido en un ascua ardiente que les quemaba las manos. No, no podía apartarla de aquella investigación también, se dijo. No tenía efectivos y además, sería injusto, le daba igual lo que opinasen los de Asuntos Internos o el jefe superior. Desde que había caído en sus manos, la desaparición de Belén Egea, que les trajo de calle durante años, había recibido un impulso inesperado que a Iturriaga no podía por menos que asombrarle. Nadie hubiese pensado nunca que aquella mujer hubiese sido secuestrada para protagonizar un vídeo *snuff*.

Saludó a Javier Sanjuán con un sincero apretón de manos, e hizo una señal a Romero para que procediera.

Germán Romero manejó el ratón, y en pocos segundos la impresora comenzó a escupir las fotografías, que repartió entre los presentes.

—Gracias a que Félix Panticosa era un hombre muy ordenado y de mente estructurada no me ha sido demasiado difícil encontrar sus correos y romper las contraseñas. E... imaginando que un periodista de investigación tendría que tener una cuenta de actualización instantánea, me dediqué a indagar en la nube a ver si sonaba la flauta y podía acceder a la carpeta de Dropbox. Y así fue.

Sanjuán asintió, todavía afectado, mientras ojeaba las imágenes.

—Bien, por lo que parece —siguió Germán, respirando hondo—, la muerte de Panticosa se produjo sobre las dos de la madrugada, y las fotografías son anteriores. A medida que Panticosa iba sacando las fotos, estas se subían automáticamente a la carpeta. Hemos tenido suerte: el que lo mató no se dio cuenta de que tenía la actualización activada; probablemente destruyera el teléfono, ya que está inoperativo todo el tiempo... Por cierto, hemos solicitado la triangulación del aparato y la última señal coincide con las afueras de la ciudad de Ponferrada, al igual que el GPS. Pero, bueno, al grano. Fíjense en las fotos, yo diría que explican muchas cosas.

Valentina cogió la primera foto: árboles y tres torreones borrosos. Parecía un castillo de leyenda, o de juguete. Miró a Germán:

—¿Este lugar está en Ponferrada? No me suena.

—Ni idea. De Ponferrada conozco el castillo templario. Desde luego dentro de la ciudad no está. En las afueras, quizá. Lo más fácil es que sea una finca particular.

En la segunda fotografía vio dos vehículos: una furgoneta y un Peugeot Crossover último modelo. Señaló las placas que se veían algo borrosas, pero los números eran perfectamente legibles.

—¿Has cotejado las matrículas? —preguntó la inspectora.

—Sí. Fue lo primero que hice. Las dos son placas falsas.

Iturriaga se pasó la mano por el pelo y resopló: aquellas fotos eran una vuelta de tuerca más en un caso endiablado. Y sabía por experiencia que las cosas eran susceptibles de empeorar, sobre todo ahora que estaba Sanjuán de nuevo en Lonzas. No es que no lo apreciara, pero su presencia le hacía pensar que un nuevo horror podría aparecer en cualquier momento. Y, de hecho, ya tenía alguna noticia al respecto.

—Inspectora, póngase ahora mismo en contacto con los que lleven la investigación de la muerte de Panticosa en Ponferrada. No sé si lo saben, pero hace unos días desapareció una joven en esa ciudad precisamente. Aún no hay rastro de ella, pero me preocupa que haya sucedido cuando tenemos el asesinato del periodista y la desaparición de Belén Egea entre manos... Mañana a primera hora la quiero allá; llévese a Sanjuán, si lo desea. —Y al decirlo miró al criminólogo, como reconociendo tácitamente los servicios que ya había prestado a esa comisaría en el caso del Artista.

—Mañana a primera hora tengo consulta con el psicólogo... —La voz de Valentina sonó más dulce de lo normal, y Sanjuán detectó cierto tono de malicia.

Iturriaga frunció el ceño.

—Después, entonces. Ponferrada está cerca. Ahora... les doy media hora para tomar un café o comer algo; Valentina

—la miró expresamente—, contacte con los del Bierzo. Luego, reunión de urgencia. Hay que poner en claro todo esto. Félix Panticosa abrió la caja de los truenos con ese vídeo, pero antes de seguir, es necesario saber qué tenemos y qué no tenemos. Quiero tener conocimiento de lo que está sucediendo aquí. Venga. ¡A trabajar todo el mundo!

—Está muy buena, gracias, Richie. —Victoria sopló la cuchara, la sopa estaba deliciosa, pero muy caliente.

—Dime, Victoria... —Richie adoptó una postura paternalista y seria—. ¿Tu novio te ha dejado en paz?

Ella negó con la cabeza, el semblante demudado.

—Lleva todo el día debajo de mi casa. Tengo más de diez llamadas perdidas. Ni cuento los whatsapps. Ha sido un día horrible..., llamaba al timbre sin parar. Parecía enloquecido.

—¿Le has cogido el teléfono?

—Ni una vez. Ni una. He conseguido no caer en la tentación. —Tomó otro poco de sopa y suspiró, embargada por una tristeza que convertía sus facciones encantadoras en irresistibles. Tenía los ojos anegados en lágrimas, pero caían sobre lo que Richie adivinó que era un gesto de alivio en sus labios, como si ella en su interior guardara la esperanza de que por fin toda esa angustia iba a finalizar. Richie pudo así admirar los diferentes registros que aquella joven podía ofrecerle, y la encontró deliciosa.

—¿Pero tendrás vecinos que puedan ayudarte en caso de apuro, no?

—El piso de al lado está vacío. Está en alquiler. Estoy sola, el edificio es nuevo y casi no hay nadie... —Tomó otro poco de sopa y notó que se le iba la cabeza de repente, como si hubiera caído en un tobogán vertiginoso y oscuro. El rostro serio de Richie Domingo parecía desvanecerse por momentos, envuelto en una neblina espesa, una tela de araña pegajosa que se adhirió a su cerebro, impidiéndole hablar. Se escuchó a lo lejos, arrastrando las palabras, como ebria, hasta que sus miembros no le respondieron. Escuchó también el ruido de la taza al romperse contra el suelo. Luego, cayó a un vacío que se abrió a sus pies, un pozo de oscuridad, que la dejó inerme.

Cuando se desplomó, totalmente drogada, Richie Domingo la acomodó en el sillón. Buscó el mando a distancia del garaje y las llaves del coche. Esperarían a que fuese noche cerrada para sacarla de allí. Llamó a Cancerbero para que subiera a ayudarle a dejarlo todo preparado. Antes, sacó de su bolsillo el colgante y se lo colocó alrededor del cuello.

La bajaron a su propio coche envuelta en una alfombra.

17

La máscara de espejos

Cinecittà

[...] cruzo el dintel funámbulo del sueño
y entro en tu soledad
como a un estudio
donde se está filmando el infinito.

CARMEN PALLARÉS

Martes, 16 de abril, madrugada
Un lugar indeterminado llamado Palacio de la
Oscuridad

Victoria soñaba, inquieta. Se movía entre jirones de niebla, cerca de un viejo acantilado. Hacía mucho frío, un frío seco que le traspasaba la carne produciendo un dolor sordo. Caminaba descalza a través de la hierba húmeda, las olas rompían bajo sus pies, al fondo, con mucha fuerza, haciendo un ruido ensordecedor. Sus oídos zumbaban como si estuviese sumergida en el agua. Se dio cuenta de que si miraba hacia abajo, el vértigo la tragaría como el Maelstrom se tragaba a los barcos en la antigüedad.

Entre la niebla apareció un animal enorme, negro, que parecía avanzar a saltos hacia ella de manera lenta pero inexorable. Victoria intentó huir, pero las raíces de un árbol seco treparon por sus tobillos hasta aprisionarla, mientras aquel extraño ser de fauces y ojos brillantes se detuvo ante ella, babeando de placer y gula ante la perspectiva de devorarla. Cuando el animal saltó con las mandíbulas abiertas y los amenazadores colmillos se acercaban a su cuello, se despertó gracias a sus propios gritos. El temor del sueño se convirtió en un terror mucho más intenso y amenazante cuando abrió los ojos.

Se esforzó en despertar por completo, moverse, ser libre. Pero no pudo. Estaba sentada, sujeta con gruesas tiras de cuero a una silla de madera por muñecas y tobillos. Hacía mucho frío, tanto que sus piernas tiritaban bajo el fino vestido. Una angustia infinita comenzó a apoderarse de ella, mientras intentaba no perder la calma o incluso la razón allí sola, en la oscuridad. Trató de aflojar las ligaduras, pero era imposible.

De repente, se encendió la luz. Victoria cerró los ojos, deslumbrada, ante la potencia de un foco de luz blanca. Una voz pronunció su nombre. Cuando sus ojos se acostumbraron, lo que vio la llenó de un pavor absoluto, inimaginable hasta entonces.

Una figura vestida de oscuro permanecía quieta, en silencio. El rostro, velado por algo parecido a una máscara, pero totalmente conformada por espejos. Esa visión le infundió un terror cerval, porque le devolvía su propio miedo multiplicado: Victoria se vio reflejada una y mil veces, su rostro pálido y desencajado, el vaporoso vestido de color blanco que la cubría casi por entero, dejando ver el nacimiento de sus pechos.

—La máscara oculta la calavera. El rostro es, en realidad, la muerte, Victoria. El espejo te devuelve lo que eres. —La voz resonó dentro de la máscara, sombría, arrastrada. Hueca—. Pero no tiembles. No llores. Estropearás tu bello rostro de princesa egipcia. —La voz, como si quien era su dueño comprendiera el sufrimiento de la joven, parecía contener un deje de ternura.

El enmascarado bajó la potencia de la luz y apartó el foco. Detrás de él había una cámara sujeta por un trípode, y al lado, una gran pantalla plana. El enmascarado se acercó a ella muy despacio. Victoria echó instintivamente el cuerpo hacia atrás.

—No, no. No, Victoria... —Le acarició el rostro con un dedo enguantado de negro, repasando los labios, la nariz, las cejas muy despacio—. Ya entiendo. Aún estás confusa. Tienes frío. No importa. Pronto despertarás del todo... y en todos los sentidos —siguió acariciándola, esta vez la barbilla, y bajó hasta el inicio del pecho— y te darás cuenta de tu misión. Eres la elegida para mi obra... Tu vida era mediocre. Pero yo te he sacado de la mediocridad para darte una existencia inmortal... —Sacó un mando a distancia de los pliegues de la túnica y encendió la pantalla: Victoria abrió los ojos de asombro y reprimió un grito cuando se vio a ella misma en el *jacuzzi* del local con su novio y aquellos dos degenerados. Las imágenes de su humillación se repetían una y otra vez.

»¿Qué hacías con ese patán? —casi gritó al decir esto—. Todo tu potencial desperdiciado por suplicar el amor de un zafio, de alguien que no te valora ni respeta... —De repente, se alejó de ella e hizo un gesto grandilocuente—. Pero vamos a solucionar eso desde esta noche.

Permaneció unos segundos en silencio, Victoria sentía a través de la máscara los ojos de aquel hombre clavados en ella con insania. De improviso, el enmascarado comenzó a recitar:

De un golpe abrí la puerta,
y con suave batir de alas, entró
un majestuoso cuervo
de los santos días idos.
Sin asomos de reverencia,
ni un instante quedo;
y con aires de gran señor o de gran dama
fue a posarse en el busto de Palas,
sobre el dintel de mi puerta.

Posado, inmóvil, y nada más.
Entonces, este pájaro de ébano
cambió mis tristes fantasías en una sonrisa
con el grave y severo decoro
del aspecto de que se revestía.
«Aun con tu cresta cercenada y mocha —le dije—.
no serás un cobarde
hórrido cuervo vetusto y amenazador.
Evadido de la ribera nocturna.
¡Dime cuál es tu nombre en la ribera de la Noche
                                    [Plutónica!»
Y el cuervo dijo: «Nunca más.»

Durante el tiempo que le llevó recitar, sus ojos dentro de la máscara se ensimismaron en un trance, luego pareció despertar.

—¿Comprendes, Victoria?

Victoria reconoció el poema de Poe, «El cuervo», pero ¿qué tenía que comprender? «¡Por Dios santo, este hombre está completamente loco!», se dijo. Intentó hablar, pero ningún sonido salió de su boca entreabierta.

El hombre siseó. Sus manos se crisparon; se alejó de ella unos pasos; parecía lleno de ira... ¡No era capaz de entender nada! ¿Cuánto tiempo tenía que perder con esas mujeres entregadas al amor pueril de hombres anodinos, para que asumieran que su destino era otro, mucho más sagrado de lo que nunca hubieran osado imaginar?

De pronto, tomó una resolución.

—¿No lo entiendes? Ahora lo entenderás —dijo, en forma amenazante.

Volvió a encender la pantalla. La mente obnubilada de Victoria tardó unos segundos en procesar lo que estaba viendo, pero los gritos desgarradores le taladraron el cerebro. Las imágenes mostraron a una mujer joven desnuda, obligada, entre gritos y carcajadas de sus enmascarados captores, a meterse en un ataúd viejo en donde había ya una persona muer-

ta, putrefacta, cubierta de algo que se movía, quizá gusanos...
Apartó los ojos, asqueada, muerta de miedo, pero él la agarró
de la barbilla y la obligó con mano firme a contemplar todo el
vídeo hasta el final. Luego los espejos volvieron a reflejar su
rostro aterrorizado.

—El cine es el arte total, la verdadera esencia de lo que durante siglos buscaron los hombres en el arte y la expresión. En
el cine puedes crear absolutamente todo: puedes mostrar amor,
sufrimiento, dolor, felicidad, muerte; es la vida, Victoria. El cine es el espejo en donde todos nos reflejamos. Observa...

Victoria intentó suplicar, pedir con todas sus fuerzas que
la dejase salir de allí, que la dejase libre, pero su garganta seguía estrangulada. Su espíritu todavía yacía bajo los efectos
del espanto de lo que acababa de ver.

El hombre apretó el mando de nuevo, y el rostro lloroso y
angustiado de Victoria ocupó toda la pantalla.

—Ninguna actriz del mundo podría imitar esa expresión...
¿No te das cuenta, Victoria? Pasarás a la posteridad, serás mi
verdadera musa. Eres preciosa, perfecta, sensible. Lo tienes
todo; solo necesitas que te guíe para que comprendas mejor.
¿Cómo podías vivir instaurada en esa vida patética? Has nacido para algo mejor. Y yo sacaré todo lo que está oculto en ti,
como el pastor que guía a su oveja por el camino verdadero...

Súbitamente, Victoria empezó a gritar. Todo el pánico
que estaba sintiendo, el horror, la angustia cerval que la po-
seían salieron en forma de aullido enfermo y enloquecido, de
animal herido y condenado. Por toda respuesta, el hombre
permaneció unos segundos quieto, observándola. Luego sacó
algo de su bolsillo. Introdujo una fina aguja en su antebrazo y
la languidez se abrió camino por todo su cuerpo.

Lo último que Victoria pudo escuchar antes de abrazar el
sueño de la heroína fue:

Pronto serás digna de tu destino, Victoria. Y ese día
comprobarás lo hermosa que es la muerte, como ahora
compruebas cuán hermoso es su hermano el sueño...

18

Demonios olvidados

—Mira. Es Panticosa. —Lúa no podía disimular su emoción, señalaba con el dedo la revista que había robado de la biblioteca—. El artículo es de Panticosa.

—¿El periodista asesinado? Vaya. Qué casualidad, ¿no? —Diego Aracil bebió un sorbo del café americano. Lúa pudo observar más de cerca sus ojos azules y las largas pestañas, y se preguntó si tendría novia. Luego, el policía, sin disimular su escepticismo, le quitó de las manos la revista y empezó a leer en alto:

... los diversos artículos que podrían resultar un fetiche para necrófilos, amantes del arte oscuro, de los crímenes más abyectos, del misterio del más allá, del amor que trasciende a la muerte...

»Vaya. Qué interesante. —Hizo una mueca—: «El arte más allá de la muerte», se titula. Muy espectacular, como todos los reportajes de ese tipo de revistas tan dadas a lo sensacionalista.

—Léelo entero. Es bastante riguroso. Tiene un par de cosas que me han sorprendido mucho —dijo Lúa.

Aracil miró con fijeza a Lúa y accedió a seguir leyendo.

El arte más allá de la muerte. Una mirada postromántica para una sociedad descreída

Vivimos a espaldas de la muerte. Ella nos acompaña desde que nacemos, con su silenciosa espera, siempre mirando con atención ese fino hilo que nos separa de la tumba. Somos una luz fugaz entre eones de oscuridad, pero hasta el día de la muerte, nos creemos inmortales. Y más en esta sociedad narcisista y egocéntrica, en la que nuestro contacto con la muerte, nuestro destino final, se reduce a los funerales de gente allegada o a la inevitable visita a los cementerios el día de Difuntos.

Y de cementerios hablamos. Es en esos lugares en donde reposan los únicos restos de lo que antes fue la vida, pudriéndose en la intimidad del sepulcro...

—Panticosa estaba hecho todo un poeta, Lúa —rio Aracil, buscando con el dedo línea a línea para saltarse toda la introducción—. Al fin:

El corazón de Espoz y Mina, preservado en una urna de plata y ébano, descansa con el cuerpo de su abnegada mujer en un viejo nicho del cementerio de San Amaro en A Coruña, como símbolo del amor que trasciende el dolor terrenal y la muerte...

Leyó, esta vez en silencio. Al cabo de un rato hizo una exclamación de sorpresa.

—Qué extraño. Mira esto: «... mención especial debería tener el óleo *La alegoría de la muerte, el espejo que no te engaña*, cuadro pintado por Tomás Mondragón, que simboliza la levedad de la vida y el destino final de todos nosotros...». Ese cuadro ha sido robado de la pinacoteca de la Profesa, en México. El año pasado, en diciembre. Iban a transportarlo para una exposición en Madrid, y en el camino desapareció. Se volatilizó. Nunca más se supo. Un cuadro tan conocido no tiene salida en el mercado... Se dijo que estaba en España. Que lo habría comprado alguien de aquí, alguien con mucho dinero.

—¿Robado? ¿Como el corazón de Espoz y Mina?

—Y eso no es todo, Lúa Castro. ¿La colección de joyas realizadas con huesos humanos, una verdadera rareza italiana del siglo XVIII? También sale en este artículo y también fue robada. En noviembre —dijo Aracil, que disfrutaba viendo el efecto que estas revelaciones tenían en Lúa—. Y también el anillo victoriano de luto con el camafeo a juego. El que dicen que perteneció a la reina Victoria.

—A ver. No tan rápido. Me estoy haciendo un lío, deja que me aclare. ¿Me estás queriendo decir que alguien está robando parte de los objetos y obras que nombró Panticosa en ese artículo?

—Por lo visto, sí —dijo Aracil—. Fíjate: el cuadro de Tomás Mondragón fue robado en México en diciembre. Las joyas realizadas con huesos humanos, fueron robadas de una colección particular, y el anillo de la reina Victoria con el camafeo-guardapelo, también; no recuerdo ahora cuándo... pero fue el año pasado, después del verano.

Lúa se echó hacia atrás en la silla y chasqueó la lengua.

—Hay otra cosa: Panticosa habla de dos cuadros del Artista —su mente empezó a trabajar rápido—, ya sabes, el asesino en serie. —El policía asintió—. Dos recreaciones muy personales de las famosas obras de Valdés Leal que tratan sobre la muerte que están en el Hospital de la Caridad de Sevilla, dos pinturas que no habían trascendido al gran público. Están en una colección privada de Madrid. No los conocía.

—El Artista. —Diego suspiró mientras se terminaba el café—. Los cuadros de Giovanni Nero han alcanzado un valor incalculable, Lúa. Ese hombre ha desaparecido dejando tras él una estela de muerte, pero por su obra se pagan millones de euros en el mercado negro. Hay muchos coleccionistas de arte realizado por asesinos en serie. Y con respecto a esos dos cuadros... no hay rumor ni denuncia alguna que indique

que hayan sido robados. Vamos, que siguen en su sitio, en Madrid. Dondequiera que estén.

—¿Cómo? —Lúa alzó las cejas, algo frustrada—. Imaginé que los cuadros del Artista también podían haber sido robados...

—Qué yo sepa, no hay noticias de robos de obras de arte del Artista en Madrid, o por lo menos, hasta nosotros no ha llegado la noticia, Lúa. Pero no he terminado aún. Panticosa también habla del ataúd en donde dormía la famosa actriz parisina Sarah Bernhardt.

—Sí. Estaba como una cabra la pobre señora. Una forma más de llamar la atención y así seducir a hombres morbosos... o a mujeres.

—Tómatelo a broma, pero la vida de «la Divina» siempre ha sido motivo de polémica y fascinación. La actriz dormía en una caja para acostumbrarse a encarar la muerte. Pues que sepas que la caja ha sido robada hace unos días en París...

Despacho del psicólogo Mateo Caravaca

—Fíjese ahora en ese pequeño disco de círculos de colores que tiene delante de usted, un poco más arriba de sus ojos, a la derecha. ¿Lo ve?

Valentina asintió. Eran las nueve y media de la mañana, y era su segunda visita al psicólogo que le habían asignado y que acostumbraba a tratar a los miembros del cuerpo policial. Dado el rumbo que había tomado el caso, la inspectora le había pedido tener la consulta lo más temprano posible, para así disponer del resto del día libre para trabajar, y él no había puesto ningún impedimento; a decir verdad, y aunque no lo quisiera reconocer del todo, el doctor Caravaca la hubiera recibido a cualquier hora, porque le parecía una mujer fascinante. No obstante, se había prometido a sí mismo que haría todo lo que estuviera en su mano para dejar sus sentimientos o sensaciones sobre ella al margen, porque ante todo aquella mujer necesitaba su ayuda. Como persona y como policía.

—Mírelo con detenimiento, intensamente, no importa que sus ojos se extravíen... —continuó con voz muy pausada, suave—. Si eso ocurre, vuelva a él de inmediato. Así... siga mirándolo hasta que sus ojos se cansen. Luego, deje que sus ojos se cierren..., empezará a relajarse muy pronto.

Valentina no podía dejar de ir a la consulta, era una orden expresa del jefe Iturriaga, y un trámite necesario para su rehabilitación plena como inspectora de Homicidios, si es que lograba salir más o menos bien de la denuncia y la investigación de Asuntos Internos. Pero aquel trámite la hacía sentirse a la vez ansiosa y ambivalente. Por una parte, era como si temiera desfallecer si se encaraba con la verdad de lo que le sucedió, como si pensara que no iba a poder soportarlo de nuevo. Pero, por otro lado, algo dentro de ella la empujaba a encararse con sus demonios, a no resignarse a vivir en ese estado de miedo solapado, porque eso significaba ser vulnerable, y nada podía ser más nocivo para una inspectora de Policía que vivir bajo ese filo: precisamente porque era mujer tenía que demostrar, una y otra vez, que podía estar a la altura de las circunstancias, como cualquier policía hombre. Así que, haciendo de tripas corazón, había decidido que si iba a emplear ese tiempo tratando de afrontar esa angustia, lo mejor era aprovecharlo de principio a fin.

El psicólogo continuó con su tarea de inducir al trance a Valentina.

—Puede que ese objeto parezca moverse, o cambiar caprichosamente de colores... Es algo normal, no se preocupe, porque lo que sucede es que sus ojos empiezan a sentirse cansados, pesados, tanto que quieren cerrarse... Su respiración empieza a ser más lenta, profunda... Se siente cada vez más somnolienta y relajada... Pero no se duerme, solo se encuentra relajada, muuuy relajada. Sienta cómo esa agradable sensación de flacidez y relajación se extiende por todo su cuerpo...

Valentina, al comienzo tensa, pronto empezó a confiar en la voz susurrante del terapeuta. Sus músculos, sometidos a extrema tensión desde hacía mucho tiempo, empezaron a aflojarse. Antes de comenzar, el doctor Caravaca le había explicado que la hipnosis no iba a llevarla a ningún lugar que ella no quisiera ir, que el método consistía, a diferencia de lo que pensaba mucha gente, no en adueñarse de su voluntad, sino en ayudarla a que ella hiciera un mejor uso de ella, enfrentándose a sus problemas para intentar recuperar su claridad mental.

—Hábleme de Roma, Valentina. Cuénteme qué le llevó allá, lo que hizo, procure recordar desde el principio...

—Sí, Roma... —Valentina dudó unos instantes, pero conseguida una sensación menos beligerante consigo misma, se atrevió a adentrarse por el comienzo de ese laberinto de terror—. Fui a Roma en una misión personal. Estaba de vacaciones, y una amiga mía, Rebeca, me llamó porque su hija había sido secuestrada. —Calló a continuación, sus miedos todavía formando un muro no del todo quebrado, y el psicólogo observó que su respiración se había agitado, lo que indicaba que la inducción del trance estaba perdiendo intensidad. Había que ayudarla a que se sintiera más relajada.

—Lo está haciendo muy bien, inspectora; ahora, quiero que respire muy profundamente, inspire por la nariz, espire por la boca. Use el diafragma. Despacio... Así, muy bien. Imagine una escalera descendente de diez peldaños, que se halla delante de usted. No lleva a ningún sitio, no hay ninguna amenaza... Solo imagine la escalera... ¿La ve?

—Sí, la veo —dijo Valentina.

—Muy bien, ahora quiero que empiece a bajar cada peldaño a medida que yo los vaya numerando. Con cada número, usted se sentirá más relajada, más tranquila... Cada escalón la lleva a un grado más profundo de placidez, de tranquilidad... ¿Lo entiende?

Valentina asintió.

—De acuerdo, comencemos. Uno..., dos... —El psicólogo

dejaba unos segundos entre los números, dándole tiempo a la inspectora a que se sumergiera en un estado de mayor serenidad—. Tres... —Y siguió la cuenta hasta diez, en cuyo momento Valentina parecía de nuevo haber recobrado el estado adecuado de trance, su pecho ya sin agitarse.

»Siga, por favor... Su amiga Rebeca había acudido a usted...

Los siguientes quince minutos fueron esclarecedores para el doctor Mateo. No pudo menos sino admirar el coraje de su paciente, al averiguar cómo ella se aventuró sola en Roma, sin apenas más recursos que su valor y su inteligencia. Aprendió, estremecido, que Valentina tuvo que enfrentarse a una enemiga letal, Rajiva, y el horror que sufrió en su cautiverio en un barco... donde estuvo a punto de morir. En un momento determinado, el terapeuta le preguntó:

—Cuando estaba allá, sin más apoyo que su propio instinto... ¿no pensaba en nadie, no echaba de menos a alguna persona, algún afecto? —El doctor Mateo quería explorar los vínculos afectivos de su paciente, porque en su experiencia la presencia de estos podían ser muy relevantes tanto a la hora de comprender el origen del daño mental como el modo de enfocar las tareas terapéuticas.

—Sí... me acordaba mucho de Javier Sanjuán, el criminólogo que colaboró con nosotros en la resolución del caso de Lidia Naveira... —El psicólogo asintió; conocía, como todos en la Policía, las extraordinarias circunstancias que habían rodeado la muerte de esa joven y, claro está, había devorado todos los libros publicados por Sanjuán—. Yo... —la inspectora tragó saliva—, en aquel momento no nos veíamos mucho, pero hubo muchos instantes en que lo echaba de menos..., hubiera dado cualquier cosa porque me acompañara..., estaba muy sola, y tenía mucha inseguridad..., mucho miedo. Solo que no podía permitirme el lujo de flaquear. Marta dependía por entero de mí. Tenía que hacer todo lo posible por salvarla. Solo pensaba en que, si Marta moría, yo me moriría también de dolor y de culpa. Me repetía a mí misma que fracasar no era una opción.

Valentina volvió a agitarse de nuevo... y el doctor Caravaca comprendió que por ese día había tenido suficiente. Su mente había sido dañada de modo sutil, y por ahora se contentaba con el camino ya recorrido. Lo difícil vendría cuando comenzara a adentrarse en las situaciones que la habían, sin duda, aterrorizado, hasta poder llegar a analizar de modo específico su actuación en la captura del Peluquero, y ayudarla a que volviera a sentirse capaz y dueña de sí misma.

—Muy bien, Valentina —siguió el psicólogo—. Ahora quiero que vuelva a esa escalera de nuevo... Pero en esta ocasión la escalera es ascendente... Visualícela... ¿La ve? —Ella asintió—. Estupendo... ahora va a subir cada peldaño a medida que los vaya numerando de diez a uno... y con cada peldaño usted se va a sentir más activa, más llena de energía... Va a abandonar ese estado de placidez, y notará que todos sus músculos de nuevo están en plena forma... Y al terminar, se sentirá más tranquila, más en paz consigo misma, más feliz porque al fin ha empezado a hacer algo para que usted vuelva a ser una persona del todo estable..., una policía del todo competente... ¿Comprende?

Veinte minutos después, Valentina salía del edificio que albergaba la consulta del psicólogo. Saludó a Sanjuán, que sonrió al verla con una expresión mucho más luminosa. Estaba esperanzada, aunque sabía que solo era un comienzo. Pero, en todo caso, no podía detenerse a pensar mucho en eso. Tenían que salir hacia Ponferrada en menos de una hora. Habían quedado allí con los compañeros que investigaban la muerte de Félix Panticosa.

19

El espejo que no te engaña

¡Dios mío, qué solos
se quedan los muertos!

GUSTAVO ADOLFO BÉCQUER,
Rimas

Martes, 16 de abril, 10:30
Casa de Clementius van Berden

Lúa apretó el timbre de Clementius van Berden con decisión. Lo había llamado cuando iba de camino. Después de su charla con Diego Aracil tenía que consultar sus hallazgos con el viejo ladrón de arte.

El belga estaba ya esperándola con la puerta abierta, vestido con un anticuado traje de rayas negras y blancas y un pañuelo amarillo chillón en la mano, como si estuviese a punto de salir al escenario con su muñeco. Se veía que la presencia de Lúa lo animaba como poco. La dejó pasar con una sonrisa en la comisura de los labios finos.

—Lúa... ¿Qué has encontrado? Tu rostro rubicundo me dice que algo importante. —Soltó una carcajada sonora mientras acariciaba la cabeza del loro *Adolfo*, que estaba subido a su mano, comiendo pipas que su dueño sacaba de un bolsillo.

Lúa asintió, aún apurada por la emoción y las prisas.

—Es verdad. He encontrado el artículo que hablaba sobre el corazón de Espoz y Mina y el mito de la necrofilia romántica, la fascinación por la muerte, todo eso. Y estaba escrito por ese periodista del misterio que apareció muerto en Ponferrada, Félix Panticosa.

—Siéntate, prepararé un té con leche. Eso que me cuentas es importante. Con calma... —Clementius se quedó pensativo—. ¿Félix Panticosa ha muerto? No lo sabía. Un buen investigador..., tenía criterio en lo suyo, no como otros juntaletras, como les llamáis aquí, en España. Un día hizo un reportaje sobre mí, cuando estaba empezando en una revista. Preguntas muy inteligentes, sí... ¿Qué le pasó?

—Asesinado. Ha salido estos días en la prensa, en todas partes.

Clementius metió al loro en la jaula y fue a la cocina. Se escuchó el calentador de agua. Al cabo de poco tiempo volvió con dos tazas de té. Ambos se sentaron en una mesa redonda, tipo camilla, en cuyo centro había un cenicero metálico con el emblema del Louvre.

—No veo la televisión ni escucho la radio. Mucho menos las noticias. Me contaminan la mente. ¿Se sabe quién fue? ¿Cómo murió?

—No tengo ni idea —contestó Lúa—. No se sabe nada. Dicen que fue un ajuste de cuentas.

—¡Ajuste de cuentas! Ese cajón de sastre en donde meten todo lo que no saben definir —replicó indignado el belga.

La periodista fijó sus grandes ojos verdes en él.

—En el artículo que escribió para la revista *Planeta Misterio* hay mucho más que el corazón de Espoz y Mina. Hay una serie de objetos, la mayoría artísticos, que están relacionados muy directamente con la muerte. Incluso algunos cuadros del Artista.

—¿El Artista? —Clementius dudó, pero luego reconoció

el nombre—. Ya. El psicópata que mató a varias mujeres en A Coruña hace dos años, sí. De eso me enteré a mi pesar. Era imposible no enterarse.

Lúa asintió, sin revelar que ella misma había visto varios cuadros del Artista en su estudio en Roma, y muy de cerca a su pesar.

—En efecto. Además de ser un violador y asesino, era un pintor excelente, muy original. Es curioso, porque he buscado en la hemeroteca y en la red, y he preguntado a mis fuentes... La mayoría de los objetos que nombra Panticosa han sido robados en los últimos meses. Está claro que no puede ser casualidad.

—Curioso. Todo muy curioso. Ese es mi terreno, el robo de obras de arte, sí señor. —Clementius se frotó las manos recordando el pasado, una corriente eléctrica le recorrió la médula espinal—. Me caes bien, Lúa Castro. Te voy a ayudar. Por ti y por los viejos tiempos con tu padre, siempre tan considerado conmigo. Vamos a averiguar si quien robó el corazón del cementerio de San Amaro también ha robado los objetos de Panticosa.

Lúa le mostró una hoja con dos láminas.

—Por lo visto, los dos cuadros del Artista son dos recreaciones muy personales de *Los jeroglíficos de las postrimerías*, las pinturas de Valdés Leal que hay en el Hospital de la Caridad de Sevilla: *In ictu oculi* y *Finis gloriae mundi*, imagino que las conocerás. Están en una casa particular en Madrid, según pone aquí.

—¿Las pinturas de Valdés Leal? —El belga abrió los ojos de pura sorpresa, y luego bebió de su taza de té, pensativo—. Esas dos pinturas barrocas son objeto de culto. Intenté robarlas en mis tiempos mozos, querida —sonrió con nostalgia—. Pero fue imposible. Pagaban millones por ellas, millones, coleccionistas privados, algo muy especial, por supuesto, imposibles de vender. ¿Me quieres decir que esos cuadros fueron recreados por el «asesino pintor»?

Lúa asintió, y Clementius se acarició la barbilla, cabizbajo:

—Puede que tengas razón: alguien interesado en profanar la tumba de Juana de Vega puede estar también interesado en esas obras macabras, barrocas, símbolos de la muerte y, además, pintadas por un asesino. Buscaré en mi mundo, querida. Aún me quedan muchos amigos de los viejos tiempos que me pueden informar sobre posibles compradores. Sigamos. Dime los objetos robados.

Lúa sacó del bolso una carpeta.

—Tengo aquí el reportaje. He señalado los que han desaparecido. —Sacó de la carpeta un folio que contenía una lista a mano que había hecho con anotaciones. Comenzó a leer:

Un cuadro de Tomás Mondragón titulado *La alegoría de la muerte.*

El corazón de Espoz y Mina.

Unas joyas venecianas realizadas con huesos humanos.

El supuesto anillo de luto de la reina Victoria de Inglaterra y un camafeo a juego con cabello.

El ataúd de la famosa actriz francesa Sarah Bernhardt.

Levantó la mirada:

—Estos son los objetos robados. Pero lo que me causa más sorpresa es que los cuadros del Artista estén en su sitio..., que nadie los haya robado.

Clementius levantó una ceja.

—¿Los cuadros del Artista no han sido robados? Curioso...

—Así es —dijo Lúa—. El único cuadro robado fue en México, se trata de *La alegoría de la muerte*, de un tal Tomás Mondragón, a los pocos días iba a viajar para ser expuesto en Madrid. Es muy siniestro... —Sacó una foto—. Fíjate en la leyenda que figura a la derecha de la pintura: «Este es el espejo que no te engaña.»

El belga se quedó callado un tiempo prolongado, ante la mirada expectante de la periodista, antes de plantear lo que él consideró una hipótesis.

—Tanto las pinturas del Artista como la de Tomás Mondragón son *vanitas* que nos recuerdan la levedad de la vida y el triunfo de la muerte sobre todas las cosas. *In ictu oculi*, es decir, «en un abrir y cerrar de ojos», la vida se va, Lúa Castro, como le pasó a Panticosa.

Pero Lúa prefería pensar más en la vida que en la muerte, así que continuó antes de que Clementius siguiera profundizando en el tema.

—También me resultan curiosas las joyas venecianas del siglo XVIII, realizadas con huesos humanos. Esas fueron extraídas de una casa particular, en Segovia.

—¿Huesos humanos? No tendrían mucho valor esas joyas... salvo el de la originalidad, claro.

—Las joyas son unos pendientes y un collar. Sí, tenían mucho valor, estaban engarzadas en oro blanco y las pequeñas calaveras adornadas con rubíes, diamantes y un zafiro. De la misma casa robaron un anillo victoriano de duelo, realizado con cabello humano. También de gran valor histórico, dicen que perteneció a la reina Victoria de Inglaterra. Y el camafeo.

Clementius tomó otro sorbo de té, que estaba ya templado; Lúa no había tocado el suyo

—*Très bien*. Todo relacionado con el luto y la muerte. Nuestro ladrón (o ladrona) no es una persona muy alegre que digamos.

—Ahora viene lo más «curioso», Clementius. También ha desaparecido misteriosamente, no me lo creía, pero lo acabo de comprobar. El ataúd de Sarah Bernhardt. En París.

Clementius reprimió una carcajada.

—¡Por todos los santos! El ataúd de Sarah Bernhardt, la actriz francesa obsesionada con la muerte, dormía en una caja, es cierto, pero se supone que la enterraron con él... Está en el cementerio de Père-Lachaise de París.

Lúa movió la cabeza, mientras leía el artículo.

—Panticosa escribió que «al fallecer Sarah, un admirador secreto y obsesionado con la actriz se lo compró a su hijo

Maurice». —Lúa levanto la vista del papel y adoptó un semblante serio—. A saber cuánto dinero le dieron al hijo por no respetar las últimas voluntades de la madre.

El belga se encogió de hombros.

—Total, a ella poco le iba a importar el destino, una vez muerta.

—Nada se supo del ataúd hasta que hace un par de años un millonario americano anunció que se había hecho con él, a saber para qué ese millonario denunció su robo hace un par de meses de su casa de París.

Clementius sacudió la cabeza, admirado.

—¡Extraordinario Panticosa! Una labor de investigación muy extensa y original, que alguien sin duda está aprovechando para completar su colección de objetos «raros».

—¿Para qué demonios puede querer alguien el ataúd de Sarah Bernhardt? —preguntó Lúa.

Clementius soltó una carcajada.

—La gente es muy excéntrica. Si supieras la de robos de objetos curiosos que me encargaron en mis tiempos...

—Clementius, escucha: si estoy en lo cierto, los cuadros del Artista o bien ya han desaparecido, y no lo sabemos todavía, o bien no tardarán en ser robados —dijo Lúa, con cierto desánimo.

—Estoy de acuerdo, Lúa —dijo el belga, sonriendo con malicia, porque sabía adónde quería llegar la periodista.

—Según el reportaje los cuadros están en Madrid. ¿Quién será el dueño? Aquí pone que es un afamado coleccionista de arte, un millonario muy particular. Pero no da más detalles... Se le tendría que avisar de que alguien está robando los objetos que Panticosa nombró en un artículo..., si no es demasiado tarde ya.

—Buena idea. Será cuestión de enterarse de quién es, querida Lúa. No va a ser difícil encontrarlo, si sabes en donde tienes que buscar, claro está.

Lúa dio se dio una palmada en la pierna. Había tenido una idea. Adoptó su típico ronroneo, infalible truco que utilizaba siempre que quería manipular a un hombre.

—¿Y si nos vamos a Madrid, Clementius? Tengo muchas ganas de ver esos cuadros del Artista, y tú eres un experto en arte..., sabes mucho más que yo. Voy a hablar con mi jefe ahora mismo. ¿Qué te parece? Unos días fuera... Necesito un poco de acción, salir de la rutina. No te preocupes por el loro, se lo dejaremos a Jordi, mi novio. Él lo cuidará. —Torció la cabeza en un mohín que el belga consideró irresistible—. Lo que no te puedo prometer es que el periódico te pague los gastos.

Clementius sonrió ampliamente y aplaudió la idea, seducido desde el primer segundo por la idea de la periodista.

—¿Por qué no? No importa el dinero. Tengo algunos ahorros para imprevistos, hay lo suficiente para pagar un hotelucho en algún rincón de Madrid. —Soltó una carcajada sonora. Aquella periodista le gustaba cada vez más. Y volver de nuevo al tajo le producía un secreto placer que no se molestó en dominar ni por un instante.

20

El castillo

Sanjuán pasaba las últimas páginas de una copia de *Lóbrego romance*, mientras Valentina conducía camino de Ponferrada a toda velocidad. Por culpa de la reunión con Iturriaga y la puesta en común del caso, se habían acostado muy tarde, y él había aprovechado la dificultad de conciliar el sueño que siempre le producía dormir en una cama nueva para empaparse de la obra hasta casi las seis de la mañana. Levantó la vista y se dio cuenta de que el paisaje exterior que veía desde el Citroën pasaba a toda velocidad ante sus ojos.

—¿No vas muy rápido, inspectora? Casi no me dejas ver este maravilloso paisaje.

—¿Te mareas? No, Sanjuán. No voy muy rápido. Ciento sesenta kilómetros por hora no es muy rápido. —Valentina disfrutó maliciosamente del ya proverbial pavor de Sanjuán a su forma de conducir—. ¿Qué te parece la obra? ¿Es interesante?

—No sé. —El criminólogo decidió no insistir, sabedor de que era una batalla perdida—. Es extraña. Macabra. Es como un compendio de todos los clichés típicos del género: Drácula, Fausto, el holandés errante, trozos de Poe, de Bécquer, el fantasma de la ópera, Svengali...

—¿El fantasma de la ópera? ¿Svengali? Joder. —Valentina apretó el volante con fuerza—. Villanos de opereta, una forma muy sutil de dominar a las chicas, ¿no? Las secuestras, las hipnotizas, las llevas a la mazmorra y luego...

—Luego las conservas en cera y las vistes a tu gusto en el museo, como Vincent Price. —Sanjuán sonrió, intentando quitarle hierro al asunto—. Y, sin embargo, leído así, por encima, está bien escrito, Valentina. No le falta talento, aunque sea un pastiche algo siniestro. Parece un guión de cine, está estructurado como tal. Cada personaje masculino tiene una escena distinta con una mujer.

—¿Como si fueran dúos de ópera?

—Algo así. O un musical. Son diálogos que admiten música perfectamente. Aunque, insisto, la estructura es más de guión de cine que de obra teatral. Hay muchos diálogos entre la heroína y el villano. —Sanjuán miraba al salpicadero, para no tener que ver cómo el auto devoraba los kilómetros.

—¿Crees que el secuestrador o secuestradores de esas chicas son los que han escrito esa obra? Y si es así, ¿con qué motivo? Si esa gente hace vídeos *snuff*, toda esa parafernalia gótica no tiene mucho sentido. Y la imagen del diablo, el tarot... no sé. No parece tener lógica.

Sanjuán movió la cabeza.

—No lo sé. Los vídeos *snuff* siempre han parecido el típico recurso de los tremendistas y de la prensa amarilla para justificar muchas desapariciones, algo que permanece en el imaginario colectivo como una leyenda que, a base de repetirse, adquiere verosimilitud. Y, sin embargo, lo cierto es que Panticosa tenía uno —dijo, pensativo.

Valentina miró a Sanjuán un instante y chasqueó un dedo, emocionada.

—¿Qué te parece esto?: en el caso de Belén Egea, esa obra de teatro fue la manera de contactar con ella. Una especie de concurso, una idea retorcida y digna de una película de Argento. Y si cantaba... Está claro que de alguna forma, fue «elegida» por su habilidad. Y su físico. Como quien hace un cásting para una película. ¿Y si querían que recitara trozos de esa obra en la película *snuff*?

Sanjuán negó con la cabeza.

—No, Valentina. Los degenerados que consumen ese tipo de filmaciones suelen pagar mucho dinero por gozar de vejaciones, torturas y muerte, no por ver cómo una joven canta o recita un texto, por muy macabro que sea y muy bien que lo haga ella. Y, sin embargo, hay algo en el vídeo de Panticosa que resulta estéticamente similar al contenido de *Lóbrego romance*. Ese aire anticuado pero algo siniestro, esa estética... me recuerda a algo, pero no sé aún a qué.

—Estamos ya llegando a Ponferrada... —Valentina puso el intermitente y se metió por la salida de la autovía hacia la ciudad—. Déjame que ponga el navegador o acabaremos en medio de las Médulas.

Lúa obsequió a Carrasco con la mirada de cachorrillo abandonado que usaba únicamente para las ocasiones especiales. Había calculado perfectamente el tiempo necesario para decírselo a un estupefacto Jordi, convencer a su jefe, salir a toda prisa y coger el tren Alvia con Clementius.

—¿Madrid?

—Madrid. Sí. En serio, jefe. Voy a descubrir quién robó el corazón de Espoz y Mina. Va a ser un reportaje fascinante. Se lo juro.

—Fascinante. Ya. —La ceja de Carrasco se elevó hasta casi alcanzar la base de su cabello perfectamente cortado.

—¿Cuándo le he fallado? Nunca. Nunca le he fallado. Tengo un olfato infalible.

—Bien, bien, bien. —Carrasco, sentado tras la mesa de su despacho, se rascó la barba de tres días mientras cavilaba—. Lúa-la-infalible, está bien. Tienes razón. Tu viaje a Roma el año pasado fue muy provechoso para el periódico, es verdad. Y lo del Artista... Lo malo es que tendrás que ir sola y eso no me agrada demasiado. Ahora no me puedo permitir que Jordi te acompañe, estamos escasos de gente. Pero, por favor, no te metas en líos. ¡Ah! Otra cosa: no te pases. No gastes mucho, ya me entiendes. Una pensión en Madrid y el metro. Nada de lujos. Ni de taxis. No estamos para bromas.

Lúa no pudo evitar un gesto de triunfo.

—Gracias, jefe. No voy sola, voy con un amigo. No le defraudaré. Lo prometo.

Carrasco hizo un ademán simulado de hastío y volvió a sus quehaceres, invitándola a salir de su despacho.

—Vete, Lúa. Vete antes de que me arrepienta. Cosa que puede ocurrir muy pronto...

Una mujer delgada, vestida con una camiseta negra ceñida y unos vaqueros, seguida de un hombre moreno de bigote poblado, más alto que ella y muy fornido, los esperaban en la puerta de las modernas instalaciones de la comisaría de Policía. La mujer se dirigió directamente a Sanjuán y se plantó delante de él.

—¿Javier Sanjuán? Dios, he leído todos sus libros. Me fascinan. Encantada de que esté hoy aquí. No me lo puedo creer, de verdad. Y antigua alumna suya, de un máster... aunque seguro que no se acuerda: soy la subinspectora Alana Ovejero, de la Judicial. —Le dio la mano con fuerza y una amplia sonrisa—. Y él es el oficial Antonio Regueiro. Acabamos de llegar de Madrid hace apenas un cuarto de hora.

Alana Ovejero era una mujer aún muy joven, no llegaba a los veintiocho años. De complexión menuda, llevaba el pelo corto y castaño un poco al estilo Audrey Herpburn, a quien decía un antiguo novio que era muy parecida. Y algo de razón no le faltaba: tenía los ojos grandes, de color avellana, y la nariz pequeña y respingona, que desafiaba a unos labios finos, firmes y obstinados. En realidad, Alana no tenía precisamente el típico físico de un agente de la Policía Nacional, y por eso pasaba desapercibida en las investigaciones que le asignaban... hasta que se ponía en acción, porque su aspecto, su apariencia frágil, de mujer delicada, escondía una personalidad de hierro forjado, y una fuerza física fruto de años de practicar halterofilia en Ponferrada con Lidia Valentín, la campeona de Europa, que sorprendía mucho a los que no la conocían.

Valentina, que había permanecido en un discreto segundo plano, se acercó para presentarse. Nunca se acostumbraba a la fama de Sanjuán, siempre le parecía sorprendente que lo reconocieran por la calle, lo que ocurría muy a menudo. Alana la calibró en cierto modo, mirándola de arriba abajo.

—Soy la inspectora Valentina Negro. —E hizo un gesto con la cabeza a modo de saludo, omitiendo dar la mano—. Tenemos mucho trabajo, hay algo que quiero que vean de inmediato. —El tono de voz grave hizo secretamente feliz a Sanjuán, que la conocía bien y había detectado un sutil asomo de celos. Tener que verla en su piso, en camiseta, dormir a unos metros de ella y no poder ni tocarla, ni siquiera darle un beso, era un suplicio que conseguía sobrellevar a duras penas. Y aquel pequeño gesto de Valentina, notar su molestia, fue para él una pequeña victoria.

Alana y su compañero los invitaron a entrar. Subieron a un despacho y allí Valentina sacó las fotografías de su carpeta.

—Estas fotos estaban en el Dropbox de Félix Panticosa. Fueron las últimas que sacó antes de morir. Entiendo que piensen que les estamos pisando la investigación... pero eso ya lo discutirán nuestros jefes. Hemos relacionado la muerte de Panticosa con la desaparición de una mujer en A Coruña, Belén Egea, y eso es solo el principio. —Señaló la fotografía borrosa en la que se podían intuir los torreones—. Necesitamos saber si reconocen este lugar. Según la señal del GPS, Panticosa estuvo en algún sitio a las afueras de Ponferrada.

Alana se inclinó sobre la fotografía y asintió al momento.

—Creo que sí. Sí. Es la finca de Valdés. Está abandonada desde hace mucho tiempo, unos cincuenta años... Hace tiempo íbamos allí a hacer bici de montaña.

—No, ya no está abandonada. —Antonio Regueiro negó mientras se desplazaba unos metros para coger las llaves del coche patrulla—. Hace un año la compró alguien. No se sabe bien, fue la comidilla de la zona. Una fundación, una empresa que quería restaurarlo para montar un hotel, una casa rural..., no lo podría decir con certeza. Lo sé porque mis padres viven cerca, en unos adosados en la carretera de Molinaseca y les llamaron la atención las obras. No está lejos.

Valentina sacó una ganzúa de su bolso y la introdujo en la cerradura de la puerta de metal. Tardó medio minuto, pero consiguió abrirla.

—Vamos.

Los cuatro caminaron hasta el castillo, rodeado de árboles, raíces, tierra y escombros. Subieron por unas empinadas escaleras hasta coronar uno de los torreones donde había una puerta de madera que parecía podrida. Valentina empujó con fuerza, pero estaba cerrada a cal y canto. Intentó introducir la ganzúa en la cerradura oxidada sin éxito. Antonio Regueiro la apartó suavemente.

—Esta vez me toca a mí, inspectora. Atrás todos.

Sacó el arma reglamentaria y disparó sin más. La detonación hizo eco en la distancia, espantando a una bandada de gorriones, que huyeron con un pequeño escándalo de plumas y alas. Alana miró al cielo con resignación.

—¿Sin orden judicial? ¿Otra vez? Cualquier día nos cae el pelo, Toni. Se ha escuchado el disparo en toda la Hoya berciana, hostia.

—Si tenemos que esperar al juez, nos dan las uvas. Ya inventaremos algo. —El oficial sacó una linterna y apuntó al interior con el haz de luz y la pistola y les hizo un gesto—. Vía libre. Hay una escalera de caracol estrecha y muchos de los escalones parecen deteriorados, tengan cuidado.

Bajaron despacio, apartando maleza y raíces de árboles que habían llegado hasta allí. Pronto llegaron a una zona más clara, una vieja cocina que aún conservaba los enseres de al menos los últimos cincuenta años. Un ventanuco cubierto de maleza dejaba pasar la suficiente luz para que Valentina pudiese ver al fondo de la estancia un pasillo oscuro.

—Por allí hay una salida —dijo la inspectora.

Bajaron de nuevo, a tientas. Los escalones parecían poco seguros y las raíces del bosque habían reventado parte de las paredes. El olor a humedad y agua estancada era cada vez más intenso. A lo lejos se escuchaba el murmullo de la corriente del río Boeza.

—Estamos cerca del río. —Alana observó las paredes de piedra rezumando agua helada, cubiertas de musgo.

Cuando Valentina llegó al final de la escalera, empujó la puerta entreabierta e iluminó con cuidado el interior de la enorme habitación.

Ahogó un grito y apretó la pistola con fuerza, apuntando de forma instintiva. El haz de luz acababa de enfocar un rostro fantasmal, blanquecino. Con el corazón saliéndole del pecho, exclamó en un siseo angustiado:

—Joder. Ahí hay alguien. Justo delante.

Las luces iluminaron un tanque de agua. Dentro, un cuerpo de mujer, joven, desnudo, lechoso. Flotaba, los cabellos negros enredados como algas, las manos atadas a una gruesa cuerda que pendía de una polea, el pecho níveo ribeteado ya de venas oscuras.

Alana sintió un escalofrío cuando reconoció a duras penas las facciones hinchadas de la mujer. Se dio la vuelta y miró con angustia a su compañero.

—¡Oh, Dios! Es ella. Es Encina Yebra, Antonio. ¡La chica de Peñalba que desapareció hace diez días!

Los focos iluminaban la escena del crimen con una luz difusa, siniestra, salvo el tanque, que aparecía como un ataúd transparente y espectral. Sanjuán intentó grabar en su cerebro todo lo que estaba viendo allí: la joven flotando, el tanque de agua, muy parecido a los que usaban los magos en los números de escapismo. La polea, un horrible instrumento de tortura: no era difícil imaginar a la pobre chica sacada del agua cuando estaba a punto de ahogarse, y de nuevo introducida, una y otra vez hasta el paroxismo. Y la luz, muy potente, que iluminaba el tanque, era muy llamativa, casi teatral. Luego, desde diferentes lugares de la estancia, otras luces difusas ambientaban el lugar dándole una extraña vida. Una vida de sombras chinescas que se proyectaban en una gran sábana blanca que habían colgado tras el tanque y que en su mente querían conformar algo, aún difuso. Sanjuán tuvo un *déjà vu* que no terminaba de asentarse, de encajar del todo en su cabeza. Pero esa imagen que reverberaba en su interior estaba allí, seguro. Solo tenía que dejar que fluyera.

Policías de la Científica vestidos con trajes protectores bajaron con infinito cuidado el cuerpo de Encina Yebra para que no se desmembrase; el acre y profundo, pegajoso olor a descomposición comenzó a inundar las fosas nasales de Javier Sanjuán a pesar de la máscara. La forense se inclinó sobre el cuerpo desnudo y lo comenzó a analizar, protestando por lo bajo por la continuada inmersión del cuerpo en el agua que habría borrado pruebas fundamentales y la dificultad para hacer una inspección ocular en aquellas condiciones. Cada poco tiempo, un *flash* indicaba que los policías estaban fotografiando todo el escenario.

Valentina llamó a Sanjuán desde la escalera de caracol.

—Hemos encontrado el sitio donde mataron a Félix Panticosa. Ven.

En el suelo de piedra de la cocina, gran cantidad de manchas de sangre daban fe del sitio exacto donde se había producido la muerte.

Sanjuán vio huellas de arrastre del cuerpo, y de nuevo un dolor lacerante lo traspasó. Pero se obligó a centrarse en su trabajo. Se lo debía a su amigo.

—Creo que los interrumpió en plena faena. Debió de encontrar alguna forma de meterse dentro... Las puñaladas por la espalda indican que fue alcanzado mientras huía. Al ver que habían sido descubiertos, abandonaron el lugar con rapidez. No tomaron muchas precauciones; quizá la idea era volver más adelante —dijo.

Valentina asintió.

—Si Panticosa no hubiese tomado aquellas fotos, nunca hubiésemos encontrado el lugar. No adoptaron precauciones porque pensarían que destruyendo su móvil o la cámara de fotos no hacía falta... Ni siquiera quitaron los focos ni el tanque de agua, ni se molestaron en esconder el cuerpo. —En ese instante Valentina observó unas marcas en el suelo que coincidían con las esquinas de metal de un arcón que parecía pesado—. Ayúdame a mover esto.

La trampilla que habían cegado impidiendo la huida del periodista apareció al moverlo. Valentina encendió la linterna y enfocó hacia abajo.

—A lo mejor entró por aquí. Se puede escuchar muy bien el sonido del agua. Es el río Boeza, ¿no?

Alana los interrumpió.

—La forense dice que, visto el cuerpo, el tono de las lividences y que aún tiene instaurado el rígor mortis, lo más probable es que la muerte de Encina se produjese por inmersión en el tanque... —la subinspectora se dio la vuelta para volver a mirar a la patóloga, que seguía analizando el cuerpo—; pero habrá que esperar a los resultados concluyentes de la autopsia. A ver qué dice el análisis de los pulmones, las diatomeas. A estas alturas han desaparecido los primeros signos que indican la muerte por ahogamiento, aunque la mancha verde en el esternón así lo indique. Dice que no se atreve a asegurarlo. —Alana miró a Valentina y continuó—: Veamos entonces: la estimación que puede hacer la forense es que teniendo en cuenta que, sumergida en el agua y en un lugar tan frío, el cuerpo se conserva mejor que a la intemperie, lleva aproximadamente cuatro días muerta.

Valentina y Sanjuán escucharon pensativos, y llegaron a

una conclusión, la misma que Alana enunció a continuación.

—Coincidiría entonces con la muerte de Panticosa. ¿Ustedes que creen? ¿Por qué venir aquí a matar a una joven en un tanque de agua? No le encuentro demasiado sentido. Es rebuscado, es estúpido. Se han tomado mucho trabajo para hacerlo. Montar un escenario. Bajar al sótano todo el material...

Sanjuán miró hacia el tanque de agua. Su voz revelaba una profunda inquietud.

—Para grabar toda la escena. Es algo más que la escena del crimen, es un escenario, usted lo ha dicho. Los focos son focos de luz como los que se utilizan en el cine. Hay fluorescentes también. Luces difusas. Cuando veamos las fotos y las grabaciones de la escena del crimen será cuando podamos comprobarlo de verdad. El resultado de esa iluminación se hará real en una fotografía, no a simple vista.

—¿Se refiere a un *snuff*? —Ella misma se respondió—. Por supuesto, como el que han dicho antes que tenía Panticosa en el ordenador. —Alana asintió, pensativa—. Y, sin embargo, sigue sin cuadrarme todo esto. Los vídeos *snuff* no requerirían semejante parafernalia. Con una cámara, una víctima y un agresor o agresores... listo.

—A menos que el agresor quiera hacer un producto distinto a todo lo visto hasta ahora. Algo que le haga ganar mucho dinero. Algo que sea digno de paladares exquisitamente perversos. —Sanjuán se empezó a quitar el traje protector con parsimonia y aspiró pesadamente, se estaba mareando—. Salgamos de aquí. Necesito sentir el sol y respirar algo de aire puro.

Richie Domingo miró una de las cámaras. Victoria dormía en su celda, fruto del sedante que le había administrado con el agua. No había querido probar bocado de la suculenta comida. Nada. Todas hacían lo mismo los primeros días. No comían. Luego, poco a poco, iban tomando confianza. Muy lentamente, se ilusionaría con sobrevivir. Pero comiese o no, su obligación era cuidarla, mimarla. Ya probaría los alimentos cuando el hambre apretara. Aquella joven era fuerte, iba a dar mucho juego, y no solo por su belleza. Su vulnerabilidad, su sensibilidad a flor de piel... Iba a ser muy hermoso ver cómo se plegaba, sin prisa pero sin pausa, a los designios de su fatalidad.

—Estoy agotada. Me duele la cabeza.

Valentina se restregó los ojos y lanzó un suspiro mientras caminaba al lado de Sanjuán por la orilla del río Sil. Habían terminado la reunión en la comisaría y decidieron caminar hasta el sitio donde había aparecido el cuerpo de Félix Panticosa. Eran ya las diez de la noche, el calor de la primavera estaba dando paso ya al frío y la humedad. El castillo templario se recortaba contra el cielo estrellado. Valentina sintió el aire gélido de repente y se abrigó con la cazadora.

—¡Y este olor...! —Acercó la muñeca a la nariz. A pesar de haber llevado el traje protector todo el rato, el hedor a muerte se pegaba a las fibras, a la piel, inundándolo todo con la dulzura angustiosa y repulsiva de la putrefacción—. Nunca me acostumbraré. Necesito una ducha.

Sanjuán la cogió del brazo. Él también estaba exhausto. Los momentos en los que tenía que participar en una investigación in situ le resultaban muy estresantes, y todavía más si la víctima era gente cercana, como Panticosa. Ver el lugar donde había sido asesinado lo había llenado de una turbación muy intensa que intentaba disimular.

—Está en nuestro código genético no acostumbrarnos a ese olor, Valentina. Solo los estómagos muy fuertes o la gente con poco sentido del olfato lo pueden sobrellevar. Esas películas que ponen a los forenses como superhombres que no sienten ni padecen, que se comen el bocadillo sobre el cuerpo... me temo que no pueden ser muy reales —intentó bromear, aunque no le salió demasiado bien. Se encogió de hombros—. No sé tú, pero yo no tengo mucha hambre. Podemos ir al hotel y darnos una buena ducha. Luego, ya veremos...

—Yo tampoco, pero deberíamos cenar algo —protestó Valentina—. Me noto algo débil. Además, nos espera una jornada dura mañana. Hay que estudiar la victimología de Encina Yebra cuanto antes. Hay que encontrar vínculos entre las dos. Alana me va a mandar todo el expediente que hay en comisaría sobre la desaparición de Encina.

—Tienes razón. Pero... ¿con qué objeto? Quienquiera que las secuestre, las mantiene vivas por un tiempo indefinido. Lo que está claro es que quien o quienes estén haciendo eso tienen medios y un lugar en donde hacerlo. Sin duda han grabado toda la tortura y la muerte de esa chica, pero... ¿para qué tenerla secuestrada varios días? No la mantuvieron en el castillo Valdés, no estaba acondicionado, solamente el sótano con el tanque para su tortura y muerte. No tiene demasiada lógica. ¿Por qué mantenerla viva para después deshacerse de ella? ¿Por qué no hacerlo poco después de raptarla?

Valentina miró a Sanjuán, que hacía sus cavilaciones mientras la tenía sujeta del brazo y caminaban juntos. Su voz se volvió sombría.

—A lo mejor las prostituyen. Las graban, venden los vídeos. Las vejan... La imaginación de esa gente no tiene límites para la abyección, Javier. Me dijo Alana que ya están investigando quién compró la finca Valdés. Pero imagino que el comprador no habrá sido tan estúpido como para ir dejando rastros de su presencia. Seguro que el rastro se pierde en empresas extranjeras... Yo creo que el asunto principal sería saber dónde encontró Panticosa ese vídeo.

—Dónde lo encontró, o quién se lo ofreció, Valentina. ¿Cómo supo dónde se iba a celebrar la sesión? En su ordenador no aparece. Todo son preguntas, y la única respuesta que tenemos es que no sabemos casi nada. Por otra parte, Félix estaba muy metido en el reportaje sobre la casa de Patraix, no me comentó nada sobre otro tipo de investigaciones.

—A lo mejor pensó que era un vídeo falso e iba a hacer el ridículo. Le pudo la curiosidad. No lo sé. A veces las personas no reaccionamos de una manera lógica. No perdamos la esperanza con el ordenador. Aún es pronto, Germán Romero es muy bueno. Seguro que consigue sacar algo más.

21

Hotel

Valentina salió de la ducha totalmente renovada. Se enroscó el largo cabello negro con la toalla y se la dejó puesta, se aplicó crema hidratante por todo el cuerpo con aroma de rosas y se puso un kimono japonés de seda de color oscuro adornado con pequeñas flores blancas para cubrir su desnudez. Aunque en su cerebro el olor a muerte seguía impregnándolo todo, por lo menos su cuerpo ya estaba liberado de aquel hedor insoportable de la escena del crimen. La habitación del hotel era amplia y confortable. Rebuscó en la bolsa de viaje para sacar las zapatillas. ¿Las había olvidado? No. Allí estaban.

Tocaron a la puerta. Era Sanjuán. Valentina abrió, sorprendida. Habían quedado para tomar algo abajo, en el bar del AC Ponferrada, que aún permanecía abierto cuando llegaron.

—Esta mañana en el coche, Valentina. Tenías razón. —El criminólogo entró en la habitación con premura y se sentó sobre la cama, donde desplegó fotos de las dos víctimas—. Hay varios elementos en común en ambas víctimas... Fíjate: son jóvenes, hermosas, delgadas, con estilo. Y con talento. Con habilidades. Lo que nos falta saber es si Encina fue elegida en un cásting también. De todos modos, si actuaba en sitios públicos, podía ser un *target* mucho más fácil... Piensa que la gente que se expone a cantar o a actuar puede ser una presa codiciada. Y, además, puede ser engañada con facilidad.

Sanjuán habló emocionado, como cada vez que creía haber descubierto alguna cosa de interés. También era su modo de racionalizar las cosas, y dejar en un limbo de su conciencia la terrible muerte de su amigo.

—Espera, espera. ¿Qué quieres decir? —Valentina se desenroscó la toalla de la cabeza, dejando caer su espesa melena aún húmeda y se empezó a secar el pelo—. ¿Me estás dando la razón en algo? Sanjuán... espera a que me vista y tomemos algo. Creo que necesitas comer. —Sonrió con un deje de burla cariñosa y se sentó a su lado—. ¿Engañada con facilidad? Tiene su lógica. Te prometen una audición o un papel. Vas con toda la confianza... ¿Quién iba a pensar que era una trampa? Las esperanzas hacen bajar la guardia.

Sanjuán asintió, aunque tener a Valentina tan cerca, a su lado, le estremeció de modo perceptible.

—¿Te acuerdas de Harvey Glatman, el fotógrafo asesino de los años cincuenta de Estados Unidos? Las engañaba diciendo que les iba a hacer unas fotos «artísticas» y luego las ataba, las amordazaba, las sometía a sesiones de fotos, las violaba..., todo de una crueldad inimaginable. Y, al final, las estrangulaba en el desierto. Era, literalmente, el fotógrafo de la muerte.

—Es cierto —dijo Valentina—, pero Glatman las mataba justo después de violarlas. Encina ha estado viva durante diez días, ¿no?

—¿Y si permanecen vivas para que «actúen» para él? Como Scheherezade. Mientras ellas sean capaces de mantener su interés, mientras lo exciten, viven. Cuando se aburre...

—Puede ser... —Valentina se quedó unos instantes pensativa—. Lo que dices es un escenario muy perverso, desde luego, pero lo puedo imaginar. Supongamos que tu teoría es cierta. ¿Las mantiene vivas? ¿Es un único sujeto? Semejante infraestructura no puede ser obra de una sola persona. Es imposible. Uno tiene que filmar, otro mata. Hacen falta varias personas para montar el tanque, bajar una máquina para subir agua del río... Se precisan varias personas, un equipo.

Sanjuán se quedó mirando a Valentina unos segundos, pensativo.

—Sí, tienes razón, han de ser varios. Pero en un equipo siempre hay un líder, un organizador, como en las empresas, alguien que esté al mando, y luego los que obedecen, con diferentes tareas y niveles de poder dentro de la organización. Si quisieran secuestrar y violar a una mujer con el único fin de grabar vídeos *snuff*, no se tomarían tantas molestias para elegir un determinado perfil de víctimas, no las mantendrían vivas tanto tiempo, a menos que... —Suspiró profundamente, presa de sus reflexiones; él ya se hacía una idea, pero no tenía suficiente información para desarrollarla, y si algo constituía una regla que seguía era que sus deducciones debían estar basadas en los hechos—. Esperaremos a los resultados de la autopsia, para ver si ha sido torturada o vejada durante algún tiempo determinado. De ahí se podrán sacar conclusiones. Ahora lo único que podemos hacer es especular.

Valentina se levantó de repente y fue al mueble bar. Sanjuán no pudo menos que volver a admirar su esbelta figura, resaltada por el kimono ceñido a su cuerpo.

—Ya es casi la una de la madrugada. Seguro que ya han cerrado la cafetería. Nos quedamos sin cenar... pero, bueno. Aquí hay chocolatinas, frutos secos, patatas y cerveza. Podemos improvisar algo..., no es muy sano, pero por lo menos podremos llenar el estómago hasta el desayuno.

Valentina se sentó en la cama, y Sanjuán en una butaca adyacente. Comieron en silencio, mientras bebían de los botellines de Estrella Galicia. Los dos estaban absortos, pensando en las consecuencias de lo hablado anteriormente. Luego abrieron dos Coca-Colas y les añadieron whisky. Valentina se sintió de repente mucho mejor. El azúcar, la sal y el alcohol comenzaron a hacer efecto en su cerebro agotado. Notó una agradable somnolencia, un alivio tras aquel día que había resultado ser más que horrible. Se volvió hacia Sanjuán mientras echaba un poco más de whisky del pequeño botellín en la Coca-Cola.

—Creo que le has gustado a Alana, Javier. No hacía más que clavarte los ojos y poner voz melosa —dijo, sonriendo con malicia.

Sanjuán se rio a carcajadas.

—No digas tonterías... Aunque la verdad es que tiene cualidades muy especiales... para ser policía, claro —dijo con malicia.

Ella lo golpeó en un hombro con poca convicción.

—¿Serás machista? ¿Te lo han dicho alguna vez? ¿Eh?

—Estás celosa, Valentina. Reconócelo. ¡Estás celosa!

Sanjuán la detuvo antes de que volviera a pegarle. De repente, Valentina se dio cuenta de cómo la estaba mirando: con una intensidad extraña que conocía bien. En realidad estaba desnuda bajo el kimono, que se había deslizado lo suficiente como para mostrar el hombro y parte de un seno blanco como la nieve. Ella le devolvió la mirada, algo turbada, y luego se subió el kimono con lentitud.

—No. No te lo subas... —Sanjuán se acercó a ella y la besó con suavidad. Su mano acarició la tela de seda, y luego bajó hasta desanudar el cinturón y exponer el cuerpo ante él. El beso se hizo más profundo, y una oleada de deseo la invadió por momentos. Gimió cuando Sanjuán acarició sus pezones, para llenar luego sus manos con sus senos. Como si hubiera recibido una descarga, Valentina mordió los labios de Sanjuán respondiendo a su pasión salvaje y comenzó a acariciarlo y a desabrocharle la camisa mientras continuaban besándose como si no hubiera un mañana.

Pasados unos segundos, sin embargo, todo cambió. Sanjuán notó cómo Valentina se quedaba quieta, paralizada. Dejó de besarla. Ella había dejado caer sus brazos a los lados, y lo miraba con infinita tristeza. Parecía a punto de llorar, de hecho, gruesas lágrimas pugnaban por recorrer sus pómulos de tártara.

—Lo siento, Javier... no puedo. Por ahora no puedo. —Le acarició la cara con ternura—. Me gustas mucho... Nadie me puede gustar más que tú. Pero aún no puedo... entiéndelo. —Se levantó de la cama y se anudó el kimono en la cintura. Cogió un cigarrillo de Sanjuán y lo encendió. Miró a la ventana, y siguió hablando con voz trémula.

»Después de todo aquello que pasó... No estoy bien, Javier, lo siento. —Y rompió a llorar, esta vez sin mesura.

Sanjuán se levantó y la abrazó con fuerza. La cogió por la barbilla y la miró fijamente a los ojos grises, cuyas pupilas temblaban con las lágrimas.

—Valentina. No importa. No te preocupes. Te entiendo. Es muy pronto, tienes razón. Esperaremos. —Estaba muerto de deseo y excitación, pero verla así lo conmocionó. Sabía que estaba perturbada, sabía que dentro de ella un veneno la corroía sin mesura, y por vez primera se había abierto a él. La volvió a abrazar, la acarició con ternura, en realidad, muy preocupado.

22

Planeta Misterio

—¿Encina Yebra estudió en Madrid? —Valentina levantó la vista del expediente que le habían dado y miró a Alana con la sorpresa pintada en los ojos.

—Sí. En la Complutense. Le faltaban dos asignaturas para terminar Ciencias Políticas. Vivió en Madrid hasta el verano pasado, iba muy a menudo a las clases y a los exámenes, pero residía de nuevo en Ponferrada. De un tiempo a esta parte trabajaba en el *pub* El cocodrilo negro.

—¿Cuándo fue la última vez que estuvo en Madrid?

—Pocos días antes de desaparecer en la noche del día 6 de abril, sábado. Salió del *pub* y no llegó a casa. Los padres no se preocuparon desde el primer momento, era muy independiente, salía con chicos, era mayor de edad. Pensaron que estaría con algún amigo o amiga. No era la primera vez que faltaba un par de días. Pero, luego, al no tener noticias de ella durante varios días, comenzó la alarma.

Sanjuán intervino, mientras pasaba las fotografías de Encina.

—Una vez que hemos conectado la muerte de Belén y Encina, tenemos que centrarnos en averiguar cuál es el procedimiento que siguen los secuestradores. Si una desaparece en

A Coruña hace tres años y la otra en Ponferrada hace diez días, nadie pensaría jamás en vincular ambas desapariciones... Y no olvidemos que hemos sabido de Encina tan pronto porque Panticosa siguió el rastro. —Sanjuán apuntó el mapa que había sobre la mesa—. Entre las dos ciudades hay muy poca distancia, pero la Policía no tendría por qué pensar que las dos son obra de la misma mano: dos regiones distintas, dos épocas distintas, mucho tiempo entre la desaparición de las dos mujeres. Por cierto... ¿Cuánto tiempo hace que se compró el castillo Valdés?

Alana contestó, dubitativa.

—Un año ya. Estamos intentando averiguar la identidad del comprador. Por ahora lo único que tenemos es una empresa fantasma que en principio nos lleva a Kuala Lumpur, y a partir de ahí, nada. El antiguo dueño falleció poco después, supuestamente de muerte natural. Apareció muerto en la cama al amanecer, lo encontró una señora que lo solía cuidar. Los hijos viven fuera y no supieron nada de la venta, que según ellos fue por una cantidad irrisoria, lo que les parece raro, dado el carácter negociante de su padre. Es todo muy extraño. Esa finca vale en realidad mucho dinero.

Sanjuán tomaba notas en su Moleskine mientras hablaba.

—Quienquiera que lo haya comprado lo hizo para grabar los vídeos en él, me temo. Quizá no fuese la primera vez.

—Es verdad, Javier. Panticosa les estropeó el plan con su presencia. De alguna forma supo el lugar y la hora, ahora falta averiguar cómo. —Valentina continuó, pensativa—. La compañía de teatro que organizó el cásting para la obra *Lóbrego romance* desapareció. El lugar que habían alquilado, cerrado. La compra del castillo Valdés, una empresa fantasma a un precio módico. Se toman mucho trabajo para eliminar todas las pruebas a su paso. Y lo hacen muy bien, además... Perdón. —El teléfono sonó dentro de su bolso de piel—. Es de Lonzas. Sí, hola, Velasco, dime. ¿Ya? ¡No jodas! ¿Tan pronto? ¿Seguro? Ahora mismo vamos para allá. Llegaremos en dos horas.

Valentina miró a Sanjuán con aspecto preocupado.

—Nos volvemos a A Coruña ahora mismo. Los de Asuntos Internos quieren interrogarme. Ah... otra cosa —añadió con amargura—. Ha desaparecido otra chica. Se llama Victoria. No saben nada de ella desde el lunes.

Madrid, calle Huertas
Oficina de Planeta Misterio

Lúa analizó el aspecto de Gerardo Trashorras con sorpresa indisimulada. Se esperaba un hombre mayor, un friki pasado de peso, y tenía delante a un hombre todavía joven, en torno a los cuarenta, con barba incipiente, gafas de pasta y ropa informal pero cara. La redacción de *Planeta Misterio* era otra sorpresa. Se había hecho a la idea de encontrar un tugurio parecido al despacho de Mulder en *Expediente X*, y lo único similar era el famoso póster del ovni pegado justo detrás de la silla del despacho de Trashorras. Una oficina limpia, luminosa, situada en un ático de la calle Huertas, con tres redactores y una secretaria.

«Nunca pensé que una revista así fuese a dar tanto dinero», pensó Lúa con extrañeza mientras tomaba asiento en el despacho luciendo su sonrisa y su caer de pestañas habitual.

—Así que periodista de la *Gaceta*... —Trashorras entrecerró los ojos y permaneció unos segundos pensativo—. Y escritora también, claro está. Eres la que escribió el libro sobre el Artista, un tema apasionante. Me encantó.

—Gracias... —Lúa amplió su sonrisa al ver que Gerardo la observaba con bastante descaro y admiración—. El caso es que ahora quiero hacer un artículo sobre el robo del corazón de Espoz y Mina.

—¿El robo del corazón de quién? —Trashorras levantó las cejas y abrió su libreta de notas.

—Hace unos días, en el cementerio de San Amaro, en

A Coruña, robaron del nicho de Juana de Vega una urna de plata con el corazón de su marido.

—Ah, es cierto, el corazón de Espoz y Mina. —Trashorras soltó el bolígrafo—. Recuerdo que Panticosa habló de esa reliquia en un artículo que escribió para nosotros el año pasado. Pobre hombre... —Suspiró con pena y movió la cabeza, visiblemente consternado—. Ya sabe que ha muerto, ¿no?

Lúa asintió.

—Sí, lo de Panticosa es algo muy triste... En cuanto al artículo, lo he leído, por eso estoy aquí. El caso es que en el reportaje Panticosa mencionaba más objetos, y todos ellos tenían un nexo de unión: estaban relacionados con la muerte. —Como Trashorras permanecía en silencio, Lúa siguió hablando—. El caso es que hay unos cuadros que me gustaría ver. Los nombra en su artículo, son dos recreaciones libres del Artista de las famosas obras de Valdés Leal que están en el Hospital de la Caridad de Sevilla. Panticosa habla de su existencia, pero no dice dónde están exactamente, ni quién es su dueño, ni cómo los consiguió.

Trashorras se echó hacia atrás en la silla y se remangó la camisa de marca y cuello duro en un gesto instintivo.

—Esa investigación... la del artículo sobre la muerte y los objetos relacionados, la hizo cuando ya no estaba aquí, en nómina, me refiero. Poco te puedo ayudar, Lúa. —Trashorras, como otros muchos hombres, pasó a tutearla, sin duda atraído por su atractivo y simpatía—. Lo siento. Vino la Policía hace unos días buscando su ordenador, o algún tipo de información y se fueron con las manos vacías. Félix hace años que dejó la revista, cuando se dedicó más a la televisión. Publicaba, eso sí, puntualmente con nosotros algún que otro artículo, pero como *freelance*... Yo también le pregunté por los cuadros del Artista, no te creas, pero no soltó prenda. La gente es precavida, Lúa, son obras de arte raras, y muchos coleccionistas estarían dispuestos a todo.

Lúa lanzó un suspiro de resignación, audible en todo el despacho. Rebuscó en su bolso y le dio una tarjeta.

—No importa. Aquí tienes mi teléfono, por si recuerdas algo. Andaré por aquí unos días. Si te apetece un día comemos juntos. —Le guiñó un ojo, se levantó y le dio la mano con una sonrisa. Los redactores la siguieron con la mirada mientras Lúa caminaba hacia la puerta de la oficina.

Cuando salió del portal sombrío al picante sol madrileño que le hizo cosquillas en la piel, sonrió. Allí cerca la esperaba Clementius, sentado en una terraza, con un traje blanco y un sobrero Panamá a juego.

—¿Has averiguado algo? —Ella negó con la cabeza, mientras se aproximaba y tomaba asiento a su lado—. ¿No? No pasa nada, Lúa Castro. Ahora iremos dando un agradable paseo a tomar unas porras y un chocolate, y después te presentaré a un viejo amigo que tiene una tienda de antigüedades cerca del Teatro Real. Lo sabe todo sobre arte... y lo que es más importante: sabe cosas que nadie más sabe.

Richie Domingo leía las noticias en su *tablet* con el semblante convertido en una máscara de piedra. Un pequeño tic en el labio era la única señal de que había una tormenta en su mente.

Hallado el cuerpo sin vida de la joven desaparecida en Ponferrada, Encina Yebra. Fue encontrado en una finca abandonada a las afueras de la ciudad. Por ahora no han trascendido más detalles del caso...

Tamborileó con los dedos sobre la mesa. Era cuestión de tiempo que encontraran el cadáver. La irrupción de aquel imbécil de Panticosa les había desbaratado los planes y fue necesario terminar a toda prisa y salir corriendo del lugar. No estaban seguros de que no hubiese más gente detrás del periodista. Pero si había alguien más, se guardaría bien de meter las narices... Bien sabía lo que le podía esperar. El cuerpo de Panticosa lo decía bien a las claras. El siguiente evento no podía salir mal. Para eso estaba él, para evitar cualquier nuevo contratiempo.

Richie apagó la *tablet*, cerró la puerta del despacho de la agencia y bajó las persianas. Luego sacó una bolsita blanca de coca del cajón. Se hizo unas rayas con una tarjeta de crédito y las inhaló con ansia. Abrió su portátil y tecleó con rapidez. Había llegado el momento de comenzar el siguiente encuentro. Tenía un nuevo cliente, un pez gordo de la banca madrileña. Estaba ansioso por saber cómo iba a comportarse Victoria; después del desastre de Encina, era crucial que saliese todo perfectamente. Había mucho dinero en juego.

Madrid de los Austrias, calle San José

Tienda de antigüedades Leandro de Paz.

Una campana colgante tintineó cuando Clementius empujó la puerta. Lúa lo siguió, intentando acostumbrarse a la penumbra de la tienda. Era un lugar viejo, caótico, polvoriento. Un hórror vacui de objetos de segunda mano, cuadros, figuras religiosas, pastilleros, jarrones, planchas de hierro oxidadas, grabados, candelabros... Aquí y allá se amontonaban radios antiguas, muñecas de porcelana de ojos inquietantes, lámparas de lágrima y bronce, bastones con puño de plata..., era casi imposible abrirse paso hasta el mostrador del fondo sin tropezar con alguno de aquellos cachivaches.

Al escuchar el ruido de la campanilla, de la trastienda salió Leandro, un hombre ya mayor, menudo, enjuto, de cabello escaso y blanco, vestido con una chaqueta de terciopelo granate y unos pantalones de tergal de color gris que parecían mucho más grandes que su escasa envergadura. No tardó en reconocer a Clementius, el tiempo suficiente de quitarse las finas gafas. Salió del mostrador, saltando casi por encima de las antigüedades y lo abrazó con mucha fuerza.

—Clementius... benditos los ojos. Cuánto tiempo. ¡Cuánto tiempo, sí, señor! Me alegro mucho de verte. ¡Mucho! ¿Qué es de tu vida? ¿Y esa joven? ¿Es tu hija?

Clementius lo soltó y sonrió.

—¿Mi hija? —Se carcajeó abiertamente—. Mi hija está en Bélgica, con su madre. Te presento a Lúa Castro, periodista de investigación. Una joven muy espabilada. Acabamos de llegar a Madrid. Estoy ayudándola en un reportaje para la *Gaceta de Galicia*.

Lúa se acercó y le dio dos besos. Se fijó que tenía en los ojos una velada cortina grisácea, y en el olor a naftalina, que le pareció tan enternecedor como triste. Leandro sonrió y mostró una dentadura pequeña y amarillenta, hija de muchos años de nicotina. Luego los guio hacia la trastienda, un lugar muy diferente, mucho más ordenado, lleno de obras de arte que a la periodista le parecieron valiosas. Se sentaron en unos butacones isabelinos tapizados de flores. Leandro trasteó en un rincón y al cabo de poco tiempo les llevó tazas de humeante café solo y unas pastas, que dejó sobre una mesita de mármol negro. Se sentó enfrente de ellos y cruzó las piernas.

—Y bien. ¿Qué os trae por aquí?

—Venimos a consultar tu sabiduría sin par en ciertos temas...

—¿Tú? ¿Consultarme a mí? ¿Clementius van Berden preguntándole a Leandro de Paz? Tú, sí eres una eminencia en «ciertos temas», querido...

—Yo estoy ya retirado, Leandro —sonrió complacido—. Hace tiempo que colgué los hábitos. Estoy fuera de ese mundo, no como tú, que sigues al pie del cañón. Estamos buscando unos cuadros que pueden haber sido robados. O no. No lo sabemos exactamente. Por lo visto están en manos de un coleccionista.

—¿Estás perdiendo facultades, Clementius? Por supuesto que estarán en manos de un coleccionista. Y un coleccionista rico, seguro. Pero... suéltalo ya. ¿A qué tanto misterio?

Lúa intervino, inclinándose hacia Leandro y bajando la voz.

—¿Le suena el nombre del Artista?

Leandro también bajó la voz, imitándola en un gesto lleno de comicidad.

—¿Giovanni Nero? Por supuesto, jovencita. Un gran pintor incomprendido, aunque una persona malvada, repugnante. Yo ya conocía sus cuadros antes de que... bueno. Eso que ya sabemos. Su obra ha alcanzado un valor incalculable, pero siempre en el mercado negro. Nadie quiere reconocer que busca la obra de un asesino, pero todos sabemos que ese tipo de coleccionistas existen. Hay muchos, matarían, y nunca mejor dicho, por un cuadro del Artista. —Sonrió con malicia—. Son obras malditas, ¡ojo! Han desaparecido de la circulación la mayoría de ellos, incluso los que pintó en Roma. Son cuadros creados con la sangre de sus víctimas... figuradamente, claro. O no... ¿Quién sabe?

—Los dos cuadros que buscamos son de antes de que se conociesen sus crímenes. Quizá sean dos recreaciones de Valdés Leal: *Los jeroglíficos de las postrimerías...*

Leandro se echó hacia atrás y lanzó un suspiro audible y teatral.

—Mmmm. —Hizo una pausa, que a Lúa se le antojó eterna—. He oído hablar de ellos. No debería de contar nada de esto, pero conozco a la marchante que los vendió por una fortuna. A vosotros os lo voy a decir. Una tal Laura Cortés. Y a la persona a quién se los vendió, pisándole la compra a otro o algo peor... también —dijo, mostrando en sus ojos la picardía de quien se sabe con el poder de revelar lo que es casi un conocimiento prohibido.

—¿Y es? —Lúa, impaciente, recordó a Laura Cortés y se mordió la lengua para no decir lo que sabía. Era la amante de Giovanni Nero en Roma, su mentora y protectora antes de saber que era en realidad un monstruo. Miró a Leandro con expectación, mientras el anticuario se terminaba el café de un sorbo para hacerse de nuevo el interesante. Tenía pocas visitas, y al menos esa la pensaba disfrutar, su espíritu necesitaba un aliciente de vez en cuando. Dejó la tacita de porcelana sobre el plato e hizo un gesto misterioso.

—El consejero delegado de un banco muy importante, Eugenio Valverde, no sé si os suena. Se ha prejubilado con uno de esos sueldos millonarios... ya sabéis. Un corrupto de primera, dicen por ahí. Estafador de cientos de personas con el timo de las preferentes. Vive en Somosaguas, en uno de esos chalets de lujo. Y un gran coleccionista de arte, un conocedor, con muchos contactos en todas partes del mundo. El arte es su vicio. Entre otros muchos... —Les guiñó un ojo—. Os recibirá. Me debe más de un favor.

23

Sospechoso habitual

Miércoles, 17 de abril, 17:00
A Coruña, comisaría de Lonzas
Despacho del jefe superior de Policía

Francisco Álvarez paseaba arriba y abajo, con aspecto de fiera abatida. Clavó los ojos desesperados y febriles sucesivamente en el concejal Villalobos, que intentaba calmarlo, y en el jefe superior, el comisario principal Enrique Montiel, que se mesaba el bigote ya canoso de manera compulsiva, detrás de su mesa de despacho. Francisco era amigo del comisario, los dos jugaban al golf y alguna que otra vez habían compartido cenas y alguna juerga en el Club de Golf.

—No, no ha sido una desaparición voluntaria, no. Ha sido ese novio cabrón que tiene. Un tal Alberto. Ya le dije que era peligroso. Pero no me hizo caso. Victoria me decía que era buena persona. ¡Buena persona, los cojones! —Dio un puñetazo sobre la mesa del despacho—. A saber lo que hizo con ella —dijo, con los ojos llenos de furia.

—Calma, Francisco. Alberto Nogales está ya detenido. Afirma por activa y por pasiva que no sabe nada de Victoria. La vio por última vez el domingo por la noche. Tuvieron una discusión. La estuvo llamando el lunes durante todo el día, pero no le cogió el teléfono. Lo están interrogando, pero de ahí no lo saca nadie —dijo el comisario, intentando rebajar la tensión.

—La casa estaba desordenada —protestó—. Había varios objetos rotos en la basura, como si hubiese habido una pelea. No me jodas, Enrique. Ahí ha pasado algo... y nada bueno.

Villalobos lo miró con ojos de lástima. Era público que hacía años había perdido a su única hija y todos atribuían su gran sensibilidad hacia esos temas a ese desgraciado hecho.

—La Policía hace todo lo posible, Francisco. Nosotros hemos puesto a los de protección civil a hacer batidas por toda la ciudad, están peinando el paseo... por si acaso. Quién sabe. A lo mejor se asustó por culpa de su novio. Aún es pronto para aventurar nada.

El comisario Montiel se levantó, se acercó al desesperado padre y lo intentó consolar, poniéndole una mano en el hombro:

—Vamos a encontrar a Victoria. Cálmate, haz el favor. Déjanos hacer a nosotros. Por muy preocupado que estés, así no vas a arreglar nada.

Comisaría de Lonzas

La voz del subinspector Velasco sonó algo más seria que durante la primera ronda de preguntas, pero continuó con el acercamiento.

—Bien. Dices que permaneciste en tu casa el lunes por la noche. ¿Alguien te vio? ¿Estuviste con alguna persona? Sería conveniente...

Alberto parpadeó durante unos segundos y fijó la vista en el policía.

—Le repito que la última vez que vi a Victoria fue en el local *swinger*. Discutimos. Me fui. Intenté hablar con ella, la llamé por teléfono. Estuve en su portal varias veces, llamé al timbre. Se asomó a la ventana, la pude ver perfectamente mientras apartaba las cortinas. Amo a mi novia, jamás le haría nada malo.

Velasco asintió y tomó notas durante un tiempo. Luego levantó la cabeza y reanudó el interrogatorio.

—¿Qué ocurrió en el local de intercambios? ¿Por qué discutiste con Victoria?

Alberto movió la cabeza, desesperado.

—Ya se lo he dicho antes. Victoria no quiso participar en la fiesta. Se rajó. Nada más. Estábamos algo ebrios. Vinieron los de seguridad, yo me fui antes, ella se quedó allí. No la volví a ver.

—Algo ebrios... bien. El dueño del local afirma que te comportaste de manera bastante violenta con ella y fue necesario que un vigilante te redujera para luego echarte de allí. Los dos encargados de la seguridad dicen lo mismo. No parece una relación muy sana, la verdad. Eso no es amor...

—Eso no es verdad. Y, además, discutir tampoco me convierte en un asesino.

Velasco torció la cabeza y lo contempló con cierta sorna.

—Lo de convertirse en un asesino lo has dicho tú...

Alberto apretó los puños, presa de la ira.

—Escuche. Sí, discutimos. A ella le va la marcha. Y a mí también...

Velasco le miraba de hito en hito. Sin mover un músculo, le dijo:

—Define eso de que a Victoria «le va la marcha».

—Ya sabe lo que quiero decir.

Velasco endureció el gesto y alzó la voz por primera vez.

—No. No lo sé. La verdad. Descríbelo tú, no me vengas con evasivas.

—Bien... A los dos nos gusta el sexo, digamos, distinto. Ir a esos lugares. El morbo, ya entiende. —Empezó ahora a sudar más profusamente.

—¿Sexo duro, violento?

—No, nada de eso. ¿Está de broma? Me refiero a ir a esos locales, no siempre nos lo hacemos con otras parejas. Por lo general, vamos a mirar, nos excita sexualmente.

Velasco seguía mirando fijamente los ojos de Alberto, hasta que este los bajó. Entonces prosiguió, decidido a endurecer el proceso:

—Bien. En la papelera de Victoria hemos encontrado esto. ¿Puedes explicarlo?

Velasco sacó un papel arrugado dentro de un plástico y lo puso delante de los ojos del interrogado.

... tengo mucho miedo de Alberto. Cada día es más violento. Me ha pegado y obligado a prostituirme...

Los ojos de Alberto se abrieron hasta casi salirse de las órbitas. Su expresión de sorpresa, su agobio, resultaban tan sinceros que Velasco pensó para su fuero interno que aquello lo estaba pillando de sorpresa.

—En la sala había señales de lucha: vasos rotos, una lámpara caída. ¿Cómo lo explicas? ¿Tiene que ver con la marcha de la que hablaste?

Alberto bufó, casi perdiendo el control.

—¡Ya le he dicho que yo no le he hecho nada a Victoria! Y jamás le he puesto una mano encima. Y mucho menos prostituirla. Era todo consentido. ¿Entiende lo que quiere decir la palabra «consentido»?

Velasco decidió apretar más:

—¿Qué hiciste con el coche de Victoria? ¿Lo usaste para hacerla desaparecer después de matarla?

Alberto suspiró, exasperado, y abrió las manos en un gesto de rendición.

—No. Repito que desde la discusión en el *swinger* no he visto a Victoria. Y, además, quiero llamar a mi abogado.

Madrid, un chalet en una urbanización de lujo de Somosaguas

—¡Menuda pasada de sitio!

Lúa se sintió algo provinciana al darse cuenta de que su boca permanecía abierta por el asombro nada más traspasar el portón metálico. Sin necesidad de insistir mucho y con la promesa de invitarle a una buena cena, Leandro de Paz había accedido a concertarles una cita con Eugenio Valverde en su lujosa mansión de Somosaguas. Y allí estaban, avanzando bajo el agradable calor del atardecer tras media hora de búsqueda por las calles plagadas de interminables chalets. Cuando entraron en la finca, la periodista lanzó un silbido de admiración. Desde fuera no parecía tan amplia, y, sin embargo, era como un pequeño paraíso. A su derecha, unas pistas de tenis rodeadas de frondosos árboles. A su izquierda, una piscina cubierta por carpas, en forma de estrella, con tumbonas en el borde que brillaban al sol del mediodía. Al fondo, una mansión, no demasiado grande, blanca, ultramoderna, en forma elíptica y una enorme cristalera que dejaba ver el interior desde fuera. Y a lo lejos, detrás de la vivienda, se intuía un pequeño campo de golf verde intenso, y sin duda perfectamente cuidado.

Clementius hizo una mueca y se volvió hacia la periodista.

—Yo le llamaría a este lugar el templo del nuevo rico. Se notan los dólares en cada brizna de hierba. Además, el diseño de la casa no es tan novedoso. Todo esto ya lo inventó Le Corbusier hace muchos años.

—No critiques a los millonarios, Clementius. Has trabajado para ellos durante muchos años y no precisamente dentro de la ley. Mira. Vienen a por nosotros. ¡Es un detalle!

Un hombre joven se acercó montado en un coche de golf, también de color blanco, y les hizo un gesto con la mano para que subieran. En poco tiempo estuvieron en la puerta de la mansión. El mayordomo, alto y muy delgado, los acompañó hasta el interior, que resultaba tan luminoso y rutilante como una construcción de hielo, pero a la vez muy acogedor. Aquí y allá había estanterías de diseño con libros antiguos, enormes óleos, grabados, un retrato de María Callas de tamaño natural, dos Francis Bacon, un Kandinsky... Clementius se mordió la lengua para no demostrar su admiración por el buen gusto, ecléctico y caro, del dueño de la casa.

Unos segundos de espera y Eugenio Valverde entró en el salón, seguido de una camarera que llevaba una bandeja con café y pasteles.

—Bienvenidos a mi casa, señores.

La voz era aguda, peculiar, y contrastaba de una forma muy llamativa con su aspecto enorme y voluminoso, de luna llena, su calva brillante y aquellos ojos claros como el agua de un lago nórdico enterrados bajo las gafas cuadradas en el rostro sonrosado.

—Tomen asiento, por favor. Unos amigos de Leandro de Paz son siempre muy bien recibidos... y mucho más si uno de ellos es el mítico Clementius van Berden... —Fue hacia él y le estrujó la mano con su manaza de dedos gordos y anillados—. Es usted una leyenda en ciertos ambientes, Clementius. Siempre he querido conocerle.

Clementius sonrió de oreja a oreja, embriagado con la presencia del coleccionista, como si hubiese sufrido un flechazo. Lúa sonrió para sí al darse cuenta del cambio que su acompañante había sufrido nada más entrar.

—Tiene usted un gusto exquisito, señor Valverde. No le voy a preguntar de dónde ha sacado los dos Francis Bacon... pero seamos corteses. Mi joven acompañante es la periodista Lúa Castro. Una entendida en arte y gran reportera.

—Oh, sí... Lúa Castro —dijo el anfitrión, abriendo los ojos de puro deleite ante la belleza de Lúa—. Encantado de verdad. He leído su libro sobre el Artista. Estremecedor, Lúa, si me permites tutearte. —Ella asintió—. Impresionante trabajo. Y peligroso, además.

—Estoy escribiendo el segundo... —Lúa se sentó en uno de los sillones italianos tras darle la mano. Sin querer, miró la bandeja y se le hizo la boca agua al ver los deliciosos pasteles que iban a acompañar al aromático café.

—¿El segundo libro sobre el Artista?

—Sí. Sobre sus asesinatos en Roma. Y su obra. Increíble que no hubiese triunfado en España, en Italia presentó unos cuadros y fueron aclamados al momento. Yo tuve la suerte

—o la desgracia— de ver alguno. No dejan a nadie indiferente.

Eugenio les sirvió el café con una media sonrisa pintada en los labios.

—Ah... los cuadros de Roma... ¿Un poco de leche? El café es importado, una delicia, insisto en que lo tomen. Molido a mano con uno de esos molinillos antiguos, nada que ver con esas cápsulas tan de moda, ya verán. Lo muelo yo mismo, para mí es un placer. Por dónde íbamos... Sí, los cuadros de Roma... —El coleccionista enmudeció unos segundos; sin duda necesitaba encontrar la respuesta correcta—. Yo tengo tres de su etapa final en Italia. Tengo buen ojo para el arte —sonrió de nuevo, con el orgullo de un padre primerizo—; están de suerte. Acabo de vender los tres, pero hasta la semana que viene no los recogen. Así que se los enseñaré. Pronto desaparecerán de la vista del común de los mortales. Con la condición de que no saquen fotos, lo lamento. Mi comprador ha sido muy estricto.

Clementius arqueó una ceja.

—¿Por qué los vende, si no es indiscreción? Son muy valiosos, y se revalorizarán todavía más con el tiempo.

—Verá, Clementius. Mi pasión es Francis Bacon. No son obras fáciles de conseguir. Y el comprador de los cuadros de Giovanni Nero, o del Artista, como gusten de nombrarlo, tiene un Bacon que llevo buscando desde hace años. Así que hemos decidido intercambiar nuestras obras, un trueque que nos dejará a ambos muy satisfechos. La pasión, señores, es lo importante en la vida —dijo, visiblemente satisfecho de sí mismo.

A Coruña, comisaría de Lonzas

Fuera del cuarto que usaban para tomar declaración, Iturriaga paseaba arriba y abajo con ademanes secos, como era su costumbre cuando se veía abrumado por los acontecimientos. En muy poco tiempo, los problemas se habían acumulado, y ahora desaparecía la hija de un amigo del jefe superior de Policía, lo que convertía aquel asunto en algo todavía más tenso de lo normal. Por no hablar del asunto Belén Egea y sus posibles complicaciones. Y para más inri, Valentina Negro, en cuanto llegase de Ponferrada, tendría que presentarse ante el instructor nombrado para investigar su caso, para prestar declaración. Se preguntó, muy preocupado, si Valentina iba a poder soportarlo sin venirse abajo.

Iturriaga resopló y se dirigió hacia las dependencias de informática caminando a grandes zancadas. La investigación de los vídeos del Peluquero estaba resultando muy sustanciosa y ya se habían producido detenciones en Galicia y Asturias. A Dios gracias habían conseguido ayuda de fuera y el aumento del número de efectivos encargado de analizar todo el material había dado un respiro a Bodelón y Velasco, que ya necesitaban un descanso de tanta perversidad. Los dos subinspectores estaban ya a tope con la desaparición de Victoria Álvarez, lo que agradecía, porque el asunto le daba muy mala espina.

Dejó sus cuitas en cuanto vio subir las escaleras a la inspectora Negro seguida de Sanjuán. La expresión de agobio evidente de Valentina, su aspecto agotado, hicieron que se preocupara todavía más. Pero no tendría tiempo de relajarse. En un despacho, a escasos metros, la esperaban los de Asuntos Internos para interrogarla.

24

Asuntos Internos

Comisaría de Lonzas

Valentina llamó a la puerta y entró. En una de las salas de reuniones de los investigadores la aguardaban el instructor y el secretario de la Unidad de Régimen Disciplinario, conocida entre los policías como «Asuntos Internos». Estaban sentados junto a una mesa amplia, y Valentina, después de saludar, se sentó enfrente de ellos. El instructor era Juan Molist, un hombre de unos cincuenta años, enjuto, alto, con abundante pelo entrecano, licenciado en Derecho, inspector como ella, y que obviamente la conocía, aunque él había prestado sus funciones en Seguridad Ciudadana, y por consiguiente solo habían tenido un trato ocasional. El secretario era un patrullero, un joven que no llegaría a los veinticinco años, pero que tenía la virtud de teclear muy rápido y sin apenas faltas de ortografía o de sintaxis, habilidad muy apreciada dentro de la Policía.

Valentina, de uniforme, estaba muy erguida en su silla, el pelo recogido en una coleta, la expresión grave. Cruzando sus manos en el regazo, vio inquieta el expediente abierto por el instructor, en el que destacaban unas fotos a todo color del Peluquero.

—Inspectora Negro, estamos aquí para determinar las circunstancias en las que se produjo la detención de Marcos

Albelo. —Molist dio comienzo al interrogatorio; su tono era formal, pero cordial, él tomaría la decisión más justa con independencia de lo que pensara privadamente del caso—. Como sabe, su abogado ha interpuesto una denuncia en el juzgado contra usted por uso indebido y excesivo de la fuerza; supongo que en unos días tendrá que prestar declaración ante el juez. No obstante, es nuestra responsabilidad, como sabe, determinar de forma interna si usted obró correctamente o no en dicho suceso.

—Sí, señor —dijo escuetamente Valentina.

—Bien, ahora quiero que relate detalladamente todo lo que sucedió desde el momento en que usted se encontró con Albelo.

Valentina aspiró hondo. Muchas veces se había preguntado si le era lícito «adornar» un poco las cosas, quizás añadir algo que pudiera, en cierto sentido, sin faltar a la verdad, beneficiarla. Pero su conclusión siempre era la misma: diría todo lo que recordara, lo que de verdad ella pensó y sintió en esos minutos de violencia, y que tomaran la decisión que quisieran. Así que dio comienzo a su historia de los acontecimientos.

—¿Entonces, inspectora Negro, cuando estaba auxiliando a la víctima, vio que el detenido estaba intentando escapar, aprovechando que usted no estaba pendiente de él? —inquirió el instructor.

—En efecto, señor. La joven se estaba asfixiando; como he dicho, tenía las bragas en la boca, las manos atadas..., estaba lívida, y respiraba con mucha dificultad. Aquello era una tortura, señor.

Molist asintió con gesto grave, dejó pasar unos segundos, y luego preguntó:

—Bien, pero dígame, ¿por qué no esposó al agresor una vez que había conseguido reducirlo, o bien, mejor todavía, esposarlo a un objeto fijo y sólido para impedir que escapara o incluso que la pudiera atacar de nuevo?

Valentina no dudó:

—Señor, cuando pude zafarme del detenido solo pensé en la niña. No sabía si estaba viva; estaba muy oscuro; ella fue en todo momento mi prioridad.

—Comprendo —siguió Molist sin inmutarse—. Pero si Albelo hubiera elegido esa opción... la opción de persistir en sus propósitos, ¿no podría haberla atacado a sus espaldas, con el resultado de que quizás usted hubiera podido quedar seriamente herida y la víctima incluso muerta?

El corazón de la inspectora se había acelerado, pero ella trataba por todos los medios de que no se notara. ¡Joder!, pensó. Sí, tenía que reconocer que aquello era una maldita posibilidad; en efecto, el Peluquero podía haberla atacado... pero... ¿acaso no le había golpeado con la linterna en la cara? ¿No había escuchado el crujido de dientes y había sentido la sangre caliente de su rostro salpicar su mano? No obstante...

—Sí, señor, era una posibilidad... Yo... le había golpeado con dureza, señor, intentando sobrevivir, y con la misión de salvar a la víctima. Lo cierto es que no lo pensé... Creí que el detenido estaba ya asegurado, esa es la verdad.

El joven secretario escribía rápido, pero no podía menos que mirar a Valentina y compadecerla. Todos habían celebrado que detuviera a ese cabrón, y encima tenían que hacerle pasar por esto.

—Entiendo —dijo el instructor—. Bien, pasemos ahora al momento en que, según usted puso en su informe, advirtió que el detenido intentaba escapar. ¿Por qué le golpeó, en vez de apuntarle con su pistola y proceder a su arresto, advirtiendo a sus compañeros que se encontraba en ese lugar para que la apoyaran?

Esa era la pregunta más complicada de todas, la que más temía, y ahí estaba. De pronto, se acordó de sus sesiones con el psicólogo, e imaginó un lugar plácido, un crepúsculo hermoso en el que su mente hallaba la paz. Y entonces decidió que diría toda la verdad.

El Palacio de la Oscuridad

Era aquel momento entre la vigilia y el sueño en el que podía gozarla sin sentir su rechazo, sin llevar la máscara. Observar sus delicadas expresiones, acariciar de forma leve su rostro de labios gruesos, filmar las largas pestañas, fotografiar sus poros como pequeños hexágonos de panal de abejas. Ella dormía, ajena a su destino. Su pecho desnudo se elevaba de forma acompasada, y él rozó apenas los pezones morenos, duros, liberados con delicadeza de insecto por sus manos del camisón de seda para pintarlos de negro con su deseo insatisfecho. Durante su estancia en el Palacio de la Oscuridad, Victoria había perdido peso, las costillas se le marcaban a través de la piel, dándole un aspecto de nubia dormida y prisionera. Cuando comenzó a pintarlos con los dedos, los gruesos labios de Victoria emitieron un leve quejido, un ruido musical, y él la dejó tranquila. Se levantó del lecho lentamente, para no turbarla. Pero la cámara permaneció firme en su brazo entrenado.

El viento azotó con fuerza el cristal de la ventana, en lo alto de la pared. Victoria abrió los ojos, alucinados, movió la cabeza, fijó las pupilas dilatadas en él, sin verlo. Él cogió una copa de plata, la llenó de agua fresca y le dio de beber.

Al contrario de lo previsto en un principio, Victoria había resultado mucho más complicada que las otras. Era una mujer fuerte. Indómita. Parecía sumisa, eso creyeron, pero su interior albergaba una gema que brillaba ante el dolor, y sin duda el sufrimiento la convertiría en una sacerdotisa, en una iniciada. Ya había llegado el momento de que formara parte de algo mucho más grande.

Al día siguiente comenzaría todo.

—Señor, es cierto, pude y debí haber hecho eso que comenta: esposarlo, y avisar a mis compañeros. —Valentina habló serenamente, y notó que se liberaba de un peso que la estaba atormentando desde entonces—. Pero yo estaba muy preocupada por la niña; todavía respiraba, pero la vi muy mal, y de pronto... me di cuenta de que el detenido se escapaba, le daba igual que yo lo apuntase o no con el arma, hubiese salido huyendo, quizás hubiese dañado a otros compañeros... y entonces me invadió la furia, señor. ¡Ni siquiera me dejaba auxiliar a la chica! El tiempo se me iba entre las manos, y quería volver cuanto antes a ocuparme de ella. En fin —suspiró—, quizá me dejé llevar por mis emociones, señor.

Molist extendió las fotos de Albelo delante de Valentina, en color, ampliadas al tamaño de un folio. Se veía su rostro severamente golpeado, dos dientes y la mandíbula rotos, el pómulo derecho probablemente fracturado, una ceja partida, la nariz llena de sangre. Y luego otras varias donde se apreciaba con claridad el impacto de las botas de Valentina en diversas partes del cuerpo: el examen médico dictaminó, además de edemas numerosos e intensos, tres costillas, una muñeca y dos dedos también rotos, estos últimos como consecuencia de la protección instintiva del agresor con sus manos.

—Ya veo... ¿Cree que esto era necesario, inspectora? —preguntó, señalando las fotos.

Valentina las miró fijamente. Ahora, en frío, sintió una vergüenza íntima, el dolor de la traición a sus elevados principios.

—No, señor, no. Pero todo aquello fue como un tobogán, como una montaña rusa. Estuve a punto de morir, señor, y la niña también. Luego todo se precipitó. —Se detuvo unos segundos—. Pero tiene razón, me dejé llevar por la ira. No pude controlar mi reacción. —Bajó los ojos—. Con mucho menos podría haber reducido al sujeto... —La inspectora clavó la mirada en el instructor con la honestidad de quien se siente culpable y lo reconoce.

Molist asintió. Lo comprendía perfectamente. El detenido era basura, pero tenía los mismos derechos que cualquiera. Y un policía de élite no podía permitirse el lujo de perder el control. Sencillamente, si se pierde el autodominio, alguien puede resultar herido o muerto, y tanto puede ser un delincuente como otro policía, o quizá la propia víctima. Y, sin embargo... la sinceridad de la inspectora le resultó extraña, incluso dolorosa. Ella aceptaba su destino como un animal camino del matadero.

Al salir de la sala Valentina vio a Bodelón, que esperaba su turno para declarar: era el que la había sujetado para impedir que siguiera golpeando al Peluquero. Su aspecto era capaz de intimidar a cualquiera. Un metro ochenta y dos de estatura, cara seria y semblante adusto, el pelo al uno le hacía parecer un marine con malas pulgas. Y así le llamaban en Lonzas, el «marine». Era experto en artes marciales, y en los años en los que había permanecido en el ejército había aprendido que el físico no lo era todo. Era necesario también estudiar. Estaba casado con una enfermera y tenía un hijo pequeño. Después de la boda, su mujer lo espoleó para que se metiera en la UNED a estudiar Sociología. Y así, desde abajo y a base de tesón, fue subiendo por promoción interna hasta subinspector.

Ambos cruzaron una mirada cálida, y la inspectora le obsequió con una tímida sonrisa. Él le hizo un gesto para tranquilizarla, y a continuación llamó a la puerta con profunda tristeza.

—Adelante, subinspector. Siéntese, haga el favor —le invitó Juan Molist.

25

En un abrir y cerrar de ojos

Miércoles, 17 de abril, 18:00
Madrid, Somosaguas

Eugenio Valverde tecleó con presteza unos números y la puerta acorazada se abrió.

—Pasen, por favor.

Clementius se quedó en la puerta, estupefacto. La habitación, amplia y de ingente techo, tenía un sinnúmero de obras de arte, colocadas con primoroso gusto estético, aunque igualmente ecléctico que el resto de la vivienda. Con un vistazo rápido, reconoció un par de estatuas robadas por él mismo hacía mucho tiempo y cuadros que llevaban años desaparecidos del mapa. Lúa caminó unos metros, la cabeza alzada hacia los cuadros, fascinada por lo que estaba viendo.

Eugenio pareció leerles el pensamiento y soltó una carcajada.

—Ser un banquero no significa que uno tenga que ser un paleto... Vengan conmigo. —Los guio hacia donde estaban las obras que estaban buscando a paso rápido—. Ustedes serán los últimos que vean estas joyas artísticas. El comprador... me temo que las va a querer para su deleite privado. Aquí están. Disfruten de la obra de un perverso. Es la prueba de que el talento y la insania estarán eternamente unidos.

Sanjuán le apretó las manos a Valentina, frías como el hielo. Notó un cierto temblor en su cuerpo y la atrajo hacia sí, en un tímido abrazo. Pero ese punto de vulnerabilidad duró solamente unos segundos: Sanjuán notó casi de manera física cómo pasaba de la fragilidad más extrema a su habitual autocontrol. Valentina se separó con suavidad y respiró hondo.

—¿Cómo ha ido?

—No sé —soltó una risa nerviosa—, creo que bien. Ya lo pensaré más adelante, ahora estoy algo cansada y ansiosa. Necesito una tila. Y quitarme el uniforme. Vayamos a tomar algo...

Iturriaga los interrumpió. Le hizo a Valentina un gesto de ánimo y se dirigió a Sanjuán.

—Ya que lo tenemos aquí, me gustaría pedirle que analizara unas fotografías. Son de la casa de la chica que ha desaparecido, Victoria Álvarez. El principal sospechoso es el novio, está detenido. Pero niega rotundamente tener nada que ver en el asunto de la desaparición. Y la verdad, me duele decirlo, suena convincente. O es un actor de primera y domina su lenguaje corporal como un maestro, o dice la verdad. Y encima, tiene una buena coartada. Parece ser que pasó la noche con una «amiga», pero en la casa había signos de lucha, y en la papelera del escritorio de la chica había un papel con un mensaje a medio escribir en el que... bueno, mejor será que lo vea usted mismo.

Valentina le hizo un ademán a Sanjuán para indicarle que bajaba a tomar algo y enseguida se reunía con él. El criminólogo acompañó a Iturriaga a la sala de reuniones, donde ya esperaba Velasco con un taco de fotografías. Velasco y Sanjuán se dieron la mano de modo firme y cálido.

Lúa intentó fijar en su mente todo lo que estaba viendo, con fuerza, como si aquellos cuadros fuesen lo último que tendría la oportunidad de ver en su existencia. Mientras, Eugenio comenzó a explicarles las diferencias entre los originales y las recreaciones del Artista. Pero no hacía falta que las explicase, Lúa ya los había estudiado antes de ir. Y las diferencias eran tan obvias que saltaban a la vista.

El primer cuadro era *In ictu oculi*, traducido «en un abrir y cerrar de ojos». La obra de Valdés Leal era una *vanitas*, un *memento mori*, una alegoría de la vanidad como meta en la vida ante la presencia ineluctable de la muerte. En la obra original, tenebrista y barroca en extremo, un esqueleto amenazante y desdentado apagaba con su mano huesuda una vela y con la otra sujetaba un ataúd, un sudario y una guadaña. A sus pies, el mundo, las riquezas, el poder, el arte, la sabiduría. Nada importa, pues cuando la Muerte apaga la vela, todo lo demás desaparece en un abrir y cerrar de ojos.

Lo primero que llamaba la atención era que el Artista lo había pintado todo en blanco, negro y gris, frente al colorido barroco del original. El esqueleto, que presidía la escena en el cuadro de Valdés, había sido sustituido por una extraña imagen estilizada, siniestra, vestida con una túnica oscura. En donde tendría que haber estado la calavera, había un espejo que reflejaba un rostro de mujer que gritaba con la boca abierta de puro espanto. Como en el original, el esqueleto seguía cargando un ataúd y un sudario, pero no la guadaña, y en el libro abierto a los pies de la figura había dibujado una especie de castillo, una fortaleza que se recortaba contra el mar. También pudieron admirar una extraña boca con colmillos excavada en la roca, y un laberinto intrincado justo al lado de una pequeña ciudad en la que sobresalían campanarios.

Lúa miró a Clementius, que se había acercado a analizar de cerca la segunda pintura con ojos de entendido. *Finis gloriae mundi* la impactó todavía más: el obispo putrefacto del lienzo de Valdés Leal había sido sustituido por una mujer desnuda y atada; el cabello, largo y negro como el de una medusa, se enroscaba por todo el cuerpo, mientras escarabajos y cucarachas parecían querer penetrar en su piel. Detrás, un cuervo los miraba de un modo fijo y obsesivo. En el centro del óleo había un enorme ojo cuya pupila era una espiral interminable, hipnótica, y una mano muy blanca que sostenía, en vez de una balanza, una guadaña. La única nota de color estaba en el bermellón puro que pintaba parte de la guadaña de un rojo sangre furioso.

—Son brillantes, magníficos —musitó Clementius, recorriendo con la mirada el cuerpo desnudo y voluptuoso de la mujer en el ataúd—. Lúa... ¿Valió la pena venir hasta Madrid o no? —preguntó, en su entusiasmo.

—Estoy impresionada. No me extraña que Panticosa también lo estuviera.

La tercera pintura estaba sin acabar. Era una recreación de *Los embajadores* de Hans Holbein *el Joven*, también en blanco, negro y gris. El fondo estaba conformado por una cortina negra llena de ojos que parecían salir de cualquier parte. Y a los pies de los dos hombres, la anamorfosis de Holbein, convertida en otra cosa que Lúa no pudo descifrar. Clementius se volvió hacia su anfitrión y con la mejor de sus sonrisas le pidió una cuchara para corregir la deformación.

—Así podré contemplar lo que el pintor nos ha querido decir de una forma adecuada —dijo, con aire sencillo.

Cuando salieron, ya era de noche. Había refrescado. Lúa se arrebujó en su chaqueta de color lila mientras Clementius llamaba a un taxi.

—Estoy contenta. Con esta visita terminaré el artículo sobre los objetos robados «macabros» en cuanto llegue al hotel, y mañana en la *Gaceta* estoy segura de que va a causar sensación... Por cierto, ¿para qué le pediste una cuchara?

Clementius le hizo señas al taxista para que los recogiera.

—Para ver lo que era la anamorfosis. La superficie curva refleja el dibujo de manera que lo reconstruye y puedes ver el significado de la pintura.

—¿Qué era? Tengo mucha curiosidad.

—Una especie de mano de Fátima o de Gloria, con un ojo en su interior.

Lúa suspiró, como solía hacer ella, ruidosamente. Sabía lo que significaba ese término: el artículo de Panticosa, en su introducción, hablaba de esa mano para ejemplificar el carácter simbólico y plástico que ha acompañado a las artes ocultas desde siempre.

—¿Sabes? Esos cuadros son extraños. Incluso para el Artista. Yo no entiendo mucho de arte, pero los que vi yo eran muy coloristas, muy vistosos, casi prerrafaelitas. Y, sin embargo, estos cuadros son más oscuros, más siniestros. No sé cómo decirlo..., son mucho más expresivos con menos.

—Lúa, has acertado: son cuadros inspirados en el expresionismo alemán, no hay duda, donde la estilización de luces, sombras y perspectivas dan cobijo a unos personajes inquietantes. Yo no lo hubiera dicho mejor, querida: expresan más con menos —dijo, enfatizando la frase, y cogiéndole una mano para subrayar su aprobación.

—Ojalá hubiésemos podido fotografiarlos —lamentó la periodista.

Clementius abrió la puerta del taxi y le hizo una seña a Lúa para que entrara.

—Eso no va a ser problema. Tengo una memoria casi fotográfica. Soy pintor, además de ladrón, ¿recuerdas? Los cabrones de la cárcel me rompieron la mano, pero eso no me impide dibujar, soy ambidextro. Muchas falsificaciones, bastante buenas por cierto, que verás por el mundo, son obra de mi pasado, del que me avergüenzo, amiga, bueno... a veces —sonrió—. Así que en cuanto lleguemos al centro, nos pasaremos en una tienda de arte a comprar carboncillos, pinturas y papel. No te prometo que salga como si lo hubiese dibujado con la mano derecha, pero te aseguro que algo se parecerá.

—Y por el tono de convicción empleado, Lúa ciertamente le creyó.

Sanjuán desplegó sobre una mesa las fotografías que había realizado la Policía científica del piso de Victoria y las observó una a una con atención.

—El padre dice que falta una alfombra de la salita. Lo suficientemente grande como para haber servido para... —Iturriaga no se atrevió a seguir haciendo conjeturas. Además, la expresión ceñuda de Sanjuán le pareció más preocupante todavía. El criminólogo se quitó las gafas y parpadeó.

—Así que la nota estaba arrugada en la papelera... ¿Y el email, a quién se lo envió?

—Parece que a una amiga, Soledad —contestó Velasco—. Pero el correo estaba en los borradores, no lo llegó a enviar.

—¿Entonces para qué imprimirla? —Sanjuán negó con incredulidad. A continuación revisó cuidadosamente las fotos del apartamento: se veían muebles desplazados, un juego de vasos de licor desparramados entre un aparador y el suelo, una lámpara de pie volcada—. Esa carta no se sostiene. Podría aceptar solo el email no enviado, o bien el salón alborotado, como indicios relevantes de que el novio pudiera haber sido el responsable... pero no ambas cosas.

—Yo también pienso que la carta no se sostiene, pero ¿por qué dice que ambas cosas no son aceptables, Sanjuán? —preguntó Velasco.

Sanjuán leyó en voz alta la nota:

... tengo mucho miedo de Alberto. Cada día es más violento. Me ha pegado y obligado a prostituirme...

—La impresión en papel de la nota solo tiene sentido si es el novio el que la hubiera impreso, al descubrir que Victoria había escrito ese borrador de email, como modo de recordarle que ella no es de fiar y una histérica; es decir, como un objeto que afirmaría su poder al recordarle que ella era una traidora y desleal cada vez que quisiera atormentarla. Pero en tal caso... se hubiera llevado la nota, no la hubiera dejado en la papelera. Y Victoria, como es lógico, no tiene sentido que la imprima, tanto más cuanto que no se atreve a enviarla. Y, por otra parte, puedo entender un nuevo acto de violencia que se muestre en todo ese desorden... pero sin que su autor supiera nada de esa nota. Las dos cosas juntas señalan claramente, a mi modo de ver, que esto es un camelo. —Se detuvo unos segundos—. Por no decir que el desorden está «colocado» de una forma demasiado perfecta. Muestra más la idea estereotipada que tiene el autor de cómo debería quedar una habitación tras una pelea, que lo que suele aparecer en una real.

Iturriaga y Velasco asintieron, y este último dijo:

—Y, por supuesto, es estúpido que el novio tire la nota a la papelera, ya que le incrimina directamente.

—Desde luego —contestó Sanjuán, mientras se volvía a poner las gafas y levantaba una de las fotografías de estudio en blanco y negro de Victoria Álvarez, en donde se la podía ver en un escueto biquini, a contraluz, con los gruesos labios entreabiertos y seductores, en los ojos oscuros un brillo de deseo.

»Esta chica... ¿a qué se dedica? Es de una belleza extraordinaria, la verdad. Y muy expresiva...

—Es estudiante de Filología —dijo Velasco—. Pero también modelo. Quiere ser actriz. Su padre no la dejó ir a Madrid a estudiar arte dramático, quiere que estudie primero algo más serio, luego ya veremos... todo eso.

Valentina entró con paso rápido; Sanjuán pensó que si se había cambiado y tomado la tila en tan poco tiempo se habría quemado seguro. La inspectora llegó a tiempo de escuchar a Velasco, y ella y Sanjuán se miraron con preocupación.

—Eso son malas noticias, Velasco. —Este miró al criminólogo y a Valentina, alternativamente, advirtiendo sus rostros demudados.

—¿Por qué son tan malas? —se decidió al fin a preguntar.

Valentina cogió la foto de Victoria y planteó lo último que Iturriaga hubiera querido escuchar.

—Es el mismo perfil que Belén Egea. Si Encina Yebra ha sido otra víctima de los vídeos *snuff*, y ya está muerta, no es descartable que necesiten a alguien nuevo para sus películas, y que Victoria sea la próxima.

—¿Han enviado ya a la Interpol las fotos de las chicas que salen en el vídeo? —preguntó el criminólogo.

Iturriaga asintió.

—En informática hacen lo que pueden, Sanjuán. Hemos conseguido más o menos hacer unos retratos definidos y reconocibles, y ya están enviadas casi todas las fotos a todas las fuerzas de seguridad de España y a la Interpol. Esperemos que sirva para algo.

Eugenio Valverde miró los cuadros por enésima vez mientras saboreaba un oporto añejo de su bodega, disfrutando de su intensidad. El viernes partirían de allí y jamás los volvería a ver. Había mentido a sus visitantes: no, no los había cambiado por un Francis Bacon. Los había cambiado por un viaje a lo desconocido. Había vendido su alma al diablo para disfrutar de algo único; de una vida llena de sensaciones intensas, un momento tras otro de absoluto placer, algo distinto a todo lo que había vivido hasta ahora. Harto ya de deportes extremos, de obras de arte, viajes, de vinos, de mujeres hermosas, harto de todo, había encontrado al fin algo nuevo, algo capaz de sacudirle desde dentro y hacerle gozar. O eso le habían prometido. El esqueleto sonriente del anuncio así lo afirmaba:

«Sentirás un escalofrío de placer y de dolor, de vida y muerte, de goce e inmensidad total. Lo sentirás todo cuando entres en el Palacio de la Oscuridad, de la mano del ojo del Diablo.»

Valverde llamó a su mayordomo para que le hiciese la maleta. Partiría el día siguiente por la mañana.

PARTE II

EL PALACIO DE LA OSCURIDAD

Sé bienvenida al lóbrego palacio,
serás en mi retina llama y musa,
nublaré tu luz en sombra difusa
con el ardor de un sucumbir despacio.

A darte mala muerte soy reacio,
por ello has de ayudarme, bella inclusa,
refléjate en la máscara confusa,
triplica la crueldad de que me sacio.

Entrégate, mi vida, en cada escena,
perpetua brillarás en la pantalla.
Tu grito mudo ruge y me avasalla
cual canto de esperpéntica sirena.

Y el fuego de tus ojos, mi condena,
proyecta en mí el aura del canalla.
Soy amo y director, mi fiel lacaya,
artista de esta fantasía obscena.

Asume la extinción y capitula,
otorga al celuloide tu sonrisa,
regálale a la cámara sin prisa
la sangre que en derrame me estimula.

Retuerce la expresión y gesticula,
revienta en la liturgia de esta misa,
complace mis desórdenes sumisa
soñando que mi magia te estrangula.

JACK MIRCALA

26

Te amo y te comparto

Miércoles, 17 de abril
Comisaría de Lonzas

Valentina colocó la foto de Victoria Álvarez en el corcho, al lado de la de Belén Egea. Se volvió hacia Sanjuán.

—Para Iturriaga la desaparición de Victoria es prioritaria. La de Belén Egea puede esperar... —Esbozó una sonrisa irónica—. Por lo visto, por ahora sigo en la brecha.

—Iturriaga te aprecia mucho, Valentina. Lleva muchos años en el cuerpo, sabe perfectamente por lo que puede pasar un policía, y es comprensivo.

—Ya. Algo es algo... A ver qué saca Velasco en claro de la amiguita de Alberto, la que pasó la noche con él; ha ido ahora a cotejar la coartada. Velasco me ha dicho que el tal Alberto es un chulo infame. No entiendo qué hacía una chica inteligente y hermosa, llena de potencial, con un sujeto así. ¿Qué te parece lo del local de intercambios? —Sin esperar respuesta se dirigió hacia el expediente y leyó el nombre del sitio—. Te amo y te comparto. Qué fuerte. Menudo nombre. ¿No es una chica muy joven para aceptar ya ese tipo de experiencias?

Sanjuán esbozó una sonrisa. Le hacían gracia los momentos en los que Valentina sacaba a relucir su educación en un colegio de monjas y se ponía moralista, pero desde luego en eso tenía razón: una chica como Victoria podía aspirar a otra cosa.

—Val, la gente hace lo que puede... —Ella enrojeció, y lo miró con seriedad, haciendo que Sanjuán soltase una carcajada—. Tienes razón, hay que ir a ese local. Es curioso que haya desaparecido inmediatamente después de haber acudido a Te amo y te comparto. Lo que me llama la atención es el cierto parecido entre Belén y Victoria. No el físico, por supuesto... pero ambas son hermosas, ambas actuaban o cantaban, las dos podían ser víctimas de un exmarido o un novio celoso, así que la desaparición tenía una coartada por lo menos al principio, de manera que la Policía se iba a encaminar hacia lo más obvio, lo que les apartaría de la línea correcta de investigación. Mientras tanto, la pista buena se enfriaba. Por cierto, si quieres que haga un perfil completo con las tres chicas necesitamos todo lo que haya sobre Encina Yebra.

—He hablado con Alana. Se va a Madrid a averiguar qué hizo Encina los días anteriores a la desaparición. Su colega Antonio Regueiro se quedará en Ponferrada, analizando la escena del crimen, que tiene tela, con los de la Científica de Madrid. Además, y esto es importante, me ha dicho que los familiares insisten en que unos pendientes y un anillo que llevaba puesto el cadáver no le pertenecían. Por lo menos no los llevaba cuando desapareció. Son unos objetos lujosos, pero, atención, muy extraños. —Valentina repasó las hojas del expediente y le enseñó a Sanjuán las fotografías de las joyas—. Son pequeñas calaveras con piedras engarzadas; han llamado a un perito y dice que las piedras son de gran valor, y la talla muy fina, pero no actual. Y no alcanza a definir de qué material están hechas. Dice que parecen talladas en hueso, así que las han enviado a Madrid a peritar por los de Patrimonio Histórico.

—Curioso. Pensaré en ello... Bien. Yo pasado mañana me voy a Valencia al entierro de Félix, espero volver en unos días. —Sanjuán miró a Valentina con una expresión burlona que adornó fugazmente sus ojos—. Si quieres que vayamos esta noche al local de intercambios...

Richie Domingo acarició el cabello de Victoria, mientras ella lo abrazaba con fuerza, a pesar de que sus muñecas estaban sujetas por unas cadenas finas pero muy fuertes, lo suficientemente largas como para permitirle una gran movilidad. Había llevado comida y preparado la bañera para ella. Muy pronto llegaría el invitado que iba a estrenarla y quería que estuviese presentable a pesar de su cautiverio.

—Déjame salir, Richie. Por favor... —suplicaba una y otra vez, mirándolo con los ojos desesperados, febriles. Los dedos no tenían ya fuerza para clavarse en los brazos de Richie, que la apartó de sí y la miró con seriedad a los ojos. Estaba escuálida y ojerosa, la expresión cada vez más alucinada.

—Muy pronto saldrás de aquí, cariño. Muy pronto. Aguanta un poco.

—Viene él. Por las noches. Viene a visitarme en sueños. Me da miedo, Richie, por favor. Déjame ir. No sé qué hago aquí. Quiero ver a mi padre.

—Tienes que comer. Te he traído sopa caliente. Te gusta.

—No. No quiero comer. Quiero volver a mi casa. —Los susurros de la joven parecían cánticos sin alma, apenas audibles. Estaba sin fuerzas, así que la soltó de sus cadenas y la sentó para que comiese.

La voz de Richie adoptó un tono paternal.

—Primero tómate la sopa. Luego te llevaré a la ducha. Te sentirás mucho mejor. Y después hablaremos de tu vuelta a casa. Pero siempre que me prometas que vas a comer algo.

Después de cenar la bañó, con delicadeza, procurando que el agua tibia la purificara. Le lavó el cabello con champú, y luego la secó con cuidado, cada recoveco, cada rincón de su cuerpo moreno cubierto de crema hidratante con olor a rosas. Cuando la estaba acostando, sonó su teléfono móvil.

—¿La Policía? ¿Otra vez? Ya. —Su rostro reflejó una gran contrariedad—. Ahora voy. Diles que esperen un rato, que el encargado suele llegar tarde. Lo que te apetezca. Dales de beber. Que disfruten del ambiente, ya me entiendes.

Richie besó la frente de Victoria mientras le volvía a colocar los grilletes. En la comida había la suficiente dosis de calmantes para mantenerla varias horas dormida. Cuando salió del Palacio de la Oscuridad notó una punzada de preocupación en el estómago. La visita de la Policía. Otra vez.

«Es normal que vengan después de lo de Victoria y su novio, es normal. Has de mantener la calma, como has hecho siempre», se dijo.

Quizá se había precipitado un poco al coger a la chica tan pronto, y sin embargo era el mejor momento, cuando varios testigos podían decir que ella y su novio habían discutido furiosamente en su local. Y nadie podría relacionarla con él, nadie los había visto juntos salvo el día de la discusión en el Te amo y te comparto.

Respiró hondo y salió del Palacio. Había empezado a llover, aquella lluvia fina y desapacible que odiaba, se metía en lo más profundo de los huesos. Caminó, arrebujándose en su abrigo negro hasta llegar a su Peugeot descapotable.

Conectó la radio. En los altavoces sonó Aretha Franklin. Tarareó en voz baja *I say a little prayer* mientas golpeaba el volante para seguir el ritmo. De camino, destemplado, mientras ponía la calefacción, se preguntó por qué no se habría comprado un coche más grande y cálido.

Hotel Emperador, Gran Vía
Madrid

La mano de Clementius volaba sobre la cartulina, armada con un carboncillo. A su lado, difuminos, pinturas, gomas y grafitos. Había que aprovechar que la memoria estaba fresca. Poco a poco, la versión del Artista de *In ictu oculi* comenzó a tomar forma. Lúa bebía sorbos de una lata de Coca-Cola que había cogido del mueble bar mientras le iba indicando lo que ella recordaba y él tenía más difuso en la mente. Cuando terminó de esbozar los tres cuadros, Lúa miró su reloj y se dio cuenta de que era muy tarde ya. El estómago le protestó.

—¿Pedimos algo de cenar? Tengo que escribir el artículo de mañana. Tiene que estar en rotativa antes de las dos de la madrugada y son casi las once de la noche.

Clementius negó con un gesto y se levantó, estirándose. Se le veía agotado.

—Pide tú. Yo estoy en las últimas. Lúa, ya soy muy mayor. Me voy a dormir a mi habitación. Mañana, ¿cuál es el plan?

—Mañana tenemos que ir a la Jefatura Superior de Policía a hablar con Diego Aracil, el de Patrimonio Histórico. Tengo que comentarle nuestras sospechas sobre la relación entre la investigación de Panticosa y los cuadros del Artista. Ya verás qué cara pone cuando le digamos que los hemos visto y que el propietario los acaba de vender. Seguramente el misterioso comprador es el que ha robado los demás objetos de la lista de Félix. Tengo un pálpito, Clementius, verás cómo acierto. ¡Siempre acierto!

—¿La Policía? —Clementius soltó una carcajada y se encaminó a la puerta enseñándole la mano impedida, moviéndola a la altura del hombro como si saludara—. ¿Yo, a la Policía? Tú vete a ver a tu Aracil, yo prefiero buscarme la vida por mi cuenta... —Abrió la puerta y le hizo un gesto de despedida.

—¡Joder! ¡Ahora no!

Trashorras escuchó el teléfono desde la cama, en donde una puta teñida ostentosamente de rubio platino y vestida solo con un tanga de hilo de color rojo le estaba haciendo una mamada que él consideraba digna de un rey. El teléfono no paraba de sonar, y era el teléfono de la «empresa», así que la apartó cogiéndola con fuerza de los cabellos. Era su culpa por no haberlo puesto encima de la mesilla, pero eso a la puta no le importaba. Se levantó corriendo hasta el recibidor y descolgó en el último momento. En el otro lado de la línea, la voz de Eugenio Valverde sonó llena de promesas y expectación.

—Ya tengo todo listo para mañana, Gerardo.

Trashorras intentó no parecer demasiado jadeante.

—Bien, muy bien. Ya lo tienes todo arreglado. Te irán a buscar al aeropuerto de Alvedro a las ocho de la mañana. Despreocúpate.

—Perfecto. Los cuadros ya están embalados. Por cierto, hoy vinieron dos personas a verlos. Han tenido mucha suerte, no creo que esos cuadros vuelvan más a la circulación.

Trashorras se puso en guardia. El último que los había visto había sido Panticosa, no se lo podía quitar de la cabeza.

—¿A ver los cuadros? ¿Quiénes? ¿Se puede saber?

—Una periodista de la *Gaceta de Galicia*, una joven lustrosa —sonrió—, Lúa Castro: inmensos ojos verdes, un poco delgada de más, pero dulce como un mazapán. Tiene un buen polvo. Y un tipo muy conocido en el mundo del arte, Clementius van Berden. El ladrón y falsificador, ¿no te suena? Los dejé porque venían de parte de Leandro de Paz, y le debo muchos favores, esa es la verdad..., no podía negarme. ¿He hecho algo malo?

Trashorras inspiró entre los dientes, pero se guardó bien de decir nada. Estaba claro que Lúa iba a dar problemas, pero lo de Van Berden le estaba cogiendo de sorpresa.

—No hay problema, no pasa nada. Relájate. Mañana vas a tener un día muy movido... —Trató de sonreír. La puta se había ido a la cocina a ponerse una copa y paseaba su escultural cuerpo siliconado por la casa con la tanga y los tacones rojos.

Cuando colgó, Gerardo Trashorras fue hasta la habitación y sacó una bolsita con pastillas. Antes de seguir con la sesión, llamó a Richie Domingo.

Había que tener mucho cuidado con Lúa Castro. Y con el belga.

27

Richie Domingo

Miércoles, 17 de abril, 22:00
Un local swinger *a las afueras de A Coruña*

Valentina deslizó la placa con discreción sobre la barra de entrada del Te amo y te comparto, y preguntó por Richie Domingo. La camarera, siguiendo indicaciones de Richie, les llevó a un piso superior, argumentando que el despacho de Domingo estaba en esa planta, y que ahí estarían mucho más cómodos.

Ya en el piso de arriba, Valentina se acercó a la barra y se sentó en uno de los taburetes, algo incómoda. Sanjuán permaneció de pie, a su lado. El criminólogo analizó el local, que le pareció sorprendentemente agradable y tranquilo pese a sus prejuicios iniciales. Sonaba música de jazz, y la luz tenue invitaba a relajarse. Adivinó al instante que la razón de llevarles a ese piso era para que estuvieran en el terreno del propietario: la barra del piso de abajo era engañosa, y supuestamente nada explícito podía verse allí. Pero el lugar en el que estaban ya era otra cosa. Estaba lleno de sillones y sofás, y, sin duda, era un lugar de transición hacia el pasillo oscuro, donde tendrían lugar los intercambios y las orgías sin freno. Por fortuna, pensó Sanjuán, la sala estaba vacía, era todavía muy pronto.

Una de las camareras, una pelirroja vestida con un corsé negro con puntillas muy sugerente, se acercó y miró la placa policial con desgana.

—Richie ha llamado y está a punto de llegar. Si quieren tomar algo mientras...

Los dos negaron el ofrecimiento. Una pareja se acercó a la barra para pedir combinados, y los dos miraron a Valentina de arriba abajo sin pudor alguno. La chica, bajita y muy maquillada, de grandes pechos, le guiñó un ojo y se acercó, dispuesta a entablar conversación. Le tocó el brazo con una señal que parecía convenida. Valentina, apurada, sin saber qué hacer, cambió de opinión y de postura, y pidió una cerveza. Se volvió hacia Sanjuán, que observaba todo el proceso con una expresión indefinible. La camarera pelirroja insistía.

—Yo tomaré un vino blanco —accedió al fin Sanjuán.

La pareja se puso a su altura y comenzaron a besarse, lanzando de reojo miradas insinuantes a uno y a otro. Valentina dio un trago largo a la cerveza, removiéndose incómoda en el taburete. Les dio la espalda. Intentaba mantener una conversación de compromiso con Sanjuán, cuando en su punto de mira aparecieron otras dos parejas que se sentaron en unas butacas de color granate que no estaban muy lejos. Pronto comenzaron a tocarse y a besarse, y lo hacían con mucha pasión, arqueando los cuerpos y gimiendo. Una de las mujeres se arrodilló y empezó a hacer una felación a uno de los participantes, mientras otra se subió la falda apuradamente para que la pareja contraria le hiciera un cunnilingus. Valentina miró con apuro a Sanjuán, que parecía fascinado por la escena que se desarrollaba ante ellos.

—¿Y si salimos fuera a tomar un poco el aire? —dijo, un tanto alterada.

El Palacio de la Oscuridad

Dos hombres colocaron los focos sobre los trípodes. Luego, colgaron los asimétricos de una barra, y los cuarzos y el fresnal, de unos ganchos que había en el techo. Cuando terminaron, trajeron las cámaras, que fueron instalando en diferentes lugares de la estancia, totalmente pintada de negro y llena de espejos deformantes enmarcados en madera dorada. Conocían perfectamente su tarea.

Una vez realizada la instalación, trajeron una mesa, que cubrieron con un grueso tapete rojo, y la situaron justo debajo de una enorme pintura que mostraba la carta número XV del tarot, el Diablo, en blanco y negro, la mano alzada adornada por un ojo abierto sin pestañas. Antes de marcharse, Richie les había dado instrucciones precisas de trabajo.

Aún quedaba mucho por hacer. Tenía que estar todo preparado para la noche siguiente.

Cuando Valentina y Sanjuán entraron de nuevo, el grupo se había retirado a un apartado en las profundidades. En su lugar, otra pareja, más discreta, miraba a los demás analizando su disponibilidad y atractivo físico para posibles intercambios.

Richie Domingo entró al fin, todo elegancia y delgadez, moviéndose como un gato, la sonrisa en los labios finos, vestido con unos vaqueros apretados y una camiseta negra y ceñida de Dolce Gabanna. Se acercó a la barra y se dirigió directamente a ellos, seguro de no equivocarse, mirando a la inspectora de una forma bastante descarada.

Valentina se incorporó y le mostró la placa.

—Inspectora Valentina Negro, de Homicidios. Y Javier Sanjuán, está conmigo en calidad de asesor. Nos gustaría hablar con usted sobre un incidente ocurrido hace varios días aquí. —Sacó una fotografía del bolso—: Una chica, Victoria, vino con su novio.

—Ya. Ya. Sé de qué me hablan —se apresuró a contestar—. Hace poco estuvieron por aquí sus compañeros... —el acento impostado y amanerado de Richie crispó los oídos de Valentina, pero le molestó todavía más la manera que tenía de desnudarla con la mirada, aunque supo dominarse—, y les informé de todo lo que pasó. Un cretino. En este local no soportamos a tipos como él, violentos, agresivos con las chicas. Nunca suelen ocurrir este tipo de incidentes, pero por desgracia, esa noche, ocurrió. Él la quiso forzar a mantener relaciones sexuales con otra pareja..., un horror. Eso es algo que está totalmente prohibido en estos locales, donde el respeto a la voluntad del otro es la norma más importante. Menos mal que actuamos a tiempo. Una chica encantadora con un orangután. Qué les voy a contar... Imagino que tendrán que investigar casos así muy a menudo.

Valentina obvió este último comentario.

—¿No tiene alguna grabación del suceso?

—No. Como usted comprenderá, la naturaleza de este lugar no nos permite grabar a las personas que vienen. Tenemos una política de estricta privacidad.

—¿Y fuera? Fuera tienen una cámara... —Sanjuán intervino mientras daba un sorbo a su copa de vino.

—El de seguridad borra cada dos días los archivos. Si no ocurre nada grave, es una tontería conservarlos.

Valentina intuyó que Richie estaba mintiendo descaradamente. «Seguro que has borrado los registros de esa noche», pensó, y casi sin quererlo, volvió a repasar el local en busca de una cámara.

—Bien, volvamos a la noche del domingo. Alberto intenta forzar a Victoria a mantener relaciones con otra pareja. Y luego, ¿qué ocurrió?

—El vigilante lo expulsó de aquí. Al momento —dijo Richie, que hablaba con gran naturalidad—. Y luego pedimos un taxi para la chica, una vez que nos aseguramos de que él ya no estaba, claro. Y así se acabó todo.

—¿Saben el nombre de los otros dos? La otra pareja, quiero decir.

Richie volvió a negar, levantando una ceja de forma ostentosa, ofendido.

—Ya les he dicho que este local mantiene una estricta política de privacidad. Sí que puedo afirmar que era la primera vez que los veía por aquí. Pagaron las copas al contado y se fueron después del «incidente». Poco más les puedo decir. Pueden preguntar al de seguridad y a las camareras. Insisto: les puedo decir a ustedes lo mismo que dije cuando vinieron sus colegas.

Valentina comprendió que no podría sacar nada más de Richie por el momento.

—Bien, gracias. Si recuerda algo más... —se forzó a sonreír— o si aparece por aquí la otra pareja, ya sabe dónde encontrarme. —Le dio una tarjeta.

—Muy buen vino, por cierto. —Sanjuán se terminó la copa, hizo un gesto a modo de saludo, y acompañó a Valentina a la salida.

Una vez fuera, Valentina caminó hacia el coche con lentitud deliberada. Sanjuán la agarró del brazo mientras se acercaban al Citroën.

—¿Qué te ha parecido? ¿Lo mismo que a mí?

Ella asintió.

—Que es un gran profesional de la mentira. Esconde algo. Se nota a leguas, pero no cabe duda de que todos los empleados estarán bien asesorados por él. Además... una cosa. ¿Recuerdas la descripción de Sheila, la chica de Alcampo, la que había participado en la obra de teatro? Se parece mucho a la de este Domingo: amanerado, delgado... Me parece que mientras tú te vas mañana al entierro de Félix, yo voy a interesarme un poco más por Richie Domingo.

28

La vida y la muerte

HAMLET: Este sepulturero no parece tener sentimientos. Canta mientras cava una fosa.
HORACIO: Está tan acostumbrado que ya no le
hace mella.

WILLIAM SHAKESPEARE. *Hamlet.* Acto V, escena XVI

Jueves, 18 de abril, 09:00
Complejo Hospitalario Universitario de A Coruña

El letrado Eusebio Brandáriz podría pasar totalmente
desapercibido si se lo propusiera. Estatura media, delgado,
pelo ralo y ojos castaños, facciones regulares, orejas no demasiado grandes, nariz algo aguileña, pero muy fina..., era
un hombre más entre cientos. Y, sin embargo, tenía algo
que lo hacía diferente, que lo hacía destacar entre la multitud. Quizá su aguda inteligencia. Quizá su frialdad, su inca-
pacidad de empatizar con la gente. Quizá, paradójicamente,
su aparente simpatía, su mirada de encantador de serpien-
tes, o su voz, grave, impostada, llena de modulaciones, una
voz que sorprendía siempre cuando subía al estrado. Brandáriz se sabía distinto, y a la vez podía mimetizarse con el
entorno. Era gélido, pero capaz de convertir un caso en una

tea ardiente. No era guapo, pero había aprendido que los demás lo verían como él quería que lo viesen. Su currículo como abogado era impecable. Hasta tal punto que había decidido coger solo casos que constituyeran para él un desafío, sin importarle demasiado si le aportaban mala fama. La buena ya se la había ganado a pulso, y gracias a ella tenía dinero suficiente como para retirarse con menos de cuarenta años.

Y el caso de Marcos Albelo era uno de aquellos caramelos que le apetecía degustar. Lo miró con tristeza. Aún tenía la nariz cubierta de vendas y la mandíbula bloqueada para la consolidación ósea de la fractura. Hecho un eccehomo por culpa de la inspectora, el violador de adolescentes se había convertido en un corderito inofensivo, sujeto a la cama del hospital por unos grilletes y vigilado constantemente por dos policías. Brandáriz sabía que las pruebas contra su cliente eran apabullantes. Pero por lo menos conseguiría atacar al sistema por su flanco ahora más débil: Valentina Negro.

Para el abogado, la Policía era el gran enemigo a batir. Por temperamento, se sentía inclinado a identificarse con aquellos que se jugaban la vida o la libertad por conseguir sus sueños. La ley no era sino un tablero de juego, donde la ética no tenía ninguna importancia. Brandáriz había estudiado a Nietzsche con devoción en su juventud, y había hecho suya la idea de que solo los débiles se dejan atrapar por la moral del borrego. Valentina Negro era una enemiga muy apetecible; varias veces había estado de testigo de cargo en juicios donde él defendía al acusado, y era bien consciente de la corriente eléctrica de hostilidad que se activaba entre ellos cuando la inspectora estaba en el estrado. Pero ahora era diferente: la hermosa y altiva inspectora estaba en sus manos, y no iba a dejar escapar esa oportunidad de verla humillada y hundida.

Brandáriz apretó el hombro de Albelo para darle ánimos y salió de la habitación del hospital. Estaba decidido a destruir la carrera de la Negro: cuanto más destrozada saliese ella del asunto, mejor quedaría situado su cliente. Y más dinero cobraría él, además del placer de hundirla, por supuesto.

Valentina entró en Alcampo con paso decidido. Había dejado a Sanjuán en el aeropuerto y decidió llamar a Sheila para asegurarse de que estaba trabajando en el turno de mañana. Cuando la vio atendiendo en una de las cajas, se acercó. Tras unas breves frases, sacó la fotografía de Richie Domingo que había encontrado en la web de su agencia de modelos.

—¿Recuerdas la obra de teatro que me comentaste la otra vez? —Le enseñó la foto—. ¿Era este hombre vuestro director, al que llamabais el jefe?

Sheila cogió la foto y asintió después de mirarla unos breves instantes.

—Era este señor. ¡Buf! Solo con verlo se me revuelve el estómago, valiente cabrón.

—Se llama Richie Domingo. Por favor, intenta hacer memoria. ¿Había algún tipo de relación especial entre Belén Egea y Richie? ¿La trataba bien? ¿Recuerdas si había confianza entre ellos?

Sheila frunció el ceño, escudriñando en su memoria.

—No, la trataba todavía peor que a los demás. No le dio el papel principal y lo merecía con creces. Era como si la despreciara. La hacía llorar. De hecho, ahora recuerdo: ella abandonó poco antes de que terminasen los ensayos. Y poco después, se paralizó todo, nos pagaron y nunca más se supo.

Valentina asintió, pensativa. Todo aquello empezaba a tomar algo de sentido. Cuando salió del centro comercial, su mente comenzó a trabajar sin tregua.

«Ahora necesito cuanto antes las grabaciones de las cámaras de la noche de la desaparición de Victoria», se dijo. El teléfono de la chica indicaba que durante el día había estado en su casa, pero a partir de cierta hora, nada. Algunos negocios de la zona tenían cámaras instaladas, aunque, por desgracia, ninguna apuntaba al portal de Victoria de manera directa. Pero quizás hubiese suerte, en alguna podría aparecer el coche, o incluso alguien a quien poder identificar.

Valentina Negro se dirigió hacia Lonzas. Por la tarde pensaba visitar la agencia de modelos de Richie Domingo. Tendría que ser más hablador en esta ocasión, pensó, recordando sus parcas explicaciones en el local de intercambio.

Jueves, 18 abril, Valencia

Sanjuán aterrizó en el aeropuerto de Manises a las once de la mañana, ojeroso y muerto de sueño después de trasnochar en la visita al Te amo y te comparto. Necesitaba un café cuanto antes. Además, se sentía muy deprimido: le esperaba el entierro de Panticosa en el cementerio general de Valencia a las doce del mediodía. Un mal trago por partida doble: la muerte de su amigo y el dolor de Verónica.

Cogió con prisas un taxi en el aeropuerto y se dirigió directamente a su casa, a cambiarse y tomar un café rápido. Aun así, llegó veinte minutos tarde a la misa que se celebraba en la capilla del cementerio, que estaba en la otra parte de la ciudad, así que decidió no entrar. Mientras terminaba el funeral, encendió un cigarrillo y se sentó en un banco próximo, inundado por un amable sol de primavera que le caldeó e infundió ánimos. Estaba a punto de encender un segundo Winston cuando las puertas de la capilla se abrieron y los asistentes a la misa comenzaron a salir en grupos pequeños, en silencio. Al poco, vio a Verónica Carsí, junto a la única tía de Félix, que, ya muy mayor, era sostenida a duras penas por dos hombres que supuso que eran familiares.

Se miraron, Verónica se acercó, y después de un sentido abrazo ambos caminaron sin soltarse hasta el lugar donde el reportero iba a descansar para siempre. No hablaron en el camino. Las lágrimas de Verónica se habían secado en su mejilla, y apretaba a Sanjuán con fuerza, como si al hacerlo pudiese consolarse de alguna manera del dolor que sentía. Sanjuán admiró los imponentes conjuntos escultóricos del cementerio, adornados de belleza finisecular y decadente. Estatuas de comienzos del siglo XX, obras de artistas que pusieron su genio en la glosa póstuma de destacados industriales, intelectuales y artistas, que Valencia había dado a la España convulsa de aquellos años. Cruzó su mirada con la de un ángel marmóreo que señalaba hacia el cielo, las alas desplegadas, y le devolvió a Verónica el apretón, pensando que quizá la mano blanca señalaba el destino que todos iban a sufrir algún día.

Se detuvieron en uno de los nichos, que, en hileras de cinco, conformaban esas paredes que hacía años sustituyeron al enterramiento a causa de la falta de suelo. La comitiva permanecía muda mientras los encargados de la funeraria se afanaban en los procedimientos de rigor. Sanjuán pensó en lo rutinario de ese trabajo mientras escuchaba el ruido sordo de pasos y las palabras casi monosilábicas de los operarios, la facilidad mecánica con que era llevado a cabo, sin que importase que para muchas de aquellas personas aquel fuera un momento de profundo dolor y tristeza. El ruido de la argamasa, los ladrillos, los féretros de los padres de Félix, apartados hacia un lado como signo del paso inexorable del tiempo, de la inevitabilidad de la muerte... Pero no podía ser de otro modo, pensó Sanjuán, porque la muerte era tan natural como la vida, y la única posibilidad del muerto era haber sabido jugar bien la baza del tiempo que tuvo sobre la tierra.

Puesta la argamasa sobre la puerta del nicho, colocada la placa de mármol rosado, ya solo quedaba dejar flores y una foto en el pequeño óvalo que sobresalía. «Félix, jamás te olvidaremos», estaba escrito junto a una imagen sonriente del reportero, probablemente de hacía unos diez años, pensó Sanjuán, vestido con corbata y chaqueta.

—¿Se sabe algo? —preguntó Verónica, en voz baja, una

vez que se dijeron escuetamente sus sentimientos de pérdida.

—Ahora no es el momento, Verónica... —la mirada de desesperación de la joven lo ablandó—, pero te puedo decir que Félix descubrió algo muy serio, y que su muerte quizá fue la mayor ofrenda que pudo hacer en beneficio de los demás. Murió como vivió, investigando, sacando fotos —suspiró con pena—, y su trabajo está dando frutos..., frutos muy importantes. —Sanjuán apretó la mano que descansaba todavía en su brazo.

Verónica lo miró directamente a los ojos, y comprendió sin decir más. Fue asesinado, luego los asesinos pudieron matar a otros, pensó, y ahora la Policía estaba tras ellos gracias a Félix. Y, sin embargo, en aquellos momentos, ese pensamiento no la consolaba en absoluto, pensó, abatida. ¿Qué más le daban a ella los otros?

Sanjuán alzó la mirada y vio a conocidos periodistas, a Carmen Porter, la copresentadora de *Cuarto Milenio*, donde colaboraba frecuentemente Félix, y muy cerca a Rafa Luque, jefe del grupo de Homicidios de la Jefatura Superior de la Policía de Valencia, con quien le unía una estrecha amistad, si bien hacía más de un año que no lo veía. Esa amistad, iniciada diez años atrás cuando Luque hizo un máster en Criminología donde conoció a Sanjuán, fue compartida con el reportero fallecido, y los tres pasaron buenos ratos juntos hablando y polemizando sobre los temas que les apasionaban. Rafa Luque era uno de los mejores policías de Homicidios de su generación, y Sanjuán siempre decía que había aprendido mucho más de él que lo que este había aprendido en sus clases.

—Discúlpame un momento, Verónica —se excusó Sanjuán—, ahora nos vemos.

Verónica asintió y se fue junto a los familiares de Félix, mientras Sanjuán y Luque se fundieron en un abrazo. El policía tenía barba recortada, pelo negro rizado, llevaba gafas metálicas ligeras y su andar era pausado, como correspondía a una constitución recia y a la sabiduría de los años que enseñaba a ir despacio tras los asuntos importantes.

Después de saludarse, ambos se dirigieron a la familia de Félix a darles el pésame. Sanjuán le dijo a Verónica que la llamaría en cuanto pudiera, y los dos amigos caminaron cabizbajos hacia la salida.

—Rafa, cuánto me alegro de verte, qué pena tener que encontrarnos aquí, en estas circunstancias —dijo Sanjuán.

—Así es, Javier, una gran pena. Merecía una muerte mejor. Espero que mis compañeros de Ponferrada den pronto con el culpable o quienes lo hayan hecho.

—Yo también. —Se detuvo y bajó la voz—. El asunto es muy feo, Rafa. Félix tropezó con algo muy gordo. Era tan bueno que tuvo tiempo de hacer su trabajo antes de que lo mataran —dijo, en tono admirativo—. Su muerte siguió un ritual. Una advertencia para quienes traicionen; creo que ha sido asesinado por una especie de grupo o comunidad que participa de la visión de películas *snuff*.

Rafa Luque lo miró con asombro.

—¿Vídeos *snuff*? ¿Estás seguro?

Sanjuán prosiguió el camino, explicándole lo que sabían hasta esos momentos. Luque retomó el principio de la conversación al salir del cementerio.

—Leí en el periódico que el cadáver estaba mutilado, pero no entraba en detalles. ¿Cuál fue exactamente ese ritual del que hablas?

Sanjuán se lo explicó: las heridas, el lugar donde murió y donde fue hallado el cadáver.

—Javier, unos días antes de su muerte tuvimos en Valencia un caso de homicidio. El tipo apareció dentro de un arcón congelador. En principio parecía un ajuste de cuentas, pero investigamos todo su entorno y estaba limpio; era un exportador de muebles muy conocido aquí. —Luque se detuvo, pensando.

—¿Y...? —le invitó a seguir Sanjuán.

—La forma en que fue asesinado, tiene puntos de similitud con la muerte de Félix.

—¿Cómo se llamaba?

—Adolfo Sastre.

Sanjuán enmudeció.

—¿Le conocías? —preguntó Luque.

—Rafa, ¿te importa que vayamos a la jefatura para que pueda ver las fotos del cadáver? —dijo, mientras le cogía del brazo—. ¿Has venido en coche? Yo he venido en taxi...

29

Las joyas de Encina Yebra

Jueves 18 de abril, 08:30
Madrid, un chalet adosado en Majadahonda

Gerardo Trashorras miraba con los ojos abiertos como platos el artículo de la *Gaceta de Galicia* en la pantalla de su iPad. Ilustrándolo, la reproducción a carboncillo de uno de los cuadros, dibujada de forma muy aproximada:

> Félix Panticosa elaboró una lista de objetos macabros que alguien está coleccionando, entre los cuales se encontraba el corazón del general Espoz y Mina, robado de la tumba profanada de Juana de Vega en el coruñés cementerio de San Amaro.

Siguió leyendo, cada vez más angustiado:

> ¿Estaría relacionada la muerte del malogrado Panticosa con esa lista de objetos? Sin duda, hay algo siniestro en todo el asunto: fuentes fidedignas nos han asegurado que Panticosa estaba viviendo en la «casa maldita» de Valencia en el momento de su fallecimiento. Pero lo más oscuro de todo es que muchos de los objetos de la lista de Panticosa han sido robados. Han desaparecido de casas particulares, museos... Resulta tentador pensar que un misterioso co-

leccionista está haciéndose con las joyas, los cuadros, los fetiches más macabros que nadie pueda imaginar siquiera. Incluidos cuadros del Artista, el asesino en serie que aterrorizó la ciudad hace años...

Trashorras se levantó, nervioso. «Joder, joder. Esa hija de puta no solo ha descubierto el asunto. Incluso ha conseguido reproducir los cuadros. Habrá sido el maldito belga...» Cogió el teléfono e hizo una llamada. Luego se dio una ducha rápida y salió de su casa a toda prisa.

Madrid, Jefatura Superior de Policía
09:00

Lúa observaba la cara de Diego Aracil mientras este echaba un vistazo al artículo de la *Gaceta de Galicia*, pero para su sorpresa, ya lo conocía.

—Gracias, Lúa, pero ya lo he leído. La inspectora Valentina Negro me ha enviado el *link* hace media hora, junto a unas fotografías muy interesantes. Le he dicho que sí, que esas fotos muestran las joyas hechas con huesos humanos que aparecen en tu artículo y en la lista de Panticosa. Es un gran reportaje, Lúa, enhorabuena —dijo, mirándola a los ojos con complicidad—. Habéis descubierto en un par de días más que nosotros en meses. De todos modos, seguimos un poco como al principio: sabemos que roban, pero no sabemos quién o quiénes lo hacen. Los cuadros del Artista no han sido robados; sería cuestión de averiguar quién los ha comprado, o intercambiado, lo que quiera que sea. Ahí está la clave.

—Gracias, Diego, pero ¿dónde han aparecido esas joyas? —preguntó Lúa, intrigada.

Aracil esperaba esa pregunta, y maliciosamente había omitido esa parte de la información; un pequeño juego que se había permitido con Lúa.

—Agárrate: estaban en el cadáver de Encina Yebra.

—¿¡Qué!? —exclamó Lúa—. ¿Encina no era aquella chica que desapareció hace poco en Ponferrada? Salió varias veces en el periódico...

—Sí... pero ya no está desaparecida. Valentina me ha dicho que apareció ayer asesinada, y que toda la escena era un delirio siniestro. No ha entrado en más detalles.

Lúa permaneció unos instantes pensativa.

—Entonces, puede que el coleccionista de estos objetos robados sea el asesino de Encina —razonó Lúa.

—Sí, él o ellos —dijo Aracil—. La inspectora Negro cree que dejaron las joyas en la escena del crimen porque no tuvieron tiempo de dejarla limpia, algo les interrumpió y provocó su alarma.

—¿Y qué pudo ser? —preguntó Lúa, todavía digiriendo la noticia.

—¿No te das cuenta? ¡El propio Félix Panticosa, Lúa! Parece ser que lo asesinaron porque él sorprendió a los asesinos. Negro está en realidad segura de que han sido varios.

La periodista abrió la boca, asombrada, pero no dijo nada. Transcurrieron unos segundos hasta que se decidió a hablar:

—Joder, Diego... entonces Panticosa no murió porque elaborara esa lista..., no, claro, el artículo era de hace varios meses... Murió porque estaba presente en la muerte de Encina. Y —siguió razonando— la pobre llevaba puestas las joyas robadas que Panticosa había incluido en su reportaje.

—Así es, pero seguro que la inspectora podrá darte más detalles del caso si lo estima oportuno. Ahora que todo ha dado un vuelco que no te esperabas, ¿qué me puedes decir de los cuadros del Artista que salen en tu reportaje? Eugenio Valverde se ha deshecho de ellos, por lo visto, pero ¿quién los ha comprado en realidad?

Lúa, rápida como siempre, se hizo cargo del nuevo escenario, y puso su mente a trabajar.

—Eugenio Valverde nos dijo que no sabía quién era el verdadero propietario del cuadro de Francis Bacon con quién iba a hacer el intercambio. Todo fue realizado mediante intermediarios.

Aracil movió la cabeza, desalentado.

—Ya, claro. Qué iba a decir, le haremos una visita, pero no cabe duda de que no nos va a contar nada. Lógico por otra parte. Valverde es un hombre muy poderoso, multimillonario gracias a sus negocios dudosos. Ha sido imposible pillarlo en cuestiones bancarias, todavía lo será menos en cuestiones consideradas banales.

Madrid, 10:15
Parada de metro de Tetuán

La subinspectora Alana Ovejero inspiró el aire primaveral y contaminado de la ciudad al salir del metro en Tetuán. Caminó hacia Bravo Murillo con una sonrisa en los labios. Adoraba Madrid. Había sido su primer destino policial cuando aún era una agente rasa, joven y entusiasta. Allí se había bregado en la calle, en las patrullas, viviendo la noche barriobajera y drogadicta, antes de ascender a subinspectora y acabar de nuevo en el Bierzo. En Ponferrada se aburría, pero era su ciudad natal y allí estaban sus padres y sus hermanos, sus amigos de toda la vida, así que soportaba el tedio como podía. Hasta lo de Encina Yebra y Panticosa. Una ciudad en la que nunca pasaba nada, de repente sacudida hasta los cimientos por el crimen más abyecto. Alana sacó las gafas de sol del bolso: sus pálidos ojos color miel no soportaban bien la claridad. Hacía unos minutos que la había llamado Diego Aracil, el oficial de Patrimonio Histórico. Diego sabía que estaba en Madrid porque Valentina lo había llamado para averiguar algo de unas joyas y le había pedido que se pusiera en contacto con ella para ponerla al día sobre ese punto. Alana conocía bien a Diego: fueron compañeros durante un tiempo en Madrid, hacía unos años habían tenido un escarceo, pero la cosa se cortó cuando la destinaron a la Judicial de Ponferrada. Le apetecía volver a verlo, pero le apetecía todavía más saber qué le iba a contar sobre Encina Yebra.

Miró la agenda: tenía que investigar los días anteriores a la desaparición de Encina, y por ende su vida en la capital. La joven había residido durante sus años de estudio en un piso compartido en Bravo Murillo. Justo allí al lado. En cuanto llegó al portal, llamó al timbre. Había quedado con una de sus amigas íntimas, una eterna estudiante de Murcia que se llamaba Catalina Miranda, que la recibió en chándal y albornoz en el tercer piso, en una típica vivienda de estudiante, llena de luz, de vida, de sillones gastados y de revistas de moda que se acumulaban en la sala de estar. Catalina era una joven guapa, pero ojerosa, el pelo castaño descuidado, mirada de miope y aspecto de tener siempre exámenes finales. Habló con un marcado acento murciano.

—¿Un café? Tiene que ser instantáneo, lo siento, tenemos la cafetera estropeada, y yo necesito café siempre. Estoy terminando la tesis de Farmacia, no se puede imaginar de qué poco sirvo sin cafeína.

—Sí, gracias, te lo agradezco. Con leche. Me encanta el café instantáneo. Seguro que es mejor que el de la máquina de comisaría. Y tutéame, por favor —dijo Alana, feliz de ser tan bien recibida.

Alana se sentó en el sillón raído y con manchas mientras esperaba el café. Sobre una mesita había fotos de un grupo de amigas disfrazadas de guardias civiles en los carnavales, entre ellas Encina, que enseñaba entre risas unos grilletes vestida con una falda muy corta y un tricornio de plástico. Hasta ese momento no se había fijado en lo impresionante y atractiva que era Encina en verdad. La había visto ya muerta en aquel horrible tanque de agua, y fotos de cuando era muy joven, pero aquella instantánea la revelaba de otra forma: piernas largas, sonrisa rutilante, ojos pícaros, una orla de pecas que adornaba sus mejillas, y sobre todo su postura abiertamente seductora, incluso demasiado.

Cuando volvió Catalina con el café, Alana le enseñó la foto.

—Encina era una joven muy hermosa. Hasta con un tricornio de plástico estaba guapa, y eso no le puede sentar bien a nadie...

—¿Encina? —Sonrió, recordando, y la sonrisa era muy triste. De repente comenzó a hablar, con un río de palabras entrecortadas.

»Era un cañón. Se llevaba a todos los chicos de calle. Nosotras salíamos con ella para ligarnos a los restos. Y, encima, adorable. Tenía mucho dinero y siempre lo compartía con nosotras, nos invitaba... Pobre, pobre Encina. —Su mirada se perdió en los recuerdos por unos segundos—. Hace muy poco estuvo aquí, una semana; salimos un par de veces de cañas, luego volvió a Ponferrada. ¿Qué le pasó?

—No lo puedo decir por ahora. El juez ha decretado secreto sumarial. Solo te puedo contar que a efectos de investigación necesito saber toda la verdad con respecto a Encina. Con quién salía, si tenía novio, sus actividades, su rutina, si estudiaba...

Catalina la miró, cavilando. Luego puso en orden sus pensamientos y volvió a ser de nuevo locuaz.

—¿Por dónde empezar? Encina estudiaba Ciencias Políticas, imagino que ya lo sabrás, y aún no había terminado la carrera. Le faltaban varias asignaturas. Era una estudiante horrorosa, la verdad..., le gustaba mucho más salir de marcha, disfrutar de la vida —sonrió de nuevo al recordarla—; yo pensé que iba a seguir en Madrid hasta acabar, pero el verano pasado decidió buscar trabajo en Ponferrada. De repente. Sin más explicación. ¡Se fue! No entendíamos nada, no necesitaba dinero, aquí era feliz.

—Su familia es modesta. ¿De dónde sacaba tanto dinero?

Catalina vaciló. Luego se encogió de hombros.

—Yo no preguntaba, ¿sabes? Encina era muy suya, desaparecía durante días. Luego venía con ropa nueva, de marca. Y algunas joyas, no de mucho valor, pero que valían un dinero, nos invitaba a cenar a sitios muy caros. Decía que hacía sus pinitos como modelo. Yo no me lo creía demasiado, pero tampoco me quería meter en su vida. Adelgazó de repente. No sé, cambió mucho.

Alana la animó a seguir. Tenía una manera suave y delicada de conseguir que la gente se abriese. Y se daba cuenta de que lo que iba a contar Catalina era importante.

—Ya. Te entiendo. Un cambio muy rápido. Seguro que no te pasó desapercibido...

Catalina movió la cabeza, miró hacia el techo y se frotó las manos, nerviosa.

—Venía muchas veces hasta arriba de droga. Estoy estudiando Farmacia, sé de lo que hablo. Eso sí, era discreta. Yo sospechaba, hasta que un día un amigo de ella..., verás: estábamos en una discoteca de alto *standing*, ya me entiendes, muy pasados. Me confesó que Encina era *escort*, y de las caras, iba mucho a ese local a... ya me entiendes. Eso fue muy fuerte, muy fuerte, pero ni aun así me atreví a preguntarle directamente. Era su vida, era mayor de edad, parecía feliz.

Alana escuchó asombrada, pero reaccionó rápido.

—Vaya. Para ti debió de ser un *shock*.

—Ya no soy una niña, pero es verdad, me resultó muy... no sé cómo definirlo. Me dejó helada. Aunque en cierto modo me lo imaginaba. Tanto dinero, tanto lujo. Y tantas noches ausente.

—Ese chico, el de la discoteca, ¿tienes su teléfono?

Catalina asintió.

—Sí, por supuesto. Carlitos. Carlitos Méndez. Te lo daré. Ojo, es muy golfo. Y la discoteca. Se llama Reflejos y está en Chamartín.

Alana hizo una mueca, recordando viejos tiempos.

—No te preocupes. Sé dónde es.

Valencia, 12:45
Jefatura Superior de Policía

—Adolfo y Félix eran amigos, Rafa. Yo coincidí hace muchos años con ellos, en unas jornadas sobre el misterio que se habían organizado en Valencia. Recuerdo a Sastre como un diletante, un aficionado entusiasta. Me consta que apoyó económicamente algunas de las investigaciones de Félix. Se llevaban muy bien, pero luego no sé qué pasó. Panticosa se fue a vivir a Madrid, supongo que la vida los llevó por caminos diferentes. Un tipo agradable, Sastre, adinerado pero sensible, nada prepotente. Y muy culto. No supe nada más de él. Hasta ahora, claro...

Rafa cogió un archivador de la mesa y lo abrió.

—Te aviso. No es algo muy agradable de ver, Javier.

Las fotos del cuerpo despedazado de Adolfo Sastre se deslizaron sobre la mesa del despacho del jefe de Homicidios. Sanjuán las levantó una a una a la altura de sus ojos. Una de las fotografías mostraba un primer plano de la boca abierta sin lengua. Otra, los ojales de las puñaladas que le habían causado la muerte. Sanjuán reconoció al momento las marcas del cuchillo «nudillera de trinchera» que había también en el cuerpo de Panticosa sobre el pálido tórax. Recitó como una letanía la profanación del cuerpo de su amigo.

—Le cortaron la lengua y la mano... y le sacaron los ojos. Las heridas de cuchillo coinciden también a primera vista con las que presentaba Félix. —Sanjuán permaneció pensativo unos instantes y clavó el dedo en la imagen en la que se veía la muñeca cercenada—. La mano. La mano es la firma. La mano de Gloria del vídeo, el ojo del Diablo. Es lo que pensaba: la muerte de Adolfo Sastre también está relacionada con los vídeos *snuff*, Rafa.

Rafa permaneció en silencio. El criminólogo dirigió al jefe de Homicidios una mirada plagada de angustia mientras cogía la foto y la movía en el aire.

—Es muy probable que fuese Sastre el que le enviara el

vídeo *snuff* a Panticosa. ¿Y si Sastre estaba metido en la organización?

—¿Por qué iba a hacerlo? —preguntó Rafa, y luego continuó—: Sastre se iba a marchar al extranjero justo antes de ser asesinado. De hecho, hemos descubierto que tenía billete con destino final en Nueva Zelanda. Y nadie en su empresa o sus allegados tenían idea alguna al respecto.

—¿A Nueva Zelanda? —preguntó Sanjuán.

—¿Estamos pensando lo mismo, no es así? —dijo Rafa—. Sastre estaba huyendo, Javier. Pero no lo dejaron marchar. Los que mataron a Encina no le perdonaron su traición.

30

Cita a medianoche

El Peugeot Crossover enfiló las últimas curvas de una carretera estrecha y solitaria hasta llegar a una fortaleza gris, cubierta de musgo, situada justo al borde del mar. Sin embargo, Eugenio Valverde no podía ver el magnífico paisaje: llevaba los ojos tapados por una especie de antifaz velado que le impedía toda visión.

El vehículo se detuvo en el viejo patio empedrado. Con la ayuda de Richie Domingo, bajó de la limusina y el aire frío del mar le acarició el rostro. Aspiró hondo, con fuerza, asimilando el aroma de las algas y la sal. El conductor lo guio con cuidado de modo que no tropezara hasta el interior de la fortaleza, en donde lo esperaban, en un amplio *hall* totalmente remodelado que contrastaba con el exterior, tres hombres vestidos de negro, los rostros semicubiertos por máscaras blancas. Uno de ellos se adelantó y le quitó la venda que lo cegaba.

—Bienvenido al Palacio de la Oscuridad, señor Valverde. Estamos encantados de que se una a nuestro club selecto. Sígame. Por lo pronto, tiene que entregarme su móvil y cambiarse de ropa, póngase el esmoquin, por favor. —La voz sonó grave pero cálida mientras lo acompañaba hacia un pasillo de piedra desde cuyas ventanas se veía el mar, azul profundo—. No se permite ningún medio de comunicación con el exterior. Esperamos que su estancia aquí sea lo más agradable posible. Mientras caminamos hacia el interior del Palacio, le iré comentando distintos temas que han de ser de provecho para usted y también para todos nosotros.

Su anfitrión lo llevó a través de una estancia abovedada hacia una habitación donde ya le esperaban sus maletas. Sobre la cama cubierta por una colcha blanca, impoluta, vio unos pantalones, una camiseta y un pasamontañas, todo de color negro. Un estremecimiento le recorrió la espina dorsal al pensar lo que le esperaba a partir de aquel momento. En la mesilla, una cubitera llena de hielo con una botella de champán francés y una copa de cristal de Bohemia.

—En cuanto se cambie de ropa, llame al timbre. Alguien vendrá a buscarle y le llevará al salón principal, donde se celebrará la comida de hermanamiento. Como es su primera vez, hemos preparado una ceremonia muy íntima. Después, la siesta o lo que desee. Y ya al caer la noche comenzará su iniciación. Ahí tiene la ropa que ha de utilizar, ya me entiende. —Señaló las prendas que estaban sobre la cama amplia.

Valverde hizo un gesto de asentimiento y el hombre se retiró. Observó que su habitación, espartana pero decorada con gusto, tenía una ventana con rejas. Se asomó. Era una especie de arpillera que daba justo sobre el mar. A lo lejos se veía la costa y otro castillo justo delante de sus ojos.

Se preguntó durante unos segundos dónde estaría situado exactamente aquel lugar. Luego decidió relajarse. Se dirigió hacia la botella de Dom Perignon, que descorchó con suma habilidad. Estaba muy acostumbrado.

Diego Aracil mordisqueó un trozo de ravioli sin demasiado interés. Volver a encontrarse con Alana le había traído ciertos recuerdos que hubiese preferido mantener encerrados bajo siete llaves. Pero allí estaba, en el restaurante, sentada delante de él, con su cabello corto al estilo *pixie*, sus ojos de gacela y su nariz respingona, graciosa y dulce como siempre. Ya subinspectora. Y con el mismo apetito.

—¿Qué te parece? Increíble. En una semana, dos asesinatos. En Ponferrada. ¡Y luego llegó Javier Sanjuán en persona! Y yo que me pasaba la vida quejándome del tedio y de la paz berciana...

—¿Javier Sanjuán? ¿El criminólogo?

Alana asintió mientras se llevaba otro trozo de pizza a la boca.

—Exacto. Él y la inspectora Negro, de A Coruña, nos dieron la pista para encontrar el cuerpo de Encina. Y en el cuerpo de Encina estaban las joyas que Panticosa había nombrado en su artículo, y que vosotros estáis buscando. Alucinante.

—Lúa Castro, la periodista de la *Gaceta*, ha descubierto que Panticosa escribió hace algún tiempo un artículo sobre el arte funerario —siguió Aracil—. Nombraba varios objetos: cuadros, joyas y otros, que han sido robados en su mayor parte. Y entre esos objetos estaba el anillo y los pendientes que fueron encontrados en el cadáver de la chica. Esta misma mañana la inspectora Negro nos envió las fotos: unas joyas muy raras, talladas en huesos humanos. Las piedras son muy valiosas. Estoy deseando tenerlas en mis manos.

Alana continuó como si no lo hubiese escuchado.

—Por lo visto, Panticosa les fastidió el plan, los pilló en plena faena y huyeron como alma que lleva el diablo, dejando allí parte de la infraestructura. A lo mejor pensaban volver más adelante. No sé, todo muy siniestro. El cuerpo metido en un tanque de agua, descomponiéndose allí; algo espeluznante, créeme. La autopsia dice que fue violada; torturada de forma sistemática... en fin, te lo puedes imaginar.

Aracil miró su comida con desagrado y apartó el plato. Él no era tan fuerte como la subinspectora: se había especializado en robos de obras de arte, no en homicidios. Bebió un sorbo de lambrusco y pasó las hojas del *dossier* que le había llevado Alana.

—Veo muy necesario hacerle una visita a Eugenio Valverde. Quienquiera que haya comprado, o intercambiado los cuadros del Artista, puede ser perfectamente el ladrón de los objetos de la investigación de Panticosa. Y si esos robos están relacionados con los asesinatos de Panticosa y Encina...

—Sanjuán está convencido de que la tortura y la muerte de Encina sirvieron para realizar un vídeo *snuff*. ¿Más vino? —Alana se sirvió el resto de la botella de lambrusco y continuó atacando la pizza Diavola con tenedor y cuchillo—. Yo he quedado esta noche con un amigo de ella, un tal Carlos Méndez, creo que es el típico chulo de la noche. Una sorpresa más: Encina era *escort*.

—¿Vídeo *snuff*? ¿*Escort*? —Diego abrió la boca de una cuarta—. Este caso es como una caja china, nunca terminas de sorprenderte del todo.

—En efecto. Una puta cara. —Ante la expresión de Aracil, intentó rectificar—. Vaaale. *Escort*. Ocasional, parece ser. Ganaba mucho dinero. Su amiga Catalina, con la que estuve hablando esta mañana, me dijo que no entendía su vuelta a Ponferrada. Tenía dinero, no había terminado la carrera, parecía muy feliz. ¿Quién sabe? A lo mejor tuvo algo que ver su actividad «oculta». Tanto con su marcha de Madrid como con su asesinato. Así que allí estaré. En la discoteca Reflejos. —Ladeó la cabeza en un gesto encantador—. ¿Quieres venir?

Aracil bebió su copa de un trago y asintió. No debía, pero no pudo evitarlo.

—Por supuesto, Alana. No te voy a dejar sola en la noche madrileña.

—¿No está? Vaya.

Valentina disimuló su frustración lanzando una visual en oblicuo a la oficina de Richie Domingo en la calle de la Barrera. Venía de casa de Richie, pero su madre le informó de que no estaba allí. Así que albergó la esperanza de encontrarlo en su agencia de modelos. Pero tampoco estaba. La recepción de la oficina era un lugar estrecho, así que se apartó cuando una madre con su llorosa hija pequeña disfrazada de Caperucita Roja salía por la puerta con prisa, mientras esquivaba a dos estilizadas bailarinas vestidas de traje regional, que entraron y se aposentaron en sendas sillas cerca de la entrada. Valentina se apoyó en el mostrador.

—¿Y cuándo podré verlo?

La recepcionista hizo un gesto que pretendía mostrar su total ignorancia.

—Hoy no ha aparecido. Es el jefe, comprenderá que no nos dice cuándo viene y cuándo no viene... —Miró a Valentina con cara de acelga, cara que se suavizó convenientemente al ver la placa policial a pocos centímetros de sus ojos. Tragó saliva—. El sábado por la mañana hay un pase de modelos muy importante, seguro que estará por aquí.

—¿Sabe si ha salido de viaje, está fuera?

—En serio. Le digo la verdad. Nunca nos dice nada. Desaparece, aparece... Tiene otros negocios, así que es lo normal. Y su madre. Está muy delicada de salud.

—Muchas gracias. Por cierto. ¿Cuánto tiempo lleva aquí trabajando?

La joven se hinchó, orgullosa.

—¿Yo? Cinco años ya.

—¿Conocía a esta mujer? —La foto de Belén Egea apareció sobre la recepción por arte de magia—. Sin prisa. Dese tiempo.

La recepcionista se quedó unos segundos mirando la foto.

—No, lo siento, no creo que la haya visto nunca.

Cuando Valentina salió a la transitada calle de la Barrera había empezado a lloviznar. Se puso la capucha del chubasquero y caminó con parsimonia hasta la moto, que había dejado aparcada en Rúa Nueva.

«Belén Egea y Victoria Álvarez han estado en contacto con Richie Domingo. Y Richie fue, sin duda, el que organizó la obra de teatro. En su casa no está, aquí tampoco... ¿Dónde diablos está?»

El teléfono interrumpió sus cavilaciones. Era Sanjuán.

—¿Señora Lúa Castro? ¿Habitación 312? —El recepcionista del hotel la persiguió por el *hall*.

Ella se detuvo, sorprendida.

—Sí, soy yo.

—Me han dejado este sobre para usted. —Le tendió un pequeño sobre de color crema.

Lúa lo cogió y lo abrió al momento.

«He leído su fascinante artículo de la *Gaceta de Galicia*. Si quiere saber algo más sobre el robo del corazón de Espoz y Mina, venga hoy a la calle Amor de Dios. Traiga a su amigo belga; a él también le atañe. Allí hay un local llamado Las flores del mal. A las doce de la noche; yo la buscaré.»

Llena de intriga, llamó a la puerta de la habitación de Clementius. Este le abrió, en pijama de rayas y batín por la rodilla. Estaba fumándose un purito.

—Mira lo que me han dejado en recepción. ¿Qué te parece? —Se lo puso en la mano con ansia. Clementius lo leyó y enarcó una ceja.

—«¿Fascinante artículo?» —Miró a Lúa como un padre mira a una niña pequeña que todavía cree en los Reyes Magos—. La verdad, Lúa, no me acabo de fiar; creo que quieren sacar dinero a nuestra costa.

—Iremos, ¿no? Sea o no sea una patraña me ha picado la curiosidad. Total... ¿Qué tenemos que hacer más importante? ¿Dormir? Además, lo que nos cuenten, por estúpido que parezca, me puede servir para hacer un artículo nuevo. Y si quieren estafarnos, nos divertiremos —dijo, sonriendo.

Sanjuán cerró la vuelta del vuelo a A Coruña para el viernes a primera hora y apagó el ordenador. Rehízo la maleta con alguna prenda que le iba a hacer falta para la lluvia. Luego decidió ir a correr un poco. El deporte le despejaba la cabeza y le ayudaba a aclarar ideas.

Después de su charla con Valentina y de leer el artículo de Lúa Castro, era como si todo comenzara a tomar forma por fin. Ya había anochecido en Valencia, y la luz tenue de la luna creciente iluminaba la huerta con luz fantasmal. Mientras corría, intentaba organizar los acontecimientos de una forma lógica.

«Adolfo Sastre fue el primero. Le mandó el vídeo a Félix, y probablemente le informó del lugar donde se iba a producir el siguiente encuentro. Es asesinado, pero nadie se entera, todos lo creen en el extranjero, perdido. Luego, Félix acude a la cita y es asesinado también. Lo cuelgan en señal de advertencia. Mientras, alguien se dedica a robar obras de arte y objetos macabros que Félix ha recopilado en un artículo. Ese alguien está relacionado con la muerte de Encina al haber dejado las joyas en el cadáver. Eso denota fetichismo, es un acto simbólico, el uso de esos objetos para realizar los vídeos. Todo ese entramado implica, sin duda, que es una organización compleja la que está haciendo desaparecer a las chicas y robando las distintas obras de arte para realizar los vídeos. Una organización que abarca por ahora muchos puntos de España: Galicia, León, Valencia... quizá Madrid. Y, además, también están los cuadros del Artista. Siempre el Artista... —suspiró—. Esos cuadros son diferentes a los que él solía pintar. Son claramente expresionistas. Al Artista le fascinaba el simbolismo, los prerrafaelitas, no el expresionismo...»

Sanjuán paró un momento para coger resuello. Miró el reloj, ya llevaba treinta y cinco minutos corriendo. Decidió dar la vuelta. Se dejó envolver por la oscuridad de la huerta, las casas abandonadas a lo lejos, la luna entre las nubes, las sombras y las luces que conformaban un paisaje monocromático y lleno de dramatismo.

De repente se detuvo y soltó una exclamación. Había tenido una idea.

31

El Palacio de la Oscuridad

No existe amor, solo hay deseo. Nada es interesante salvo jugar con las personas y su destino.

FRITZ LANG, 1922,
El doctor Mabuse: el Jugador

El Palacio de la Oscuridad

Victoria miró con ojos alucinados sus muñecas. Estaban libres. Acercó las palmas de las manos a la cara, para cerciorarse de que las cadenas ya no estaban allí.

No estaban.

Los ojos se abrieron y se cerraron con mucha fuerza, y se abrieron otra vez. Se incorporó en el catre en el que había estado confinada desde su secuestro, salvo en los momentos en los que el «hombre del espejo» la visitaba, cuando era llevada a otro lugar. Sintió sed. Palpó hasta encontrar la jarra de metal que contenía el agua. Estaba tan débil que casi no podía alzar el recipiente, pero al fin consiguió beber.

Cuando bajó la jarra, se dio cuenta de que la puerta de la celda estaba abierta, y el corazón se le aceleró. La jarra le cayó de las manos y se estrelló contra el suelo. Sacando fuerzas de flaqueza se levantó y, trastabillando, corrió hacia la gruesa puerta claveteada. En unos segundos la abrió y salió al pasillo. Sintió miedo: estaba oscuro, y la poca luz que iluminaba un camino incierto la emitía una especie de candelabros formados por algo que parecían brazos humanos que sostenían velas. Olía a cera y a humedad.

La adrenalina comenzó a correrle por el cuerpo, tantos días drogado, sometido; su afán por sobrevivir inundó su mente y la lanzó hacia el vacío. Notó el frío, el dolor en la planta de los pies descalzos, en el cuerpo solo cubierto por un largo camisón de color blanco. Se deslizó temblando a través del pasillo, hasta llegar a un cortinón de color rojo, que apartó de un golpe.

Una habitación muy luminosa, llena de espejos, le devolvió su rostro ojeroso, su cabello hirsuto, su expresión lunática. Reprimió un grito tapándose la boca. Comenzó a empujar los espejos, uno a uno, intentando traspasarlos con ímpetu, pero no fue capaz de moverlos ni un milímetro. En el techo había potentes focos de luz, y los cristales reflejaban su imagen infinitamente hasta dañarle las pupilas. Empezó a perder los nervios: tenía que escapar, era necesario, los espejos comenzaban a transformarse, a deformarla, a engañarla. De repente, su rostro enorme parecía un animal mitológico, sus manos llegaban hasta el suelo, su cuerpo era como el de un monstruo alargado que no tenía ni principio ni fin.

Victoria golpeó con todas sus fuerzas los cristales sin resultado alguno.

Una trampilla se abrió a sus pies. Ella gritó, un alarido sin sentido. En unos segundos, se deslizó por una especie de tobogán helicoidal a toda velocidad, cada vez más rápido, hasta acabar en otra estancia, todavía más extraña que la anterior. Victoria jadeó de espanto cuando vio un enorme diablo con alas de dragón pintado en la pared, sujetando a un hombre y a una mujer con cadenas. La mano derecha mostraba un ojo enorme que parecía taladrarla. Delante, pudo ver una especie de altar cubierto por un paño de terciopelo negro.

Se levantó a toda prisa, buscando la puerta. Los pies le ardían, pero ella no podía pensar en el dolor, solo en huir de aquel lugar de pesadilla.

Valentina tomó otro sorbo de café muy cargado. Estaba analizando las grabaciones de las cercanías de la casa de Victoria que le iban llegando de los diferentes negocios que habían instalado cámaras de seguridad.

Se sobresaltó. En la pantalla, por la acera en blanco y negro, caminaba un hombre muy parecido a Richie Domingo. Estaba en una calle paralela a la calle de Victoria. Solo unos segundos: paralizó la imagen y miró la hora en la pantalla.

«Las 22:45.»

Volvió hacia atrás y repitió el visionado. El parecido era incuestionable. Era ya muy tarde para llamar a Germán Romero, bastante le había apretado las tuercas ya, así que esperaría a la mañana siguiente. Después de todo el día intentando localizar infructuosamente a Richie Domingo, aquello era un premio a su constancia.

«Tiene que ser él. Joder. Pero no es justo la calle de Victoria, es una paralela. Da igual. Algo es algo. Richie... ¿Qué hacías cerca de la casa de Victoria la noche de su desaparición? Eso me lo tendrás que explicar, listo.»

El ordenador la avisó con un sonido escueto de que le había llegado un mensaje al correo del trabajo.

Era de la Interpol. Valentina notó un hormigueo por todo el cuerpo al leerlo. Había un positivo entre todas las chicas del vídeo *snuff*. Una joven desaparecida hacía cinco meses en Edimburgo, Catriona Stevenson.

Lúa entró en Las flores del mal vestida con una llamativa cazadora de piel de color rojo y un vestido bastante corto, haciendo resonar sus tacones en el suelo de madera. Detrás, Clementius, con su traje de rayas, el pañuelo color naranja chillón y los zapatos abotinados. La gente del garito quedó en silencio unos segundos a su paso. Luego retomaron sus conversaciones, sus cigarrillos y sus bebidas, todos salvo un hombre cerca de los cuarenta, moreno, rapado y con manos enormes, que bebía una cerveza en la barra, con pinta de luchador de catch. Al paso de Lúa se volvió y soltó un silbido. En voz queda, pero perfectamente audible, le dijo:

—¡Guapa! Deja al abuelete y tómate algo, venga. Estoy bastante mejor que él, seguro que te lo pasas bien conmigo. —Le guiñó un ojo—. Si a ese ya no se le levanta, ¿no lo ves?

Lúa lo taladró con la mirada pero aguantó el tirón y no dijo nada. Clementius miró intensamente al hombre, que se calló al momento. Buscó una mesa libre hacia el fondo, justo al lado de una tarima, mientras admiraba el ambiente, las mesas, que eran viejas máquinas de coser Sigma, y, sobre todo, el humo del tabaco que poblaba el local.

—¿Has visto? Se puede fumar. Alucina. —Miró hacia la barra buscando a la camarera y el calvo le sonrió. Ella, harta, le enseñó su dedo corazón de forma discreta—. Hemos llegado antes de la hora.

—Me gusta el sitio. Y hay conciertos en directo... —Clementius señaló a un señor vestido con pantalón y camisa negra que subía un bandoneón al pequeño escenario.

Una camarera se acercó para atenderles. Lúa pidió un gintonic para bajar la cena y Clementius un oporto. Casi al mismo tiempo que la chica les traía las consumiciones, una mujer ataviada con un largo vestido negro, muy ajustado, se subió a la tarima. El hombre empezó a tocar los melancólicos acordes de un tango, y la mujer, con el pelo y los ojos de fuego, los miró mientras recitaba con un cantarín acento argentino.

—A los que sufrís las penas de amores, os voy a cantar un tango, queridos... Vos, los desarraigados, los tristes, los que *necesitás* consuelo..., a vos, os canto así...

La voz sonó desgarrada y sentimental mientras atacaba *En esta tarde gris*, y Clementius la miró con fascinación indisimulada mientras aplaudía muy quedo. Le susurró a Lúa:

—Me encantan los tangos. ¿A ti no?

Lúa se encogió de hombros. En realidad no sabía si le gustaban, nunca había escuchado mucho más allá de Gardel. Y, sin embargo, al poco, la música triste y desgarrada de los amores cautivos llamó su atención, hasta tal punto que se dejó llevar por la tristeza de los tangos que se sucedían hasta casi saltarle las lágrimas. Cuando la cantante terminó su concierto, los dos aplaudieron a rabiar. Ella les hizo una seña de agradecimiento con la barbilla. Cuando bajó de la tarima, se acercó y pasó su mano de forma sensual por la nuca de Lúa, a la vez que deslizaba un papel sobre la vieja mesa de madera. Clementius lo cogió y lo leyó con estupefacción:

—«Os espero fuera. Seguidme. En la esquina.» —Miró a Lúa, que aún no se había repuesto del atrevimiento de la cantante—. ¿Qué te parece? ¡Era ella! ¡Tu contacto era la cantante!

El Palacio de la Oscuridad

La puerta de la estancia se cerró con un golpe seco. Victoria se dio la vuelta y comenzó a gritar, aterrorizada. Había dos personas allí dentro: el hombre de la máscara de espejos y otro, un tipo muy alto, corpulento, completamente vestido de negro, con un pasamontañas velándole el rostro, que avanzaba hacia ella sujetando un cordón con las dos manos. Ella intentó escapar, pero el hombre la alcanzó con un par de zancadas y rodeó su cuello delgado con la cuerda, apretando de tal forma que en pocos segundos las rodillas de la joven flaquearon, a pesar de que ella clavaba infructuosamente las uñas en la piel del hombre, intentando aflojar la ligadura. Cuando los ojos se le llenaron de lágrimas y los brazos se rindieron, el pecho a punto de estallar de dolor y angustia brutal, la ligadura se deshizo y, muy poco a poco, Victoria se deslizó hacia el suelo, buscando resuello, jadeando como una poseída.

El hombre esperó unos pocos segundos, disfrutando de su poder. Luego la cogió en brazos y le susurró algo al oído, mientras le acariciaba la suave piel del cuello:

—Victoria, no te resistas. Hoy eres mía y harás todo lo que yo te diga. Serás mi esclava, tendré la potestad de matarte si no me obedeces... —La lengua del hombre acarició la oreja y el cuello de Victoria con lascivia y ella se estremeció de asco en sus brazos—. ¿No te das cuenta? Eres un pequeño pájaro en mis manos. Puedo partirte el cuello con un gesto... —El hombre de negro se vio mil veces reflejado en las lentes de las cámaras, con Victoria vencida en sus brazos—. Ahora, ven. —La arrastró hacia el altar, en donde se podían ver unos grilletes esperando—. Queda mucho por hacer.

Lúa cogió el bolso y salió a toda prisa del local, seguida por Clementius, que no se veía tan ágil como la periodista. La cantante, que poco antes había emocionado a todos con su voz melancólica, se ocultó en la oscuridad de una esquina de la calle, y los dos intentaron alcanzarla a toda la velocidad que daban sus piernas. Escucharon sus pasos perderse en una de las estrechas callejuelas. Lúa corrió hacia el final de la calle, luego torció y avanzó unos metros, por una zona bastante oscura, pero no había nadie.

—Clementius, no la encuentro. ¿Dónde está? ¿Tú la ves?

El belga se puso a su lado, jadeando. No contestó.

—¿No es todo muy raro? —dijo Lúa.

De un garaje en obras salieron súbitamente dos tipos y se acercaron a ellos. Uno era calvo, alto y musculado, con una perilla ridícula y acento ruso; el otro, con barba cerrada, era más bajo y grueso. Los dos tenían una mirada fiera, y actuaron decididos. Lúa retrocedió, pero los hombres fueron muy rápidos: en cuestión de segundos los rodearon y mostraron unas navajas que brillaron en la noche. El ruso agarró a Lúa por el pelo y le tiró la cabeza hacia atrás, mientras le acercaba el filo a la garganta.

—Dadnos todo el dinero que tengáis. Venga. Rapidito.

—Y mirando a Lúa—: Abre ese bolso, puta.

Clementius avanzó un paso para protegerla, pero el otro hombre le dio un puñetazo brutal en la boca del estómago que lo dobló por la mitad. Lo tiró al suelo y le dio una patada en el costado. Lúa ahogó un grito al sentir la punta de la navaja en el cuello.

—¡Dejadlo en paz, por favor! —Rebuscó nerviosa en el bolso—. ¡Os daré todo el dinero, pero dejadlo!

El hombre que había atacado a Clementius lo arrastró hasta dentro del garaje, que estaba en penumbra, iluminado solo por las luces de la calle, mientras el belga se debatía en un esfuerzo inútil. El ruso empujó a Lúa contra la pared y le cogió el bolso. Se lo lanzó al otro asaltante.

—Vete mirando lo que hay dentro. Yo mientras... —se adhirió contra el cuerpo de la periodista como una ventosa repugnante— voy a comprobar que esta zorrita no lleve nada más de valor...

—¡No te entretengas, coño, tenemos un trabajo que hacer! —dijo el otro, al tiempo que guardaba la navaja, sacaba una pistola del interior de su cazadora y apuntaba a Clementius—: Rápido, dame todo tu dinero, y las joyas que lleves... ¡Ese anillo! —dijo, señalando un sello de oro que portaba el belga en su dedo meñique de la mano derecha.

Clementius, maltrecho, solo acertó a farfullar:

—No me mates, toma lo que quieres... Sé donde puedes encontrar mucho dinero... —dijo, en voz apenas ininteligible—. ¿Eres de Kosovo, verdad?

—¿Qué dices, abuelo? —dijo el kosovar, atrayendo hacia sí a Clementius, cogiéndolo de la solapa e incorporándolo hasta casi sentarlo en el suelo.

Entretanto, el ruso, sordo a la recomendación de su compañero de darse prisa, se felicitó por su suerte y comenzó a manosear a Lúa. Mientras la navaja permanecía apuntando hacia la carótida de la periodista, la otra mano le estrujó los pechos por fuera del vestido. Lúa intentó zafarse, pero el hombre era fuerte y, ante su resistencia, clavó más la navaja en la piel. Luego le apartó las bragas y empezó un amago de masturbación muy torpe.

—¿Qué has dicho, abuelo? —volvió a preguntar el kosovar en el garaje, acercando su cara, que apestaba a alcohol barato, a la de Clementius.

—Si no nos haces nada, te llevaré donde podrás coger mucho dinero —dijo el anciano, que mientras tanto, en un gesto rápido, sacó un cuchillo que llevaba oculto en una funda debajo de su largo calcetín de lana en la pierna derecha, y lo clavó inmisericorde en la pierna izquierda de su agresor.

—¡Arghhh! —gritó, cayendo al suelo por el dolor que le sacudió como un espasmo—. ¡Hijo de puta!

El ruso, ajeno en su lascivia a todo lo que se estaba desarrollando en el garaje, dejó de masturbar a Lúa y le dio la vuelta con un gesto brutal. Le subió el vestido, le rompió las bragas y le apartó las piernas con las suyas mientras ella sollozaba.

—¡Déjala en paz, cabrón! —alcanzó a gritar un exhausto Clementius desde el suelo, sin ni siquiera mirar a su atacante, que, arrastrándose, se dirigía a recuperar su pistola.

El ruso hizo caso omiso. Estaba loco, lleno de lujuria, sintiendo que el deseo y el poder le comían el alma.

—¿Te gusta que te follen como a una perra, eh, zorra? —Lúa notó las manos llenándose de sus pechos plenos y el pene de su agresor intentando abrirse paso sin consideración entre su sexo, e intentó librarse con toda la fuerza de la que era capaz, pero el asaltante la sujetó contra la pared y, sin más consideraciones, intentó penetrarla.

El kosovar, mientras tanto, ya había alcanzado su arma, y desde el suelo, escupió unas palabras a Clementius:

—¡Hijo de la gran puta! Teníamos que mataros, pero ahora lo haremos más a gusto. ¡Que te jodan! —Y luego, dirigiéndose a su compañero—: ¡Fóllate bien a esa zorra a mi salud! —Y se aprestó a disparar al belga, apuntándole a la cabeza.

Pero no pudo hacerlo. Una mano de hierro cayó sobre su brazo, que, acto seguido, se partió en dos, como una rama seca.

El kosovar no tuvo tiempo de gritar: otro impacto feroz, en el cuello, le dejó sin sentido.

El ruso, mientras tanto, que pugnaba por violar a Lúa, se detuvo: había sentido una presencia detrás de él; su instinto criminal, avezado por mil noches de calles húmedas y actos reflejos para sobrevivir entre canallas, le hizo estar alerta y girarse con la navaja hacia delante.

Pero fue un gesto inútil.

—¿Y a ti? ¿Te han dado alguna vez a ti por el culo, cabrón de la gran madre rusa? —dijo el hombre rapado del garito, el que se había burlado de Lúa al pasar.

Fue lo único que el ruso pudo oír al esgrimir el cuchillo hacia delante: el hombre le dio un puñetazo brutal en la mano antes de que pudiera comprender lo que estaba pasando y, cogiéndole como si fuera un muñeco, lo estrelló contra el suelo. Luego le dio una patada final en la cabeza.

Clementius, que se había incorporado trabajosamente, alcanzó a balbucear:

—Martino, ¿por qué coño has tardado tanto?

—¡Joder! ¡No os encontraba, hostia! —se quejó—. Pero bueno, he llegado, ¿no? —Y sonrió al viejo amigo de su padre, mientras recogía a Lúa con su brazo poderoso y la calmaba como un oso podría hacer con su cría.

32

El tiempo vuela

Madrid, viernes 19 de abril

—Toma. Creo que esto es tuyo.

Martino le enseñó el bolso. Esbozó una sonrisa mientras ayudaba con sumo cuidado a una Lúa en estado de *shock* a recomponerse. Clementius se incorporó, sangrando por la frente y fue a abrazarlo.

—Un poco más tarde y no lo contamos, cabrón.

—Salisteis del garito a cien por hora, en un segundo ya estabais fuera de mi vista..., coño, ya te he dicho que no os encontraba..., menos mal que os alcancé... —Martino se quitó la chaqueta y se la puso a Lúa por los hombros—. Y, además, ya empezaba a estar harto de los putos tangos y de tanto humo.

Clementius, todavía respirando con dificultad, miró a Lúa con preocupación, no era capaz de articular palabra.

—Lúa, ¿estás bien? ¿Quieres que vayamos a un hospital?

Ella negó con un gesto de la mano. Se sentó en el suelo, abatida, tratando de recuperar la respiración y la normalidad de algún modo. Al fin habló.

—Eso no era un robo normal... Nos iban a matar. —Habló como un autómata, casi sin darse cuenta de lo que decía. Se tocó el cuello, tintado de sangre—. A mí me iban a violar, y luego nos iban a matar, estoy segura.

Clementius asintió.

—Es cierto, Lúa, el tipo que está en el garaje me lo dijo antes de que intentara enviarme al otro barrio. ¿Por qué te crees que llamé a mi amigo Martino para que nos echara una mano? No me fiaba un pelo de esta cita justo después de tu artículo. Te avisé de que no era nada bueno que publicaras los dibujos. Hay que tener presente que has destapado algo más gordo de lo que parece.

Martino los interrumpió.

—Bueno, dejémoslo por ahora. Llamemos a la Policía y luego os venís a mi casa, tengo el coche aparcado cerca. Mi padre se alegrará mucho de volver a verte, viejo bribón.

Lúa cogió el bolso y buscó su móvil. Afortunadamente estaba allí, intacto. Decidió llamar a Diego Aracil. Estaba muerta de miedo.

El Palacio de la Oscuridad

Victoria yacía desnuda y atada sobre el altar. Los focos la deslumbraban, notaba el sudor, la transfiguración de su cuerpo. Ya no sentía el tormento, su mente se había desdoblado de alguna forma, de modo que podía ver su cuerpo mancillado y ultrajado desde otro plano, desde el plano de la locura, de la humillación extrema. En su delirio, le parecía escuchar al hombre de la máscara de espejos recitar extrañas letanías, mientras el que se proclamaba su dueño, el del pasamontañas, la sometía al capricho de su imaginación de una forma cada vez más perversa y sucia. La pesadilla no terminaba: bien al contrario, era como si las sevicias a las que era sometida aumentaran el deseo de su torturador como lo hacía el agua del mar a la sed. El enorme diablo la miraba desde la pared en blanco y negro, el ojo obsesivo de su mano parecía seguir su proceso de enajenación con enorme complacencia.

Su «dueño» la penetró de nuevo. Notó el intenso pánico, la agonía de la asfixia a la que la sometía cada vez. Una oleada de herida furiosa la envolvió, el dolor absoluto en su cuello, en sus pechos, en su vientre.

Cuando el hombre de la máscara de espejos se agachó sobre ella, Victoria se desvaneció de puro terror.

Una conocida discoteca madrileña

Alana asentía y tomaba nota ante las explicaciones de Carlos Méndez, un joven engominado y muy agradable, de voz dulce y unas ganas compulsivas de apurar su ron con Coca-Cola. Sí, Encina era *escort* de lujo. Ganaba mucho dinero, se lo había confesado un día después de enrollarse con ella. Estaba en una agencia que, según ella, las trataba muy bien, todo eran ventajas. Y sí. Un día le comentó que había un hombre demasiado obsesionado con ella, una cosa que le preocupaba. Aunque tampoco parecía muy asustada; en realidad no podía asegurarlo. Luego perdieron el contacto.

Diego Aracil tampoco perdía detalle de la conversación pero de pronto se disculpó. Su teléfono no dejaba de sonar, y además, era Lúa Castro. Salió del local para poder hablar más tranquilamente, lejos de la música tecno. Cuando volvió a entrar, su cara era un poema. Alana, que lo conocía bien, se alarmó al instante.

—¿Qué ha ocurrido?

—Lúa Castro, la periodista de la *Gaceta*. Casi la matan, a ella y al belga. Los atracaron en una callejuela de los Austrias, los metieron en un garaje en obras... Mierda. ¡Qué desastre! Podían haber muerto. Tenía que haberlo imaginado, joder. Esa chica es una inconsciente. Vamos a recogerlos ahora mismo. Están en casa de un amigo de Clementius van Berden, un tal Martino. Menos mal que apareció a tiempo.

—Espera. Ya nos vamos, pero me falta una cosa... —Se dirigió a Carlos—. Perdona. Nos tenemos que ir, nos ha surgido un asunto urgente, has sido de gran ayuda. Antes de marcharnos... ¿Cómo se llamaba la agencia que le llevaba los asuntos a Encina? Ya me entiendes. El sitio donde ejercía.

—Extraños en la noche, como la canción de Sinatra. Está en Internet, la dirección, todo. No, no te preocupes, lo entiendo. —La miró con ojos de decepción—. Si quieres, podemos quedar otro día.

Richie Domingo llevó en brazos a Victoria hasta su celda. Allí la tendió sobre el catre con cariño de amante. Vendó sus heridas, sus quemaduras. Aplicó crema en su piel castigada. Mientras ella balbuceaba, la hizo beber algo de leche caliente. Luego le inyectó un calmante y estuvo a su lado, acariciándole el pelo, hasta que se durmió. Hacía frío, así que la abrigó con una manta.

Aquella noche no la iba a encadenar. Se había portado muy bien. Merecía un descanso.

—Lúa, estaba durmiendo. Es muy tarde. ¿Qué ocurre? —Sanjuán, medio dormido, palpó hasta encontrar el interruptor y encendió la lámpara de la mesilla. El tono de voz de Lúa lo espabiló al momento, se incorporó en la cama como impulsado por un resorte.

Al otro lado del auricular se escuchó un sollozo desgarrado.

—Me han intentado matar, Javier. Me arrancaron la ropa... me... me...

—Calma, Lúa. ¿Estás bien? ¿Dónde estás? —Sanjuán era muy amigo de Lúa Castro, sobre todo desde que habían estado juntos investigando los crímenes del Artista en Roma.

—En Madrid. Estoy bien, en casa de un amigo. Están conmigo dos policías.

Sanjuán suspiró, aliviado.

—He leído tu reportaje. Es brillante, Lúa. Pero escúchame. Escúchame bien. Quiero que te vuelvas a A Coruña cuanto antes, ¿me oyes? Yo estoy en Valencia, vine para el entierro de Félix, pero salgo para allá mañana muy temprano. En cuanto llegues, avísame. Ten mucho cuidado. Estáis metidos en algo muy serio.

Lúa tragó saliva, aún muy nerviosa.

—Ya. Ya lo sé, Javier, no hace falta que me lo digas.

—Sí, Lúa. Te conozco. Sí que hace falta. Otra cosa, esos cuadros. Las recreaciones que ha dibujado tu amigo. Necesito verlos, es urgente. ¿Puede ser?

—No te preocupes, Javier —intentó parecer más serena—. Nos los llevaremos con nosotros para A Coruña. Mañana, después de ir a la comisaría, cogeremos un vuelo a Alvedro. En cuanto llegué, te llamaré.

Sanjuán, totalmente desvelado, se levantó y fue a la cocina a hacerse una infusión. Llamó a Valentina, que seguía en la comisaría, mirando horas y horas de vídeo, despierta a base de café, para contarle lo sucedido.

—Creo que esos cuadros pueden ser algo fundamental para la investigación, Valentina. Tengo una teoría en la cabeza sobre todo este caso, pero todo pasa por ver antes los cuadros que ha pintado Clementius van Berden.

—Mañana tenemos una reunión con todo el operativo, Javier. Hablaré con Iturriaga para que estén presentes Lúa y su amigo. Por cierto, hablando de amigos, el simpático Richie Domingo está en una grabación en una de las calles paralelas a la de Victoria, y se corresponde con la noche en la que la chica desapareció. Lleva una bolsa en la mano y podría perfectamente estar de camino hacia su casa. ¿Qué te parece?

—Me parece que Richie tiene aún muchas cosas que contar. Es muy importante que empecéis a apretarle las tuercas. Encina Yebra estuvo diez días secuestrada antes de morir. No sabemos si Victoria sigue viva, confiemos en que sí. Lleva ya cinco días desaparecida; si el tiempo de cautiverio de Encina Yebra es una pauta, todavía tenemos esperanzas... pero hay que darse prisa. El tiempo vuela.

—Hoy estuve en su casa y en su agencia de modelos. Por lo visto se ha ausentado unos días. —Valentina acusó la urgencia de las palabras de Sanjuán, y trató de controlar su ansiedad: no era bueno para una policía, y se enfadó consigo misma por ya no ser capaz de controlar como antes sus emociones.

—Ya. Qué casualidad, Valentina. Justo ahora desaparece... Bueno. Me voy a dormir, tengo que levantarme muy temprano. Y tú deberías también dormir algo, Val. Mañana nos espera un día duro.

—Aún me queda una hora de grabación. La verdad es que estoy deseando acostarme..., estoy molida. Venga. Mañana nos vemos en el aeropuerto.

Valentina se terminó el café templado de un trago y le volvió a dar al *play* con el ratón. Aún le quedaba un buen rato antes de poder meterse en la cama. Pero sabía que le iba a costar dormirse. Por un momento imaginó a Victoria sometida a actos de depravación y de violencia sin límites, y un dolor en el pecho la laceró hasta casi provocarle arcadas.

33

Extraños en la noche

Something in your eyes was so inviting.
Something in you smile was so exciting.
Something in my heart told me I must have you.

Strangers in the night,
letra de CHARLES SINGLETON
y EDDIE SNYDER

Viernes, 19 de abril, 09:00
Edimburgo, Lothian and Borders Police
Comisaría de Policía en Seven Chambers St.

El inspector Hugh Macfarlain colgó el teléfono, atónito. Acababa de hablar con una inspectora de la Policía española, Valentina Negro: Catriona Stevenson, la chica de diecinueve años que había desaparecido hacía seis meses, residente en Edimburgo, estaba muerta. No podía siquiera imaginarlo. ¡Muerta en la realización de un vídeo *snuff*!

En su ya larga trayectoria como detective de la brigada de Desaparecidos, nunca había escuchado nada igual; es más, nunca había creído que esa pornografía macabra pudiera realmente existir. Pero si todavía estaba incrédulo, lo que vio a continuación, una vez que recibió el vídeo hallado por Sanjuán en el ordenador de Panticosa, le llenó de angustia y repugnancia, a partes iguales, y le disipó toda duda que pudiera tener.

Macfarlain tenía cincuenta y siete años, y estaba a tres de su retiro, el rostro endurecido por la soledad, su salud minada por el alcohol. Ya había sido expedientado dos veces. La primera por disparar a un pandillero en circunstancias que nunca llegaron a esclarecerse del todo, pero que motivaron su cese en Homicidios y su traslado a un sitio menos conflictivo como Desaparecidos. La segunda por tener un accidente estando ebrio, cosa que en un policía acarrea necesariamente una sanción. Suerte que nadie salió herido, pero a partir de ese momento sus jefes lo consideraron solo una molestia que soportar, alguien que en su juventud prometía mucho pero que se había echado a perder. En ese balance desgraciado de su carrera profesional algunos le reconocían ser una víctima de la mala suerte, sobre todo porque su mujer y su hija de nueve años habían perecido en un accidente ferroviario, que sumió a Glasgow en la tragedia diez años atrás. Pero la mayoría le consideraba culpable de su propia caída: nunca había aprendido la dura lección de todo buen policía, a comerse el dolor y el miedo con discreción, a no recurrir al alcohol cuando la vida se ceba con tu alma.

Macfarlain empezó a agobiarse. Necesitaba un trago. Discretamente miró a su alrededor: vio a sus dos compañeros que compartían un despacho amplio en la tercera planta de la Jefatura Central de la Policía escocesa en Edimburgo. Uno hablaba por teléfono, y el otro estaba absorto en el ordenador. Así que abrió un archivador de su mesa, y del fondo sacó una petaca que deslizó en el bolsillo de su americana. Se levantó y se fue al baño para calmar su ansia.

Al regresar meditó la situación. Lo que ahora procedía era pasar el caso a Homicidios. Miró sus notas. Aunque el vídeo no fuera una prueba definitiva de que Catriona había sido secuestrada y asesinada, lo que le explicó la inspectora Negro de la muerte de la joven española Encina Yebra y la identificación de otra desaparecida, Belén Egea, como otra de las jóvenes de la filmación, eran razones más que suficientes para hacerlo. Por no hablar de que las atroces imágenes de tortura y muerte de las chicas eran pavorosamente realistas.

Macfarlain descolgó el teléfono, marcó el número interno de Homicidios... pero volvió a colgar enseguida. Un impulso se apoderó de él: técnicamente Catriona todavía estaba desaparecida. No había una evidencia definitiva de que estuviera muerta. No, se ocuparía él del caso. Todavía tenía dentro la desazón de su fracaso cada vez que iba a visitar a Patty, la madre de Catriona, para explicarle que no había ninguna novedad acerca de su hija. Comprendió que estaba lleno de furia, por Patty, por él, por todas las víctimas inocentes de esos asesinos sádicos. Y tomó una decisión solemne: cogería al hijo de puta que condenó a Catriona a ese final de pesadilla; sí, lo cogería y le haría pagar sus culpas. Aunque fuese lo último que hiciera en la Policía.

Betanzos, As Angustias
Un viejo cine abandonado
10:00

Richie Domingo sacó un fajo de euros de la billetera y se lo entregó al que parecía el capataz. Los otros dos obreros terminaron de sacar las viejas butacas fuera de la sala y las colocaron en un rincón del pasillo. Dejaron solamente dos sillas bien atornilladas delante de la pantalla. Seguidamente cogieron los botes de pintura y los sacaron fuera del cine. Domingo los acompañó hasta la salida y los vio partir en su furgón desde la puerta.

Recorrió el lugar con pasos apresurados. El olor penetrante de la pintura lo estaba asfixiando. Muy pronto llegarían los cuadros y era necesario que estuviese todo perfecto, así que se aseguró de que el trabajo de los operarios hubiera sido el adecuado.

Cuando salió, conectó la alarma y cerró el edificio a cal y canto. Luego avisó de su marcha al matrimonio de la casa de al lado, cogió su coche y condujo hasta el Palacio de la Oscuridad. Tenía que agasajar al invitado, era su trabajo que Valverde estuviese todo el tiempo lo mejor posible. Para eso pagaba, y «el que paga, manda», pensó mientras enfilaba la autopista hacia Ferrol.

Madrid, oficinas de la agencia Extraños en la noche, 11:00

Alana Ovejero esperaba en el *hall* de una oficina de la calle Alfonso XI, un lugar lujoso y acogedor, aunque algo anticuado. La mañana había comenzado calentita: le habían tomado declaración a Lúa y a Clementius sobre el ataque de la noche anterior antes de que viajaran hacia A Coruña. Había sido un milagro que salieran vivos de aquello. Los asaltantes estaban en la cárcel, pero estaba segura de que no iban a decir nada, al menos con la rapidez que ella necesitaba esa información. Lúa explicó también su visita al chalet de Eugenio Valverde, el banquero, y el posterior artículo de los cuadros del Artista. Así que Diego Aracil había tomado muy buena nota para hacerle una visita al millonario madrileño. Y ella iba a encargarse de seguir con la pista de Encina que le había proporcionado Carlos, el amigo de la joven en Madrid.

La oficina donde Extraños en la noche tenía la base de operaciones mezclaba a partes iguales buen gusto y muebles algo caducos. Observó un cenicero grande de mármol en el medio de una mesa baja de caoba y varios cuadros de marinas que podrían haber estado en una residencia de ancianos de los años cuarenta. El dueño de la oficina y director de la agencia, Jesús Negredo, salió a recibirla vestido con un fino traje oscuro y brillantes zapatos de punta. Le hizo un gesto de bienvenida y la invitó a pasar.

—Pase, pase a mi despacho. Encantado, señorita... —Alana lo miró de arriba abajo con disimulo. Negredo tenía un aire al secretario del Papa, pensó, con el pelo blanco y las facciones agradables, pero algo en su mirada traslucía poca honestidad.

Alana ladeó la cabeza de forma encantadora.

—Subinspectora Alana Ovejero. Necesito información sobre una de sus chicas. —Permaneció de pie.

Negredo se sentó y cruzó las piernas. Juntó las yemas de los dedos.

—Vaya. Imagino que se dará cuenta de que en esta empresa tenemos una política de estricta privacidad..., pero siéntese, subinspectora. Como le iba diciendo: no podemos ni debemos ofrecer ninguna información sobre nuestras «empleadas». Y mucho menos sobre nuestros clientes.

Alana puso su bolso de piel sobre la mesa y sacó unas fotos, sin perder la sonrisa.

—Encina Yebra. Tenía veintidós años. Un futuro por delante, ganas de vivir. Y dinero, por lo visto. Dinero que ganaba en esta oficina. Bueno, no exactamente en esta oficina. Es un decir... ya me entiende. —Y puso ahora ironía en sus labios.

Negredo vio la foto de Encina y su piel morena tornó a un pálido gris ceniciento.

—Encina... —suspiró con pena—. Ella ya no trabajaba para nosotros. Se fue el verano pasado a Ponferrada. Una desgracia, he leído que apareció muerta.

Alana endureció la voz de repente.

—Como se puede usted imaginar, señor Negredo, necesito toda la información posible sobre Encina, sus clientes, sus salidas, sus actividades... todo.

—Traiga una orden judicial, subinspectora. Mientras tanto, yo no puedo ofrecerle otra cosa que mi hospitalidad.

Alana enrojeció. Sus ojos comenzaron a lanzar llamadas. Su dulce apariencia se transformó en un segundo: se levantó de la silla y agarró a Negredo por la solapa, con una fuerza impensable en una joven tan menuda.

—Mire, chulo de putas. Tengo mucha prisa. O me da todo lo que tenga ahora mismo de Encina Yebra, me dice todo lo que sabe, o me encargaré yo misma de cerrarle este garito de mierda en menos que canta un gallo. ¿Quieres orden judicial? Vas a tener orden judicial. Te vas a cagar en la orden judicial, ¿me oyes? ¡Toda tu puta vida!

Negredo abrió los ojos, atemorizado, sorprendido por la fuerza y la ira de aquella policía aparentemente inofensiva que lo fulminaba con los ojos. Comenzó a recular.

—¡Vale, vale, vale, está bien! —Alana lo soltó y lo empujó contra la silla—. Está bien. No guardo demasiadas cosas de las chicas que se van. Pero en fin... le daré lo que tengo de ella, clientes, números de teléfono... —Se levantó y fue hacia un armario.

—¿Tenía algún «cliente favorito»? Así me ahorrará usted algo de trabajo... —La Alana dulce, encantadora, volvió a tomar las riendas.

Después de un rato de búsqueda, Negredo se volvió con un cedé en la mano.

—Aquí tiene toda la información que necesita, subinspectora. A la pregunta de si tenía un cliente especial..., en fin, tengo que decirle que sí. Había uno. Obsesionado con ella. Encina tenía algo de miedo al final. Yo creo que se fue por culpa de eso.

—¿Cómo se llamaba el tipo? ¿Por qué no lo denunciaron?

—Gerardo Trashorras. Encina no quiso denunciarlo, insistió. Y yo no iba a poner sobre mi empresa a la Policía, entiéndame.

Alana entrecerró los ojos hasta convertirlos en dos rendijas que emanaban desprecio.

—¿Trashorras, el director de la revista *Planeta Misterio*? —Alana no esperó respuesta—. Ya. Lo que entiendo perfectamente es que es usted un cabrón con pintas, Negredo.

Cuando salió al bullicio de las calles madrileñas, Alana tenía un nombre y un objetivo concreto: hacerle una visita a Gerardo Trashorras, exjefe de Félix Panticosa. Esa misma mañana, Lúa Castro le había explicado que fue uno de sus primeros objetivos a la hora de averiguar algo sobre el reportaje del malogrado periodista. Todo aquello encajaba demasiado bien: no podía ser una mera casualidad que aquel nombre saliera una y otra vez.

Aeropuerto de Alvedro, 13:30

Manolo Castro abrazó a su hija con fuerza en el aeropuerto. Luego le dio la mano a Clementius, que lo abrazó también.

—Lúa, por Dios. No me des esos sustos. Siempre te metes en líos, me vas a costar la vida.

Lúa intentó sonreír, pero aún estaba aterrorizada. Clementius parecía llevarlo todo mucho mejor, estaba acostumbrado a las penalidades desde niño y pronto olvidaría el incidente. Había pasado por cosas peores, aunque tenía que reconocer que con la edad los golpes dolían más.

—Vamos a comer. Os invito yo. Hay que agradecerle a Clementius tener unos amigos tan leales —dijo el padre, agradecido.

—¿Luego nos llevas a Lonzas, papá? Me ha llamado Sanjuán. En cuanto llegue a A Coruña quiere ver los cuadros que pintó Clementius. —Miró su reloj—. Tenemos un par de horas. Luego, a trabajar. Y después, a escribir el artículo para la *Gaceta*. —El olor del mar y la brisa de A Coruña, la cálida presencia de su padre parecieron animar a Lúa de repente—. Presiento que esta vez lo voy a petar...

34

El perfil

Cuando entraba a la reunión, el teléfono de Valentina Negro sonó. Era Alana, que la puso al corriente de su investigación, con una noticia que la dejó impactada: Encina Yebra tenía un empleo oculto durante su estancia en Madrid. Era *escort*. Y uno de sus clientes más asiduos había sido Gerardo Trashorras, el director de la revista *Planeta Misterio*.

Lúa y Clementius se sentaron juntos a un lado de la sala de reuniones, donde ya esperaban Bodelón, Velasco y Germán Romero. A los pocos minutos, entraron Valentina, Sanjuán y el inspector jefe Iturriaga. Sanjuán saludó a Lúa y fue a colocar su portátil sobre la mesa. Luego se sentó en primera fila.

Iturriaga permaneció de pie, con su semblante adusto y severo revestido de preocupación.

—Señoras y señores... no hace falta que les diga que la situación en la que nos movemos en la actualidad es muy grave, muy urgente. Hay una joven desaparecida, y por lo visto corre peligro de muerte. Crucemos los dedos para que siga viva. Tenemos que agradecer a la periodista Lúa Castro y al señor Van Berden su presencia aquí. Ayer sufrieron un ataque que bien pudo haber tenido fatales consecuencias. Por lo visto, sus descubrimientos son muy reveladores. Me alegro de que hayan decidido colaborar con nosotros, muchas gracias. Inspectora, le cedo la palabra.

Valentina asintió y comenzó a desgranar todo el curso de los acontecimientos: la desaparición de Belén Egea, la muerte de Panticosa, el hallazgo del cuerpo de Encina Yebra y, por último, la desaparición de Victoria Álvarez. Todo ello conectado por el vídeo *snuff* que el periodista tenía en su ordenador, supuestamente enviado por Adolfo Sastre, el empresario hallado muerto en Valencia.

—Tanto Belén Egea como Victoria Álvarez presentan un perfil victimológico similar —explicó Valentina—. Son mujeres de gran belleza, fotogénicas, con presencia y habilidades dramáticas. Las dos desapariciones podrían atribuirse a una pareja anterior o a una pareja actual problemática, lo que despistaría en un principio la verdadera causa de su secuestro: la grabación de vídeos *snuff*. En cuanto a Encina, si bien su perfil no se adecua al de las anteriores, puede tener alguna coincidencia importante con el de una joven desaparecida en Edimburgo, Catriona Stevenson, que aparece en el vídeo siendo vejada y torturada. Lo investigaremos. Por lo visto, la subinspectora Alana Ovejero, ahora en Madrid, ha descubierto no solo que Encina era *escort* de lujo en Madrid, sino también que mantenía contactos con Gerardo Trashorras, el director de la revista *Planeta Misterio*. Curiosamente, la revista donde Panticosa publicó el artículo sobre objetos macabros, que tan inteligentemente han descubierto Lúa Castro y el señor Van Berden.

Lúa se revolvió en la silla, nerviosa.

—¿Encina y Trashorras? ¿El antiguo jefe de Panticosa? Fui a hablar con él. No nos dio ninguna información, dijo que no sabía nada. Pero ahora que caigo: parecía muy nervioso.

Clementius chasqueó la lengua.

—Más nervioso tuvo que ponerse cuando leyó tu artículo, querida Lúa.

—Aún queda mucho por investigar —prosiguió Valentina—, pero es lógico concluir que el ataque de ayer a Lúa y

Clementius no fue un intento de robo normal y corriente. Bien, después de encontrar las joyas venecianas en el cuerpo de Encina, no cabe duda alguna de que los robos de obras de arte y los cuadros del Artista, todo está relacionado con el vídeo *snuff*. Panticosa encontró el sitio donde estaban grabando uno de esos vídeos y los interrumpió. Ese sitio era el castillo de San Blas, a las afueras de Ponferrada. Un lugar abandonado, un castillo peculiar que fue comprado hace poco por un módico precio. No se sabe quién lo compró.

Valentina le hizo un gesto a Germán Romero para que continuara.

—He estado hablando con los de informática de Ponferrada. Han seguido el rastro de la compra del castillo. Una sociedad de inversiones de Ginebra, Scialpi, realizó una transferencia a través de las islas Caimán. No hay referencias bancarias de la persona que realizó la compra. Está todo diluido, desdibujado, tapado y camuflado con diferentes bancos y empresas fantasmas. Van a ir a Suiza a intentar averiguar algo más.

—Por lo visto, todo esto es mucho más complejo de lo que podía parecer en un principio —siguió Valentina—. Todas las pistas se pierden en el tiempo o en una intrincada red muy bien ideada. Sanjuán está convencido de que hay algo que va más allá de los secuestros y los vídeos. —Le hizo un gesto con la mano para invitarlo a hablar.

El criminólogo se levantó y se acercó a la mesa para encender el portátil.

—En efecto. Dadas las características de todo lo hablado hasta ahora, solo se puede colegir que estamos ante una organización de alcance nacional, incluso puede que internacional, que no solo comercia con vídeos *snuff*, sino que, además, puede que comercie con la muerte de las chicas.

Iturriaga frunció el ceño, sus ojos oscuros destacaron como brasas.

—Explíquese, Sanjuán, por favor.

—En las escenas de los vídeos, salen varios hombres, y varían en las diversas grabaciones. Aunque vayan enmascarados o disfrazados, se puede observar perfectamente por la constitución física que no son las mismas personas.

—¿Estamos ante una organización que solo busca dinero? —preguntó Valentina—. ¿Qué clase de degenerados pueden haber ideado este negocio macabro?

Sanjuán reflexionó unos momentos antes de hablar.

—Sin duda los consumidores de estas películas pagarán grandes sumas. Y ya que las chicas son asesinadas por una persona en particular, aunque otras también colaboran, debemos de mantener la hipótesis de que es probable que el protagonista del crimen, el que tortura y mata a la víctima, sea un cliente «especial»... y que pague mucho más dinero por ese privilegio. —El criminólogo se estremeció al decir eso, y luego calló, sintiendo que los que estaban en esa sala también necesitaban algo de tiempo para llegar a entender la profunda depravación que implicaban esas palabras—. En resumen: la organización gana dinero con la comercialización de los vídeos... y mucho más dinero con la venta de la vejación y muerte de la chica. Por otra parte... —siguió Sanjuán, decidido a exponer todos sus pensamientos— todo este escenario de muerte tiene una lógica profunda, una estética, al servicio de la necesidad última del diseñador de todo este horror. Lo mismo que el robo y la colección de los objetos macabros del reportaje de Félix, sin duda cometidos por la misma mano.

—¿A qué se refiere? —preguntó Iturriaga, que sentía cómo el asco y la rabia le consumían a partes iguales.

—Todo este caso no debemos verlo como si se tratara de una secta, de una hermandad diabólica. Por supuesto, en un sentido externo lo es, pero aquí no opera la creencia en el diablo o en otro ente como causa de los crímenes. Hemos de verlo, creo, como el escenario por el que opera un asesino en serie; alguien muy perverso, que disfruta haciendo que otros vean las muertes que él previamente ha escenificado. Quizás intervenga él mismo como verdugo, pero lo dudo. Es la creación de las condiciones de esa tortura y muerte lo que le satisface y llena de poder.

—¿Un asesino en serie? —inquirió Valentina—. ¿Pero los asesinos en serie no actúan en solitario o como mucho en parejas?

—Así es, pero en este caso nuestro hombre, eso creo, es un asesino sistemático, aunque lo sea por «delegación» —suspiró Sanjuán—. Muchos asesinos en serie encuentran una razón existencial en degradar a la víctima, en llevarla a una situación de terror absoluto... Si no la mata de inmediato, entonces hemos de concluir que es la extrema dependencia de la chica, mientras está viva, lo que emociona y provee de satisfacción infame a quien tiene el poder total sobre ella. La chica sabe que «le pertenece», que está perdida, sin escapatoria... y ella sabe que él lo sabe, y por eso intentará complacerle en todo, una vez vencida su inicial resistencia, mientras mantenga la más mínima posibilidad de salir con vida de aquel infierno.

El silencio siguió a sus palabras. Todos estaban intentando imaginar las implicaciones de ese perfil, y aunque con la excepción de Lúa y Clementius, todos ellos eran policías avezados, trataban de racionalizar lo que escuchaban, para así evitar que su empatía por las chicas les hiciera más sensibles ante ese dolor y, paradójicamente, más proclives a cometer errores.

—En cierto sentido —siguió el criminólogo— la mente que ha organizado todo esto ha copiado de alguna forma los elementos externos, rituales, de las sectas seudorreligiosas. Quiero decir que son obvios en la escenificación de los crímenes los rituales de sacrificio, las ceremonias... Parte del éxtasis que él y sus secuaces que participan en vivo en esos asesinatos obtienen —y también los espectadores, pero en menor medida— se deriva de la obediencia a unas normas rígidas, sagradas para ellos... pero no, repito, porque crean en una divinidad o en un ente maligno, sino porque de ese modo se sienten partícipes de un secreto terrible, que les hace únicos, sublimes en su capacidad de disfrutar de algo que nadie más podría soñar en conseguir. Por eso murió Adolfo Sastre, torturado y mutilado de forma ritual: por ser un «arrepentido». Ese es el destino que aguarda a los que intentan huir de la organización.

—Joder, Sanjuán —protestó Bodelón, menos sofisticado que su amigo y colega Velasco en la comprensión analítica del crimen—, ¡todo esto me suena a que esos tíos son unos putos pirados! Si les pongo la mano encima, verá en qué queda tanta ceremonia.

Sanjuán sonrió; sabía que Bodelón había dicho las palabras que todos los demás estaban pensando, porque la capacidad humana tiene sus límites. Pero él tenía que ser preciso en lo que quería explicar, si su trabajo iba a servir de ayuda a la Policía.

—No se confunda, Bodelón. No son pirados. Tienen una estructura sólida, muy racional, y sus fines monstruosos no deben ocultarnos el hecho de que esa gente tiene mucho dinero, está bien situada, y probablemente se rodea de familias normales a las que dan de comer y protegen. No, son unos desalmados, eso es todo... Aunque el líder, ese es otra cosa, y es la clave de la investigación.

—Antes has dicho que la estética estaba al servicio de esos fines que has comentando, Sanjuán —terció Valentina, que por encima de todo quería controlar sus emociones y ser escrupulosa con la investigación, no tanto por afianzar su situación personal como por su deseo abrumador de acabar con esos demonios homicidas—. ¿Es ahí donde encajan esos objetos robados como las joyas hechas con huesos humanos?

—Así es, inspectora —dijo Sanjuán, al tiempo que abría su ordenador portátil y proyectaba sobre la pared de la sala de reuniones unas diapositivas de los cuadros originales de Valdés Leal. Siguió su análisis—: Este es el punto en el que debemos unir la labor estupenda que han hecho Lúa y Clementius —sus ojos mostraron admiración— con los vídeos *snuff*. Observad los cuadros originales que el Artista reprodujo, recreaciones que han sido vendidas hace muy poco a alguien que no sabemos quién es. Y ahora aquí tenemos esas obras del Artista.

Sanjuán sacó las láminas realizadas por el belga de su envoltorio tubular, que había tenido la oportunidad de examinar anteriormente con detalle, y las colocó sobre la mesa, extendidas. Continuó:

—Hay tres cuadros, pero el tercero difiere sustancialmente de los otros dos. —Y señaló la lámina de *Los embajadores*, en oposición a *In ictu oculi* y *Finis gloriae mundi*—. ¿Qué significa esto?

Valentina señaló la diferencia más evidente.

—El cuadro de *Los embajadores* es más «normal», se trata de dos figuras posando, aunque no están terminadas; no hay un contenido tenebroso o relacionado con la muerte, si exceptuamos los ojos que llenan la parte del fondo y que parecen acecharlo todo.

—Así es —siguió Sanjuán—. Pero te olvidas de la anamorfosis, que era… —Y miró a Clementius, que dijo escuetamente:

—Una mano de Gloria o de Fátima… con un ojo en su interior.

—En efecto —continuó el criminólogo—, los ojos que todo lo ven: ¿qué es lo que todo lo ve? La cámara, por supuesto. El asesino lo ve todo, y tiene todo el poder sobre esas mujeres, y al mismo tiempo, como reza la leyenda de esa superstición, la mano de Gloria hace invisible a quien la posee… El cámara lo ve todo, pero a él nadie le ve. Es un símbolo perfecto de su extraña perversión. Él siempre permanece detrás, en la sombra. Es un mirón, una especie de *voyeur*.

—¿Y los otros dos cuadros? —preguntó Valentina

—Bien, su significado es obvio. Fijaros en *In ictu oculi*. Hay un espejo que refleja un rostro de mujer, que grita aterrorizada. De nuevo el simbolismo de la cámara como el ojo que todo lo ve: quien posee el espejo la ve a ella, pero ella solo puede contemplar su propio terror, lo que multiplica su tortura. Y en *Finis gloriae mundi*, la mujer aparece ya desprovista de toda defensa; es casi como un cuadro sacrificial —dijo, señalando lo que se veía en la obra del Artista y el contraste con la pintura original: el obispo putrefacto del lienzo de Valdés Leal había sido sustituido por una mujer desnuda y atada, enroscada en su propio cabello, y escarabajos y cucarachas parecían querer penetrar en su piel. Detrás, un cuervo los miraba con un ojo fijo y obsesivo.

»El ojo del cuervo mira de forma obsesiva —continuó Sanjuán—. En el poema de Poe «El cuervo», de manera obsesiva y eterna, este pájaro lleva el mensaje de la muerte al amante: ese «nunca más» del poema le recuerda que su destino es morir en vida porque Leonora nunca será suya. El cuervo es el heraldo de la muerte... pero de nuevo el ojo, en forma de espiral, preside todo... y la sangre de la guadaña es la muerte que espera a los que ya han sido condenados.

—Bien, ¿y esto adónde nos lleva, Sanjuán? —preguntó Iturriaga, impaciente—. ¿Quiere decir que el loco que ha organizado todos esos crímenes atroces conoció al Artista y le pidió esas obras como parte de su fantasía sádica?

—Exactamente. —Vio de reojo, en un acto reflejo, que Valentina se estremecía—. Este loco está obsesionado con la muerte, su estética es expresionista, y los objetos robados son atrezo para sus figuraciones malsanas... excepto los cuadros del Artista, que los encargó él, estoy seguro, aunque imagino que no pudo obtenerlos hasta ahora por alguna razón que se nos escapa. —Sanjuán hablaba ahora enfebrecido—. Miren el vídeo otra vez —dijo, proyectando de nuevo esas terribles imágenes halladas por él en el ordenador de Panticosa—: ¡Es la estética de *Mabuse*, del *Gabinete del Dr. Caligari*, de *Nosferatu*...! Es la estética de Murnau y Lang, de Wiene... ¿No lo ven? Son los criminales que ansían poseer y dominar, que matan y extorsionan..., que convierten a las personas en sus esclavos para satisfacer su sed de poder, y para vengarse de un mundo al que desprecian.

Los asistentes estaban fascinados por ese discurso que parecía desentrañar un misterio terrible e impenetrable, y guardaron silencio hasta que Sanjuán continuó.

—De hecho, creo saber quiénes son los dos hombres del retrato de *Los embajadores*. —Sanjuán tecleó en el ordenador. Aparecieron dos fotografías en blanco y negro. Uno de los hombres llevaba un parche en el ojo—. Son los retratos de los directores expresionistas más importantes, revolucionarios del cine, maestros de la imagen: Murnau y Friz Lang.

—Es una locura... ¿Y por qué encargó esos cuadros? —preguntó Velasco.

—Para él mismo, para su goce, porque son la creación de un Artista de sus propios sueños, los sueños de otro Artista, el Creador en mayúsculas... porque tiene el ojo que todo lo ve..., el ojo del Diablo. Y porque tenía el dinero suficiente para hacer lo que le diese la gana.

Valentina intervino:

—Entonces, si encontramos al que posee esos objetos, tendremos al asesino, ¿no es así? Y... —se paró unos instantes—... ¿el lugar o lugares donde mata a las chicas son también sitios expresionistas... como indica ese castillo que aparece en el libro abierto del cuadro *In ictu oculi*, que recreó Giovanni Nero?

—Así es —dijo Sanjuán—. Esas chicas están en un sitio tenebroso, «expresionista». El castillo de San Blas, donde apareció Encina Yebra, es una prueba de ello.

—¿Y no es posible que después de descubrir el cadáver de Encina se haya mudado?

—Yo creo que ese castillo no era su santuario del terror —dijo Sanjuán, negando—. Era solo un sitio elegido para la ocasión, un escenario, necesario para una toma determinada de su película. Victoria ha de estar en otro lugar donde pueda desarrollar toda su insania.

—¡Hay que encontrar a Valverde! —dijo Lúa, que todavía estaba bajo los efectos de lo vivido el día anterior—. Él nos tiene que decir quién es el comprador de los cuadros.

—No necesariamente, Lúa —dijo Valentina—. Puede que él tampoco lo sepa. De todos modos, Valverde no está. Diego Aracil, el de Patrimonio Histórico, ha intentado contactar con él pero está en paradero desconocido.

—Por ahora lo más importante es buscar a un sujeto con profundos conocimientos de cinematografía, que ame el movimiento expresionista alemán, que disponga de una coartada social muy sólida, con dinero... Y que no tenga familia propia —dijo Sanjuán.

—¿Y eso? —preguntó Iturriaga.

—Ese afán, esa ansia, no será compatible con tener una familia, mujer e hijos. Ese hombre vive entregado a su locura homicida; cada hora del día que está libre de aparentar ser un hombre normal las dedica a esa misión. Y lleva tiempo así: esas chicas del vídeo habrán desaparecido al menos en los últimos tres años, si consideramos que Belén Egea fue la primera...

—¿Por qué lo piensa, Sanjuán? —preguntó Bodelón.

Pero Valentina sabía ya la respuesta:

—Es la única que lleva antifaz... Comprendió que el antifaz privaba del placer de ver la muerte en sus ojos..., había que desenmascarar a las chicas: su terror debía de exponerse en su plenitud.

Sanjuán asintió. Valentina había dado en el clavo: las chicas eran elegidas por su expresividad ante la cámara; privar al espectador del cénit de la tortura y el asesinato no resultaría rentable. Ni tampoco resultaría placentero para el sádico autor de toda aquella trama diabólica.

35

Recuerdos envenenados

Madrid, un día de junio del año anterior
Hotel Ritz

Encina se terminó el champán de un trago. Acarició el pelo de Gerardo Trashorras y luego se subió sobre él, moviendo la cadera de forma sensual e incitadora. Se inclinó hasta besarlo profundamente. Luego le habló con coquetería, balanceando sus pechos delante de sus ojos.

—¿Cuándo me vas a dejar escribir un artículo para tu revista? Yo sé escribir muy bien.

Trashorras le acarició los pezones y acercó la boca para besarlos. Ella jugueteó con él, impidiendo que lo hiciera.

—No me has contestado, Gerardo. Quiero trabajar en tu revista. No soy una chica tonta, estudio Ciencias Políticas. —Se retorció un mechón de la melena oscura. Él la apartó sin decir nada y se incorporó para servirse más champán. Sacó la botella de la cubitera y llenó las dos copas de nuevo.

—Encina, eres muy lista, una chica fascinante, pero ya tengo toda la plantilla contratada. Además, dirijo una revista sobre el misterio, no me interesa demasiado la política. Te puedo buscar otra cosa, más acorde con tus capacidades.

La volvió a besar con intensidad, introduciendo su lengua con sabor a Moët dentro de la boca húmeda y atrayente. Aquella chica lo tenía embrujado. En verdad, haría casi cualquier cosa por ella; tocó sus pechos duros, firmes, los pezones gruesos y morenos como la piel. Su excitación creció por momentos. Musitó de forma entrecortada mientras le lamía los senos.

—Me gustaría que dejases de ser *escort*. No quiero compartirte con nadie más, quiero que seas mía, Encina. Solamente mía...

Comisaría de Lonzas en la actualidad, 21:00

Valentina agradeció los cafés que había subido Velasco en un descanso de la reunión. Lúa y Clementius se habían marchado con Jordi, que los había ido a recoger. La periodista tenía aún que escribir su artículo y Clementius solo deseaba estar con su loro y tirarse en su cama a dormir.

—Para mí, el expreso con azúcar. —Se frotó los ojos, cansada. Desde el suceso con el Peluquero y su expediente abierto, no era capaz de dormir cuatro horas seguidas. Permanecía desvelada en la cama, dándole vueltas una y otra vez a los sucesos de los días pasados y a la investigación que tenían entre manos. A los ojos de Sanjuán parecía demacrada, pero tan bella como siempre. Incluso más. Valentina repasó las fotografías del cuerpo de Adolfo Sastre, reconstruido en la mesa de autopsias como un puzle.

»Increíble lo de Adolfo Sastre, Javier. ¿Hasta dónde llegarán los tentáculos de la organización?

Sanjuán asintió.

—Todos los años desaparecen en el mundo cerca de cincuenta mil mujeres identificadas para la trata de blancas, lo que significa que el número real es mucho mayor. Y ¿cuántas de ellas resultan finalmente asesinadas? Lo que tenemos aquí es solo un ejemplo particularmente perverso de ese fenómeno. Son crímenes muy difíciles de rastrear. Si no hubiera sido por Sastre, que posiblemente puso a Panticosa sobre la pista, y por el valor de mi amigo, aún estaríamos completamente a oscuras.

Iturriaga se acabó el café y se puso de nuevo manos a la obra, interrumpiéndolos.

—Señores. Ahora debemos definir cuáles van a ser los pasos de la investigación a partir de este momento. Inspectora Negro... háblenos de Richie Domingo.

Valentina tiró el vaso a la papelera y se levantó como un resorte hasta el portátil. Proyectó una foto de Richie que había sacado de su web, en la que se le veía todo elegancia y *glamour*.

—Richie Domingo es empresario: por el día, es el dueño de una agencia de modelos situada en la calle de la Barrera, y también diseñador. Y por la noche, dirige un local *swinger*, es decir, de intercambios, el Te amo y te comparto, ese tan famoso que está por la nacional VI. Ahí tienen la foto; tiene treinta y seis años, vive con su madre en Las Jubias... —Valentina acalló los murmullos y alguna risa con un gesto—, a la que adora. Una señora bastante adinerada. De «rancio abolengo» coruñés, por así decirlo. Bien. Hemos descubierto conexiones entre Richie Domingo, Belén Egea y Victoria Álvarez. Richie organizó el cásting para una obra de teatro, quizás escrita por él mismo, llamada *Lóbrego romance*. En ese cásting estaba Belén Egea, y pocos días después de celebrarse, desapareció. Victoria estuvo en el local *swinger* un día antes de desaparecer. Y, además, Richie sale en una de las grabaciones la noche de la desaparición de Victoria... —Puso el vídeo en el que se veía a Richie caminando por una calle paralela a la casa de la joven—. Todos los indicios apuntan a este hombre. Aunque por ahora no tengamos ninguna prueba, es necesario controlarlo muy de cerca.

Sanjuán miraba deslumbrado a Valentina. Así era ella, en estado puro, cuando podía centrarse en el trabajo y poner todas sus facultades en la investigación. Decidida, inteligente... y dolorosamente hermosa. ¿Por qué les resultaba tan difícil amarse como personas normales?, se preguntó con tristeza.

—Ahora, hay un problema —siguió la inspectora—: No sabemos dónde está. Lo mismo que Eugenio Valverde, el banquero madrileño que vendió los cuadros del Artista. Llegó al aeropuerto de Alvedro en un avión procedente de Madrid y nunca más se supo. Su teléfono está desconectado, y el de Domingo también. Dudo de que sea casualidad. Si lo que aventura Sanjuán es cierto, pueden estar grabando un vídeo *snuff* con Victoria en algún lugar similar al castillo de San Blas. Si esto es así, la vida de Victoria Álvarez corre peligro inminente, confiando en que aún esté viva.

Sanjuán intervino.

—Si Domingo vive con su madre, y están muy unidos, no estaría de más hacerle una visita a la buena mujer.

Valentina asintió, pensativa.

—Es una idea excelente, pero hay que actuar con mucho tino. Cualquier paso en falso lo pondría sobre aviso. No podemos ir allí y decirle que su hijo es sospechoso de secuestro y asesinato.

Iturriaga solucionó la papeleta en unos segundos:

—Sanjuán, acompáñela, haga el favor. Tiene usted pinta de engolosinar muy bien a las madres. —Sanjuán le miró, sin saber si aquello era un halago o todo lo contrario—. Distribúyanse el trabajo. Hay que partir de la base de que la chica está viva, o no haremos nada. Primera pregunta... ¿Dónde puede estar Victoria confinada? Bodelón, busque lugares cercanos con las mismas características que el castillo de San Blas. Lugares abandonados en rehabilitación, comprados en los últimos tiempos... y siga con lo que ya estaba haciendo: localizar a Richie Domingo. En algún momento tendrá que aparecer en su casa, no va a dejar a su madre siempre sola si tanto la quiere. Velasco, usted sabe idiomas, coordine todo el tema de Edimburgo. Y también la investigación que se lleva a cabo en Ponferrada y en Madrid. Germán, usted ya tiene varios frentes abiertos. Siga con el ordenador de Panticosa, los vídeos del Peluquero..., que le sea leve con lo que tiene. Bueno, señores. Hay que darlo todo. Si logramos resolver este caso, cerraremos muchas bocas en esta ciudad.

Madrid, redacción de Planeta Misterio
22:00

Trashorras paró la imagen e hizo una captura de pantalla con el iPad. Se veía un primer plano en blanco y negro de Victoria, los ojos abiertos, enormes, alimentados por un terror visceral, el cuerpo desnudo, retorcido y torturado por un hombre con el rostro cubierto por un pasamontañas. Detrás, en la pared, el diablo pintado sonreía mientras mostraba a la cámara la mano con el ojo que parecía escrutar toda la maldad capaz de contener el ser humano. Era un plano perfecto. Trashorras envió la captura de pantalla a diez de sus contactos «especiales». Muy pronto, uno de ellos, el de Chicago, respondió afirmativamente. En cuanto la transferencia monetaria estuvo ingresada en una de las cuentas en un banco de las islas Caimán, Trashorras mandó el vídeo en un servicio de correo encriptado.

Miró su reloj. Ya eran las ocho de la noche, estaba solo en la redacción. Era viernes, sus empleados se habían ido ya. Más bien los había largado para colocar el nuevo vídeo y seguir trabajando en la venta de los anteriores.

Le habían comprado también el de Encina, y se había obligado a verlo una vez. Solo una vez. Él era el causante de su condena, él fue el que la entregó a los verdugos para ejecutarla. Él mismo fue el que buscó un comprador para su tortura y muerte, comprador que se echó atrás en el último momento. Y no solo causó la muerte de su amada, sino también la del arrepentido y la de Félix Panticosa en una cadena de fallos que casi les llevaron al desastre. Apreciaba a Panticosa, un gran profesional del periodismo, un aventurero, no merecía morir así. Pero se lo había buscado, sin duda... y ella también. Ella también se lo había buscado, huyendo de Madrid, escapando de su lado. Dejándolo. Sin ninguna nota, sin nada más que la sensación de haberlo traicionado.

Le tembló la mano sobre la pantalla de la *tablet* cuando lo buscó para enviarlo.

«Por lo menos la muerte de Encina servirá para que yo pueda ganar mucho dinero durante mucho tiempo», se consoló.

Edimburgo, a la misma hora

Macfarlain estaba en su casa, un vaso de Lagavulin en una mano, y con la otra repasando, una vez más, el álbum familiar, mientras el líquido dorado con sabor a turba le acariciaba la garganta. Sabía que eso era su condena, como si estuviera clavado en el epicentro de un dolor que solo se aliviaba con el correr del alcohol en su sangre. Su vida era una mierda antes de casarse con Elisabeth y tener a Maureen, y cuando ellas se fueron no le quedó nada. Él, un huérfano que se hizo policía, fue un día bendecido con el conocimiento de la felicidad mayor: saber que eras amado cada instante de tu vida por dos seres maravillosos. Y unos años después, fue maldecido con el mayor de los infortunios: tener que llorarlos a cada instante hasta el fin de sus días.

Para Macfarlain ser policía se convirtió, en esos años de soledad, en un modo de mantenerse con vida: ir a trabajar le permitía supurar su odio y no ahogarse en él. No bastaba el destino para joder a la gente, razonaba, también estaban los cabrones que le echaban una manita para completar el asunto. Como policía de Homicidios y Delitos Graves violentos se convirtió en una fiera; no temía a nada ni nadie, y más de una vez sus compañeros le cubrieron cuando empezó a dar palizas para conseguir testimonios o confesiones. Hasta que ocurrió lo de la muerte del pandillero: el chaval de veinte años, acusado de liderar una violación salvaje, le había sacado la navaja cuando intentaba huir, y se había abalanzado sobre él.

Macfarlain sostuvo que disparó en legítima defensa. Asuntos Internos intervino, pero todo el caso quedó en una nebulosa: los indicios que señalaban que esa muerte pudo haberse evitado nunca pudieron concretarse en pruebas manifiestas. Al fin le trasladaron a Desaparecidos cuando estuvo claro que la frustración y el alcohol le estaban minando.

Le apreciaban por lo que había sido, por el ser humano que había logrado ser: un gran policía saliendo del agujero de los hospicios, pero ahora le habían confinado llamando a las puertas, generalmente en busca de adolescentes fugados, en espera de que le llegase la hora de la jubilación.

—Diga —contestó Macfarlain al teléfono, de forma automática, saliendo de su ensoñación destructiva.

—Soy Velasco, de la Policía española. La inspectora Negro habló anteriormente con usted, referente a la desaparición de una chica suya, Catriona Stevenson.

—Sí, en efecto. Me envió también un vídeo. Estoy al corriente.

—Bien —siguió Velasco, tratando de expresarse en un inglés comprensible y técnico—. Quería tenerle informado de la victimología de las chicas españolas que pensamos que están implicadas en ese negocio. Dos de ellas eran chicas relacionadas con la música y la actuación, y la otra era una *escort*.

El escocés permaneció en silencio.

—Se lo comento porque, aunque se trate solo de tres mujeres las que hemos identificado hasta ahora, es posible que esto le sirva de ayuda a la hora de realizar sus investigaciones.

Hablaron un poco más y colgaron.

«No —se dijo—, a Catriona no la voy a abandonar. Si ese vídeo es verdadero, llegaré hasta el final.» Y se sirvió otro vaso de whisky.

36

El hotel del terror

Sábado, 20 de abril
Ponferrada, Hotel del Temple

Antonio Regueiro saludó al recepcionista del Hotel del Temple, un lugar peculiar que recreaba una fortaleza de la Edad Media de una forma muy teatral. Era el décimo establecimiento, entre hoteles, hostales y pensiones, que visitaba aquella mañana. Desde que Alana lo había llamado el día anterior para decirle que buscase en los hoteles el rastro de Gerardo Trashorras, no había parado de trabajar. Alana estaba convencida de que Trashorras tuvo que ir alguna vez a Ponferrada a buscar, a ver a Encina. A convencerla de que volviera a Madrid. El grado de obsesión de una persona por otra podía convertirse en puro dolor, en un eterno martirio que solo se podía mitigar con una pequeña esperanza. Y seguro que durante su búsqueda se habría alojado en algún hotel. Así que emprendió camino muy temprano, con un bloc de notas de los antiguos y un bolígrafo barato, como lo había hecho toda su vida policial. En los otros lugares que había visitado, tras recibir la pertinente negativa, había dejado copia de las fotos de Trashorras por si algún trabajador o limpiadora recordaba haberlo visto.

El recepcionista del Temple, un joven delgado y prematuramente calvo, sonrió al verlo. Era el hijo de un compañero retirado, y había coincidido con él muchas veces. Regueiro se congratuló: aquel chico era listo, espabilado, y tenía memoria. Y todavía mejor: le iba a ayudar con bastante más interés que los otros, los desconocidos. Los que al ver una placa policial se volvían reticentes y se parapetaban detrás del mostrador. Así que sacó dos fotografías de Trashorras y las colocó delante de sus ojos.

—Samuel, necesito que te concentres. ¿Has visto a este hombre alguna vez? ¿Sabes si se alojó aquí? Tómate tu tiempo..., se llama Gerardo Trashorras.

Samuel cogió las fotos y las analizó durante unos pocos segundos. Comenzó a asentir, y se sentó delante del ordenador. Regueiro escuchó el rápido tecleo del joven y una punzada de esperanza se le instaló en el estómago.

—Sí. Ha estado aquí varias veces. Pero no se llama Gerardo Trashorras. Se llama Fidel Ricart.

—¿Fidel Ricart? ¡Coño! ¿Cuándo estuvo aquí por última vez?

—Lo recuerdo: muy discreto, serio..., ya sabes, te acostumbras en este trabajo a observar a la gente. —Amagó una sonrisa, complacido de su habilidad ante Regueiro—. Además, no hace mucho que estuvo aquí. Principios de marzo. —Volvió a teclear—. Del jueves día 1 al domingo día 4, se fue muy temprano; realizó el pago a las siete de la madrugada. Efectivo.

—¿Estaba solo?

—¿En la habitación? Sí.

—¿Le viste hablar con alguien? ¿Quedó aquí con alguna persona?

—No recuerdo. Puedo preguntar a otros miembros del personal.

—Bien. De todos modos, preguntaré yo mismo. Dime quiénes estaban esos días trabajando, limpiando la habitación... todo el mundo que pudo estar en contacto con él. ¿Hubo otras veces que estuvo aquí?

—Estuvo en otras dos ocasiones —dijo Samuel, mirando

el registro—. Una en agosto del año pasado, otra en diciembre, después de las Navidades.

—Vaya, vaya, vaya. Impresionante, Samuel. Te pagaré unas cañas.

—No suelo beber... Soy corredor —se disculpó—, en unos días tengo una media maratón. Pero, gracias. Bastará con un refresco. —El joven sonrió, orgulloso de servir de ayuda.

—Eso no puede ser sano, chaval... —Regueiro movió la cabeza, apesadumbrado. Se despidió, cogió el móvil y llamó a Alana. Se iba a poner muy contenta con la información que le iba a proporcionar.

A Coruña, casa de Richie Domingo en Las Jubias

—No me imaginaba que un local de intercambios y una agencia de modelos pudiesen dar tanto dinero... —El ligero tono irónico de Sanjuán mientras admiraba las vistas a la ría del Pasaje y a la playa de Riazor que se disfrutaban desde el jardín de la casa de Richie Domingo, no pasó inadvertido para Valentina, que estaba pensando exactamente lo mismo.

—Me lo has quitado de la boca. Mira qué vistas. Alucinante.

Una mujer muy baja, con rasgos aztecas, vestida con un uniforme negro y una cofia blanca, inmaculada, los acompañó hasta el interior de la vivienda, decorada casi en blanco, negro y gris, con la nota de calidez de la madera de algún mueble que parecía contrastar con el entorno. Valentina pensó que el lugar no era demasiado confortable, desasosegaba tanto punto de fuga perfecto, tanta simpleza estudiada y fría. Se fijó en que en el salón no había fotos familiares, ni plantas, ni nada que pudiese interrumpir la contemplación del diseño arquitectónico del edificio, casi monacal, lleno de pureza.

—Esperen aquí. La señora los recibirá en un momento.

Poco después entró una mujer mayor, de pelo blanco, media melena, perlas. Muy elegante, muy Chanel para ser tan temprano, pensó Valentina, algo intimidada por su figura, el gesto adusto pero amable, la sonrisa etrusca en las facciones correctas y retocadas por el botox. Sanjuán se adelantó unos pasos y sonrió al verla, y fue ella quien habló primero.

—Buenos días. Soy Milagros La Puente, encantada de recibirles. —Le dio la mano a Sanjuán, y lo miró con interés—. Usted... ¿usted es Javier Sanjuán? ¿El criminólogo de la televisión?

—En efecto, soy yo —dijo Sanjuán, quien no tenía la vanidad como uno de sus pecados, y más le perturbaba ese reconocimiento que le agradaba—. Y ella es la inspectora Valentina Negro, de la Policía Nacional. Encantados también de poder hablar con usted, ya que su hijo no está en casa.

Milagros sonrió. Parecía muy feliz de que estuvieran allí. Analizó el aspecto de Valentina sin disimulo, quizás aprobando lo que veía. Juntó las manos, los dedos poblados de anillos enormes.

—Pero siéntense, por favor. Lupe les traerá un café... ¿o un té? Lo que prefieran. Bueno, lo que prefiráis. Tuteadme, por favor. Así me siento un poco más joven. —Sonrió con coquetería indisimulada.

—Café para los dos, gracias —dijo Valentina.

Como previamente habían decidido, Sanjuán tomó el mando de la conversación.

—Milagros, eres muy cortés al recibirnos. Nosotros en realidad queríamos hablar con Richie. Nada importante... Me explico. Estoy aquí unos días para asesorar en un caso, una desaparición. Colaboro con la Policía en mi labor de criminólogo. Por lo visto hay un hombre que está obsesionado con modelos, con chicas jóvenes de extremada belleza. Y dado que tu hijo tiene una agencia de modelos de gran éxito y muy importante en la ciudad, consideramos necesario que estuviese sobre aviso. Podía ser de mucha ayuda a la hora de prevenir un ataque... —La llegada del café interrumpió un momento el discurso de Sanjuán.

—¡Oh! Qué horror. No lo sabía. No ha salido en las noticias... —dijo Milagros, poniendo cara de susto—. Está claro que la Policía lleva ese tema en secreto. —Miró a Valentina, que asintió con seriedad—. Mi hijo no está. Es una pena, pero no está. Nunca está. La verdad es que de un tiempo a esta parte me tiene muy abandonada. Son sus negocios, es un hombre muy importante. Gana mucho dinero. Preferiría que ganase menos y estuviese más conmigo. Me aburro aquí sola. Desde que murió mi marido, salgo poco. Me caí y me rompí la cadera hace dos años. Achaques de la edad. Desde la caída no soy la misma...

Sanjuán la interrumpió con delicadeza, antes de que comenzase a hablar de enfermedades.

—Richie es una persona con talento, por lo que veo. ¿Decoró él mismo la casa? Es impresionante.

—La decoró y la diseñó él mismo, con la ayuda de un amigo arquitecto, para las cuestiones técnicas. Es un gran dibujante. Diseña ropa, pinta cuadros, escribe. Estoy muy orgullosa de él, claro que ha recibido una educación exquisita, siempre me he ocupado de todo... —Valentina puso su mejor cara ante el orgullo que mostraba Milagros en su amor de madre—. Lo único que me apena es que no se haya casado nunca. Necesita una buena mujer que lo cuide.

—¿Dibujos? Me encanta el arte. —Valentina intervino rápido, miró a su alrededor, fingiendo que le gustaba todo lo que veía, y evitando así que la conversación discurriera por el terreno del matrimonio que Milagros había introducido—. Si son la mitad de buenos que el diseño, valdrán un dineral.

—¿Queréis verlos? Los tiene en su despacho.

—No, no te molestes..., no hace falta. —Sanjuán decidió jugársela, pero estaba casi seguro de que había poco riesgo; bebió un sorbo de café y lo paladeó. Estaba delicioso.

Milagros se levantó, con un tintineo de sus joyas.

—Insisto. Quiero que los veáis. Richie no está muy seguro de que sean buenos, por eso no los suele enseñar. Venid conmigo, el despacho de Richie está en el piso superior.

Valentina miró a Sanjuán y le sonrió, orgullosa de él.

Diego Aracil señaló en un mapa todos los robos con un puntero láser y al final lo posó sobre la ciudad de Madrid.

—El ataque a Clementius y Lúa Castro viene del mismo lugar que el robo de los objetos, eso seguro, Alana. He estado investigando y Trashorras viajó a México bajo el nombre de Fidel Ricart en las fechas del robo del cuadro *La alegoría de la muerte* de Mondragón. Y a París días antes de desaparecer el supuesto ataúd de Sarah Bernhardt. No, no puede ser casualidad. Debe de tener documentación falsa. El verdadero Fidel Ricart falleció hace dos años en un accidente de tráfico en Castellón... Seguro que fue él el que contrató a los dos sicarios, después de que Lúa hiciese el artículo en el periódico.

—Los dos sujetos que los atacaron no han dicho absolutamente nada. Tampoco la cantante de tangos que hizo de cebo. Ley del silencio. No ha habido forma de hacerlos hablar... —Alana apretó los puños, impotente—. Por ahí no vamos a avanzar nada, lo importante es sacarle algo a Trashorras. Me parece que voy a tener que hacerle una visita.

—Te acompaño. No puedes ir sola, esa gente es muy peligrosa, Alana.

—Si vamos los dos, va a sospechar, ¿no te das cuenta? Quiero que se confíe. Ver por dónde respira... —Alana se dio cuenta de que Diego la estaba mirando con absoluta preocupación. Sonrió—. Diego. Soy yo, Alana. Sé cuidarme sola. Me conoces.

Aracil se acercó un paso y le acarició la cara con suavidad.

—Aún te echo de menos, Alana. Lo sabes.

Ella se quedó prisionera de los ojos azules, profundamente marinos de Aracil durante un segundo, luego sacudió la

cabeza, negando unos sentimientos que, era cierto, permanecían enquistados en su alma desde el día en que tomó camino
a Ponferrada.

—Y yo a ti. Mucho. —Le sonrió con dulzura—. Pero los
amores a distancia no funcionan, Diego. Y, además —y ahora, con sus ojos enormes de color miel, lo miró con decisión—, es mejor que aplacemos el tema para cuando todo esto haya acabado, ¿no crees?

—Aún estoy a tiempo de convencerte... —Aracil se dejó
llevar por un impulso; deseaba con todo su ser a esa mujer.

Alana esquivó el beso del oficial y le puso las manos en la
cara.

—Mírame, Diego. —Y de nuevo le enfocó con sus ojos—.
No es posible. Venga. Estamos en el trabajo. Nos pueden ver.

Aracil suspiró, resignado.

—Pero no vayas sola a hablar con Trashorras, es lo único
que te pido.

—Eso ya lo veremos, chico guapo. —Le guiñó un ojo y
después depositó un suave pico en sus labios, como premian-
do su paciencia.

Sanjuán se quedó petrificado en la puerta. Enfrente de él
había un cuadro de Ernst Ludwig Kirchner, un pintor expresionista alemán, prototipo del «arte degenerado» despreciado
por los nazis. *La torre roja*, una enorme reproducción al óleo,
presidía el despacho de Richie Domingo, con el campanario
gótico pintado con furiosos trazos negros, la calle naranja, la
iglesia azul oscura, todo un festival de expresión agresiva y
monumental. Miró a Valentina con intención. Era la única nota de color en el despacho, que era igual de minimalista y gris
que todo lo demás. Una sólida estantería atravesaba toda la pared, llena de libros de arte, de moda y todo tipo de literatura.

La madre de Richie guardó las llaves y avanzó hasta la
mesa de dibujo que había en un lado y rebuscó en unas carpetas enormes.

—Él no sabe que yo entro aquí muchas veces a ver sus pinturas. Son magníficas. Acercaos, por favor. Las carpetas son muy pesadas para mí.

Sanjuán avanzó y se puso a su altura. Mientras, Valentina intentó abrir con disimulo los cajones de la enorme mesa de madera noble. Estaban cerrados. Mientras Sanjuán pasaba los dibujos uno a uno, comentándolos con la mujer, Valentina curioseó entre los libros de la estantería. Había un apartado con libros sobre crímenes que le llamó la atención poderosamente. Se fijó en varios que estaban juntos en una sola balda, especialmente en dos: *El extraño caso del Doctor Holmes* y *El diablo en la ciudad blanca*. Luego se acercó a donde estaban ellos, y fingió admirar los dibujos de Domingo.

Cuando los dos salieron al exterior, una nube oscura y gris se cernía sobre ellos. Había bajado la temperatura, y a lo lejos, sobre Mera, se veía caer la lluvia como una cortina a merced de la brisa.

—Va a llover. Démonos prisa... —Valentina agarró a Sanjuán del brazo—. ¿Qué te pareció? La madre es todo un personaje.

—En cierto modo, Richie Domingo encaja en el perfil, si eso es lo que quieres oír. Solo en cierto modo. Por una parte, la madre posesiva, una infancia marcada por el dominio de esa personalidad arrolladora y exigente..., pero si te fijas ha desarrollado un afecto muy intenso por ella, la adora, se ve a leguas. En mi perfil, no había una familia..., no sé. Tengo que analizarlo. Las pinturas... ¿te fijaste? No todas, pero muchas eran claramente una imitación muy clara del expresionismo alemán. Igual que los dibujos. Había muchos de diseño de ropa, muy buenos. Pero muchos otros eran claramente expresionistas.

—Mientras miraba su biblioteca me ha llamado mucho la atención una cosa —dijo Valentina, que estaba reflexionando sobre todo lo que comentaba Sanjuán—. ¿Recuerdas tu programa de televisión de hace un año sobre el asesino H. H. Holmes? ¿El del hotel del terror? Tenía varios libros sobre él.

Extraño en un hombre que diseña ropa para chicas hermosas y muy jóvenes...

Sanjuán se detuvo al momento.

—Claro, Holmes, el que construyó un hotel de la muerte, lleno de pasadizos secretos, trampillas, cámaras de gas..., el primer asesino moderno de Estados Unidos. Una especie de Barba Azul. Y *El diablo en la ciudad blanca* recrea la vida de Holmes, es cierto... —Sanjuán la miró, primero sorprendido, después asombrado—. Valentina, tienes razón. ¡H. H. Holmes, pseudónimo de Herman Webster! Tenía que habérseme ocurrido antes. ¿No te das cuenta? ¡Ese hotel de los horrores es el decorado perfecto para una película de horror expresionista!

37

Escuchas indiscretas

Todo deseo tiene un objeto y este es siempre oscuro. No hay deseos inocentes.

Luis Buñuel

Sábado, 20 de abril, 11:30
Edimburgo, barrio de Leith

Hugh Macfarlain se detuvo frente al bloque de edificios de tres pisos y un triste color gris, propio de las viviendas de obreros construidas en el barrio de Leith en los años setenta para alimentar de brazos el desarrollo industrial de aquella época. Unos enormes maceteros con rosas bien cuidadas eran el único adorno de la calle. El portal, que pedía a gritos una mano de pintura, estaba en un metido casi sin iluminación, y abierto. Sacudió su paraguas.

Llamó al timbre; era sábado, pero dio por hecho que Patty Jones estaría ahí. Libraba en su trabajo los fines de semana. Patty no sabía nada de su hija desde hacía seis meses, y todo ese tiempo él había hecho lo humanamente posible por encontrarla, sin resultado.

Patty abrió la puerta, y durante unos segundos se quedó

mirándolo, entre sorprendida y esperanzada, pero esto último solo un instante, el que le costó descifrar la mirada sombría de Hugh. Le franqueó la puerta, saludándole con un escueto aunque dulce «hola», y ambos se dirigieron al pequeño salón, amueblado con un sofá de dos piezas y un sillón que descansaban sobre una alfombra limpia pero ya gastada. Las paredes estaban pintadas de azul claro, en un intento vano de arrancar algo de luz a un entorno sombrío. El exterior gris daba paso a un interior adusto, que el dolor se había encargado de acentuar.

Las fotos de Catriona destacaban encima de una mesita auxiliar: de diversas épocas, la primera tenía de protagonista a una niña mofletuda en sus primeros días de escuela primaria, y la última mostraba a una joven hermosa en la boda de un familiar, a los diecisiete años, vestida de rojo, ojos castaños, rubia, boca amplia enmarcada en unos labios irresistibles.

—Dime, Hugh, ¿qué te trae por aquí de nuevo? Dame el paraguas... —dijo Patty con tristeza, esbozando una sonrisa a duras penas, como si continuara una conversación interrumpida hacía poco, y no hiciera más de dos meses que no lo hubiera visto.

Hugh se sentó en el sofá, enfrente de Patty.

—Patty... lamento molestarte de nuevo, pero necesito hablar contigo. Estoy siguiendo una nueva pista, y me gustaría repasar contigo algunas cosas. Sé que es duro para ti... —Hugh había medido mucho esas palabras. No quería darle esas malas noticias, si es que finalmente ese vídeo *snuff* era una realidad, como parecía serlo: mejor que la creyera perdida para siempre antes que conocer el final dantesco de su hija. Pero tampoco quería infundirle esperanzas, eso hubiera sido incluso más cruel. Así que, antes de que Patty dijera algo, añadió—: Patty, por favor, no tengo gran cosa, no quiero que pienses lo que no es, pero es solo que me quedaría más tranquilo si ato algunos cabos.

Patty, cuyo corazón había vuelto a latir con violencia sin proponérselo, miró intensamente a Hugh, como si en sus ojos estuviera solo la verdad y no en sus palabras. Pero lo que vio no lo supo interpretar de ninguna manera.

—Entiendo... —Suspiró largamente, y se tomó unos segundos antes de seguir hablando—. Dime, ¿qué quieres saber?

—Gracias, Patty. —Sacó una libreta de notas y la hojeó—. Como te he dicho, me gustaría repasar algunas cosas. Lo hemos hecho muchas veces, lo sé, pero es necesario, lo siento.

Patty asintió imperceptiblemente, y Hugh no pudo menos que sentir de nuevo algo que había ocultado en el fondo de su alma torturada, un vínculo extraño con esa mujer de cuarenta y cinco años de rostro castigado por el dolor y el insomnio pero todavía hermoso, que mostraba una boca de dientes blancos, perfectos y unos ojos azules intensos enmarcados por el cabello rubio muy parecido al de su hija, que le llegaba casi a los hombros. A pesar de las desgracias, seguía conservando su belleza juvenil, y un cuerpo en el que todo parecía mantenerse en su punto justo, sin que la gravedad hubiese hecho demasiada mella. Macfarlain, en medio de su propio tormento, no había dejado de sentirse en cierto modo atraído por aquella mujer, y muchas veces pensaba si su obsesión con Catriona no tendría mucho que ver con Patty en realidad. Pero eso era algo que no quería reconocer.

—Sé que no la veías mucho, que a los diecisiete años se independizó y se fue a vivir con una amiga, Doreen, a un edificio de apartamentos de la zona universitaria, donde trabajaba de camarera, entre otros oficios temporales. Allí vivió un año más o menos, y luego se mudó a Dunfemline, donde encontró un apartamento más barato. Allí trabajó de empleada en un supermercado, y finalmente de administrativa en una empresa de seguros... Bien, como había mejorado en su trabajo, decidió vivir sola, así que se mudó a otro piso más pequeño. Compaginaba su trabajo en la oficina con actividades ocasionales de *au pair*... Se le daban bien los niños... —Miró a Patty, quien escuchaba aquello como si fuera un eco lejano proveniente de otra vida.

»Bien —continuó—. Sé que la relación con tu hija no era buena, que a veces pasaban meses sin que supieras nada de ella. —Sabía que Catriona sufrió los abusos de su padrastro cuando ella tenía catorce años, y nunca se lo perdonó a su madre. Ella, cuando lo descubrió, lo denunció y pidió perdón a su hija por no haberlo visto, pero ese puente nunca volvió a reconstruirse—. Pero hay una cosa que me preocupa. Ya sabes que estuvimos hablando con todos los chicos que la conocían... todos jóvenes trabajadores y algún estudiante... El caso es que —sacó una foto de un bolsillo— he estado repasando el archivo y he visto que tenía dos vestidos realmente bonitos... Esta mañana me he pasado por el departamento de pruebas y los he contemplado al natural otra vez..., son de firma, muy caros. ¿Por qué tendría tu hija unos vestidos así?

Patty sintió de nuevo ese dolor latente revivir. ¿Qué podría decirle? Apenas la había visto media docena de veces en los últimos dos años... cuando ella iba a visitarla en Navidad o su cumpleaños, porque su hija la amaba pero al mismo tiempo la consumía el pasado que quería dejar atrás. ¿Podía saber realmente sus gustos? Pero aun así... era cierto. Ella era más informal, le gustaba la ropa de estilo personal pero nada cara, a veces se vestía de gótica..., no, ella diría que esos vestidos no le encajaban. Se dio cuenta de que lo pensó cuando la Policía le enseñó sus efectos personales, seis meses atrás, pero no creyó que aquello tuviera importancia en esos momentos.

Cuando Hugh se marchó, la mañana se había despejado un poco. No llovía. Hacía frío para la época en la que estaban, pero un sábado era un buen día para encontrar a un antiguo amigo, alguien que podría darle información sobre la utilidad de esos trajes.

El Palacio de la Oscuridad

Victoria nota que el intenso dolor remite en el momento en el que Richie le inyecta un calmante. La aguja se introduce con dificultad en sus venas ocultas, sus brazos parecen raíces de un árbol desesperado por sobrevivir en un yermo seco y sin alma.

Cuando ve que Victoria se relaja, Richie aparta la manta y cura sus heridas, cubre de crema la piel castigada. Ella intenta sonreír, agradecerle sus cuidados. No tiene fuerza. Gime cuando las manos acarician los muslos cubiertos de laceraciones.

Sabe que con la noche volverá el hombre de la máscara de espejos. Y con él, la pesadilla angustiosa, el tormento, la muerte y quizá la resurrección. Hace frío. Un escalofrío le recorre todo el cuerpo.

Richie la abriga, la abraza, nota su angustia, la absorbe en la plenitud de su tormento.

Ella solo quiere volver con su papá.

Edimburgo

Hugh decidió caminar hacia el *pub* Conan Doyle, situado a una hora de la casa de Patty. Hacer un poco de ejercicio le iba a venir bien para pensar. Catriona había salido de su trabajo, a las 18 horas, y se fue a su casa. Un vecino la vio entrar. Pero es obvio que luego salió, aunque nadie fuera capaz de notarlo, y que hasta la fecha no había regresado. ¿Adónde demonios se fue? ¿Cómo pudo terminar en una película *snuff*? ¡Por amor de Dios, cómo era posible eso! Notó que el pulso se le aceleraba: «Cálmate, estúpido escocés, piensa de una vez en lo que vas a hacer, y no metas la pata de nuevo», él mismo se amonestó. En su fuero interno tuvo que reconocer a regañadientes que esa chica le importaba más que otras, porque había descubierto en su madre algo que le llegó por dentro.

¿Qué fue? Quizás una misma mirada de dolor compartido, una tristeza sazonada por las finas líneas que dibujaban un rostro hermoso...

Eran muchas las emociones que le embargaban, pero Macfarlain no era capaz de bajar la guardia. Sintió deseos de beber en esos momentos, pero no lo hizo; esperaría a llegar al *pub*, y entonces bebería solo un par de cervezas. Se lo pensó mejor: si tenía que hacer bien ese trabajo, tendría que beber incluso menos.

Al entrar en el *pub* se dirigió a uno de los camareros, que no recordaba haber visto anteriormente, y le preguntó por Andy Roster. No le enseñó su placa, le dijo que el señor Roster le conocía, y que solo quería charlar con él. Se sentó junto a una ventana con una pinta de cerveza tostada. A los diez minutos, Andy Roster, el dueño del *pub* y de otros boyantes negocios de la ciudad, se sentó a su lado. Amigos desde el instituto, hubo un tiempo en que no se vieron; la tragedia de Macfarlain le había convertido en un ser hundido y desesperado, y durante mucho tiempo se refugió como un ermitaño. Luego, poco a poco, salió de la fosa en que se había escondido, algo le impulsó a vivir, y en ese retorno Andy estuvo ahí, apoyándolo. De todas formas —pensó Roster al verle y acercarse con una sonrisa—, su amigo estaba roto, fracturado. Y no confiaba en que las cosas cambiaran.

Ambos se saludaron con un fuerte apretón de manos y, tras intercambiar unas breves palabras, el policía, después de darle un buen trago a la jarra de cerveza, se frotó las manos y miró con franqueza a su amigo:

—Andy... ¿Te acuerdas de Catriona Stevenson, la chica que desapareció hace unos meses? Tuviste su foto en tu *pub* hasta hace poco.

—Claro. ¿Hay novedades?

—Bueno, no exactamente... pero hay algo que me gustaría averiguar. Dime —Hugh dudó unos instantes—, si una chica quisiera ganar un dinero extra, digamos... con algunos hombres... ya me entiendes... ¿cómo podría hacerlo? —apuró la cerveza de un trago.

Andy abrió los ojos, sorprendido.

—¿Te refieres a hacer de puta?

—Sí, bueno, no de forma profesional, ya me entiendes, solo de vez en cuando... para sacar un dinero extra. Tú conoces a todo el mundo en Edimburgo, Andy, por eso te lo pregunto.

Andy permaneció en silencio un buen rato. Luego, sacó una libreta de notas de su pantalón, escribió un nombre y una dirección, arrancó la hoja y se la dio a su amigo.

—Este tipo trata con mujeres jóvenes. No son profesionales, lo que tú buscas. Lo sé porque alguna vez alguna chica que trabajaba para mí me lo ha contado, ya sabes, de vez en cuando tienen algún problema, y necesitan ayuda... Pero te aviso: ese tipo tiene malas pulgas, y está muy bien conectado. A mucha gente respetable le gusta meterse de vez en cuando en la cama con una jovencita apetecible que no es una furcia a tiempo completo. Va a ser difícil que le saques información como no tengas algo que realmente quiera a cambio.

Madrid, 13:00
Oficina de Planeta Misterio

Alana se miró en el espejo: pantalón vaquero ajustado, jersey negro ceñido y altos zapatos de ante negro, como el color de las gafas de sol que llevaba puestas. Salió del ascensor y carraspeó levemente para aclarar la voz antes de llamar a la puerta de la redacción de la revista *Planeta Misterio*.

Le abrió un hombre mayor con un cigarrillo electrónico en la mano, el único trabajador que permanecía allí un sábado, y le indicó el camino del despacho de Trashorras, que se veía a través del cristal hablando por teléfono y haciendo gestos elocuentes.

Llamó a la puerta y entró, intentando adoptar un aire lánguido y misterioso. Se quitó las gafas y miró a Trashorras con ojos de desesperación.

—Gracias por atenderme un sábado. Usted es el único que puede ayudarme. —Sacó unas fotografías del maletín de cuero y las puso sobre la mesa.

Trashorras la miraba con asombro, turbado en parte por la belleza menuda y delicada de Alana y por su aire de fragilidad melancólica. Miró las fotos: uno de los informáticos de la Jefatura Superior había realizado unos montajes excelentes con las fotografías, en los que se podía ver con esfuerzo una especie de ectoplasma tenue detrás de ella en una habitación.

Se echó hacia atrás en la silla.

—Son unas fotos muy buenas, pero no pretenderá que piense que esto es cierto, ¿no? —No era la primera vez que acudían a él personas con una historia falsa para ganar dinero y algo de fama. A él le daba lo mismo si la cosa era cierta o no, pero no quería ver la credibilidad de la revista comprometida.

Ella continuó, fingiendo que procuraba contener sus emociones. Entreabrió los labios un par de veces, y al final aparentó la suficiente confianza como para poder hablar y contar su terrible secreto.

—Esa sensación... Él está siempre conmigo. Tengo miedo. Lo noto, a veces mueve cosas..., abre los cajones, enciende las luces... —Alana le pasó un *pen drive*—. Ahí podrá escuchar la grabación de una psicofonía, no me he atrevido a escucharla más de una vez. La hizo un amigo con un viejo radiocasete. Yo creo que es mi novio..., murió hace dos años, en Afganistán. En un accidente. Nos íbamos a casar. —Alana consiguió que sus ojos se llenaran de lágrimas en una actuación perfecta—. Por favor, primero escuche la grabación..., considérelo. Tome mi tarjeta... —Deslizó sobre la suave superficie una tarjeta blanca. En ese momento se le cayó el bolso. Se inclinó un momento y aprovechó para pegar un micrófono minúsculo en la parte inferior del mueble. Cuando se levantó, volvió a lanzarle a Trashorras otra mirada de cervatillo indefenso. Él hizo una mueca y al fin pareció ceder, aunque con aspecto de no creerse demasiado la historia.

—Está bien, lo consideraré. Pero no le prometo nada. ¿Es usted de aquí, de Madrid?

—Sí. Vivo en los Austrias, no muy lejos de esta oficina, en un inmueble del siglo XVIII. Está lleno de rincones misteriosos, de susurros de otros tiempos... He intentado irme de ahí, de venderlo, pero no he sido capaz. «Él» no me deja.

Un rato después salió del edificio. Diego Aracil, sin saber muy bien si aquello era una idea genial o un disparate, la esperaba en la esquina, fuera de la vista de Trashorras.

—¿Qué tal? —Comenzaron a andar hacia el coche.

Alana soltó una carcajada.

—Creo que piensa que soy una trastornada. O una timadora. Mientras lo decidía, le pegué el micro GSM debajo de la mesa en un descuido. Venga, vámonos al coche. Me quiero cambiar de zapatos, me están destrozando los pies. ¿Has comprado algo para comer mientras esperamos?

17:00

Trashorras, agobiado, dio unos golpes en la mesa. Estaba hablando por su teléfono de prepago, irrastreable.

—Joder. ¿Esta noche? ¿Qué hostia dices? Esta noche me quería quedar en casa, tengo mucho trabajo que hacer, el negocio va viento en popa, hay que montar alguna escena especial por petición, enviarla... Sí. Ya ¿El correo? Lo he leído, sí. Antes de una semana. ¿Cómo voy a conseguir esos dos vestidos antes de una semana? Joder. ¿Tienen que ser esos? ¿No pueden ser otros? Ah... ya entiendo. Mañana por la tarde llega la exposición a Madrid desde Sídney. Qué casualidad. Así, sí. Imagino que haremos como en México.

La voz de Trashorras sonaba alta y clara a través del receptor. Aracil y Alana se miraron con extrañeza dentro del coche mientras escuchaban la conversación. Aracil susurró: «¿México? ¿El cuadro robado de *La Profesa*?»

Alana apretaba el brazo de Aracil mientras escuchaba la conversación, nerviosa. ¡Su plan estaba funcionando!

La voz continuó.

—Para organizar algo así necesito algo más de tiempo. OK. No, no creo que tengan muchas medidas de seguridad, pero la pasma anda con la mosca detrás de la oreja desde lo de Panticosa, no quiero llamar demasiado la atención, ¿me entiendes? Vale, vale. De acuerdo. Esta noche quedaré con ellos. Diles que a las diez, donde siempre. ¿Borrell? Ah, genial, muy bien. No, no te preocupes. Está todo metido en mi caja fuerte.

Escucharon cómo Trashorras perjuraba por lo bajo, y luego pareció salir de la oficina dando un portazo.

Alana dejó de apretar el brazo de Aracil y lo miró con los ojos brillantes.

—¡Bravo! Tenemos vía libre esta noche para entrar en su casa y echar un vistazo rápido a esa caja fuerte.

Aracil le devolvió la mirada, incrédulo. No podía creer lo que estaba oyendo.

—No pretenderás... No tenemos una orden judicial. No podemos entrar en su casa así, por las buenas.

—Por supuesto que sí. Arranca y vámonos a la calle Doctor Esquerdo. Tengo allí un amigo que nos puede echar una mano. Trabaja de una forma muy limpia y me debe un par de favores. —Ante la negativa del oficial, que se limitaba a mover la cabeza en desacuerdo, Alana insistió—. Diego, a ver si lo pillas. La chica coruñesa, Victoria, está en peligro de muerte, ahora mismo debe de estar sufriendo lo indecible. —Su voz se le hizo más densa—. Si es verdad que toda esta gente está relacionada, no sabemos si en esa casa podemos encontrar algo que nos oriente hacia el lugar donde puede estar, y eso... si sigue viva, por supuesto. Imagina que haya más chicas secuestradas. Piensa en esos vídeos. Trashorras habló de «montar una escena». ¿Y si hay más vídeos en su ordenador? ¿En su caja fuerte? Estoy convencida de que ese tipo se cargó a Encina Yebra, no sé si de forma directa o indirecta, Regueiro me ha dicho que estuvo en Ponferrada varias veces después de que Encina se fuera de Madrid. Además, no hay tiempo de pedir una orden de registro, y ni siquiera tenemos la seguridad de que con esos indicios nos la den, ¿no te das cuenta? —Alana abrió los ojos, suplicantes, llenos de ternura, pero tan decididos que Aracil supo de inmediato que esa partida la tenía perdida.

Diego suspiró profundamente, luego puso el coche en marcha y enfiló hacia la calle Doctor Esquerdo. Estaba visto que no le podía negar nada.

Comisaría de Lonzas

Mientras Sanjuán repasaba *Lóbrego romance*, en busca de algún pequeño detalle de los que solían pasar desapercibidos en una primera lectura, Valentina volvió a ver el *snuff*. Congeló las imágenes en un punto y luego buscó fotos en la red.

—Sanjuán, fíjate. El ataúd de la segunda escena. Donde le cortan la cabeza a una chica... ¿No es el de Sarah Bernhardt? ¿El que han robado en Francia?

Valentina había buscado unas fotos de la Divina metida en el ataúd en Google, se las enseñó al criminólogo colocándolas a un lado de la pantalla del ordenador.

—Es muy parecido al de las fotos de la actriz, en efecto... —Sanjuán se acercó—. Pero no, no lo es: creo que quisieron recrear el efecto antes de conseguir el ataúd verdadero. Entiendo lo que quieres decir: está claro que quienes hayan robado esos objetos los quieren no solo para su disfrute personal y perverso, sino también para que forme parte del atrezo macabro de los vídeos.

—Y, sin embargo, en la casa de Richie no había nada macabro, era todo muy luminoso, artístico, limpio... ninguna alusión a la muerte o sus símbolos. Salvo los libros sobre el asesino en serie Holmes —dijo Valentina—. ¿No te parece extraño?

—Los dibujos tenían su punto oscuro, no lo niegues. Sin llegar a ser del todo siniestros. Val, tienes que tener en cuenta que Richie vive con su madre, ante ella tendrá que mantener una imagen de hijo modélico. Aún no sabemos si tiene otro sitio en donde ocultar sus perversiones.

Valentina continuó mirando el vídeo, intentando disociarse en sus emociones del contenido ominoso que contenía.

—Se cuidaron mucho de no mostrar bien el lugar donde se rodaban las escenas, pero de todos modos me da la sensación de que seis de los siete clips están grabados en el mismo sitio, una especie de capilla. Los hombres..., los que van con la túnica, es difícil... pero podría asegurar que ninguno repite. Es una pesadilla —concedió, derrotada, en esos instantes, cada vez más angustiada porque el tiempo huía entre sus manos—, pero habrá que pensar que hay gente que paga por hacer «eso».

—Ahí se mueve mucho dinero. No descarto que haya cruces entre este tipo de «negocio» y el tráfico de droga. Cocaína, por ejemplo. Traficantes con el suficiente dinero para poder ofrecer una fortuna para matar a una mujer de una determinada manera. El organizador de todo, la mano maestra, les ofrece algo distinto y único, algo con «clase», emociones supremas, dirigidas, en un marco restringido, nada de la chabacanería a la que están acostumbrados. Puede cobrarse con coca de Colombia y luego colocarla en el mercado europeo por un precio mucho mayor. Hay mil maneras...

—¿La mano maestra? ¿No crees que puedan ser varios los jefes?

—Creo que es una organización criminal, y, como toda organización, tiene que tener un jefe, un cerebro organizador. Fíjate: por ahora hemos encontrado ramificaciones en

Edimburgo, Valencia, Ponferrada, Madrid y A Coruña, además del banco de las islas Caimán. Y acabamos de empezar. Un entramado tan grande es perfecto para ir diluyendo cualquier paso, en un mundo globalizado unos pueden estar haciendo el trabajo de otros de forma que la Policía jamás descubra nada sospechoso, o si llega a descubrirlo, que le sea casi imposible llegar hasta el huevo de la serpiente. Y todo ese entramado necesita una jerarquización para funcionar, un jefe.

Valentina le interrumpió:

—¿Estamos pensando en el mismo tipo?

Sanjuán asintió.

—En efecto, Richie Domingo tiene todas las papeletas para llevarse el número uno. Pero necesitamos pruebas: la cámara de la calle grabándolo, su conexión con Victoria y antes Belén Egea... y lo que vimos en su casa, aunque es muy sugerente, ante un juez tiene muy poco valor. No —ladeó la cabeza—, nuestras suposiciones no llegan para salvar a Victoria. Y, Valentina —la miró directamente a los ojos—: estamos ya quedándonos sin tiempo.

Valentina se echó hacia atrás en la silla. Ella también lo había pensado, sin embargo, prefirió escucharlo de boca de Sanjuán:

—¿Qué quieres decir?

—Si calculamos que a Encina, nuestra única referencia, la conservaron con vida diez días... Victoria lleva casi seis. No sabemos cuál es el criterio para que las conserven vivas, ni si mataron a Encina por culpa de la irrupción de Panticosa. Hay que actuar cuando antes: si Richie no está localizable, sin duda está participando en la grabación de la película. Eso pienso. Y no debe de estar muy lejos: su madre le necesita hasta para respirar.

Valentina miró el reloj y lo interrumpió. En cierto modo ella también quería aferrarse a aquella teoría. Para ella siempre quedaba esperanza, mientras no viese un cuerpo muerto delante de sus ojos había motivos para luchar. Volvió a llenarse de energía interior.

—Tienes razón, pero aquí no arreglamos nada. Hablando de Victoria, me tengo que ir. Hay una reunión en María Pita, de Seguridad Ciudadana. El padre de Victoria... todo eso. Pobre hombre. ¿Vienes?

—Por supuesto que voy contigo. Nos va a venir bien un poco de aire. Luego podemos tomar algo por el centro.

38

Deuda de sangre

La cafetera borboteó y el aroma se esparció por la cocina. Juan Antonio Espinosa, un hombre bajo y delgado como un maratoniano etíope, enjuto, muy moreno, casi renegrido, calentó la leche en el microondas y después llevó todo en una bandeja a la mesa de la cocina, recubierta de un mantel de hule de cuadros rojos y blancos. En la cocina había un almanaque con la Virgen María Auxiliadora con días señalados en rojo.

—Aquí tienen. Sírvanse. —Espinosa llevó el café, una jarrita con leche y azúcar en una bandeja; tenía la costumbre de proferir solo las palabras justas y necesarias, y no esperar a las respuestas. Actuaba y punto.

Después de una conversación de cortesía de apenas un minuto, fueron al grano. Alana le explicó lo que había que hacer si era posible.

—¿Entrar en un adosado mañana por la noche? ¿Medidas de seguridad? ¿Dónde está?

—Está en Majadahonda. En cuanto a las medidas de seguridad, no lo sé exactamente. Sin duda tendrá alarma y una buena puerta blindada como mínimo.

Espinosa se rascó la cabeza y asintió.

—Bien. Deme la dirección. Voy a echar un vistazo a la

zona primero. Estaremos en contacto. —No había mucho más que decir, y Alana sabía que más palabras con ese hombre eran del todo innecesarias.

Cuando salieron del portal, Diego Aracil miró a Alana con semblante serio.

—Eres muy mayorcita, Alana. Y subinspectora, así que como oficial y subordinado tuyo poco puedo decirte. Pero no me gusta nada este tema. Nada. Es totalmente ilegal. Y otra cosa: ¿De dónde ha salido ese hombre? Parece un mendigo.

Alana sonrió de medio lado.

—Ese hombre es... bueno, era... un ladrón de bancos muy activo en sus tiempos. Hace tiempo que abrazó la fe cristiana. Se curó de un cáncer de páncreas, una especie de milagro, y no volvió a delinquir.

—Y tú, ¿cómo sabes todo eso?

Alana le acarició con suavidad en un gesto contenido.

—Mejor no te lo cuento...

Aracil le apartó la mano, realmente enfadado.

—Insisto. Por lo menos quiero saber en dónde nos estamos metiendo.

—Está bien —accedió la subinspectora, resignada—. Trabajo en equipo, tienes razón. A ver cómo te lo explico, sin que te escandalices demasiado. Yo detuve a Espinosa una vez, cuando estaba en Madrid. Más concretamente, le pegué un tiro en el abdomen, era un hombre muy peligroso, había cogido rehenes cuando estaba asaltando una Caja de Ahorros hace ocho años. Yo tampoco pensaba demasiado, acababa de salir de la academia. La cosa se puso fea. Te lo resumo: disparé antes de que él lo hiciera contra mí. Me salió bien. Lo curioso es que a él también: gracias a mi disparo, los cirujanos, al abrirle, encontraron un tumor importante en la cabeza del páncreas. Si no hubiese disparado, no lo hubiesen detectado, y eso le salvó la vida. A partir de ahí, sufrió una especie de conversión religiosa, o algo parecido, no me preguntes. Y desde que salió de la cárcel, totalmente rehabilitado, hace lo que yo le pido, pues considera que soy una especie de mano divina que le hizo ver la luz.

—Tócate los cojones. Lo que faltaba. Un rehabilitado que no se corta a la hora de ir a una casa a robar, hay que joderse.

Alana rio a carcajada limpia.

—Visto así…, no te enfades, Diego. Lo importante es que nos va a ayudar. En cierto modo, es una deuda de sangre.

A Coruña, Palacio de María Pita, 19:00

Valentina entraba por la puerta del Ayuntamiento de María Pita cuando se preguntó si aquel hombre que la miraba fijamente detrás de una columna era el famoso Brandáriz, el abogado que había contratado el Peluquero para denunciarla por violencia policial. Pero la sensación desagradable duró solamente un segundo. El concejal de Seguridad Ciudadana, Villalobos, estaba ya esperándolos delante del ascensor, con su secretaria, el jefe superior de Policía, el demudado padre de Victoria y el jefe de la Policía local, el superintendente Alfredo Molina, que sonrió de oreja a oreja al verla. Todos subieron al despacho de Villalobos para poner al día a Francisco Álvarez de los avances para encontrar a su hija.

La reunión se prolongó por más de dos horas: el padre insistía en colocar carteles por toda la ciudad, en hacer batidas, en ocuparse en algo productivo. Los policías, dada la índole del caso, intentaron convencerle de que mantuviese un perfil bajo, como se había procurado hasta ese momento. Valentina notaba el dolor de aquel hombre como suyo. Su sensibilidad, exacerbada por todo lo ocurrido, y por ende tener que callar todo lo que sabían, lo que podía estar sufriendo su hija indefensa, la desarmaban. Cuando terminó, Francisco Álvarez se acercó a ella en un aparte. La enfrentó, mirándola directamente con los ojos anegados.

—Usted es la mujer que pateó a ese cabrón pederasta, al

violador de niñas. Que sepa que todos estamos muy orgullosos de lo que hizo. Confío en usted, inspectora. Sé que va a liberar a mi hija... —La agarró de los brazos, apretando fuerte—. Sus ojos me dicen que hay esperanza, y repito, confío en usted. Sé que va a hacerlo... —Álvarez sollozó, entregado, sacudiendo los hombros, roto de dolor.

Villalobos le hizo una ligera seña a su secretaria para que lo intentara tranquilizar y lo sacara del despacho, cosa que hizo al momento. Valentina permaneció junto a Sanjuán y el superintendente Molina, de pie en la puerta.

—Señor concejal, me gustaría comentarle una cosa. No lo he dicho en la reunión por respeto a Francisco. Está muy afectado.

Villalobos concedió y cerró la puerta.

—Siéntense, por favor.

—Sería conveniente que se avisara de una forma sutil a las agencias de modelos, a grupos de teatro, a todo tipo de empresas de espectáculos que las chicas deben tener cuidado —dijo Valentina—. Dos de las desaparecidas ofrecían un perfil muy acorde con las jóvenes que acuden a ese tipo de eventos. Cantantes, modelos, actrices, deberían de estar sobre aviso. Todo debe de hacerse de una manera muy discreta, que no cunda el pánico, y, sobre todo, que no trascienda demasiado. La verdad es que nosotros no damos abasto en este momento.

—Entiendo. —Miró a Molina, que tomaba notas—. De eso se puede encargar la Policía local perfectamente. Que hagan una lista de todos los lugares donde pueda haber chicas de esas características... —Villalobos movió la cabeza, consternado—. Pobre Francisco. En verdad, yo lo entiendo. Hace años perdí a una hija; al principio piensas que no vas a poder superarlo. Poco a poco, el dolor se atenúa levemente..., pero siempre está ahí, royendo el alma, en tu vigilia, en tus sueños; es como un monstruo que habita en un laberinto y no sabes cuándo te lo vas a tropezar. —Villalobos pareció perderse en su dolor—. Pero, bueno... —sonrió con tristeza— dicen que el tiempo lo cura todo. Y eso en cierto modo es verdad. Pero lo importante en este momento es encontrar a Victoria, prioridad absoluta. Aquí estamos para lo que necesiten.

Un rato después, al atardecer, Sanjuán y Valentina paseaban por La Marina, meditabundos, ajenos a todo el mundo que iba de compras o a merendar a los diferentes establecimientos del centro. Hacía una tarde preciosa, y los reflejos anaranjados del sol se reflejaban en las galerías blancas de las casas marineras.

Valentina lo cogió de la mano, ante la sorpresa del criminólogo. Le sonrió con aspecto abatido.

—Necesito comer algo y dormir un poco, Javier. Estoy agotada. Ver a Francisco Álvarez me ha dejado exhausta. Aquí cerca hay una cervecería, La Marina. Son amigos míos. Tomemos una caña, ¿qué te parece?

—De acuerdo. Es duro, pero poco podemos hacer hasta que aparezca alguna otra pista. O el teléfono de Richie dé señales de vida. Yo también necesito un rato de relax, tengo el cerebro embotado.

El Palacio de la Oscuridad

Valverde se puso una túnica negra y unos guantes del mismo color. Aquella noche se iba a producir la ceremonia de iniciación y el juramento. A él todo aquello le parecía una baratija, una especie de mascarada sin demasiado sentido, incluso algo vergonzosa. Pero en el fondo poco importaba. Era un paso más hacia el goce y el disfrute total, gracias además a la generosidad de los anfitriones, que se completaba con el consumo de drogas de gran calidad. Si a los otros les gustaba aquel teatro, él estaría encantado de participar. Después, durante la noche, podría saborear de nuevo a aquella chica de largos cabellos rizados, cada vez más débil, cada vez más sometida por él. Noche a noche su deseo crecía más, no era solamente una feroz pulsión vital. Un incontenible deseo de muerte se había instaurado dentro de su alma desde que estaba allí dentro. Era como si el hombre de la máscara de espejos se adhiriese a él como una hiedra pegajosa, como si poco a poco fuese inoculándole una extraña violencia, una capacidad de ir más allá que jamás soñó con poseer. Siempre se había sentido poderoso, capaz de arruinar vidas con un solo chasquido de dedos, como había hecho en tantos negocios que había emprendido. Pero aquello era distinto. Mucho más personal, más cercano. Más íntimo incluso. Al principio era reticente. Poco a poco, como un actor metiéndose en el papel, iba sumergiéndose más y más en aquella laguna de heladas y ardientes aguas.

Madrid, 02:00
Apartamento de Diego Aracil en La Latina

Alana se despertó con el corazón palpitando en la boca. Había tenido una pesadilla, una gran ola la engullía con una fuerza descomunal, ahogándola. Palpó a ciegas hasta tocar el brazo de Diego, que se dio la vuelta de forma inconsciente, soltando un gruñido. Ella se tranquilizó. Se levantó y fue hasta la cocina para beber un vaso de agua.

No tenía sueño. Estaba intentando maquinar cómo podría sacar a Aracil de aquel embrollo. Iba a hacer algo totalmente ilegal, no quería que él pringara si ella tenía que pringar. Tendría que encontrar la manera de dejarlo al margen, entrar con Espinosa, reventar la caja con rapidez y salir, cruzando los dedos para que todo aquel invento hubiera valido la pena y que aquel degenerado tuviese algo importante escondido en su casa.

Cuando escuchó la voz de Diego llamándola, se bebió el agua de un trago y volvió a la cama. Ya resolvería el problema sobre la marcha.

El concejal Villalobos se despidió del padre de Victoria en la puerta y se dirigió caminando hacia el aparcamiento donde había dejado su coche. Había decidido acompañarlo hasta su casa en el centro de Betanzos y cenar con la familia. Victoria tenía dos hermanas gemelas, que desconocían el alcance de la ausencia de su hermana, la madre había decidido protegerlas del jaleo mediático, costase lo que costase. Decidieron repartirse el trabajo: el padre afrontaría los medios y el peso de seguir el resultado de las investigaciones policiales, y la madre velaría por la salud de las niñas pequeñas. Ya iban al colegio, y allí cualquier comentario podría resultar doloroso para ellas.

La noche era estrellada y fría. La luna creciente iluminaba las calles señoriales y medievales de Betanzos. Los únicos pasos que se escuchaban eran los de Villalobos, que sintió un escalofrío y miró a su alrededor. Nada. Las casas permanecían en completo silencio, las galerías apagadas, como un pueblo fantasma.

Un rato después, cuando enfilaba la autovía, un coche lo seguía muy de cerca. Dentro, Cancerbero fijaba sus ojos obstinados y pétreos en el BMW azul marino que circulaba delante de él.

39

Alana en apuros

Domingo, 21 de abril, 12:00
Edimburgo, cementerio de Greyfriars

Hugh saludó con un gesto a la señora Annie-Macrae; la veía todos los domingos en el cementerio de Greyfriars desde hacía diez años. Enjuta, cercana a los ochenta años, con un perenne sombrerito en la cabeza y un ramo de flores silvestres, siempre le sonreía de modo ostensible, como si ese encuentro permanente fuera una agradable sorpresa que hubiera que celebrar.

Al principio a Hugh le molestaba tener que hacer siquiera ese gesto cortés; ensimismado en su dolor, caminando entre las lápidas cubiertas de musgo y hiedra, no concebía que nadie pudiera estar alegre en presencia de la tragedia que había matado su espíritu. Pero al cabo del tiempo llegó a sentirla más próxima, quizás entendiendo que ella veía la fidelidad a su marido muerto como una muestra de amor que iba a complacer al difunto.

De hecho, él, de algún modo, también creyó que debía esa fidelidad a su esposa e hija, y nunca dejó de acudir a la cita, salvo que el trabajo se lo impidiera, u otra causa de fuerza mayor. Pero a diferencia de la señora Annie-Macrae, el paso del tiempo no había alegrado su alma, todo lo más la había entumecido. Al fin el dolor se había enquistado, pero seguía siendo bien real; y sabía, cada domingo que pasaba, que siempre iba a estar clavado dentro de su ser como una silenciosa cruz interior que nunca paraba de sangrar.

Atravesaba ya la verja de hierro forjado del cementerio cuando recibió otra llamada de la Policía española.

—¿Macfarlain? Soy Velasco, de Homicidios. Hablamos ayer.

—Sí, Velasco, por supuesto. Dígame.

—¿Alguna novedad?

—Sí, algo hay. Por ahora estoy siguiendo una pista... Lo que me contó me llevó directamente a investigar si Catriona pudo haber vendido sus servicios..., ya me entiende, pero aún no he podido comprobarlo. Creo que podré tener datos pronto; mañana voy a visitar a alguien que quizá pueda echarme una mano.

—Macfarlain, escúcheme bien: aquí estamos en una situación crítica. No sé si le contó algo la inspectora Negro, pero creemos que otra joven desaparecida, Victoria Álvarez, ha sido secuestrada para que sirva de entretenimiento sádico a esos degenerados. El tiempo vuela; la chica anterior, Encina Yebra, estuvo en poder de los secuestradores diez días antes de que la mataran y grabaran el vídeo, que supongo que será exhibido en breve, si no lo ha sido ya. Victoria hace ya cinco días que desapareció; no sabemos en realidad de cuánto tiempo disponemos antes de encontrarla con vida. ¿Me comprende?

Hugh escuchaba ensimismado; su cabeza no podía digerir tanta infamia; la sangre empezó a bombearle con más presión y tuvo que detenerse para respirar profundamente.

—OK, entiendo perfectamente la situación, Velasco. Pero ¿qué quiere que haga yo? Catriona apareció en el vídeo que me enviaron, es cierto... Seguramente, si todo esto no es una pesadilla, a estas alturas está muerta. Yo solo puedo pretender descubrir quién es el hijo de puta que la secuestró aquí y probablemente la trasladó a España.

Velasco suspiró.

—Sí, quizá solo eso esté en su mano... pero a lo mejor puede hacer algo más —y puso énfasis en esas palabras—. Tenemos motivos para creer que los que pagan por esos vídeos pueden colaborar también en la selección de las chicas..., y que incluso pueden pagar para ser ellos mismos los que participen directamente en sus vejaciones y muertes. Si esto fuera así, y si da con el sujeto correcto, no sé si me explico, a lo mejor ese individuo podría decirle dónde está situado ese lugar. No sé, es solo una posibilidad, un tiro al aire, pero valdría la pena intentarlo. El problema es, como le digo, que tenemos muy poco tiempo para evitar un nuevo asesinato.

Hugh respiró profundamente, conmocionado, y permaneció en silencio. De pronto, sintió un peso agónico en el pecho; una opresión que le recordaba a las horas que siguieron cuando perecieron sus dos grandes amores. Velasco, siempre intuitivo, comprendió que no tenía derecho a poner esa carga en los hombros de su colega escocés, e intentó tranquilizarlo.

—Macfarlain, escuche, quizá no me he explicado bien. Es tarea nuestra encontrar a Victoria, no suya... Usted investiga una desaparición no aclarada. No se sienta presionado en extremo; solo quiero ese favor: si en el transcurso de sus pesquisas, encuentra a alguien que le pueda dar información, no olvide preguntar si sabe algo de Victoria... ¿De acuerdo?

Macfarlain asintió primero, como si Velasco pudiera verle, cerrando los ojos, y luego dijo:

—OK, Velasco, no se preocupe, veré qué puedo hacer. No le prometo nada.

Caminó meditabundo durante un rato hasta Forrest Road. Haciendo esquina se encontraba el *pub* Doctors.

«Solo será una pinta», se dijo antes de entrar.

—¿Y si al final no sale de casa? —Aracil miró el reloj: eran ya las diez y media de la noche y llevaban casi todo el día allí apostados, cerca del adosado. Habían comprobado en el padrón que Trashorras vivía solo. Nadie había entrado ni salido del lugar durante la vigilancia. Todo parecía muy tranquilo.

Espinosa se dedicaba a fumar Ducados en el asiento de atrás, apestando el interior del vehículo con el humo y sin decir una sola palabra.

—Saldrá. Tiene que salir. —Alana cerraba los puños como si así fuese a acelerar la marcha de Trashorras.

—De ayer a hoy pueden haber cambiado mucho las cosas, Alana.

Alana resopló, incómoda. Aracil tenía razón. ¿Y si había cambiado de planes? Tendrían que esperar al día siguiente y comprobar si estaba en la oficina mediante el micro.

De repente, se abrió la puerta del garaje. El Volvo negro de Trashorras salió y se perdió de vista en unos pocos segundos. Aracil salió del coche, paseando tranquilamente hasta la esquina. Volvió hacia el desvencijado Seat Ibiza donde estaban Alana y Espinosa.

—Ni rastro del Volvo.

Espinosa asintió. Le dio una calada a su cigarro y lo tiró por la mitad. Apestaba como un viejo Celtas, pensó Aracil, exactamente como el que fumaba su padre, al bajar del coche y pasar por su lado. El exdelincuente se acercó a la puerta de color crema con un gran maletín negro, vestido de traje y corbata, los gestos rápidos y hoscos de un predicador acostumbrado a la indiferencia. En unos segundos, ante los ojos asombrados de los dos policías, abrió la puerta. Entró.

—Quédate aquí como acordamos. —Alana no miró a Aracil, su mano delicada paró el impulso de seguirla—. Si ocurre algo te llamo.

En ese momento la policía lo miró y le sonrió con dulzura:

—Son órdenes, Diego. No quiero pringarte ahí dentro. Espera aquí por si vuelve Trashorras o pasa algo, ¿OK?

Alana miró hacia los lados y vio la calle vacía. Subió con tranquilidad las escaleras y se perdió en el interior de la casa. Aracil contuvo un suspiro de preocupación. Si ocurría algo allí dentro, no se lo podría perdonar, tenía que haberla detenido. Pero... «¿qué podría ocurrir?», se preguntó, y su propia respuesta no le gustó nada: «¡Dios santo, cualquier cosa!»

Borrell se incorporó cuan largo era, cambió la almohada de sitio y dio una vuelta más en la cama. Estaba hecho polvo por culpa del *jet lag*. Se encontraba en Chicago y lo habían llamado de urgencia para hacer un trabajito. Tenía que colaborar en el robo de dos vestidos antes de que se expusieran, una cosa no demasiado difícil, pero que iba a requerir concentración. Y sin dormir no se iba a concentrar demasiado. La idea inicial era ir a un hotel, pero prefirieron alojarlo en la casa de Trashorras para no dejar pistas de su paso por Madrid. La cama no era incómoda, pero no era su cama. Decidió beber un sorbo de agua, así que levantó sus noventa kilos de peso y buscó la botella en el suelo. Estaba vacía.

«Tendré que ir a por más a la nevera.»

Alana subió las escaleras de dos en dos y se plantó en el salón, donde ya la esperaba Espinosa, con un cuadro en el suelo y la caja a la vista empotrada en la pared.

—He inhibido las frecuencias para que no salte la alarma... Aquí está la caja fuerte —fueron sus primeras palabras en horas.

Alana no contestó. Estaba enfocando con el haz de luz de la linterna el salón, especialmente un cuadro enorme que presidía una de las paredes, una reproducción de *El Grito*, de

Munch. Había muy pocas cosas en aquella habitación: el cuadro, un busto clásico de mármol blanco, una pantalla plana de televisión y varios aparatos de vídeo, desde un viejo VHS hasta un moderno reproductor multimedia. Se agachó y los encendió. Apretó el botón del VHS y expulsó una cinta de vídeo. Alana la metió en una bolsa de pruebas.

Por su parte, Espinosa sacó un endoscopio de su maletín y lo introdujo en la caja. Muy pronto decidió pasar a la acción con una lanza térmica. Se puso una careta protectora y encendió la varilla.

—¿Qué haces? —Alana se escandalizó al ver semejante resplandor—. ¡Vas a prender fuego a la casa!

—En un minuto he terminado. Relájese.

Borrell comenzaba a bajar las escaleras del piso superior cuando escuchó un extraño ruido en el salón, una especie de silbido. Se detuvo. Subió otra vez a buscar su pistola, una Walther P99 que le habían proporcionado nada más llegar.

Cuando bajó con total sigilo, pudo ver a dos personas en el salón: un hombre muy delgado que metía la mano en la caja fuerte y sacaba cosas de dentro, y una mujer que iluminaba el proceso con una linterna mientras con la mano libre sujetaba una bolsa.

—¿¡Qué cojones están haciendo ahí!? —Encendió la luz mientras los apuntaba con la pistola—. ¡Apártense! Así. Muy bien. Las manos en alto.

Se acercó a las dos figuras, que habían levantado las manos con lentitud. Miró a su alrededor sin dejar de apuntar.

—Tú —dirigiéndose a Espinosa—. ¡Arranca ese cable de ahí y átala con las manos hacia atrás! Luego los pies. Venga. ¡Con fuerza, o te envío al otro barrio!

Espinosa obedeció, mientras se lamentaba en silencio por no haber registrado toda la vivienda primero. Arrancó el cable de una lámpara y comenzó a atarla de manos y pies. Cuando terminó, Borrell se acercó a él y lo conminó con agresividad, empujándolo:

—Contra la pared, venga. —Alzó la pistola y le propinó un golpe en la cabeza que lo dejó aturdido.

Borrell aprovechó para coger otro cable y atarlo también. Se dirigió hacia Alana y le dio una patada en el estómago que la hizo gritar y encogerse.

—Ahora quiero saber qué hacíais aquí los dos. —La agarró por la barbilla, forzándola a mostrarle la cara—. Mmmm, mejor nos vamos arriba y pasamos un buen rato hasta que decidas contármelo, guapa... —Y acto seguido la cogió en brazos y la subió a la habitación de arriba como si fuera una pluma.

Espinosa tenía la cabeza dura, así que al poco se arrastró hacia la bolsa, como una culebra. Allí dentro estaba el inhibidor de frecuencia. Trabajosamente lo agarró con la boca y lo consiguió desactivar con la punta de la nariz. Luego luchó con todas sus fuerzas por desatarse, pero le resultó imposible.

Mientras, en el coche, Diego Aracil miraba el reloj con preocupación. Había llamado por teléfono a Alana, pero no daba señal. Vio la luz del salón encendida. Salió del coche y se dirigió a la puerta. Desde luego, aquello no le gustaba un pelo.

Alana se revolvió como una furia sobre la cama, pero las ataduras en sus manos y pies se le clavaron en la carne provocándole un dolor intenso. Mientras, Borrell, con una media sonrisa en la boca, comenzó a cortarle la ropa con una navaja afilada. Pronto su sujetador quedó hecho tiras, mostrando a su captor sus senos pequeños y bien torneados.

—Tienes los pechos perfectos, guapa. Será una pena estropearlos —los comenzó a besar y a morder con fruición, cubriéndolos de saliva—, cosa que ocurrirá si no empiezas a contarme por qué has entrado a robar la caja del amigo Trashorras...

—¡Vete al cuerno, cabrón! —Alana intentó zafarse del abrazo de aquel hombre, pero él la abofeteó con saña; empezaba a sentir la excitación no solo del sexo gratis sino del dominio que podía ejercer, y eso le estaba produciendo el efecto de una droga.

—Estate quieta, putita, y pórtate bien conmigo, o bajo y me cargo a tu amigo. Espera. He visto que tiene una lanza térmica, después probaré el efecto en tu bonita cara. Así hablarás. Es una idea. —Le bajó los pantalones vaqueros y la tanga de un solo golpe—. Pero primero me voy a dar un buen festín. ¿Qué te gusta? A mí me gusta mucho complacer a las mujeres, ¿y a ti? ¿Te gusta que sea cariñoso? —Y sonrió ampliamente, como un lobo seguro de su presa.

Borrell se desnudó de cintura para arriba, y luego se bajó un poco el pantalón, descubriendo enfrente del rostro de Alana su pene erecto.

—Espero que me la chupes muy profundamente, zorra. Si no quieres que suba la lanza térmica antes de tiempo. Mientras me mantengas entretenido todo irá bien.

De repente sonó el móvil de Alana, que estaba en el bolsillo de su pantalón.

—Te llaman. No vamos a hacer demasiado caso, ¿verdad, princesa?

Borrell cortó el cable que sujetaba las piernas de Alana, le arrancó los pantalones y las bragas y las separó, dejándola expuesta ante él.

Luego, se quitó la parte inferior de su pijama.

Aracil entró en el salón e inmediatamente vio a Espinosa tirado detrás de un sillón y corrió hacia él para desatarlo. Este susurró:

—Arriba, se la ha llevado arriba. Apura. —Se levantó y se frotó las muñecas para restablecer la circulación sanguínea—. ¿Llevas tu arma?

Aracil asintió. Notó en su mano la ligereza de la culata de

la Glock, su arma personal, y subió las escaleras con celeridad. Una vez en el pasillo, vio luz en la segunda de las habitaciones. Se acercó cuidadosamente y franqueó la puerta: los ojos aterrorizados de Alana se encontraron con los suyos. Había un hombre enorme sobre ella, intentando penetrarla.

Aracil se abalanzó sobre él. No podía disparar sin el riesgo de herirla, así que lo agarró con fuerza para quitárselo de encima. Borrell lanzó un grito brutal, y a la vez, sus manos de hierro intentaron agarrar al policía, que se zafó y le pegó una patada en los testículos que lo dobló en el suelo, gimiendo.

Vio la navaja sobre la mesilla y cortó las ligaduras de las manos de Alana, que se levantó a toda prisa, cogió su móvil del suelo e intentó salir de la habitación. Borrell, ya recuperado, la agarró por un tobillo desde el suelo, haciéndola caer. Ella comenzó a patearle la cara con los pies descalzos, sin poder hacerle demasiado daño. El hombre aprovechó el momento para levantarse con inusitada agilidad y golpear a Aracil en la cara, un puñetazo descomunal que lo hizo caer al suelo, aturdido. La Glock salió disparada. Borrell, jadeando, recuperó la navaja y se abalanzó sobre los dos. Alzó el arma primero hacia la mujer, y dijo lleno de ira: «¡Tú primero, zorra!» Alana comprendió que no tenía tiempo para reaccionar y dejó de respirar, aterrorizada.

Pero cuando el cuchillo iba a caer sobre el pecho desnudo de Alana, Borrell puso los ojos en blanco, y aquel se deslizó entre sus dedos inertes.

Espinosa surgió detrás, con un busto de mármol blanco tintado de sangre entre las manos:

—Vamos, hay que moverse —dijo, con su voz monótona de siempre.

Alana agarró de la mano a Aracil, quien ya había recuperado la pistola y se había incorporado, y tiró de él.

—¡Sí, salgamos de aquí! —dijo, mirando si habían dejado algo atrás. Alana recogió parte de la ropa rota en tiras haciendo un bulto entre sus manos. Los tres bajaron las escaleras apresuradamente. Espinosa cogió las bolsas y los intrusos salieron corriendo, la adrenalina recorriendo sus venas e impulsándolos hacia el coche. Aracil lo encendió en un segundo y, con un chirrido de ruedas, el Ibiza se perdió en un santiamén en la noche iluminada.

Alana se dio cuenta de pronto de que estaba totalmente desnuda de cintura para abajo, y arriba solo llevaba una blusa abierta:

—¡Por favor, que alguien me deje una prenda para taparme!

Aracil la miró a través del retrovisor y sus ojos sonrieron, mientras Espinosa se quitaba el jersey y lo pasaba hacia atrás, sin mirar. Era un jersey grande; le taparía lo esencial.

40

La pista escocesa

Lunes, 22 de abril, 07:00
Barrio de los Rosales
Apartamento de Valentina Negro

Valentina se duchó a toda prisa. Sanjuán ya había preparados dos cafés con leche y unas tostadas sobre la mesa. Se dis-
ponían a desayunar antes de salir para Lonzas cuando un número desconocido apareció en la pantalla del iPhone de
Valentina. La voz de Alana resonó, inconfundible, a través
del aparato.

—Inspectora. Buenos días. Le llamo desde una cabina;
puede que mi móvil se haya quedado sin batería. —El tono
irónico le llamó la atención. Alana carraspeó—. Espero que
haya recibido unos *links* al Dropbox, esta noche pasada.

Valentina comenzó a comprender poco a poco.

—Ya... Aún no he consultado el correo. Iba a salir ahora
mismo para Lonzas...

Alana rio quedamente.

—En el Bierzo, los caballeros templarios dejaron mucha
huella, inspectora Negro. Como bien sabe, eran monjes gue-
rreros, no se arredraban ante nada. Por favor, hágame saber
cómo continúa la investigación, como han hecho hasta ahora.
Nosotros por aquí, sin novedad. Ahora la tengo que dejar,
tengo trabajo. Nos vemos.

Colgó, dejando a Valentina pensativa. ¿Qué podían contener aquellos *links*? Sin duda algo importante... pero... ¿qué?

Edimburgo, 10:00
Unas oficinas en Palmerston Place

Las oficinas de M&F Ltd. se encontraban en pleno centro de Edimburgo, una calle amplia, con los típicos edificios adosados de tres pisos, muy cerca de la catedral de Santa María. La elegante tarjeta color marfil que llevaba en el bolsillo ponía que se trataba de una asesoría financiera, y el nombre de Gerald Mortimer aparecía en bonitas letras negras y doradas, en relieve, por encima de su cargo de *general manager*.

A pesar de la antigüedad del edificio, las instalaciones eran ultramodernas. Macfarlain traspasó una puerta de cristal inmaculada y se dirigió a la recepción. Sacó su placa y dijo a la joven pelirroja —que llevaba el nombre de Joan en un identificador a la altura del corazón— que no se trababa de nada grave, pero que necesitaba hablar con Mortimer, una entrevista que solo le llevaría unos minutos.

La joven sonrió y cogió el teléfono.

—Desde luego, inspector, un momento.

Macfarlain hizo un amago de sonrisa y se distanció unos pasos, para dar privacidad a la consulta de Joan.

—El señor Mortimer le recibirá en unos minutos —le anunció Joan.

No tuvo que esperar mucho: un hombre en la cuarentena, ojos oscuros, robusto y de brillante calva, magníficamente vestido, salió por la puerta personalmente a buscarlo. La sonrisa era muy blanca, y Hugh percibió que le faltaba una parte de la oreja derecha, como si hubiera sufrido un mordisco, o quizá fuera de nacimiento, pensó.

—¿Inspector? —Le tendió la mano—. Me coge de casualidad, estaba ya a punto de salir para una cita importante. Haga el favor de pasar.

Le abrió paso por una puerta de madera gruesa que comunicaba con un espacio en donde habían encajado a duras penas tres puestos separados por mamparas. Luego caminaron a través de una sala de reuniones mucho mayor, con mesas en círculo. Finalmente llegaron a un despacho, en cuya antesala estaba sentado un hindú fornido y con un turbante que leía un tabloide, pero que se levantó con presteza a abrir la puerta a su jefe. El inspector miró con detenimiento al ayudante y se adentró en el despacho personal de Mortimer, casi tan grande como el resto de la empresa. Había innumerables placas, fotografías con jugadores de fútbol escoceses, trofeos deportivos, y diversas enciclopedias que jamás habían sido abiertas.

—Siéntese, por favor. ¿En qué puedo ayudarle? Joan me ha dicho que es inspector de la brigada de Desaparecidos.

—En efecto. —Hugh se sentó, comprendiendo al instante que no ganaría mucho dando rodeos, y se dispuso a soltar lo que había estado pensando durante el fin de semana. La clave estaba en poder ser incisivo pero sin asustar.

»Lo cierto es —empezó a hablar con voz grave— que hace unos seis meses desapareció una chica, Catriona Stevenson. Hemos investigado a fondo, pero no descubrimos nada útil; no creemos que se marchara sin más, porque ella era ya independiente, vivía sola y tenía su empleo. En suma, no tenía motivos para huir de casa. —Mortimer escuchaba atentamente—. Pues bien, el asunto es que ahora tenemos razones para pensar que quizá Catriona podía haberse dedicado a ganar un dinero extra... —Hugh, que tenía la mirada distraída hasta entonces, la fijó directamente en el rostro de Mortimer—, ya sabe... conociendo y saliendo con hombres; no de una manera profesional, pero sí de vez en cuando, de forma ocasional. No sé si me he explicado bien...

Mortimer puso cara de asombro, bastante creíble a los ojos de Macfarlain.

—Ya veo... Sé a lo que se refiere, pero créame —volvió a florecer la sonrisa— que no entiendo por qué me cuenta todo esto, inspector. Nunca he conocido a ninguna chica que se llamara así y, la verdad, tampoco entiendo por qué cree usted que yo podría conocerla.

—Ya había pensado en esto, señor Mortimer, y he traído una foto de Catriona, por si hubiera utilizado otro nombre para esas circunstancias. —Y sacó una foto del bolsillo, haciendo caso omiso a la última parte del comentario del asesor financiero, se levantó y la puso encima de su mesa—. Una joven muy hermosa. Dígame, ¿es posible que la conociera?

Mortimer se disponía a hablar cuando Hugh hizo un gesto con la mano y prosiguió:

—Antes de que me conteste, quiero decirle una cosa: no estoy interesado en sus negocios, créame, no soy de Antivicio. Solo quiero encontrar a esa chica, lo demás no me importa. Si usted pudiera facilitarme el nombre de la gente a la que ella hubiera podido conocer en... esta faceta, digamos, lo consideraría un favor, y nadie preguntaría nada.

Mortimer volvió a enseñar sus dientes pequeños y afilados, en su mano derecha la foto tendida hacia el inspector.

—Inspector, por desgracia me tengo que ir ya, no dispongo de más tiempo, pero sinceramente no entiendo cómo pudo pensar que yo podría serle de utilidad en esta investigación. No tengo nada que ver con esa joven ni me dedico a esta clase de negocios, como puede ver usted mismo. —Y se levantó para invitar a Macfarlain a que se marchara.

El inspector, sin embargo, permaneció sentado, y suspiró. ¿Sería posible que dijera la verdad? ¿Podría ser que Catriona hubiera tenido otro conducto para conseguir clientes? ¿Se encargaría otro tipo de conocer a las chicas y este hombre solo se preocuparía de recoger el dinero? Al levantarse, decidió hacer un último intento, guardando una distancia respetuosa:

—Señor Mortimer... es posible que usted no la hubiera tenido que conocer en absoluto, pero quizá podría averiguar si algún conocido suyo tiene alguna información al respecto.

—Me temo que no, inspector, de verdad, me encantaría ayudarle, pero no soy la persona que necesita. —Se adelantó a la puerta, la abrió y llamó a su secretario—: Peter, haga el favor de acompañar al inspector a la salida.

Macfarlain clavó sus ojos de forma intencionada por última vez sobre Mortimer y se dejó llevar por el hindú hasta la puerta con mansedumbre.

Comisaría de Lonzas
Misma hora

—¿Quién puede haberle enviado los vídeos? —Iturriaga estaba asombrado; no daba crédito a todo lo que estaba viendo en las dos pantallas.

—No lo sabemos. Hemos mandado rastrear los *links*; en principio parece que el correo proviene de un cibercafé de Barcelona. —Germán Romero tecleaba en el ordenador con furia—. Pero a saber. Rastrearlo por completo me va a llevar días. Y si fue colgado en un cíber, nos podemos despedir de saber quién los envió. Eso sí, alguien que está al tanto del asunto. ¿Un arrepentido, como parece que fue Sastre? ¿La misma persona que le mandó los vídeos a Panticosa?

Valentina no contestó a las preguntas de Romero, se dedicó a señalar lo evidente, intentando obviar el trauma que le causaba escuchar o ver medio segundo de aquella abominación.

—El primero muestra parte de la tortura de Encina Yebra, y el segundo, la tortura y muerte de Catriona Stevenson. Son lugares distintos. El de Encina está grabado solamente en un sótano, el del castillo de San Blas. Si os fijáis, el de Catriona presenta más escenarios. Es como una película de terror expresionista, lo mismo que lo que salía en el vídeo de Panticosa. Y hay muchos más hombres participando; sin embargo, en el de Encina solo hay uno.

—Uno de ellos lleva una especie de máscara en forma de espejo, y una cámara en la mano —dijo ahora Sanjuán, que sintió un escalofrío al ver a ese personaje—. Pero solo aparece unos segundos. Los demás llevan caretas de animales, muy realistas... ¿Puedes parar ahí la escena y aumentar, Germán? En el espejo se refleja toda la escena, fijaos... —Se agachó sobre el hombro del informático para ver mejor—. Haz una captura de pantalla, por favor.

Valentina se forzó a analizar de nuevo las imágenes que tanto la habían perturbado: se daba cuenta de que Catriona estaba drogada, gemía, su cabeza lanzada hacia atrás, como una bacante, los movimientos de bailarina lentos, sensuales, su desnudez ofrecida a todos los participantes en la orgía que sucedía en la primera parte del vídeo, en una habitación pintada de blanco y negro, con extrañas ventanas góticas que parecían de cartón piedra. De repente, la chica comenzó a dar vueltas, deslizándose sobre un tobogán plateado, cayendo en una espiral sin fin. Ella quería trepar por el tobogán, pero era demasiado liso y resbaladizo. Su rostro reflejaba un terror intenso, y las luces y sombras puras aumentaban la expresividad de sus pavorosas muecas. Una figura negra, amenazante, la esperaba al fondo, como un monstruo atávico que la fuese a engullir. Los gritos de pánico de Catriona eran estremecedores, y Valentina quería taparse los oídos para que aquello cesara.

Luego, una tela negra llena de ojos tapó la lente de la cámara.

—Parece una película muda de terror en blanco y negro; la cámara se mueve igual, las imágenes están aceleradas, pero con sonido. —Iturriaga no podía apartar la vista de las imágenes, estaba fascinado y horrorizado a la vez.

La tela negra desapareció. Pronto pudieron ver cómo un grupo de hombres subía a Catriona a un altar, presidido por el Diablo del tarot con el ojo en la mano. La sujetaron de brazos y piernas. Uno de los asistentes se subió al altar y comenzó a lamer y besar todo su cuerpo, y los gemidos y suspiros de Catriona redoblaron su intensidad. Se escuchaba una voz recitando el poema «El cuervo» de Poe, y todos los presentes rodeaban la escena, inmóviles, sus caras veladas por capuchas negras y blancas que dejaban entrever la excitación y las respiraciones pesadas.

El hombre al fin la había penetrado con furia, y mientras la violaba, le clavó de pronto un afilado estilete en un hombro, mientras la joven se retorcía, desesperada, intentando hurtar su brazo de forma infructuosa. El dolor más intenso parecía mezclarse con un extraño placer, Catriona gritaba y gemía, y el hombre volvió a clavar el estilete un poco más abajo. Cuando el orgasmo del hombre fue evidente, se apartó, y fue sustituido por otro encapuchado que también blandía un fino punzón.

Cada vez que el punzón se introducía en primer plano en la piel de la chica, en su seno, en sus muslos, Valentina quería salir de aquella habitación y huir muy lejos, a algún lugar en donde aquella abominación no llegase a contaminar su alma.

El último de los encapuchados, un hombre grande, fuerte, se subió sobre Catriona y procedió a violarla de una forma animal, gruñendo y gritando. Los demás lo secundaron, gritando también, cada vez más alto y más fuerte, hasta que el hombre blandió un cuchillo sobre ella. Lo mantuvo en alto durante unos segundos. La cámara mostró al violador sirviéndose de unos movimientos virtuosos y dramáticos: primero, desde un plano cenital, el cuchillo amenazante, luego, el rostro alucinado de Catriona, su frente sudorosa, sus ojos saliéndole de las órbitas, y de nuevo el cuchillo descendiendo, todo ello en un plano-contra-plano feroz.

Al fin, el cuchillo se clavó con una fuerza brutal en su corazón.

Madrid, residencia de Trashorras
Misma hora

Trashorras llegó al garaje de su vivienda bastante cansado. Había conseguido una buena serie de fotografías cerca del Museo del Traje. El objetivo de su cámara había sido el camión que contenía los vestidos recién llegados de París para la exposición sobre moda de principios del siglo XX. Iba a ser un trabajo relativamente fácil para Borrell, que había hecho cosas mucho más complicadas.

En cuanto subió, ya notó algo extraño. El olor a quemado. Subió las escaleras hasta la sala y su corazón dio un vuelco. Sintió ganas de vomitar.

«La caja fuerte.» Corrió hacia ella y miró con desesperación el interior. Estaba vacía.

Subió los escalones de tres en tres y fue hacia la habitación de Borrell gritando su nombre. Borrell le contestó con la voz débil. Estaba tirado en la cama, con la cara amoratada y gestos de estar sufriendo mucho dolor.

Trashorras hizo un esfuerzo titánico para mantener el control. Fue hacia Borrell, que se incorporó a duras penas, poniendo las manos en la cabeza.

—Ayy... Estoy destrozado... Mi cabeza... Me va a estallar.

—¿Qué ha ocurrido? ¿La caja fuerte?

Respiró hondo: comprendió que ya nada podía hacerse. Decidió mantener la calma, buscó en su mesilla y le acercó unos calmantes y un poco de agua.

—Entraron a robar —dijo Borrell—. Eran tres. Dos hombres y una mujer. No pude hacer nada, Gerardo. Lo siento, no pude detenerles, eran muy buenos. Profesionales.

—Ya. —Se obligó a pensar rápido. Alguien había entrado a buscar los vídeos. Estaba vendido.

Borrell se bebió el vaso de agua entero.

—Necesito un médico. Me duele mucho la cabeza. Me mareo... —Miró con desesperación a Trashorras, aguantando el dolor a duras penas.

»¿Qué vamos a hacer ahora? Hay que contactar con la organización, decirles lo de la caja, yo no puedo robar los vestidos, necesito ir a un hospital. Pero... ¿qué puedo decir?

—Que te caíste por las escaleras, qué sé yo, ya pensaremos algo. No pasará nada, Borrell. No te preocupes. Voy a buscar algo para desinfectar esa herida.

Trashorras fue a su habitación y rebuscó en el armario. Luego regresó.

Lo último que sintió Borrell fue el estampido del cañón de una pistola ahogado en un cojín escupiendo su sentencia de muerte.

Trashorras volvió a su cuarto y cogió todos sus documentos falsos de una carpeta. Por suerte seguían allí, los ladrones solo se llevaron lo de la caja fuerte. Maldita Encina. Por su culpa se había implicado más y más en aquel horrible y extraño juego. Sabía cómo terminaban los que se iban de la lengua: él había sido leal, pero había fracasado. Y «ellos» no admitían un fracaso. ¿Cómo justificar la desaparición de los vídeos? Por mucho que quisiera ocultarlo, «ellos» siempre se acababan enterando de todo. Mientras pensaba a toda velocidad, buscó en el armario camisas, chaquetas y pantalones casi al azar y lo metió todo en una maleta.

Hacía algún tiempo, después de haber asistido a una ejecución, había decidido planear cuidadosamente una huida por si alguna vez ocurría algo parecido. Destinaba parte del dinero a ese propósito de forma meticulosa. Y aquel momento había llegado al fin.

El director de *Planeta Misterio* miró por última vez el cuerpo de Borrell con la frente agujereada y un hilo de sangre escapando de su nariz. Bajó las escaleras hasta el garaje. Cogió el Volvo y condujo a toda prisa hacia el aeropuerto de Barajas.

El vídeo parecía haber acabado; sin embargo, la cámara siguió rodando unos segundos más. Valentina soltó un grito:

—¡Ese sádico se quita la capucha después de matarla! ¡Hay un primer plano de su rostro! ¡Es solo un segundo, pero creo que se le ve la cara!

—¡Es verdad! —Romero congeló la imagen y la amplió. Se pudo ver perfectamente el rostro redondo y sofocado de un hombre calvo y un torso blanco y enorme.

Valentina se inclinó sobre la pantalla, asombrada.

—Amplíalo más. ¿Puedes? ¡Mirad! Tiene un trozo de oreja cortado, ahí, en el lóbulo izquierdo. Y un tatuaje bien visible en el pecho..., joder. ¿Cómo es posible que le veamos la cara?

—Alguien nos ha mandado los vídeos originales, Valentina. No los editados. Alguien que ha tenido acceso al fondo del meollo. Y ha tenido el detalle de enviárnoslos. —Sanjuán pensó unos instantes en Alana y en cómo pudo conseguir aquellas grabaciones tan comprometedoras—. Yo creo que el vídeo de Panticosa y este último, han sido grabados en el mismo lugar.

Romero amplió todavía más la fotografía hasta que el tatuaje se hizo un poco más nítido. Soltó un silbido y comenzó a teclear todavía con más rapidez.

—El tatuaje es un león rojo rodeado de un círculo azul. Y unas letras. Esperad... ¡Ya sé lo que es! No tiene pérdida. ¡Es el escudo de los Glasgow Rangers!

El equipo de fútbol má importante de Glasgow. Valentina pensó inmediatamente en Hugh Macfarlain, y en si se podría identificar de alguna forma a aquel sujeto.

41

Cita en el juzgado

Lunes, 22 de abril, 13:00
A Coruña, juzgados de la calle Monforte

Valentina Negro estaba muy nerviosa. El tiempo para encontrar a Victoria se agotaba, esperaban noticias de Escocia, y ella estaba de camino al juzgado en vez de estar intentando encontrar a Victoria. ¡Qué contrariedad más absurda! Estaba absorta en la investigación, algo que le estaba exigiendo el uso de toda su energía dadas las circunstancias, y en su lugar había de enfrentarse a Brandáriz y sus preguntas sobre el cabrón del Peluquero. ¿Cómo centrarse después de haber visto aquellos vídeos repugnantes?

En la puerta de los juzgados le estaba esperando ya Anabel Díaz, una abogada que conocía muy bien: se la había presentado su amiga, la magistrada Rebeca de Palacios, y habían compartido las tres alguna que otra salida de copas. Anabel era abogada del Estado, y por consiguiente era su deber representar a Valentina en aquel trance.

—Hola, Anabel. —Valentina la besó, intentando dominar sus nervios.

—Hola, Valentina, encantada de volver a verte. Venga. Anímate. Todo va a salir bien.

Ambas entraron en el juzgado de instrucción número uno, cuyo titular era el juez Anselmo Manzanero. Se sentaron en un banco; no muy lejos estaba Brandáriz de pie, hablando con un colega. El abogado miró a Valentina y le hizo un gesto con la cabeza, a modo de saludo. Valentina se lo devolvió; no quería que pensara que estaba asustada. En realidad sentía más angustia que miedo; con Asuntos Internos ya había recorrido el tortuoso viaje de aquellos minutos de su vida, y ahora la ansiedad por no estar tras la pista de los asesinos *snuff* era superior a su situación personal o su futuro en el cuerpo.

—Valentina, atiende —habló Anabel, mirándola fijamente a los ojos—. Contesta de modo escueto a las preguntas que te hagan; no te compliques en dar explicaciones, muchas veces suenan a excusas. Si hay cosas que no sabes cómo contestar, di simplemente que no lo sabes o no lo recuerdas. ¿Entendido? Me hubiera gustado que nos hubiéramos visto antes, pero es igual, llegado este momento tienes que hacerlo lo mejor posible. Piensa que ese tipo es un delincuente sexual, y no creo que el juez le tenga muchas simpatías. Manzanero es un juez joven y sensato, no permitirá a Brandáriz que se propase contigo.

Era cierto: Anabel la había llamado para que estudiaran la declaración, pero Valentina, sencillamente, no había tenido fuerzas para ello. Con la declaración anterior para Asuntos Internos y en medio de una investigación que le estaba exigiendo cada gramo de su energía, no podía más. Solo quería que eso terminara cuanto antes, no podía dejar de pensar en Victoria. «Joder —pensó, impotente—: esa chica está ahora en manos de unos sádicos, quizás esté a punto de morir, y yo estoy aquí sin poder hacer nada.»

A los pocos minutos, un auxiliar les avisó para que entraran al despacho del juez, donde iba a tomarse la declaración.

—Entonces, cuando le golpeó con la linterna en la cabeza, ¿el hombre estaba ya en el suelo, inerme?

Brandáriz estaba disfrutando. Llevaban ya más de media hora, y Valentina se había mantenido firme, aunque algunas de sus respuestas eran dubitativas. La miró con sus ojos de halcón: era obvio que la inspectora estaba penando cada minuto de la declaración, y él no perdía ocasión de hacer sangre, todo lo que le dejaba el juez.

—Señor letrado —intervino el juez Manzanero—, creo recordar que la inspectora ya ha contestado anteriormente a esa pregunta: ha dicho que el señor Albelo estaba de rodillas, con las manos tapándose los ojos, y que entonces ella aprovechó esa situación para neutralizarlo.

—Sí, señoría. —Brandáriz aceptó de mala gana esa corrección; comprendió que el juez estaba de parte de Valentina, y le estaba quemando el alma no poder atacarla con toda su furia.

Valentina miró al juez, y en sus ojos se podía leer la gratitud. Manzanero, un juez joven, aunque de pelo entrecano, y bien parecido, aguantó su mirada sin mostrar ninguna emoción.

—Inspectora, ¿qué fue exactamente lo que hizo para detener al señor Albelo cuando según usted se disponía a huir?

La pregunta maldita, ahí estaba otra vez, pensó Valentina quien, por otra parte, no podía sino sentir indignación al escuchar juntas las palabras «señor» y «Albelo», un asqueroso violador de niñas. La inspectora miró de soslayo a Anabel y procuró que su tono fuera el más neutral posible.

—Estaba muy oscuro. Yo estaba auxiliando a la víctima, que estaba en muy mal estado. Como luego supimos, había sido violada y se estaba asfixiando...

—Inspectora Negro —la interrumpió Brandáriz, sin contemplaciones—, no le he preguntado por la víctima, sino por su conducta hacia el señor Albelo cuando, según usted, trataba de escaparse. Mi cliente está aún en el hospital con la boca cosida por su culpa, sin poder casi ni comer.

Valentina se sonrojó y aspiró hondo.

—Bien... solo quería explicar las circunstancias en las que estaba cuando...

Pero tampoco pudo terminar. Esta vez fue el juez Manzanero quien la interrumpió, pero dirigiéndose a Brandáriz:

—Señor letrado: si usted hace una pregunta a la inspectora, deje que ella se explique con la amplitud que necesite, de ese modo podremos comprender mejor lo sucedido, ¿no le parece? —Y sin esperar la respuesta de Brandáriz, que en realidad fue un gesto contenido de ira, continuó—: Espero no tener que volver a amonestarle, letrado. Estamos aquí para esclarecer los hechos, y ya le estoy tolerando demasiado. Queda advertido.

Una hora más tarde, Valentina y Anabel salieron del juzgado. La inspectora le dio las gracias a su abogada con aspecto animado.

—No hay de qué. Has estado muy bien, Valentina, dadas las circunstancias. Veremos qué sucede. Ten confianza. Yo la tengo.

—Sí, Anabel, confiaré en que todo salga bien —suspiró—. Pero ahora tengo que irme... —Y dando unos pasos rápidos la saludó con un gesto y subió al coche del subinspector Bodelón, que la estaba esperando. Anabel los vio salir raudos y perderse entre el tráfico.

42

La decisión

¡Recuerda! El Tiempo, ese jugador incansable,
gana cada vez que gira la rueda; ésta es la ley...
La luz del día se aleja... ¡Recuerda!
La noche se aproxima:
el abismo está seco y el tiempo se escurre entre las manos...

CHARLES BAUDELAIRE, «El reloj», *Las flores del mal*

Lunes 22, 15:00
Edimburgo, residencia de Hugh Macfarlain, en el
barrio de Stockbridge

Hugh descolgó el teléfono. Era Velasco de nuevo.
—¿Hugh?
—Hola, Velasco. —Su voz sonaba un poco temblorosa; el efecto de unas pintas de cerveza con poca comida se hizo notar. No obstante, estaba lejos de estar ebrio—. ¿Hay novedades?
El tono excitado del español le llamó la atención:
—Sí, las hay. Escúchame bien: te voy a enviar un vídeo que hemos recibido, de fuentes solventes. Es muy real, por desgracia. —Hugh se mantuvo en su obstinado silencio, así que Velasco continuó—: Hugh... escucha. Tenemos en nuestro poder el vídeo de Catriona. No hay duda de que fue vícti-

ma de los asesinos *snuff*. El fragmento que viste, correspondiente a ese vídeo publicitario donde aparecían diversas chicas, forma parte de este que te voy a enviar.

Hugh suspiró dolorosamente y reflexionó durante unos segundos.

—Velasco, en confianza..., no me apetece verlo. Casi vomité al ver el vídeo que me enviaste, no necesito ver otro más. Ahora mismo estoy un poco estancado..., pero no pararé hasta encontrar a ese sádico, tienes mi palabra.

Velasco intentó vencer las reticencias del policía:

—Ya lo sé, Hugh..., pero he de rogarte que lo veas. Es muy importante.

El escocés protestó.

—¿Por qué he de verlo? Lo que tengo que hacer ahora es encontrar a sus clientes, y descubrir cuál de todos participó en esa aberración, o los que lo hicieron, si fueron varios.

—De eso se trata, Hugh, verás... —Velasco no sabía muy bien cómo decir eso de manera sutil en inglés—. En efecto, son varios, pero hay uno que lleva la batuta, probablemente el que más pagó por tener ese «honor», y quizá fuera el mismo que la seleccionó para ser la protagonista de la grabación. —Hugh iba a decir algo, pero el policía español no le dejó—. Escucha: el vídeo que hemos conseguido está sin editar, es decir, que no suprimieron determinadas imágenes que pueden ser claramente peligrosas para sus intereses.

—¿Sin editar? —Las brumas del alcohol no le dejaron comprender el alcance de aquellas palabras.

—Así es. Sin cortar. En ese vídeo aparece la cara del tipo que finalmente la mata, quien creemos que es el cabecilla, ¿comprendes?

—¿Quieres decir que se ve el rostro de ese degenerado?

Velasco notó un cambio en la actitud de Macfarlain y prosiguió:

—Así es. Debes ver ese vídeo y reproducir esa imagen. De todos modos, te mandaremos la foto extraída del vídeo. Quizá lo conozcas, o, si no, alguno de tus colegas. Aunque ahora esto se ha convertido en un caso de asesinato, Hugh, y te pido que pases el asunto a la brigada de Homicidios. Son ellos los que han de encontrarlo, y, además, tiene que ser pronto. Necesitamos información urgente para averiguar el paradero de Victoria Álvarez, la chica española de la que te hablé. Nos estamos quedando sin tiempo, quizá solo dispongamos de unas horas antes de que la maten, y es necesario que toda la Policía escocesa encuentre a ese tipo. Moviliza a todo el mundo, Hugh, hay que encontrarlo como sea. —La voz de Velasco resultaba apremiante.

Hugh suspiró, resignado:

—OK, Velasco, veré qué puedo hacer. Te llamo en cuanto tenga algo.

Cuando colgó, abrió su portátil, lo conectó y fue a la cocina a buscar una botella de whisky. La necesitaba para enfrentarse a aquel horror.

Aspiró hondo, sentado en la pequeña mesa del salón que hacía de despacho, bebió un buen trago y, una vez descargado el vídeo, le dio al *play*. Duraba diez minutos. «Dios mío —se dijo—, diez minutos de horror que soportar... Señor, dame fuerzas.» Bebió otro sorbo del vaso y le dio al *play*.

Fue una experiencia que casi le volvió loco de pena, de infinita tristeza por el género humano, y de una rabia que amenazaba con reventar sus venas; pero cuando llegó a la parte en que un hombre corpulento, con una oreja mordida, y con la cara de alguien que había visto esa mañana, después de haber ultrajado sin piedad a Catriona, le partía el corazón con un cuchillo en una impactante imagen que comenzaba en un picado y terminaba en un plano-contra-plano, se quedó sin respiración, y dejó caer el vaso que estaba apurando al suelo.

Dos horas después, Hugh Macfarlain había tomado una decisión. No había tiempo para involucrar a Homicidios y lograr que el tipo lo dijera todo. Como era natural, sus abogados dirían que el vídeo era una farsa, que no quedaba acreditado que el hombre de la imagen fuera su cliente, y un largo etcétera. Además, reflexionó, aunque admitiera su participación, sería difícil que dijera nada acerca del lugar donde podría estar Victoria, si es que lo sabía, porque podía temer una represalia fatal. No, Mortimer no iba a hablar así como así. Si se viera atrapado, buscaría todas las artimañas para ganar tiempo y diluir el caso.

Volvió a preparar la cafetera. Ya se había tomado un par de tazas bien cargadas, un líquido oscuro como el petróleo del mar del Norte. Fue al baño y se duchó con esmero; sintió el agua hirviendo sobre la piel como hacía tiempo no lo había hecho. Luego repasó su afeitado con la máquina eléctrica. Estaba muy delgado, casi escuálido. Recordó que su mujer siempre le decía que se enamoró de él a primera vista porque tenía un aire a Jeremy Irons, pero mucho más guapo. Ahora ya no era tan bien parecido, y, además, su aspecto enfermizo se había acentuado con el paso de los años. Se puso su mejor traje, que le quedaba algo grande. Había llamado a Mortimer, él no se había puesto, pero le había dejado el recado de que tenía que verlo a las 20 horas en su despacho; que más le valiera estar ahí, que tenía una información muy importante para su seguridad, algo que podría salvarle el culo, siempre y cuando llegaran a un acuerdo: un intercambio de información. Y había añadido: «Dígale que es sobre Catriona Stevenson, y que esto es algo del todo extraoficial, seguro que podremos llegar a un trato razonable para los dos.» A los veinte minutos recibió la contestación: «El señor Mortimer le espera en su despacho a las 20 horas, pero venga solo; nada oficial, ¿entendido?, o no habrá entrevista, y usted se irá por donde vino.»

Vestido con su traje azul oscuro, el mismo que llevó en el entierro de sus chicas, visiblemente pasado de moda, Hugh puso un viejo cedé de los Smiths. Luego, con *There is a light that never goes out*, la canción favorita de su mujer, Elisabeth, repetida una y otra vez, se sentó en su sillón, allí donde pasaba muchas horas viendo sus fotos, su mente aturdida, recordándolas dolorosamente. Bebió el café recién hecho, su mirada ensimismada, su pulso firme.

Cuando terminó, lavó la taza en el fregadero y se dirigió a su habitación. Allí abrió el cajón superior de la cómoda, y de sus profundidades extrajo dos pistolas: su vieja Beretta 92, y una FN Five Seven bastante más moderna, capaz de atravesar un chaleco antibalas. Las cargó. La primera se la puso en la pistolera que se estrechaba sobre su hombro derecho; la segunda, algo más pequeña y ligera, en una cartuchera trasera, adherida al cinturón, ambas tapadas por la chaqueta.

Luego, se arrodilló en el suelo, puso los brazos encima de la cama, y rezó por primera vez desde la muerte de su mujer y su hija.

El Palacio de la Oscuridad

Richie Domingo se miró al espejo y respiró profundamente. En cierto modo deseaba que acabase todo aquello y poder volver a su vida normal, ver a su madre. Se abotonó la camisa blanca. Luego se anudó la corbata de seda y se puso la chaqueta gris de Calvin Klein por encima.

Ya faltaba poco.

Fue a la sala donde estaban situadas las pantallas a ver cómo se encontraba Victoria: sentada en el catre, los ojos abiertos, redondos, mostraban su delirio. Se mecía hacia los lados mientras susurraba, moviendo los dedos como si fueran patas de araña.

«Tu tormento no durará mucho más», susurró Richie, en cierto modo asustado por aquella expresión lunática que parecía ya sin retorno. Miró su reloj: tenía que ir al aeropuerto de Santiago a buscar a dos de los participantes en la orgía final. Iba con tiempo, pero no podía descuidarse. Subió a su potente Peugeot 2008 Crossover y enfiló con rapidez hacia la autopista.

Patty llevaba una falda negra de tubo, una llamativa chaqueta roja y un pañuelo en el cuello. Se quitó los zapatos de tacón, aliviada. Acababa de llegar de su trabajo: secretaria en las oficinas de British Railways, en el centro de Edimburgo. No le había dado tiempo a cambiarse; estaba bebiendo un té con limón en la cocina cuando sonó el timbre de la puerta, y allí se encontró con alguien cuyo aspecto le era familiar, pero que no reconoció al momento. No estaba acostumbrada a ver al policía con aquel largo abrigo azul marino tan elegante.

—¿Hugh Macfarlain? —dijo al fin, con una media sonrisa—. No estoy acostumbrada a verte así, tan...

Hugh sonrió a su vez, y no la dejó terminar:

—Está bien, Patty, no te esfuerces... Sí, hoy me he «aseado» un poco... ¿Puedo pasar? —Sonrió con melancolía—. Sé que quizá la hora no sea muy apropiada, pero es importante, y no tardaré mucho.

—Desde luego, Hugh, siempre eres bienvenido en esta casa, pasa, por favor.

El salón estaba en penumbra, así que Patty encendió la lámpara de pie que estaba junto al sofá, le dijo que se sentara y le ofreció un té. Hugh aceptó, y mientras Patty lo preparaba en la cocina sus ojos se deslizaron por las fotografías de Catriona, y se sintió desfallecer. De nuevo le embargó una pena insoportable, una pena que le oprimía el alma por Catriona, por Patty, por todas las chicas cuyo destino era morir asesinadas de aquel modo infame.

Cuando Patty entró con la bandeja del té y unas galletas de mantequilla, sin embargo, Hugh intentó no mostrar nada raro en su expresión. Pasado ese momento, se concentró en lo que tenía que contarle exactamente, porque no quería que sufriera sin esperanza. En realidad, él sabía que no podía evitarle ese sufrimiento, pero al mismo tiempo quería que todo ese dolor tuviera al menos el bálsamo de la justicia: el convencimiento de que la muerte de su hija no había quedado impune.

—Bien, tú dirás, Hugh, ¿qué me querías contar? —dijo Patty, llevándose la taza de té a los labios. El policía se limitaba a darle vueltas a la cucharilla, diluyendo el azúcar.

—Sí, claro... —carraspeó—. Patty... lo cierto es que no sé cómo empezar, pero... se trata de tu hija. —Sus ojos se desviaron hacia el suelo instintivamente.

Patty le clavó la mirada, buscando leer su rostro, y su corazón se detuvo. Esperaba lo peor, pero se limitó a mirarlo, expectante, pendiente de que continuase. Hugh se rehízo al momento; comprendió que tenía que decir lo que era necesario, que debía llevar a cabo su decisión, y que ya no había vuelta atrás.

—Patty... Sí, Catriona está muerta. Creemos que murió ya hace tiempo, quizás a los pocos días de ser secuestrada, incluso el mismo día... —Dejó caer los brazos a los lados, desolado. Sin querer, unas lágrimas asomaron a sus ojos—. Yo... lo siento mucho.

—Oh... ¡Oh, Dios mío! —exclamó Patty, dejando caer la taza. Hugh se levantó para recogerla, pero Patty le detuvo con un gesto de la mano, y a continuación se recompuso y lo hizo ella misma. Un silencio sepulcral invadió la estancia; Patty, mecánicamente, se limpió la falda y la alfombra con una servilleta de papel, como si realizar esos gestos cotidianos pudieran reconstruir en cierto modo el caos que se había instalado tras esa noticia. Pasados unos segundos, Patty preguntó, con la consternación pintada en los ojos:

—¿Qué le pasó? Quiero saberlo.

—Un secuestro, quizá para robar, quizá para abusar de ella... No está claro. Parece que las cosas se torcieron, Catriona opuso mucha resistencia, y finalmente...

Patty escuchaba, intentando asimilar lo que significaba cada una de esas palabras.

—¿Dónde fue? ¿Quién lo hizo? —Y la pregunta que acabó por romperle el corazón—: ¿Dónde está ella ahora?

Hugh ya había pensado en todas esas preguntas. Las había

escuchado muchas veces, cuando sus casos de desapariciones se tornaban en homicidios con el tiempo.

—Fue en Glasgow, Patty, pero me temo que eso es todo lo que debes saber. Solamente quiero que sepas que no sufrió —no le tembló la voz al decir eso—, y que ese hombre..., el responsable de todo esto, está muerto. He venido a decírtelo, antes de que te enteres por los medios. Mañana se hará público.

—¿Muerto? —preguntó, asombrada—. ¿Cómo ocurrió?

—Un enfrentamiento con la Policía; por desgracia, no sabemos dónde abandonó el cuerpo de Catriona, murió sin que nos lo dijera. Llegamos hasta él por un soplo; lo hemos comprobado, y todo encaja. Créeme. Todo encaja.

—Dios mío... —volvió a suspirar Patty, y escondió el rostro entre las manos, sollozando, llorando luego de manera furiosa, incontenible, las lágrimas reprimidas durante esos angustiosos seis meses de dolor sordo y feroz.

Hugh no pudo reprimirse, se levantó y se sentó a su lado, abrazándola, mientras el cuerpo de la madre se sacudía por la pena infinita que lo acuchillaba.

Fueron unos minutos, pero para Hugh fueron los instantes que justificaban todo aquello, que daban pleno sentido a lo que iba a hacer. Desde hacía nueve años no había sentido la vida tan cerca de sus entrañas.

Cuando el abrazo finalizó, Hugh, todavía sentado a su lado, tomó su mano. Luego buscó sus ojos con los suyos, y le dijo:

—Patty, ahora te pido que confíes en mí. Cuando veas mañana las noticias verás que la muerte de ese hombre no se relaciona con tu hija. La razón es que, legalmente, no se pudo probar esa conexión en su momento, pero te juro que él fue el responsable de la muerte de Catriona. La Policía nunca te llamará para decírtelo. Escúchame bien: oficialmente seguirá siendo un caso abierto, pero yo te digo que tu hija fue asesinada por el hombre cuya cara verás mañana en los medios.

Hugh se levantó: había llegado la hora. Patty hizo lo propio y le acompañó hasta la puerta. De manera intuitiva sabía que él le estaba diciendo la verdad, pues Macfarlain destilaba nobleza por los cuatro costados.

En la puerta, Patty se abrazó a él durante largos segundos, y le besó con intensidad en la mejilla.

—Gracias —le susurró.

Hugh le sonrió y se dispuso a cruzar el umbral, cuando una última pregunta le detuvo:

—Hugh, ¿estás seguro de que el asesino de mi hija está muerto, verdad?

—Así es, Patty. —Esperó, y luego añadió—: No tengas ninguna duda. Yo lo maté.

Comisaría de Lonzas, 18:00

El subinspector Bodelón entró en la sala con aspecto mustio.

—Nada. No hay rastro de Richie Domingo. Seguimos igual. Ni en su empresa, ni en su casa. Como si se lo hubiera tragado la tierra.

Valentina asintió y se volvió hacia Velasco.

—Era lo esperable. ¿Cómo vamos con la lista de lugares con características similares al castillo de San Blas?

—Por ahora tengo unos quince lugares, repartidos por toda Galicia, León y Asturias. Hay que acotar o nos volveremos locos. El sitio donde se reúnen no puede estar lejos —dijo Bodelón.

Valentina se dirigió hacia el enorme mapa que habían colgado en el corcho, con hilos de diferentes colores uniendo todos los lugares en donde se producía la investigación, desde Edimburgo hasta Valencia, pasando por Madrid, Ponferrada y A Coruña. Continuó:

—Hay que buscar edificios abandonados que estén en rehabilitación por empresas privadas, sea real o no esa rehabilitación. Lugares que se hayan dejado morir por sus antiguos dueños o incluso por el gobierno, pero que alguien quiera convertir en otra cosa: un hotel, un negocio, cosas así.

Sanjuán estaba con los cascos puestos, viendo de nuevo el vídeo de la muerte de Catriona. Cada rato, tomaba notas en su Moleskine, con aspecto concentrado. Valentina se preguntó cómo haría para no volverse loco: ella envidiaba aquella facilidad para compartimentalizar el trabajo y la vida diaria; seguir viendo aquello era superior a sus fuerzas.

43

Acto de justicia

*Los cerebros se rompen; las conciencias
envueltas en las sombras, agonizan;
los corazones yertos, desfallecen...*

MANUEL REINA,
«La ola negra»

*Edimburgo, Palmerston Place
Oficinas de M&F Ltd. 20:00*

Las oficinas de M&F Ltd. estaban ya vacías desde hacía dos horas. Macfarlain había acudido en taxi, pero se había bajado antes; quería, necesitaba caminar y pensar. Sería un error concluir que el policía escocés tenía miedo; bien al contrario, una extraña paz le inundaba, la que le otorgaba la visión cierta de saber que estaba asistiendo al final de un largo sufrimiento.

Macfarlain llamó al timbre. Solo había una tenue luz en el interior. Al poco, las luces del vestíbulo se encendieron, y dos hombres vinieron a su encuentro; dos tipos grandes que no había visto esa mañana.

—¿Eres Macfarlain? —le preguntó uno de ellos, con acento claramente escocés. «Al menos uno de los gorilas es de la patria», pensó Hugh.

Asintió, los dos hombres le hicieron un gesto para que les siguiera, y le condujeron por el mismo camino que había recorrido unas horas antes. Al llegar a la puerta del despacho de Mortimer, reconoció al tercer guardaespaldas, el hindú, que se acercó con ánimo de cachearle.

Hugh levantó una mano:

—Eso no va a ser necesario, vengo a hacer negocios con tu jefe. Si quisiera montar gresca hubiera venido con las unidades de asalto, ¿no te parece?

El hindú puso cara de que ese argumento no le importaba lo más mínimo, pero entonces la puerta del despacho se abrió, y un jovial Mortimer intervino:

—Está bien, Peter, ha venido solo, como le pedimos, y estoy seguro de que esto es una reunión de negocios. Creo que el señor Macfarlain es un tipo listo. —Y dirigiéndose a él—: Entre, por favor.

Macfarlain miró de soslayo al hindú, vio con el rabillo del ojo que Mortimer hacía un gesto para que los tres hombres se quedaran junto al despacho, entró, y la puerta se cerró tras de sí.

—¿Un Macallan? —preguntó Mortimer mientras se servía uno.

—Sí, gracias, me vendrá bien.

Mortimer se lo llevó y luego se sentaron los dos, cada uno enfrente de la mesa. El ejecutivo bebió un buen trago, lo degustó, y dijo:

—Bien, Macfarlain, creo que tiene un negocio que proponerme. Antes de que me conteste he de decirle que no le considero tan estúpido como para llevar un micro o algo por el estilo, porque yo solo voy a escuchar, usted es el que va a hablar todo el tiempo. Sabrá mi decisión más adelante, en otras circunstancias y en otro lugar, ¿ha comprendido?

—Perfectamente, Mortimer, pierda cuidado. —Y a su vez le dio un trago largo al whisky. Estaba delicioso—. Lo cierto es que tengo algo para usted muy valioso, algo que le salvará, literalmente, la vida, si sabe obrar con buen juicio. —A continuación sacó un teléfono móvil de su bolsillo—. Permítame que se lo enseñe.

Macfarlain se levantó, extendió la mano con el móvil y, cuando Mortimer se estiró para cogerlo, sintió de inmediato el frío cañón de una pistola en su frente; no lo había podido ver, porque apareció con la velocidad de la luz.

—No digas nada, no muevas un músculo, o por Dios que te destrozo la cabeza de un tiro —las palabras de Hugh Macfarlain eran fuego helado.

Mortimer sintió un escalofrío que recorría su cuerpo. Se quedó con el móvil sujeto en la mano, mientras Hugh, sin dejar de tocarle la frente con el cañón de su pistola, se puso, de pie, a su lado, volteando la mesa.

—Quiero que veas esto, hijo de puta, y quiero ver las manos encima de la mesa; no se te ocurra apretar ningún botón del pánico.

Hugh le dio un *pen drive* sin dejar de apuntarle, haciendo gestos para que lo introdujese en el ordenador portátil. En unos segundos, Mortimer le dio al *play*, y las terribles imágenes de la tortura de Catriona se sucedieron ante sus ojos aterrorizados. Hugh, sin embargo, no las veía, no hubiera sido capaz de volver a verlas; solo vigilaba la nuca de Mortimer, donde descansaba su pistola de forma opresiva.

—Escuche, Macfarlain, no sé de qué va esto..., esto es una atrocidad..., pero ¿qué tiene que ver conmigo? —El miedo salpicaba sus palabras.

—¿Qué tiene que ver contigo...? Espera, y lo verás —escupió entre dientes.

El móvil estaba sobre la mesa, Hugh tenía la pistola amartillada sobre la nuca de su presa, las imágenes de violación se sucedían en la pantalla del ordenador en un carrusel orgiástico.

—Abre bien los ojos, cabrón, quiero que lo veas todo. —Y apretó más el cañón sobre la nuca, produciendo a Mortimer un intenso dolor.

Y, de pronto, Mortimer vio, espantado, que la capucha se deslizaba de su cabeza, logrando que su rostro fuera claramente visible, en su éxtasis bestial de violación y crimen.

—¿Cómo es posible...? —acertó solo a balbucear.

—Esto es posible, engendro del demonio, porque tengo una copia del vídeo no editada, una donde se ve bien clarito tu espantosa cara... ¿Comprendes?

Ese vídeo de pesadilla al fin terminó. Mortimer sudaba profusamente, las manos le temblaban encima de la mesa, y su cabeza empezó desesperadamente a pensar una solución. Al fin y al cabo, era un hombre de negocios.

—Escuche, Macfarlain, me he informado sobre usted. Sé que es poco más o menos un apestado en la Policía..., que después de muchos años en el servicio le relegaron al pozo de los desaparecidos, y que le va a quedar una pensión miserable... Sea inteligente y aproveche lo que le queda de vida; le puedo dar mucho dinero.

Macfarlain sonrió.

—No me jodas, Mortimer, no he venido aquí para llenarme los bolsillos, sino para que me des información. —Sacó una foto de Victoria Álvarez y la puso encima de la mesa con su mano izquierda—. Quiero que me digas dónde está esta mujer.

Mortimer reconoció de inmediato la foto de la chica que, de forma totalmente encriptada, había recibido como reclamo para contratar la próxima sesión de muerte y tortura, pero dijo:

—No sé quién es, ¡se lo juro Macfarlain!

A Hugh esa respuesta no le servía; estaba lleno de ira; sabía que ese camino solo tenía un final, y estaba dispuesto a recorrerlo sin titubear. Se giró levemente, sujetó la cabeza de Mortimer y le puso el cañón en la boca, provocándole una arcada:

—¡Escucha, cabrón, o me dices donde está Victoria o te mato aquí mismo!

Había levantado la voz, y de inmediato la puerta del despacho se abrió, con los tres hombres esgrimiendo sus pistolas hacia el policía.

—¡Diles que salgan o te vuelo la cabeza! ¡Ahora! —dijo Hugh, al tiempo que se agachaba para poner a su jefe como escudo ante las balas—. ¡No lo repetiré! ¡Que se vayan o te mato aquí mismo!

Mortimer, casi sofocado, agitando las piernas, hizo un gesto a sus lacayos para que se retiraran; sus ojos enfebrecidos confirmaban esa orden. Los guardaespaldas dudaron, mirándose unos a otros, pero, finalmente Peter, el hindú, tomó la decisión:

—Está bien, nos quedamos tras la puerta, pero se lo advierto, desgraciado, jodido policía: si le hace algo al jefe, usted no saldrá vivo de aquí. —Arrastró cada una de sus palabras, cargadas de odio y frustración, y cerró la puerta.

—Bien —siguió Macfarlain, de nuevo los dos a solas—. Vas a marcar ahora un número, y cuando yo termine de hablar será tu turno. Si no hablas te mataré. Si hablas, te dejaré vivir. ¿Has comprendido?

—¡Le juro que no sé dónde está esa mujer! —repitió.

—Tú decides. Marca el número 5 y luego la tecla verde.

Mortimer así lo hizo, y en pocos instantes se escuchó la voz de Velasco.

—Sí, Hugh, soy Velasco. ¿Tienes alguna novedad?

—Sí, la tengo, Velasco. —Su voz había vuelto casi a la normalidad, salvo por un ligero temblor causado por la adrenalina que le inundaba todo el cuerpo—. Tengo aquí al degenerado que mató a Catriona.

—¿Qué? —contestó Velasco, sin dar crédito a lo que oía.

—Has oído bien. Está aquí delante, y está más que deseoso de colaborar. Claro que le ayuda en esa actitud que le estoy agujereando la nuca con una Beretta. —Macfarlain no pudo esconder su aborrecimiento y apretó de nuevo el cañón contra la nuca de Mortimer, que lo sintió como un punzón.

—No entiendo... Hugh, ¿te has vuelto loco? ¡Te vas a meter en un lío de mil demonios! —dijo Velasco. Hizo una seña a Valentina y puso el manos libres. La voz del escocés se escuchó alta y clara.

—No te preocupes, Velasco, ese es mi problema. No hay tiempo para seguir el procedimiento oficial. Y ahora escucha lo que te va a decir el señor Mortimer. —Y apretó otra vez con fuerza el cañón en la nuca de este, como si quisiera hacerle un agujero en la carne—. Empieza a largar o te juro que te mato ahora mismo.

—Escuchen... no sé dónde está esa chica... Yo solo he estado una vez allí, en el Palacio de la Oscuridad... Me taparon los ojos... No sabría decir el lugar...

—Dígame todo lo que recuerde, por insignificante que sea —le interpeló Velasco. Valentina se apuró a grabar la conversación con su móvil mientras Sanjuán tomaba notas en su libreta, y subrayó «el Palacio de la Oscuridad»—. Me recogieron en el aeropuerto de A Coruña con una limusina. Luego... no recuerdo bien. Llevaba los ojos tapados, pero podía ver algo. Pasamos por un pueblo donde había un paraguas de piedra, creo. Me llamó la atención.

—¿Cuánto tiempo tardaron hasta llegar al sitio? —preguntó Velasco.

—Una media hora larga, quizá cuarenta minutos... primero una autopista. Luego, el mar. Pueblos, playas. Mucho tráfico. Cuando llegamos al sitio pude ver por un segundo que era una especie de fortaleza, no muy alta, pero grande. Al borde del mar. Desde las ventanas se veía el mar. Por dentro era como un hotel muy lujoso...

—¿Y cree que las otras chicas también estaban en el mismo lugar? —preguntó, ansioso, Velasco.

—No estoy seguro..., es posible, el lugar estaba muy bien acondicionado, no creo que se cambie cada vez...

—¡Bien acondicionado! —estalló Macfarlain—. ¡Serás hijo de puta! —Puso ahora la pistola en la frente de Mortimer, que estaba aterrorizado—. ¡Eres escoria, una desgracia para la humanidad!

Afuera, los guardaespaldas, con las pistolas en las manos, estaban presos de la mayor furia. Sus piernas en tensión, prestos a intervenir a una orden de Peter, que se pasaba la lengua por los labios, ansioso. Se maldijo una y otra vez por no haber cacheado al policía.

—¡Hugh, tranquilo! —intervino Velasco—. Lo necesitamos vivo.

Hugh se calmó, aflojó la presión de la pistola en la frente de Mortimer, y le dijo, mientras su mano izquierda le sujetaba la corbata, formando casi un nudo corredizo en el cuello de su rehén:

—Está bien, sigue hablando.

—¿Quién es el jefe de la organización? —preguntó Velasco. Valentina y Sanjuán se miraron expectantes.

Mortimer entró todavía más en un estado de pánico: contestar a esa pregunta sería su muerte segura, más tarde o más temprano. Se quedó bloqueado, sollozando, negando con movimientos de la cabeza.

—¿Cuál es vuestro contacto en España? —insistió Velasco—. ¿Quién organiza aquí todo este tinglado demencial?

Macfarlain ya había perdido la paciencia.

—¡Contesta, hijo de puta, o por Dios Bendito que te mato ahora como a un cerdo!

—¡No, no, no..., está bien..., no dispare! Solo sé que se llama Richie, Richie Domingo.

Valentina hizo un gesto de asentimiento y apretó los puños con fuerza.

Hubo un silencio, y Hugh preguntó:

—¿Te dice algo ese nombre, Velasco?

—Sí, Hugh, sí, sé quién es Richie Domingo. Y creo que ahora mismo está con Victoria Álvarez, preparando el *show* final que será visto en directo por todos esos degenerados.

—Y, ahora, dime —se dirigió Hugh a Mortimer—. ¿Quiénes son esos otros desalmados que te acompañan en el vídeo de Catriona?

—¡Eso no lo sé, juro que no lo sé! Solo nos vemos enmascarados, no sabemos los nombres... Nadie sabe quién es el que está a su lado cuando sucede...

El policía le creyó.

—Velasco, ¿hay algo más que podamos preguntarle? —dijo Macfarlain.

Velasco pensó rápido. Miró a Valentina y Sanjuán.

—No, Hugh, creo que no... Los datos que nos ha dado son vagos, pero quizá tengamos suerte, siempre y cuando lleguemos a tiempo.

—OK, Velasco, pues entonces te dejo. Solo te quiero pedir un favor.

—Lo que quieras, Hugh —dijo Velasco, que ya había comprendido que su colega escocés había emprendido un camino que no admitía marcha atrás.

—Patty, la madre de Catriona, no sabe cómo murió su hija. Le he explicado otra cosa, que murió en una violación o un robo, que peleó hasta sus últimas fuerzas y que murió... sin sufrir. ¿Comprendes?

—Sí.

—Bien, me gustaría que las imágenes de Catriona nunca lleguen a la Policía escocesa. Si por algún motivo tenéis que volver a enviar el primer vídeo que recibí, quitad esa parte... y que el vídeo de ella, el entero, desaparezca... o al menos que lo tengáis solo vosotros, porque, total, ese caso ya está resuelto. No quiero que Patty sepa la verdad jamás... ¿Me lo prometes, Velasco, tengo tu palabra de «caballero español»? —Y dijo eso último en español, con una sonrisa.

Velasco miró a Valentina, que asintió. Suspiró, emocionado, sintiendo admiración por ese hombre que había decidido darlo todo en un último servicio.

—Sí, Hugh, no habrá problema. ¿Quieres que haga alguna otra cosa por ti?

—No, amigo. No dejo nada aquí. Yo ya he terminado: salvad a esa chica, por favor. —Sacó el *pen drive* del ordenador, lo tiró al suelo y lo destrozó con el tacón de su zapato.

—Te lo prometo —dijo Velasco innecesariamente, manteniendo el teléfono, a pesar de que hacía varios segundos que no se escuchaba nada. Finalmente, le dio a la tecla de *off*. Tenía un nudo en la garganta, tanto por las palabras terribles que había escuchado como por su miedo a no poder cumplir esa promesa. Valentina y Sanjuán permanecían a su lado, en silencio, sin saber qué decir.

Acto seguido, Macfarlain le pasó el móvil a Mortimer.

—Saca la tarjeta —le ordenó.

El asesino de Catriona, con manos temblorosas, extrajo la carcasa del aparato, y luego retiró la tarjeta.

—Ahora, échala en tu vaso de whisky y trágatela —le dijo.

Mortimer, aterrorizado, lo hizo sin pensar, pero después, súbitamente, comprendió que Macfarlain había ido allí a morir, que él no tenía ninguna posibilidad. Entonces, instintivamente, lo empujó y gritó:

—¡Peter, entrad! ¡Socorro!

La puerta se abrió como una exhalación, y los tres hombres penetraron unos metros apuntando con sus armas.

Macfarlain estaba preparado. Cogió a Mortimer del cuello, lo levantó, y lo puso de escudo mientras vomitaba fuego con su Beretta. Los esbirros, a su vez, se parapetaron detrás de la puerta, indecisos, intentando apuntar al policía sin atreverse a disparar por miedo a dar a su jefe.

Macfarlain tomó una decisión rápida. Miró a los ojos a Mortimer, que parecía un animal furioso y atemorizado, y le espetó:

—Esto es un acto de justicia.

Entonces le descerrajó un tiro a quemarropa en el corazón. Los guardaespaldas del empresario lo miraron con la boca abierta durante unos instantes, sin reaccionar.

—¡¿No lo queríais!? ¡Pues ahí lo tenéis! —gritó Macfarlain, al tiempo que lanzaba a Mortimer hacia ellos. Una vez que tuvo la otra mano libre, sacó la otra arma que tenía alojada en la cintura y empezó a disparar lleno de furia, con las dos pistolas en fuego simultáneo.

El cuerpo de Mortimer, una vez terminado el impulso del empujón proporcionado por su verdugo, cayó al suelo como un fardo. Los guardaespaldas se movieron buscando esquivar la lluvia de balas, pero uno de ellos cayó abatido. El otro, agachado sobre su rodilla derecha, acertó a alojar dos balazos en el abdomen y brazo derecho de Hugh, quien soltó la pistola de esa mano, pero con la otra, apretando los dientes, alcanzó al segundo tirador.

Hugh iba ahora a por el tercero, a por el hindú. Apuntó, buscándolo, pero su dedo no pudo volver a accionar el gatillo. Su cuerpo ya no le obedecía; su mente se volvió huidiza y se sumió progresivamente en la oscuridad. Peter le había alcanzado dos veces en el pecho.

—¡Muere, hijo de puta! —le escupió el perro de Mortimer.

Pero eso Hugh Macfarlain ya no lo oyó. Su mano soltó el arma, sus rodillas cedieron, y en un último suspiro encomendó su alma al Todopoderoso, la cara iluminada por una sonrisa en paz.

PARTE III

EL REINO DE HADES

No sé cuál es la cara que me mira, cuando miro la cara del espejo.

JORGE LUIS BORGES,
La rosa profunda: «El sueño»

Prólogo

Los más grandes artistas son aquellos que muestran aquello que queremos ver. Nos dominan al ser-
virnos.

BERTOLD BRECHT, *Deliver the Goods*

1998
Un lugar perdido en isla San Sebastián

Los pies se hundían primero en la arena, luego en el barri-
zal. El fango parecía adherirse a sus botas, como si estuviera
protegiendo el camino, impidiendo que pudiese avanzar. Ex-
perimentó alguna dificultad hasta que llegó a una zona más
alta, un cañaveral espeso y profundo, iluminado solamente
por la luz de la luna menguante.

Bruno Ernau había viajado muchos kilómetros para llegar
hasta allí, unas cañas no iban a disuadirle. Ni tampoco una
cabeza humana putrefacta colgando de una pica, que su linterna iluminó primero de refilón, luego en plenitud. Sobre
ella había un cuervo que parecía disecado hasta que ladeó la
cabeza, volviendo uno de sus ojos negros y brillantes hacia él.

«Este es el cruce de caminos. Como ellos me dijeron.»

La brisa del mar Caribe acarició su cabello negro, lacio, y

lo llenó de paz. Luego se introdujo por donde le había señalado el cuervo, apretando en su mano con fuerza una pequeña figura de trapo que le serviría de salvoconducto.

Solo el rítmico golpear del océano se escuchaba en la colina durante su paso a través de las afiladas cañas. Muy pronto llegó a otro cruce de caminos. En el suelo, en un montículo, una calavera rodeada de piedras indicaba a los iniciados la dirección a seguir. Sorteó las cañas, buscando un camino, hasta que escuchó otro sonido rítmico. Forzó el oído: no era el sonido del mar, era algo nuevo.

Eran tambores.

Según avanzaba, los tambores parecían sonar más rápido y fuerte. Al fondo del cañaveral, vio un claro. Cruzó el aire el sonido de un cuerno, que llamaba a la ceremonia.

Se acercó con cautela. Un grupo de hombres y mujeres bailaban y se contoneaban como si estuviesen sufriendo un ataque epiléptico en el centro de un círculo formado por los tambores, cuya intensidad subía y subía mientras los danzarines redoblaban sus gestos cada vez más extremos. En el medio, sin que nadie pareciese estar dirigiéndolo en el interior, un zangbeto de paja, de color negro, daba vueltas y más vueltas como un derviche sin rumbo.

Levantó la cámara y comenzó a grabar. Se dio cuenta de que tenía que acercarse más: la escena era como un imán que lo arrastraba sin que pudiese ofrecer resistencia.

De repente, una mano lo agarró por la muñeca.

Él enseñó el muñeco de trapo al momento, tenía un enorme ojo pintado en el vientre, un pequeño diablo zurcido y lleno de nudos que le abría el camino hacia el reino de Hades.

El hombre negro, vestido con un traje de etiqueta y un bastón cuyo puño era una calavera de plata, sonrió al verlo, pero no lo soltó.

—Ven conmigo. Tengo algo para ti. Sé lo que quieres

Se dejó llevar. Los tambores se alejaron, y también se perdió el ruido del mar. El hombre trajeado lo guio por un camino entre las cañas hasta llegar a otro claro. Allí había una casa colonial, antigua. Entraron por el porche y bajaron las escaleras, hasta el interior de una gran sala en donde había una enorme y vieja pantalla y un proyector antiguo.

Era un cine.

Había más gente, unas quince personas, negros, blancos, mulatos, sentados en butacas rojas. Todos parecían gente adinerada. Una mujer de pelo corto, vestida de hombre, de ojos grandes y verdes, que fumaba una larga boquilla, lo vio y lo miró con deseo. Parecía muy excitada. Era la única mujer entre todos ellos. Él respondió a su mirada con una interrogación pintada en el rostro.

El hombre del traje sonrió de nuevo y le volvió a agarrar la muñeca.

—Págame.

Bruno Ernau sacó un fajo de billetes de su cartera y se lo dio. La mano del negro siguió abierta.

—El muñeco. Luego te lo devolveré... —Y desapareció entre las cortinas rojas que velaban la entrada de la sala.

La mujer de los ojos verdes lo siguió mirando con intensidad febril, pero él intentó no devolverle la mirada hasta que se apagaron las luces.

En la oscuridad, alguien entró y conectó el proyector.

Las imágenes que se comenzaron a emitir, en blanco y negro, parecían a primera vista la obra de un cineasta poco avezado, y, sin embargo, tenían un extraño encanto, «decadente», pensó él. Como si Buñuel hubiese rodado una película ebrio, o drogado, poseído por el opio o el hachís.

Hasta que comenzó todo.

Sus ojos, abiertos en desmesura, no podían siquiera parpadear.

Cuando salió, antes de que terminara la película, se sentó en las escaleras del porche con la expresión demudada, pálido como un muerto en vida. Luego sintió una mezcla de sentimientos extremos, enfrentados, como si apelaran a dos almas diferentes, y tuviera en su interior una lucha de la que dependería su salvación o su condenación, en esta vida y quizá para la eternidad.

La mujer lo había seguido y se sentó a su lado. Le acarició el pelo. Él, esta vez, le devolvió la mirada de los ojos febriles, verdes, relucientes como la esmeralda de una corona real.

Ella sujetaba algo en la mano.

—Te olvidabas de esto.

La mujer le tendió el muñeco de trapo. El ojo estaba ahora lleno de sangre. Lo guardó en el bolsillo.

—Quiero esa película —dijo él—. Pagaré lo que sea por ella. —Y al decir esto, comprendió que ya había decidido, siguiendo un impulso que le dominaba hasta embriagarlo.

La mujer encendió un cigarrillo largo y expulsó el humo con sensualidad. Lo volvió a acariciar, mientras acercaba su cuerpo delgado hasta pegarlo al del hombre.

—No te preocupes. Por esa cinta, la original, solo te pediremos algo que no tiene precio.

—¿Qué quieres decir?

Ella soltó una carcajada, cristalina y dulce. Lo agarró de la mano y lo levantó, guiándolo hacia dentro de la casa de nuevo, lenta y dulcemente.

—Hay cosas mucho más importantes que el dinero.

44

El castillo de La Palma

Lunes, 22 de abril, 21:30
Comisaría de Lonzas

Todos estaban paralizados por lo ocurrido con Macfarlain, pero Valentina reaccionó con mucha celeridad. Ahora no podían permitirse el lujo de la compasión. Era necesario procesar la información lo antes posible.

—Un lugar a cuarenta minutos, con playas, una fortaleza grande al borde del mar, rápido, Velasco...

El subinspector consultó la lista de edificios durante un rato que a Valentina le pareció eterno. Al fin, Velasco respiró profundamente:

—¡El castillo de la Palma, en Mugardos, inspectora! Fue comprado por una empresa extranjera hace unos años para la construcción de un hotel. Se cree que es pura especulación inmobiliaria, a partir de la compra, quedó todo paralizado hasta hoy. ¿Sospechas de empresas fantasma, blanqueo de dinero? Afirmativo.

—En la ría de Ferrol, frente al castillo de San Felipe, al otro lado de la orilla... —Valentina buscó en Internet y al momento aparecieron las imágenes del lugar, una vieja prisión donde había estado alojado Tejero, con unas vistas privilegiadas—. Coincide todo. ¡Joder, es una antigua cárcel, y es enorme!

—Tiene acceso por mar y por tierra. —Bodelón intervino.
Valentina se dirigió hacia el teléfono.
—Necesito a Iturriaga. Y a Antón Louro, ahora mismo.

La Ría de Ferrol, 22:30

El eurocopter 135 sobrevoló el castillo de La Palma con
las luces apagadas a menos de 400 pies, y luego viró hasta si-
tuarse a un lado de la fortaleza. La luna, casi llena, iluminaba
el agua de la ría y dotaba de una extraña belleza al viejo castillo. El copiloto forzó la vista hasta que los prismáticos de visión nocturna le mostraron a un vehículo acercándose lentamente hasta la puerta de la fortaleza.
—Es una berlina de color negro. Detrás, una furgoneta
blanca. Baja un poco más —hablaba con el piloto—. Ahí.
Ahora lo veo. Les abren el portón. Hay luces dentro. Está la
cosa bastante animada. —Sacó fotografías con la cámara del
helicóptero de los vehículos y del castillo desde el aire—. No,
no bajes más, no hace falta. Los veo perfectamente, acaban de
cruzar el portón y están descendiendo por una rampa... ¿No
se suponía que ese sitio está abandonado mientras no den los
permisos de obra?
Cogió la radio y llamó a Lonzas.
—Aquí H-40 equipo CONDOR. Afirmativo. Hay movimiento en la zona. Mando las fotos. Una berlina negra y
una furgoneta blanca acaban de entrar en el castillo, hay luces
en el interior. Demasiadas para ser un edificio abandonado, y
más a estas horas.
Valentina contestó mientras hacía un gesto con el dedo a
los demás:
—Copiado, H-40. Cambio y corto.
Iturriaga entró en la sala de reuniones secándose el sudor
de la frente con un pañuelo que siempre llevaba en el bolsillo,
doblado y planchado por su mujer. Aquel tipo de operacio-

nes siempre le provocaban un intenso malestar: ¿Y si no era aquel el lugar donde estaba secuestrada Victoria? ¿Y si malgastaban tiempo y un operativo para nada, mientras la chica estaba en otro lugar? Además del problema añadido de tener que justificar un despliegue así para nada ante todo el mundo.

Cuando Valentina le enseñó las fotografías del castillo y de los vehículos, se tranquilizó un poco. Quizá tuviese razón: era el momento de llamar a los GOES y de hablar con la Guardia Civil del mar. Dada la situación del castillo, iban a necesitar cobertura marítima.

El Palacio de la Oscuridad

Valverde, vestido de oscuro, el rostro cubierto por un capuchón de color negro, saludó en silencio, solo con un gesto de la cabeza, a otro hombre, también enmascarado. Los dos se dirigieron, a través de un pasillo intrincado y unas escaleras de caracol, hasta una estancia abovedada, con un óculo o ventana circular en la parte superior que dejaba entrar la luz pálida de la luna. La estancia estaba decorada con cuatro enormes reproducciones sui géneris de cartas del tarot, una sobre cada puerta. El enmascarado eligió la puerta bajo el naipe que reproducía la luna. Los dos caminaron a través de un túnel largo y estrecho en bóveda de cañón, salpicado aquí y allá por una especie de antorchas eléctricas sujetas por reproducciones de bronce de brazos humanos. Valverde sintió un estremecimiento, que le recorrió hasta la última célula del cuerpo y le erizó el cabello desde la nuca. Había llegado la noche del sacrificio. La noche que había estado esperando, cada vez con más ansia, con más incertidumbre.

El enmascarado abrió la pequeña puerta con arco de medio punto que daba a la capilla, una estancia pequeña de planta trapezoidal. Nada más entrar vio el suelo ajedrezado en blanco y negro, y a Victoria desnuda, atada, una corona de flores blancas en el pelo, tendida sobre el altar situado en el medio. Su cuerpo, escuálido, las costillas a flor de piel, estaba iluminado por la luz que dejaban pasar dos vidrieras de colores en lo alto de la bóveda. Al fondo de la capilla había un ábside con un ataúd antiguo, pero bien conservado.

Allí le esperaban cuatro hombres más. Tres llevaban capuchones oscuros como él. Otro tenía una cámara en la mano y se cubría el rostro con una extraña máscara de espejos, que reflejaba todo lo que ocurría a su alrededor.

El hombre de la máscara de espejos caminó hasta una de las columnas y le dio a un interruptor. Las luces intensas de los focos se encendieron. Victoria se retorció sobre sí misma y gimió, gimió como un animal herido, mientras se golpeaba la cabeza contra la superficie de mármol. Sabía que era la señal de que su tormento iba a empezar.

Eugenio Valverde se acercó a la joven mientras el hombre de la máscara de espejos le ponía en las manos un punzón pequeño y afilado, y una cuerda de cáñamo.

Comisaría de Lonzas, sala de reuniones, 23:00

El inspector jefe de los GOES, Antón Louro, asentía, ansioso por entrar en acción. Sus once hombres destacaban entre todos los demás por su altura, su aspecto fiero pero calmado y el amenazante uniforme negro. Eran la unidad de élite destinada en Galicia, y Valentina agradeció en silencio que tuviesen su base en la comisaría de Lonzas. Todos permanecían sentados y atentos a las explicaciones que ofrecía sobre la posible peligrosidad del lugar.

Valentina había hecho una introducción rápida sobre el asesino en serie Holmes y su hotel de los horrores, el cual, explicó, según Sanjuán y ella misma, podía ser el modelo en el que se basaba la fortaleza que iban a asaltar. Después dibujó en la pizarra con el rotulador:

—El hotel del Doctor Holmes tenía habitaciones estancas capaces de gasear a los invitados en pocos minutos; pasadizos secretos, rampas, todo tipo de artilugios pensados para causar la muerte de forma sorpresiva. No puedo asegurarles que ese sitio esté acondicionado de esa forma, pero les prevengo, por lo que hemos visto en los vídeos, y durante la investigación. Este lugar fue antes una cárcel, así que va a ser de difícil acceso. Tiene varias líneas estructurales, las primeras las de defensa, las que dan al mar; luego las interiores y el foso al exterior.

—Bien, lo tendremos en cuenta. —Louro hablaba con aplomo y sensación de control, lo que daba tranquilidad a todos los congregados—. El verdadero problema es que es un lugar muy grande. Necesitamos ver los planos. Llevaremos cámaras térmicas, pero no es suficiente. Cuanto más podamos acotar el asalto, mejor. Una vez que estemos dentro, ellos tampoco serán capaces de defenderlo todo sin fisuras.

Valentina asintió y seguidamente mostró unas imágenes en la pantalla. Bodelón repartió hojas entre los presentes.

—Hemos podido encontrar los planos en la red: aunque hayan modificado algo, la estructura de sillares es casi inamovible. Yo buscaría ante todo la capilla; por lo visto en los vídeos es lo más utilizado para las grabaciones. —Las fotos sacadas por el helicóptero aparecieron proyectadas a continuación—. Hay luces en el centro de la estructura, lo que se correspondería con la «zona noble», la línea de gola.

Dejó un minuto para que la unidad de asalto estudiara los planos y continuó:

—De todos modos, insisto: no sabemos cómo está ahora la distribución, pero dudo de que la estructura básica haya podido ser modificada. —Valentina miró con gravedad a todos mientras ponía una foto de Richie Domingo—. Fíjense en este hombre, es el principal sospechoso, el objetivo principal tras liberar a Victoria, quizás el jefe de la banda. Los componentes de esa organización son muy disciplinados. Seguro que habrá medidas de seguridad, hay que estar muy atentos. Espero que podamos cogerlos por sorpresa. Hay una puerta en la caponera bajo la cual se encuentra un desagüe en desuso muy amplio que va a dar directamente a las cocinas. Por ahí podríamos entrar también, pero está subiendo la marea... ¿Cómo lo veis?

Uno de los GOES, un hombre joven, moreno y lacónico, asintió.

—El mar está en calma. No habrá problema, inspectora Negro.

La Gaiteira, Lagar de Xose

Sanjuán salió de Lonzas y tomó un taxi. Era muy tarde: había quedado en el Lagar de Xose con el psicólogo que atendía a Valentina, el doctor Mateo Caravaca. Él poco podía hacer en el asalto para liberar a Victoria, así que había decidido hacer algo útil mientras tanto y, sobre todo, podría tener su mente ocupada. Esperar sin hacer nada era una tortura que tendría que sobrellevar de alguna forma útil.

—Javier Sanjuán, bienvenido. —Mateo lo reconoció al momento, se levantó de la mesa y le tendió la mano—. Es para mí un placer al fin conocerle.

—Lo mismo digo. Me ha hablado muy bien de ti Valentina... Por favor, tutéame, me siento más cómodo.

—Desde luego. ¿Tomas algo? —dijo, visiblemente halagado.

—Una cerveza, por favor.

Siguieron unos minutos de conversación intrascendente y cordial, sobre conocidos comunes y acerca del trabajo que Mateo realizaba con la Policía coruñesa. Entonces Sanjuán decidió ir al grano:

—Mateo, sabes que Valentina se enfrenta a una demanda judicial por todo lo que sucedió con la detención del Peluquero, así como a una investigación paralela de Asuntos Internos. —El psicólogo asintió—. De hecho, es un milagro que no la suspendieran mientras se esclarecía lo sucedido. A Dios gracias, Iturriaga, su jefe directo, intercedió por ella, y la puso poco menos que en una cueva, ocupándose de un caso antiguo que no ofrecía muchas posibilidades.

—Así es, Javier. De hecho una condición para que pudiera seguir conservando la placa y la pistola era que se sometiera a terapia. Y está esforzándose, aunque he de decir que la última cita la canceló; me dijo que era a causa del trabajo; Bueno..., no la conozco mucho, pero estoy seguro de que no era mentira. —El psicólogo hizo una mueca de desengaño.

Sanjuán asintió mientras sonreía de modo imperceptible, porque comprendió perfectamente la decepción de Mateo al perder la oportunidad de tener a Valentina solo para él, durante toda una hora.

—E hiciste bien, créeme. Ese caso antiguo se ha convertido en un lío de mil demonios. En estos días, por si no tuviera suficiente con prestar declaración ante Asuntos Internos y el juzgado, se tiene que enfrentar a una gran amenaza, algo que ya ha causado varias muertes en España y probablemente en otros países. —Había capturado la atención del psicólogo por completo, tanto que no movía ni un músculo—. Sí —se encogió de hombros, resignado—, es un buen marrón.

—Algo he oído..., lo cierto es que me preocupa: esos acontecimientos no la cogen en su mejor momento. Hubiera sido mejor ocuparse de tareas rutinarias mientras se recuperaba.

—Quizá. Yo también lo pensé al principio, pero con el paso de los días he cambiado de opinión. Valentina es una luchadora nata, desde pequeña, ya sabes..., siempre al lado de los débiles; nunca se arredra ante nadie, aunque por dentro esté muerta de miedo, y créeme —sonrió—, muchas veces lo está. En fin, para mí toda esta actividad frenética le ha venido bien para no estar obsesionada con la denuncia y su futuro; la ha ayudado a reunir lo mejor que le quedaba de sí misma para poder hacer su trabajo.

—Hummm... —Permaneció durante un momento pensativo, mirando el vino que giraba en la copa—. Ya veo, Javier; sí, quizá tengas razón, aunque... —Mateo calló unos segundos y bebió un sorbo— existe el peligro de que se pueda desmoronar si tiene que vivir una situación en extremo tensa..., o quizá reaccionar de modo inapropiado, como le sucedió la noche que atrapó al Peluquero.

—Es posible que estés en lo cierto, Mateo, pero yo deseo de todo corazón que te equivoques, porque ahora mismo está metida en una operación muy complicada, muy peligrosa diría yo, y va a necesitar de todo su aplomo. —Y al decir esto, el rostro se le ensombreció.

23:45

Valentina se ajustó el chaleco antibalas. Movió la cabeza hacia los lados y respiró profundamente para aliviar la tensión. Ya no había tiempo para dudas: había llegado el momento de actuar. Colocó su pistola USP en la funda, y una pistola eléctrica Taser en la pierna, adherida bajo el pantalón. Escuchó la voz bien timbrada de Velasco, que la llamaba desde fuera del vestuario de mujeres. Bodelón y él la esperaban con semblante demudado.

Valentina sonrió, nerviosa. Agarró el brazo de Velasco y lo apretó con cariño:

—Por favor. Esas caras largas...

Los tres bajaron por las escaleras hasta las dos furgonetas del operativo, ya en marcha, impacientes. La inspectora miró el reloj: eran las doce de la noche. Llegar hasta allí les llevaría por lo menos cuarenta minutos. Se echó hacia atrás en el asiento y cerró los ojos. Empezó a relajar sus músculos y a visualizar un día de su infancia, en la playa de Barrañán. Su madre, radiante, en bañador. Ella nadando, la piel quemada por el sol. Arroaces que se acercaban a la orilla. Su padre, con la caña de pescar, que las saludaba desde las rocas y sonreía, con una lubina en las manos.

Ni siquiera se enteró cuando las sirenas aullaron al cruzar el puente del Pasaje, abriéndose paso entre el tráfico a toda velocidad.

45

La confesión de Sanjuán

A Coruña, Lagar de Xose
Lunes, 22 de abril, 23:45

—Mateo —dijo Sanjuán, adoptando un aire de gravedad esta vez—. He venido a verte precisamente porque no quiero morirme de angustia esperando a que acabe la operación; mientras Valentina quizá se esté jugando literalmente la vida, necesito hacer algo por ella, algo en lo que he estado pensando los últimos días. —El criminólogo bebió un trago de cerveza, en un intento por controlar la inquietud que le devoraba por la suerte de la inspectora. Prosiguió—: No sé si estás al corriente de mis sentimientos hacia Valentina, si ella te ha contado algo. —Mateo permaneció impasible—. En fin, por supuesto que no quiero que me cuentes nada de la terapia, faltaría más. En realidad es al revés, quería hablar contigo para contarte ciertas cosas que creo que podrían servirte para ayudarte a comprenderla, y quizás a dirigir mejor el tratamiento.

Sanjuán miró con fijeza a Mateo, que se sintió de repente un poco amenazado: ahí estaba el gran Javier Sanjuán diciéndole cómo tenía que tratar a Valentina y, por qué no, sintió también una punzada sutil de celos, aunque, por supuesto, él sabía perfectamente que eran del todo irracionales.

El psicólogo asintió con decisión:

—Javier, estaré encantado de escuchar lo que tengas que decirme, y luego decidiré si lo puedo utilizar en la terapia, faltaría más.

Sanjuán percibió, casi divertido, ese punto de ego herido y de celos, y volvió a darse cuenta de que en el fondo tenía mucha suerte. ¿Qué hombre no desearía formar parte de la vida de Valentina? Así que se apresuró a empatizar con él:

—Desde luego, Mateo, no puedo pensar en alguien mejor que tú para atender a la inspectora Negro, y solo quiero explicarte una opinión que me he formado, una idea que, si tú la apruebas, creo que podría ayudar mucho a que salga bien librada de todo el atolladero de la denuncia. Porque esa denuncia irá hasta el final, no te quepa duda: el abogado del Peluquero es Brandáriz, no sé si lo conoces... —Mateo asintió—. Y sabes que es un perro rabioso: no parará hasta que la expulsen del cuerpo, o algo peor, como intentar que vaya a la cárcel por causar lesiones graves... Qué sé yo; incluso puede que la acuse de intento de homicidio. —Sanjuán pidió otra cerveza; también era un trago amargo para él lo que tenía que explicarle a Mateo.

—Entiendo —dijo simplemente el psicólogo—. Soy todo oídos.

—Gracias. Lo que te voy a contar no lo sabe nadie, al menos de forma oficial, y es la primera vez que lo relato. Ocurrió el año pasado en Roma. Y después en Jávea, donde resido buena parte del año y donde por lo general me encuentro más feliz.

—Adelante, Sanjuán. —Mateo ya estaba más relajado; le complacía disponer de la intimidad privilegiada de Sanjuán—. Por supuesto, todo lo que me cuentes es secreto profesional, y nunca saldrá de aquí.

Mateo escuchaba cada palabra de Sanjuán fascinado. Los acontecimientos de Roma eran extraordinarios, y la admiración que ya sentía por Valentina se acrecentó. En su corazón, de hecho, algo empezó a tomar forma..., algo parecido al amor. Mateo era consciente de ese peligro desde el primer minuto en que tuvo a la inspectora enfrente de él, pero era un profesional serio, estaba bien casado, y en su vida no cabían semejantes distracciones. Pero, ahora, al escuchar lo sucedido en Roma y Jávea, la pena se sumó a la admiración y de pronto notó cómo aquello se parecía peligrosamente a la pasión que sienten los enamorados adolescentes.

—En fin... —Sanjuán respiró hondo y se refrescó la garganta con otro trago de cerveza: recordar todo aquello le había exigido un gran esfuerzo y enfrentarse a sus propios demonios—. Creo que lo sucedido puede proporcionar una explicación psicológica para entender la reacción de Valentina cuando detuvo al Peluquero. Verás...

Pero Mateo lo interrumpió:

—No sigas, Sanjuán: me vas a decir que lo que le pasó le afectó de modo profundo, quizá no de manera visible, pero real. Unos efectos que se hicieron obvios cuando Valentina pasó por la terrible experiencia de estar a punto de morir a manos del Peluquero... ¿Estrés postraumático?

—Así es, Mateo. Creo que Valentina sufrió un estrés postraumático que nadie detectó..., ni siquiera yo mismo, porque lo cierto es que, como te dije, desde que pasó aquello..., en fin, en realidad, ella me rechazó. Apenas mantuvimos el contacto. Creo que mi presencia le recordaba inexorablemente todos esos momentos de horror, y quizá también por vergüenza, sabes que en esas situaciones las víctimas tienen sentimientos muy complejos, de culpabilidad, de ira..., se sienten mal y a un tiempo no saben lo que les sucede de verdad, y muchas veces no piden ayuda. Valentina en cierto modo se sintió culpable de lo ocurrido, por razones obvias.

—Sí, Javier..., todo eso tiene mucho sentido. Y, en efecto, en una situación tan peligrosa como la que vivió con el Peluquero, Valentina perdió el control en cierto modo —dijo Mateo, que deseaba tanto como el propio Sanjuán ayudar a la inspectora, y que creía sinceramente en la hipótesis del criminólogo como algo muy plausible—. Sin embargo..., ¿quién sabe lo que hubiésemos hecho cualquiera de nosotros ante una situación tan extrema como esa?

—En efecto... —Sanjuán notó cómo Mateo ya estaba plenamente convencido—. Piensa también quién era el Peluquero: suma a esto la visión de Vanessa, la adolescente ultrajada, casi asfixiada... Imagina a Valentina viéndolo huir... No, simplemente, Valentina no pudo soportar aquella villanía... y fue a por él. ¿Sabes? En confianza —Sanjuán esbozó una sonrisa—: estoy de acuerdo en esto con Brandáriz, ¡lo hubiese matado allí mismo si Bodelón no la llega a detener!

Y los dos rieron con ganas.

46

El asalto

La luna riela en las aguas negras de la ría e ilumina el otro lado de la orilla, justo enfrente de donde están apostados algunos de los policías del operativo, en un montículo cercano al objetivo del asalto. Desde esa atalaya, Valentina ve a dos lanchas de la Guardia Civil acercarse, sigilosas, al embarcadero. Van sin luces, como si fuesen contrabandistas, y blindan con sus posiciones un posible escape por mar de los habitantes de la fortaleza.

Se acercan rápidamente a la puerta del castillo: con la agilidad de un gato, uno de los GOES lanza una cuerda sobre las almenas y trepa por la pared. Luego, otro hace lo mismo. Ambos saltan hacia el foso y cogen por sorpresa a un hombre que fumaba con tranquilidad en un puesto de vigilancia, al que reducen de un golpe seco del bastón policial. Le apagan el radiotransmisor. En unos segundos, consiguen abrir la puerta y obtienen paso franco.

Valentina avanza con rapidez a través de un musgoso patio de granito y malas hierbas. La siguen Bodelón, Velasco y los GOES, salvo dos que, vestidos con trajes de neopreno, están entrando hacia la zona noble por el viejo desagüe del muelle que da a las cocinas. La fortaleza se recorta contra el cielo estrellado como una mole ciclópea y compacta, y los policías se refugian entre las sombras de las paredes de piedra, ocultándose de la claridad nocturna, deslizándose a paso rápido y en formación. Pronto ven a un hombre vestido con traje negro que custodia una puerta enrejada. Es la puerta de la capilla.

Bodelón y Velasco se separan del grupo y suben por unas escaleras que dan al edificio principal. El plano del edificio muestra varias entradas a la capilla, una exterior y otra desde el interior. Intentarán llegar hasta esa entrada.

Valverde siente su poder aumentar hacia la plenitud a cada embestida, su cabeza está a punto de estallar. Los demás, salvo el hombre de la máscara de espejos y su cámara omnipresente, ya han disfrutado de Victoria. Él tendrá en pocos minutos el privilegio de matarla, dentro de un viejo ataúd. Pero antes quiere gozar de su agonía cada segundo, de su belleza de ángel devastado y moribundo. Victoria ya no se queja, su mente se desliza entre la cordura y la insania, entre la asfixia y el dolor más intenso. La sangre corre por su cuerpo desnudo, y baña el cuerpo de Valverde que se encuentra en el éxtasis más intenso que jamás ha sentido.

El hombre de la máscara de espejos hace un gesto solemne con la cabeza. Uno de los enmascarados, un hombre delgado, de piel muy blanca, casi transparente, sale de su trance y lo acompaña al ábside de la capilla, a acercar el lujoso ataúd de madera tallada.

Ha llegado la hora de la muerte.

El GOE ha conseguido llegar a la cocina a través del estrecho desagüe de piedra. Pronto se le une su compañero.

—Libre. Vamos.

Los dos corren por los pasillos húmedos, el subfusil bien sujeto en las manos húmedas, hasta llegar a una zona que parece habitada. Un largo pasillo con antiguas celdas, desde donde se puede ver el mar a través de las ventanas enrejadas. Enseguida ven una habitación abierta llena de pantallas. Está vacía.

—No jodas, nos han detectado —dice el que va más adelantado.

—No creo. Las pantallas están apagadas.

—Huele a tabaco. Mira, sobre la mesa: hay un vaso y unas revistas. Seguro que...

Detrás de ellos escuchan un ruido. La puerta de la habitación se cierra, y, de pronto, un espeso gas la cubre por entero.

Los dos policías desconcertados, se lanzan hacia la puerta, pero es inútil; en breves segundos notan las piernas flaquear y empiezan a desvanecerse.

Valentina susurra al oído de Louro, que se ha apostado junto a ella detrás de un saliente del muro.

—Hay luz en la capilla. A través de la ventana se ven las sombras de gente en el interior. Vamos a entrar.

El inspector hace un gesto a los suyos: uno de los GOES lanza un cartucho contra el hombre de la puerta, que de inmediato se encuentra rodeado de una espesa nube de humo. Los agentes se abalanzan sobre él, reduciéndolo. Louro intenta abrir la puerta, que está cerrada a cal y canto. Le pega un tiro a la cerradura sin más miramientos, y la empuja con fuerza, mientras grita: «¡Asalto!»

Valentina es la primera en entrar, la USP firmemente sujeta en sus manos. Lo que ve se clava en su retina como un puñal y la deja paralizada durante unos instantes.

Un hombre enmascarado, desnudo, está sobre una mujer atada en el altar de la capilla, estrangulándola con una cuerda. «Es Victoria», piensa Valentina, reconociendo el cabello rizado y largo que se desparrama en cascada. Huele a incienso y a sexo. Al fondo, en un ábside, hay tres hombres con la cara cubierta que soportan un ataúd en sus manos. Uno de los hombres lleva puesta una máscara de espejos: las luces de las antorchas se reflejan en el azogue con un brillo fantasmagórico. Todos se quedan parados, estupefactos. Los policías entran gritando y apuntándolos con sus armas. Pero es Valentina quien toma la iniciativa:

—¡Policía! ¡Suelta a la chica! ¡Las manos en alto! ¡¡Suéltala ahora!! —Ella avanza, apuntando hacia la cabeza del encapuchado. Victoria es su prioridad en ese momento, no hay nada más.

Valverde se levanta, totalmente fuera de sí, y se lanza hacia ella, que dispara de forma controlada, reventándole un hombro. El hombre de los espejos suelta el ataúd, y entre imprecaciones aprovecha la confusión para abrir una puerta trasera en el ábside y huir. Los demás también corren, uno sube por unas escaleras de caracol y se pierde en la oscuridad de un corredor, seguido por un policía. Hay puertas simuladas en las paredes que de pronto se abren y cierran, ante el asombro de los agentes. Louro corre hacia Victoria y la examina. Otro de los GOES le ha quitado la capucha a Valverde y, a pesar de sus protestas y gritos de dolor, le pone los grilletes y lo manda callar.

Louro habla casi entre dientes.

—Está viva. Está mal, pero está viva. Parece muy drogada. —Y luego exclama—: ¡Hay que evacuarla ahora mismo!

Valentina asiente, aliviada. Luego corre hacia la pared y la palpa hasta encontrar una junta. Empuja el panel con suavidad y este se abre. Sin dudar, se lanza hacia la negrura de un túnel.

Velasco avanza por un largo pasillo abovedado y estrecho, seguido de Bodelón. Se han perdido: no encuentran la capilla, pero han decidido avanzar por uno de los múltiples túneles que parecen de reciente construcción. Caminan con cautela, las armas prestas: saben que ese lugar puede tener una trampa en el sitio menos esperado. Al cabo de unos minutos, llegan a unas escaleras que se retuercen hasta lo que parece la zona noble de la fortaleza. Un pasillo de antiguas celdas, ahora reformadas, que da al mar, iluminado por la luz de la luna. El viento resuena entre los viejos sillares, lleva el olor a sal y algas desde hace siglos.

Caminan en silencio, como dos sombras, hasta encontrar una habitación cerrada, con la puerta de cristal, llena de pantallas. Dentro, los dos submarinistas, desvanecidos, o muertos quizá. Velasco va a abrir la puerta, pero Bodelón lo detiene agarrándole la muñeca.

—¿Recuerdas lo del hotel del terror? ¿Y si hay gas ahí dentro? Mira la puerta, es estanca. Es una ratonera.

—No hay tiempo. Hay que entrar. Tú tienes mujer y una hija... No hay más que decir.

Pero ambos se quedan paralizados al escuchar una voz detrás de ellos; la última que esperaban oír.

—No se muevan. Ahora, con tranquilidad, quiero que cojan sus pistolas y las dejen en el suelo.

Los policías han mirado de soslayo hacia atrás y han visto a Richie Domingo encañonarles con un subfusil, que ha cogido a uno de los GOES. Sacan sus armas lentamente. Bodelón quiere ganar tiempo:

—Domingo, no empeore las cosas. Todo está perdido. No sea loco.

—Ahórrese sus consejos, ustedes tienen sus propios problemas —y, con un gesto, les indica que se separen de la puerta; luego la abre pasando una tarjeta magnética y les conmina a que se metan en la sala de pantallas. Domingo cierra a continuación la puerta, sonríe con malicia, y desaparece de la vista de los subinspectores. Estos empiezan de inmediato a sentir el efecto del gas y contienen la respiración de forma instintiva.

Valentina camina en la oscuridad, la linterna ilumina el suelo de baldosas blancas y negras. De pronto, escucha pasos delante de ella. Reprime las ansias de correr hacia el ruido; al contrario, se detiene.

Silencio.

Avanza, titubeante, hasta llegar al final del estrecho túnel. Abre una puerta de metal y asciende por una empinada escalera de caracol hasta llegar a otro corredor, más antiguo. De nuevo escucha los pasos. Camina hasta doblar un recodo; al fondo, una luz, y una figura estilizada que se pierde en la claridad. Valentina apura hasta llegar a una especie de cisterna iluminada por un óculo en donde hay varias puertas, y sobre ellas, las enormes cartas del tarot.

Su amiga Helena le ha leído las cartas varias veces, y ella recuerda el significado de algunas, pero las que hay allí son diferentes a las cartas normales: todas muestran ojos, la Luna, el Sol, la Rueda de la Fortuna. El Diablo con el ojo en la mano la mira con sonrisa burlona y Valentina no piensa más: elige esa puerta, cerrada a cal y canto. Dispara y revienta la cerradura, y se pierde en la boca negra de un túnel que parece descender hacia el fondo del infierno.

El humo es espeso y gris. Bodelón y Velasco se lanzan furiosos contra la puerta, pero el cristal es muy firme, y solo tiembla ante sus embestidas. Muy mareados, desisten, al fin tienen que respirar; comprueban que sus compañeros aún viven, y se preguntan, mientras desfallecen, cuánto tiempo de vida les queda, no solo a los hombres que yacen en el suelo inconscientes, sino a ellos mismos.

Valentina avanza, la pistola delante, firmemente empuñada. El túnel se hace cada vez más estrecho, las paredes de piedra rezuman sal y agua, y siente que el agua empapa su ropa, su chaleco antibalas, sus manos, que se hacen resbaladizas. Al fin llega a otra puerta de metal, y la abre. Da a una estancia que alberga viejos artilugios de artillería llenos de óxido. Huele a tierra húmeda recién removida. Una ventana enrejada deja ver el castillo de San Felipe, justo en la orilla de enfrente, y el mar a muy poca altura.

Dentro hay un hombre vestido con una túnica negra tirado en el suelo, con la máscara de espejos caída a unos centímetros. La inspectora se agacha y le toma el pulso: está muerto; aún empuña la pistola en la mano derecha, lo que para ella es un claro escenario de suicidio; gira su cabeza hasta que lo puede ver de frente y mira lo que queda de su rostro: no lo conoce. No es Richie Domingo, desde luego. Luego examina la habitación. Al fondo ve suelo de tierra, y un agujero profundo, como una tumba. Una pala y una bolsa con cal al lado.

«Aquí es donde las entierran, hijos de puta.»

Valentina camina intentando no modificar demasiado lo que ella ya considera una escena del crimen. Justo detrás hay otra puerta ancha, de madera.

«Este lugar es un puto laberinto», piensa, mientras la abre y sube por otras escaleras de piedra, más amplias y modernas, sudando por el esfuerzo y los nervios que la atenazan.

Valentina nota la brisa del mar acariciándole el cabello. Ha llegado a la zona noble del castillo. Llama por radio a Velasco y Bodelón. Puede escuchar la llamada muy cerca, pero nadie contesta. Corre hacia donde escucha el sonido. El pasillo está vacío.

Richie Domingo se da prisa para destruir los dos ordenadores que tiene en el despacho que está al lado de la sala de pantallas y meter en un maletín unos documentos antes de huir, cuando escucha los pasos de Valentina Negro. La inspectora vuelve a llamar a Bodelón, y la radio suena a pocos metros.

Valentina llega a la sala acristalada e intenta abrir la puerta con desesperación. Ya ha visto a los cuatro hombres dentro, en el suelo. Richie se coloca detrás de ella apuntándola con el fusil.

—Inspectora Negro...

Valentina se vuelve y a su vez lo apunta con la pistola, con rapidez felina. Lo mira con los ojos llameantes, su prioridad es abrir esa puerta. Domingo, que no ha tenido tiempo de reaccionar, lee esa mirada rasgada, dura, ve el cañón que se dirige hacia su cara y se da cuenta de que no vacilará. Así que esboza una media sonrisa y hace un gesto con la cabeza hacia la puerta que separa la vida de la muerte.

—Yo de usted no entraría ahí, inspectora.

Luego, comienza a caminar hacia atrás, sin dejar de apuntarla con su arma. Instantes después, desaparece con un gesto rápido en una de las habitaciones. Valentina no duda, dispara dos veces hacia la puerta de cristal y la rompe, el cristal cae en pedazos. Entra de un salto y saca a Velasco, luego a Bodelón. En ese instante, llega Louro con otros dos GOES por el pasillo, corriendo, y la ayudan a sacar a los otros dos agentes.

Después de comprobar que sus subordinados están con vida, Valentina mira hacia donde ha huido Richie Domingo, y sin decir nada, corre hacia la habitación. No hay nadie. Los ojos de Valentina buscan rápido una vía de escape. Alguien ha dejado la puerta de un armario abierta: se introduce dentro y descubre una portezuela disimulada en el fondo de madera.

Richie Domingo llega al embarcadero del castillo, pero se frena antes de salir al exterior: dos patrulleras de la Guardia Civil le cortan el paso, los focos alumbrando la puerta y el agua para evitar la huida. Jura entre dientes y vuelve a meterse en el túnel, buscando alguna salida que no esté vigilada por la Policía, que parece haberse multiplicado de repente. Sube a toda velocidad por las escaleras de caracol hasta encontrar una galería que lleva directamente al tejado del castillo. De allí parte un pequeño pasadizo que va a parar al faro que hay a pocos metros de la fortificación, un lugar que seguramente esté libre de vigilancia.

Valentina se detiene en medio de la escalera y escucha los pasos de Richie, rápidos, subiendo hacia la parte superior. Lo sigue, procurando no hacer ruido, aunque los herrumbrosos escalones de hierro se tambalean a su paso. Cuando por fin llega al tejado, ve a Richie Domingo en una esquina, intentando abrir una trampilla que parece muy pesada. La puerta, al fin, cede. Valentina corre hacia él, a grandes zancadas, antes de que Domingo pueda introducirse en el interior, y lo tira al suelo lanzándose sobre él y esgrimiendo la pistola en la mano derecha.

—¡Arghh! —exclama, sorprendido y acusando el golpe, Domingo.

Pero no se queda quieto. Consciente de que se juega la vida, se ayuda del impulso del empujón de Valentina hacia el suelo para revolverse, ágil y nervudo, y consigue aferrar la pistola de la inspectora, que se ve sorprendida por su inmensa fuerza. Los dos ruedan, en un abrazo brutal y desgarrado, hasta llegar al borde del tejado. Domingo aferra su muñeca y le golpea la mano contra el suelo con mucha fuerza, haciendo que suelte la pistola, que cae al agua. Ella siente un espasmo de dolor agudo. Luego este hombre desesperado trepa sobre ella y la golpea en la cara con sus puños. Aprovechando su ventaja, acerca a Valentina todavía más al borde del tejado: abajo, las puntiagudas rocas y el agua parecen esperarla con ansia.

Valentina consigue, en un esfuerzo supremo, agarrar a Richie por la ropa y detener sus movimientos, a pesar del intenso dolor que siente en su mano rota. El hombre la vuelve a golpear y le alcanza en la frente, pero ella le devuelve un codazo que le da unos segundos de aliento.

—El otro día estuve con tu madre, Richie —jadea Valentina, mientras se desliza en una contorsión que lleva su mano izquierda a la bota, antes de que Domingo vuelva a empujarla hacia el vacío—. Está muy enferma. ¿Cómo puedes haberla dejado sola tanto tiempo?

Richie la mira con asombro mezclado con odio visceral. Afloja durante unos segundos su presa, incrédulo ante semejante osadía, y luego continúa tirando de Valentina hasta casi sacar medio cuerpo fuera.

Valentina vuelve a contorsionarse, su mano ya llega a la bota y levanta el pantalón con rapidez. Está a punto de caer al vacío, pero su mente está concentrada con extraordinaria claridad, como si no tuviera ya la capacidad de dejarse alterar por el miedo.

—Ella te adora, Richie. ¿Qué pensará cuando sepa lo que has estado haciendo? —Pronuncia estas palabras gritando, ajena a su cuerpo, que se balancea en el abismo.

Domingo se levanta, iracundo, fuera de sí, frustrado porque no logra vencer la resistencia de Valentina, y coge impulso para empujarla definitivamente hacia el mar; pero ella es más veloz: su pistola Taser se incrusta en la pierna de Richie, dándole una sacudida eléctrica que le recorre todo el cuerpo. Ante los ojos de acero de Valentina, Richie trastabilla y cae, deslizándose, mientras profiere un profundo alarido. En el último momento, Valentina logra agarrarlo de forma precaria con la mano izquierda, y no puede hacer mucho más que sujetar a Domingo sobre los peñascos amenazantes.

El hombre clava sus ojos oscuros en los grises de Valentina. En ellos se puede ver la desesperación profunda, el odio, la pasión, el dolor.

De repente, él toma una decisión, y la mano afloja su agarre por completo. Valentina ve, impotente, cómo el cuerpo de Richie Domingo cae sobre los escollos, rebotando como un muñeco, y luego se hunde en el mar.

47

Trayectos pendientes

Martes, 23 de abril, 05:00
Castillo de La Palma

Las luces estroboscópicas de las patrullas y de las ambulancias giraban iluminando la entrada del castillo de La Palma con luz fantasmal. Un helicóptero se llevaba a los dos GOES y a Valverde; antes ya se había transportado a Victoria al hospital. Valentina esperaba, con el brazo en cabestrillo y una manta sobre los hombros, a que Velasco aspirara grandes bocanadas de oxígeno, sentado en la parte de atrás de la ambulancia. Bodelón se había recuperado mejor que su compañero, aunque aún se encontraba algo conmocionado y los esperaba fuera del vehículo. Valentina se llevó una bolsa de hielo a la frente dolorida, que empezaba a hincharse. Ya había llamado a Sanjuán, que esperaba en casa levantado, muy nervioso.

Los GOES habían conseguido capturar al otro participante del macabro ritual, que intentaba saltar al agua desde una de las habitaciones; también a cuatro hombres que ejercían de guardias, pero aún tenían mucho trabajo por delante: aquel lugar era un laberinto difícil de desentrañar. Salvo las habitaciones de los huéspedes, acondicionadas como un hotel de lujo, lo demás parecía estar conformado por intrincados pasillos, pasadizos, escaleras y túneles que confluían entre sí una y otra vez hasta formar una especie de telaraña. Era una verdadera pesadilla expresionista, como había aventurado el criminólogo. Los policías de la Científica comenzaban a entrar en el castillo vestidos con sus monos blancos, escoltados por los GOES y un buen número de agentes de Ferrol y la comarca.

Iturriaga se acercó a Valentina, que aguantaba el cada vez más intenso dolor de la mano con gesto de sufrimiento en el rostro amoratado.

—Inspectora, ya ha cumplido. —Sonrió, satisfecho—. Vaya ahora al hospital.

Valentina protestó.

—He visto dónde están los cuerpos enterrados de las otras chicas. Tengo que entrar.

—Ahora le toca a la Científica. Ustedes tres ya han hecho su trabajo. Han de verle esa mano. No puedo permitirme el lujo de que pase mucho tiempo de baja —le dijo con admiración pero con tono grave—. Ya vendrá más adelante, y con Sanjuán si quiere. Pero primero hay que peinar el sitio de arriba abajo. No quiero más sorpresas como lo ocurrido en la habitación del humo. Se van al hospital ya mismo. Los tres.

Valentina vio pasar el cuerpo de Richie Domingo en una camilla, metido en un sudario blanco, y se preguntó cómo iba a tomarse la madre el hecho de que su hijo fuese el líder de una organización criminal que secuestraba, torturaba y asesinaba mujeres.

Lúa Castro observaba desde lo alto de la batería de A bailadora el castillo de La Palma iluminado por grandes focos, las ambulancias, los coches de Policía, el helicóptero sobrevolando la ría. A su lado, Jordi hacía fotos sin parar.

Tenía la primicia: Sanjuán la había llamado de tapadillo hacía una hora. Dado el papel que había jugado en la investigación, bien se merecía un «pequeño adelanto informativo». Y ella no había dudado en aprovechar la oportunidad. «Victoria Álvarez ha sido liberada por la misma inspectora que capturó al Peluquero», ya veía los flamantes titulares de prensa al día siguiente. Y, en parte, gracias a ella y a Clementius, que habían puesto su vida en riesgo.

Lúa le hizo un gesto a Jordi. Tenían que acercarse más al escenario de la noticia. Conseguir alguna foto robada. Había que petarlo, como siempre. Se pusieron el casco y Lúa subió de copiloto en la moto de su novio, que arrancó derrapando en la tierra. Ella se apretó contra Jordi, con fuerza, mientras bajaban hacia el castillo: en aquel momento, era una mujer feliz.

Roma, puerto de Civitavecchia, 05:30

Gerardo Trashorras paseaba nervioso por una de las zonas más perdidas y deprimidas del puerto de Civitavecchia. Esperaba la salida de un barco, *El Íncubo*, que lo llevaría a Libia, y de allí a Sudáfrica, atravesando todo el continente africano. Había preparado cuidadosamente su huida. Pero un problema de última hora lo estaba fastidiando todo: el mal tiempo. La tormenta en el Mediterráneo era de órdago. La lluvia caía con furia, el viento le azotaba la cara, y las olas alcanzaban los seis metros de altura, rompiendo contra el dique que protegía el puerto en cascadas de espuma. Había discutido con el capitán, Vasili Kruk, que se negaba en redondo a zarpar en aquellas condiciones.

«Búsquese otro barco, amigo», le dijo en un italiano casi incomprensible por el fuerte acento ruso.

Pero ya no había tiempo de buscar otro barco. Tenía que salir cuanto antes para Libia. Todo el tiempo que pasase en Italia era continuar siendo presa fácil para «ellos». Miró a su alrededor, temeroso, pero el puerto seguía vacío, salvo algún camión cargado de contenedores que traqueteaba camino de algún mercante. Se abrigó con el cortavientos y decidió tomarse un café en el bar.

No le quedaba otro remedio que seguir esperando.

Cuando el calmante comenzó a hacer efecto, Valentina se relajó y se inclinó sobre la almohada en la cama del hospital. Le habían puesto una férula que tendría que llevar tres semanas: la fractura de los dedos no era grave, pero la mano se le había hinchado como una pelota y el dolor había sido muy intenso hasta que le pusieron la ampolla de Nolotil. Sanjuán estaba a su lado, mirándola como si él fuese Orfeo, ella Eurídice, y acabase de volver del reino de Hades.

Trató de esbozar una sonrisa amplia, pero el golpe de la frente le molestaba horrores. Él la agarró de la mano sana y apretó con fuerza.

—No seas exagerado, Javier. Tampoco es para tanto...

—No te puedes imaginar lo mal que lo pasé, Val. Ha sido horrible. Cuando llamaste... —suspiró, moviendo la cabeza—, cuando llamaste sentí el alivio más grande de mi vida.

Valentina soltó una carcajada.

—¿De verdad? ¿Más que el día del arcón congelador?

—Más que el día del arcón congelador, te lo aseguro —sonrió, recordando aquella vez en que el Artista, en su primer enfrentamiento, lo había introducido en ese lugar esperando verlo morir congelado—. Tenía tanto frío que ya me daba igual todo... —El criminólogo se dio cuenta de que Valentina estaba intentando quitarle hierro al asunto, se sentía cohibida y era normal. Pero verla allí, con aquellos golpes y la mano rota era algo que le partía el corazón.

Ella le sonrió de un modo especial, atravesándole con sus profundos ojos grises.

—Lo importante es que Victoria está a salvo. La pobre ha pasado un verdadero infierno. Los médicos dicen que se recuperará, pero necesitará tiempo y la ayuda de expertos. Dicen que todo el rato está musitando cosas sobre el «hombre de los espejos». Debe referirse al tipo de la máscara, el que estaba en aquella habitación, muerto, todo parece indicar que se suicidó. —Levantó la mano con la férula—. Mañana me darán el alta y volveré. Sanjuán, me gustaría que vinieses conmigo.

Sanjuán asintió, no demasiado convencido.

—¿No es demasiado pronto? Recuerda que tienes que ir al psicólogo, no debes descuidar cumplir con los términos que estableció para ti Iturriaga; no hay que darles a Asuntos Internos ninguna excusa.

Valentina asintió con fastidio, pero estaba decidida; aún quedaba trabajo por hacer, y ella no era de las que dejaban las cosas a medias.

—Cambiaré la cita para dentro de unos días. Cuando pase todo el revuelo del castillo. Hay que peinarlo todo. ¿Quién sabe lo que podemos encontrar ahí?

48

Cicatrices

Martes, 23 de abril, 11:00
Complejo Hospitalario Universitario de A Coruña

Valentina se acercó a la cama de Victoria, que continuaba en la UCI, completamente sedada. Cada pocos segundos, los pitidos de las máquinas rompían el silencio de la sala. Su padre permanecía al lado, de pie, observándola con una mezcla de arrobo y sufrimiento a la vez. Cuando la vio, la abrazó con fuerza, y lo expresó todo con una sola palabra y su mirada llena de gratitud.

—Gracias.

Valentina asintió, mientras se libraba gentilmente del abrazo.

—Es nuestro trabajo, y ha sido una labor de equipo: hay dos policías muy graves, gracias a Dios que llegamos a tiempo. ¿Qué dicen los médicos?

—Está sedada. Ha sufrido mucho, inspectora. —Se interrumpió, porque no se sentía capaz de reproducir todo aquello por lo que había pasado su hija—. Yo... yo... mi pobre niña. —Francisco Álvarez rompió a llorar, roto por la emoción.

Valentina sopesó por un momento lo que tenía que hacer.

—En cuanto despierte, ¿cree que podría hablar con ella? Por supuesto, si la ve usted preparada. —Valentina intentó decirlo con la máxima suavidad—. No quiero causarle más dolor, pero quizás haya podido ver o escuchar algo importante...

—Entiendo, inspectora. No se preocupe. La avisaré. Pero tendremos que esperar a que decidan los médicos. Por cierto, ellos me han dado esto, no son de ella, o por lo menos nunca se las vi puestas. —Francisco le alcanzó una bolsa de plástico con joyas en su interior.

—Gracias. —Valentina le hizo un gesto para que se esperara, cogió unos guantes azules de las cajas que usaban las enfermeras, se los puso, y del interior de la bolsa sacó un guardapelo y un anillo. Reconoció las joyas victorianas reseñadas por Panticosa en su artículo para *Planeta Misterio*.

Cuando salió de la UCI, llegaban por el pasillo el alcalde, el concejal Villalobos y el jefe superior, Enrique Montiel. Villalobos intentó darle la mano, pero al verla con la férula, no supo qué hacer. La miró con deleite.

—Enhorabuena, inspectora. Estoy..., bueno, estamos muy orgullosos. Que haya sido nuestra Policía la que haya descabezado a esos indeseables. La verdad es que... —se dirigió al jefe superior, que sonreía abiertamente—... estamos muy contentos con su trabajo de investigación. Los dos GOES están recuperándose satisfactoriamente. Por lo visto el gas era un anestésico depresor del sistema nervioso; una trampa miserable.

—Louro me ha dicho que les salvó la vida... —El jefe superior se hinchó como un palomo—. Buen trabajo. —Y adoptando un tono ligero—: Espero que no se olvide de su terapia con el psicólogo, aunque yo la veo muy entera. —Le guiñó un ojo, llevado por la emoción, olvidando que fue Iturriaga quien tuvo que convencerle para que no la dejara en el dique seco mientras se aclaraba lo sucedido con el Peluquero.

Valentina, incómoda, vio llegar a Javier Sanjuán por el angosto pasillo y lo saludó. Tenía ganas de salir de allí. Le acababan de dar el alta y necesitaba un poco de aire puro. No soportaba el olor de los hospitales.

—Gracias, pero ahora me tengo que ir. Hay mucho trabajo por hacer, tenemos que ir al castillo.

—¿Usted también, Sanjuán? —Villalobos parecía sorprendido—. No creo que sea un sitio demasiado agradable de visitar.

Sanjuán se encogió de hombros.

—No me importa. Al revés, me interesa mucho el castillo. Seguro que es un lugar fascinante...

Valentina tiró de él con disimulo y dijo:

—Bueno, nos vamos ya, Sanjuán. Además, hay que visitar a la madre de Richie Domingo, y eso no va a ser plato de gusto.

Montiel los siguió con la mirada hasta que desaparecieron por los pasillos.

—¿Estarán liados, esos dos?

—Es evidente, ¿no? —Villalobos suspiró—. Es una mujer muy bella.

Antes de entrar a la UCI, Enrique Montiel abrió la *Gaceta de Galicia*, que llevaba bajo el brazo y se la enseñó a Villalobos.

—¡Caramba con Lúa Castro! —dijo, mostrando a sus acompañantes una foto a todo color del castillo de la Palma, que se veía rodeado de coches de la Policía, ambulancias y de un helicóptero sobrevolando el lugar; el reportaje ocupaba casi toda la portada—. Y leyó en alto: «¡Victoria Álvarez, liberada! La Policía Nacional desarticula una peligrosa organización criminal dedicada a filmar vídeos *snuff* que actuaba en Galicia además de otros lugares de Europa...»

Villalobos asintió.

—Algo inaudito, desde luego. No sé cómo se las arregla esa chica para meterse en medio de todos los fregados... Bueno —miró su reloj—, vamos a entrar a ver a Victoria. Aún queda mucho por hacer hoy.

Casa de Richie Domingo en Las Jubias, 12:15

Milagros paseaba arriba y abajo del salón, negando una y otra vez con la cabeza, el pañuelo húmedo de derramar tantas lágrimas.

—No puede ser, Richie, no. No... Él... no...

Dos agentes entraban y salían de la habitación y del despacho de Richie con cajas llenas de sus pertenencias. Sanjuán intentó razonar con ella. Comprendía que la pobre mujer estaba totalmente deshecha. Bodelón la miraba desolado: no era solo la muerte de su único y querido hijo; era la constatación de que había sido un ser execrable, un asesino. De que su intimidad iba a ser violada y su hogar profanado por la Policía, como antes Richie había actuado con todas sus víctimas.

Sanjuán la sentó en el sillón y él hizo lo mismo. Le cogió la mano mientras ella veía pasar a los policías cargados con libros de cuentas, cuadernos de dibujo, gruesos volúmenes de arte, bolsas con medicamentos, todo lo que había acompañado la vida de su hijo hasta ese momento.

—Entiendo perfectamente por lo que está pasando... —dijo Sanjuán.

—¡Usted no entiende nada! —protestó, indignada, los ojos fuera de sus órbitas—. ¡Tienen que estar equivocados! Richie es buena persona, no puede hacerle daño a una mosca. Dios mío, esto es una pesadilla. Una pesadilla horrible. Richie... ¿Dónde está Richie? Quiero verlo. —Se llevó las manos llenas de lujosos anillos a la cara y sollozó amargamente. Al retirarlas, el rímel se había corrido dejando un surco negro en sus mejillas.

—Le avisaremos en cuanto sea posible, Milagros.

—¿Qué he hecho yo para merecer este castigo? Le di una buena educación, su padre era militar, fue a los mejores colegios. Richie siempre fue un estudiante ejemplar... ¡Es imposible que lo que me dicen sea verdad!

Sanjuán había presenciado esa reacción muchas veces. La estupefacción, el horror, el descubrimiento de la verdadera personalidad del camaleón tras la fachada de honestidad. Reflexionó cómo, inexorablemente, la familia de los asesinos se convertía también en víctima de su felonía. Las grandes olvidadas.

—Usted no tiene culpa ninguna, Milagros. No se torture. Lo que ha hecho su hijo es responsabilidad suya. —Sanjuán sintió piedad por esa madre destrozada, aunque sabía que ahora nada ni nadie podría consolarla. Primero tendría que afrontar el horror de la revelación, y luego, si había suerte, podría ocultarlo en lo más profundo de su memoria y aparentar que la vida seguía con normalidad, aunque dudaba de que pudiera conseguirlo en A Coruña.

Cuando salieron, Valentina les esperaba fuera. No había querido entrar para no herir todavía más los sentimientos de la mujer con su presencia. Las caras de Sanjuán y Bodelón decían bien a las claras que habían pasado un rato muy desagradable.

—¿Nos vamos al castillo? Ya están allí los de la Científica esperando por nosotros. Por cierto... —Sacó la bolsa con las joyas—. Es verdad: usan los objetos robados para los crímenes. Las llevaba puestas Victoria.

Victoria despertó de repente, los ojos muy abiertos, el corazón palpitando desbocado. La máquina comenzó a pitar, y varias enfermeras se acercaron corriendo.

Cuando una de ellas se acercó a sedarla de nuevo, Victoria la agarró por un brazo y comenzó a susurrar primero, luego, cada vez más nerviosa, a gritar y a moverse de forma convulsa, la cara mostrando terror:

—¡El Hombre de los Espejos! ¡Dile al Hombre de los Espejos que se vaya, por favor! ¡No lo puedo soportar, me hace cosas horribles, dile que se vaya! ¡Dile que se vaya!

La enfermera se libró a duras penas de las manos crispadas de Victoria y le inyectó un sedante. Pocos segundos después, Victoria volvía a retomar su sueño plácido, muy lejos del Palacio de la Oscuridad.

49

La rueda de la fortuna

Martes, 23 de abril, 14:00
Mugardos, castillo de la Palma

Se pusieron los trajes protectores en silencio. Luego, Valentina y Sanjuán caminaron por la puerta principal del castillo de la Palma. Cruzaron el foso y se introdujeron en el enorme recibidor.

Nada hacía sospechar que en las tripas de la fortaleza se escondía un laberinto siniestro: el vestíbulo era amplio, luminoso, decorado con gusto, como un hotel. Agentes de la Policía científica recién llegados de Madrid, especialistas en inspecciones oculares, cogían restos, analizaban huellas, entraban y salían con celeridad con cámaras de foto y vídeo. La cantidad de trabajo era ingente. Les podía llevar semanas procesar todo aquello.

Uno de los oficiales se dirigió a Valentina y le hizo una seña.

—Por aquí, inspectora. Soy el oficial Martín Torres.

Valentina y Sanjuán lo siguieron por las escaleras de piedra cubiertas por una moqueta roja que llevaban al piso superior. Los condujo por un pasillo acondicionado exactamente igual que un hotel.

—Aquí están las habitaciones de los «clientes» del castillo. Muy acogedoras —la voz sonó irónica—, bastante más que las celdas del interior. La persona que ideó todo esto tiene una mente muy retorcida: en todas las estancias hay un dispositivo que podría emitir gas narcótico, o en su defecto lo que fuese menester. Casi todo el castillo está lleno de pequeñas trampas de ese estilo. Fue un milagro que no les pasara nada más grave la noche del asalto —dijo Martín, mirando el brazo de Valentina.

Ella asintió con gravedad, y le invitó a que continuara.

—Hemos encontrado las carteras y pertenencias de Valverde y de dos personas más. Unas corresponden al que encontraron muerto con la máscara de espejos: se trata de un industrial alemán muy importante, un tal Matthias Schreder. Y las otras son del tipo que quería huir, Lukas Almaraz, un suizo bastante acaudalado también. —Y acto seguido les enseñó las fotos de ambos en una *tablet*—. Como son gente conocida, no he tenido problemas para sacarlas de Internet. Vengan. Les enseñaré algo más.

Torres abrió una pequeña puerta de madera gruesa: daba a un pasillo oscuro, las ventanas cubiertas por cortinones de color sangre, el suelo ajedrezado, lleno de antorchas sujetas por brazos dorados. El pasillo se bifurcaba: uno de los corredores terminaba en una puerta de doble hoja de color negro mate.

Sanjuán entró, fascinado por lo que estaba viendo.

—¡Es una especie de recreación de *La Bella y la Bestia* de Jean Cocteau! Es impresionante —dijo, admirado—. Sin duda el que ideó todo esto es un gran amante del cine clásico.

—Y de *Twin Peaks* también: las cortinas rojas, el suelo... —Valentina sospechó que al final de aquel pasillo, tras la puerta negra, había algo importante. El técnico siguió avanzando hasta llegar allí. La abrió con suavidad y les indicó que pasaran.

Era la celda en donde había estado Victoria confinada.

Un catre con grilletes, las cadenas lo suficientemente largas como para permitir la movilidad. Una mesilla con una jarra y un vaso de metal dorado. Un váter y una pequeña ducha. Un zulo, dentro de lo que cabía, bastante amplio.

—Joder, qué hijos de puta. —A Valentina se le removieron las carnes al ver aquel lugar de dolor. La carta XV, el Diablo, presidía con su ojo toda la escena pintado en el techo. Se acercó al colchón. Había una manta y sábanas. Las levantó y escucharon el tintineo de algo que caía al suelo.

Valentina se agachó bajo el lecho y encendió la linterna.

—Vaya. Mirad esto... —Levantó una cadenita de plata con un colgante en forma de mano con un ojo en el interior—. Les ponían una señal, un distintivo. Qué detallistas. Tiene el ojo del diablo también...

—El ojo de la carta en el techo es en realidad una cámara camuflada, inspectora —aclaró Torres—. Todo el castillo está lleno de cámaras. Es como un gran festival para el *voyeur*.

—¿Y esas grabaciones, ya se sabe dónde se almacenan? ¿Se mandan a algún lugar? —preguntó el criminólogo.

—Aún no lo sabemos, Sanjuán. Estamos en ello. Richie Domingo consiguió borrar parte de los archivos informáticos y destruir dos ordenadores. Hasta que el Departamento de Tecnología de la Imagen y los de Informática no terminen, será difícil sacar algo en claro, la verdad. Sigamos. —Con un gesto les invitó a continuar por lo que a Sanjuán se le antojó un *tour* del horror.

Recorrieron de nuevo el pasillo de los candelabros hasta llegar al otro corredor. Otra puerta, y Valentina reconoció al momento la estancia del óculo, con la ventana circular, donde estaban las enormes cartas del tarot pintadas en la bóveda, una sobre cada salida.

—Aún no hemos podido ver adónde llevan todas las salidas, solo la puerta del diablo —dijo Torres—. Vamos adentro. Ya están los antropólogos desenterrando los cuerpos.

El forense, Xosé García, con unos papeles en la mano, abrió la puerta de metal y sacó hacia fuera el cuerpo. Allí había algo que le había llamado la atención desde el primer momento. De alguna forma su instinto se había puesto en guardia y había mandado hacer inmediatamente la prueba de los residuos de pólvora en las manos y el cabello.

Leyó: el resultado del SAER había dado negativo en las manos, como sospechaba. No había restos de plomo, bario o antimonio. No había residuos de disparo, así que sus manos no habían disparado. Lo cual indicaba que el suicidio quizá no fuese tal suicidio.

Llamó a su ayudante para que colocara el cuerpo en la mesa de autopsias. Los agentes que estaban registrando el castillo habían encontrado en la zona noble la cartera con la identidad de aquel hombre. Un alemán llamado Matthias Schreder, un industrial del acero, millonario.

—De muy poco te sirven los millones ahora, amigo mío... —Xosé García cogió el escalpelo con la mano enguantada y comenzó a hacer una incisión para apartar el cuero cabelludo del cráneo. A su lado, el ayudante lo esperaba con la sierra Stryker en la mano, ansioso por comenzar.

Los antropólogos habían acordonado la zona de tierra y trabajaban con exasperante lentitud. Valentina se asomó al foso y vio huesos y un cráneo blanqueado asomando entre granos de tierra y cal, repasado una y otra vez por un pincel con sumo cuidado. Una mujer tomaba notas en un cuaderno, mientras otro compañero hacía fotos de todo el proceso.

La antropóloga forense se acercó al grupo.

—Creemos que hay seis cuerpos aquí enterrados. Están dispuestos en decúbito supino. No hay restos de ropa, solo los cuerpos cubiertos de cal y tierra. Ese sitio debió de ser un antiguo armero y está a ras de costa. Quitaron los sillares del suelo y cavaron las tumbas en la tierra.

—Por eso no aparecían jamás las chicas. Las tenían aquí. Como Holmes en el hotel del terror... —Sanjuán asintió, cada vez más convencido de que quien hubiese ideado todo aquel complejo era un gran admirador del Doctor Holmes, primer asesino en serie americano de la era moderna.

Valentina señaló la puerta por donde había perseguido a Richie Domingo.

—Por ahí se sube a la sala de pantallas, donde tenía el despacho Domingo; podemos retroceder y así vemos adónde nos llevan las demás puertas de la bóveda.

La siguiente puerta elegida fue «la Rueda de la Fortuna». Seguía cerrada. Valentina cogió su ganzúa y la abrió en pocos segundos. Daba a un pasillo de madera, con artesonado en el techo.

—Parece que aprovecharon la antigua edificación de la planta noble para hacer este pasadizo. Está sin revisar. Ojo por si hay alguna trampa —advirtió Torres, que creía perfectamente posible cualquier horror inesperado en aquel lugar.

Los tres caminaron despacio, observando todo con atención. Pronto llegaron a una escalera de caracol. Ascendieron con cuidado hasta llegar a otro pasillo, mucho más moderno, que terminaba en una especie de despacho con una ventana enrejada que daba a la ría. Salvo un enorme cuadro que mostraba un paisaje nocturno en blanco y negro, con una mujer vaporosa que caminaba entre cañas de azúcar, todo lo demás era completamente funcional. Estaba lleno de estanterías con archivadores, libros de cuentas y una gran pantalla plana. Debajo de la pantalla, varios discos duros externos, cámaras de vídeo de todo tipo y un ordenador iMac bastante nuevo.

—No les dio tiempo a destruir lo que había aquí dentro. Este debe de ser el sitio donde se procesaban los vídeos, el centro de operaciones de Richie —razonó Sanjuán, mientras avanzaba hacia la mesa del despacho, sobre la que había unas hojas desplegadas con unas fotografías al lado. Las cogió y empezó a leer, alternando la lectura con las imágenes—. Son nombres y apellidos de chicas... ¡Y las fotos! —Miró a Valentina con ojos de preocupación mientras levantaba una de las imágenes, una joven rubia de pelo largo, sonriente, vestida con un escueto biquini rosa.

»Creo que esta lista —continuó, ante los ojos asombrados de sus dos acompañantes— contiene los nombres de las futuras víctimas de la organización. Y no son todas de A Coruña. También hay gente de fuera, de Vigo, incluso de Francia.

Mientras Valentina pensaba sobre las implicaciones de ese hallazgo, Torres dijo lo obvio:

—Deberíamos ponerlas sobre aviso.

Valentina asintió, pero advirtió:

—Aún no conocemos el alcance de este negocio. No sabemos si hemos descabezado la cúpula o solo una de las patas de la araña. Tienes razón, es conveniente avisarlas, pero de forma que tengamos nosotros el control, sin provocar alarma ni una angustia innecesaria en esas familias.

Sanjuán estuvo de acuerdo, apesadumbrado. Lo que habían averiguado hasta esos momentos indicaba que la muerte de Richie Domingo no tenía por qué ser el final de aquel horror.

Xosé García contemplaba a su ayudante mientras suturaba el pecho del alemán. Aquel hombre había muerto de un disparo en la cabeza, pero estaba cada vez más seguro de que no se había suicidado. La trayectoria de la bala era de arriba abajo, como si hubiese disparado un hombre más alto que el muerto. Y estaba, además, esa inquietante ausencia de residuos.

Tenía que consultar aquel asunto con la inspectora Negro.

Avanzaron por otro pasillo angosto terminado en una especie de elevador bastante rústico, pero amplio.

—¿Nos atrevemos a subir?

Valentina esbozó una sonrisa mientras entraba, seguida de Sanjuán y Martín Torres. Apretó el botón y, de inmediato, la maquinaria empezó a hacer un ruido intenso y la plataforma ascendió hasta llegar a otro pasillo. De nuevo los brazos dorados sujetando antorchas. De nuevo el suelo ajedrezado. Al fondo, unas cortinas de color rojo Tudor.

—¡Uf! No sé si estamos en el mismo sitio de antes o es nuevo... Parece «la Torre de los Siete Jorobados», un laberinto y otro, y otro... —dijo Sanjuán.

Valentina abrió el cortinón y dio un paso hacia atrás.

Era una habitación acolchada, como la de un manicomio antiguo. Arriba, un ventanuco con rejas dejaba entrar algo de luz solar. En el medio, una antigua silla de madera de dentista con correas de sujeción. Enfrente, un trípode con una cámara encima, y una pantalla plana a un lado de la pared.

Se cambió los guantes por unos nuevos y cogió la cámara. La examinó.

—Tiene la tarjeta de memoria. Bien. —Valentina encendió el dispositivo y buscó la última grabación.

Los gritos desgarrados de Victoria la hicieron parar a los pocos segundos.

Miró a los demás, respirando con agitación.

—Es Victoria. Está con el hombre de la máscara de espejos.

Italia, puerto de Civitavecchia
Misma hora

Trashorras subió la pasarela del barco a grandes zancadas. Iba vestido con una zamarra azul y un gorro de lana encasquetado en la cabeza. Llevaba la bolsa en el hombro, como un buen marino. El capitán lo esperaba en la cubierta del barco.

—El dinero por adelantado.

Trashorras rebuscó en su zamarra y sacó un sobre. El capitán Vasili Kruk contó los billetes uno por uno y pareció satisfecho.

—Adelante. Le enseñaré su camarote.

Minutos después, Trashorras se tiraba en la litera, estirándose cuan largo era, dispuesto a descansar al fin, relajarse después de tanta angustia. El barco zarparía en pocos minutos y él se alejaría del peligro milla a milla.

Guido Barone, el *vicecapo* de la Policía de Roma, acompañó a Alana y a una agente de la Interpol, Rosalia d'Agostino, una mujer baja, de pelo corto y rubio, a través de la pasarela del barco. Barone, que conoció a Valentina Negro el año pasado en Roma, y le prestó una gran ayuda para que ella pudiera culminar con éxito su misión, era un hombre que acostumbraba a salirse con la suya, sin que tuviera muchos miramientos con los métodos a emplear. Cuando Alana dio aviso a la Interpol para la búsqueda y captura de Trashorras, Barone alertó a su red de colaboradores de los bajos fondos para que tuvieran bien abiertos los ojos. Y para desgracia de Trashorras, el barco en el que pensaba escaparse hacía frecuentes servicios al propio Barone.

Así pues, el capitán los guio a través de los húmedos pasillos del viejo pesquero hasta llegar al camarote de Trashorras.

—Aquí lo tienen, señores. Todo suyo.

Barone deslizó subrepticiamente un fajo de billetes en el bolsillo del capitán antes de que este abriese la puerta.

Trashorras se levantó del catre, con cara de sorpresa. Cuando reconoció a Alana, que lo apuntaba con una pistola, su expresión se convirtió en estupefacción total.

Alana esbozó una media sonrisa encantadora ante la cara del periodista.

—Queda usted detenido, Gerardo Trashorras. Siento interrumpir sus vacaciones, pero nos volvemos a España.

50

Llamada inoportuna

Martes, 23 de abril, 16:00
Madrid, Museo del Traje

Íñigo se limpió la barba con el dorso de la mano. Acababa de terminar su bocadillo y su cerveza sin alcohol. Era hora de retomar el trabajo: había mucho para descargar, un montón de trajes para una exposición sobre vestuario cinematográfico que acababa de llegar del Lincoln Center de Nueva York. Caminó hacia el enorme camión que contenía el vestuario de las películas más importantes de la historia del cine, desde el expresionismo alemán hasta la actualidad.

El operario dio la vuelta al camión y vio en el suelo a su compañero.

—Pedro... ¿Pedro? —Le dio la vuelta. Estaba sin conocimiento, le caía una gota de sangre por la sien. Se agachó y comprobó que estaba vivo. Mientras buscaba su teléfono para llamar a la ambulancia vio que el enorme tráiler estaba abierto.

Se tranquilizó cuando comprobó que casi todos los trajes parecían seguir allí.

«¿Qué demonios se habrán llevado?»

Horas después, Diego Aracil constataría con preocupación que se habían llevado dos vestidos. El que había llevado Louise Brooks en el estreno en Berlín de *La Caja de Pando-*

ra, negro, escotado, con flecos hasta los pies. Y otro que pertenecía al vestuario de la película de culto, casi desconocida, del director de *El gabinete del doctor Caligari*, Robert Wiene. El film, *Genuine, un cuento de vampiros*, había destacado por sus decorados y vestuario expresionistas, muy atrevidos para la época.

Decididamente, era necesario comunicar aquel robo a la Policía de A Coruña.

Valentina había llamado al psicólogo para aplazar hasta el jueves la cita. Estaba demasiado cansada y dolorida después del asalto y la posterior inspección de la fortaleza como para participar de modo lúcido en la sesión terapéutica. No tenía fuerzas. Ella y Sanjuán habían decidido pedir una pizza para cenar y se habían servido una copa de Ribera del Duero.

Decidió que mientras esperaban la cena, se daría una buena ducha. Valentina se despojó del pantalón vaquero y luego intentó quitarse la camiseta antes de entrar en la bañera, pero se le enredó la tela. Aún no se manejaba con aquella mano inservible, una situación nueva para ella.

Rio, nerviosa.

—Javier... por favor. Échame una mano con esto...

Sanjuán se levantó de la butaca donde estaba leyendo y escuchando a Stan Getz para desconectar de la visita al castillo, y entró en el cuarto de baño.

—Espera. A ver. Con cuidado, Val... No te hagas daño.

Al quitarle la camiseta, Sanjuán la situó a pocos centímetros de él, semidesnuda, solo en bragas y sujetador. Ella se volvió, turbada, y señaló la espalda con el brazo sano:

—Tampoco puedo desabrocharlo yo sola...

A Sanjuán esa situación le cogió por sorpresa; sintió que le temblaban las manos y que no era capaz de acertar con los corchetes. Al fin lo logró. Dejó caer la tela, y ella deslizó el sujetador por el brazo hasta que cayó al suelo. Se dio la vuelta y Sanjuán se estremeció cuando Valentina se aproximó a él hasta notar sus senos firmes a través de la camisa.

Susurró, pegada a su cuerpo.

—Gracias por estar aquí conmigo, Javier. No sé qué hubiera sido de mí estos días... te he echado tanto de menos...

Sanjuán la miró con deseo y ternura. Era hermosa incluso con la frente golpeada. La acarició con suavidad extrema, como quien desea tocar las plumas de un jilguero sin dañarlo. Ella lo rodeó con el brazo por la cintura y lo besó profundamente, dejándose ir, cerrando los ojos y gimiendo muy quedo. El criminólogo se estremeció de arriba abajo, como si fuera un cubo de hielo en una coctelera.

Sonó el timbre del portal.

Los dos se quedaron mirándose a los ojos, y Valentina rompió a reír con sus antiguas carcajadas cristalinas y alegres.

—¡Es la cena! Venga. Abre mientras me doy una ducha rápida. Pagas tú... —Se miró el cuerpo desnudo con picardía—. No pretenderás que le abra de esta guisa...

Javier Sanjuán se rio, sacudió la cabeza negando, suspiró profundamente y se dio la vuelta hacia la puerta, dudando entre atender al pizzero como si nada hubiera pasado o bien pegarle un tiro con la pistola de Valentina.

Roma, aeropuerto de Fiumicino

Gerardo Trashorras permanecía mudo, obstinadamente mudo. Alana se encogió de hombros y lo empujó para que caminase. Rosalía d'Agostino se despidió de Guido Barone y se puso al lado del detenido para vigilarlo mientras él hablaba con la Policía española. Las dos viajarían hasta Madrid para custodiar a un Trashorras que parecía un muerto en vida, pálido y demudado.

Barone se ajustó el traje elegante de Gucci y enseñó su perfecta hilera de dientes blancos. Hablaba un español muy bueno.

—Salude de mi parte a Valentina Negro. Una mujer *che veramente ha le palle!* —dijo, haciendo el gesto tradicional con las manos de los italianos, uniendo los dedos—. Me encantaría volverla a ver. ¡Qué mujer tan brava!

Alana entendió perfectamente la expresión y sonrió, divertida. Le gustaba aquel italiano de cabello engominado y gestos de mafioso elegante.

—Lo haré. Es una mujer muy especial, en efecto. Bueno... —Le tendió la mano—. Gracias por la colaboración prestada. Nos ha ayudado a detener a un peligroso delincuente; quizás algún día podamos devolverle el favor.

—Vuelva cuando quiera, Alana. Roma es una ciudad que esconde muchos secretos. Le gustará.

Barone le guiñó un ojo y se volvió, dirigiéndose al exterior del aeropuerto, donde le esperaba su chófer en la zona de autoridades. La megafonía anunció la salida del vuelo hacia el aeropuerto de Barajas, y las dos policías se dieron prisa en iniciar el embarque con su prisionero. Ahora que estaba a buen recaudo, Alana decidió que era el momento de llamar a Valentina: habían apresado al director de *Planeta Misterio*, acusado del asesinato de un sujeto que apareció muerto en su casa de un disparo en la cabeza, un tal Borrell.

51

Jóvenes en peligro

Miércoles, 24 de abril, 10:30
Madrid, residencia de Gerardo Trashorras

Alana Ovejero miró impresionada la habitación en donde había sufrido el ataque de Borrell; su rostro se puso de un llamativo color granate. A su lado, Diego Aracil la agarró disimuladamente por el brazo y la sacó fuera. Caminaron hasta el despacho de Trashorras, que estaba al fondo del piso superior, una habitación pequeña con un portátil y una mesa de estudio.

El subinspector Gutiérrez, encargado de investigar la escena del crimen, seguía tan perdido como al principio. Alguien había avisado de forma anónima que se había producido un homicidio en aquel domicilio. El hombre que encontraron muerto de un disparo llevaba encima documentación falsa, pero las huellas revelaron que se trataba de Josep Borrell, un delincuente de guante blanco bien conocido por la Interpol en el robo de joyas y obras de arte, aunque muy escurridizo: llevaban años intentando acumular pruebas que sirvieran para meterlo en la cárcel. El arma del crimen no se pudo hallar. Lo que más le llamaba la atención era la caja fuerte reventada y los restos de ligaduras en la cama de la habitación. Gutiérrez no era capaz de hacerse una idea de lo que había ocurrido, y desde luego, Alana no estaba dispuesta a allanarle el camino para resolver el misterio.

Acababan de llegar del registro de *Planeta Misterio*, ante los ojos asombrados de los redactores, que salieron de la oficina sin dar crédito a lo que estaba pasando. Se llevaron toda la documentación y los ordenadores para procesar, después de que uno de los agentes encontrara en el cajón una serie de anotaciones bastante sospechosas de tener algo que ver con el robo de obras de arte relacionadas con los vídeos *snuff*. El hecho de que Trashorras hubiese sido cliente de Encina Yebra lo unía todavía más a la trama, así que a pesar del obstinado silencio del periodista, las pruebas que lo incriminaban con su participación, al menos indirecta, en el crimen de la joven *escort*, se hacían cada más más sólidas.

—Subinspectora, creo que esto le va a interesar.

Uno de los técnicos sostenía una serie de fotografías de Encina Yebra, desnuda, en poses abiertamente sexuales, que había sacado de una carpeta guardada dentro de un armario que escondía otra pequeña caja fuerte. En el mismo sitio había varios libros de contabilidad. Alana cogió uno al azar para echarle un vistazo rápido y Aracil hizo lo mismo. El oficial pasó las hojas hasta que se detuvo en una página determinada.

—Vaya..., mira esto, Alana: son listas de cobros. B. E., 10.000 euros. E. Y., 15.000 euros. C. S., 10.000 euros. Encina Yebra, Belén Egea... Hay más. Unas diez más. Qué horror y qué asco. —Aracil sintió un nudo en el estómago al pensar en el significado de esas cantidades, pagadas por hombres de negocios para ver la tortura y el asesinato de jóvenes.

Alana apretó los dientes, furiosa.

—Valientes hijos de puta. Seguro que es el estadillo de lo que cobran por la venta de los vídeos. Lo malo es que los pagadores también aparecen con iniciales. Pero bueno —suspiró—, por lo menos aquí hay suficiente como para meterlo para dentro una buena temporada.

Aracil cogió una carpeta y la abrió. Cayeron al suelo una serie de fotografías. Se agachó a cogerlas.

—¡Te pillé! —masculló al ver la imagen de las joyas venecianas robadas a todo color dentro de sus estuches.

Valentina Negro se levantó y desplegó las fotografías de las chicas sobre la mesa del despacho del jefe superior.

—Jefe, a todas estas chicas debemos considerarlas en situación de peligro; no podemos descartar esa opción. Si bien creo que la organización de los vídeos *snuff* está descabezada, no sabemos hasta qué punto. Entiendo que la presencia de la Policía podría ser motivo de alarma, así que hemos pensado en algo más sutil. —Se dirigió hacia Villalobos, que estaba sentado junto a ella—. Sé que usted está muy comprometido con los casos de desaparecidos, que tuvo incluso una asociación de ayuda...

—La tenía mi mujer, sí. Cuando nuestra hija desapareció en Brasil nos sentimos muy desprotegidos, abandonados por las autoridades. Así que la que era entonces mi esposa se empeñó en hacer todo lo posible. Sin resultado, por desgracia. —Sus ojos se perdieron por un momento—. Al principio pensamos que había sido un secuestro, pero jamás se pusieron en contacto con nosotros... —Villalobos se pasó la mano por la cara, incómodo—. Es un asunto muy doloroso, pero no se gana nada, eso lo he aprendido, con lamentarse y quedarse cruzado de brazos. —Miró de manera decidida a Valentina y luego al jefe superior—. Haré todo lo que esté en mi mano, por supuesto, iré yo personalmente a hablar con las familias.

El comisario Enrique Montiel asintió, agradecido.

—Gracias, concejal. Bastante tenemos nosotros aquí con todo lo demás. Un trabajo ímprobo. Analizar todo nos va a llevar mucho tiempo. Las implicaciones de todo lo que se pueda encontrar en ese castillo pueden ser enormes. Si estamos solo ante una de las cabezas de una organización internacional dedicada al secuestro y asesinato de jóvenes habrá que trabajar estrechamente con la Interpol; tendríamos que averiguar cuánta gente se halla implicada como parte de la trama criminal y también como clientes, por repugnante que todo esto resulte. —Y luego, con un gesto de incredulidad—: Quién iba a pensar que un hombre tan conocido y que parecía tan buena persona como Richie Domingo iba a ser un secuestrador de mujeres, y no solo eso: dirigiendo una organización a nivel internacional. Yo aún estoy anonadado.

Valentina asintió, se levantó de la silla y se disculpó.

—Me tendrán que perdonar. Tengo que seguir trabajando. Espero un comunicado urgente de la Interpol sobre el hombre de la máscara de espejos.

Montiel asintió y sonrió de manera amistosa y cómplice.

—De acuerdo. Inspectora, cuide esa mano. Yo sabía que en usted podíamos confiar siempre. —Valentina no movió ningún músculo, a pesar de que se trataba de una mentira evidente, porque solo la intervención de Iturriaga le permitió continuar en el puesto.

»¿Se encuentra ya del todo recuperada? En lo emocional, me refiero —le preguntó Montiel, obsequioso.

Valentina intentó ocultar su turbación, no le gustaba hablar de aquel tema y mucho menos en público.

—Mañana a las diez tengo la siguiente sesión con el psicólogo, comisario. Espero seguir avanzando como hasta ahora, el doctor Caravaca es un gran profesional. —Intentó esbozar una sonrisa, pero notó cómo se convertía en una mueca, así que se apresuró a salir del despacho a toda prisa.

—Matthias Schreder. El hombre de la máscara de espejos. Acaba de llegar el comunicado de la Interpol. ¿Y a qué no adivinas cuál era una de sus grandes aficiones? —Sonrió, y no esperó respuesta—. ¡Es un industrial alemán obsesionado por el cine expresionista!

Sanjuán le enseñó con aire de triunfo a Valentina las hojas que el fax había escupido sin descanso durante un buen rato, mientras ella estaba en el despacho del jefe superior.

—Incluso ha rodado cortos. Estaba casado y con cuatro hijos... —leyó, traduciendo del inglés—... acaudalado, un prohombre de Hamburgo, últimamente gastaba parte de su fortuna en patrocinar directores noveles de cine. Vaya, vaya...

Valentina echó un vistazo a los papeles sin cogerlos y se sentó, tomándose un respiro: la mano rota le dolía, pero sobre todo la agobiaba porque la hacía sentirse vulnerable.

Al fin respondió:

—Quizá no pudo soportar la vergüenza de verse expuesto y se suicidó. ¿Quién sabe? La culpa lo atenazó de tal forma... ¿Qué iban a decir su mujer y sus hijos cuando se enterasen? Mira el golpe que se ha llevado la madre de Richie Domingo.

—Por lo general los psicópatas no tienen demasiados remordimientos, por no decir ninguno —dijo Sanjuán—, así que quizá lo que le llevó al suicidio fue perder su posición, su buen nombre en la sociedad, tener que ingresar en prisión; los psicópatas integrados odian perder su imagen ante los demás, Valentina.

El criminólogo miró la foto de Schreder que había enviado la Interpol. Era un hombre no demasiado alto, delgado, de pelo castaño. Semblante serio, sin nada que lo hiciese destacar de los demás.

—Queda por saber quién le compró los cuadros del Artista a Valverde —dijo Valentina—. ¿Sería Schreder? En el castillo se han encontrado las joyas victorianas, las tenía Victoria Álvarez, casi todos los objetos robados, menos los pendientes que estaban con Encina Yebra. Faltan el corazón de Espoz y Mina, el ataúd de la Bernhardt y los cuadros. ¿Por qué no estarían allí?

Sanjuán repasó el texto y negó con la cabeza.

—Estos papeles no dicen nada al respecto. Pero es cierto, Val: me inquieta que los cuadros del Artista no se hayan encontrado en el castillo. Ese lugar parece el idóneo para albergarlos. De todos modos, acaba de empezar la investigación. Quién sabe lo que acabará saliendo de ahí.

Velasco irrumpió en la sala, seguido de Bodelón.

—Inspectora, dicen los médicos que ya podemos interrogar a Eugenio Valverde. Está despierto y orientado. Pero lo primero que ha pedido es hablar con su abogado.

Valentina reflexionó: Alana la había llamado contándole el resultado del registro de Trashorras. Era casi seguro que él se encargaba de hacer llegar las obras robadas a sus destinatarios. Pero Trashorras estaba mudo. Valverde suponía un camino alternativo, pero ahora mismo ese tema no era prioritario.

—Ya le haremos una visita al hospital mañana por la tarde. Ahora tenemos suficiente tarea como para no mover el culo de la silla durante toda la jornada. Nos esperan cajas llenas de los cuadernos y apuntes de Richie Domingo, los documentos hallados en el Palacio de la Oscuridad, y Dios sabe cuántas cosas más.

—Inspectora Negro... —Bodelón señaló con el dedo un papel que se encontraba entre los documentos hallados en una carpeta en el castillo de La Palma—. Esto le puede interesar mucho.

Valentina dejó lo que estaba leyendo y se acercó adonde estaba el subinspector. Sus ojos se abrieron como platos cuando vio el nombre del abogado «Eusebio Brandáriz» escrito en una especie de factura.

—¿Brandáriz? Joder... y la fecha es de hace unos días. No me lo puedo creer. ¿A cuenta de qué?

—No constan los servicios prestados. Solo consta el dinero que le han pagado: cincuenta mil euros.

Caviló durante unos minutos, estupefacta.

—Hay que hablar con el juez para que nos permita pincharle el teléfono. Cuanto antes. Pero no quiero que piense que es algo personal, primero habrá que convencer a Iturriaga.

Villalobos hablaba por el teléfono de su despacho, una sala acristalada y rústica, con una pequeña chimenea que permanecía encendida para paliar la humedad y el frío de la noche. Desde su ventana se veía el pequeño jardín, muy bien cuidado. Rosas, tuyas, una gran palmera. Y a lo lejos, la presa de Cecebre, tenuemente iluminada por la luna llena.

El concejal tenía desplegadas sobre la mesa las fotografías de las chicas, las posibles futuras víctimas del Palacio de la Oscuridad. Colgó el teléfono y se llevó la taza de café humeante a la boca. Luego siguió comprobando teléfonos y direcciones de las chicas elegidas. Todas eran excepcionalmente hermosas. Algunas tenían talento interpretativo. Otras eran futuras modelos. La mayor no superaba los veintidós años; la menor de todas acababa de cumplir los diecisiete.

De pronto, sintió una extraña presencia, un estremecimiento. Levantó la vista hacia la ventana, pero no había nadie allí, salvo el reflejo de su propio rostro que lo observaba desde el cristal.

Fuera, en el jardín, Cancerbero miraba con fijeza hacia la estancia, mientras acariciaba su cuchillo, guardado dentro del bolsillo de su pantalón.

52

Cancerbero

Jueves, 25 de abril, 09:55
A Coruña, Complejo Hospitalario Universitario

Velasco cogió el teléfono fijo de la oficina y habló durante un rato. Luego, se dirigió hacia Sanjuán, que leía en silencio los documentos hallados en el Palacio de la Oscuridad.

—Era el forense. Dice que la trayectoria de la bala en el cráneo de Matthias Shreder no concuerda con la trayectoria de un suicidio. ¡Y que no hay rastro de pólvora en las manos del alemán!

Sanjuán asimiló la información, se quitó las gafas, meditó durante unos segundos, y miró con extrañeza al subinspector.

—Si no se ha suicidado, es obvio que alguien lo mató. ¿Quién lo mató, entonces? ¿Richie Domingo?

—No creo que tuviese tiempo. Domingo estaba muy ocupado destruyendo pruebas. El cuerpo del hombre de la máscara apareció en otro lado del castillo.

—Cuando entrasteis en la capilla, ¿estaba el hombre de la máscara, verdad?

Bodelón asintió.

—Fue lo primero que vi. Al fondo, cargando un ataúd. Con otros dos enmascarados. Los participantes eran cuatro en total.

—Valverde, Schreder, Lukas Almaraz, Richie Domingo...
—Sanjuán tuvo una idea repentina—. ¿Y si Richie Domingo
no estaba en la orgía, sino ocupándose de la logística? ¿Y si el
hombre de la máscara huyó, y antes mató al alemán simulan-
do un suicidio?

—No lo entiendo. ¿Para qué matar y simular un suicidio?
No tiene sentido... —Velasco miró a Sanjuán con expresión
de perplejidad.

Sanjuán se levantó, nervioso.

—Para despistar a la Policía. Para hacer que creyéramos
que él nunca estuvo allí. ¿Alguien ha procesado ya la máscara? ¿Dónde está?

—Aún no. Estamos desbordados.

—¡Pues es necesario! Probablemente haya huellas y restos de ADN. Si huyó a toda prisa, no creo que tuviese demasiado tiempo de limpiarla. Hay que hablar con Valentina
ahora mismo... —Miró el reloj y luego a Velasco—. Nos da
tiempo a recogerla a la salida del psicólogo. Termina sobre las
once menos cuarto. ¡Vamos, Velasco!

Valentina salió del trance hipnótico que le había inducido
Caravaca, y respiró profundamente, relajada y tranquila. Al
cabo de unos minutos, el psicólogo se decidió a hablar.

Mateo Caravaca movió la silla y juntó las manos, en un
gesto amable.

—¿Qué tal, Valentina? ¿Cómo te encuentras hoy después
de la sesión?

—La verdad es que mucho mejor. He aplicado las técnicas
que me enseñaste. Y con éxito, hay que reconocerlo. —Sonrió, agradecida—. Me siento renovada. Y me sirvieron durante la noche del asalto.

—Me alegro. Creo que, por ahora, una sesión más bastará; he decidido que...

Mientras avanzaba hacia la puerta del despacho, Cancerbero escuchaba de forma atenuada las voces dentro de la

consulta. La recepcionista yacía, dormida por un dardo anestésico, detrás del mostrador. Pero ahora el intruso ya no portaba una pistola de dardos, sino un arma de fuego con silenciador.

Abrió de pronto y entró. La expresión de sorpresa de Valentina se tornó estupefacción cuando aquel hombre enorme, de ojos glaucos, les apuntó con una pistola. El psicólogo se levantó con rapidez, pero el gesto de Cancerbero lo frenó en seco.

La voz sonó tranquila, pero dura.

—No se muevan o dispararé. Las manos en alto, donde pueda verlas. Usted... —señaló a Mateo Caravaca— entréguueme las grabaciones de las veces que Valentina Negro ha estado aquí. ¡Venga, rápido!

El psicólogo tomó una decisión siguiendo un impulso.

—Yo no grabo las sesiones. ¿Está usted loco? —La cara de Mateo se descompuso en una mueca de impotencia.

—Sé perfectamente de lo que hablo. Abra ese cajón y entrégueme la grabadora. Usted, siga ahí sentada —ordenó a Valentina—. ¡Las manos más arriba, no lo repetiré!

Mateo abrió el cajón y rebuscó unos segundos. Después sacó una pistola con rapidez y apuntó al pecho del intruso, pero Cancerbero fue mucho más ágil. Un solo disparo con el silenciador sonó como un pequeño zumbido que se clavó en el pecho del psicólogo y lo derribó al suelo. Cancerbero, sin dejar de mirar a Valentina, fue al cajón y cogió la pequeña grabadora, que aún funcionaba.

—Ahora, haga el favor de acompañarme, inspectora. Solo será un momento.

Valentina vio horrorizada el cuerpo de Mateo inerte, sobre la mesa, pero no tuvo tiempo para compadecerse. Se levantó con las manos en alto, con cautela. De manera instintiva, tensando su cuerpo para una acción inminente, buscó un resquicio por donde atacar a aquel hombre, pero con la mano rota sus posibilidades eran nulas, y tuvo al fin que resignarse y seguir sus instrucciones. Él se acercó hasta ponerse a su lado y clavarle el cañón de la pistola en las costillas. Luego colocó sobre su brazo la gabardina, ocultando el arma, de manera que quien los viese podía pensar que eran una pareja muy bien avenida.

—Nos vamos al garaje. Un solo movimiento en falso, inspectora, y no dudaré en apretar el gatillo. No creo que sea tan estúpida como el loquero, ¿verdad?

Minutos después, la furgoneta blanca salía del garaje del edificio, con Valentina atada y completamente sedada en la parte trasera.

53

Angustia

Jueves, 25 de abril, 10:30
Despacho del psicólogo Mateo Caravaca en el barrio
de Matogrande

Sanjuán estaba impaciente, dentro del coche, en compañía de Velasco. Miró el reloj de nuevo.

—Ya deberían haber terminado. Voy a llamarla.

Cogió su móvil y llamó varias veces, pero no hubo respuesta.

Suspiró.

—Voy a subir al despacho de Mateo. Será un momento.

Llamó al portal, pero no contestó nadie, así que llamó al timbre de una gestoría que estaba en el segundo piso. La consulta de Caravaca estaba en el primer piso; cuando le abrieron dijo gracias y subió por las escaleras.

La puerta estaba entornada. Sanjuán entró, extrañado por tanto silencio. Vio la mano de la recepcionista, en el suelo, que asomaba por un lado del mostrador y corrió hacia ella. La joven estaba dormida. Tenía clavado en el hombro un pequeño dardo de color verde intenso.

«Valentina», pensó, el corazón en la garganta, y corrió hacia el despacho, al fondo del pasillo.

La visión de Mateo Caravaca tirado en el suelo, con abundante sangre en el pecho, lo dejó anonadado unos segundos.

Vio como a cámara lenta el bolso y la cazadora de piel negra de Valentina colgados en el perchero. Se lanzó sobre el psicólogo: aún respiraba. Su pistola, que no llegó a utilizar, estaba a un lado. Caravaca abrió los ojos, agarró a Sanjuán por un brazo y balbuceó algo. Sanjuán se libró de él, cogió la cazadora de Valentina y la apretó contra el pecho del hombre. Acercó su oído a la boca de Mateo.

—Sanjuán..., se llevó a Valentina..., no pude evitarlo... —escuchó; apenas un hálito de vida.

El criminólogo le puso la mano en los labios.

—Cállate, Mateo. No hables. —Cogió su teléfono con celeridad, no había tiempo que perder—. Velasco: una ambulancia. ¡Ahora mismo! —Intentó mantener la calma, aunque todo el cuerpo le temblaba a sacudidas—. Se han llevado a Valentina. El psicólogo está herido de bala... ¿Me estás escuchando? ¡Se han llevado a Valentina!

Iturriaga se mesaba los cabellos mientras Amalia, la recepcionista del psicólogo, lloraba e intentaba articular alguna palabra coherente, al mismo tiempo que era atendida por una doctora que le miraba las pupilas y le tomaba la tensión. Sanjuán estaba agachado junto a ella, pendiente de sus palabras.

—No sé qué pasó. Llegó un hombre alto, fuerte. De pelo oscuro, ojos muy azules. De repente, noté un pinchazo y luego, nada más. No sé qué pasó... —repetía, cada vez más compungida y llorosa—. Yo... yo... —sollozaba y le costaba mucho hablar. Sanjuán cogió sus manos y se las apretó.

—No es culpa suya, Amalia. Pero es necesario que se centre, respire hondo. —Ella lo hizo—. Así... —La dejó unos segundos más—: ¿Recuerda algo más? ¿Cómo iba vestido?

Ella contestó, ya más calmada:

—Con un traje azul marino, elegante. Camisa blanca, no llevaba corbata. Lo que sí que llevaba era una cadena de oro, me dio tiempo a fijarme en eso, nada más...

—¿Y la voz? ¿Dijo algo?

—No. Se plantó delante del mostrador, y luego... nada más.

Ya se habían llevado a Mateo Caravaca al hospital, y todos se miraban entre angustiados y perplejos. Sanjuán se esforzaba por pensar fríamente, y una idea se abría paso de forma intensa en su cerebro.

—Es una venganza. Han secuestrado a Valentina en venganza por haber destruido el Palacio de la Oscuridad. ¿Quién sabía que acudía al psicólogo? —Miró a Iturriaga—. Tiene que ser alguien que sabía lo de la consulta psicológica.

—No necesariamente —dijo Iturriaga—. La pueden haber seguido hasta aquí, Sanjuán. Están compartiendo piso, ¿verdad? ¿Ha visto o escuchado algo inusual estos días pasados?

Sanjuán intentó concentrarse.

—No. Nada. Ella tampoco me comentó nada fuera de lo común. Por otra parte —miró a Iturriaga—, ¿cómo es que Mateo tenía una pistola? Resulta obvio que la sacó e intentó impedir que se llevaran a Valentina.

Iturriaga asintió.

—Caravaca había sido policía, en Madrid, en la brigada de Estupefacientes. Después de varios años en ese puesto vio que su vida personal se iba al garete; en varias ocasiones le amenazaron a él y a su familia, así que decidió dejar el cuerpo. Acabó la carrera y vino aquí, porque sus padres son coruñeses. Ha trabajado estos años como psicólogo de la Policía, y ocupándose de las víctimas de los delitos. Guardaba esa pistola por seguridad. Una vez me dijo que no podía obviar la posibilidad de que alguna de esas amenazas se hiciera realidad.

—Comprendo —dijo Sanjuán, que pensó en la conversación que tuvo con él el otro día: por su experiencia, era la persona idónea para comprender la tensión a la que estuvo sometida Valentina.

Iturriaga decidió que había que moverse. El tiempo volaba.

—Bien, aquí ya no hacemos nada. Yo voy a avisar al padre

de Valentina. Ustedes vuelvan a Lonzas, hay que montar ahora mismo un operativo.

Sanjuán negó con la cabeza.

—Inspector, antes hay que ir al depósito de cadáveres. Hay que llevar la máscara de espejos. Tengo que hablar con Xosé García ahora mismo.

A Coruña, Complejo Hospitalario Universitario Depósito de cadáveres, 12:00

Xosé García sacó el cuerpo del alemán de la nevera. Luego fue a buscar una barra de plástico y la introdujo en el orificio de entrada de la bala, mostrando la trayectoria de la misma.

—Fíjense: nadie que se vaya a suicidar sube la pistola hasta una altura incómoda. —Cogió el brazo del cadáver y lo acercó hasta el cráneo—. ¿Se fijan? Es casi imposible que este hombre se pudiese pegar un tiro en esa postura. Y tampoco hay residuos de disparo en la mano. En resumen: mi dictamen es que fue asesinado de un tiro en la cabeza.

Sanjuán asintió y le hizo una seña a Velasco, que sacó de una gran bolsa la máscara de espejos. Estaba envuelta en papel para protegerla. Impresionaba: por dentro tenía la forma de las facciones de su dueño, estaba construida a medida. Por fuera, los espejos acerados reflejaban con precisión todo lo que había a su alrededor.

—Doctor, ¿puede cubrir la cara del cadáver con la máscara? —preguntó Sanjuán.

El forense colocó un papel film sobre la cara del alemán fallecido y procedió con sumo cuidado a colocar la máscara, pero al momento comenzó a protestar por lo bajo:

—No, no encaja. Desde luego que no. Fíjese, Sanjuán. No, no puede ser de este hombre.

Sanjuán cerró los ojos, porque se confirmaba lo que tanto temía: el hombre de la máscara de espejos seguía libre.

—Doctor, necesitamos una prueba de ADN cuanto antes. Y procesar las huellas dactilares. Es muy urgente: la inspectora Negro ha sido secuestrada. —El forense lo miró con asombro—. Y creo que el responsable es el dueño de esa máscara.

Comisaría de Lonzas, una hora después

Bodelón, Velasco y tres policías más estaban sentados en la sala de reuniones, todos en silencio, con el semblante demudado. En cuanto entró Iturriaga, Sanjuán, que había estado reflexionando todo el tiempo, comenzó a desgranar sus ideas. De forma sorprendente, había conseguido mantener la calma, porque comprendió que solo estando concentrado podía ser útil a Valentina: ella lo necesitaba, y no podía permitirse el lujo de que sus emociones le convirtieran en un investigador incompetente.

—Bien. Asumamos lo peor: quien ha secuestrado a Valentina y herido al doctor Caravaca es alguien que pertenece a la organización *snuff*. Alguien que quiere tomar venganza. Hay que pensar entonces que el asalto del otro día no concluyó con el arresto de todos los responsables. Asumamos también que el autor del secuestro es un experto criminal: ha sedado a la recepcionista, disparado a Caravaca y se ha llevado a Valentina de un edificio donde hay mucha gente viviendo, y varios despachos profesionales, y nadie parece haberlos visto. Velasco —lo miró— opina que probablemente se la llevaría por el garaje. Ese tipo sabe lo que se hace: secuestrar a una inspectora de Policía tiene sus riesgos, y él parece que controló la situación en todo momento, aunque es verdad que aprovecharon que Valentina tiene la mano rota... —La voz de Sanjuán, a punto de quebrarse, sonó llena de impotencia, pero solo fue un instante.

Iturriaga asintió, y continuó:

—Hay que asumir que el secuestrador conocía los movimientos de Valentina, y sabía que iba a acudir al psicólogo ese día. Pero no podemos descartar que simplemente la estuviera siguiendo, y aprovechara la oportunidad. En todo caso, tiene sentido que esa persona esté vinculada con la organización *snuff*, y que por consiguiente se trate de una acción de venganza. —Su mirada se perdió un segundo, teñida de hondo pesar—. Es importante que se pongan ahora mismo a procesar todas las pruebas de la investigación, especialmente las que se han sacado del castillo: huellas, libros de cuentas, todo. Quizás ahí encontremos el hilo por el que podamos tirar para encontrar su paradero.

—Creo que Valentina tiene que estar en el mismo sitio en donde estén los cuadros del Artista. —Sanjuán interrumpió al inspector jefe casi sin darse cuenta.

Todos lo miraron con extrañeza.

—El hombre de la máscara de espejos, esa es la clave. Los cuadros del Artista los quería para él, por eso no los hallamos en el castillo. Tiene que poseerlos, mirarlos en exclusiva. Él es el ideólogo de toda esta empresa criminal. Y por desgracia —su rostro mostró una gran angustia—, aquí no estamos hablando solo de dinero, estamos hablando de algo menos mundano, pero mucho más peligroso...

Sanjuán se detuvo. Tenía en su cabeza, perforando su cerebro, ideas inconexas sobre las fantasías homicidas del hombre de la máscara y el universo expresionista que hasta ahora había mostrado en los rituales de los crímenes vistos en las grabaciones, pero no ganaba ahora nada por ese camino, así que se obligó a concentrarse de nuevo. Prosiguió:

—El hombre de la máscara consiguió huir del Palacio de la Oscuridad porque conocía ese lugar a la perfección; él mismo lo diseñó. No fue Richie Domingo, como pensaba en un principio. Domingo era una parte más de la logística, lo mismo que Trashorras era el encargado de robar las obras de arte que formarían parte de las filmaciones. Es necesario unir todas las líneas de investigación de forma que confluyan en una sola: quién es el hombre de la máscara de espejos, y dónde está. Porque donde esté él, estará Valentina. La prueba de que la organización sigue activa la tenemos también en el robo de los vestidos de la exposición en Madrid: Trashorras estaba ya en Roma cuando se produjo. Hay que darse prisa. No sabemos hasta qué punto está hambriento de venganza. Valentina es la causante de la destrucción de su palacio, su modo de vida. No me cabe duda de que, quienquiera que sea, estará lleno de ira. Y quizá pretenda utilizar esos vestidos para...

Sanjuán se quedó mudo. Prefería no pensar siquiera en la posibilidad de que Valentina fuese a formar parte de una de aquellas grabaciones diabólicas.

Betanzos, un cine abandonado en la carretera de las Angustias, 17:30

El hombre enmascarado contemplaba el sueño de Valentina a través del azogue. Se acercó a ella y le acarició el rostro y el cuello con infinita suavidad. Apartó la melena negra de su cara.

«El golpe en la frente casi no se nota ya...»

Comprobó si estaba bien sujeta: Valentina estaba atada a una vieja butaca de cine. Una butaca que en sus tiempos había sido roja y ahora parecía de un desvaído color rosado; la tela rasgada en varios puntos dejaba ver la madera agujereada por la carcoma y el relleno. Antes de atarla, la había maquillado y vestido con uno de los trajes robados de la exposición en Madrid, un traje negro, largo, de profundo escote, adornado con pequeñas cuentas de azabache que brillaban a la luz de los focos. Un largo collar de perlas blancas descendía por sus senos y caía sobre su regazo, colocado con elegancia.

A sus ojos, ya era como una auténtica actriz de cine mudo.

Solo faltaba un detalle.

El hombre de la máscara sacó unas tijeras afiladas y un peine de un maletín; agarró la cabeza inerte de la mujer y, con sumo cuidado, comenzó a cortar el cabello. Las guedejas de Valentina cayeron al suelo en irregulares mechones.

Pronto estuvo satisfecho.

«Ahora está perfecta», se dijo, mientras se complacía en ver a Valentina como una resucitada Louise Brooks.

54

Sanjuán y Trashorras

Madrid, Jefatura Superior de Policía en la calle
Federico Rubio y Galí
18:30

Sanjuán se bajó del taxi y saludó a Alana, que lo esperaba de uniforme y con semblante grave en la puerta de la Jefatura Superior. Le había llamado y puesto al corriente de la desaparición de Valentina. Antes de que entraran, en la acera, ella le sujetó del brazo y lo retiró unos metros para hablar con privacidad. Lo que tenía que contarle no podía ser escuchado por nadie más.

—Está en los calabozos. Cuando me vio y me reconoció como la mujer que fue a verle con una historia de fantasmas, se quedó paralizado. Ha debido de atar cabos. Debió comprender que fui ahí para ponerle un micrófono, y que fuimos nosotros los que nos apropiamos de sus secretos... El micrófono lo retiré cuando hicimos el registro en su despacho de la revista. No quiere hablar con nosotros —suspiró—, y es comprensible. Hace un rato que ha venido su abogado y, como es lógico, le ha aconsejado que no diga ni una palabra. La verdad, no sé si querrá hablar contigo.

Sanjuán asimiló la información con rapidez.

—¿Estás segura de que él era el responsable de gestionar el robo y el envío posterior de las obras de arte?

—Por completo —dijo Alana—. Hemos encontrado pruebas definitivas al respecto. Tiene que saber por fuerza adónde iban dirigidos los cuadros pintados por el Artista.

—Bien, es mi turno entonces. Bodelón me acaba de llamar. Valverde no tiene ni idea de cuál fue el destino de los cuadros del Artista que vendió a Trashorras. Pasaron unos hombres a recogerlos y se los llevaron. —La miró con ansiedad—. El tiempo apremia, Alana. Démonos prisa, solo tengo dos horas antes de volver al aeropuerto a coger el vuelo.

Aracil y Alana miraban a través del cristal a Trashorras, sentado dentro de la sala de interrogatorios. Vieron entrar a Sanjuán. Con calma, se quitó la gabardina ligera de color beige que llevaba y se sentó enfrente de él.

—Gerardo, me llamo Javier Sanjuán —dijo, buscando recorrer rápido los inevitables inicios de tanteo; no tenía tiempo para eso. Levantó las manos—. No soy policía, solo colaboro en la desaparición de una inspectora de Policía, Valentina Negro, y creo que usted puede ayudarme.

Gerardo lo miró y, por supuesto, como director de la revista *Planeta Misterio*, lo reconoció al momento por sus programas de televisión. Más de una vez lo habían citado como una fuente de autoridad cuando la revista se ocupaba de crímenes particularmente extraños o envueltos en un aura de oscuridad.

—Le conozco, Sanjuán. Pero en realidad no sé nada de lo que me está hablando, ni qué tiene eso que ver conmigo. —Iba con pies de plomo; su situación era muy precaria: no podía permitirse el lujo de dar un paso en falso.

El criminólogo le enseñó una foto de Valentina Negro. La dejó enfrente de él, sobre la mesa. Aparecía en medio de sus amigos de Jávea, Pepe y Eva, en el restaurante La Trastienda, sonriente y feliz, el año anterior. La llevaba siempre en su cartera.

—Es la chica del medio —dijo—. Quizá la haya visto en televisión alguna vez. Ha intervenido en algunos casos muy conocidos.

Trashorras no la cogió, pero la miró fijamente. Sí, la había visto, por descontado. Su revista había dedicado varios reportajes al asesino serial el Artista, y la había mencionado en numerosas ocasiones. No sabía que había desaparecido, ni por qué, pero se estremeció al intuir algo muy grave y muy próximo.

—Sí, la conozco, es la inspectora de A Coruña. Se metió en un buen lío con lo del Peluquero, si no me equivoco.

—Sí, en efecto, Marcos Albelo la denunció. Está siendo objeto de una investigación judicial y de otra por Asuntos Internos, pero ahora esto es irrelevante, Gerardo. Lo importante es que ha sido secuestrada, y creo que usted puede saber dónde está.

Gerardo lo miró con toda la desconfianza del mundo. La zorra de Alana se la había jugado bien; estaba seguro de que el robo en su casa lo había hecho la Policía, y si ahora le echaban el cebo de Sanjuán, es que lo subestimaban en exceso.

—Sanjuán: le respeto como profesional, pero no me desprecie pensando que soy un estúpido. Mi abogado me lo ha dicho claramente: no tengo nada que ganar colaborando con ustedes; me tendieron una trampa y me han robado... —El criminólogo no movió un músculo—. Sí, han jugado sucio, y ahora me viene usted con el rollo de que puedo ayudarle a encontrar a la Negro. No tengo ni idea de qué va todo esto. Me entero ahora que ha desaparecido, porque usted me lo ha dicho.

Sanjuán lo miró unos segundos, y dejó que el silencio invadiera la estancia. Se preguntó, como siempre que realizaba un interrogatorio, dos cosas. La primera era qué necesitaba el hombre que estaba enfrente. La segunda era cómo era ese hombre. Pero comprendió también que él mismo necesitaba algo, y era muy urgente conseguirlo: ahí estaban dos hombres, cara a cara, cada uno luchando por la vida. En el caso del periodista, la amenaza era pudrirse en la cárcel; en su caso, era perder a Valentina, y eso le aterraba. Había pues, una necesidad común, y el criminólogo decidió que valía la pena recorrer ese camino.

Recogió la foto de Valentina, la miró y dijo:

—Gerardo, usted no lo entiende. Me importa una mierda el lío en el que está metido, no tengo nada que ver en su investigación —mintió; confiaba en que él no supiera nada de su implicación en el caso; en realidad, no tenía por qué saberlo—, solo me preocupa Valentina Negro. Está secuestrada y, o mucho me equivoco, o su vida corre un grave peligro. En nada le puede perjudicar ayudarme con una pequeña información. Yo no soy policía, lo que usted me diga no tiene validez alguna en un juzgado, si es que teme que eso pueda de algún modo ser utilizado en su contra. —Su voz era empática, apelaba al lado más humano de Trashorras—. Por el contrario, si así lo desea, en realidad decirme eso puede serle de gran beneficio.

Gerardo seguía sin fiarse; si Sanjuán no colaboraba con la Policía, ¿qué coño hacía allí? Se removió con incomodidad en la silla.

—Sanjuán, dígame, ¿por qué está aquí? Los dos somos hombres cultos, y nos hemos movido en ambientes parecidos... —Sanjuán agradeció en su interior esa muestra de complicidad; era un avance—. No me engañe: si no colabora con la Policía en la investigación, ¿qué hace aquí? ¿Por qué investiga la desaparición de la inspectora?

Sanjuán lo quería justamente ahí. Iba a utilizar lo que les unía: el común denominador de dos hombres desesperados. Suspiró profundamente, dejó la foto de Valentina de nuevo en la mesa, cara hacia él, y lo miró con toda la sinceridad de la que era capaz.

—Gerardo, estoy en Madrid unos días, visitando a unos colegas. Me llamaron hace unas horas, me dijeron que Valentina había sido secuestrada. Y la razón de que me llamaran es porque todos en A Coruña saben que..., bueno, dicho sencillamente, la quiero. Estoy enamorado de ella. —Bajó los ojos un instante y los volvió a levantar hacia los de Trashorras—. Y sí, creo que de alguna forma ella también me quiere —esbozó una sonrisa melancólica—, aunque es un poco más complicado... Pero, bueno, esa es la verdad. Por eso estoy aquí: estoy muy angustiado, la Policía no tiene ni idea de qué está ocurriendo.

Trashorras sabía que el Palacio de la Oscuridad había sido asaltado, su abogado se lo había dicho. ¿Había liderado Valentina Negro la operación? Porque si Valentina Negro había sido secuestrada..., entonces eso significaba que el hombre de la máscara de espejos, el líder, no había sido capturado. Sintió un escalofrío: él había intentado huir, sus vídeos habían sido requisados..., era un traidor a la organización. Miró a Sanjuán y le creyó: ese hombre estaba angustiado de verdad. Recordó cómo se pasaba días sin dormir obsesionado por Encina Yebra... Sí, sabía reconocer esa ansiedad, ese dolor que te traspasa hasta deshacerte y convertirte en un muñeco roto. Aunque al final Encina se hubiese buscado su propio destino, al despreciarle y burlarse de él.

—Dígame, Sanjuán, ¿en qué estaba metido la Negro antes de desaparecer?

—Había asaltado con éxito una fortaleza donde se reunía un grupo de hombres poderosos para matar mujeres —dijo, secamente. Quería, con toda intención, dejar de lado el papel de Trashorras en todo ese horror. Quería tratarlo como si él fuera, hasta cierto punto, ajeno a todo aquello.

—Entiendo. ¿Y los atraparon a todos? Me refiero... ¿Saben si escapó alguno...?

Sanjuán comprendió con rapidez que Trashorras estaba evaluando el alcance de su propia desesperación. El periodista había propuesto el juego de «deme respuestas a mis preguntas, pero no me pregunte por qué se las hago», y a él le pareció muy bien, porque eso le ahorraba tiempo.

—No, a todos no... Ahora sabemos que a Valentina se le escapó el hombre de la máscara de espejos. —Al decir esto, Sanjuán dejaba entender a su interlocutor que él sabía de lo que estaba hablando, sin necesidad de hacerlo explícito.

—Ya veo... —Trashorras palideció de forma evidente, parecía descompuesto—. Y usted cree...

—... Que ese hombre la tiene secuestrada, sí —completó Sanjuán—. Y creo que usted sabe dónde están los dos. Ayúdeme, por favor. En nada le va a beneficiar que la maten, piénselo.

—¿Por qué piensa que yo sé dónde está la inspectora?

Sanjuán decidió estrechar ahora el vínculo de la complicidad. Pensó: él sabe, porque se lo he dicho, que su jefe está vivo, y por consiguiente que él es un traidor que intentó huir. Ahora ya no lucha por evitar años de cautiverio; ahora lucha por su vida.

—Gerardo —lo miró con intención, tuteándole—, me han dicho que tú sabes la dirección adonde se enviaron los cuadros del Artista. Y creo... bueno, mejor, estoy seguro, de que el hombre de la máscara de espejos tiene esos cuadros.

—¿Y por qué cree eso? —Trashorras obvió el tuteo.

—Por diferentes motivos, creo que esos cuadros son muy importantes para él; mi opinión es que se los encargó personalmente al Artista. No se encontraron en el castillo asaltado por la Policía.

Trashorras se levantó y empezó a caminar. Si le daba la dirección, ¿estaría ahí el gran jefe? Él no tenía ni idea de que esos cuadros eran para su disfrute particular; se limitaba a gestionar el robo de las obras de arte y enviárselas a Richie Domingo... menos los cuadros del Artista, es verdad. Eran las únicas obras de arte que había enviado a una dirección determinada. ¿Sería esa la casa del hombre de la máscara, del líder? Nadie sabía quién era ni, por supuesto, dónde vivía. Seguro que no..., pero podía ser un inicio, quizás una pista para poder atraparlo. Comprendió que era una baza que podía jugar. Pero ¿y si eso no conducía a nada? ¿Y si no lo atrapaban? Entonces podía considerarse doblemente muerto..., porque su venganza sería todavía más insidiosa.

Sanjuán decidió que ahora era el momento de arriesgarse. Pero, siguiendo su plan, tenía que hacerlo sin atacarlo; se dijo de nuevo que solo eran dos hombres buscando su mejor interés. Se levantó y fue a su encuentro. Como si ambos estuvieran en la calle, hablando. Se puso a un paso de él, y de nuevo lo miró fijamente.

—Gerardo: no sé el alcance de tus problemas con la Policía. Pero te digo una cosa: el fiscal mirará con muy buenos ojos que colabores con el cuerpo para salvar a una inspectora... y, si tenemos suerte, para capturar al líder de la organización. Eso son muchos puntos: una rebaja sustancial de la pena.

Trashorras sostuvo la mirada: era verdad. La Policía tenía sus vídeos *snuff*; alguien «anónimo» se los había enviado. Evaluó con rapidez su situación: «Hay fotos de las obras robadas, con fechas que revelan que fueron tomadas después de que fueran sustraídas. Y está el cadáver de Borrell hallado en mi casa. Y mi relación con Encina Yebra...» Estaba claro que aunque alguna de esas evidencias pudiera ser discutible ante un tribunal, le esperaba una buena temporada en la cárcel... y lo que era peor: si el hombre de la máscara de espejos estaba vivo, él podía morir en cualquier momento asesinado en el trullo. Respiró profundamente. Él era un hombre, por encima de todo, práctico.

—De acuerdo, Sanjuán, llame a mi abogado. Cuando esté aquí contestaré a esa pregunta de modo que conste en el procedimiento.

Sanjuán miró el reloj y, casi de forma casual, le preguntó:

—Otra cosa más: ¿No sabes el nombre del hombre de la máscara de espejos, verdad? Porque si lo sabes sería una gran ayuda.

Trashorras sonrió:

—No, Sanjuán, nadie lo sabe, créame.

Sanjuán le creyó, porque estaba convencido que el líder de toda aquella feria de terror mantenía su opacidad a toda costa, quizá con alguna excepción, pero en ella no incluiría jamás a un subalterno como Trashorras.

—Gracias, Gerardo, sí, llama a tu abogado, pero dile que es muy urgente, porque, si llegamos tarde, tu testimonio valdrá bien poco.

A Coruña, laboratorio de identificación lofoscópica de la comisaría de Lonzas

El técnico de identificación lofoscópica Carlos Cañadas se vio reflejado múltiples veces en la superficie de la máscara y frunció el ceño. De algún modo extraño aquel artefacto resultaba inquietante. Le había llegado como «prioridad cero», así que dejó todo lo que estaba haciendo para revelar las huellas que pudiera tener la pulida superficie acerada.

Tras observar cuidadosamente la máscara bajo la luz oblicua de la linterna y una lupa, se dio cuenta de que su propietario había procurado limpiar bien de huellas toda la superficie. Soltó una pequeña imprecación.

Le dio varias vueltas a la máscara y luego observó el interior. Sus dedos hábiles localizaron una especie de pestaña. La apretó: la máscara se abrió al momento, con suavidad, quedando expuesto el interior de cristal. Y también dos cámaras de tamaño minúsculo, una obra de ingeniería.

«¡Cámaras! —musitó Cañadas—, grababa mientras miraba...»

Se puso una mascarilla. Cogió una brocha de pelo de camello y esparció por diversos puntos una fina capa de cerusa. Una huella parcial de pulgar apareció tras repasar el polvo con la brocha con mucha suavidad.

—Hola, preciosa —susurró.

Luego, con una sonrisa de triunfo en los labios, procedió a limpiar la superficie del polvo sobrante, fotografiar y trasplantar.

Una hora después la huella se encontraba ya en la base de datos de la Interpol. Cañadas cruzó los dedos, esperanzado. Con lo que tenían podría ser, con suerte, que consiguieran sacar algo en limpio. Cogió la máscara de espejos y la embaló, para llevarla al laboratorio de ADN. Allí cogerían muestras biológicas, pero en caso de conseguirlas, tardarían más de setenta y dos horas en su proceso. Y no había ese tiempo.

Sanjuán se despidió de Alana y llamó a un taxi. Se iba al aeropuerto. Nada más tener la dirección a la que Trashorras envió los cuadros del Artista, lo comunicaría de inmediato. Se dieron un abrazo, y el criminólogo partió hacia Barajas, el corazón completamente encogido por el miedo.

55

Revelación

Me obligó (...) a abrir mis ojos y a ver una imagen; no, una realidad extraña, inconcebible y monstruosa, a la que fui permeable en contra de mi voluntad: porque ahora el espejo era más fuerte y me poseyó.

RAINER MARIA RILKE,
Los diarios de Malte Laurids Brigge

Betanzos, un viejo cine abandonado en la carretera de las Angustias
20:00

Valentina despertó. Sus párpados, pesados, parecían cosidos con fino sedal a las mejillas. Notó en la boca un sabor metálico, pastoso. Le dolía la garganta. Intentó tragar con esfuerzo, era como tragar lija. Poco a poco, a base de un esfuerzo titánico, su amígdala avisándola del peligro, salió de las brumas inducidas por los sedantes hasta recobrar la plena consciencia.

«¿Dónde estoy?»

Intentó moverse, casi sin osar abrir los ojos, pero estaba sujeta a los reposabrazos de la butaca. Se hizo daño en la mano rota, el intenso dolor la despertó por completo, y su cuerpo preso intentó desasirse de las ataduras sin éxito.

Abrió los ojos al fin.

Delante de ella había un hombre enmascarado, revestido con una túnica negra. Valentina comprendió al instante y con perplejidad quién era: el hombre de la máscara de espejos. Él se acercó hasta poner la máscara a la altura de su rostro. Se vio reflejada, pero no se reconoció en el azogue. Su pelo había cambiado: estaba cortado en forma de casquete, el flequillo sobre la frente, su larga melena había sido sustituida por un corte que apenas le cubría las orejas y se curvaba ligeramente en las mejillas. Tenía los ojos pintados de *kohl* y los labios rojos de carmín. Intentó dominar con toda su energía la sorpresa y la angustia que sentía ante la máscara que parecía haber engullido a su auténtico yo. Detrás, la gran pantalla del cine, rasgada en la zona inferior pero en el resto intacta, presidía la sala polvorienta. A los lados, vieja maquinaria de cine y cajas con afiches se amontonaban en una esquina.

—Valentina... —La voz sonó distorsionada a través de la máscara. Ella abrió más los ojos, enfrentándose a la imagen pavorosa de su captor.

»He escuchado tus sesiones con el psicólogo. Mateo es un buen hombre, pero como profesional dejaba mucho que desear. —Paladeaba las palabras, como si fuesen un buen vino—. Pero no te preocupes más: yo haré que recuerdes todo lo que te traumatiza, todo lo que sabes que ocurrió pero no quieres aceptar. Vives en la oscuridad; a partir de ahora... yo te haré vivir en la luz.

Desapareció de la vista de Valentina unos segundos y le acercó una copa de champán a los labios. Él llevaba otra en la mano.

—Bebamos para celebrar este encuentro.

Valentina torció el gesto para rechazar la bebida. Él insistió con cortesía.

—No temas: no hay drogas de ningún tipo. Es un Heidsieck, te gustará. Necesito que estés totalmente consciente,

Valentina. Tienes que confiar en mí. De todos modos, no te queda otro remedio, querida. —Sonrió.

Valentina accedió. Lo que decía el enmascarado era cierto: estaba en sus manos y le convenía adoptar una actitud sumisa, aunque todo su ser pedía a gritos rebelión. La voz volvió a susurrar, tras hacerla beber un trago del líquido ambarino y espumoso que a ella le supo amargo como la hiel.

—Eres una actriz en el estreno de tu gran película, Valentina. Tenemos que celebrarlo. Beber champán antes de tu propio film. Es costumbre de las grandes estrellas, ¿no te das cuenta?

Valentina intentó pensar, sacar alguna conclusión lógica de aquellas palabras, pero no fue capaz. Todo sonaba como un gran delirio, una locura insana. Vio que el hombre sacaba un mando del bolsillo de la túnica negra. En unos segundos, apareció en la enorme pantalla del viejo cine la cuenta atrás de las antiguas películas, y al fin reconoció la temida figura del diablo con su ojo en la mano.

De pronto la voz metálica adoptó un tono entre serio e irónico.

—No quiero que cierres los ojos, Valentina. No resultaría beneficioso para tu recuperación emocional, porque te necesito consciente y lúcida, quiero que vuelvas a ser la mujer poderosa que siempre has sido, y para eso, primero, tendrás que pasar la prueba de tu propio sufrimiento. —Sacó a continuación dos pequeñas tiras adhesivas con finas agujas curvadas y se las colocó en la parte inferior de los ojos, de forma que si cerraba los párpados, se los atravesaría ella misma, provocándose un terrible dolor, obligándole así a tener los ojos completamente abiertos.

Luego, el enmascarado se sentó en la butaca contigua, y la película siguió, dejando a Valentina sumida en una pesadilla de terror.

Suiza, Berna, Oficina Central Nacional de
la Interpol
20:05

Un ordenador pitó al fondo de la sala. El agente de la Interpol Hans Levain dejó su vaso de café cargado sobre unos papeles que tenía desordenados en la mesa y se levantó a mirar qué ocurría. Se sentó delante de la pantalla, que mostraba dos huellas dactilares que parpadeaban, gemelas, mientras el programa emitía un sonido estridente y agudo. Una fotografía antigua del propietario de las huellas aparecía en la parte inferior.

«Una coincidencia —pensó, interesado—. Un *match* de nuestra base de datos.» La Policía española había enviado unas huellas para cotejar con prioridad, y allí delante de sus ojos estaba el sujeto que buscaban.

Bruno Ernau. Hijo de emigrantes, huidos de España tras la Guerra Civil. Estudió Física y Óptica. Fichado por sospechoso del asesinato de una joven durante la grabación de una película *amateur*, asesinato que fue al final atribuido a uno de los actores, un prófugo. Divorciado, sin hijos.

Hans volvió a por el café y se sentó de nuevo delante del ordenador, dispuesto a enviar a la Policía española la información que habían requerido. En ese momento entró su jefe, con un montón de papeles en la mano.

—Necesito urgentemente que mires esto. Ya. Para ayer. Órdenes de arriba.

—La Policía española me ha pedido...

—La Policía española puede esperar unos minutos. —Y zanjó la discusión.

Comisaría de Lonzas, 22:00

Sanjuán fumaba en la puerta de Lonzas para calmar los nervios mientras esperaba la llamada de Alana. Miró la luna asomando entre las nubes: para él estaba llena de presagios oscuros. De repente, su teléfono comenzó a sonar.

«Al fin», pensó.

Subió corriendo hasta la sala de reuniones.

—Ya tenemos una dirección. Trashorras ha dicho que envió los cuadros a una vivienda en la carretera de las Angustias doce.

Iturriaga levantó una ceja.

—Eso está en Betanzos, ¿no? Bien. Nos vamos ahora mismo para allá. Usted también, Sanjuán. ¿Alguien conoce la zona?

—Yo. —Uno de los agentes, Miguel Sanjurjo, se acercó a Iturriaga, que ya salía por la puerta a toda velocidad—. Hay un grupo de casas viejas al borde de la carretera. No muy lejos de la antigua curva de As Angustias, al lado de un cine que cerró hace tiempo.

Valentina notaba las lágrimas mezcladas con sangre corriendo por sus mejillas. Intentaba mantener los ojos abiertos: si los cerraba el dolor era insoportable, y mantenerlos abiertos significaba tener que ver toda la infamia que había ocurrido aquella noche con el Artista.

Cuando todo terminó, el hombre de la máscara de espejos apagó la proyección y le quitó con cuidado las dos tiras afiladas de los ojos. Luego llamó a Cancerbero, que acudió con un paquete en las manos. Lo abrió y sacó un vestido negro, largo, lleno de transparencias y de perlas que brillaban en la oscuridad.

—Cámbiate de ropa. Quiero que te pongas este vestido. Hazlo con mucho cuidado: me costó muchos años hacerme con él, pertenece a la película de Robert Wiene *Genuine, un cuento de vampiros*..., una obra maestra del expresionismo alemán. —La desató ante la atenta mirada de Cancerbero, que no dejó de apuntarla con su pistola—. Ahora nos vamos a otro lugar que te encantará. Y ese lugar requiere un cambio de vestuario. Hazlo aquí, delante de nosotros. Una actriz no tiene que tener pudor.

Ella obedeció de forma mecánica ante la amenaza del arma de Cancerbero, aún consternada por la revelación de lo que había presenciado. Al principio, lo que vio en la pantalla era como una película siniestra de ficción, como si ella fuese otra persona. Pero, poco a poco, las imágenes se fueron conectando con emociones dolorosas que habían sido enterradas en su subconsciente, e iban aflorando con un dolor nuevo y renovado, porque ahora Valentina no estaba bajo los efectos de una droga, como aquella noche en Jávea en manos del Artista. Durante esos interminables minutos en los que fue expuesta a lo sucedido, fue por vez primera plenamente consciente de su humillación y su derrota, y eso era justamente, pensó, lo que deseaba el hombre de la máscara. Por esa razón, contemplar su propio ultraje y el de Sanjuán tuvo un doble efecto: primero de devastación y horror, pero luego, casi sin solución de continuidad, Valentina se dio cuenta de que en el fondo, todavía estaba ahí la policía, la mujer que cumplía con su deber a costa de todo. Y ese sentimiento último decidió ocultarlo por completo a su carcelero.

Así que, sumisa y exhausta, pero no vencida, se dejó llevar. Notó la inequívoca sensación oscura y pegajosa que le provocaron las miradas de sus captores recorriendo su cuerpo desnudo, y se estremeció.

Cuando estuvo lista, Cancerbero la volvió a atar con las manos atrás. Valentina apretó los dientes para soportar el dolor de sus dedos quebrados.

—Ven conmigo, Valentina. Quiero enseñarte una cosa. Una lección de vida y muerte.

Su captor la acompañó hasta la antigua sala del proyeccionista, donde aún se podían ver los aparatos que servían para rebobinar las cintas y el proyector, perfectamente conservado. En las paredes grises estaban colgados los tres cuadros del Artista que habían pertenecido a Valverde. El hombre la cogió del antebrazo y la acercó a ellos.

—Tú fuiste la causante de su muerte y resurrección. Y al mismo tiempo, gracias a ti, alcanzó un esplendor sobrenatural. Fíjate...

El enmascarado señaló la versión de *Finis gloriae mundi*, en la que una mujer se retorcía dentro de un ataúd. Y a continuación su dedo recorrió el rostro de la joven, un retrato inequívoco y doliente de Valentina.

—Nunca apreciaste su arte. Sin embargo, yo sí. Yo fui en cierto modo su descubridor. Fui el que lo incitó a buscar nuevos caminos... Sí, a Giovanni Nero, al que vosotros llamabais el Artista, lo hice yo —apostilló, con orgullo—. Yo, que siempre he buscado el arte definitivo, el arte que es capaz de medir la fina línea que separa la vida de la muerte. Una vez, hace años, en isla San Sebastián contemplé algo que me llevó hacia la trascendencia, Valentina. Una película que no puede ni debe ser nombrada. Una plegaria secreta, una blasfemia. Y lo volví a ver en las obras del Artista..., no solo las obras que ves. Las otras, las que no conoces..., las que solo hizo para mí.

Valentina intentó deshacerse de las ligaduras, pero se le clavaban en las muñecas con saña dolorosa. La sensación ominosa de peligro se hacía cada vez más acuciante. Aquel hombre estaba totalmente inmerso en una fantasía de muerte que la incluía como principal objetivo. Tenía que escapar, pero ¿cómo? La presencia constante de aquel matón que la vigilaba como un perro de presa hacía imposible cualquier intento factible. Cada minuto que pasaba lo sentía como un paso más hacia un destino inexorable.

El enmascarado la volvió a coger del brazo y la llevó fuera de la habitación.

—Ahora nos vamos de aquí, Valentina. Hay un lugar muy cercano que me fascina desde niño y quiero que lo veamos juntos. Pero, antes, quiero hacerte los honores.

Se puso enfrente de ella y se quitó la máscara lentamente.

Valentina ahogó un grito de sorpresa y de terror a duras penas. Al reconocerlo, supo de inmediato que estaba totalmente perdida.

56

El monstruo en el laberinto

Como la voz de un muerto que canta
desde el fondo de su sepulcro,
amante, escucha subir hasta tu retiro
mi voz agria y falsa.

Abre tu alma y tu oído al son
de mi mandolina:
para ti he creado, para ti, esta canción
cruel y fantástica...

PAUL VERLAINE,
«La serenata»

La dirección que Trashorras había indicado resultó ser la vivienda de un matrimonio de mediana edad a las afueras de Betanzos, justo al lado del viejo cine Rialto. Sí, ellos habían recibido los cuadros. Sus instrucciones eran sencillas: llevarlos hasta el cine, que, según les dijeron, se iba a utilizar para un evento cultural privado. Un día llegó un hombre alto y fuerte, poco hablador, y les entregó trescientos euros por adelantado por encargarse de esa fácil tarea. Y tendrían otros trescientos cuando llevaran los cuadros. Les pidieron que fueran discretos, que el evento era una sorpresa para todos.

Iturriaga lo dejó muy claro:

—Vamos a entrar en ese cine y no quiero que nadie escape de ahí, ¿entendido? —Y luego, con voz algo más aplomada, continuó—: Y no hace falta que lo diga: mucho cuidado por si la inspectora Negro está ahí dentro cautiva. Hay que hacer lo que sea para que no sufra daño alguno.

Diez minutos después, los GOES reventaron la puerta del cine y se distribuyeron por la sala, iluminando el polvo en miríadas que levantaban con sus botas apresuradas. Luego subieron las escaleras hasta el piso superior. El edificio no era grande, y muy pronto se dieron cuenta de que el lugar estaba vacío. Olía a pintura, a cerrado y a viejo. Y muy ligeramente, a algo más.

«¿Perfume?», pensó Sanjuán, mientras escrutaba cualquier rincón en busca de algún rastro de Valentina.

Iturriaga encontró un cajetín lleno de interruptores y consiguió encender con un chasquido varias lámparas llenas de telarañas. Recorrieron la sala del cine hasta encontrar las butacas y la botella de champán, metida en una cubitera: los hielos aún no estaban derretidos por completo.

—Aquí ha habido gente no hace mucho.

Sanjuán notó una punzada dolorosa al ver mechones de pelo negro tirados en el suelo, una hiel que se agudizó cuando uno de los GOES lo llevó hasta un rincón para que viese en una esquina, sobre las viejas butacas arrimadas, la camiseta de Valentina Negro y el resto de su ropa, pero se tragó la angustia insoportable y asintió, intentando que no le temblara la voz. Se escuchó decir: «Sí. Es la ropa que llevaba Valentina cuando salió de casa.»

Bodelón les avisó desde la puerta.

—Hemos encontrado algo.

Entraron en la sala de proyecciones. Sanjuán reconoció al momento los cuadros del Artista que había reproducido Clementius en Madrid y que había visto hacía pocos días.

—Tenía razón, Sanjuán. Los cuadros estaban donde estaba Valentina... —Iturriaga miró alternativamente los tres óleos y luego al criminólogo, que parecía fascinado por las pinturas.

Velasco notó la vibración de su teléfono en el bolsillo. Era un correo de la Interpol. Les hizo señas a todos cuando constató que le habían mandado una coincidencia de la huella dactilar de la máscara.

—Tenemos un nombre. Es un tipo fichado hace veinte años en Berna por sospecha de asesinato. Quedó libre, el caso se sobreseyó por falta de pruebas. Se llama Bruno Ernau, doble nacionalidad suiza y española... Es físico, un industrial, hijo de emigrantes.

De repente, se quedó callado. Sin solución de continuidad soltó un exabrupto y les mostró la pantalla del móvil.

—¡Joder! La foto es de hace años pero... ¿no es...?

Iturriaga le arrancó literalmente el móvil de la mano. Se quedó mirando la imagen durante unos interminables segundos mientras intentaba procesar los mismos rasgos morenos, los ojos oscuros y penetrantes, las cejas pobladas, el pelo más largo en aquella época, el rostro más rubicundo pero inconfundible. Cerró los ojos y comenzó a resoplar. Luego fijó la vista en Sanjuán, clavándole una mirada severa, alucinada.

—Es Villalobos. ¡El muy hijo de puta! ¡El hombre de la máscara es el jodido concejal de Seguridad Ciudadana!

Todos permanecieron unos segundos en silencio, mirándose con perplejidad, los sentimientos encontrados entre la sorpresa más absoluta y la incredulidad total. Antón Louro negó con la cabeza. Lo conocía y apreciaba profundamente.

—Eso no es posible. Se le murió una hija hace años. Tiene, o tenía una asociación para ayudar a familiares de desaparecidos...

Iturriaga logró reaccionar; cogió el móvil y llamó a la secretaria de Seguridad Ciudadana. Habló durante poco tiempo. Cuando colgó, su estupefacción era todavía más intensa.

—Villalobos se ha cogido unos días por asuntos personales. Su secretaria no sabe dónde está, parece ser que se ha ido fuera.

—Está claro que Villalobos tiene a Valentina. Villalobos sabía que iba a la consulta del psicólogo, ¿no? Estaba al tanto de ciertas rutinas policiales, aunque, por suerte, no de todas. Pero no le debió costar demasiado enterarse de la hora de la consulta... Bien. Ahora centrémonos. —Sanjuán tomó la iniciativa. Entendía perfectamente por lo que estaban pasando todos los que lo creyeron conocer a fondo, el mazazo brutal, pero la prioridad en aquel momento era encontrarlo. Y mientras permanecían allí, paralizados y con los ojos abiertos, Valentina podía estar siendo torturada o todavía peor, asesinada—. Es necesario analizar lo que tenemos aquí. Está claro que ha traído a Valentina a este cine por alguna razón. No se trata solo de una venganza, como creíamos. Villalobos quería que ella viera aquí algo, una película que por alguna razón es muy importante en su locura. Es más —dijo, señalando los mechones de pelo y la ropa de Valentina—, creo que la va a convertir en la actriz de su próxima película.

Se hizo un silencio ominoso. Todos sabían lo que significaban las palabras de Sanjuán. Pero el criminólogo estaba concentrado al máximo, impulsado por un terror que no permitía que le afectara, y siguió hablando.

—Este tipo de delincuentes viven en un mundo onírico, fantasioso. No sabemos lo que había en esa película, pero lo que tenemos delante son los cuadros del Artista. Si se ha tomado la molestia de traerlos para montar su escenario es que son importantes... y quizás en ellos esté la única forma de llegar hasta Villalobos.

Los policías asintieron, comprendiendo lo que Sanjuán quería decir, y permanecieron en silencio. Sanjuán observó los cuadros con avidez, como si quisiera absorber su contenido. Eran espléndidos, oscuros, terribles, pero él no podía apreciar su calidad. Su mente se esforzaba por no pensar en el peligro inminente que podía estar corriendo Valentina Negro. Toda aquella pantomima no era sino un aperitivo de lo que Villalobos pretendía hacer con ella para castigarla. Así que se relajó a duras penas: lo único que tenían eran los cuadros, y no era la primera vez que el Artista dejaba alguna pista en sus pinturas. Si, como él sospechaba, habían sido pintados por encargo, sin duda en ellos tenía que haber alguna pista fruto del ego desmesurado de aquel megalómano del cine. Bodelón, Velasco e Iturriaga permanecían en silencio, a su lado, mientras los otros agentes peinaban el lugar y los alrededores.

Vio un retrato de Valentina en la mujer del ataúd recorrida por insectos y sintió cómo las piernas le flaqueaban. La reproducción de Clementius no había podido captar los rasgos finos de su amada, él no la conocía, pero era la obsesión del Artista, Valentina, quien yacía en la caja mortuoria. Sin duda aquel era el destino que le tenían preparado.

In ictu oculi. En un abrir y cerrar de ojos. Sanjuán recordó el cuadro original, con el esqueleto que apagaba la llama de la vida sin inmutarse, mirando con descaro hacia el espectador: en un segundo estás vivo, en el otro, muerto. La pintura que había visto de Clementius era bastante parecida a la del Artista, pero allí se podían observar ciertos detalles que no había captado el ventrílocuo en sus copias apresuradas. Le llamó la atención el dibujo en uno de los libros de la parte inferior del cuadro, muy cerca del de la fortaleza: una extraña boca de piedra parecida a la del jardín romano de Bomarzo, unas fauces con colmillos que parecían engullir a una presa ficticia. Estaban al lado de un laberinto y el dibujo mucho más pequeño de una ciudad, con casas antiguas e iglesias, como si fuese una imitación de una pintura del Greco.

De pronto, en su mente brilló una idea: «El monstruo dentro del laberinto.» Sanjuán recordó una de las conversaciones que había tenido con Villalobos a propósito del secuestro de Victoria. El psicópata que la mantenía prisionera era capaz de fingir empatía por las víctimas, incluso de creerse sus propias fabulaciones de bondad. Él era el monstruo dentro de su propio laberinto, fingiendo una humanidad que estaba lejos de poseer.

Soltó un tiro al aire. No tenía nada que perder.

—¿Hay algún lugar aquí donde haya un laberinto? ¿O una boca de piedra como esa?

Velasco se agachó para observar mejor los detalles de la pintura, pero no parecía muy convencido.

Pasaron unos segundos interminables en los que solo hubo silencio.

Pero, al fin, detrás de ellos resonó la voz de Iturriaga, agobiada pero con un deje de esperanza.

—Creo que hay una boca parecida en el estanque del parque abandonado de Betanzos, ese tan excéntrico, siniestro... Cómo se llama... ¿El Pasatiempo? Mi mujer llevaba a mi hija y a sus amigos cuando eran pequeños a ese lugar. Ahí había un laberinto vegetal bastante grande, no sé si ahora seguirá existiendo, hace mucho que no voy. No está lejos, a unos quince minutos. O menos.

Velasco consultó su móvil, intentando desesperadamente buscar cobertura para la conexión de datos:

—Al fin. Están rehabilitándolo desde hace un par de meses. Lleva cerrado mucho más tiempo. —Le enseñó a Sanjuán imágenes del parque: a priori era el lugar perfecto para la mente retorcida de Villalobos.

Sanjuán miró a los policías con determinación.

—Es nuestra única oportunidad. Si Villalobos encargó esos cuadros puede que le mandase pintar sus lugares, sus obsesiones macabras. Y si está cerca, coincide plenamente con el perfil geográfico. El asesino se siente más cómodo en los lugares que conoce, sobre todo si, como creo, poseen para él un significado especial. ¡Y ese parque tiene el decorado perfecto para sus películas expresionistas, lleno de sombras, laberintos y cuevas! ¿No entendéis? ¡Puede que Valentina esté allí con él!

57

El sabor del crimen

Suiza, Berna, barrio de Matte,
una pequeña nave industrial, 1999

—No. ¡Así no! Más expresividad. ¡Más vida! —Bruno Ernau saltó de su silla como un resorte mientras se llevaba las manos a la cabeza, enfurecido.

La actriz paró y se quedó mirando con semblante hastiado. Tiró al suelo con furia un cuchillo que llevaba en la mano, que rebotó en el suelo de madera. Todos se apartaron, incluso Jonas Ulrich, el actor que estaba actuando con ella.

—¿Otra vez? ¡Me niego a repetir otra vez la escena!

Greta, harta del maquillaje blanco, que le picaba en la cara, y del fino camisón que le transparentaba parte del cuerpo, en lo único que pensaba era en volver a su casa y tomar algo caliente. Estaba aterida en aquella nave gélida, justo a la orilla del río Aare.

Ernau intentó contemporizar. Se daba cuenta de que había perdido los nervios. Era la décima vez que les hacía ensayar la misma escena. Pero la película tenía muy poco presupuesto, no se podían permitir lujos, nada de complejas ediciones posteriores, no había tiempo para eso, y antes de filmar una nueva escena era necesario dejar la anterior en una toma válida.

—Jonas, Jonas, escúchame. Tienes que ponerle más énfasis. Tienes que creerte lo que haces. ¿No quieres ser actor profesional? Así no vamos a ninguna parte... Venga, otra vez. La última vez. Lo prometo. Y nos vamos para casa.

Comenzaron de nuevo a ensayar la escena. Greta empuñó el cuchillo, y Jonas, a cámara lenta, recitó sus frases, mientras agarraba la muñeca de la actriz con fuerza descomunal. Ella gritó. Cayeron al suelo.

Ernau cogió la cámara de mano y comenzó a grabar. Se inclinó sobre las dos figuras que pataleaban.

—¡Más fuerte, Jonas, más fuerte! Ahora tú defiéndete... Ella es una puta, una puta barata. ¡Tírala al suelo y estrangúlala! Te ha puesto los cuernos, te ha humillado...

La escena parecía real. Demasiado real. Jonas clavó sus dedos como garfios en el cuello de Greta, y ella se puso del color de la grana. Comenzó a arañarlo con fuerza, intentando respirar, desgarrando la piel de las manos con las uñas largas.

Ernau, jadeando, cogió el cuchillo del suelo y lo puso en la mano del joven actor.

—¡Estoy grabando, Jonas! ¡Venga! Que se vea la sangre. ¡Clava! —Y a continuación, adoptando un tono más bajo y persuasivo, como si deslizara una idea que el actor deseara oír—: Solo un poco. En el cuello. En esa piel blanca que estás apretando...

Jonas obedeció. Greta estaba cada vez más roja y más desesperada, sus manos aferradas a una de las muñecas implacables del hombre, que seguía apretando ante las instrucciones de Ernau. La punta del cuchillo se clavó en el cuello, y una gota de sangre lo recorrió hasta llegar al vestido blanco.

La cara de Ernau mostró algo parecido a la fascinación: enfocó la sangre, las facciones agónicas de la mujer. Luego, en un impulso extraño, empujó el codo de Jonas de forma que el cuchillo se clavó por completo, desgarrando el cuello, llenándolo todo de sangre y de gritos.

Cuando Jonás se dio cuenta de lo que había pasado y lo miró, con los ojos enormes, enloquecidos, Ernau no había soltado la cámara. Al revés, continuaba grabando, hipnotizado por el charco brillante y espeso que se extendía por la madera, inexorable, despiadado. Un primer plano de una mano inerme.

Solo cuando despertó de su trance ante los gritos desgarrados de Jonas, notó cómo las lágrimas le recorrían las mejillas como un mar de sal. Había encontrado por fin su destino.

58

La caza

En el espejo, vi la sombra mía negra, sobre los pasos de la muerte, y el ánima llorosa que vencía con su oración el Sino de mi Suerte.

VALLE-INCLÁN, *Claves Líricas*: «Rosa de Zoroastro»

En la actualidad

Las lentejuelas del delicado vestido brillaron como pequeñas estrellas cuando Valentina avanzó unos pasos sobre el suelo de piedra. La niebla trepaba desde el río Mendo, y comenzaba a cubrir los tejados de la ciudad de Betanzos, que dormía plácidamente a lo lejos, bañada por la luz de la luna llena.

Miró a su alrededor y, a pesar de la oscuridad, reconoció el lugar donde la habían llevado: era El Pasatiempo. El parque decimonónico en ruinas que recorría de pequeña con su hermano, un sitio extraño y algo macabro, olvidado durante años. Aquí y allá había estatuas decapitadas, misteriosas figuras cubiertas de hiedra, pozos, grutas, escaleras que llevaban a lugares escondidos. Vio al fondo el estanque de agua, cubierto de plantas acuáticas y maleza. También vio carretillas, sacos de cemento y vallas que cerraban todo el lugar.

«¿Qué estoy haciendo aquí? ¿Es otro lugar de tortura? ¿En un parque público...?»

Cancerbero rompió sus pensamientos cuando la empujó con el cañón de la pistola clavado en los omóplatos.

—Camine.

Valentina obedeció. Seguía atada y la humedad de la noche se le filtraba en la piel y en los huesos. Aquel vestido, largo hasta los pies, ajustado y transparente, apenas la abrigaba y le impedía moverse con normalidad. Iba calzada con unas finas bailarinas. No había rastro de Villalobos. Había bajado de la furgoneta y, tras una llamada al móvil, Cancerbero la había sacado del vehículo. Estaba en la parte superior del parque, en un pequeño jardín presidido por un enorme león de piedra.

Valentina se sobresaltó cuando notó las manos de Cancerbero liberándola de las ataduras.

Cuando se volvió, no había nadie.

Valentina, perpleja, se apretó las muñecas y las masajeó para permitir la circulación de la sangre en las manos dormidas, intentando obviar el intenso dolor de sus dedos rotos. Sabía que no la iban a dejar libre, así que con cautela caminó a través de los árboles hacia la verja donde ella suponía que tenía que estar la furgoneta. Estaba cerrada con una gruesa cadena y un candado. Una valla recubierta de arboleda se extendía por todo el lugar, blindándolo de miradas indiscretas. «Imposible saltarla», pensó, calculando la altura.

El silencio se había adueñado del parque. Salvo el agua de los pozos subterráneos, que corría de forma cantarina, no había ni un ruido. Valentina, intentando dominar su angustia, decidió buscar una salida en los niveles inferiores del parque. Pero la escalinata estaba cerrada y la única salida era la boca de una gruta estrecha y sumida en la oscuridad.

Se introdujo en el túnel resbaladizo a tientas. Avanzó unos metros y notó el agua helada en sus tobillos. El vestido estrecho la molestaba, así que lo rasgó hasta la cadera con sus manos. Decidió avanzar hasta que llegó a otra gruta mucho más grande y llena de estalactitas y estalagmitas. El vapor salía por su boca; jadeaba de frío y de miedo. Sorpresivamente, una imagen delante de ella la sobresaltó, haciendo que el corazón se le acelerara todavía más. Una y otra vez, la proyección de una mujer siendo estrangulada, su boca abierta, los ojos fuera de las órbitas, se repetía sobre la pared. Valentina vio una cámara en el techo de la gruta, y lo que parecía un pequeño proyector.

«Me está vigilando.»

Pero no tuvo tiempo para pensar más: Cancerbero surgió de la nada armado con un cuchillo y se abalanzó sobre ella. Valentina se revolvió con la fuerza de la desesperación, lo evitó con un gesto felino y, cuando pasó de largo y estuvo a su espalda, aprovechó para darle una fuerte patada por detrás a la altura de la rodilla derecha, que le llevó al suelo. Cancerbero soltó una imprecación, cayó de bruces y acusó el golpe. Ella no perdió el tiempo, corrió bajando por el túnel a toda la velocidad que le daban las piernas.

Pero en breves segundos Valentina ya podía escuchar los pasos de Cancerbero, su presencia pegajosa pegada en la nuca. «¿Cómo es posible? Le he dado con todas mis fuerzas; tendría que haberle partido la pierna...», pensó, por puro instinto, que le exigía evaluar la fuerza de su enemigo. Al fin salió al exterior. De nuevo alcanzó la escalinata principal. Corrió, corrió como nunca en su vida hasta esconderse en un viejo invernadero. Se agazapó detrás de un boj que parecía extrañamente frondoso allí dentro. Pocos segundos después, la cabeza de Cancerbero apareció por la puerta de cristal.

Valentina pensó rápido. En aquel lugar tenía que haber algo que pudiera servir para atacarle. Vio una pequeña escalera de madera, ya humedecida y medio rota por el paso del tiempo.

Resuelta, le dio una patada que resonó como un disparo.

Tres coches de la Policía recorren a toda velocidad el trayecto que media entre el cine Rialto y el parque. En el primero van Bodelón, Velasco y Sanjuán. En los otros dos, Iturriaga, Louro y los GOES. Les mueve a todos la esperanza de que Valentina se encuentre allí, pero saben que están siguiendo una deducción de un solo hombre. Quizá solo ha sido eso: una idea elegante y rocambolesca, y si fuera así, Valentina solo contaría con sus propios recursos.

Pero Sanjuán tiene la mirada del hombre que sabe que está en posesión de la verdad. No puede estar equivocado: Villalobos se ha arriesgado mucho secuestrando a Valentina, luego ha perdido ya el contacto esencial con la vida real. Su fantasía le consume. Comprende que ella es su mayor trofeo, todavía con más ansia después de que ella acabara con su Palacio de la Oscuridad, su castillo del infierno. ¡Valentina tiene por fuerza que estar allí! Sanjuán intenta parecer tranquilo ante los demás policías, pero en el fondo le carcome la ansiedad, la angustia creciente que le golpea el pecho y le dice que su amada puede estar ya muerta, que jamás volverá a verla ni escuchará su voz de contralto, su risa cristalina que le alegra el alma.

Cancerbero avanza despacio por el invernadero. De repente, escucha un «crack» al fondo del lugar. Empuña el cuchillo. Se apresta a acosar a su presa, pero en ese mismo instante sucede algo que no esperaba: ve a Valentina que se cierne sobre él como un viento de fuego que le clava una afilada astilla de madera en el costado mientras lo derriba. Cancerbero, sorprendido, pero sobre todo humillado, solo se permite un grito sordo de dolor. Le invade la ira: comprueba que la astilla no es muy fuerte: se ha partido con el golpe, pero cumplió con creces su función; la mujer se ha vuelto a burlar de él y eso le produce un indefinido sentimiento de vergüenza.

Valentina sale del invernadero hasta alcanzar otras escaleras que llevan a una plataforma de madera en el piso inferior, cerca del estanque.

«¡Una salida!»

Corre a través de la plataforma; oye un chasquido que la desconcierta: una de las tablas de madera está suelta, y su pie se hunde de repente y se clava astillas en el tobillo. Grita en silencio, su boca contorsionada por el espasmo: no quiere descubrir su posición; se agacha e intenta liberarse, pero parece como si un perro furioso hubiese hecho presa en su pierna. Cancerbero aparece por la escalinata y la ve, iluminada por la luz de la luna que hace acto de presencia entre la neblina. Corre hacia ella a grandes zancadas.

Valentina lo ve acercarse peligrosamente, el cuchillo en la mano; tira con fuerza: el dolor insoportable parece a punto de desgarrarla, pero al fin consigue desasirse. Nota la sangre envolviendo su pie. Desesperada, hace caso omiso del intenso dolor y corre a través de la plataforma, hasta llegar a lo que parece la entrada a un laberinto vegetal. Se introduce sin vacilación en la espesa maraña arbórea del dédalo, perdiéndose en unos segundos en el intrincado diseño.

Valentina avanza sin rumbo, dolorida pero espoleada por el miedo, que la insta a sobrevivir. Mira hacia arriba: cada esquina del lugar tiene una cámara. Todo es una enorme jaula diseñada para el goce de Villalobos. Sigue corriendo, perdida en el laberinto, cada vez más angustiada al darse cuenta de que no hace sino volver una y otra vez sobre sus pasos, sin encontrar una salida. Al fin llega a lo que parece el centro del laberinto. Allí, un círculo de espejos refleja su imagen fantasmal, su vestido roto, su rostro sumido en el dolor y manchado de tierra, el cabello mojado.

Cuando rodea un seto y encuentra de nuevo la plataforma de madera, siente ganas de llorar como una niña.

Mira hacia atrás y, desmoralizada, ve la sombra de Cancerbero acercarse lentamente hacia donde ella está. Sin pensárselo, vuelve a cruzar la plataforma hacia el estanque, sacando fuerzas de flaqueza, cada vez más agotada y dolorida. Sube de nuevo las escaleras. Se da cuenta de que su perseguidor está jugando con ella al gato y al ratón, esperando que cometa un fallo, o que esté tan exhausta que no pueda ofrecer ninguna resistencia.

Cuando observa que Cancerbero se acerca de nuevo, no lo duda: cerca de donde se encuentra hay un grupo de pozos que dan al estanque. Se introduce en el más cercano y, cerrando los ojos, se deja caer hasta el fondo, intentando arañar con la mano sana la escurridiza superficie para amortiguar la caída. Al llegar al fondo, nota el olor de agua fétida justo antes de sumergirse. El agua helada y las plantas acuáticas se arremolinan en torno a su cuerpo, aprisionándola como un pulpo pegajoso hasta llevarla al fondo de piedra.

Cancerbero saltó la balaustrada y se introdujo en el estanque. Sabía perfectamente dónde iba a parar aquel pozo: a la boca de Hades, la cueva del monstruo parecida a la del parque de Bomarzo. Intentando evitar que las plantas acuáticas se le enredasen en las piernas, avanzó trabajosamente por el suelo musgoso hacia la inquietante gruta que hacía de puerta del infierno. El hombre se sumergió hasta el pecho y caminó unos pasos cerca de la boca de Hades. Las cámaras colocadas de forma estratégica grababan todo el proceso: grabaron también la expresión terrible de dolor de Cancerbero cuando Valentina buceó a tientas hasta encontrar su pierna y, casi a ciegas, golpear sus testículos. Se dobló del dolor, pero se repuso y la intentó agarrar. Valentina se escurrió a través de la boca hambrienta de Hades y se introdujo en la cueva. Luego se escondió detrás de una estatua, intentando posponer lo inevitable: el momento en el que aquel hombre la alcanzara y la capturara sin que ella pudiese hacer nada para defenderse. La figura de Cancerbero se perfiló en la entrada. Antes de que pudiese detectarla, se deslizó buscando otro escondite en una zona más oscura.

La gruta, sombría, llena de agua y hiedra, se iluminó de pronto al paso de Valentina. Ella, sorprendida, se dio la vuelta: las imágenes de Nosferatu acercándose hacia ella, las manos retorcidas del vampiro, la nariz aguileña y los ojos aviesos de un cuervo que la miraban, la llenaron de terror. Presa del miedo, no vio cómo el hombre de la máscara de espejos se acercaba sigiloso por detrás. Aprovechando su sorpresa la agarró con la fuerza de un titán, tapándole la boca.

La voz metálica le susurró al oído:

—Ya eres mía, Valentina. Al fin.

59

El averno

Crees que conoces lo peor de este mundo, pero el mundo siempre te sorprende con sus perversiones.

BENJAMIN BLACK, *Muerte en verano*

Uno de los GOES le pegó un tiro al candado y los policías entraron, desplegándose como sombras furtivas.

—Este lugar es laberíntico. Tenemos que dispersarnos. Con mucho cuidado... —El inspector Louro hizo una señal a sus hombres, que bajaron con los subfusiles y las linternas por las escaleras del parque, seguidos por Iturriaga, Velasco y Bodelón, que empuñaban las pistolas buscando algún rastro de Valentina en cada una de las sombras que las extrañas criaturas mitológicas producían a la luz de la luna.

Bodelón se introdujo en una de las cuevas. Recordaba bien el parque: como la mujer de Iturriaga, antes de que lo cerrasen para la rehabilitación, llevaba a su hijo con frecuencia a jugar allí. Pronto se dio cuenta de que había cámaras en muchos lugares, estratégicamente situadas. Velasco lo seguía de cerca, iluminando cada esquina con ansia.

«Dios quiera que Sanjuán esté en lo cierto», musitó para sí mientras comprobaba que tras las estalagmitas no había nadie.

—Esto está limpio. Vamos a peinar las grutas de la parte

de abajo. Hay un pasadizo estrecho por aquí cerca que lleva directamente hacia ellas. ¡Vamos! —les exhortó.

Villalobos ató a Valentina y la empujó hacia la parte más profunda de la cueva. Cuando ella vio el ataúd de Sarah Bernhardt metido en un hueco, intentó retroceder, pero él la sujetó y la arrastró hacia la caja. Cancerbero avanzó y la abrió. Estaba llena de flores frescas. Al lado del ataúd, una pequeña urna de plata y ébano relucía a la luz de uno de los focos colocados por Cancerbero.

—La última morada de la diva. No creo que haya en el mundo un lugar más fascinante para morir, Valentina. El lugar en donde Sarah Bernhardt pasaba las noches después de sus triunfos en la escena. ¿Sabes? Tiene instaladas varias cámaras en el interior para que yo pueda contemplar tu agonía. Paso a paso. Cómo te irás asfixiando, suplicando un poco de aire, un poco de agua.

La inclinó sobre el ataúd, para que pudiese contemplar su última morada sepulcral. Valentina jadeaba, aterrorizada, temblorosa. Los dientes le castañeteaban de frío y de terror. Pero reclinada ante la muerte no quiso pedir ningún tipo de clemencia. Villalobos continuó, la voz metálica atravesando la máscara:

—Hoy me has brindado una noche eterna, Valentina Negro. Quién lo diría. La mujer que destruyó mi palacio, está ahora a mis pies, temblando como una hoja. Y aun así, mantienes tu mirada de desprecio... Da igual. Muy pronto ese desprecio se convertirá en desesperación. ¡Y luego en agonía y muerte! —Villalobos se acercó y la amordazó—. No puedo permitir que alguien te oiga cuando empieces a gritar.

Entre los dos hombres, la obligaron a tenderse en la caja a pesar de su resistencia feroz. No podía creer que aquello le estuviese sucediendo a ella. Se veía a sí misma desdoblada, como en una pesadilla espesa y profunda de la que no podía despertar. Como cuando de cría leía los cuentos de Edgar Allan Poe o de Lovecraft y notaba la opresión angustiosa del terror, aliviada porque solo eran libros. Pero ahora no era una historia para leer con gozo en la cama, sino una pesadilla bien real. ¿O acaso no podía sentir el frío y el miedo sacudiendo sus huesos? ¿La superficie almohadillada del ataúd en su espalda, el olor a naftalina, a flores frescas que emanaba del interior de la caja?

Villalobos cogió la urna con el corazón de Espoz y Mina. La colocó a los pies, dentro de la caja.

—Esta será tu única compañía antes de morir.

Villalobos sonrió, sus dientes perfectos y blancos parecían los de un animal salvaje detrás de la máscara.

—Dentro está el corazón de Espoz y Mina. Esa maravillosa historia de amor y muerte entre una literata y un general ha pasado desapercibida a los ojos del mundo, Valentina, pero no ante los míos. Ese corazón reposaba en la tumba de Juana de Vega, pero yo prefiero que te acompañe a ti, la mujer valerosa y sin miedo, durante toda la eternidad.

Cogió la pesada tapa de madera y metal y disfrutó unos segundos de la expresión agónica de Valentina, que miraba su reflejo en la máscara de espejos. Luego la cerró y la selló.

Mientras Villalobos se quitaba la máscara, Cancerbero cogió una pala y comenzó a cubrir la tapa del ataúd con tierra negra y fresca del jardín del parque.

—¡Suelta esa pala, hijo de puta, o te vuelo la cabeza ahora mismo!

La voz grave de Bodelón resonó en la gruta como un rugido. Cancerbero lo miró, sorprendido por completo, y de inmediato hizo el ademán de buscar su pistola. Bodelón no esperó ni un segundo más: disparó y atravesó la pierna del esbirro, que cayó al suelo. Aun así tuvo fuerzas para desenfundar el arma de la cartuchera.

Iturriaga y Velasco entraron en la gruta por la boca de Hades, cubriendo la otra salida. Cancerbero consiguió incorporarse y disparó a su vez. Bodelón escuchó el zumbido de la bala rozándole la cara y se parapetó detrás de un saliente que había cerca.

Iturriaga observó la escena. Entrecerró los ojos y apuntó desde la entrada con frialdad. La detonación resonó por toda la cueva y el cuerpo convulso de Cancerbero dejó de moverse al cabo de unos segundos. Dos GOES aparecieron también por la entrada de la cueva. Aprovechando la confusión, Villalobos hizo un giro inesperado y se escabulló por uno de los túneles. Velasco lo vio y corrió hacia él gritándole el alto, perdiéndose en la oscuridad.

Los policías corrieron hacia donde estaba el ataúd semienterrado y comenzaron a quitar la tierra a paladas y con las manos. Con la pala, Iturriaga reventó el sello de la caja y la abrió.

Cuando vio los ojos llenos de lágrimas, la expresión de angustia y alivio infinito de Valentina, viva, cayó de rodillas y emitió un sollozo audible mientras le quitaba la mordaza y la desataba.

Velasco corrió velozmente por el estrecho conducto hasta llegar al exterior. La luz de la noche iluminó una pequeña puerta en el muro de obra disimulada entre la maleza. Estaba abierta.

Escuchó el sonido de un vehículo y se apuró todavía más. Atravesó con dificultad la pequeña abertura y llegó a tiempo de ver un Mercedes negro huyendo entre los eucaliptos por un camino de tierra cuesta abajo hacia la carretera.

Llevaba la pistola en la mano. Con suma rapidez se detuvo, apuntó y disparó a las ruedas. El coche derrapó y dio una vuelta de campana. Luego se estrelló contra un árbol.

Velasco se acercó cautelosamente, empuñando con fuerza la pistola mientras pedía refuerzos por el móvil. Memorizó de forma automática la matrícula. Dentro del vehículo había dos hombres, uno de ellos, el conductor, parecía estar sin sentido o muerto, el pecho empotrado sobre el airbag del volante.

El otro, aún con vida, atrapado entre los hierros, lo miró durante unos segundos con semblante enajenado. El fuerte olor a gasolina avisó a Velasco segundos antes de que viese entre los dedos de Villalobos la llama de un mechero. Velasco saltó hacia atrás con toda la fuerza de la que fue capaz.

En unos segundos, el vehículo comenzó a arder, levantando una montaña de llamas que lo rodearon en una mortaja de fuego. Un grito desgarrador surgió de las profundidades de aquel averno.

Velasco nada podía hacer. Se apartó del calor abrasador. Llamó a la central para que enviaran a los bomberos, y pidió que averiguaran a quién pertenecía la matrícula del coche. Poco después, mientras veía impotente cómo el fuego consumía el vehículo, le informaron de que aquella matrícula pertenecía al Mercedes del abogado Eusebio Brandáriz.

60

Buenas noticias

Tres días después

Sanjuán miró la mole compacta del hospital CHUAC, suspiró y procuró orientarse en la maraña de ascensores y pasillos que conformaban la estructura del edificio. Había dejado a Valentina durmiendo en su piso. Ya estaba casi recuperada. En realidad no había sufrido ninguna lesión de importancia: uno de sus pies había sufrido heridas feas, su mano no había mejorado, y, además, había vivido una pesadilla angustiosa que la había dejado exhausta. Pero, extrañamente, no pareció más débil psicológicamente a consecuencia de su secuestro. Al criminólogo le sorprendió que Valentina mostrara, en su conversación y ademanes, una extraña paz, como si paradójicamente, durante su cautiverio, hubiese sido capaz de exorcizar los demonios que la habían atormentado en los últimos tiempos.

En esto pensaba Sanjuán cuando al fin consiguió llegar a la habitación de Mateo Caravaca. Tuvo que esperar: eran las diez de la mañana, y las enfermeras y el médico estaban dentro. Al salir, el galeno que lo atendía, un hombre mayor de barba poblada, le dio una buena noticia: el psicólogo había salido del coma, y se esperaba que pudiera reponerse al cabo del tiempo. Entró en la habitación, donde había dos personas. Reconoció a Mateo al instante, a pesar de todos los cables y los vendajes. Una vecina de habitación le indicó que su mujer, Carmen, aprovechando la visita médica, había ido a desayunar. Sanjuán se sentó al lado de la cama de Caravaca. Pensaba en esperarla un rato para poder hablar con ella cuando se acercó la abogada de Valentina, Anabel Díaz. La mujer lo miró de arriba abajo y luego se presentó.

—Disculpa... —Torció la cabeza y su boca emitió una sonrisa franca al reconocerle—. Tú eres Javier Sanjuán, ¿verdad?

Sanjuán, que se había sentado, se levantó y le dio la mano. Levantó una ceja, inquisitivo.

—En efecto, y tú eres...

—Anabel, la abogada del Estado asignada a Valentina Negro, mucho gusto. —Y se sentó a su lado, en una silla de plástico que cogió de una esquina—. Quería ver cómo estaba Mateo, le conozco desde hace años; vine ayer, y me dijeron que por fin estaba estable... —Miró con conmiseración al enfermo durante unos segundos y al final hizo una mueca—. Por lo menos tiene buen color.

—Sí, y las noticias son muy buenas: me ha dicho el doctor que se va a recuperar —dijo Sanjuán.

Ella mostró un gesto de alivio en su rostro.

—Bien, eso es magnífico..., gracias a Dios.

—Sí, ha tenido suerte, y realmente se la merecía —dijo Sanjuán—. No sé si sabes que intentó proteger a Valentina cuando fue secuestrada. Se jugó la vida por ella.

—Sí, lo sé. Ayer Lúa Castro publicó un extenso artículo sobre lo sucedido, y la verdad es que no me extraña. ¿Sabes que antes de ejercer como psicólogo, Mateo fue policía?

—Lo sé. Tenía una pistola en su despacho; así se sentía más seguro. El jefe Iturriaga me contó que en su época de policía había sufrido amenazas. Es curioso, estoy seguro de que es un excelente psicólogo, pero cuando se presentó la ocasión, volvió a surgir su instinto.

Anabel asintió.

—Es verdad, por lo visto uno nunca deja de ser policía... Pero él es un psicólogo muy bueno, y nada corporativista:

cuando evalúa a un funcionario y llega a la conclusión de que no es apto para el servicio, lo dice claramente. Eso le ha granjeado el respeto de todos, incluyendo a los jueces. Y, ahora que te conozco, me gustaría darte a ti otra buena noticia, porque sé que eres alguien muy próximo a Valentina —le sonrió.

Sanjuán la miró, expectante.

—El día anterior a que lo hirieran me hizo llegar por email un informe sobre Valentina. Había llegado a un diagnóstico sobre ella y, lo que es más importante, a una explicación acerca del estado mental de Valentina cuando ocurrieron los incidentes con el Peluquero.

—¿Y...?

—Mateo concluye, en resumen, que Valentina padecía un trastorno de estrés postraumático, debido a los acontecimientos de Roma del año pasado. Es decir, que cuando estaba de servicio en el caso de Marcos Albelo, en realidad, no estaba bien. No se le había detectado, pero tenía una condición psicológica alterada. Dice Mateo que, enfrentada a una situación extrema en el arresto de Albelo, ella no fue responsable del exceso de violencia empleada en reducirlo.

Sanjuán miró con agradecimiento a Mateo, que respiraba acompasadamente. Por fortuna se puso manos a la obra después del encuentro que tuvieron ambos, y esa diligencia había sido providencial: si no lo hubiera escrito, ahora su condición se lo hubiera impedido durante largo tiempo, y el asunto del estatus de Valentina como inspectora de Homicidios seguiría empantanado. Su valor demostrado en el caso de la organización *snuff* hubiera pesado lo suyo, era cierto, pero lo que se estaba evaluando era su conducta en el arresto de Marcos Albelo, alias *el Peluquero*.

—Y, entonces, ¿qué va a pasar? —preguntó.

—Bien, ese informe, a mi juicio, la libera de responsabilidad ante el juzgado y ante Asuntos Internos. Los dos tienen ya una copia. Quizá pueda exigirse al Estado una responsabilidad por haber permitido que una agente que no estaba apta para un servicio arriesgado estuviera en esa situación, pero ahora que el acusador particular ha fallecido, no creo que el asunto vaya mucho más allá.

Se hizo un silencio. Eusebio Brandáriz había muerto en el coche siniestrado junto con Villalobos. En su artículo, Lúa Castro especulaba sobre las relaciones entre ambos; la Policía sospechaba que el abogado podría haberse ocupado de los asuntos económicos de la organización *snuff*, pero pasarían todavía varias semanas o meses antes de que pudiera concretarse ese punto. La brigada informática tenía que rastrear el flujo del dinero que había generado todo el negocio, lo que probablemente llevaría a paraísos fiscales y cuentas opacas.

Pero eso a Sanjuán no le preocupaba. Era una gran noticia: Valentina iba a quedar exonerada del cargo de brutalidad policial, y su carrera podría volver a reemprender el vuelo. Anabel y Sanjuán se levantaron cuando llegó Carmen, la mujer de Mateo. Se notaba en su rostro ajado el sufrimiento de todas esas horas. Los tres se felicitaron por la pronta recuperación del psicólogo, y cuando Sanjuán, minutos después, abandonó la clínica, se quedó encargado de transmitir las dos grandes noticias a Valentina.

61

Cerrando heridas

Sábado, 18 de mayo, 12:00
A Coruña, cementerio de San Amaro

Valentina llevaba en la mano, envuelta en una bolsa de papel verde, la urna de plata y ébano. Había llegado al camposanto antes de la hora. El sol de mayo le cosquilleó en las mejillas y en la nuca descubierta, y sintió una agradable sensación de melancolía al ver los antiguos ángeles de mármol señalando al cielo. Mientras esperaba delante del nicho a que viniesen los demás, leyó en alto la vieja inscripción:

Aquí yacen don Juan Antonio de la Vega, doña María Josefa Martínez y su hija, doña Juana María de Vega y Martínez, viuda del general Espoz y Mina, cuyo corazón se halla aquí.

«Curiosa forma de profesarse amor después de la muerte», pensó ella, admirada, y reflexionó sobre lo diferente que eran las cosas hoy en día, en que los amores duraban tan poco. Miró la urna que había estado a punto de acompañarla en la eternidad y sintió un escalofrío al recordar aquel ataúd siniestro.

La llegada de Aracil, Lúa Castro y Clementius rompió sus elucubraciones. Los saludó con una sonrisa.

—Aquí estamos. —Valentina levantó la urna y la enseñó—: Vamos a hacer que los amantes vuelvan a yacer juntos en la eternidad.

Aracil rio, pensando en lo mucho que les había costado organizar aquel acto.

—Menos mal que hemos conseguido sacarla del almacén de pruebas. No creo que a Juana de Vega le gustase estar tanto tiempo separada del corazón de su amado esposo.

—En el mercado negro aún nos podían haber dado una pequeña fortuna por esta reliquia... —Clementius habló con total seriedad, pero su expresión cómica daba entender a las claras que estaba bromeando. Dos operarios del cementerio se acercaron con sus monos azules y sus herramientas, dispuestos a abrir el nicho.

Lúa sacó la cámara y comenzó a fotografiar el proceso. Aquella era una ocasión especial para terminar su artículo sobre las peripecias del pobre corazón a partir del robo. Por supuesto que omitiría el detalle de que Villalobos lo había utilizado para sus fines perversos, Valentina se lo había pedido por favor. Y ella era una mujer agradecida.

Cuando la urna estuvo de nuevo encerrada en su tumba, los cuatro estuvieron un rato en silencio y luego salieron de San Amaro a paso lento. Fuera había un entierro. Valentina, harta de tanta oscuridad, miró el reloj y les dijo, apresurada:

—¿Vamos a tomar algo, no? Es la hora del aperitivo.

Sentados al sol del mediodía en una terraza cercana, La Parra, comenzaron a charlar sobre lo sucedido. Aracil estaba en A Coruña dispuesto a investigar todo lo que habían encontrado en el chalet de Villalobos: un ingente patrimonio, la mayoría robado o comprado en el mercado negro. Lo más llamativo eran los cuadros del Artista; en cierto modo había sido su mecenas durante una buena temporada. Pero había más.

—Tenía una colección increíble pero tétrica, metida en una cámara cerrada. Todos los cuadros eran macabros, *memento mori*, niñas enfermas, encamadas, que parecían espíritus, esqueletos que daban verdadero miedo. También tenía una buena colección de fotos post mórtem... Ese tipo estaba como una cabra. Y una serie de cuadros de época muy peculiar, que no conocía y a saber de dónde sacó: La secuencia entera de cómo extrajeron el corazón de Espoz y Mina y lo introdujeron en la urna antes de llevarse el cuerpo a Navarra. Espeluznante de verdad.

Clementius asintió.

—Cuando yo estaba en «activo», conocí a algún tipo como él, obsesionado con la muerte. Pero ninguno como ese Villalobos. Se ve que la imaginación le funcionaba demasiado...

Valentina se encogió de hombros y bebió un sorbo de Estrella Galicia. Ella lo sabía mejor que nadie: Villalobos era un alma enferma y torturada, oculta bajo una fachada de prócer cívico. Durante años había estado actuando en la sombra, acabando con la vida de muchas jóvenes indefensas para colmar su obsesión. Por lo menos habían llegado a tiempo de salvar a Victoria Álvarez, que se recuperaba poco a poco del horrible trauma que había sufrido en las manos de aquellos monstruos.

Lúa la miró con admiración indisimulada: aquella mujer parecía crecerse ante la adversidad. Después de todo lo que había ocurrido, allí estaba, con el pelo cortado a lo paje y tan radiante como si en vez de unos vaqueros, una camiseta y unas botas de motera llevase un conjunto Chanel.

—¿Y Sanjuán? —La periodista lo echó de menos de repente.

—Está en Valencia. Se fue ayer. Ha tenido que incorporarse para los exámenes finales de la universidad. —Valentina suspiró—. En cuanto coja el alta, me pillaré unos *moscosos* para ir a Jávea. Necesito desconectar por unos días... —Se quedó pensativa unos instantes, y luego continuó—: Pero antes tengo que ir a hablar con la madre de Belén Egea. Ya han identificado los restos que estaban enterrados en el castillo de la Palma. Uno de los cuerpos es de ella. También han identificado el de Catriona Stevenson. Y otros dos más. Una chica francesa que vino a pasar unos días de vacaciones a España, y otra marroquí.

Aracil la miró con tristeza.

—Este tipo de cosas no son plato de gusto, desde luego. Alana me contó que los padres de Encina se derrumbaron cuando les informaron de parte de lo ocurrido con su hija. Solo de una parte, por supuesto, no es cuestión de añadir sufrimiento innecesario.

Valentina asintió. La oportuna intervención de Alana había sido proverbial a la hora de resolver todo el caso, y aunque se moría de curiosidad por saber lo que había pasado en la casa de Trashorras, no quería preguntar: ya lo contarían ellos algún día, si se daba el caso. Se estiró como una gata y tomó otro sorbo de cerveza fría. Su mano estaba mucho mejor; la infección de su pie había desaparecido y aquella temporada de baja le estaba ayudando a recobrarse rápido. Por primera vez en mucho tiempo, Valentina Negro sintió un momento de liberación, de felicidad. Como si las cadenas que la aprisionaban desde aquella noche en Jávea se hubiesen quedado dentro del nicho de Juana de Vega, con el corazón de su amado en la urna de plata y ébano.

Domingo, 19 de mayo, 12:00
Edimburgo, cementerio de Greyfriars

Patty Jones se detuvo, como cada domingo que podía, en la tumba donde descansaba Hugh Macfarlain junto a su esposa Elizabeth y su hija Maureen. Siempre llevaba flores frescas, y siempre se encontraba con una amable viejecita que un día le dijo que había conocido a Hugh, un buen hombre, y que realmente le apenaba lo sucedido. Pero eso fue la primera vez, luego se habían limitado a saludarse con una expresión de reconocimiento en los ojos y una sonrisa.

muy interesante... ¿Quién iba a sospechar? —Miró a Valentina, quien sonrió con cierta ironía, para evidenciar que todo en Villalobos era fachada—. Por lo general, los depredadores viven entre nosotros sin levantar sospechas, mientras experimentan sus fantasías y sus perversiones con las víctimas seleccionadas. Había hecho creer a todo el mundo que su hija había desaparecido años atrás, el muy cabrón.

—Supongo que con dinero y los contactos adecuados no le costaría mucho conseguir los papeles para una nueva identidad —apuntó Eva, una joven atractiva, de pelo y ojos oscuros—, hay un mercado negro muy floreciente de documentos oficiales.

—En efecto —terció Valentina—.Tenía mucho dinero: el negocio de los vídeos *snuff* era muy rentable, pero todavía lo era más vender sus víctimas a degenerados que así disfrutaban de la tortura y la muerte. Mataba varios pájaros de un tiro... y, además, caía a todo el mundo muy bien. Sin excepción. Si hubierais visto lo solícito que se mostraba con los padres de Victoria Álvarez, y cómo parecía que se desvivía por ayudar a todos los que iban a pedirle algo...

—Javier —preguntó Pepe, un hombre realmente joven para el cargo que ocupaba, que unía, además, la condición de ser jurista y criminólogo y estaba realmente fascinado por estudiar aquel tipo de crimen tan extraño—, ¿qué es realmente lo que impulsaba a este hombre a cometer todas esas atrocidades?

Javier reflexionó unos instantes, mientras Juan le volvía a llenar la copa de cava. Suspiró.

—En realidad, apenas le conocí. La Policía suiza nos envió el expediente por el que fue investigado, y a raíz del cual pudimos saber que la huella de la máscara de espejos era la suya. Se llamaba Bruno Ernau. Estaba fichado por un caso bastante peculiar: el asesinato de una joven actriz que tenía el papel protagonista en una película *amateur* que él estaba dirigiendo. Se le investigó, pero las pesquisas se orientaron hacia el actor que en ese momento estaba con ella en el plató y que tenía en sus manos el cuchillo que acabó con la vida de la actriz.

—¿Dirigía películas? —preguntó Eva, cada vez más intrigada.

—Sí. Era evidente, al ver los vídeos *snuff*, que tenía un estilo personal, muy influido por el expresionismo alemán, todo ese movimiento que empleaba las sombras, las figuras geométricas y las pasiones humanas para recrear mundos de pesadilla, muchas veces como metáforas de la condición y la sociedad: ya sabéis: Nosferatu, Caligari, Mabuse, y muchas otras. —Se detuvo unos segundos mientras bebía el cava—. El problema era que, junto a esto, este hombre se obsesionó con la muerte. Esas películas, terribles y degeneradas como eran, guardaban una capacidad de fascinación fuera de lo común. Pero, con respecto a Bruno Ernau..., su vida es un misterio.

—Joder, Javier, ¿qué fascinación puede haber en filmar la tortura y el asesinato de una chica? —protestó Planelles en un restaurante que ya estaba vacío.

Sanjuán sonrió, porque ya esperaba esa pregunta. Valentina hizo lo propio para sus adentros, porque sabía que el criminólogo había pensado mucho sobre esa cuestión, y estaba encantado de poder explicarlo. A ella ya se lo había comentado, por supuesto, pero ahora tenía un público más amplio, y el mejor que podía tener, por amistad y apertura de mente.

—Hay un relato escrito por Borges, se llama *El espejo y la máscara*, en realidad es una fábula. En él, un rey de Irlanda, en la Edad Media, le pide al poeta de la corte, llamado el Ollán, que escriba una oda para inmortalizar su victoria sobre los noruegos. Al cabo de un año el poeta le entrega el poema al rey, y este se muestra complacido. Ordena que «treinta escribas lo escriban doce veces», y para premiarle le regala un espejo de plata, pues comprueba que el poema es un fiel reflejo de la batalla, es decir, de la realidad de lo sucedido. No obstante, el rey no está del todo satisfecho, y le pide que se esfuerce más y que le entregue un nuevo poema. El Ollán, en efecto, vuelve al año siguiente y le ofrece un segundo poema.

Todos estaban pendientes de sus palabras, y Pepe observó que el cava se había acabado. Miró a Stefano, un camarero de Milán que era un brujo con las bebidas, y le pidió que les sirviera una de las especialidades de la casa: el cóctel Martyrium.

—Creo que es lo más apropiado —dijo, y todos se rieron, en parte para liberar la tensión que provocaba el tema de la conversación de esa noche.

—Sigue, Javier, por favor —suplicó Eva, haciendo un gracioso mohín en su rostro.

—Desde luego —sonrió—. Pues bien, ¿dónde estábamos? Ah, sí... El poeta, obediente, le entrega un segundo poema. Otra vez el rey le alaba. —Y haciendo gala de su memoria para los textos recitó un fragmento del relato de Borges—. Le dice que: «De tu primera loa pude afirmar que era un feliz resumen de cuanto se ha cantado en Irlanda. Esta supera todo lo anterior y también lo aniquila. Suspende, maravilla y deslumbra.» Así le habla. Pero a continuación...

—No me digas más —interrumpió Pepe—, tampoco le satisfizo del todo.

—Así es —sonrió Sanjuán, y el resto asintió, expectante—. Sí, tampoco era lo que el rey esperaba, pero igualmente le hizo un obsequio: una máscara de oro, que mandó guardar en un cofre de marfil.

—¿Cuál es el significado de la máscara? —preguntó Planelles.

—Como sabéis, la palabra máscara significa en latín «persona». La finalidad de la máscara en el teatro griego era ocultar la propia apariencia, para que un solo actor pudiera representar muchos personajes solo cambiándose de máscara. Pues bien, en esta segunda loa, o poema, ya no había una descripción fiel de la batalla, sino que, en palabras del rey, el poema era «la misma batalla», es decir, el Ollán ya no muestra la apariencia de la batalla, por muy realista que esta pudiera ser, sino el propio núcleo o esencia de esa realidad: la batalla misma, del mismo modo que el actor, cuando se pone la máscara, es ya otro ser, la esencia de un nuevo personaje; el actor «es» el personaje.

Sanjuán se detuvo para permitir que Stefano dejara sobre la mesa los cócteles, y luego continuó:

—En fin, el poeta, como podéis suponer, vuelve al siguiente año al encuentro con su rey. Pero, para su sorpresa, no ha escrito ningún poema. Cuando el rey le inquiere la razón, él le contesta: «En el alba me recordé diciendo unas palabras que al principio no comprendí. Esas palabras son un poema. Sentí que había cometido un pecado, quizás el que no perdona el Espíritu.» A continuación, el Ollán le susurró al rey en el oído su tercera obra, que constaba solo de una línea. El rey, cuando la escuchó, comprendió al fin que el poeta había ido más allá de todo lo imaginable. Le dio un último regalo: una daga, que utilizó el poeta para suicidarse nada más salir del palacio. El rey abdicó y se convirtió en un mendigo, y nunca volvió a repetir ese poema.

Todos quedaron callados, pensando, y en su fuero interno comprendieron el significado de la fábula, y por qué Sanjuán la había empleado. Fue Valentina la que dijo lo que todos habían imaginado:

—En resumen, el tercer poema exige la muerte a quien lo realiza, e incluso la miseria del propio rey. ¿Por qué? Porque, como dice el poeta, «ha cometido un pecado que no perdona el Espíritu». Algo así me confesó Villalobos en sus delirios, cuando me tenía en el cine. Algo que vio en la isla San Sebastián. Algo que se apoderó de su ser a costa de descubrir lo que no debía ser desvelado.

—Sí —terció Pepe, admirando la frialdad de Valentina—. Es el crimen de desafiar a lo prohibido, quizás a lo más sagrado, «el Espíritu», sea lo que sea esto.

—Así es —dijo Sanjuán—. Pero para Villalobos no se trata de poesía, sino de cine, la poesía de la modernidad. Él quería captar lo prohibido, el tabú último: el horror ante la muerte. Y quería ser él el autor de ese poema, llevado por una mente que había hecho de lo que filmaba la propia realidad, «su» realidad. Su vida de concejal era solo una manera de sobrevivir ante los demás, de poder llevar a cabo su locura deli-

Más tarde, cuando llegó un surtido delicioso de postres, Juan mandó traer una botella de cava Juan Miró. Todos intentaban que Valentina se sintiese cómoda. Después de lo ocurrido un año antes en Jávea con el Artista y tras conocer los avatares en el parque El Pasatiempo, eran conscientes de que Sanjuán quería que se sintiera lo mejor posible. Además, en pocos días iba a ser su cumpleaños: había que conseguir agasajarla y que fuese todo lo feliz que pudiera.

Como era lógico, después de hablar de asuntos más amables, el tema central de la conversación fue todo lo sucedido en A Coruña con los crímenes *snuff*. Sanjuán y Valentina habían ya explicado los hechos más sobresalientes del caso durante la sobremesa, pero el interés no había decaído en ningún momento, tan extraordinario les pareció.

—Lo que no entiendo —dijo Planelles, un hombre todavía joven, bien parecido, de fina inteligencia, que se había hecho a sí mismo y que tenía la virtud de hacer siempre las preguntas apropiadas a la situación—, es cómo consiguió Villalobos engañar a todo el mundo. Porque, según parece, ya llevaba varios años con ese negocio repugnante, ¡y era nada menos que el concejal de Seguridad Ciudadana en la ciudad!

—Así es —dijo Sanjuán, que ya empezaba a acusar el efecto del cava, y que se volvía cada vez más locuaz ante la mirada divertida de Valentina, que no estaba acostumbrada a verlo tan achispado—, durante mucho tiempo cultivó la imagen de que era, en realidad, una víctima más que, ahora en su puesto de concejal, quería servir a la causa de los niños y mujeres desaparecidos. Se inventó un divorcio y una hija desaparecida. Pero si lo pensáis —miró a todos— le fue relativamente fácil. Había vivido un tiempo en Sudamérica, eso lo hemos averiguado. ¿Quién iba a verificar sus antecedentes y trayectoria? Y nunca ocultó su origen gallego y que sus padres habían emigrado a Suiza desde Betanzos. Lo importante es que volvió aquí con dinero y que se supo ganar el favor de los políticos de la ciudad. En el trato era un hombre agradable, culto,

62

La Trastienda

El sueño es real mientras dura, ¿puede decirse algo
diferente de la vida?

EDUARDO GARCÍA SILVA, *El espejo, la máscara
y la muerte en Jorge Luis Borges*

Sábado 25 de mayo, Jávea, 22:00

Javier Sanjuán y Valentina cenaban en La Trastienda, su
restaurante favorito de Jávea. Con ellos, los íntimos amigos
del criminólogo, Pepe Martínez y su mujer Eva: ella era policía local de Denia, especializada en violencia de género, y
él era el superintendente de la misma ciudad. También estaba compartiendo el final de la velada el propietario del
local, Juan Planelles, quien, orgulloso de su excelente bodega, les había llevado a la mesa un rioja, Valenciso, reserva
de 2007.

—Quiero que lo probéis —dijo, pidiendo que pusieran
copas nuevas, y escanciándolo a continuación. No pudo evitar hacer gala de sus conocimientos de enología—. Es elegante, sabroso, largo en boca. Noventa y tres puntos Parker, un
vino apropiado para tus intrigas, Javier. —Todos rieron.

muy interesante... ¿Quién iba a sospechar? —Miró a Valentina, quien sonrió con cierta ironía, para evidenciar que todo en Villalobos era fachada—. Por lo general, los depredadores viven entre nosotros sin levantar sospechas, mientras experimentan sus fantasías y sus perversiones con las víctimas seleccionadas. Había hecho creer a todo el mundo que su hija había desaparecido años atrás, el muy cabrón.

—Supongo que con dinero y los contactos adecuados no le costaría mucho conseguir los papeles para una nueva identidad —apuntó Eva, una joven atractiva, de pelo y ojos oscuros—, hay un mercado negro muy floreciente de documentos oficiales.

—En efecto —terció Valentina—. Tenía mucho dinero: el negocio de los vídeos *snuff* era muy rentable, pero todavía lo era más vender sus víctimas a degenerados que así disfrutaban de la tortura y la muerte. Mataba varios pájaros de un tiro... y, además, caía a todo el mundo muy bien. Sin excepción. Si hubierais visto lo solícito que se mostraba con los padres de Victoria Álvarez, y cómo parecía que se desvivía por ayudar a todos los que iban a pedirle algo...

—Javier —preguntó Pepe, un hombre realmente joven para el cargo que ocupaba, que unía, además, la condición de ser jurista y criminólogo y estaba realmente fascinado por estudiar aquel tipo de crimen tan extraño—, ¿qué es realmente lo que impulsaba a este hombre a cometer todas esas atrocidades?

Javier reflexionó unos instantes, mientras Juan le volvía a llenar la copa de cava. Suspiró.

—En realidad, apenas le conocí. La Policía suiza nos envió el expediente por el que fue investigado, y a raíz del cual pudimos saber que la huella de la máscara de espejos era la suya. Se llamaba Bruno Ernau. Estaba fichado por un caso bastante peculiar: el asesinato de una joven actriz que tenía el papel protagonista en una película *amateur* que él estaba dirigiendo. Se le investigó, pero las pesquisas se orientaron hacia el actor que en ese momento estaba con ella en el plató y que tenía en sus manos el cuchillo que acabó con la vida de la actriz.

—¿Dirigía películas? —preguntó Eva, cada vez más intrigada.

—Sí. Era evidente, al ver los vídeos *snuff*, que tenía un estilo personal, muy influido por el expresionismo alemán, todo ese movimiento que empleaba las sombras, las figuras geométricas y las pasiones humanas para recrear mundos de pesadilla, muchas veces como metáforas de la condición y la sociedad: ya sabéis: Nosferatu, Caligari, Mabuse, y muchas otras. —Se detuvo unos segundos mientras bebía el cava—. El problema era que, junto a esto, este hombre se obsesionó con la muerte. Esas películas, terribles y degeneradas como eran, guardaban una capacidad de fascinación fuera de lo común. Pero, con respecto a Bruno Ernau..., su vida es un misterio.

—Joder, Javier, ¿qué fascinación puede haber en filmar la tortura y el asesinato de una chica? —protestó Planelles en un restaurante que ya estaba vacío.

Sanjuán sonrió, porque ya esperaba esa pregunta. Valentina hizo lo propio para sus adentros, porque sabía que el criminólogo había pensado mucho sobre esa cuestión, y estaba encantado de poder explicarlo. A ella ya se lo había comentado, por supuesto, pero ahora tenía un público más amplio, y el mejor que podía tener, por amistad y apertura de mente.

—Hay un relato escrito por Borges, se llama *El espejo y la máscara*, en realidad es una fábula. En él, un rey de Irlanda, en la Edad Media, le pide al poeta de la corte, llamado el Ollán, que escriba una oda para inmortalizar su victoria sobre los noruegos. Al cabo de un año el poeta le entrega el poema al rey, y este se muestra complacido. Ordena que «treinta escribas lo escriban doce veces», y para premiarle le regala un espejo de plata, pues comprueba que el poema es un fiel reflejo de la batalla, es decir, de la realidad de lo sucedido. No obstante, el rey no está del todo satisfecho, y le pide que se esfuerce más y que le entregue un nuevo poema. El Ollán, en efecto, vuelve al año siguiente y le ofrece un segundo poema.

Todos estaban pendientes de sus palabras, y Pepe observó que el cava se había acabado. Miró a Stefano, un camarero de Milán que era un brujo con las bebidas, y le pidió que les sirviera una de las especialidades de la casa: el cóctel Martyrium.

—Creo que es lo más apropiado —dijo, y todos se rieron, en parte para liberar la tensión que provocaba el tema de la conversación de esa noche.

—Sigue, Javier, por favor —suplicó Eva, haciendo un gracioso mohín en su rostro.

—Desde luego —sonrió—. Pues bien, ¿dónde estábamos? Ah, sí... El poeta, obediente, le entrega un segundo poema. Otra vez el rey le alaba. —Y haciendo gala de su memoria para los textos recitó un fragmento del relato de Borges—. Le dice que: «De tu primera loa pude afirmar que era un feliz resumen de cuanto se ha cantado en Irlanda. Esta supera todo lo anterior y también lo aniquila. Suspende, maravilla y deslumbra.» Así le habla. Pero a continuación...

—No me digas más —interrumpió Pepe—, tampoco le satisfizo del todo.

—Así es —sonrió Sanjuán, y el resto asintió, expectante—. Sí, tampoco era lo que el rey esperaba, pero igualmente le hizo un obsequio: una máscara de oro, que mandó guardar en un cofre de marfil.

—¿Cuál es el significado de la máscara? —preguntó Planelles.

—Como sabéis, la palabra máscara significa en latín «persona». La finalidad de la máscara en el teatro griego era ocultar la propia apariencia, para que un solo actor pudiera representar muchos personajes solo cambiándose de máscara. Pues bien, en esta segunda loa, o poema, ya no había una descripción fiel de la batalla, sino que, en palabras del rey, el poema era «la misma batalla», es decir, el Ollán ya no muestra la apariencia de la batalla, por muy realista que esta pudiera ser, sino el propio núcleo o esencia de esa realidad: la batalla misma, del mismo modo que el actor, cuando se pone la máscara, es ya otro ser, la esencia de un nuevo personaje; el actor «es» el personaje.

Sanjuán se detuvo para permitir que Stefano dejara sobre la mesa los cócteles, y luego continuó:

—En fin, el poeta, como podéis suponer, vuelve al siguiente año al encuentro con su rey. Pero, para su sorpresa, no ha escrito ningún poema. Cuando el rey le inquiere la razón, él le contesta: «En el alba me recordé diciendo unas palabras que al principio no comprendí. Esas palabras son un poema. Sentí que había cometido un pecado, quizás el que no perdona el Espíritu.» A continuación, el Ollán le susurró al rey en el oído su tercera obra, que constaba solo de una línea. El rey, cuando la escuchó, comprendió al fin que el poeta había ido más allá de todo lo imaginable. Le dio un último regalo: una daga, que utilizó el poeta para suicidarse nada más salir del palacio. El rey abdicó y se convirtió en un mendigo, y nunca volvió a repetir ese poema.

Todos quedaron callados, pensando, y en su fuero interno comprendieron el significado de la fábula, y por qué Sanjuán la había empleado. Fue Valentina la que dijo lo que todos habían imaginado:

—En resumen, el tercer poema exige la muerte a quien lo realiza, e incluso la miseria del propio rey. ¿Por qué? Porque, como dice el poeta, «ha cometido un pecado que no perdona el Espíritu». Algo así me confesó Villalobos en sus delirios, cuando me tenía en el cine. Algo que vio en la isla San Sebastián. Algo que se apoderó de su ser a costa de descubrir lo que no debía ser desvelado.

—Sí —terció Pepe, admirando la frialdad de Valentina—. Es el crimen de desafiar a lo prohibido, quizás a lo más sagrado, «el Espíritu», sea lo que sea esto.

—Así es —dijo Sanjuán—. Pero para Villalobos no se trata de poesía, sino de cine, la poesía de la modernidad. Él quería captar lo prohibido, el tabú último: el horror ante la muerte. Y quería ser él el autor de ese poema, llevado por una mente que había hecho de lo que filmaba la propia realidad, «su» realidad. Su vida de concejal era solo una manera de sobrevivir ante los demás, de poder llevar a cabo su locura delirante, que era trascender los límites del ser humano, convirtiéndose en un creador del último horror que se puede alcanzar en este mundo.

Todos callaron y aprovecharon para beber.

—¿Y la máscara de espejos? —preguntó Eva—. ¿Qué significaba?

—No lo sé con exactitud, Eva —dijo Sanjuán—, pero si volvemos al relato de Borges y mi teoría es cierta, el espejo muestra la propia realidad del horror que sufre la víctima, lo que multiplica su angustia: ella ve un fiel reflejo de lo que le está sucediendo, es decir, de su propia agonía multiplicada en los espejos de quien se la está administrando. Y la máscara significaría, de acuerdo con la fábula de Borges, que quien la lleva «es» de verdad la persona que quiere alimentarse de esa agonía: todo su ser no es sino el del torturador y asesino. Recordad: la máscara simboliza la propia esencia del personaje. Villalobos, paradójicamente, cuando se ponía la máscara de espejos era el ser «real» que era, el hombre que había ido más allá de todo límite.

—Si eso es cierto —dijo Eva—, ¿conocería Villalobos esa fábula?

—Quién sabe —contestó Sanjuán—. Es muy probable; era un hombre culto. Sabía de arte, lo coleccionaba. En su casa había, además de su colección de arte macabro, una biblioteca muy extensa... y sí, lo comprobé por curiosidad: tenía las obras completas de Borges.

Valentina lo miró asombrada, porque no le había contado ese detalle. Luego añadió:

—Y no olvidemos que la máscara servía sobre todo para aterrorizar a las víctimas. La sensación era muy extraña..., no veías a tu torturador, veías tu propio rostro angustiado. —Valentina observó de pronto la palidez de sus amigos y les tranquilizó con una sonrisa—: No os preocupéis, por extraño que parezca, es algo que he dejado atrás.

Al fin todos terminaron sus bebidas, se levantaron, y dieron por terminada la velada. Dejaron a Juan en el interior del local, y los cuatro bajaron caminando hacia la plaza de la Ermita. Antes de separarse, Pepe le preguntó al criminólogo:

—Dime una cosa: ¿cómo se te ocurrió que Valentina podía estar oculta en ese parque? En realidad podía habérsela llevado a cualquier sitio...

—Es verdad, tuve suerte. Pero no olvidemos que Villalobos escribía sus «poemas», es decir, grababa sus películas de forma semejante a como lo hacía Fritz Lang en el *Doctor Mabuse*. El Palacio de la Oscuridad era un gran decorado expresionista, a modo y semejanza del hotel del terror del Doctor Holmes. A Valentina —y la miró seguro, porque sabía que ella ahora podía discutir sin problema alguno toda su tremenda experiencia— la había llevado a un cine; la disfrazó de Louise Brooks, la estrella del cine mudo. La Brooks se hizo famosa en una película llamada *La caja de Pandora*, en donde era asesinada por Jack *el Destripador*. Su razonamiento perverso era evidente... ¿Me seguís? —Pepe y Eva asintieron—. Entonces vi los cuadros del Artista que Villalobos había conseguido a cambio de permitirle al millonario Eugenio Valverde matar a Victoria Álvarez, y comprendí que él los había encargado expresamente. Eran amigos. Quizá fuese su mentor...

—¿Para qué la llevó al cine? —preguntó Eva, sin atreverse a dirigirse a Valentina directamente, por delicadeza.

—Quería que viera lo que me hizo el Artista como si fuese el estreno de una película y yo la estrella, la actriz principal —fue la propia Valentina quien contestó, algo incómoda—. Él había pedido a Nero que grabara todo aquello en Villa Marina... —No hizo falta que añadiera nada más.

—Entonces... —le incitó a seguir Pepe.

—Entonces —siguió Sanjuán—, estudié esos jodidos cuadros. Si Villalobos los había encargado, habría puesto algo de su insania, y de hecho eran cuadros expresionistas... Y comprendí o, mejor dicho, intuí, que el laberinto de uno de ellos, podía tener algo que ver con el lugar adonde había llevado a Valentina. Él había confiado en que algo a la vista de todos, pero que nadie en verdad veía porque estaba ahí toda la vida, podía ser un escenario seguro para su mayor creación: la que tenía a Valentina como víctima perfecta. En fin, también recordé una expresión que él había utilizado en una ocasión: «El monstruo dentro de un laberinto.» Pero en realidad —levantó los hombros—, fue un tiro al aire; tuve suerte. Los dos —cogió la mano de Valentina y la acarició— tuvimos mucha suerte.

Siguieron hablando un rato más, y al fin se despidieron. Era tarde. Valentina y Sanjuán quedaron solos. Pasearon de la mano durante un largo rato, hasta llegar hasta la impresionante bahía de Jávea, escuchando el rumor de las olas del Mediterráneo al batir en las pequeñas piedras. Al llegar a la altura del Montgo di Bongo, una terraza ibicenca justo en la playa, decidieron tomar la última copa.

Detrás de su gin-tonic azul, Valentina Negro cogió las manos de Sanjuán y las apretó con fuerza, con una expresión de mujer enamorada en el rostro que no dejaba lugar a equívocos. Él, turbado, no supo cómo reaccionar, así que decidió mirarla fijamente y esbozar una sonrisa.

—Me encanta tu corte de pelo, Valentina. De verdad... Te da un aire muy juvenil.

Valentina movió la cabeza hacia los lados, y comenzó a reírse a carcajadas.

—Tuve un estilista muy original... ¡Un genio de las tijeras! En serio, Javier. ¿Me queda bien? Yo me veo horrorosa. Parezco el Príncipe Valiente. Odio el flequillo... —Miró hacia arriba, se lo sopló por una comisura, y el pelo se levantó unos segundos, hasta que volvió a caer sobre la frente, morena del sol levantino. Había visto la muerte muy de cerca: había estado dentro de su propia tumba. No se podía permitir perder un segundo más de su vida en elucubraciones o en dudas.

—No te preocupes. Muy pronto crecerá y volverá a ser el de antes, pero por ahora tienes que conformarte con ser igual que la Valentina de Guido Crepax. —Sanjuán intentó mostrarse serio, pero la risa contagiosa de Valentina pudo más. Los dos bebieron y bromearon durante un rato, hasta que se acercaron el uno al otro y comenzaron a besarse profundamente.

Hicieron el amor en la playa, de forma apasionada, en un recoveco semioculto, pero en realidad sin que les importara demasiado que alguien pudiese verlos. Cuando terminaron, exhaustos, el agua fresca lamiéndoles los pies, Valentina comenzó a canturrear un aria de ópera con su voz de contralto. Un aria que Sanjuán no conocía.

La miró, somnoliento pero feliz.

—¿Qué es? Es precioso...

Valentina no contestó, pero siguió cantando *Il bel sogno di Doretta* mientras se apretaba contra él. Sabía que aún le quedaba mucho camino por andar, pero por primera vez en mucho tiempo sintió que, por fin, en aquella misma bahía en donde había sido tan desgraciada una vez, podía atisbar un rayo de esperanza, una isla en medio de la tormenta que la había azotado sin piedad.

Acarició el pelo de Sanjuán y se incorporó.

—Vámonos a casa.

A la mañana siguiente, Sanjuán se levantó a las nueve de la mañana, mientras Valentina seguía durmiendo de forma plácida. La había contemplado dormir durante un rato. Luego, salió a la terraza de su apartamento con un café y unas galletas. A aquella hora hacía un fresco muy agradable. Los pájaros cantaban de forma monocorde, y recordó lo que le había dicho Valentina en el hospital, poco después de que todo acabara: de una forma extraña, Villalobos, al obligarla a ver su propia vejación en la película, había contribuido poderosamente a que recordara todo y a que se enfrentara a ello con coraje. Le explicó, hablando deprisa, como si necesitara soltarlo todo de golpe, que sabía que Villalobos quería torturarla, empezar así su proceso de destrucción. Y eso la llenó de rabia, y mentalmente adoptó la actitud correcta para volver a vivir todo aquello de un modo distinto: como una policía que estaba cumpliendo con su deber, y a quien ahora de nuevo se le exigía estar dispuesta a todo.

«¡Qué mujer, y está en mi cama!», se dijo, moviendo la cabeza, intuyendo que al fin su mente poco podría hacer contra sus sentimientos. Miró a las palmeras y, a lo lejos, al mar, azul turquesa. Y pensó en Verónica Carsí, quien, poco a poco, con suerte, iría reconstruyendo su vida. Y en Félix Panticosa, que murió siendo fiel al ideal de hombre que siempre había querido ser.

Y, sin saber por qué, cuando vio una gaviota volar cerca de donde estaba, pensó en Hugh Macfarlain, y razonó en lo injusto que era que el hombre que sacrificó su vida por la de Victoria y les permitió llegar al Palacio de la Oscuridad no hubiese obtenido ningún crédito, ningún reconocimiento por su valor. Encendió un cigarrillo, y al fin, con una leve sonrisa en los labios, concluyó que, probablemente, nada, de estar vivo, le hubiera importado menos al bravo escocés.

Jávea y A Coruña, mayo de 2014